Egon Christian Leitner

Des Menschen Herz

Sozialstaatsroman

Lebend kriegt ihr mich nie

I. Buch

Wieser *Verlag*

Wieser *Verlag*

A-9020 Klagenfurt/Celovec, Ebentaler Straße 34b
Tel. +43(0)463 37036, Fax +43(0)463 37635
office@wieser-verlag.com
www.wieser-verlag.com

Copyright © dieser Ausgabe 2012 bei Wieser Verlag,
Klagenfurt/Celovec
Alle Rechte vorbehalten
Lektorat
Bd. I u. II: Thomas Redl, Helga Schicho
Bd. III: Lorenz Kabas, Helga Schicho
ISBN 978-3-99029-002-6

I. BUCH • LEBEND KRIEGT IHR MICH NIE

Für Peter Stachl,
der mir als Erster gezeigt hat,
wie alles aussehen wird

Inhalt

I. Buch: Lebend kriegt ihr mich nie

Ein Vierzehnjähriger bringt sich aus Zuneigung und Zufall
nicht um. Im Übrigen kennt er sich mit Gewerkschaftern aus. *15*

Der hochbegabte Sohn eines Auschwitzwärters ist schwer
erziehbar, findet sich aber einen Freund, der ihm für eine
Zeitlang Leib- und Geistwächter ist. Als sein erstes Kind
geboren wird, sagt er, er habe alles erreicht im Leben,
er habe die Welt verändert. *44*

Ein maroder Technikstudent verliebt sich in eine
Primartochter, die Medizin studiert, und hängt sich auf.
Sie hat ihn aber von Herzen geliebt. Was die Leute zu dem
Ganzen sagten und was das für Folgen hatte. *65*

Ein paar alte Leute aus einem Altersheim wollen ein
misshandeltes Kind erretten. Des Weiteren, wie das
Jahr 1968 wirklich war. *86*

Von einem Kind, das unter Soldaten aufwuchs, und vom
Militärwesen überhaupt. Man darf da keine Illusionen haben. *92*

Eine hat ein liebes Lächeln. *109*

Wie ein Ort an und für sich beschaffen war, in dem ein
paar Babys umgebracht worden sind und eines fast. *119*

Von den vielen guten Menschen in dem Ort und was für
ein Wirbel war, als besagtes Kind groß war und wählen ging. *142*

Vom Wesen der Politik überhaupt und wie durch es ein
Mann mit Familie in seinem 45. Lebensjahr alles verloren hat,
aber ein paar Bescheinigungen bekam, worauf sogar der
Staatspräsident ihm recht gegeben haben soll. Ein Minister
mochte ihn leiden und sie hatten oft fördernden Umgang
miteinander. *152*

Ein Virtuose bringt seiner winzigen Tochter sein eigenes
Können bei, damit sie einen Halt hat, Karriere machen und
glücklich sein kann. Mit 18 oder 19 springt sie von einem
Eisengerüst in die Ewigkeit. Man hat jederzeit auch schon
vorher zuschauen können. Das Haus, aus dem sie war,
hatte Stil und Kultur und hielt den regen Austausch hoch. *168*

Wie es in den 1960er und -70er Jahren in der Schule war
und wie mit den Penissen in Jugoslawien. *193*

Warum Streiks und Esoterik gleich gut sind und es für
Menschen nichts Besseres gibt. Und wie einer aus Scheu
ein paar weibliche Wesen durcheinander brachte und
sie ihn sehr. *218*

Warum Professionalität eine Augenauswischerei ist, die Dinge
aber trotzdem gut ausgehen. *245*

Ein alter Mann wirft sich, wenn er es gar nicht mehr aushält,
ein Nagelorakel und ist danach immer guter Dinge. Er macht
sich aber Sorgen, weil sich die Menschen und die Zeiten
nur äußerlich geändert haben. Alles werde wieder geschehen. *281*

Der Gesetzgeber tut, was er kann, damit er das Gesetz wieder
brechen kann. *299*

II. Buch: Furchtlose Inventur

Von einer Dialysestation, auf der ein Pfleger gewissenhaft
arbeitete, aber eineinhalb Jahrzehnte nach der berichteten
Zeit schuldig gesprochen wurde, weil 2005 ein Patient während
der Dialyse gestorben war. Die Richterin bedauerte, dieses
Urteil fällen zu müssen, denn statt des Pflegers sollten sich
die Ärzte, die Verwaltung und die Politik vor dem Gericht
verantworten müssen. Doch so weit reichten die Gesetze nicht.
(1989–1992) *13*

Von einer Frau, deren Gehirn plötzlich blutete und über die
man sagte, sie werde das nicht überleben oder wenn, dann nur
ohne jede höhere geistige Funktion, und später, sie sei nicht
therapierbar. Aber das war alles nicht wahr, weil um sie
gekämpft wurde. (1993–1999) *74*

Ein Sozialarbeiter kommt mit seinem Beruf nicht zu Rande,
gerät auf Abwege, erpresst seine Organisation. Diese will ihn
loswerden. (1992–1998) *110*

Wie ein großmütiger Gelehrter und herzensgebildeter Forscher,
in dem 3000 Jahre Menschheitsgeschichte am Leben und
Wirken waren, unterging und sein Universitätsinstitut mit ihm
und dadurch der Schulunterricht. Aber das weiß fast niemand,
weil man vergessen hat, was alles möglich ist. (1992–1997) *143*

Wie einem Flüchtling ein fremdes Kind in den Händen starb
und er darüber ein anderer Mensch wurde. (1992 –) *161*

Von einer Frau, die als Kind fast zu Tode gekommen wäre und
für ihre Kinder lebte; und wie es ist, wenn es dann plötzlich in

Wahrheit doch keine Schmerzmittel gibt, die helfen, und keinen
Gott und die netten Hospizleute sich irren. (1999) *167*

Von einem Lehrer aus kleinen Verhältnissen, der glaubt, er sei
unnütz und werde nicht gebraucht. Er bemüht sich. Aber in
der Schule ist nichts wirklich. Man muss aber auf das stolz
sein können, was man lernt. Es muss also wichtig und wertvoll
sein. Und man darf nicht so viel im Stich gelassen werden. (2005) *179*

Ein Vietnamese, der im Krieg Funker war, stirbt fast im Meer
als einer der Boatpeople. Zufällig wird er vom Roten Kreuz
von seiner Familie, seinem Bruder, getrennt, der nach Amerika
gebracht wird. Er kommt ganz alleine hierher, verliebt sich in
eine Chinesin, gibt ihr Geld, damit sie von hier fortkann,
ist dann wieder sehr alleine, hat Asyl, aber nicht viel Geld,
nur seine Arbeit, die oft nicht. Am 11. September 2001 wird er
ziemlich schizophren, weil er die Fernsehbilder nicht fassen
kann. Er kommt immer wieder ins Stadtspital und wird dann in
ein Pflegeheim in einem Landschloss verschleppt, in dem die
Verweildauer 4 Jahre beträgt, dann stirbt man. Er ist 54 und
immer freundlich. Ins Heim muss er, weil es heißt, dass er
niemanden habe. Er hat aber jemanden; die brechen ihn heraus.
Das Pflegeheim ist die Hölle für die Insassen und für das
Pflegepersonal. Aber die Politik nimmt das der Region und der
Arbeitsplätze wegen billigend in Kauf. Auch spare man durch
das Heim anderswo Geld. Vor allem sei das Patientenmaterial
das Problem. (2004–2005) *185*

III. Buch: Tagebücher 2004–2011

Tagebücher 2004 *13*

Tagebücher 2005 *94*

Tagebücher 2006 *164*

Tagebücher 2007 *283*

Tagebücher 2008 *387*

Tagebücher 2009–2011 *457*

Nachwort *621*

Pataphysisches Register *629*

Adolf Holl zu Autor und Werk *681*

Vorwort

Das hier Berichtete hat als erfunden zu gelten. Jede Ähnlichkeit mit lebenden, verstorbenen oder künftig geborenen Personen sowie mit realen Geschehnissen, Entscheidungen, Verhältnissen und Zuständen ist zufällig, unerwünscht und unvermeidbar. Die drei Bücher handeln von Menschen wie du und ich, deren Leben aufgegeben wurde, die jedoch Glück hatten, und davon, dass in einer Demokratie jede Wahl eigentlich eine Revolution ist, durch die die Politik neu erfunden wird; die Verhängnisse haben nicht mehr die Oberhand, die Happy Ends finden statt. Gebrauchsanleitung liegt bei.

I. Buch
Lebend kriegt ihr mich nie

Ein Vierzehnjähriger bringt sich aus Zuneigung und Zufall nicht um. Im Übrigen kennt er sich mit Gewerkschaftern aus.

1

Der Vater ließ die Tramway nicht losfahren. Er kroch unter die Lok und lockte das Kätzchen an. Es kam angeschnurrt. Die Leute schimpften, was denn los sei und er da tue und wolle und dass er alles aufhalte. Dann waren sie gerührt. Er hatte das Kätzchen unter die Waggons laufen gesehen. In der Schule beim Heben der Hand zum Deutschen Gruß hob die Mutter unabsichtlich und fast an jedem Morgen die falsche und auf der Straße und drinnen auch. Heil Hitler zweimal, dreimal am Tag automatisch mit der falschen Hand, die Mutter erschrak darüber, blieb vor Schreck dabei. Der junge Priester in der Schule nach dem Krieg gab ihr einen Fünfer im Glauben, weil sie lieber Korbball spielte. Sie arbeitete beim Roten Kreuz und wünschte sich einen helfenden Beruf. Das war nicht möglich.

Ihre Mutter wollte Ihren Vater heiraten und das Kind, Sie, wollte sie in der Zeit davor eine Zeitlang auch. Also gibt es Sie. Aber mit der Zeit wollte sie aus gutem Grund dieses Leben auch wieder rückgängig machen. Aber das ging nicht. Denn Sie werden durch niemanden sonst sterben als durch den restlichen Gott. Der Vater trat ihr den Bauch ein. Dass Ihr Vater Ihrer Mutter in den Bauch trat, als Sie dort ein halbes Jahr ansässig waren, half ihm nichts, änderte an Ihrer Sache nichts. Was die Mutter zu tun hatte, eher. Fünf, sechs Wochen vor dem Geburtstermin hackte Ihre Mutter ein paar Stunden lang österlich viel Holz. Das nützte was, denn Sie kamen sodann sofort zur Welt. Das war am 3. April 1961 gleich nach 22 Uhr. Später sagte Ihre Mutter einmal zu Ihnen, sie sei sich dessen stets gewiss gewesen, vom Beginn Ihres Lebens an, dass Ihnen niemals etwas geschehen kann.

Unsere Mutter wollte unseren Vater heiraten und die Kinder, uns, wollte sie in der Zeit davor eine Zeitlang auch. Also gibt es uns. Aber mit der Zeit wollte sie aus gutem Grund dieses Leben auch wieder rückgängig machen. Aber das ging nicht. Denn wir werden durch niemanden sonst sterben als durch den restlichen Gott. Der Vater trat ihr den Bauch ein. Dass unser Vater unserer Mutter in den Bauch trat, als wir dort ein halbes Jahr ansässig waren, half ihm nichts, änderte an unserer Sache nichts. Was die Mutter zu tun hatte, eher. Fünf, sechs Wochen vor dem Geburtstermin hackte unsere Mutter ein paar Stunden lang österlich viel Holz. Das nützte was, denn wir kamen sodann sofort zur Welt. Das war am 3. April 1961 gleich nach 22 Uhr. Später sagte unsere Mutter einmal zu uns, sie sei sich dessen stets gewiss gewesen, vom Beginn unseres Lebens an, dass uns niemals etwas geschehen kann. Als uns unsere Mutter zum ersten Male draußen hinter dem Glas sah, fiel sie vor dem Brutkasten in Ohnmacht. Unser Vater fing unsere Mutter nicht auf, weil er seine Aktentasche nicht aus der Hand geben wollte. Einmal musste unsere Mutter einen Tag lang lachen, weil sie eine Vergiftung hatte.

Meine Mutter wollte meinen Vater heiraten und das Kind, mich, wollte sie in der Zeit davor eine Zeitlang auch. Also gibt es mich. Aber mit der Zeit wollte sie aus gutem Grund dieses Leben auch wieder rückgängig machen. Aber das ging nicht. Denn ich werde durch niemanden sonst sterben als durch den restlichen Gott. Der Vater trat ihr den Bauch ein. Dass mein Vater meiner Mutter in den Bauch trat, als ich dort ein halbes Jahr ansässig war, half ihm nichts, änderte an meiner Sache nichts. Was die Mutter zu tun hatte, eher. Fünf, sechs Wochen vor dem Geburtstermin hackte meine Mutter ein paar Stunden lang österlich viel Holz. Das nützte was, denn ich kam sodann sofort zur Welt. Das war am 3. April 1961 gleich nach 22 Uhr. Später sagte meine Mutter einmal zu mir, sie sei sich dessen stets gewiss gewesen, vom Beginn meines Lebens an, dass mir niemals etwas geschehen kann.

Die zweite Erinnerung in meinem Leben ist, dass ich im Gitterbett bin, mein Vater ist vor mir, überall ist heißes Licht. Der Vater zieht mich am Hals hoch, würgt mich, ich bekomme keine Luft, schwitze, habe keine Luft. Es ist so heiß. Er hört nicht auf mich zu würgen. Keine Luft. Die Hitze. Meine Augen sind voll Schweiß. Ich komm da nicht mehr raus. Er drückt, drückt. Alles von mir brennt. Das Gesicht des Vaters ist schmerzverzerrt. Sein Gesicht tut mir leid. Er tut mir weh, es tut mir leid. Ich habe überall Schmerzen. Ich bekomme keine Luft. Sein Gesicht geht nicht weg. Die Hände gehen nicht weg. Keine Luft. So heiß. Die weiße Tür. Vor meinem Mund ist etwas ganz fest. Ich kann nicht atmen. Da ist nur Hitze. Die weiße Tür geht auf. Luft. Überall jetzt Luft in meinem Gesicht, kühl, kühl, draußen ist es finster, die Tante ist plötzlich da. Die Tante schlägt mit einer Hand auf den Vater ein. Ganz fest. Hört nicht auf. Auf der Schulter trägt sie etwas. Der Vater reißt seine Hände vor seinen Kopf, hält seine Hände fest vor seinen Kopf, jammert. Die Tante schlägt von oben auf seinen Schädel. Der Vater jammert. Überall Luft, ich schwitze, schwitze. Kühl. Luft. Die Tante steht vor mir, es ist gut. Damals hat die Tante mir das Leben gerettet. Ich glaube nicht, dass mein Vater von selber aufgehört hätte, mich umzubringen.

2

An meinem einundzwanzigsten Geburtstag redete ich die Tante zum ersten Mal in meinem Leben auf damals an, fragte sie, brach zusammen, brach nicht zusammen, was in ihrer Erinnerung damals gewesen ist. Sie antwortete, sie habe im Zimmer meiner Eltern etwas gehört, habe die Türe aufgemacht, die war ganz weiß, gesehen, dass der Vater mich würgt. Auf der Schulter trug sie das weiße Bettzeug für die Stube, wo mein Großvater schlief. Ich habe mich so erinnert, wie es wirklich war.

Meinen Großvater liebe ich von Herzen. Er ist der Vater meiner Mutter und meiner Tante und hört nicht auf zu leben. Die Leute im Ort mochten ihn, weil er lustig und fleißig war. Dass er sich über sie oft öffentlich lustig machte, ärgerte sie mitunter, aber sie konnten ihm nicht gut böse sein, sondern mussten wohl, ob sie wollten oder nicht, mitlachen, weil sie sich sonst vor den anderen Leuten im Ort lächerlich gemacht hätten. Denn er war freundlich, hilfsbereit, ein guter Handwerker. Sie hatten nichts in der Hand gegen ihn. Er war in gewissem Sinne tadellos. Sie achteten ihn daher auf ihre Weise und er durfte sie auf die seine frotzeln. Wenn ihn jemand fragte, wie es ihm gehe, sagte er: *Glänzend*, auch wenn es ihm sehr schlecht ging. *Man muss die Leut' ärgern, damit sie einen Neid haben*, sagte er zu mir, *dann ist eine Ruh'*. Mit den Faschisten in der Gegend soll er zu keiner Zeit etwas zu schaffen gehabt haben. Er soll die Nationalsozialisten nicht gemocht haben, weil er die Leute nicht gemocht haben soll, wie sie sein konnten, und soll nichts mit ihnen zu tun gehabt haben wollen, so gut er konnte. Das soll alles gewesen sein. Er weigerte sich, die ihm im Nazistaat zustehenden finanziellen Hilfen in Anspruch zu nehmen. Er brauche das Nazigeld nicht, sagte er zu seiner Frau, und sie und die Kinder brauchen es auch nicht. *Die jubeln jetzt alle*, sagte er zu ihr, *aber wo viel gejubelt wird, wird viel geweint werden*. Ein kranker verzweifelter Mann aus dem Ort hatte es, während die anderen ein- und aufmarschierten, so zu meinem Großvater gesagt. Die Frau Ministerialrat erzählt das oft, dass mein Großvater das Nazigeld jedes Mal verweigert und jegliche Nazihilfe freundlich zurückgewiesen habe. Er selber erzählte mir das nie. Dass er gegen den Anschluss an Hitlerdeutschland stimmte, soll damals ortsbekannt gewesen sein, schadete ihm überhaupt nicht. *Das war nicht das Problem*, sagte er einmal zu mir. Immer wenn ich als kleines Kind krank und mit ihm allein war, fragte er mich besorgt, ob ich Schmerzen habe. Mit nichts konnte man ihm, scheint mir, eine größere Freude machen als mit Schachteln, Leergut und Behältnissen. Manchmal als Kind sah ich ihn einen Korb flechten oder einen Besen binden. Er war aus einer Tischlerfamilie. Als Kind vergrub ich ihm ab und zu sein Werkzeug, weil ich es für dermaßen wertvoll hielt, dass man es gut verstecken musste. Damals war er fassungslos über mich. Außerdem wusste ich von einigen Dingen zwischendurch nicht mehr, wo ich sie vergraben hatte. Manchmal hat er Zimmermannsarbeiten verrichtet und Dachstühle aufgestellt. Auf die paar Stück war er immer sehr stolz.

Als junger Mensch zog er für gut ein Jahr mit dem Zirkus mit, half, das Zelt aufzustellen und es wieder abzubrechen, reparierte im Zirkus, was anfiel, fütterte die Tiere, mistete ihren Dreck aus, wäre gerne beim Zirkus geblieben, vermochte aber keine Kunststücke zu erlernen, und sein Musizieren konnten sie, obwohl er auf gut vier Instrumenten ein passabler Musikant war, im Zirkus nicht gebrauchen. Von dem, was er im Zirkus für seine Arbeit bekam, konnte er nicht leben. Und die junge Frau, in die er sich im Zirkus verliebt hatte, hatte anderes vor als ihn und blieb im Zirkus und bei ihrer Familie dort und ihrer Arbeit. *Du warst immer Kommunist, du hast es immer leicht gehabt*, sagte der Vater des schwarzen Vizebürgermeisters zu ihm, war ein fleißiger, netter Mann und sehr aufgebracht. Die beiden alten Männer saßen da, ich schaute ihnen als Kind versehentlich zu und verstand nicht, warum der freundliche Mann aus dem Ort im Sitzen plötzlich dermaßen ungemütlich wurde. Der Großvater freute sich sichtlich über den Ärger, erwiderte gut gelaunt: *Kommunist, ich weiß gar nicht, was das ist, aber wenn du es sagst, wirst du's wissen. Wie gibt's das, dass du das weißt, was ein Kommunist ist, und ich nicht. Wenn ich nicht genau wüsst', was ihr gewesen seid, ich müsst' meinen, du warst einer. Die Leut' ändern sich nicht*, sagte der Großvater oft zu mir, damit ich es mir ja merke. Es brauche ihnen nur wieder ein wenig schlechter zu gehen als jetzt, und sie würden wieder so sein, wie sie waren, und dann kommen die Faschisten wieder überall rein und rauf und es gehe wieder alles von vorne los und am Ende kaputt und dann fange es aber wieder von vorne an und dann gehe alles aber wieder kaputt und dann fange es wieder an. Bis dann einmal gar nichts mehr zum neu Anfangen da ist.

Von Jugend an wurde mein Großvater totgesagt. Das und jenes und dieses werde er nicht überleben, sagten die Leute über ihn. Kein Packerl Tabak geben sie mehr für sein Leben, sagten welche. Oft kamen welche zu uns und erzählten das von früher und schüttelten den Kopf, dass der Großvater immer noch lebt. Das gefiel mir. Und wenn sie von seinen Tischlerarbeiten erzählten, die sie oder ihre Kinder seit einem halben oder einem ganzen Leben bei sich zu Hause haben, und dass er auf jedes Werkstück in seiner schönen Handschrift seinen Namen und das Jahr geschrieben habe und dass er ihnen fast in jedes Möbel ein Geheimfach hineinversteckt habe, das sie selber nicht mehr finden. Sein Bauch sei offen dagelegen und seine Gedärme seien nach außen gehangen, als ob es alle wären und aus und vorbei, und um Tabak zum Kauen habe er in einem fort gebettelt, als er so war und der Lazarettarzt und die mildtätigen Schwestern nicht wussten, was sie mit seinen Eingeweiden tun sollen.

Wenn sein Schwiegersohn, welcher mein Vater war, auf mich losging und ich ganz alleine war, rief mein Großvater: *Jetzt geht er schon wieder auf den Buben los*, setzte sich verzweifelt auf seine Bank, und das war es dann. Dort blieb er sitzen, bis alles vorbei war, weinte nicht, schaute irgendwohin, zitterte, redete mit sich selber. Manchmal, wenn es gar nicht endete, zeichnete er zwischendurch Violinschlüssel in die Luft. Ich brauchte als Kind lange, bis ich verstand, was er in der Luft tat. Die Sache war ausgestanden, wenn der Vater mich in einen anderen Raum schlug, zerrte, dort seine Sache weitertat, der Großvater litt sehr, wenn er die Sache mit ansehen musste. Manchmal im schweren, stundenlang, tagelang nicht endenden Streit zwischen meinen Eltern riefen ihn meine Mutter und meine Tante zu Hilfe, drohten meinem Vater mit ihrem Vater. Mein Großvater kam dann erschrocken aus seinem Zimmer, in dem er schlief, unser aller Stube war das tagsüber, er sah dann meinen Vater groß an, und das war es dann. Viele Leute im Ort sagten wie wir Dati zu ihm. Der Dati liebt mich sehr. Als kleines Kind schaute ich mit ihm zusammen im Fernsehen einmal einen Film des französischen Komikers Tati an. Ich war vorher schon ganz aus dem Häuschen, weil ich glaubte, dass der Mann wie mein Großvater heißt. *Das bist du,* sagte ich zum Dati. Der lachte während des ganzen Filmes kein einziges Mal, währenddessen ich vor Freude herumhüpfte. *Du, Uwe, das bin nicht ich*, sagte er. *Das ist auch kein echter Postler. Zum Lachen ist er auch nicht.* Mein Vater starb am 4. Februar 1976. Mittagszeit. Der Wochentag war ein Mittwoch. An dem Tag sagte mein Großvater zu mir nur: *Jetzt musst du für die Familie sorgen.* Da ärgerte ich mich und gehorchte dann aber, so gut ich konnte. Konnte es aber nicht.

Oft hoffte ich als kleines Kind, heute käme der Vater wegen der Sitzungen nicht nach Hause, sondern müsse dienstlich in der Hauptstadt bleiben, und dann fing ich schon in der Früh sofort nach dem Aufwachen voller Angst und Hoffnung an, alle im und vorm Haus zu fragen, was sie glauben, dass sein wird. Mein Großvater ärgerte sich mit der Zeit über mich und machte eine Erfindung. Er sagte zu mir: *Wenn er kommt, ist er da. Jetzt gibst du Ruh'.* Immer, wenn der Vater es wollte, gaben sie mich, ich weinte und bettelte dagegen, dem Vater mit. Mein Vater nahm mich stets mit sich. Mein Vater ließ mich nie zurück. Alles andere waren widrige Zufälle. Für die konnte mein Vater nichts. Wenn mein Großvater sagte: *Wenn er kommt, ist er da*, sprang ich weinend über die Stufen aus dem Haus in den Hof und begann mich ohne Unterlass im Kreis zu drehen, bis ich mir für einen Augenblick einbildete, fortfliegen zu können, dann wurde mir stattdessen aber schlecht und ich wartete die restliche Zeit des Tages auf den Vater. An manchen Tagen fing ich dabei wieder an, mich zu drehen.

3

Den Farbennamen *Weiß* mochte ich, als ich reden konnte, nie nennen. Ich sagte nie, welche Farbe der Schnee hat. Die Mutter wurde darüber wütend, meinte entsetzt, ich sei zu dumm, mir die Farbe zu merken. Sie fragte, immer mehr außer sich geratend, wie der Schnee sei, und ich sagte, wie er war, aber nicht *weiß*. Sie ohrfeigte mich entsetzt, weil sie mich für dumm hielt, weil ich vor Freude *kalt und nass* sagte statt *weiß*. Aber das Weiße war gut, weil es kalt war, und das kalte Nasse war sehr gut. Das war wegen der Tür. Ich sah, wie die Mutter Angst hatte, weil ich die Farbe nicht nannte. Sie erschrak und drehte sich und taumelte einen Augenblick lang. Das war mir nicht recht. Mein Vater pflegte zu mir zu sagen, wenn wir beide im Zimmer meiner Eltern alleine waren: *Es wäre besser gewesen, ich hätte statt deiner ein Nachtkästchen gespritzt*. Dann lächelte er mich an und hörte nicht auf, mein Gesicht anzuschauen, wie es daraufhin würde, und ich schaute weg von seinem Gesicht. Manchmal sagte er statt *besser*: *Es wäre gescheiter gewesen*. Und manchmal fügte er hinzu: *Dann geb's dich nicht*. Einmal als Kind, ich hatte jede Nacht meines Lebens, wenn er da war, bis zu seinem Tod neben dem Vater zu schlafen im Ehebett an meiner Mutter Stelle, nahm ich dann, als ich einmal alleine war, ein Messer und zerschnitzte im Finstern das Nachtkästchen auf meiner Ehebettseite, so gut es ging. Als die Mutter am nächsten Tag beim Zimmerputzen mein Werk sah, auf das ich stolz war, schrie sie auf wie von plötzlichen Schmerzen, gab mir eine Ohrfeige, musste sich setzen, konnte nicht aufhören, ihren Kopf zu schütteln, weinte laut, wie dumm ich sei. *Das gibt's doch nicht*, schrie sie, *so etwas gibt's doch nicht*. Sie mochte mich ansonsten immer sehr, tat mir nichts Böses, meinte es mir nur gut, umarmte mich, küsste mich herzlich. Die unwichtigen, schmerzlosen mütterlichen einzigen zwei Ohrfeigen meines Lebens, die wegen der weißen Farbe und des entstellten Nachtkästchens, kamen aus ihrer jähen Sorge.

Einmal als ganz kleines Kind rannte ich frei neben ihr, freute mich sehr, stolperte und kam unter die Maschine. Mir wurde schwarz vor Augen, und ich erinnere mich an nichts mehr, nur dass alles sofort weg war. Das erstaunte mich dann damals, dass so schnell alles weg ist. Dass das sein kann. Das war alles. Damals sagten sie, ich wäre skalpiert worden, wäre ich eine Handbreit anders gefallen. Mein Vater lächelte, wenn er

Du wärst skalpiert worden zu mir sagte. Zueinander sagten sie: *Wir haben alle Glück gehabt.* Ich sah das Glück anders. Ich fand, es war nichts, nichts war mehr da, ich auch nicht, alles sofort weg. Das alles muss nicht sein, staunte ich. *Ich seh's nicht, hör's nicht, und es ist fort.* Und weil ich mich gerade zuvor so frei gefreut habe und neben dem Menschen hergelaufen bin, den ich gerade am meisten liebte, war es gut. Nur gut. Ich war nur frei und freute mich und fort. Meine Stirn geht vom Unfall damals ein wenig nach innen. Mit der anderen Maschine verletzte die Mutter dreimal Rehkitze im hohen Gras. Die hörten dann nicht auf zu schreien. Der Mutter taten die Arbeitsunfälle weh, denn die Kitzschreie blieben ihr stundenlang, tagelang in den Ohren. Die Kitze kamen dann zur Pflege an den Fluss in einen Garten am Wald. Zwei überlebten. *Schrecklich ist das, wenn die so schreien*, sagte sie. Ich schaute von ihrem Gesicht weg, damit ich verstehen kann. Einmal gab sie die Hand vor ihr Gesicht, und einmal schloss sie die Augen. Mein Vater schrie jeden Tag. Fast jeden Tag.

Viel später, als alles schon lange vorbei war, die Kindheit, wie man so sagt, sagte meine Mutter mitten in einer Arbeit plötzlich zu mir, lächelte vor sich hin, sie habe all die Jahre Tag für Tag von vier in der Früh bis acht am Abend so viel so schwer gearbeitet, damit sie bewusstlos werde und nicht hier sein müsse, wo mein Vater war und ich auch. So seien ihre Gefühle gewesen. Nur weg von hier, egal wohin, egal wie. Aber sie habe ja nicht fortgekonnt. Denn sie habe mich ja nicht im Stich lassen wollen. Nur durch die Arbeit habe sie nicht bei ihrem Mann sein müssen. Nur so habe sie das alles hier ertragen können, sagte sie. Hier nicht hier, das verstand ich. Die Erschöpfung habe ihr gutgetan. Eine Erlösung sei die immer gewesen. *Richtig ist das nicht gewesen. Das weiß ich. Ich hätt' dich nicht immer mit ihm alleine lassen dürfen*, sagte sie. *Ich weiß gar nichts*, antwortete ich ihr, weil es mir zuwider war, was sie sagte und wie und sie in diesem Augenblick auch. *Damit ich bewusstlos werde*, sagte sie. *Damit ich das alles aushalte. Deinen Vater. Es war alles so furchtbar*, sagte meine Mutter. *Du weißt das ja eh.* – *Ich weiß gar nichts*, sagte ich. *Ich habe immer bis zur Bewusstlosigkeit gearbeitet*, sagte sie dann. *Wir alle. Du hast das nicht müssen.*

4

Als der Hund und ich ziemlich klein waren, fielen er und ich eines Morgens in die weiße Kohlentruhe und der Deckel zu. Der Kleine war mir nachgesprungen. Ich bekam den Deckel nicht auf. Keinen Spalt breit. Es dauerte lange, ich tat mir mit dem Atmen schwer. Der Hund winselte zwischendurch. Ich gab keinen Laut, weiß nicht, warum. Es wird gewesen sein, weil ich die Luft brauchte. Ich habe mir immer alles gut gemerkt, was ich nicht verstehen konnte. Das, was ich verstehen konnte, habe ich mir nicht gut gemerkt. Die Tante holte uns raus, weil sie den Hund hörte. Sie schimpfte, sie habe uns überall gesucht. *Raus da, schnell, schnell*, rief sie und: *Um Gottes willen*. Der kleine Hund knickte, kaum in Freiheit, sofort ein, blieb liegen, zuckte. Er war, hieß es, epileptisch. Die Ausbilder, die Uniformart weiß ich nicht mehr, hatten den Hund ausgesondert und abgegeben. Wegen mangelnder Schussechte, Überzüchtung und überhaupt. Kleiner Polarspitz, Wollknäuel, zittrig, bissig, gänzlich untauglich für die Einsätze an der Grenze, auch überall sonst wo. Man überlegte, ob man ihn erschießen, einschläfern oder am schnellsten erschlagen soll. Mein Vater nahm den Kleinen unter der Hand gegen Zahlung von ein paar Münzen mit. Für den Polarspitz muss mein Vater ein guter Gott gewesen sein. Der Hund zeigte keinerlei Angst vor ihm, nur heftige, unentwegte Zuneigung und nicht zu beruhigende Gefolgschaft. Der Hund geriet meines Vaters wegen zwar beständig außer sich, aber offensichtlich nie in Furcht, Zorn, Ungehorsam. Ich mochte den Hund sehr, hielt ihn aber meines Vaters wegen für sehr dumm.

Im Jahr, das war das erste Weltkriegsjahr, als mein Vater geboren wurde, starb, vor der Geburt meines Vaters, sein Vater an Schwindsucht. Tuberkulose. Schnell. Ich habe von keinem Menschen Kenntnis, dem auf Erden nicht zu helfen gewesen wäre. Die erste Erinnerung in meinem Leben ist, dass mein Vater mich im Wald auf den Boden legte, fortging und mich liegen ließ. Ich lag auf dem Rücken und konnte mich nicht rühren. Ich weinte alleine wegen der Finsternis über mir. Ich hatte Angst, dass der Vater nicht wiederkommt und dass er wiederkommt. Da oben war alles schwarz. Drehen, bewegen konnte ich mich nicht. Zwischen dem vielen verschiedenen Dunkel und dem Schwarz oben wurden weiße Punkte größer und mehr und an vielen Stellen. Ich hatte dazuliegen, denke ich. Ich weiß nicht, ob es eine Gehorsamsübung war, damit ich zu lieben lerne, oder ob es etwas anderes war, das ihm ums Herz war, was er da tat. Ich weiß nicht mehr, was mir mehr weh tat, die Finsternis oder das Licht. Beides tat mir sehr weh, von außen nach innen. Nichts sonst war. Und dann war ich weg. Doch weiß ich von keinem Menschen, dem auf Erden nicht zu helfen ist.

5

Bei der protzigen Beisetzung unter den dem Vater zukommenden beamtischen, gewerkschaftlichen und militärischen Ehren, großer Anteilnahme, viel Trost, wenig Erde, viel Schnee, schimpfte jemand meinen Onkel an, meine Mutter weine jetzt schon die ganze Zeit über viel zu wenig. Ich habe gar nicht geweint und die Tränen der Mutter gar nicht verstanden. Als der Sarg meines Vaters versenkt wurde, drohte meine Mutter gar zusammenzubrechen und auf mich zu stürzen. Ich tat schnell einen halben Schritt zurück weg von ihr und sie ließ es gerade noch sein. Ich fand, sie spiele das alles und schlecht. In Wahrheit aber schämte sich meine Mutter, versank vor Scham in den Erdboden. Das habe ich in dem Augenblick damals nicht begriffen. Beim Begräbnis des Vaters fehlte zwar nämlich seine erste Familie. Aber ein Kranz lag obenauf, auf dem stand: *Von Deinen Söhnen*. Mit der Schleife hatte ich nichts zu tun. Das gefiel mir. Als ob er nicht mein Vater wäre, war das. Das gefiel mir sehr. Meine Mutter hingegen ärgerte und genierte sich, als sie während des Begräbnisses auf die Schleife hingewiesen und gleich nach dem Begräbnis auf die Schleife angesprochen wurde. Beim Notar dann warf mein Bruder Peter, den ich dort zum ersten Mal in meinem Leben sah und der meinem Vater gottverdammt ähnlich sah, im Namen seiner Mutter und seiner Brüder, meiner Brüder, meiner Mutter vor, sie habe sie vom Tod nicht verständigt. Meine Mutter sagte, sie habe nicht gewusst, wie wen wo. Ganz die Wahrheit war das nicht, aber ihr Recht. Zu mir sagte mein Vater im letzten Jahr, aus allen seinen Söhnen sei etwas geworden, nur ich sei so ein Schwein und Trottel. Mein Halbbruder sah mich lange an, lächelte freundlich, sagte plötzlich, er wisse ja eh, wie schwer es mit dem Vater gewesen sei. Und dann nickte er ein paar Mal. Das Gesicht meines Bruders gefiel mir nicht. So wollte ich nie aussehen. Er war wie sein Vater bei irgendwelchen Staatsuniformierten oder sonst welchen Staatsdienern gut untergebracht. Seinmein Vater hatte ihm dorthin geholfen.

Einmal sagte ich zu seinemmeinem Vater, er soll von hier verschwinden, er soll zurückgehen zu seinem Peter. Die Mutter hatte das zu mir gesagt, dass ich das zum Vater sagen soll. Zwei Jahre vor seinem Tod war das. Ich hatte von nichts gewusst und zufällig gerade einen Brief seiner Kinder gefunden, seiner ersten Familie, und meine Mutter gefragt, und die sagte nichts sonst zu mir als das. Ich hätte es zum Vater nicht gesagt, aber der Vater wollte an mein Geschlecht, und weil ich dieses Vorhaben nicht zuließ und nicht tat, wozu er mich aufforderte, sagte er, ich sei zu allem zu dumm. Ich warf ihn raus und sagte, er solle zu seinen Söhnen zurück. Er war erschrocken, sagte, er gehe, aber mir sollen die Augen austrocknen und herausfallen und dieses Haus soll verflucht sein und alle, die darin wohnen. *Die Augen sollen dir austrocknen und aus dem Kopf fallen!*, schrie er mich an und spuckte. Ich wusste, dass mein Vater verrückt war, der Fluch beunruhigte mich daher nicht, wenn ich doch den Vater endlich los bin. Für mich waren die Menschen draußen genauso verrückt wie er und gar nicht schön. Denn die verstanden sich gut mit ihm. Ich nicht. Lachten fröhlich mit ihm. Redeten für sie Wichtiges mit ihm. Ich war sehr müde an dem Tag, ging innen ganz woanders hin. Die Tante fragte mich, als ich ihn hinausgeworfen hatte, ob er etwas von mir gewollt habe, was ich nicht gewollt habe und nicht sagen wolle. Ich nickte, antwortete: *Ja*. Es war die Wahrheit, nützte daher nichts. Ich hatte ihn selber rausgeworfen, ganz allein, habe die Haustüre versperrt hinter ihm. Er kam aber bald wieder, trat gegen die Haustür. Ich wollte ihn nie mehr hereinlassen. Die Mutter hatte Angst um das Glas in der Tür. Die Tante auch. Die Mutter sperrte ihm wieder auf. *Nein*, bettelte ich, *nicht wieder aufsperren. Tu das nicht. Bitte nicht. Er ist draußen. Bitte, sperr nicht auf. Er ist fort.* Die Mutter sperrte ihm auf, die Tante nickte. Ein Teil des Glases hat seit damals einen Sprung. Ich bin kein guter Mensch. Eine andere Tür hier drüben aus Holz hat ein Loch, weil ich in die mit dem Kopf reingerannt bin, weil ich mich auf diese Weise umbringen wollte.

Einmal, viel später, fragte ich ohne jeden Vorwurf meine Mutter, warum sie sich nicht scheiden habe lassen. Sie sagte, sie habe solche Angst gehabt, mich zu verlieren. Ich wisse doch, wie mein Vater gewesen sei und wie viele Leute er überall gekannt habe. Er werde mich ihr wegnehmen, habe sie gefürchtet, ich müsse doch wissen, wie gemein und wie rücksichtslos er habe sein können. Oder dass ich in ein Heim komme. Ob ich das denn gewollt hätte. Manchmal im ärgsten Streit sagten sie einander, wer wen überleben wird. Er sagte dann, wie viel Geld sie bekommen wird, wenn er tot ist. Aber das werde sie nicht bekommen, denn sie werde vor ihm sterben. Die Leute haben Angst vor der Wahrheit, wenn sie glauben, dass sie sie kaputtmachen wird. Das ist aber falsch. Denn die Wahrheit ist nackt allein der Zärtlichkeit wegen. Einmal sagte die Mutter von sich aus, ohne dass ich sie fragen hätte wollen: *Er und ich, wir haben uns einmal geliebt. Das ist nicht so leicht, sich dann scheiden zu lassen, wenn man einander geliebt hat.* Das war alles nicht so leicht, wie es hätte sein können. Ich hätte gerne auf seinen Grabstein gravieren lassen, dass ihm die Erde leicht sein soll. Aber das war mir unheimlich. Das war, als bliebe er nicht drinnen. R.I.P. wurde es deshalb stattdessen. Für mich hießen die Buchstaben, dass er bitte liegen bleiben soll und bitte nicht wieder heimkommen soll und dass er uns bitte in Ruhe lassen soll und sich bitte nicht aufregen. Die Frau Ministerialrat, die dann für eine kurze Zeit mein Vormund war, ärgerte sich über mich und die Buchstaben, dass ich die wollte und keine christliche Messe für meinen Vater. Ich sagte: *Die weckt ihn nur auf.* Außerdem wünschte ich ihm wirklich, dass die Leute ihn in Ruhe lassen.

6

Der neue junge Arzt fragte mich, da war er zwei, drei Jahre im Ort und ich neun oder zehn seit meiner Geburt und zufällig allein bei ihm in der Ordination, ob mir das denn nichts ausmache, dass mein Vater immer so viel mit mir schreie. Ich erschrak, sagte schnell, dass ich gar nicht mehr hinhöre. *I' hör' gar nix mehr*, sagte ich. Der Arzt lachte auf, seine liebe Krankenschwester lächelte. Der Arzt und mein Vater redeten viel miteinander. Der Arzt schaute mir aufmerksam in mein Gesicht, wenn ich ihm allein wo zufällig begegnete. Als passe er auf mich auf. Das vergaß ich ihm nie. Er schien mir besorgt und von Herzen freundlich aus seinem Auto zu schauen. Er erkundigte sich bei meinen Eltern nach mir, wenn er zu meinem Vater kam. Das empfand ich als sehr viel, dass er schaute und fragte.

Als mein Vater im Spital nach Wochen gestorben war, kam der junge Arzt zwei Tage später zu meiner Mutter und sagte zu ihr, das könne er nicht verstehen. Kein einziger Befund habe angezeigt, dass mein Vater in Lebensgefahr sei, weder in akuter noch auf längere Sicht. Alle Beschwerden des Vaters seien mit guter Aussicht behandelbar gewesen. Einmal hatte er zum Vater im Scherz gesagt, der Vater habe, wenn man ihm so zuhöre, mehr Krankheiten, als es auf der Welt überhaupt gebe. Der junge Arzt lachte viel mit dem Vater zusammen. Der Arzt hatte einen Cousin zweiten Grades, der war ein feinsinniger Mensch, umfassend gebildet, gläubig, jünger, oft krank und wollte nicht zum Heer müssen. Mit diesem Anliegen kam der Arzt zu meinem Vater. Der Vater erledigte das. Es kamen oft welche aus dem Ort und der Gegend zu ihm, Bessere und Obere auch, die so etwas zu erledigen hatten. So war das. Mein Vater war ein hilfsbereiter Mensch und damals der stellvertretende Leiter der zuständigen Abteilung im Land. Mein Vater war sonst immer ängstlich um seinen Leib, aber zuletzt im Spital ist er aufgestanden, in die Personalküche gegangen und hat dort literweise Kompottsaft und Wasser getrunken, hätte er nicht tun dürfen, hat er gewusst. Für mich war das zuerst so, als habe er sich selber umgebracht, weil ihm niemand glauben wollte und ihn niemand haben wollte. Aber so war es nicht.

Im Zweibettzimmer war neben ihm einer gelegen, der hatte überall Knoten, war jung, ein Beamter bei der Stadt, knapp über dreißig Jahre alt war er, die Lage des Mannes war aussichtslos und es waren gerade seine junge Frau und seine kleinen Kinder bei ihm. Wäre mein Vater damals noch einmal gesund geworden, hätte mich das weder gefreut noch betrübt. Ich fühlte nicht mehr mit ihm. Denn wenn ich mit dem Vater fühlte, fügte er mir Schmerzen zu, wie er nur konnte. Da er krank war, konnte er nicht mehr, wie er wollte. Aber es ist wahr, dass ich ihm von ganzem Herzen gewünscht habe, dass er leben kann und dass es ihm gutgeht. Als er starb, tat es mir für ihn leid, weil ich wusste, wie gern er gelebt hätte. Für mich tat es mir nicht leid. Es freute mich nicht, dass er tot war, ich atmete nicht auf und es erleichterte mich nicht. Meine Gefühle waren so. Ich war mit mir im Reinen. Ich wünschte ihm damals ganz gewiss nicht den Tod, sondern ganz gewiss das Leben. Aber alles andere war mir egal. Als ich ihn besuchte, warf er mich hinaus. Die kleinen Kinder schauten uns an. Er wolle mich nie mehr sehen. Ich solle ihn nie mehr besuchen kommen. *Du und ich haben nichts mehr zu schaffen miteinander*, sagte er. *Mir graust vor dir!*, schrie er. Das war zehn Tage vor seinem Tod. Er grüßte mich nicht. Ich hatte ihm nichts getan, war freundlich. Es nützte nichts. *Niemals mehr!*, schrie er. Er wolle mich nie mehr sehen. Ich hatte nichts dagegen. Vor drei, vier Wochen hatte er mich durch die Krankenstation geschlagen. Die war gar nicht leer gewesen. Das ganze Stockwerk nicht. Sondern voller Leute war es. Die schauten. Es war kurz vor der Mittagszeit gewesen. Zwischendurch hatte ich welchen weinend die Hand geben müssen, den Mitpatienten und einem Arzt und einer Ärztin und noch wem. Ich hatte den Vater in einer Art von Liebe allein besucht und er ist an dem Tag dann völlig überraschend auf Revers mit mir heim. Irgendein junger Untergebener, der etwas befürchtete oder erhoffte, musste ihn fahren. Die zu Hause waren dann erschrocken, als mein Vater auf einmal wieder da war. Ich, ich hatte ihn mitheimgebracht. *Warum hast du das gemacht?*, fragte mich meine Mutter. *Ich kann nichts dafür*, sagte ich. *Du hättest es ihm ausreden müssen*, sagte sie. Es war der 31. Dezember. Zu Weihnachten hatte er im Spital sein müssen. Da waren wir am Heiligen Abend nicht zu ihm gefahren. Es war ein schönes Fest. Ich hatte noch nie so schöne Weihnachten erlebt. Freiheit. Am Silvestertag dann, als er wieder da war, haben meine Eltern die ganze Zeit über gestritten. Er hat meinen Kassettenrekorder genommen, den ich zu Weihnachten von der Ministerialrätin geschenkt bekommen hatte, und auf Band geredet, dass er heute aus dem Spital heimgekommen sei und niemand in seiner Familie sich freue und niemand ihn bei sich haben wolle. *Sie wollen alle meinen Tod*, dokumentierte er. Er musste sich durchs Leben schlagen, mich auch. Zehn Tage vor seinem Herzstillstand habe ich ihn zum letzten Mal lebend angetroffen. Ich habe aus Hoffnung unser Lebtag versucht, dass die Eltern miteinander leben können, nun mochte er mich nicht mehr, weil er mir aus körperlichen Gründen nichts mehr antun konnte. Er versuchte es an dem Tag doch noch einmal, im Krankenzimmer und vor dem Zimmer, und weil es ihn bereits im Ansatz überanstrengte und weil meine Mutter zugegen war und die kleinen Kinder und der junge todkranke Mann und die junge Frau von dem, beschimpfte er mich wenigstens mit aller Kraft und warf mich, das gab ihm Kraft, auf die Weise wenigstens aus dem Krankenzimmer. Die Sache regte mich nicht auf, überraschte mich, weil es das noch nie gegeben hatte. Er gab auf, gab mich frei, mir alle Schuld. Den Leuten dort, die ihn hörten, musste es scheinen, als sei ich kriminell oder schwerst erziehbar. Ich musste gehen. Ging gerne. Die Mutter blieb. An dem Tag hatte sie sich beim Vater im Spital über mich beschwert, dass ich mit ihr nicht rede. Tagelang kein Wort. Sie wisse überhaupt nichts mehr über mich.

Als der Onkel und die Tante heirateten, gingen meine Tante und meine Mutter zuvor zu einer Wahrsagerin. Bald darauf ging mein Vater zu einer anderen Wahrsagerin. Die war in der Nähe seiner Dienststelle. Kollegen gleicher Gesinnung und ein paar Sekretärinnen haben ihm die Wahrsagerin empfohlen. Sie treffe so oft die Wahrheit, helfe so vielen, so viele kämen zu ihr. Die Wahrsagefrau sagte ihm, dass aus mir nichts wird. Damals dann an dem Tag der Weissagung kam er völlig außer sich nach Hause, früher als sonst, ging sofort auf mich los und wie sonst auch stundenlang, bis er einschlief. Aber diesmal nahm die Züchtigung kein Ende. Es ging über mehr Tage in einem fort als sonst und beinahe über meine Kraft. Er schlug mich, beschimpfte mich. Auch die Monate später sagte er, wenn er wegen irgendetwas anderem durchdrehte, immer wieder, dass die Wahrsagerin ihm vorausgesagt habe, dass aus mir nichts wird. Der letzte Dreck werde ich werden, habe sie von mir gesagt, und dass ich überhaupt nichts tauge. Ich mochte die Wahrsagefrau damals nicht leiden. *Wie kann die so etwas sagen über mich, die kennt mich gar nicht. Warum tun die das. Wer hat den dorthin geschickt. Wie gibt's das. Völlig fremde Leut', was die ihm einreden. Die redet irgendwas und der würd' mich am liebsten erschlagen.* Das Schlagen hörte diesmal nicht auf. Nicht. Das Beschimpfen hörte diesmal nicht auf. Ich war völlig erschöpft. Tatsächlich ist dann alles ganz einfach gewesen: Ich kam von der Schule heim, sein Hund war unterwegs, sah mich bei der Haltestelle, hörte nicht auf mich, der Briefträger gab mir ein Telegramm, das war aus dem Spital, da standen der Name und die Todeszeit, ich rannte den Hügel rauf, sagte meinem Großvater, was war, lief wieder runter, die Mutter war nirgendwo anzutreffen, ich fuhr ins Spital, die geistliche Schwester brachte mich in ein Zimmer, da war er allein und tot. Mein Vater und ich waren dann allein. Es tat mir einen Augenblick weh. *So gern hätte er gelebt*, dachte ich. Ich gab ihm den Kuss auf die Stirn. *Baba, Papa*, sagte ich, habe mich umgedreht und habe nie um ihn geweint. Aber zehn Tage vor seinem Tod hatte er mich freigegeben. *Nie mehr!*, hatte er geschrien und: *Mir graust vor dir!*

7

Da solle es herschauen, sagte mein Vater zu dem Mädchen. Es sei nicht mehr als der Dreck unter seinen Fingernägeln. Nicht einmal den sei es wert. Das Kind war fünf Jahre alt. Auf irgendeinem Parkplatz in Südtirol sagte er das zu der Kleinen. Ich war acht, neun oder zehn. Wir machten Urlaub in einem Heim. Mein Vater verstand sich in dem Urlaub damals mit dem Ehepaar von Anfang an sehr gut. Mein Vater war charmant. Die Frau hatte denselben Titel, den er dann auch bald hatte, und war auch im selben Ministerium. Ihr Mann war sehr freundlich, sie auch. Es war ihre Familie, es geschah, was die Frau sagte. Die Frau war liebevoll. Die kleine Tochter tat nichts, was sie sagten, dass sie tun soll. Meistens sagten sie gar nichts zu ihr. Ein wenig ging die Kleine ihnen auf die Nerven, das sah man, aber sie hatten sie, das sah man, sehr lieb. Einen Sohn hatten sie auch, der war um die siebzehn und wollte mit mir nichts zu tun haben. An einem Tag fuhren wir gemeinsam für einen Kurzausflug über die Grenze. Das Mädchen fuhr bei meinem Vater und mir mit, war dann alleine mit uns. Das Kind wollte unbedingt mit uns beiden mit. Ich weiß nicht, ob meinetwegen oder meines Vaters wegen, weil seine Art sie interessierte, oder bloß weil ihre Eltern von ihr Ruhe haben wollten. Ich sagte zu ihr, sie solle mit ihren Eltern im Auto fahren. *Das ist besser*, sagte ich, und dass es mir lieber wäre. *Nein, ich fahre mit euch*, sagte sie, stieg schnell an mir vorbei ein. Die Tage über hatte mein Vater zu mir gesagt: *Das ist ein verwöhnter, verzogener Bankert. Mit dem Mensch müsst' ich eine Minute allein sein. Eine Minute nur.* Mein Vater hatte sich die Tage über zusammennehmen müssen bei der Kleinen, ließ sich nichts anmerken, blieb zu dem quicklebendigen Kind freundlich. Sie schaute ihn oft lange an, freundlich, forschte. Ich lachte die Tage über viel mit ihr, wir spielten unentwegt, ich freute mich, quietschvergnügt war sie. Auf dem Parkplatz dann, als wir ausgestiegen waren und ihre Eltern und ihr Bruder ein paar hundert Meter vor uns vorausgingen, drehte sich mein Vater auf einmal schnell um, drängte das Mädchen zum Auto, stand dicht vor dem Kind, keine Handbreit entfernt war er von ihr, blies sie an: *Was glaubst du, wer du bist. Schau meine Hände an. Da schau her. Du bist der Dreck unter meinen Nägeln. Nicht einmal den bist du wert. Schau genau her.* Das Mädchen wurde weiß, sagte kein Wort, starrte ihm in die Augen. *Papa*, sagte ich, *Papa*, er ließ sie raus, das Kind ging neben uns weiter. *Jetzt ist er dran*, dachte ich. *Sie wird jetzt sofort loslaufen und ihren Eltern erzählen, was er gemacht hat. Es ist vorbei mit ihm.* Und: *Endlich!*, dachte ich auch. Aber das Mädchen tat nichts von dem. Ich verstand das nicht und dann lief sie endlich los. Es fing zu regnen an. Die nächsten Tage waren völlig ungetrübt für meinen Vater. Die Familie des Mädchens war noch freundlicher als sonst. *Warum tun die jetzt nichts*, fragte ich mich in einer Tour, war enttäuscht. *Die muss es ihnen doch erzählt haben. Die verstehen sich doch so gut. Die haben die doch lieb.* Ich sagte damals zum Vater, ich weiß nicht mehr, ob auf dem Parkplatz neben dem Mädchen oder als es in den Regen hinein losgelaufen war: *Das darfst du nicht tun.* Er sagte: *Sie hat's kapiert.* Ich hab's nicht kapiert, mir dann gedacht, dass bei denen auch etwas nicht stimmt. Sonst könne das so nicht sein. Mein Vater sagte zu mir: *Was willst denn. Das Drecksmensch. Die hat das gebraucht. Hast eh g'sehn.*

Meine Mutter kam der Arbeit wegen wie meistens erst später in den Urlaub nach. Der Sohn der Familie himmelte sie an. Nach ein paar Tagen sagte sie zu ihm: *Das geht nicht.* Sie lächelte, er schaute traurig. Meinem Vater gefiel die Amour. *Schau an*, sagte er zu meiner Mutter und: *Bis hierher und nicht weiter kamen die spanischen Reiter.* Er lächelte: *Weißt eh, dass er gern reiten würd'. Magst nicht? Hast recht. Der kann's noch nicht.* Je länger er auf sie einredete, umso eifersüchtiger wurde er, grinste breit. *Aber vielleicht kann er's doch. Probier einmal. Traust dich nicht? Auf irgendeiner muss er reinkommen, damit er weiß, wie's bei den andern geht.* Die Mutter schwieg zornig. Ich wollte heim, aber alleine konnte ich das nicht bewerkstelligen. Dann sind wir ein paar Tage später doch vorzeitig aus dem Urlaub fort. Meine Mutter wollte plötzlich auf und davon. Der Bruder des Mädchens war siebzehn.

Seit ich von meiner kleinen Schwester wusste, fünf war ich da, meine Eltern stritten, musste ich dauernd an meine kleine Schwester denken. Die fiel mir ein, wenn ich alleine war. Ruhig wurde ich dann. Wenn mein Vater von meiner kleinen Schwester redete, bekam ich Angst. Nur lieb wäre er zu ihr, sagte er, nur lieb. Nie schlagen würde er sie und kein böses Wort würde er ihr sagen. Niemals würde er ihr etwas tun. Mit der Zeit dachte ich mir, ich beschütze sie mit meinem Leben. Denn was er mir tut, täte er sonst ihr. Es sei nicht falsch, dass es mich gibt, sondern gut so. Denn meiner Schwester geht es gut so. Das hier sei kein Leben für ein Mädchen. Hier würde es nur hässlich gemacht werden. So sehr ich mir wünschte, meine kleine Schwester würde leben, wir wären zwei, ich nicht so allein, wir würden viel lachen und mit den anderen Kindern zusammen spielen, so sehr ich mir das wünschte, so sehr fürchtete ich die Liebe unseres Vaters zu ihr. Ich war mir völlig gewiss, dass meine Mutter meine kleine Schwester mit Absicht aus dem Leib verloren hatte, um sie vor meinem Vater zu bewahren. Mein Vater stritt jedes Mal so, als sei es so gewesen. Meine Mutter widersprach ihm da nie. Da weinte er jedes Mal für einen Augenblick und ohne jede Träne. *Mörderin!*, schluchzte er auf die Weise. Ich hielt mit meiner Mutter. Sie hatte das Richtige getan und doch war es falsch. Ich sah, dass sie sich schämte.

8

Hölle. Stunde für Stunde. Jeder Tag hier war für meine Tante die Hölle. Mehr als für sonst jemanden. Mehr, kann sein, als für mich. Meine Tante versuchte, etwas gegen meinen Vater zu tun, damit ich Hilfe bekomme. Sie erzählte anderen Menschen von dem, was los war. Oberen und Besseren auch, damit die helfen. Das hätte sie nicht tun müssen, denn die wussten es auch ohne meine Tante, aber wussten nicht zu helfen. Als sie jetzt endlich von uns fort zu meinem Onkel konnte, zu ihrem geliebten Mann, habe ich mich gefreut, weil ihr Leben jetzt anfing und etwas galt. *Jetzt wird ihr Leben schön*, dachte ich. Sie war auch meinetwegen so lange geblieben. Aber es war auch wegen der Mutter und der Geschwister des Onkels gewesen, dass sie nicht fortgegangen war. Die mochten ihn nicht und meine Tante mochten sie auch nicht. Sie meinten, was er zu bekommen habe, käme ihm nicht zu, und gaben es ihm nicht, solange es ihnen irgend möglich war. Sie schätzten ihn gering, weil er lebte und statt des ältesten, dekorierten Bruders aus dem Russlandkrieg zurückgekommen war und weil er gesund war, nicht krank wie der andere ältere Bruder. Von dem hieß es, er sei als Kind durch ein Wunder dem Tod entrissen worden. Das Weihwasser aus Fatima habe seine kaputten Nieren geheilt. Die schwere Arbeit könne er aber unmöglich tun. Denn im Krieg habe er jetzt ja dann noch dazu den Lungenschuss erleiden müssen. In Wahrheit, so meinten sie daher, dürfe meinem Onkel nichts gehören, weil er ja doch als jüngster Sohn geboren worden und ihm aber das schwere Los der Brüder erspart geblieben sei. Das Erbe sei nicht wirklich sein Recht. Es störte sie fürchterlich, dass er lebte und dass er gesund war. Was er für sie arbeitete, war auch nicht nach ihrem Sinn, brachte ihres Meinens zu wenig ein. Sie waren ihm gegenüber in einem fort jähzornig.

Aber jetzt fing das Leben an, endlich das Leben. Mein Onkel hatte verstanden, dass meine Tante mich nicht zurücklassen hatte wollen. Hätte ich das aber alles damals gewusst, ich hätte ihre Entscheidung, so lange nicht fortzugehen, nicht zugelassen. Sie hätte fortgehen müssen. Ich hätte ihr gut zugeredet. Sie wäre leichten Herzens fortgegangen. Denn ich freute mich und ich hoffte und war glücklich, dass wir alle endlich leben können. Als kleinem Kind, viel früher, war mir, als lebten die Tante und ich hier heroben im Brüderchenundschwesterchenmärchen. Ich war der Rehbruder, der auch fortwill und sich freut, wenn die Schwester fortkann. Ich sehne mich seit Jahren, seit der Onkel und die Tante zusammen waren, dass der Onkel und die Tante freikommen, fortkommen, freute mich jetzt, dass sie endlich leben werden, einander lieb haben können, ohne dass die anderen sie jeden Tag hindern und quälen. Und auf ihrer beider Kinder freute ich mich. Die würden wie meine Geschwister sein, dort werden die leben. Dort wird das Leben sein. *Frei, frei, frei, frei. Endlich.* Mein Onkel und meine Tante heirateten im Frühling 1975, mein Großvater war damals im 80. Jahr. Die Tante war 37, mein Onkel war 49, meine Mutter war 41 Jahre alt. Mein Vater war 60. Die Kriege und die Zeit danach waren davor und gegen alles und der Mangel an Eigentum. Keiner von ihnen konnte früher leben, jeder musste doppelt und dreifach leben, halb und gedrittelt und gefünftelt und geviertelt, alle waren zu spät und alle zu früh, alles Gute fing anderswo an und dann wieder nicht und nicht hier und nicht dort.

Zuerst hatte ich geglaubt, dass mein Vater und meine Mutter sich jetzt besser miteinander verstehen werden. Mein Vater hatte gesagt, für sie und ihn, für meinen Vater und meine Mutter, für sie beide würde jetzt ein neues Leben anfangen, er werde sich zusammennehmen und es wäre jetzt alles viel einfacher, wenn sie allein zusammen sein können und wir alle endlich Platz haben. Er werde sich ändern. *Alles wird gut werden*, sagte mein Vater zu meiner Mutter. *Wir werden glücklich werden*, sagte er, *du wirst sehen. Es wird schön sein.* Aber das war nicht so. Sie konnten das nicht. Sie kannten das nicht. Nichts wurde besser. Sie brachten das nicht zusammen. Daher bereitete ich mich gewissenhaft zum letzten Mal auf meinen Tod vor, sammelte alle Schlaftabletten des Vaters zusammen und auch so viel ich konnte von dem, was er zur Gerinnungshemmung einzunehmen hatte, und überhaupt alles gesunde Zeug, das zu Hause war, sammelte ich zusammen. Der Vater wunderte sich, wo seine Medikamente hingekommen seien, fragte mich, er müsse das Valium und sein Marcumar irgendwo liegen gelassen haben, er bilde sich ein, alles in seine Aktentasche gegeben zu haben. Alles weg. In der einen Nacht aber, ein paar Wochen nach der Hochzeit der Tante und des Onkels, tötete ich mich nicht, denn ich wollte mich von meiner Tante und meinem Onkel verabschieden, ohne dass sie es merken. Ich wollte sie noch einmal sehen, weil ich die beiden liebte, und dass es ihnen wirklich gutgeht. Sie kamen dann an einem Nachmittag kurz auf Besuch, holten etwas, irgendein Werkzeug, es ging ihnen gut jetzt, und ich verabschiedete mich, ohne dass sie es merkten. Ich drehte mich um und ging ins Haus, gab ihnen nicht die Hand und schaute sie nicht an, habe keine Minute lang mit ihnen geredet. Jeder jetzt anderswohin. Dann wurde der Vater aber so schnell krank, kam anderswohin. Das kam dazwischen. Er starb mit der Zeit schneller als ich, aber nicht rechtzeitig, aber Zufall und Liebe haben mir noch jedes Mal das Leben gerettet. *Ich werde deine Kinder erziehen*, sagte mein Vater manchmal zu mir, *die werden mich lieb haben.* Ich war jedes Mal am Boden zerstört. *Ich darf mich niemals verlieben. Es wäre schrecklich für das Mädchen*, dachte ich in den Momenten, und dass ich nie leben werde. Es wäre eine unerträgliche, abscheuliche Gemeinheit von mir, würde ich mich in ein Mädchen verlieben. Ich würde alle in Gefahr bringen, meine Frau, meine Kinder. Das ist kein Leben, wenn der Vater lebt. *Wie soll ich ein Mädchen lieben können?* Ich war vierzehn.

9

Den ersten Selbstmordversuch unternahm ich mit elf Jahren. Ich schluckte in einem alles, was da war, gut achtzig bunte Tabletten und alle guten Tropfen und guten Flüssigkeiten, die ich fand. Gar nichts war. Mit vierzehn schluckte ich wieder, was da war. Ich schlief ruhig ein und war ganz sicher, dass es das jetzt war, aber nach ein paar Stunden wachte ich auf. Das war dumm, der Vater kam auch gerade heim. Aber ich hatte keine Angst mehr, die ich kannte, denn das Leben war, schien mir, hinter mir, weil die Tötung auch. Jetzt war aber etwas dazwischen. Zwischen dem Vater und mir war jetzt etwas dazwischen, durch das konnte der Vater nicht. Ich hatte, was da war, gewissenhaft geschluckt. Ich war mir ganz sicher gewesen, dass ich jetzt fortkann. Aber nichts, gar nichts. Aber anders war ich inwendig seit dem Tag. Ich war hellwach, als ich erschöpft war, und ich war glücklich, weil frei, weil ich jetzt gewiss verstand, wie man wirklich tun muss, damit man sterben kann. Ich hatte getan, was ich konnte, und dabei die Freiheit entdeckt. Das Toben des Vaters fand, wie gesagt, fast täglich statt, dauerte zumeist drei Tage lang, ging rechteigentlich in einem durch. Dann war kurz Pause, dann war es an jedem Tag wieder so. Die Pausen dauerten kaum mehr als einen Tag, niemals mehr als zwei, wirkliche Pausen gab es nur selten. Meistens dauerten die Pausen nur einen halben Tag, und den nicht. Dass der Vater mich anfiel oder was das war, dauerte meist von 16 Uhr, 16 Uhr 30 – da kam er heim und niemand war da außer mir, war für ihn da, die hatten viel Arbeit – bis halb elf in der Nacht. Da schlief er zum ersten Mal ein. Wenn ich schwitzen konnte, wurde ich ruhig, schlief ich auch ein. Das Schwitzen war gut. Ich werde die Angst ausgeschwitzt haben und dann ging es mir im Finstern gut. Nur wenn ich schwitzte, konnte ich einschlafen. Spätestens um halb sechs in der Früh musste ich wieder aufstehen, denn es ging wieder von vorne los. Auf der Fahrt in die Schule, der Vater in die Büroarbeit, wurde ich geschlagen, angespuckt, beschimpft, jeden Tag war das so. Wenn es an einem Tag nicht so war, war der Vater dennoch von jeder Frühe, jedem Aufwachen an eine Gefahr, weil alles so schnell ging. Ich musste immer gewahr sein, auch wenn dann nichts war. Er riss an meinen Haaren, riss mir die aus, mein Gesicht brannte. Die Fahrt in die Schule dauerte sehr oft eine Dreiviertelstunde, nicht wie normal 20 Minuten, mitunter dauerte eine Fahrt eine Stunde, der Züchtigungen wegen, wenn auch auszusteigen war und in den Wald am Straßenrand zu gehen. Industriezug. Geleise. Bäume. Manchmal fürchtete ich um mein Leben. Unter Schlägen wollte ich nicht sterben. Hier wollte ich nicht sterben. Ab 19 Uhr 30, oft war es später, waren meine Mutter und meine Tante wieder im Haus. Von meinem zehnten bis zum vierzehnten Jahr war der Vater täglich bei mir, außer wenn er bei Sitzungen war oder beruflich sonst wo, von meinem ersten bis zu meinem fünften Jahr war der Vater auch immer da, von meinem fünften bis zu meinem zehnten Jahr bloß an den Wochenenden und an den freien Tagen und in seinem Urlaub. Die meisten Zeiten verbrachten wir beide zusammen, er und ich, nicht meine Familie. Ich hatte nur Ruhe, wenn sie alle schliefen oder ich woanders war als er. Die Schule in der Stadt war um 13 Uhr 30 aus, um 14 Uhr 30 war ich daheim, im Bus oder im Zug schlief ich vor Erschöpfung ein und die letzten Fahrzeitminuten durch, ab 15 Uhr saß ich beim Lernen und Aufgabenmachen, weil ich dann nicht mehr dazu kam, weil dann eine Stunde später mein Vater heimkam oder spätestens eineinhalb.

Mit dreizehn, vierzehn Jahren, als ich dann wieder ein paar Mal an den Tod ging, war mir, als wiederhole sich ständig alles und ich habe alles schon einmal erlebt. Und wenn das wirklich so ist, dachte ich mir, so werde ich mich jedes Mal von neuem umbringen. Niemand, niemand könne mich in dieses Leben zwingen. Kein Mensch, kein Gott, kein Schicksal, kein Naturgesetz, keine Gemeinheit bringt mich mehr in diese Welt. Immerfort dasselbe, aber nie mehr mit mir. Nie mehr. Jedes Mal würde ich mich von neuem töten. Alles habe ich schon einmal erlebt, und wenn es Tausende Male wäre, dass ich mich töten muss, um freizukommen, ich werde es tun. So beschloss ich das. Es tut nicht weh im Vergleich, die Freiheit tut nicht weh, so sah ich das. Die tut nicht weh. Schönheit.

Einmal wollte ich mich töten, da war ich zweiundzwanzig. Ich war kurz in der Kirche gesessen, in der der Faschistenführer verewigt ist, in der Kirchenmauer ist der dort. Habe mir die Stelle angeschaut. Ärgerte mich, wie es so etwas geben darf. Das Versteck des Faschisten, der Ehrenplatz des Faschisten, diese Kirche in dieser Stadt. Ich geriet in Wut. Bin dann meiner Wege gegangen, habe mich an das Straßenbahngleis gesetzt. Will mich fortbegeben. Habe aber auf einmal ohne Grund zu zählen begonnen, bis zweiundzwanzig. Das kam mir nicht viel vor. Ich zählte noch einmal nach, bei jedem Jahr habe ich mich dann an etwas erinnert. An etwas Gutes und an etwas Unrechtes und dann wieder an etwas Gutes. Dann ist mir nochmals eingefallen, zweiundzwanzig ist nicht viel. Zählte nochmals durch bis zweiundzwanzig. Das ist wirklich nicht viel. Ich merkte, dass ich gern leben würde, und ließ die Straßenbahn ungeschoren. Das ganze Leben hatte ich noch vor mir. Freute mich. Die Menschen sind gut.

In den letzten eineinhalb Jahren seines Lebens gab mein Vater in der Früh beim Zähneputzen Geräusche, als müsse er sich übergeben, hatte aber nichts im Magen. Jeden Morgen ging das in der Zeit so. Und beim Essen schwitzte er damals immer. Ich war erschöpft, nichts von dem, was anstrengend war, ließ nach; ich hatte keine Ehre und wollte mich endlich ausschlafen können, nur mehr müde war ich. Als der Onkel mir zu trinken gab, fuhren wir gleich nach der Arbeit dorthin, wo einer Spinnräder reparierte, ich schlief hinten im Laderaum vor lauter Schnaps. Das Bewusstsein sei ein Lächeln, dachte ich mir in der Zeit oft, und sterben müssen wir sowieso.

10

Als ich einmal die Schule schwänzte, elf war ich, baumelte der Schwanz des Vaters hin und her, als der Vater mich schlug. Als ich damals vom Fußboden aufschaute, flog am vorderen Fenster ein schwarzer Vogel vorbei und setzte sich in die Wiese vor dem hinteren Fenster. Der Vogel schaute mich an. Der Grund, warum ich damals die Schule schwänzte, war, dass ich die Unterschrift des Vaters gefälscht hatte. Die Unterschrift des Vaters habe ich gefälscht, weil ich Angst vor ihm hatte. Ich war der zweitbeste Schüler in der Klasse gewesen. Ein neuer Deutschlehrer kam statt meiner zwergwüchsigen Lieblingslehrerin, die durch einen Autounfall schwer behindert war, in die Klasse. Einmal bald dann vergaß ich einen winzigen Teil der Deutschhausaufgabe zu machen, weil wir auf dem Feld gewesen waren, es war ein schöner Tag gewesen. Ich war auch ganz allein mit dem Traktor weit gefahren. Und dann war ich in der Wiese gesessen und der Himmel und die Wolken waren wunderschön und die Luft war voller Düfte gewesen und ich hatte das Gefühl gehabt, sehr frei zu sein, und aus Freude gebetet. Als mir am nächsten Tag in der Schule plötzlich einfiel, was ich vergessen hatte, drei, vier Zeilen, schrieb ich die in meiner Angst schnell in der Englischstunde. Der junge Englischlehrer, der andauernd mit allen herzlich lachte, wurde an dem Tag mit der lauten Klasse nicht fertig und nahm just meine stille Handlung zum Anlass, ein Exempel zu statuieren. Er explodierte und meldete mich in der Pause dem neuen zwergwüchsigen Deutschlehrer. Der war auch ein Doktor wie die zwergwüchsige Frau Deutschlehrerin; gerichtlich beeideter Dolmetscher für romanische Sprachen war er auch und kam in den folgenden Jahren mit keiner Schulklasse zu Rande.

Der kleine Mann verstand sich mit meinem Vater sehr gut, hatte seine Schwägerin und seine Mutter hier im Ort, schwärmte später von seinem hochbegabten kleinen Sohn, der dann eine Klasse übersprang, und machte mich jetzt aus nichtigem Grund fertig, hatte mir ausdrücklich verboten, dass meine Mutter unterschreiben darf. Aus dem Ganzen wurde dann nichts Gutes. Später dann, noch nach Jahren, als ich in andere Klassen versetzt war, in denen er nicht unterrichtete und ich in gewissem Sinne ein neues Leben angefangen hatte, er aber zufällig eine Stunde supplierte, fragte er mich jedes Mal sofort, wenn er mich sah, vor allen meinen neuen Mitschülern, ob ich noch immer Unterschriften fälsche. Das war schwer für mich.

Nur der Klassenvorstand damals in der ersten Klasse hat mich gerettet. Vor dem hatte mein Vater dann die Jahre über immer Angst, weil er in der Unterstufe der Turnlehrer war und Spuren hätte sehen können und weil er an den Elternsprechtagen meine Mutter oft nach mir und dem Vater fragte. Meine Mutter gab keine Auskunft. Einmal sagte er zu ihr, dass etwas unternommen werden müsse. Er merke, dass etwas nicht stimmen kann. Es müsse mir sehr schlecht gehen. Er unternahm nichts gegen meinen Vater, war sehr vorsichtig im Umgang mit dem Direktor in der Schule, wurde später selber Direktor. Es ist wirklich wahr, dass er um jeden seiner Schüler kämpfte, wenn er merkte, dass es dem nicht gutgeht. Er sagte zu uns Schülern, wir müssen diese Schule hier innerlich nehmen wie später dann das Militär. Es bleibe uns beides nicht erspart. Das Wichtigste sei immer, dass wir nicht auffallen. Und dass wir rechtzeitig zu ihm kommen, wenn wir Hilfe brauchen. *Zu mir könnt ihr immer. Vergesst das nie*, sagte er. Aus gegebenem Anlass sage er das. Der Anlass damals war ich gewesen. Er sagte uns, es werde nichts so heiß gegessen, wie es gekocht wird, dafür sorge er schon. Das Vertrauen seiner Schüler sei ihm das Wichtigste. Einmal wollte er einem Schüler jahrelang das Leben retten. Geographielehrer war er auch. Einmal erzählte er uns, dass *Die wunderbare Reise des kleinen Nils Holgersson mit den Wildgänsen* vom schwedischen Staat ursprünglich als Schullehrbuch für Geographie in Auftrag gegeben worden sei und die Lagerlöf den Nils dem Mogli aus dem *Dschungelbuch* nachgebaut habe.

Als wir die Matura hinter uns hatten, wurde der Lehrer bald darauf Direktor, und viel später erzählte mir jemand, der Lehrer, der Direktor saufe wie ein Loch. Ich habe das nicht geglaubt. Er hat mir, als ich elf war, das Leben gerettet. Ich hatte meinen ersten Selbstmordversuch unternommen. Wenn der Lehrer mir nicht geholfen hätte, wäre der nächste gelungen. Ich weiß aber nicht mehr, wie der Lehrer mir geholfen hat. Es kann sein, allein dadurch, dass da jemand war, der nett war. Jetzt weiß ich es wieder: Er ging nicht gegen mich vor. Ließ sich durch nichts und niemanden dazu bringen.

11

Einmal, ich war zwölf, sah ich etwas herumliegen, wusste nicht, was es war, aber vielleicht kann ich ihn damit umbringen. Er merkte etwas, sah mich an und schmunzelte, was das für ein Kakao sei, da trank ich den dann selber, und der war offensichtlich, weil ich dumm war, nicht giftig. Das Zeug, das ich reingab, war, hab ich dann kapiert, für Blumen gut. An dem Tag damals hatte ich Geburtstag, und im Fernsehen lief ein Brando-Film, in dem geboxt wurde. Einmal mit dreizehn, gegen Ende, versuchte ich, hatte es mir vorgenommen, als wir im Auto fuhren, den Vater und mich zugleich von der Erde zu tilgen. Weg mit uns. In meinen Augen waren wir gleich dreckig. Der Vater malträtierte mich meistens während seiner Autofahrten. Er konnte alles tun, was er sonst auch im Gehen, Liegen oder Stehen tat. Ab und zu haben andere Autofahrer gehupt oder gewunken oder ihm den Vogel gezeigt, wenn er im Auto auf mich losging. Dass sie das taten, war sehr selten in den Jahren. Ich wollte diesmal, beim nächsten Male, diesmal war das jetzt, ins Lenkrad greifen und mit den Füßen Gas geben und mit meinem Körper verhindern, dass er bremst oder zur Schaltung kann. Den Schlüssel wollte ich rausziehen und dass wir verunfallen und weg und hin sind. Aber der Vater griff, bevor ich irgendetwas tun konnte, in ein paar Augenblicken wäre der Ort für den Unfall gewesen, voller Wut nach meinem Geschlecht und riss verrückt am Hosenschlitz. Ich konnte den Vater nicht töten, schämte mich so, war starr. Er schrie: *Du Schwein, du Schwein!* Er riss an meinem Hosenschlitz und schrie: *Du Schwein, du Schwein!* Jemand hupte, deutete mit den Händen. Der Vater ließ ab. So weit hatte der Vater, wenn ich wach war, noch nie vordringen können. Mein Wille hatte nichts vermocht. Weg mit mir, schnell, der Vater hatte für immer gewonnen. Ich konnte ihn nicht töten. Mich schon. Der Vater hielt an der Tankstelle im Ort. Fünf Minuten später war das. Die Männer dort, die Kunden und der Tankstellenwärter, betrachteten mich abschätzig, wohl weil ich wimmerte und schluchzte. Sie schauten mich an, verzogen den Mund, drehten den Kopf weg. Es war alles schmutzig an mir, empfand ich, ich konnte so nicht mehr anders als sterben. Die Tankstelle auch und die Leute, das war alles schmutzig, die waren schmutzig. Ich weinte, damit sie nicht durchkönnen. Der Vater war mir im Töten zuvorgekommen. Ich hatte mich plötzlich nicht rühren können. Das war mir bis dahin noch nie geschehen, dass ich nichts tun konnte. Ich machte von jetzt an keinerlei Anstalten mehr, ihn zu töten. Sann nicht nach. Wollte ihn nicht berühren müssen. Das war der Grund. Nicht berühren. Dreck. Unrein. Aber meinen eigenen Tod bereitete ich so gewissenhaft vor, wie ich nur konnte. Ich hasste mich, die waren wie er, er solle ruhig leben, sie wie er, ich würde mich sauber kriegen wie für ein Fest. Die sollen leben. Ich muss es nicht mehr.

Im Auto war ich im entscheidenden Augenblick gelähmt gewesen, der Vater war durchgedrungen. Durch meinen Willen hindurch. Ich konnte den Vater in dem entscheidenden Augenblick nicht töten. Er hatte mich im Griff, in der Gewalt. Ich konnte nicht fassen, was geschah. Die Männer und jungen Burschen jetzt an der Tankstelle gaben dem Vater wohl recht. Ich werde einen dummen, weichlichen Eindruck auf sie gemacht haben. Sie schauten angewidert. Mich an. Weg den Kopf. Den Vater schauten sie nicht an. Dann, als er vom Zahlen wieder herauskam, redeten zwei mit ihm, was es Neues gebe. Ein Sohn kann einen Vater rasend machen, wenn der Sohn nichts ist; das war klar. Als ich ein paar Tage später wegen destillierten Wassers für das mütterliche Bügeleisen zur Tankstelle geschickt wurde, ging der Wart derselben – der war mit dem Vater per Du, er war einer der wenigen, die zurückduzten, wenn der Vater sie plötzlich duzte, der Vater erschrak darüber beim ersten Mal, dann lachten der Wart und er über ihre Männerundfrauenwitze – auf mich los, weil ich wie alle bei uns daheim *Destwasser* sagte und nicht *destilliertes Wasser*. Der Wart war noch jung. Er ist inzwischen lange schon Vater, einen Buben hat er und eine Tochter. Manchmal jetzt tröstet sie den Bruder. Damals, als ich destilliertes Wasser zu holen hatte, schrie mich der Tankstellenpächter an, lächelte, schrie: *Du redest Blödsinn hier!* und: *Solchen Blödsinn redest du da daher!* Er saß vor mir, schrie mich an, lächelte und es tat mir leid, dass ich nicht nahe genug war, die leere Flasche auf seinem Kopf zu zerschlagen. Es war nicht möglich, ich hätte ihn nicht rechtzeitig erreicht. Ein Augenblick, eine halbe Armlänge. Wir hatten Glück. Er, ich.

In derselben Zeit damals, am Abend ein paar Wochen nach der Hochzeit, als ich mich nicht umbrachte, denn ich hatte vergessen, mich von meiner Tante und meinem Onkel zu verabschieden, die ich liebte, und weil ich sie noch einmal sehen wollte, wie es ihnen geht, und ihnen zärtlich alles Gute wünschen, ohne dass sie es hören – an diesem Abend, in dieser Nacht haben sie mir das Leben gerettet, meine liebe, liebe Tante und mein lieber, lieber Onkel.

12

Bin auf und davon, log, ich müsse zum Zahnarzt, habe plötzlich Zahnweh. Sechs Jahre war ich und mein erstes Schulherrenstürzen war das. Mein Großvater nannte das so. Die Lehrerin konnte mich nicht aufhalten. Ich sagte es ihr und war sofort fort. Hatte plötzlich solche Angst bekommen, meine Mutter, meine Tante, mein Großvater seien allesamt auf und davon und haben mich mit meinem Vater für immer alleine gelassen. Aus lauter Angst musste ich aus meinem Innersten heraus auf der Stelle heim, stand auf, sagte was, ging. Die waren dann wirklich nicht daheim. Hatten mir nichts gesagt. Bin dann alle Felder abgelaufen. Auf dem letzten habe ich sie gefunden. Hatte solche Angst. Niemand wird mir mehr helfen. Ganz allein bin ich. Nur der Vater wird da sein und der wird mir jetzt immer alles antun können. So lief ich herum, bis ich meine Leute fand. Zwischendurch habe ich geredet, gebetet, gesungen. Zu ihnen habe ich dann gesagt, ich habe früher ausgehabt. Die Lehrerin habe gestern vergessen, es uns zu sagen. Ohne Beten wäre ich an dem Tag verrückt geworden. Das ist nicht dahingesagt. Als Kind habe ich von dem Tag an wirklich in jedem freien Augenblick mit Gott geredet, oder wer das halt war, und er mit mir oder wer. Wir haben viel miteinander geredet. Waren guter Dinge. Während ich geschlagen und beschimpft wurde, habe ich nie gebetet. Ich war allein, wenn ich gebetet habe. Ohne den Gott zum Reden wäre ich wahnsinnig geworden als Kind. Damals, in der Angst, meine Mutter und die Tante und der Großvater seien auf und davon, habe ich zum ersten Male in meinem Leben alleine gebetet. Wir redeten immer in der Hochsprache miteinander, Gott und ich, oder lachten oft auf im Durcheinander, weil wir die Personen verwechselten, wer wer war, und ich da jedes Mal große Angst bekam, dass es ihn nicht gibt und ich nur mit mir rede, aber das haben wir einander ausgeredet und wir haben gesagt, dass es ihn doch gibt und er das ist. Er könne mir nicht immer helfen, das sei ihm nicht möglich, aber er sei immer da. Damals, als ich meine Leute überall suchte und bevor ich gebetet habe, habe ich mir auf einmal gedacht: *Wenn es so ist, dann bin ich eben allein*, und dann habe ich plötzlich gebetet. Einmal in der Zeit, als mein Gott und ich miteinander redeten und ich sehr traurig war, sagte der: *Du bist ein so fröhliches Kind.* Und da war ich fröhlich. Mit Gott war ich vergnügt. Der war so. Ich war nicht allein, der hatte mich lieb. Der war nicht Jesus und Jesu Vater auch nicht. Ich weiß nicht, was für ein Gott das war. Habe mir schwer getan, Vater und Sohn mochte ich nicht. Mein Vater geriet jedes Mal in Rage, wenn wir dort gingen, wo er als Kind aufgewachsen war und dann später für eine lange Zeit wieder lebte. Jede Woche gingen wir dort. Er fuhr dorthin, geriet in Rage, wenn wir beide durch die Stadt gingen, er schlug mich, ich weinte, er schlug, zerrte an mir, alles auf der Straße, alles unter Menschen, ohne Ende, er hatte Zeit. Jedes Mal ging er zwischendurch in jede Kirche in der Stadt, in jede ging er rein, an der wir zufällig vorbeikamen, floh um Hilfe dorthin, kniete sich hin in der Rage, betete vor irgendeiner Heiligenfigur, vorm heiligen Antonius, vor Altären auch, ich zitterte, weinte. Die paar Minuten lang in der Kirche tat er mir nichts, ein, zwei Gebete betete er kniend, ein Vaterunser und ein Ave Maria lang. Die Zeit hatte ich, und ich nahm derweil, so ich nicht neben ihm knien und mitbeten musste, das gute Weihwasser, um mein brennendes Gesicht zu kühlen und die Augen. Er betete in der Wut, wurde für ein paar Augenblicke ruhig, und dann musste ich wieder aus der Kirche ins Freie auf die Straße unter die Menschen und alles ging weiter und wieder von vorne los und hinter mir.

Einmal, als ich noch nicht in die Schule ging, glaubte ich plötzlich, ich habe noch einen Vater, einen zweiten. Da kamen mein Vater und ich gerade aus einer Fleischfabrik. Ein riesiger Schlachthof. Man konnte nur durch eine Tür mit Guckloch aus und ein. Aus einem Colawerk kamen wir auch einmal. Als wir aus dem Schlachthaus gekommen waren, der Vater hatte dort Leberkäse gegessen und den Chef dort gefragt: *Läuft das Vögeln noch gut bei dir?*, dachte ich plötzlich, ich habe einen zweiten Vater irgendwo. Der da hier könne gar nicht mein Vater sein. Es müsse einen anderen geben. Mein richtiger halte sich irgendwo versteckt. Und wenn es mir zu viel würde, komme er daher. Ich hatte einen wirklichen Vater, nicht den da. Ganz klar und leicht war das auf einmal. Ich ging gerade neben dem einen falschen, der mir gerade erzählte, wo er aufgewachsen sei. Da genau kam mir die Idee, hier irgendwo lebe mein zweiter Vater, mein richtiger. Der falsche neben mir erzählte gerade, dass er immer Angst gehabt hatte als Kind beim Kohlenholen im Keller hier im Haus, habe deshalb dabei gesungen und gepfiffen. Da hier irgendwo überall lebte mein Vater, dachte ich, mein zweiter, wirklicher. Alles war nicht mehr so schlimm. Mein Vater war da. Der da war es nicht. Der da neben mir sagte gerade, er sei Boxer und Vorturner gewesen und habe den anderen Kindern in die Klostersuppe gespuckt, damit er mehr zu essen habe bei der Armenausspeisung. Der war aber nicht mein Vater. Ich hatte hier irgendwo einen richtigen Vater, der lebte, wie mein falscher Vater, aber richtig lebte der. Der war mein richtiger Vater. Der sei hier irgendwo, hier, der sei hier geblieben damals, der lebe jetzt hier. Der falsche Vater gehe neben mir, der richtige passe auf mich auf und komme her zu mir, wenn es zu viel wird. Dass ein Gott mein wirklicher Vater sein könnte, habe ich nie geglaubt. Wir redeten nur freundlich. Mein wirklicher Vater war weder Gottvater noch Gottsohn noch der gemeine Mensch da neben mir, der mich nicht in Ruhe leben lässt und mich in jedem Augenblick überfallen kann. Ich habe damals weder zu Jesus gebetet noch zu seinem Vater. Ich mochte die beide nicht. Meine Tante und meine Mutter mochte ich. Sie pflegen zu mir zu sagen, ich sei nicht von dieser Welt und stehe völlig daneben und das sei fürchterlich, wie ich bin. Ich war 17, 18, 19, 20, 21, 22, 23. Dass ich herumschrieb, war meiner Mutter nie recht. Meine Mutter sagte zornig: *Es wird keinen einzigen Menschen interessieren, was du da herumschreibst. Absolut niemanden. Was glaubst du denn von den Leuten. Was glaubst du denn, wer du bist. Du bist eine Scheißfigur*, hat meine Mutter zu mir gesagt. Meine Tante sagte: *Wenn da irgendetwas einmal öffentlich bekannt wird durch deine Schreiberei, rede ich mit dir mein ganzes Leben lang kein Wort mehr. Uwe, das schwöre ich dir.*

Einmal, ich war sieben Jahre alt, wollte ich nicht mit meinem Vater in die Kurstadt des Kaisers mitmüssen, ich war nur mehr Angst, reine Angst, so lange würde ich dort allein sein müssen mit ihm, niemand mit. Und da habe ich ihm, damit er nicht fahren kann und damit wir daheim bleiben, das Abführmittel, das ich fand, die ganze Packung in sein Mineralwasser gegeben. Sind trotzdem gefahren, blieben nur dauernd stehen. Ich habe getan, was ich konnte. Das ist wichtig, wenn ich mich schäme und nicht aus und ein weiß, dass ich weiß, dass ich mich gewehrt habe. Ich war findig. Man muss immer nur die richtigen Menschen finden, dann geht es weiter im Leben. Als ich aus der Schule auf und davon bin, weil ich geglaubt habe, meine Familie sei auf und davon und habe mich für immer meinem Vater überlassen, da habe ich, als ich gebetet habe, weil ich meine Familie nirgends gefunden habe, kein Vaterunser gebetet, sondern das Lied vom lieben Augustin habe ich gesungen, dass alles hin ist, und noch ein Lied, das jeden Sonntag im Radio war. Dass man ruhigen Herzens stehen bleiben soll, wenn man nicht weiterweiß und wenn man nicht mehr zurückkann, und dass das aber nicht schlimm ist, wenn man zurückbleiben muss, denn Gott geht mit und hilft beim Herumsuchen und bleibt bei einem. Und wenn man es nicht findet, was man sucht, ist er trotzdem da und geht mit einem mit und bleibt bei einem. Das war eine Wohltat für mein Gemüt an dem Tag und dann immer. Heinz Conrads war in dem Moment, als meine sechsjährige Seele drauf und dran war, zu Bruche zu gehen, der einzige Mensch auf der Welt gewesen. Er war mein Schutzengel. Ohne die Conradslieder im Kopf wäre ich an dem Tag, als ich zum ersten Male meine Schulherren stürzte, vor Angst und Einsamkeit verrückt geworden. Aber mit Gott hatte ich dann jedes Mal ein gutes Leben, so gut wir nur konnten. Gott war wirklich lieb. In jeder freien Minute betete ich, er war meine Freiheit. Wenn ich einmal groß bin, werde ich Messen erfinden, wünschte ich mir sehnsüchtig.

Ich weiß nicht mehr, wann es war, dass ich mit meinem Vater nach Berchtesgaden musste, damit wir uns Hitlers Festungsberg anschauen; mein Vater sagte damals kein Wort. Kein einziges. Stundenlang nicht. Nie sonst war er so. Ich glaube, es war, als wir in der Kurstadt des Kaisers waren, in diesem Urlaub werden wir nach Berchtesgaden weitergefahren sein, in die Festung. Aber vielleicht war es, als wir auf der Blumeninsel waren. Ich glaube, das alles war in dem Sommer nach meinem ersten Schuljahr.

Jedenfalls muss man immer tun, was man kann. Ich bin noch nicht zur Schule gegangen, da ist mein Vater einmal mit mir ins Kino gegangen. Er ist oft mit mir ins Kino gegangen. Und das eine Mal in einen *Jedermann*-Film. Plötzlich sprang aus dem Feuer und der Finsternis jemanden der Tod an. Ich erschrak sehr. Meine Vater sah das, lachte freudig auf, sagte kein Wort zu mir, sondern betrachtete mich den Rest der Vorstellung über unentwegt und vergnügt. Zu Hause hatte ich noch tagelang Angst, dass mich der Tod anspringt. Aber dann einmal Jahre später, als mein Vater meine Mutter quälte – das war bei der Sache mit dem jungen Burschen –, summte ich neben dem Vater in einem fort *Jedermann*, damit der Vater Angst bekommt oder der Tod gar wirklich kommt. *Hör endlich auf*, sagte er und ich hörte aber nicht auf. Er bekam Angst. *Hör bitte auf*, sagte dann die Mutter zu mir. Ich hörte der Mutter wegen sofort auf.

13

In der Kurstadt des Kaisers und der Künstler war ich mit dem Vater allein. Ich war sieben und krank. Der Vater verbot mir zu husten. Ich brach gegen meinen Willen vor der Komponistenvilla zusammen. Ich hatte nicht mit hinfahren wollen ins Touristenparadies. Ich durfte im Offiziersheim niemanden stören mit meinem Husten. Mein Vater war damals noch nicht Offizier. Wenn ich hustete, tat er das Übliche mit mir. Es war nicht lustig. Er riss an mir, warf mich, ich musste beim Husten meinen Mund auf die Matratze pressen und, wenn ich auf dem Rücken lag, das Kissen fest an meinen Mund. Als Kind hatte ich oft viel Husten. Gegen das Husten musste ich eine geschickte Art des Atmens finden und besonnen sein. Das war nicht ohne Strapazen möglich, dann schaffte ich es doch nicht, musste loshusten, weil ich innerlich etwas überschritten hatte und auch zu viel von draußen da war. Das ist so, wenn man nicht husten darf. Da darf man auch nicht alles atmen. Man muss innen alles absuchen, da ist aber nichts. Wenn mein Vater anwesend war, durfte ich nie husten. Ganz einfach war das geregelt. Die Selbstbeherrschung war so. Die Mutter kam eine Woche später in die Kurstadt nach. Die Gäste dort im Offiziersheim hatten einen Garten. In den bin ich nach dem Frühstück runter, der Vater wollte während des Frühstücks dauernd, dass ich aufs Klo gehe, ich wollte das nicht, er hatte mich beim Frühstück geschlagen, ich hatte recht wirklich geweint und jetzt wollte ich nicht aufs Klo. Das Klo machte mir große Angst an dem Morgen. Ich hatte wieder den schweren Husten und dazu den Schädel ein bisschen entzündet, nur der Kakao war gut. Viele Bäume gab es, als ich allein war im Garten. Ich war zu langsam, schämte mich, der Urin in den Schuhen, die Stiege runter war das schon so. Der Vater kam runter, nach, merkte nichts und wir gingen in diese Stadt dort. Blödes Herumgerenne, Monarchievillen. Die blöden Führungen drinnen. Ein bisschen auf einem Hügel oben brach ich dann zusammen, purzelte und kollerte und blieb unten ohnmächtig liegen. Die Wirtin im Offiziersheim, oder wie sie hieß, sagte neben mir zum Vater, als ich wieder bei Besinnung war und wir gerade wieder zurückgekommen waren und ich gerade Ruhe vor dem Vater hatte, weil er über meinen Zusammenbruch und das Aufsehen erschrocken war: *Der Bub ist so laut im Zimmer. Das darf nicht sein. Er macht zu viel Lärm.* Sie schaute mich an und sagte zu meinem Vater, dass ich solchen Lärm mache im Zimmer. Ich hatte eindringliche Schmerzen und Husten hatte ich zum Ersticken, hustete in ihrer Küche die ganze Zeit über aber keinen einzigen Laut. *Der Bub muss endlich still sein*, sagte die Wirtin im Offiziersheim trotzdem zu meinem Vater. Die Frau hatte weißes Haar, war schlank und sehr gerade, trug Beinkleider. Sie bewegte sich sehr schnell und schaute jedes Mal an mir vorbei, wenn wir einander begegneten. Der Vater und ich und sie gingen aus ihrer Küche. *Das muss klar sein*, sagte sie im Gehen.

Im Garten des Offiziersheimes erschien plötzlich einer, der ein klein bisschen weniger als ein General war. Ich weiß nicht, damals hieß alles anders, der tote Minister mit der Kugel im Gehirn war auch so jemand vom Rang her. Der im Garten an dem Morgen war sehr freundlich. Dem ließ ich den Vortritt, hielt ihm die Gartentür auf, und im letzten Moment bin ich aber vor ihm noch raus. Zugemacht habe ich das Tor nicht, er konnte daher auch raus. Der Vater hat meine Ungeschicklichkeit nicht mitbekommen. Der Fasteingeneral war in Zivil und nett, sagte nichts, überrascht schaute er, mir war es nicht peinlich, nur meine nassen Schuhe. Ich hatte Angst, der Vater merkt etwas. Ich wusste nicht, wie es weitergeht, wenn ich dem Fasteingeneral den Vortritt gelassen und die Tür aufgehalten hätte. Denn beim Vater war wirklich immer alles gerade umgekehrt, als ich glaubte, und ich musste ganz schnell immer alles ein paar Mal hintereinander umgekehrt mir denken, was zu tun sei, und dann machte ich es erst recht falsch, denn es war ja umgekehrt, und zugleich aber musste man alles zusammen sein und tun, aber eben jedes Mal umgekehrt. Das war witzig, im Nachhinein betrachtet, die Menschen, wenn man sie überstanden hat. Ich wusste nicht, was ich tun sollte. Dann aßen wir Knödel, ich war nass bis in die Schuhe von meinem Urin, der Fasteingeneral war freundlich zu mir und bedankte sich und aß auch mit. Dann bekam ich Fieber, eine Narkose und an meinem Ohr wurde ein bisschen operiert. Ich träumte von lauter kleinen schwarzen Männchen, die mein Ohr zerschneiden und es dann aufessen wollen. Im Offiziersheim damals hatte ich das erste Corned Beef meines Lebens gegessen und zum ersten Mal Ovomaltine getrunken. Die war dann in meinen Schuhen der Urin gewesen.

Der hochbegabte Sohn eines Auschwitzwärters ist schwer
erziehbar, findet sich aber einen Freund, der ihm für eine
Zeitlang Leib- und Geistwächter ist. Als sein erstes Kind
geboren wird, sagt er, er habe alles erreicht im Leben,
er habe die Welt verändert.

14

Nepomuk und ich saßen in der Nacht vor dem Zaun und warteten auf das Ufo. Nepomuks Vater ist nicht auf dem Misthaufen gleich dort drüben begraben worden, obgleich er einzig diesen Platz dafür haben wollte und sonst nichts auf der Welt. Als Nepomuks Bruder Jahre später dann gleich neben dem Misthaufen sein eigenes Haus baute und selber alleine das Fundament aushob, lagen auf dem Areal, in den paar Metern darunter, Knochenteile. Die bewahrte er alle und Stillschweigen, damit er weiterbauen konnte. Er verbrachte die Gebeine nicht, sondern vergrub sie tiefer und schüttete mehr Beton darüber als geplant. Es müsse sich, meinte er, um ein größeres Pestgrab aus dem Mittelalter handeln. Wenn er es melde, kämen die Bürokraten vom Land graben, um die örtliche Geschichte zu sichern, alles dauere dann ewig und er selber, seine Frau, seine Kinder kommen zu nichts. Den Bürokraten sei das egal. Um Jahre länger würde er für alles brauchen, viel teurer würde ihm das Bauen dadurch kommen. Nepomuk erzählte mir von seinem Bruder, dass der es ihm, als der Rohbau fertig stand, so erzählt habe. Nepomuks Vater erachtete ich, als ich ein kleines Kind war, für einen der anständigsten Menschen im Ort hier, weil Nepomuks Vater nicht die geringste Angst vor meinem Vater zeigte, auch nie mit ihm zusammen auflachte und auch nicht lange mit ihm herumredete, sondern sich stets ohne jeden Gruß von meinem Vater wegdrehte, ihn einfach stehen und alleine weiterreden und mit den Händen hinterherdeuten ließ, derweilen selber auf und davon ging, lächelte und mich im Vorbeigehen freundlich anblickte. Nepomuks Vater hat meinen Vater von früher her gekannt, nicht viel von ihm gehalten, ihm das gezeigt. Kein Tratschen und kein Amüsement fanden statt. Niemand sonst im Ort machte das so wie er.

Nepomuks Vater sei zeit seines Lebens Sozialdemokrat gewesen. Er sei zu Kriegsende gegen seinen Willen zur Waffen-SS eingezogen und nach Auschwitz abkommandiert worden. Mit Hilfe der zwangsweise neu zugeführten KZ-SSler seien Identitäten gefälscht, die Personalien vertauscht und dadurch KZ-Offiziere und KZ-Wachen zu einfachen Wehrmachtssoldaten gemacht worden. Nepomuk hat mir das so erzählt, weil seine Mutter es ihm so erzählt hat. Nepomuk hat das seiner Mutter so geglaubt. Sein Vater erzählte absolut nichts. Ich habe mich gefürchtet, als ich von der Identität erfuhr, und auch weil Nepomuk das alles wirklich geglaubt hat. Mir war nicht mehr möglich, dass Nepomuks Vater mir in der Erinnerung einfiel, die Gestalt, das Gesicht, die Bewegungen, die Art des Redens, nichts mehr von ihm fiel mir ein, ich hatte gewaltige Angst bekommen und alles war weg. Als seine Frau zu ihm wollte, die war Junglehrerin in Polen, ihn im KZ besuchen, habe er ihr jedes Mal *Geh weg, geh weg!* entgegengebrüllt. Sie habe daher das Lager Auschwitz zum Glück nie betreten. Sie habe nichts sehen sollen, hat sie Nepomuk erzählt. Nepomuks Vater habe das verhindert. Er habe ihr alles erspart.

Nepomuks Vater hat, seit Nepomuk ihn kannte, nicht mehr an Gott geglaubt, an keinen Schöpfer, kein Vorher, kein Nachher. Nur die Pflanzen, die Luft, die Steine, die Tiere, die Erde, das Feuer und das Wasser und den Schnee gebe es, sonst nichts Schönes und Gutes auf dieser Welt. Seine Frau und seine Kinder, dass es die gibt, das sei auch gut. Aber die Menschen seien krank. Nepomuks Vater sei in seinen eigenen Augen überhaupt nichts wert gewesen, nur eben den einen Haufen Dreck vorm Haus. Die ganze Welt sei aus Dreck. Alles habe Nepomuks Vater selber tun müssen und das Schwerste mutterseelenallein, sagte Nepomuk von seinem Vater, und dass er immer selber er selber gewesen sei. Zusammen mit fünf Juden sollen er und ein Leutnant aus Auschwitz geflohen sein. In der Lüneburger Heide erkrankte Nepomuks Vater auf der Flucht schwer an Gelbsucht, wäre fast gestorben, der Leutnant auch, beide kamen aber zu ihrem Glück rechtzeitig in englische Gefangenschaft. Die Engländer halfen. An der Leber ist Nepomuks Vater später dennoch zugrunde gegangen, Nepomuk war da dreizehn und es war dreißig Jahre nach Kriegsende. Manchmal wollte Nepomuk in die Heide fahren, die Holzhütte des Vaters suchen, die Ausweise dort ausgraben.

Der jahrelange Jähzorn seines Vaters sei von den jähen Leberschmerzen, chronischen, überall im Körper gekommen, sagt Nepomuk. Aber als Kind habe Nepomuk es einfach nicht verstehen können, dass sein Vater so oft aus dem Nichts außer sich geriet. Und wie der die Leberknödel durch das Esszimmer geschmissen habe und das andere Essen auch von einer Wand zur anderen. Der Vater sei gegen alles gewesen, was von vorgesetzten Menschen kam. Nur auf seine Frau und auf seine Töchter habe er gehört, mit den Söhnen tat er sich schwer, mit den Schwiegersöhnen, wohl weil er den Willen der Töchter anstandslos respektierte, leichter.

Nepomuks Vater habe zeitlebens schwer gearbeitet, für seine Familie gelebt, seine Frau über alles geliebt, sei, sagte seine Familie dazu, von ausgeprägtem Klassenstolz gewesen. Seinem jüngeren Bruder hat er durch Fleischschleppen das Studieren bezahlt und dass der Bruder nach Südamerika fortkonnte. Der Bruder soll ein kommunistischer Widerstandskämpfer gewesen sein. Nepomuk wollte auch immer nach Südamerika. Nepomuks Vater habe gearbeitet und gespart, damit der Bruder ein Leben habe. Die Mutter von Nepomuks Vater soll im Alter paranoid geworden sein, sich eingebildet haben, dass alle ihre Kinder sie hassen. Was aber wahr war. Er hasste seine Mutter wie die Pest, sagte das ihr auch so. Für die Paranoia kam sie in eine Anstalt. Gaben sie sie. Sie starb dort. *Auf den Misthaufen, dort gehöre ich hin*, habe Nepomuks Vater immer gesagt. Immer. *Ich bin so. Da gebt's mich hin!* Bei seinen Kindern, seiner Frau, dem Haus könne er dadurch auch bleiben, wenn der Misthaufen vorm Haus sein Grab werde. Er müsse nicht fort von ihnen. Er liebe sie über alles.

Diejenige Tochter, die dann sofort nach dem Tod des Vaters von ihrem lieben Mann mit ihrer lieben Schwester betrogen wurde – Nepomuks Vater hat ihren lieben Mann irrtümlich von Herzen geliebt –, die mit dem gekreuzigten winzigen Kind, sie malte eines, sie ist Malerin, die ist Blumen pflücken gelaufen. Die Blumen hat Nepomuks Vater sich im Sterben schnell noch gewünscht. Kam sofort wieder zurück, voll überall mit den Blumen, aber er war schon tot. Nepomuks Vater wurde nicht auf dem Misthaufen begraben, sondern ein befreundeter Priester ging, weil Nepomuks Mutter, die eine hilfsbereite christliche Frau ist, ihn inständig darum bat, in Zivil auf den Friedhof mit und betete aus Freundschaft dort laut und deutlich. Nepomuks Vater war aus der Kirche ausgetreten, nur verlogen sei die katholische Kirche, ein Betrug sondergleichen.

Nepomuks Mutter hat als Mädchen in ein Kloster gehen wollen, hatte dann mit ihrem Mann stattdessen sieben Kinder, blieb von Kind an zutiefst gläubig, war unter den geachtesten Christen hoch geehrt, sehr karitativ und nächstenlieb, sehr beliebt bei allen, die mit ihr zu tun hatten, wurde für ihr Lebenswerk ausgezeichnet, im Besonderen für ihre Entdeckungen und Erfindungen für behinderte Kinder. Sonderschüler. Meine erste Volksschullehrerin war sie. Sie mochte mich lange Zeit nicht sonderlich, sagte dann zu Nepomuk, von klein auf ihm zum Vorbild, dass ich alles alleine meinem Vater verdanke. Meinen Vater mochte sie sehr und mein Vater besuchte sie gerne und oft. Sie war, wie gesagt, gutherzig und auch im Gemüte so. Sie liebte Gott und diente ihm und den Menschen. Und mein Vater war in ihrem Empfinden und in ihren Gedanken ein vorbildlicher Mensch. Dass aus mir nur durch meinen Vater etwas geworden sei, erzählte mir Nepomuk jedenfalls weiter und sagte zu mir oft, dass ich mich nicht zu sehr über das ärgern solle, was seine Mutter rede. Einmal hatte sie mir nämlich ohne Anlass und mir erkennbaren Grund

und aus vollem Herzen freundlich zugelächelt und gesagt: *Dein Papa ist so ein guter Mensch gewesen. Und so lieb hat er dich gehabt. Alles hat er für dich getan.*

Nepomuks Mutter war stets freundlich und herzlich zu mir, las mir plötzlich aus meiner Hand. *Gib mir deine Hand*, sagte sie, erschrak, jammerte erschrocken über das auf, was sie drinnen sah, erschreckte mich, sagte nichts, las dazu plötzlich auch noch meine Handschrift, die am Tisch herumlag, weil Nepomuk und ich zusammen ein Buch über Schizophrenie schrieben. Ein Theaterstück, einen Roman, ein Gedicht. Auf mich sei Verlass, stehe da. Wie auf einen Buchhalter, weit mehr als auf den. *Alles andere macht nichts*, sagte sie zu mir.

15

Nepomuks Schwager wollte Nepomuk sofort erziehen, als Nepomuks Vater gerade eben begraben war. Immer wenn Nepomuk im Auto mit dem Schwager mitfuhr, erzählte der Schwager ihm, mit wem er zur Zeit seine Frau gerade betrüge, damit Nepomuk es der Schwester erzähle, damit die wieder lieb zu ihrem Ehemann sei. Denn er liebe sie unendlich. Das müsse sie doch spüren. Sie solle ihn doch endlich auch wieder so sehr lieb haben wie er sie. Das solle Nepomuk ihr sagen. Der Schwager fotografierte gut. Er fotografierte gerne Blumen. Das hat Nepomuks Vater gefallen. Der Schwiegersohn hat ihm oft vom Fotografieren erzählt: Von einem, der in der Zwischenkriegszeit die Pflanzen als die Urformen von allem fotografiert habe. Und vor dem Ersten Weltkrieg noch habe ein Fotograf bettelarme Leute fotografiert, die habe er nur seitlich und rücklings aufgenommen, weil sie abgeplagt und geschunden waren und man im Massenelend die einzelnen Gesichter ja gar nicht mehr sehen habe können. In einem Kinderwagen Reisig habe der so fotografiert, dass man das ein Lebtag nicht mehr vergesse, sagte der Schwiegersohn. Nepomuks Vater fuhr zeitlebens ungern mit dem Zug. Und der Schwiegersohn berichtete ihm daher von den historischen Fotos eines Pariser Eisenbahnunfalls. Und Film bedeute Fell und Haut, erklärte er ihm auch einmal. Nepomuks Vater soll immer andächtig gelauscht haben. Der Schwiegersohn war sozialdemokratischer Gemeinderat und Lehrer, wäre hierorts, wenn er gewollt hätte, flugs der neue rote Bürgermeister geworden. Nepomuk sagte, der Schwager habe mit Vierzehnjährigen, Fünfzehnjährigen sich etwas angefangen. Es sei dem Schwager aber nichts passiert, weil die Direktorin zu ihm gehalten habe. Sicherheitshalber, damit nichts aufkommt, habe der Schwager dann aber nicht Bürgermeister werden wollen, sondern verzichtet. Mit Nepomuks jüngster Schwester hat der Schwager auch etwas angefangen. Damals hat Nepomuk voller Wut durchgedreht.

Nepomuk hat das immer so getan. Die Familie hat er damals damit konfrontiert, dass die zwei miteinander etwas angefangen hatten. Alle in der Familie seien Nepomuk deshalb böse gewesen, sagte Nepomuk zu mir. *Alle!*
Meine Mutter war mir böse, weil ich, was auch geschah, zu Nepomuk hielt. Meine Mutter wurde oft von Leuten im Ort auf die Freundschaft zwischen mir und Nepomuk angesprochen. Und dass Nepomuks angesehener und beliebter Schwager alle Leute vor Nepomuk warne. Und dass ich ja aufpassen solle auf mich. Ich antwortete meiner Mutter, Nepomuk sei weit begabter als ich und dass er endlich seine Chance haben muss im Leben. Wer hier im Ort was sage, interessiere mich ganz gewiss nicht. Einmal damals, als ich von Nepomuk heimkam, schaute mich meine Mutter an und sagte zu mir: *Krepier doch endlich.* Nepomuks Mutter sagte, sie könne ihm nicht helfen, er sei immer schon so gewesen, und sie ärgerte sich über mich. Seinen Lieblingsbruder und seine Lieblingsschwägerin redete ich vor deren Haustür auch auf seine Not und seinen Tod an. Das war ein anderes Mal. Die haben das auch nicht verstehen mögen. Seine Schwägerin nickte, sein Bruder nickte, ich verabschiedete mich. Mehr war nicht. Die mit dem tiefen Fundament für das Haus waren das. Ich sagte ratlos zu Nepomuks Mutter, weil ich meinte, dass er am Ende sei, und weil ich nicht mehr wusste, was ich noch tun kann, er fühle sich immer mehr wie ein Märtyrer und völlig allein auf der Welt. *Das hält er nicht mehr lange aus*, sagte ich zu seiner Mutter, *er braucht Hilfe.* Seine Mutter sagte: *Ja, ja, er hat einen schweren Weg. Er ist ja wirklich ein Märtyrer.* Statt ihm zu helfen, sagten sie das oder sagten sie gar nichts. Als ob er sie alle nichts mehr anginge, war das damals und hörte nicht auf. *Er ist ja wirklich ein Märtyrer*, sagte sie und dann noch einmal, weil ich es ihr nicht gelten lassen wollte. *Gelitten muss werden, denkt die*, dachte ich und mochte sie mit einem Male nicht mehr, trank meinen Rum von ihr nicht aus, blieb freundlich, lächelte. Für unsere Sünden sei Jesus gestorben, das müsse man verstehen, sagte sie damals, dass er sich geopfert habe, was das heiße. Ich schaute daraufhin auf das Bild von Nepomuks Schwester mit dem gekreuzigten Kind. Nepomuk schlief, war betrunken, verzweifelt, hatte sichtlich Schmerzen. Im Schlaf noch hatte er die. *Und du willst die Welt erlösen*, stand auf dem Bild. Das Kind zieht sich gerade einen Nagel heraus. Das tut noch mehr weh, als bliebe er im Kopf. Seine Familie, sie waren sehr nett. Ich wartete, bis er aufwachte. Es nützte ihm nichts.

16

Nepomuks Mutter liebte ihren Mann wie niemanden sonst auf der Welt. Sie weinte vor der Hochzeit; das muss so sein, dann wird es etwas für ewig, heißt es. Nepomuks Mutter redet jeden Tag stundenlang mit dem Foto ihres toten Mannes, betet dort zu Jesus, ist nach wie vor hilfreich tätig im Sozialkreis, ist, wie gesagt, seit jeher jemand Guter durch ihre Art und Treue und in allem ewiglich. Mit Nepomuk war es nicht einfach. Deshalb gab sie mich ihm zum Vorbild und meinen Vater dazu. Das weiß ich noch nicht lange. Bin außer mir. Vielleicht nämlich hat Nepomuk bloß deshalb beständig meine Freundschaft gesucht, der Mutter wegen. *Der Uwe war gar nichts*, sagte Nepomuks Mutter. Das geht mir nicht aus dem Kopf. Sie ist unsere gemeinsame Lehrerin gewesen, Nepomuks und meine. Nepomuk war auch nichts. Sie hat uns alles beigebracht. *Und was aus dem Uwe jetzt geworden ist. Das verdankt er alles nur seinem Vater.* Zu mir sagte Nepomuks Mutter damals, als Nepomuk tränenüberströmt und ohne jeden Ausweg dalag und schlief: *Aber geh, was! Auch wenn sein Vater nicht gestorben wär', wär' es nicht anders gekommen für den Nepomuk. Er kann alles immer nur ein einziges Mal*, sagte sie zu mir. *Er kann nichts noch einmal so, wie es richtig ist. Es ist alles nur Zufall bei ihm.* Ich habe Nepomuk, seit ich ihn kenne, für ein Genie gehalten. Er legte sich in der Volksschule eine Tafel Schokolade in seine Jausensemmel. Er aß als einziges Kind Schokoladensemmeln in der Schule, nicht wie die anderen die Wurst- und Speck- und Käse- und Butterbrote und die Äpfel. Und ging in der Wut einfach aus der Schule fort. Denen dort auf und davon. Quer übers riesige Maisfeld und durchs viele Getreide. Und das Wasser vom Brunnen trank er vom Handrücken herunter, nicht wie die anderen Kinder aus den Innenflächen. Wenn seine Mutter mit ihm lernte, war ihm, sagt er, als fahre ständig ein riesiger LKW die Serpentinen in seinem Kopf rauf und leere spitze Steine in seinen Kopf hinein. Die Wörter empfand Nepomuk, wie wenn sie ihm ständig ins Ohr hineingekratzt würden. Die Mutter kratze ihm die dort hinein, die Erwachsenen alle und die Geschwister täten das genauso. Nepomuk war, denke ich mir, wie wenn jemand mit den Ohren sehen, mit den Augen hören kann, mit den Händen gehen, mit den Haaren schreiben, rechnen und lesen kann und als ob er selber, sein Körper, ganz weit weg von ihm selber irgendwo dort draußen drüben anhebe. Er nahm immer schnell wahr, geriet leicht außer sich.

Er bewunderte Wedekind und Friedrich Schiller, versuchte eine Oper zu komponieren, schrieb so gute Gedichte wie kein Mensch sonst, den ich von Angesicht kannte. Und die jungen und auch die erwachsenen Leute im Ort, die ich sah und hörte, mochten ihn und hatten ihn gern bei sich. Viel Reden, viel Lachen war, wenn er dabei war. Er hatte das große Wort. Er mag Menschen und die ihn. Er hat große Angst vor ihnen.

Nepomuks zweiter Vorname ist der seines toten kleinen Bruders vor ihm. Seine Eltern gaben ihm den ganz selbstverständlich. Ihm war der Name nicht recht. Nepomuk war als Kind für den Kaninchenstall zuständig, erzählte mir, als Kind habe er sich mit allem identifiziert, habe geglaubt, er sei ein Kaninchen. Das sei sehr anstrengend gewesen, wenn er plötzlich alles und jedes war oder zum Beispiel ein paar Hühner. Manchmal ging er vor den Leuten auf seinen Händen und die Leute lachten und applaudierten. Und er konnte sich in winzige Kästchen biegen und zwängen und falten. Eine Nachbarin sagte zu ihm, er habe schon einmal gelebt. Damals sei er ermordet worden. Von hinten niedergestochen.

17

Nepomuks Mutter war meine Lehrerin und mein Vater brachte mir das Zählen bei. Er brachte mir alles bei. Das Lesen, das Schreiben, das Vaterunser. Er sperrte die Tür hinter sich zu, damit niemand ins Zimmer konnte, schlug mich, beschimpfte mich, bespuckte mich, riss an mir, warf mich, in drei Stunden dann konnte ich sehr gut lesen und den Rest auch fließend. An einem Tag des Herrn war das, da zeigte er mir den. Dann gab es Backhendl. Ich wusste jedenfalls durch ihn, was zählt, bis Zehntausend. Und was sein wird, wusste ich durch ihn auch. Alles war wie er. Nepomuks Mutter imponierte das, wie schnell und wie leicht auf einmal alles vonstatten ging, nachdem mein Vater tätig geworden war. Schreiben lernte ich in Wahrheit aber einzig von meiner lieben Tante, weil die das gern tat. Die mochte die Rechtschreibung. Die Wörter waren für sie wie Zeichnungen und schöne Gemälde.

In Nepomuks Maturajahr und im Jahr davor habe ich Nepomuk Nachhilfe gegeben. Damit Nepomuk ruhigen Mutes sein kann, haben wir damals gemeinsam einen Roman, ein Theaterstück zu schreiben angefangen, ein Langgedicht. Wir schrieben gut, wussten dann bald nicht mehr, was jetzt gerade von mir war oder von ihm. Es gab keinen Unterschied.

Über meinen Vater habe ich mit Nepomuk nie geredet. Weil aber Nepomuk nach ein paar Jahren wollte, dass wir unser Schizophrenielehrstück endlich öffentlich machen, und er damals verzweifelt zu mir sagte, er müsse über Leichen gehen und ich könne das gewiss nicht verstehen und was für ein kleiner, beschränkter Mensch ich in Wahrheit sei, habe ich ihm dann eines Nachts meine Manuskripte zu lesen gegeben, weil es eine Entscheidung geben musste. Da er, weil ich keinerlei Anstalten zum Veröffentlichen machte, sehr litt, gab ich ihm meinen Dreck zu lesen, damit er weiß, wer ich bin, mit dem er schreibt, und was ich warum tue und was ich ganz gewiss niemals tun werde. Und ob er das denn wirklich will, dass wir zusammen so weit gehen, wo ich hin muss. Anders könne ich nicht leben. Um elf Uhr in der Nacht gab ich ihm meine Papiere mit heim, hatte große Furcht, schämte mich für das, was geschrieben stand, ging schlafen. Gegen zwei Uhr in der Früh dann klopfte es leise am Fenster. Im selben Augenblick träumte ich von einem riesigen hässlichen Ungeheuer, das an mir klopft. Ich schreckte auf. Nepomuk war draußen, er war außer sich, löste sich auf, sagte hastig, er könne das nicht lesen. *Wenn man den Menschen nicht kennt, ist es etwas anderes. Aber wir zwei sind doch Freunde. Was du schreibst, ist furchtbar. Das Schönste ist ganz hässlich. Ich kann das nicht lesen. So etwas kann man nicht lesen. Ich nicht. Man fragt sich, dass so ein Mensch überhaupt eine Lebensberechtigung hat. Warum so ein Mensch kein Verbrecher wird. Ich halt' das nicht aus, Uwe. Wir sind doch Freunde!* Gab es mir in die Hände zurück, mein Leben, drehte sich um, ging sofort. Ich meinte, er meine mich. Ich machte mir Vorwürfe, was für ein Mensch ich bin, was für eine Zumutung ich bin, wie abstoßend und abscheulich mein Innerstes ist und wie quälend und wie zerstörerisch. Und wie ich die Leute verunstalte, wenn ich die Wahrheit sage. *Was bin ich für ein Mensch, warum tue ich mich Nepomuk an*, fragte ich mich, hatte kurz Augenschmerzen, war einen Augenblick traurig, versuchte mich zu fassen. *Unmenschlich* hatte Nepomuk auch gesagt. *Unmenschlich.* Ich zitterte, mir war schlecht. Unmenschlich war ich. Ich ging wieder schlafen, schlief gut.

Am übernächsten Tag trafen wir uns in der Früh zufällig am Bahnsteig, grüßten uns wortlos. Ich wollte vorbeigehen, dachte, wir seien keine Freunde mehr, ich könne nichts dagegen tun, es sei alles gesagt und entschieden. Nepomuk kam mir nach, lächelte, war blass, sagte zu mir, dass er sich entschuldigen wolle und dass er mich auch im Namen aller hier im Ort um Verzeihung bitte, die sich nicht entschuldigen, und dass es alle gewusst haben und dass er dafür Zeuge sei, dass es alle gewusst haben. Damit hat er mir damals mehr geholfen als irgendjemand sonst hier. Es war also wirklich wahr, was ich geschrieben habe. Jetzt wusste ich das auch auf diese Weise. Ich war kein Lügner, war nicht irrsinnig, nicht schwachsinnig. Es war die Wirklichkeit gewesen. Nepomuk war draußen Zeuge gewesen. Wir redeten nie mehr darüber. Einen handschriftlichen Brief hat er mir unerwartet damals auch noch übergeben, in den hatte er nochmals reingeschrieben, was er wusste, wohl damit ich Gewissheit habe oder so etwas wie einen Beweis. Das war wichtig für ihn. Von seiner Handschrift sagte er immer, an ihr sehe man, dass er ein zerstörter Mensch sei.

Ich weiß es nicht, wen Nepomuk damals in der Nacht gemeint hat. Ich bin bis dahin oft verzweifelt gewesen, habe mich gefürchtet, ein Verbrecher zu werden, und der Unmenschlichkeiten wegen, von denen ich wusste, habe ich mich geschämt. Ich wusste nicht, ob die in mir sind. Mich in der Gewalt haben. Ich genauso bin. Ob der Vater sie mir vererbt hat. Oder so hineingeschlagen in mich, dass ich sie nie mehr wegbekomme. Wie eine schwere, ansteckende, hässliche Krankheit. Und dass es vielleicht besser wäre, wenn ich nicht lebe, habe ich mir damals oft überlegt. Ich, ich schämte mich für das, was sie mir angetan hatten. Ich, ich fürchtete mich an ihrer statt vor der Wahrheit. Sie waren es gewesen und ich war schuld. Aber jetzt, jetzt hatte ich verstanden. Jetzt erst wirklich. Nepomuk war der Zeuge. Jetzt war mir klar, wie das alles funktioniert hatte. Mein Vater war mein Vater, ich war sein Sohn, sie hatten uns zugesehen, wer wir waren. Wir waren es, nicht sie. Sie nicht. Sie hatten nichts getan. Wir, mein Vater und ich, wir waren verrückt und verbrecherisch. Er ist tot, jetzt bin ich auf meine Weise der Verbrecher, der Verrückte. So funktionierte das. Ich hatte immer Angst gehabt, dass die Menschen, wenn sie wüssten, wer ich bin, mich genau so benennen, wie Nepomuk in seinem Entsetzen es getan hatte. Als Verbrecher, als Verrückten. Als gemeingefährlich. Ich hatte es ihnen aber sagen wollen, wer ich wirklich bin. Ich war wahrheitsliebend, weil ich liebesbedürftig war. Ich machte ihnen Angst. Das sagte Nepomuk mir. *Du machst Angst. Du machst jedem Angst.* Ich mache Menschen Angst. Das ist die Physik von allem. Ein Menschenleben zählt nicht viel, glaube ich, wenn Feiglinge sich bedroht fühlen. Dafür kann ich aber nichts. Nepomuk ist damals kein Feigling gewesen. Dagegen kann er gar nichts tun. Die Menschen ändern sich nicht, sie stellen sich nur heraus, glaube ich. Wer auch immer Nepomuk einmal sein wird, immer werden ihn die Verhältnisse dazu zwingen, dass er kein Feigling ist. Er kann gar nicht anders. Einmal sind wir in eine große Gruppe zum Autogenen Training gegangen. Nepomuk wegen seines Studiums. Ich, weil mein Onkel bald sterben würde. Die Übung, die der Arzt draußen auf uns einredete, war, dass unsere Arme alle schwer werden und hinuntersinken. Nepomuks Arme schnellten stattdessen hoch. So wird es stets sein. Daran ist nichts falsch. Meine Arme gingen nirgendwo hin, nicht nach oben, nicht nach unten. Anschließend trat ich versehentlich eine Bustür ein.

18

Nepomuk und ich saßen in der Nacht vor dem Zaun und warteten auf das Ufo. Ein Radfahrer, betrunkener Sozialdemokrat, Bürgermeister, damals war er noch nicht Bürgermeister, er war gerade aus dem Ausland zurückgekommen, Jahrzehnte war er fort gewesen – die Katholiken im Ort wollten nicht, dass er so leicht Bürgermeister wird wie bis jetzt alle die anderen Roten seit Kriegsende und brachten daher unter die Leute, dass er in ein paar Staaten der Welt wegen Diamantenschmuggels gesucht und in einem auch eingesperrt gewesen sei, in Afrika oder Südamerika, und dass so etwas doch nicht angehe als Bürgermeister –, der fuhr an uns vorbei, fragte dabei, was wir zwei hier draußen tun und mitten in der Nacht sei es auch. Wir sagten, weil es wahr war, dass wir auf unser Ufo warten. Daraufhin bremste er schnell und fiel vom Rad. Er hob es auf, kam die paar Schritte zurück, sagte zornig: *Ich glaube euch nichts*, und identifizierte uns. Nepomuks Familienzugehörigkeit stellte er zuerst fest, weil wir ja vorm Haus von Nepomuks Familie saßen. Er war der Parteikandidat anstelle von Nepomuks Schwager. Er freute sich über seine Menschen- und Ortskenntnisse und war plötzlich sehr freundlich zu uns beiden. Wir warteten weiter auf das Ufo. Jetzt waren wir zu dritt. Ihm war das dann schnell zu blöde. *Nichts für ungut*, sagte er, *es ist schon spät*, schob sein Rad den Weg weiter. Nepomuk wartete weiter. Ich auch.

Hier im Ort, am Berg, in der Nacht, im Licht sieht der Schatten so aus, als ob der hiesige Gott sich hingesetzt hat. Man sieht, dass er da ist. Vor die Kirchentür gesetzt von jemandem oder sich selber, wacht er über den Ort und jeden hier, und man sieht, dass ihn das alles nicht viel angeht, wenn es nach ihm geht. Als ich fünf oder sechs war, fragte ich einmal die Tante, als sie gerade mit der Kraxe am Buckel etwas vorbeitrug, verlegen, wozu wir leben. Sie sagte zu Boden: *Damit wir uns das Himmelreich verdienen*, ging weiter, ließ sich nicht von der Arbeit abhalten, die Kraxe war schwer. Ich verstand es nicht. Denn der Himmel war ohnehin da und jetzt gerade so schön. Alles war da. Es brauchte nichts sonst. Ich fragte die Tante genau an der Stelle, vor der ich Angst hatte, weil ich oft träumte, dass ich hier umgebracht werde.

In jener Nacht damals fanden Nepomuk und ich in der Gegend kein Ufo am Himmel. Als der schöne rote Bürgermeister dann noch nicht lange, aber doch schon ein paar Jahre hierorts im Amt und solariumbraun war und des Staatspräsidenten wegen überall im Staat und weltweit Naziwirbel war, fuhr er mit seinem Mercedesoldtimer und schrieb in seiner Parteigemeindezeitung über die SS einen Aufsatz, welcher *Der Orden mit dem Totenkopf* hieß. Den korrigierte ihm niemand, darin stand dann an die Genossen und Bürgerinnen wortwörtlich: *Wie keine zweite NS-Formation genoss sie den Ruf, sie hebe sich deutlich ab von der plebejischen Masse des braunen Fußvolkes. Chef dieses Ordens war SS-Reichsführer Heinrich Himmler. Er war mittelgroß, kräftig gewachsen, graublaue Augen hinter einem Kneifer. Wer von der Jugend kennt noch Kneifer. Himmler war ein fanatischer Sauberkeitsapostel und unbestechlicher Ideologe des Rassismus, mit ungemein großen organisatorischen Fähigkeiten. Viele bezeichneten ihn als den bösen Geist Hitlers. Die Weimarer Republik hatte ja demonstriert, wie es einem Staat ergeht, der auf eine Auslese verzichtet. Etwa 2000 SSler dienten bei den KZ-Wachmannschaften. Nachweislich haben allenfalls 15 % aller Mitglieder der SS in dem Beherrschungsapparat des NS-Regimes gewirkt. Bis zum Jahre 1935 wurden aber auch 60000 SS-Männer wieder ausgeschlossen. Auffällige Opportunisten, Alkoholiker, Homosexuelle oder solche mit unsicherem Ariennachweis. Die SS-Truppen genossen eine ausgezeichnete Ausbildung und waren für so manche in Bedrängnis geratene Einheit die letzte Rettung. Es gab innerhalb der SS großartige Helden. Himmler schied mittels einer Zyankali-Phiole aus dem Leben. Viele SS-Führer folgten diesem Beispiel, alliierte Militärtribunale verhängten über die Überlebenden Todesurteile und Zuchthausstrafen. Die Masse der SS-Männer aber zog in Gefangenschaft, einigen gelang die Flucht nach Übersee. Die SS war nichts Abstraktes. Es waren Söhne unserer Heimat. Für die Masse der deutschen Historiker blieb das Thema der SS tabu, sie überließen bzw. überlassen noch immer das Feld weitgehend Ausländern, die mit wenig Einfühlungsvermögen auf die Menschen in unserem Land Rücksicht nehmen. Der Bürgermeister. – Ariennachweis schrieb der.* Und die Unterschrift war auch lustig, denn der heißt zufällig wie früher wo wer Wichtiger im NS-Staat. Und er und seine Familie waren nach dem Krieg schnell fort nach Übersee, Amerika, Australien, Afrika oder was es damals eben alles so gab. Alle in seiner Familie galten als schön anzuschauen. Er im Besonderen als so schön wie seine Schwester.

19

Als Nepomuks Vater starb, wurde Nepomuk verrückt vor Angst. Nepomuk ist dann aber Fischer geworden wie sein Vater und alle seine Brüder. Das Fischen rettete ihn, weil sein Vater Fischer gewesen war. In der Nacht beim Fischen schwammen Hirsche und Rehe unter dem Mond. Einmal nach dem Tod des Vaters ging Nepomuks Mutter, weil kein Tee mehr half, mit Nepomuk zum Hypnotiseur, damit Nepomuk die Todesangst los wird, das Hören, das Sehen. Da stürzte Nepomuk im Schwarzen, Finsteren, und fiel und fiel, bis er plötzlich den Vater wo fischen sah. Der Vater lächelte, war ruhig und still und er auch. Für Nepomuks Mutter sind alle ihre Kinder Teile des Vaters. Weil die Kinder leben, lebt der Vater, obwohl er tot ist. Sie sagt das so. Einmal im Jähzorn warf Nepomuk einem seiner Brüder, und zwar dem, der das Fundament gelegt hatte, ein Holzscheit an den Kopf. Der Bruder wich gut aus.

Nepomuk ist wie gesagt der einzige Mensch hier gewesen, der sich bei mir entschuldigt hat. Er entschuldigte sich für das, was gewesen war und wovon er wusste. *Anstelle all der anderen hier, die sich nicht entschuldigen.* So hat er das gesagt. Das ist ihm so eingefallen. Ich bedankte mich. Ich kannte keine Entschuldigung. Ich, ich habe mich manchmal entschuldigen müssen, weil ich ungeschickt war. Aber das war etwas anderes. Es ist ein seltsames Gefühl gewesen, als sich jemand bei mir entschuldigt hat. Es war wirklich das erste Mal in meinem Leben gewesen. Er war der erste Mensch, der sich bei mir wegen irgendetwas wirklich entschuldigt hat. Er sich für alles, alle. Es hatte nicht die kleinste Kleinigkeit gegeben, für die sich jemand von denen bei mir entschuldigt hatte. Es war nichts passiert. Für die alle war das so.

Nepomuk und ich sind immer in derselben Klasse gewesen. Seine Familie hat fast jeden Tag in dem Lebensmittelgeschäft eingekauft. Er sei von klein auf fast jeden Tag zum Einkaufen mitgegangen oder sei alleine zum Einkaufen geschickt worden. Nepomuk sagte zu mir, dass dort oder wo auch immer sonst er hingehen musste, fast jedes Mal, also fast Tag für Tag, über meine Familie geredet worden sei. Die Leute in den kleinen Geschäften sagten zueinander, wenn mein Großvater nichts gegen meinen Vater tue, was sollen denn sie dann tun. Wie mein Vater auf mich losgehe und wie er meine Familie quäle, sagten die Leute, und wie er gestern wieder gebrüllt habe.

Weder hatte ich Nepomuks Entschuldigung erwartet noch dass die Leute hier von meinen Qualen gewusst haben. Ich hatte immer gedacht, von außen müsse das alles ganz anders ausgeschaut haben. Die mussten, meinte ich, ganz andere Gedanken und Gefühle gehabt haben. Nur gute. Sonst sei das kein Leben. Die waren das gute Leben, ganz gewiss waren die das. Ich sah die Menschen wirklich so. Ich hatte mir sofort nach dem Tod des Vaters wunschgedacht, sie hier müssen das Ganze völlig falsch verstanden haben, das Wichtigste überhaupt nicht begriffen, sich in ihrem Empfinden geirrt haben. Jeder Mensch mache Fehler, die Leute hier müssen es von Herzen gut gemeint haben. Ich hätte sonst gar nicht mehr leben können oder zu irgendeinem Menschen hier freundlich sein, wenn ich das nicht sofort fest geglaubt hätte. Ich habe nach dem Tod meines Vaters auf der Stelle auf Liebe gehofft mit meinen vierzehn, fünfzehn Jahren. Sonst wäre ich augenblicklich verloren gewesen. Ich musste so leben, als sei nichts gewesen, damit alles gut werden kann. Nur wenn sie gut waren, konnte alles gut werden. Ich durfte nicht zulassen, dass sie nicht gut sind. Das war der Grund, das war alles. Das war damals so. Das ist noch immer so. Was mir geschieht, nehme ich, so gut ich kann, hin, als sei nichts.

Eine von Nepomuks Schwestern sagte einmal zu mir, dass ich ein so schnelles Auge für Fehler habe. Das stimmt nicht, sondern ich habe immer geglaubt, alles sei gut. Das Gute komme von den Menschen. Und die Menschen sind gut. Und das Gute sehe ich.

20

Nepomuk und Katharina nahmen die Hochzeit sehr ernst. Sie war wunderschön daher. Sie sprachen und sangen und schworen. Ich hätte gerne das Weite gesucht, flüsterte als Trauzeuge der Trauzeugin vorm Altar das *Hohelied der Liebe* zu. Die Gäste waren hilfreich und nett, kamen von weit und breit, fern und nah. Die Lehrerfamilie, der Richter, die Anwältin, die Direktorin. *Man kann sterben neben ihnen und es ihnen sagen und sie lassen es trotzdem zu*, dachte ich, weil ich wusste, dass es so war. Die waren die Gäste. Insgesamt waren es gut 200 Gäste. Es war Glück, dass Nepomuk nicht verreckt ist. *Stark wie der Tod ist die Liebe.* Das ist Glück.

Nepomuks Vater war in Nepomuks Empfinden ein richtiger Vater gewesen, wie ein Vater sein soll, und Nepomuk wollte so einer werden. Sein Vater sorgte für die Familie, Nepomuks Mutter auch und sie war wie gesagt tief religiös. Nepomuks letzter Halt und sein Beruf ist jetzt die Religion. Ich mag die Religion nicht. Nepomuk sagt, dass ich nicht an Gott glaube.

So viel Lesung, die Brüste, die Zähne, die Felle, die Liebe, die Zicklein, die Tränke. Wollte das nicht, zitterte. Ein paar Gäste schauten mich groß an, freundlich. Ich verstand nicht, was ich las. Was das für Vergleiche waren! Wie kann so etwas ein Liebeslied sein. War zu flüstern das Ganze. Das ganze Hohelied haben die Trauzeugin und ich vorzutragen gehabt, und ich hatte sie die ganze Zeit über anzubeten vorm Altar und ihre Tierleiber zu preisen. Desgleichen ihren originalen. Kegeln musste ich zuvor und danach auch mit ihr. De Chardin liebe sie, sagte sie zu mir, strahlte. Ziegenzitzen. Und warum die Liebe nicht stärker ist als der Tod, verstand ich auch nicht. Einer von denen im Publikum in der Kirche sagte dann, das Hohelied müsse mir sehr nahe gegangen sein, das habe man mir beim Vorlesen angemerkt. Und ein paar Gäste nickten dazu. Dann habe ich die Braut entführt, was zwar für den Trauzeugen unpassend ist, weil der ja auf den Bräutigam aufpassen muss, damit der nicht entführt wird. Aber ich wollte endlich die Hochzeitsfeier verlassen, wusste aber nicht, wie ich das ohne Aufsehen und Affront zu Wege bringe.

Nepomuk lebt, sagt er jetzt, im Glauben seines Vaters, nicht aus dem Glauben seiner Mutter. Den Glauben der Mutter machte er sich jetzt aber zum Brotberuf. Das ist gut so, denn so wird er für immer leben können auf dieser Welt. Er sagt zu mir, er habe nirgendwo so viel Freiheit erlebt wie in der Kirche, er könne nirgends sonst das, was er könne und sein Leben lang gelernt und sich so sehr gewünscht habe, so gut gebrauchen. Nepomuk war ein Freund, als er einen Freund brauchte. Er half mir. Vielleicht wäre ich ohne ihn schon lange tot. Habe seine Freundschaft nie gesucht, ihn oft. Er kam oft zu mir, das ärgerte mich oft, er sagte irgendwann, er müsse so oft zu mir kommen, weil er Angst um mein Leben habe. Er hatte auch vor Gewittern Angst, ich nicht, aber um sein Leben. Dass mein Leben in Gefahr war, wusste er erst, seit ich ihm die Manuskripte anvertraut hatte. Vorher war er auch immer hergekommen. Ich habe den Unterschied nicht gemerkt. Vielleicht sind wir niemals Freunde gewesen. Ich war da, wenn er zu mir kam, er war da, wenn ich zu ihm kam. Wenn einer nicht da war, suchte ihn der andere. Vielleicht war es so. Nein, war es nicht. Aber es war gut. Ich mochte die alle, aber meine Ruhe auch. Hatte die aber nie. Denn man kann ja wirklich sterben neben ihnen und es ihnen sagen und sie lassen es trotzdem zu. Ich habe sehr lange gebraucht, bis ich das kapiert habe.

Gleich nach der Hochzeit von Katharina und Nepomuk träumte er etwas, von dem er sagte, es müsse bedeuten, dass er endlich mit seiner Kindheit fertig geworden sei. Kathi und er seien in seinem Traum bei seiner betrogenen Schwester und ihrem ehebrecherischen Mann zum Essen eingeladen gewesen. Aus offener Feindschaft zu Nepomuk waren sie ja in der Wirklichkeit nicht zur Hochzeit gekommen. Er hatte sie gekränkt und beleidigt. Er und sein Schwager waren seit Jahren verfeindet. Das Kind, das die Schwester und ihr Mann jetzt haben, macht ihre Ehe in der Wirklichkeit aber wieder gut und sehr glücklich. Die Schwester und ihr Mann bereiten im Traum jetzt aber ihr Kind zu. Sie alle essen jetzt gemeinsam das von den beiden gekochte Kind. Es schmeckt gut. Nepomuk isst mit. Als er mir den Traum erzählt, sagt er, das sei Erwachsenwerden. Er selber sei das Kind gewesen. *Der Traum heißt das*, sagt er. Ich rege mich auf. Da isst jeder sein Kind, wenn der Traum stimmt. Das kleine Kind gibt es ja wirklich.

Zu Weihnachten wird Nepomuk Vater, wie sein Vater einer war. Nepomuks Frau liebt Nepomuk sehr. Nepomuk grub sich einmal vor dem alten Haus meiner Familie in einem Wiesenstück neben dem Misthaufen mit seinen bloßen Händen sein Grab und sich dort ein, legte sich neben der Jauchengrube ins Grabloch rein, weinte, haute dann aus dem Loch ab. Ich war froh, dass er nicht drinnen blieb, sondern wieder zu sich kam. Ich schaufelte das Loch zu, ärgerte mich über alles hier, alle und auch über ihn. Wachte viele Nächte neben Nepomuk und oft auch die Tage über nach seinen Nächten. In den Nächten und an den Tagen schrieben und malten wir. Er. Das wurde getan, damit ein Leben ist. Ab und zu komponierte er. Und einmal ist er auf der Straße losgelaufen und rein in den Wald verschwunden. Stockfinster und überall Schnee. Ich hatte Angst, ihn nicht mehr rechtzeitig zu finden. Sein Hund hat ihn gefunden. Nepomuks Gesicht war geschwollen, blutig, rotzig, tränenüberströmt, er bekam seine Augen nicht auf. Kathi und Nepomuks Hund vertrugen sich auf Anhieb gut. Sie nahm einen Grashalm und kitzelte seine Nase damit.

21

Mein Großvater hat an dem Tag am Ende des Krieges, als die Verbrechen hier geschehen sind, seiner Frau, meiner Tante und meiner Mutter erzählt – später und mir nie –, durch den Ort hier seien ohne Ende Juden getrieben worden. Sie haben die Hauptstraße entlang in den Ort hinein und heraus müssen. Es seien welche dabei im Ort auf offener Straße erschossen worden, er habe das gesehen. Die Juden seien sofort an Ort und Stelle in den Feldern und Wiesen der Straße entlang eingegraben worden. Wo wer was, weiß ich nicht. Aus den Feldern und Wiesen der Straße entlang wurden dann nach dem Krieg, weiß ich, die Bauplätze für die neuen Siedlungen, und die zwei großen Mülldeponien wurden auch in den Feldern und Wiesen an der Straße angelegt. Und später ist mit der Zeit auch auf den Deponien gebaut worden. An der Straße zum Ort und den Fluss und die Geleise entlang entstanden dann auch Siedlungen, die der roten Eisenbahner zuerst, glaube ich. Der Fluss trat jedes Jahr über das Ufer und die dort hatten das Wasser in den Kellern. Wer nach dem Krieg hierher gezogen ist, hatte von nichts eine Ahnung. Als Kind hatte ich Angst vor den Wiesen und Feldern und der Straße und den Geleisen den Fluss entlang. Die waren so, dass sie mir Angst machten. Als kleines Kind hatte ich Angst, wenn der Vater mit mir dorthin fuhr. Es nahm kein Ende und ich musste aussteigen und war allein mit ihm und er hörte nicht auf. Ich meine, dass es Örtlichkeiten gibt, die so bleiben, weil sie so waren. Und man merkt es, dass dort etwas ist, das nicht sein soll. Nein, das meine ich nicht. Ich weiß nicht, wie das mit den Verbrechen ist, und auch nicht, wer wofür ausgesucht wird. Hier haben sie die dann umgebracht. Und dann haben sie den Rest weitergetrieben. Und wieder welche umgebracht. Den ganzen Ort durch und hinein und hinaus. Und vor dem Ort auch. Ich weiß nicht, ob man es wirklich merkt. Warum mein Vater gerade dorthin mit mir ist, das weiß ich nicht. Es war günstig gelegen. Mehr war nicht. Es ist alles rational. Kein Geheimnis ist vorhanden. Nichts ist dahinter. Das ist das Fundament von allem. An dem Tag, als der Großvater den Frauen vom Mord an den Juden erzählte, sei er am Boden zerstört gewesen, sagte meine Tante zu mir. Volkssturm.

22

In der Früh einmal haben die Eltern im Auto weitergestritten, der Vater brachte mich in die Schule, hatte seine Uniform an. Das Gehen in Uniform half und gefiel ihm immer. Dritte Volksschulklasse. Die Kinder, die in meiner Reihe gestanden sind, die Lehrerin zu begrüßen, ein paar haben hergeschaut zu mir, weil ich mich krümmte, geflüstert: *Bitte, Uwe, bitte wein nicht. Wein doch nicht, Uwe, bitte.* Das haben sie mir zugeflüstert. Zwei, drei, vier, vier. Habe einfach nicht können. Vom Auto her noch und vorher zu Hause die Nacht über. Jetzt konnte ich nicht mehr. Die Eltern stritten darum, ob der Vater im kommenden Jahr wieder in die Stadt hier zurückkommen werde, statt in der Hauptstadt im Ministerium zu bleiben. Meine Mutter weinte, sagte zu ihm, sie lasse sich sicher scheiden, wenn er sich wieder hierher versetzen lasse. Im Auto schlug er mich, obwohl die Mutter dabei war. Ich schämte mich vor den Menschen. Sie schauten herein. Das Mädchen in der Trafik, die junge Frau – als sie ein Kind war, hat sie mir ihre großen Jausenbrote schenken wollen, damit es mir gutgeht. Auch damals wollte sie mir eines geben, damit ich mich nicht krümme. Die Kinder haben alles verstanden. Die junge Frau in der Trafik hat jetzt vor ein paar Wochen gerade ihr kleines Kind verloren. Sie zieht jetzt weg von hier. In der Volksschule glaubte sie nie, dass sie ein Kind sei. Sie glaubte immer, sie sei erwachsen. Und ein sehr liebes Mädchen in der Volksschule hatte lange Zöpfe und immer Angst vor der Fürsorgerin, dass die sie der Mutter wegen der Zahnbürste wegnimmt. Die Mutter war geschieden. Das Mädchen hatte immer Angst um sie. Das Mädchen saß auch hinter mir.

23

Kathis Vater wandert in die Vierte Welt aus. Afrika. Kathi und Nepomuk gehen nicht mit. Der Rest der Familie geht mit. Kathis Geschwister und Kathis Mutter gehen mit. Kathis Vater hat Angst hier. Er ist liebevoll und tyrannisch. Oft redet er kein einziges Wort. Sein Vater ist von den jugoslawischen Partisanen verschleppt und umgebracht worden. Seine Mutter hasst ihren Sohn, ihn, und er fürchtet sie, und sie wollte ihn von klein auf nicht sehen, sie kenne ihn nicht. Er konnte nichts dafür. Sie haben einen schönen Namen, die Familie, und er will, dass das Leben schön ist. Er will plötzlich in eine Diktatur flüchten. Nepomuk sagt, wenn man in dem Staat dort kein Geld habe, sei man vogelfrei. Katharinas Vater will frei wie ein Vogel sein. Er ist noch jung, Kathi hat junge Eltern, aber ihr Vater hat plötzlich diese gewaltige Angst, dass er hier sterben muss, wenn er nicht sofort flieht, weil er sonst hier alles verliert, alle, alles. Er hat daher angefangen, was er hat, zu verkaufen. Alles, was sie sonst noch haben, kommt in einen riesigen Container. Der Container kommt auf das Schiff. Das Schiff fährt los. Kathi hat keine Angst vor ihrem Vater. Vor der Hochzeit hat sie zwei Tage lang geweint. Ihr Vater hatte irgendetwas zu ihr gesagt, ihre Mutter auch. Nepomuk war verzweifelt, hatte keine Nerven mehr. Sie saßen im alten Haus, wo meine Familie gewesen war, dort lebten sie jetzt, und ich hörte Kathi laut und unentwegt schluchzen. Ich stand am Fuße des Hügels und ging dann nicht hinauf zu ihnen. Das da oben war nichts für meine Nerven. Kathi weinte und weinte. Sie vermochte den Grund nicht zu sagen. Dann war die Hochzeit und alles war gut und Kathi und Nepomuk waren glücklich und ich freute mich. Alle lachten, weil es allen gutging, die da waren. Es wird ein Leben sein. *Ama et fac quod vis*. Das habe ich ihnen auf ihr Hochzeitsgeschenk geschrieben. Man kann tun, was man will, und dann lebt man. Nepomuk sagt zu mir, er habe die Welt für immer verändert. Denn es dauere nicht mehr lange, bis das Kind zur Welt kommt. Er ist überglücklich. Nepomuk singt gern das Lied von den kleinen Händen, dass man den Kindern nichts tun darf, weil die Hände so leicht zerbrechen.

Einmal, als ich nicht mehr wusste, wie ich Nepomuk helfen kann, weil er voll Blut und Rotz war, als wäre es für immer, habe ich ihn *Nepomuk, wo ist dein Gottvertrauen?* gefragt. Es ist mir sonst nichts mehr eingefallen. Nepomuk sagt, das habe ihm damals geholfen, er habe zuvor geglaubt, es sei ein für alle Male aus und vorbei mit ihm. Ich hatte Angst, er stirbt in dieser Nacht. Als er sich ein Loch grub, war das. Einmal sagte Nepomuk, ich habe zu ihm einmal *Sei immer ehrlich* gesagt, das habe er sich zu Herzen genommen, er habe zuvor immer geglaubt, dass er immer ehrlich sei. Dass ich das zu ihm gesagt habe, sei eine Hilfe gewesen. Ein anderes Mal verbrannte Nepomuk seine guten Gedichte und ein Stück von unserem wohlgeratenen Schizophrenielehrbuch. Das Feuer schien die Seiten langsam umzublättern und die Gedichte sehr aufmerksam zu lesen. Er entriss dann etwas davon wieder dem Feuer, weil dieses gar so lange brauchte.

Ich bin glücklich, weil ihm sein Leben glückt. Aber er geht zwischendurch gegen seinesgleichen vor, finde ich. Kathi – jedes Mal, wenn sie ihre selbstmordgefährdete Studienkollegin verwirft, die auch Religionslehrerin werden will, ist das, wie wenn sie Nepomuk verwerfen würde. Ich verstehe nicht, dass sie das nicht merkt. Nepomuk selber verwirft die Kollegin aber mehr noch, als Kathi das tut. Nennt sie egoistisch und maßlos. Er verweigert die Hilfe, die ihm zuteil wurde, finde ich. Nepomuk lernt jetzt gerade sich durchzusetzen wie ein Messer. Seine Schüler haben keine Chance gegen ihn. Er war so wie die, die jetzt keine Chance haben gegen ihn. Er ist aber ein sehr guter Lehrer, ich sage das ohne Spott.

Einen guten Lehrer erkennt man daran, dass ihm niemand böse ist und alles gut ausgeht. Nepomuk ist an der Gewalt, in der er seit jeher leben muss, nicht schuld und er weiß sich zu wehren. Er kann die Gewalt nicht abschaffen. Sie ist gewollt, aber nicht von ihm. Aber das ändert nichts.

24

Mein Banknachbar in der ersten Klasse hieß Heinerle. Einmal war Nepomuk, als seine Lehrerin Mutter für eine Stunde die Klasse unbeaufsichtigt lassen musste, derjenige, der die Aufsicht hatte. Seine Mutter hatte ihn eingesetzt. Er nahm seine Aufgabe ernst. Er saß draußen, wo die Mutter sonst saß. Er verstand sich gut mit meinem Banknachbarn. Der war der Sohn eines Polizisten, der beim Suchtgiftdezernat war und in Läden, wenn er etwas brauchte, etwas mitgehen ließ, Kleinigkeiten, Batterien, Zahnbürsten, ab und zu, keinerlei Luxus. Ein paar Jahre später hieß es dann, Heinerle lüge so viel. Ich habe aber nie wahrgenommen, dass er lügt. Er hat das immer geglaubt, was er gesagt hat, glaube ich.

Nepomuk jedenfalls saß draußen und Heinerle neben mir. Heinerle tat sich beim Abschreiben von der Tafel immer schwer. Ich solle ihm helfen. Ich schrieb also für Heinerle die Tafel in sein Heft ab. Oft war das zu tun. Ein einziges Mal habe ich aus Versehen etwas falsch gemacht, habe zwei Fehler gemacht, die ich bei mir nicht gemacht habe. Heinerle glaubte, ich habe die Fehler mit Absicht gemacht. Er bekam einen Zweier und von Nepomuks Mutter eine öffentliche Rüge wegen der Absonderlichkeit der Fehler, ich blöderweise einen Einser und öffentliches Lob. Anschließend schlugen wir daher hin und her. Als dann Nepomuk ein paar Wochen später dort draußen der Oberste war, fing ich mit Heinerle leise zu tratschen an, weil wir doch Banknachbarn waren, wir haben immer getratscht, für mich war das das Wichtigste in der Schule, weil ich ja daheim nur selten jemanden zum Reden und Spielen hatte. Ich nahm mir sogar vor, möglichst oft von Banknachbar zu Banknachbar versetzt zu werden, damit ich die alle kennen lerne, die Mädchen auch.

Als Nepomuk die Aufsicht und die Verantwortung über uns hatte, wollte ich nur kurz etwas reden mit Heinerle. Heinerle wies mich laut zurecht, ich solle gefälligst ruhig sein, ich störe ihn beim Lernen. Daraufhin musste ich lachen. Lachte leise. Heinerle drehte sofort durch und meldete mich mit lauter Stimme Nepomuk und Nepomuk drehte auch laut durch. Daraufhin habe ich beide angeschaut und gelacht und den Kopf geschüttelt. Da sagte Heinerle zu Nepomuk: *Jetzt haben wir ihn*, und dass ich Heinerle absichtlich schwere Fehler reingeschrieben hätte, um ihm zu schaden. Nepomuk nickte ein paar Mal, schaute finster, herrschte mich an. Ich schüttelte wieder den Kopf und lachte. Die Frau

Direktor schaute kurz darauf in die Klasse. Nepomuk meldete mich sofort. Ich begriff nichts, musste in die Klasse der Direktorin ins Eck zur Wand. Ich hatte keine Ahnung, was los war. Nach einer Weile fragte die Direktorin, ob ich das noch einmal tun werde. Ich gab keine Antwort, weil ich nicht wusste, was ich getan habe. Sie fragte mich noch einmal und dann noch einmal. Und dann zum vierten Mal. Mir war nach einer Weile zum Weinen, und weil mir das Ganze peinlich war, habe ich, als sie das nächste Mal fragte, *Nein* gesagt, zuckte mit den Achseln und den Augen und dem Mund. Die Frau Direktor schaute mich glücklich an und ich durfte sofort gehen.

Zu Hause meldete die kleine Eicke sofort meiner Mutter, dass ich in der Schule etwas sehr Arges angestellt habe. Sie wisse nicht genau, was, aber es müsse sehr schlimm gewesen sein. Ich sagte, dass ich überhaupt nichts angestellt habe und dass das nicht richtig sein kann, was die getan haben, und dass ich nichts davon kapiere. Aber das nützte nichts, meine Mutter weinte. Und Eicke meinte, ab sofort für mich zuständig zu sein. *Ich bin jetzt deine Freundin*, sagte sie.

Wieder ein paar Wochen später hetzte mich die Frau Lehrerin auf einmal auf Heinerle. Ich weiß nicht, was vorgefallen war, er nervte sie jedenfalls und tat dabei etwas, das zufällig auch mich betraf, aber belanglos war. Nepomuks Mutter rief uns beide zornig zu sich raus, mich zuerst, dann ihn. Als wir beide draußen vor ihr standen, sagte sie, ich solle Heinerle ein paar runterhauen vor der Klasse, links und rechts und dann noch zwei. Ich schaute die Lehrerin groß an, sie saß nach vorne wie zum Aufspringen. Ich schüttelte den Kopf, sagte: *Nein. Nein*, schloss die Augen. Sie forderte mich noch einmal auf, ihn zu ohrfeigen. *Eine Watsche nur*, sagte sie. Ich schaute Heinerle erschrocken an. Der schaute finster, trotzig, war ganz weiß im Gesicht. Ich sagte: *Nein, das tue ich nicht.* Schloss wieder die Augen. Und sie sagte verärgert, dann sollen wir eben beide wieder reingehen auf unsere Plätze. Heinerle verzieh mir das nie. Ich hatte es nicht böse gemeint, dass ich ihm nicht vor allen Kindern ein paar Mal ins Gesicht geschlagen habe. Ich mochte ihn, das war alles. Nepomuks Mutter mochte ich da überhaupt nicht, dachte, wenn sie das mit Heinerle machen wolle, solle sie mich damit gefälligst in Ruhe lassen. Den einen auf den anderen hetzen vor allen, so etwas dürfe man nicht tun. Heinerle wurde also nie mein Freund. Blieb für immer beleidigt. Ein paar Tage nach der Disziplinierung durch Nepomuks Mutter sagte Heinerle zu mir, wenn er mir mit der Handkante ins Genick oder an den Hals schlage, sei ich bewusstlos. Er kenne auch allerhand andere Schläge, da sei ich sofort tot. Oder wenn es ganz gut ausgehe für mich, mein Lebtag ein Krüppel. Sein Vater habe ihm die Schläge beigebracht.

Nepomuk erzählte mir Jahre später, Heinerle sei um sein zwanzigstes Jahr mit Nepomuk und ein paar Burschen in einem Gasthaus in der Stadt gesessen, Heinerle habe mit ihnen zusammen getrunken, sein Vater sei schon früh am Abend ihn suchen und im Gasthaus abholen gefahren. Als der Vater rein sei bei der Tür, habe Heinerle fürchterlich zu zittern angefangen und nicht aufhören können. Heinerle habe geschluchzt, sich hingekniet vor seinem Vater, sei wimmernd wieder aufgestanden vom Boden und dann vor seinem Vater sofort zusammengebrochen und dann nur dagelegen. Als Heinerle den Militärdienst ableistete, bekam Heinerle nach ein paar Wochen einen Koller. Die haben ihn dann sofort als untauglich entlassen. Es war immer so gewesen, als müsse er sich in jedem Augenblick seiner Haut wehren. Heinerle schaute immer sehr schnell.
Heinerle hat Samnegdi und mich jetzt vor ein paar Tagen einmal beim Zugfahren freundlich angesprochen. Seit der Volksschule habe ich ihn nicht mehr gesehen. Seine Hautfarbe kommt von der Leber, vom Trinken. Heinerle sieht sofort die Schwäche von jemandem und durch die kann er durch. Er weiß, wie er wem wehtun kann. Er schaut noch immer so schnell. Er war jetzt sehr freundlich. Samnegdi ist immer freundlich, ich bin immer freundlich genug. War freundlich zu Heinerle. Nepomuk und Heinerles jüngerer Bruder waren lange befreundet, Nepomuk und ich lange nicht. Nepomuk war nach dem Tod seines Vaters sofort sakrosankt für mich. Ich getraute mich damals eine Zeitlang nicht, Nepomuk so gut ich konnte von mir zurückzuschlagen, weil ich vor seiner Mutter und vor meinem Vater Angst hatte, wenn ich das tue. Jedesmal wenn Nepomuk und ich damals nach dem Tod seines Vaters alleine im Bus heimfuhren, hatte er die blöde Angewohnheit, sich plötzlich in mich zu verkrallen, schlug seine zehn Fingernägel in meine Handrücken, biss mir in die Hände. Ich dachte mir, das sei, weil sein Vater gerade gestorben ist. Ich habe mit Nepomuk dann über Jahre nichts zu tun gehabt, und als ich ihm wieder einmal begegnet bin, war er verwandelt. Ich freute mich, dass so etwas möglich ist. Damals, als er ein anderer Mensch geworden war, wurden wir vermutlich Freunde und wir lernten dann zusammen für die Lateinmatura.
Einmal in den Jahren davor und dazwischen habe ich ihn mit seinem kleinen Fisch um den Hals eine Kirche betreten sehen, eine Messe, er kam rein, lächelte, schüttelte den Kopf, ging sofort wieder. *Der hat recht*, dachte ich, *der hat wirklich recht*. Als wir uns dann von neuem kennen lernten, wollte er mir unbedingt behilflich sein, als ich für meinen Großvater eine Kiste Bier heimschleppte. Ich wollte meine Ruhe und bedankte mich nicht. Oft sah ich ihn umschwärmt. Ich freute mich jedes Mal, dass es so etwas gibt, schämte mich für meine Einsamkeit. Wollte aber bitte

meine Ruhe. Mehr hatten wir über die Jahre nicht miteinander zu tun gehabt. Seine jüngere Schwester suchte zwischendurch meine Nähe, ich nicht die ihre. Später einmal sagte Nepomuk, was er an mir von klein auf nicht verstanden habe, sei meine Unnahbarkeit jedem Menschen gegenüber gewesen. Ich ärgerte mich. Natürlich war ich starr gewesen. Die Kinder hier im Ort hatten Angst vor meinem Vater. Manchmal musste ich Kinder verstecken. Bei mir suchten die Schutz vor ihm.

Ein maroder Technikstudent verliebt sich in eine
Primartochter, die Medizin studiert, und hängt sich auf.
Sie hat ihn aber von Herzen geliebt. Was die Leute zu dem
Ganzen sagten und was das für Folgen hatte.

25

Er lächelte ihr entgegen, er hat gezittert. Erschienen ist niemand. Seine
Freundin nicht, sein kleiner lieber Bruder auch nicht. Es war ausgemacht
gewesen. Er hing da wie ein lieber kleiner Welpe oder ein Kätzchen am
Nacken im Maul. Sie hielten die Zeit nicht ein. Um Tage nicht. Er war
nicht groß von Statur. Geschrumpfter Lappen. Wäscheleinenstück. Gefroren.
Seine Freundin hatte ihm zu Weihnachten einen kleinen Bären
geschenkt. Vor drei Wochen war Weihnachten, vor vier Wochen das neue
Jahr, vor fünf Wochen war Weihnachten. Vor vier Wochen. Fünf Wochen.
Zwei Wochen. Das neue Jahr jetzt, die Lieben haben die Zeit übersehen.
Alles ab jetzt dann neu, sie hatten das so ausgemacht, und dass sie jetzt
bei ihm sein werden. Der Bär trug eine feste Krawatte, an ihm hatte er
geübt. Er band dem kleinen Bären die um den Hals, strangulierte ihn,
wie er nur konnte, fest, fester Narr. In einer Woche hätte er eine große
Prüfung gehabt. Sie sagten, er sei in letzter Zeit wie ausgewechselt gewesen,
so vergnügt. Als ich ihn sah, hatte er den Kopf in der Haltung des
INRI. Alles für A und F. Ich hatte keinen Grund, ihn herunterzuschneiden.
Mochte sein Lächeln nicht. Musste aufschauen zu ihm. Im allerletzten
Winkel des Zimmers hing er, Rücken zum Fenster, offene Milchpackung,
weiß und blau, lautes Funkkrachen, das Radio rauschte laut, keine Stimme
war zu hören. Er trug eine wunderschöne weiße Weste. Seine Freundin hat
ihm die gestrickt. Sie hatten mit ihm ausgemacht, dass sie ihn besuchen
kommen, kamen nicht, weiß nicht, warum nicht. Aber irgendwann dann
bestimmt, das wusste er. Er versperrte die Wohnung, damit die anderen
Lieben aufsperren müssen. Den Schlüssel zur Wohnung zog er ab, steckte
ihn in das Ofenloch, damit die anderen Lieben aufsperren können. Der
bösen Überraschung wegen tat er das. Aufsperren und ihn so sehen. So
würde das sein, so müssen sie das machen. Wir kannten uns überhaupt
nicht. Aufsperren sollten die Lieben und ihn so sehen sollten die Lieben.
Habe ihm das verpfuscht, ihnen. Hat sich verrechnet, haben sie sich,
lieb. Er war anzuschauen, als wollte er eine Freude machen und freue
er sich sehr. Er machte gerne Knoten. Das war seit Jahren sein Hobby.
Die Polizei wollte wissen, ob er ein Westernfan gewesen sei. Die Knoten
seien ungewöhnlich. Er müsse ein Fachmann gewesen sein. Er war Wassersportler
gewesen, am liebsten sind sie gesurft, sagte sie. Er konzentrierte

sich beim Vertäuen. Sie strickte gerne und er brachte ihr Knoten bei. Sie saßen oft da und knoteten nur. *Stundenlang*, sagte sie, *manchmal einen ganzen Tag, einmal zwei Tage lang*. Das liebe Gesicht seiner kleinen lieben Freundin.

Der zwei, drei Meter lange Speichelstrang aus seinem Mund bis zum Fußboden hin war gefroren. Zweifach vertäut war Gurki. Zwischen Hals und Decke und zwischen Mund und Fußboden. Es hatte so viel geschneit wie nie zuvor und nie danach. Das Lächeln hielt ich nicht aus. Der Schleim aus seinem Mund war wirkliches Eis. Gurki lächelte Eis. Gurki lächelte lieb.

Seine Freundin hatte einen Schlüssel, betrat die Wohnung an dem Tag nicht. Im Schock schickte sie mich, gab mir ihren Schlüssel nicht mit. Ihre Mutter verlangte zu Weihnachten, sie solle sich von Gurki trennen. Da sagte sie zu ihren Eltern, dass sie sich von ihm schon getrennt habe. Ihre Mutter müsse sich keine Sorgen machen. Der Mutter war es jetzt leichter. *Gott sei Dank, es wäre unmöglich gut ausgegangen*, sagte die Mutter, *ihr habt es ja eh probiert und es funktioniert nicht*. Ihre Mutter war Krankenschwester, Stationsschwester, die leitende dort. Der Vater von Gurkis Freundin war Primararzt, auch dort. Ihr Bruder war ein tüchtiger junger Röntgenarzt, auch dort, hat irrtümlich zweier Schatten wegen ein Grausen um das eigene Leben bekommen, deshalb ohne Ende auf einmal eine Wut gegen alle in der Familie, hat im Spital und daheim durch und durch gedreht, am Ende war aber nichts, bloß ein paar Fehler bei der Betrachtung der eigenen Bilder. Der junge Röntgenarzt freute sich dann aber gar nicht über sein neues junges Leben, sondern genierte sich wegen seines fachärztlichen Irrtums vor den Kollegen und weil er vor allen, die er kannte, jegliche Fassung verloren hatte. Er habe eine Zukunft gehabt, weil einen Ruf, sagte er zu seiner Schwester und war hastig. Aus Todesangst sei ihr Bruder plötzlich völlig hemmungslos gewesen, sagte sie. Arm sei ihr Bruder gewesen. Der Bruder sei zusammengebrochen, habe alle gehasst, nur sie nicht. Zu Weihnachten schenkte Gurkis Freundin Gurki den Teddy. Ein guter Freund von Gurki war auch einer von ihr und mit dem fing sie Stück für Stück etwas an. Ganz klein wenig nur, so viel wie nichts, aber doch mehr. Der half Gurki auch immer sehr, seit jeher schon, und mit dem guten Freund war auch eine Zeit ausgemacht für Gurki.

Wir sind schon auseinander, hatte sie ihrer Mutter gemeldet. *Wird sie schimpfen?*, fragte Lilli. Die Freundin des Erhängten nickte. Habe ihren Namen vergessen. Gurkis Freundin nickte, nickte, nickte, nickte. Lilli fragte: *Weil du dich mit so einem eingelassen hast?* Wieder nickte Gurkis Freundin. *Von Primartochter zu Primartochter*, dachte ich mir, schämte mich sofort, dass ich lieblos war. *Mit einem sich einlassen, der sich aufhängt*, werde die Mutter sagen, Lilli wusste das. Ich hatte keine Ahnung vom Leben. In Gurkis Familie seien jetzt noch ein paar selbstmordgefährdet, sagt seine Freundin, zuvorderst der jüngere Bruder. Um den habe Gurki immer solche Angst gehabt. *Familiärer Irrsinn ist aber selten*, erwidert Lilli. Im Herbst war Gurkis ältester Bruder unter den Zug gegangen. Kopf auf die Geleise. Nur den. Ein Jahr waren der kleine Gurki und die kleine Primartochter zusammen gewesen. Von Weihnachten zu Weihnachten. Vor drei Wochen irgendwann waren wieder Weihnachten. Irgendwann waren es drei Wochen. Vier, fünf Tage über die verabredeten Zeiten waren sie alle. Mehr. Sechs, sieben Tage, mehr nicht. Kann sein, mehr. Da saßen wir jetzt, und es ging darum, ob die Mutter schimpfen werde, weil die Tochter sich mit einem Selbstmörder eingelassen hat. Lilli kapierte sofort. Lilli und ich kannten das Mädchen nicht, ein paar Sätze jetzt nur, die paar Augenblicke, Lilli hat in den paar Minuten sofort alles verstanden, wie wer was. *Zuerst kommen die Lebenden*, sagte Lilli. Ich kapierte nichts, bekam meine Zähne schwer auseinander, die Augen, die Hände auch nicht. Ich lächelte jedes Mal freundlich, wenn Gurkis Freundin mich ansah, wenn sie redete.

 Gurki hatte mich gezwungen, zu ihm aufzuschauen. Für mich war Gurkis Spektakel gewiss nicht ausgedacht worden, ich schätzte es nicht wert, nahm die Aufführung, Ausführung, viel zu persönlich. Auch die werten Reaktionen des werten Publikums auf den werten Gurki ließ ich mir zu nahe gehen. Meine Zähne ließen nicht los, ich hatte mich in die Freundlichkeit verbissen. Hatte nichts sonst.

 Man zerspringt beim Wartenmüssen, wenn man hängen gelassen wird, denke ich mir, während sie reden, mit mir auch. *Hat sich zu springen getraut, sein Lebtag ist er nicht auf seinen eigenen Füßen zu stehen gekommen, jetzt auch nicht. Keinen Fuß mehr auf den Boden bekommen. Hat sich am eigenen Schopf aus dem Sumpf gezogen, hat sich selber gehalst und geherzt, hat was verwechselt. Es kann einem das Hirn stehen bleiben.* Solche Sachen denke ich mir, während die zwei jungen Frauen mit mir ihre Sachen bereden. Er habe dem Mädchen ein unauflösliches Liebesband geknüpft, denke ich.

 Das Mädchen ruft die Mutter an. Seine Mutter sagt ihr, er sei immer so anhänglich gewesen. Sie telefonieren noch einmal. Sein Vater wäre, als er von seinem Galgenstricksohn erfuhr, am liebsten mit dem Auto in die Betonmauer gefahren.

 Gurkis Freundin, Petra, Petra hieß sie, Petra, Gurki lächelte ihr entgegen. Aber sie trat nicht ein. Ich die Tür, rannte rein zu ihm, schaute blöd. Er auch. Die Mädchen reden blöd. Ich lächele freundlich, als ich mit Petra rede, er hing an ihr. Dort oben hing er an ihr. Ihren Gurki Luftikus konnte Petra nicht viel herzeigen bei ihren Eltern. Die kannten ihn, haben es versucht mit ihm. So nicht mehr, alles habe seine Grenze, sagten ihre Eltern. Seine Eltern waren niemand, er niemand und nichts dazu. Schwachkopf. Krank ein wenig. Ein bisserl kriminell. Gewiss lieb, aber all das. Er könne nichts dafür. Solche Menschen gebe es. Ihre Eltern redeten so, sie war machtlos. Mit sechzehn war sie magersüchtig gewesen. Die Eltern mussten sie tragen und in die Badewanne legen. Sie sei hilfloser gewesen, sagt sie, als ein vierjähriges Kind. Kurz vor ihrem Zusammenbruch habe sie noch den Landesmeistertitel im Schwimmen gewonnen und sie habe vorher auch schnell noch die Landesschilehrerprüfung abgelegt. Das habe sie sehr gern so gemacht. Sie bewege sich sehr gerne. Das seien schöne Gefühle, sagt sie. Man sei sehr frei und man sei nicht so allein. Wir schauen einander ins Gesicht.

Er ist so zärtlich gewesen!, sagte Petra, Gurki war nur lieb. Konnte nichts. Sie wollte ihm helfen, aber sie musste auch wer sein, da durfte sie nicht versagen, ihre Gefühle nicht, ihr Verstand nicht. Sie musste alles können. Der Liebe wegen. Immer ist es so, dass die Liebe nicht reicht, wenn sie nicht das Ziel ist. Der Freund starb übermorgen, morgen war Weihnachten. Gurki, dieses blöde Lächeln in seinem Gesicht, dieses freundliche Lächeln, liebevoll, seine Augen auch. Böse Augen. Gute Augen. Gurki hätte mich verrecken lassen, er unterschied sich nicht. Ich ihn nicht.

Gurki war verheiratet gewesen und über sieben Jahre älter als seine kleine Freundin. Die war gerade zwanzig. Er hatte Probleme mit dem Lernen und den Drogen. Ich mochte sein Lächeln nicht, und was seine Menschen sagten, auch nicht. Ich habe ihn ein halbes Jahr zuvor gesehen. Ein einziges Mal. Keine Minute lang. Ich besuchte Lilli. Die Wohnung von Lilli und ihrem Freund lag der von Gurki gegenüber. Gurki und ich grüßten einander freundlich, er lachte mich groß an, sperrte gerade sein Kellerzimmer auf, lächelte derweil weiter in einem fort und rannte rein. *Freundliche Leute wohnen hier*, dachte ich mir damals. *Wie nett der lacht. Ich muss wirklich noch viel lernen*, dachte ich in dem Moment. Die Wohnungstür war lustig angestrichen in den Farben und voller lustiger Sprüche. Das gefiel mir auch sehr. Herzerfrischend war das. *Warum rennt der so*, dachte ich mir, *mit dem hätt' ich jetzt fast was geredet*. Treffen einander zwei Eingeweideschauer. Was soll es sonst gewesen sein damals. War ja nichts dran sonst, wie man sieht, wie es ausgegangen ist. Haruspex haruspicem, lachen. In einem halben Jahr geschieht alles, was nicht soll. Ein Jahr kann nicht sechsundzwanzig, siebenundzwanzig Jahre ausheilen und noch zwanzig dazu auch nicht, eins nicht siebenundvierzig und sich selber. Manchmal schon. Einmal so, einmal so.

Ich schaue aus dem Fenster. Lilli kommt her zum Fenster. Gurkis Freundin telefoniert mit Gurkis Mutter, lächelt, fährt sich durchs Haar. Sie setzt Gurkis Mutter von Gurkis Tod in Kenntnis. Ich höre zu. Das Mädchen lächelt zum Fenster her. Gurkis Mutter habe, berichtet das Mädchen, am Telefon jetzt gesagt, sie habe damit gerechnet und sich sehr gefürchtet.

Wie im Film sonst nur ist das, sagte Gurkis Freundin zu uns, und dass sie noch so jung sei und wie viel sie jetzt schon erlebt habe. Und dass die Menschen hier ganz anders seien als die bei ihr daheim. *Nicht alle so aufs Geld aus wie bei uns*, wiederholte sie in einem fort.

26

Es war dann so, als habe man nah und fern nicht viel übrig für Gurki. Das hielt ich auch nicht gut aus. Ich bekam Angst, wie Gurki zu sein und so aufzuhören daher. Die lächelten alle sehr beim Reden. Die Mädchen damals, in die ich verliebt war, waren es auch in mich, setzten mir zu, ließen mich allein, hatten recht und taten gut daran, aber weil wir einander mochten, blieb es nie dabei. Ich wollte aber von Gurkis Tod an niemanden mehr in meine Nähe lassen, als ob ich eine Gefahr bin, für die Liebevollen eine und für mich auch. Die lieben Menschen waren, wie alle Menschen sind. So würde es sein. Der liebe Gurki hatte mich kaltlächelnd in große Gefahr gebracht. Es tat sehr weh. Gurki hat beim Aufhängen seinen Lieben Leid angetan, dabei seinen Spaß gehabt. Kann leicht sein, samt Orgasmus. Ich fürchtete Gurki und alle, die lieben.

Lilli lächelte mich an, sagte mitten in ihrem Lächeln zu mir, dass Gurkis Selbstmord für sie eine Bereicherung sei, auch wenn man das nicht sagen dürfe, weil sich da sofort jemand aufregen würde. Zwei, drei Tage nach der Auffindung war das. Da musste ich dann von vorne anfangen, weil ich leben wollte. Selber leben, nicht mich selber umbringen. Für Lilli war Gurkis Selbstmord eine Bereicherung, für mich fürchterlich, die Folgen, hierorts wie anderswo. Lächeln versetzte mich in Wut, liebes, freundliches, wenn es doch nicht so war. Lilli wusch gerade den Boden auf, am Abend war ein Konzert, sie hatte es eilig, sagte: *Eine Bereicherung. Und die möchte ich auch nicht missen*, so sagte sie das. Lächelte mir in die Augen. Ihr Mund war hübsch.

Fräulein Samnegdi habe ich lieb, Samnegdi lacht arglos. Lilli fragt mich, ob Samnegdi und ich jetzt zusammengehören und ob ich denn mit ihr, mit Lilli, nichts mehr zu tun haben wolle. *Willst du, dass da gar keine Beziehung mehr ist*, fragte Lilli und war zornig. *Wir haben doch so viel miteinander erlebt. Das mit dem, der sich erhängt hat, auch. Das verbindet doch.*

27

Bleib, wie du bist, Lilli winkte. Das tat mir gerade gut damals. Ich lächelte zurück, winkte, hatte das noch nie gehört, dass ich so bleiben soll, wie ich bin. Lilli ist der erste Mensch gewesen, der so etwas zu mir gesagt hat. Ihr schien alles leicht zu fallen. Sie war immer geistesgegenwärtig, versiegte nie. Ihr war viel etwas wert, von dem ich nicht viel Ahnung hatte. Einmal schenkte sie mir Kornblumen; verschwand lachend und kam dann schnell wieder und schenkte mir die Kornblumen, lachte. Die habe sie am liebsten. Jetzt wisse ich das. *Was machst du jetzt, wo du's weißt?*, fragte sie. Einmal lief sie auf den Markt und schenkte mir dann die Kirschen. Da freute ich mich auch. Einmal führte sie mich eine Stiege hinauf und zeigte mir einen wunderschönen Hinterhof, strahlte. *Das ist mein Geheimnis*, sagte sie, *jetzt ist es dein Geheimnis auch*. Manchmal saßen wir in einer Wiese oder am Wasser und sie las mir etwas vor. Das Schöne gab es ihretwegen. Sie war zu vielen Menschen liebevoll. Einmal erzählte sie mir von einem Spielkameraden, der sei so viel geschlagen worden als Kind, der habe am ganzen Körper gezittert und alle Farben habe er gespielt. Ganz blau sei er vor Furcht geworden, wenn er seinen Vater gesehen habe. Lilli habe das ihren Eltern erzählt und den Vater des Buben bei der Polizei anzeigen wollen. Und ihre Eltern sollen doch auf der Stelle auch etwas tun, damit der Bub nicht so geschlagen wird. Ihr Vater, der Primar, und ihre Mutter von Adel haben ihr ihr Vorhaben damals streng verboten. Was dort drüben los sei, gehe Lilli überhaupt nichts an. *Ein für alle Male sagen wir dir das*, sagten sie zu ihr. Lilli liebt ihren Vater sehr. Wenn Lillis Vater zu ihr sagt, etwas sei unlogisch, was sie sage, ist sie niedergeschlagen, und wenn er sagt, etwas sei falsch und sie verstehe etwas nicht, verzweifelt sie. Lillis Vater ist, wird gesagt, ein guter Arzt, der besten einer als Mensch und im Fach. Er mache keine Fehler. Er mag keine Fehler. Wenn seine Tochter Fehler macht, ärgert ihn das. Er sagt, wenn er Fehler mache, sei ein Mensch tot oder ein Krüppel. Einmal am Anfang gleich, vor Jahren, als wir uns kennen gelernt haben, sagte sie aufgebracht zu mir, sie kenne Arztkinder, die krallen sich fest an einem Zaun. *Die verkrallen sich im Draht, die knien da drinnen und weinen*, sagte sie, *weil sie wirklich arm sind, weil sie wirklich ganz alleine sind. Wer hilft denen?*, fragte sie mich zornig. Ich hatte keine Ahnung. Habe nie gejammert, nie um etwas gebeten, habe nichts von mir erzählt, verstand nicht, was los war. Lilli explodierte. Von Anfang an war es so. Sie sagte oft, sie leide, weil sie immer alles können müsse.

Einmal, als ich meines verkrebsten, geliebten Onkels wegen um Hilfe im Krankenhaus war und es plötzlich hieß, meine Tante habe auch ein Krebsgeschwür, am Hals, sah ich im Vorbeigehen Lillis Vater. Ein paar jüngere Ärzte und eine Ärztin sind um ihn herumgestanden. Plötzlich hat Lillis Vater aus der Hüfte eine Pistole gezogen. Keine wirkliche, die Finger hat er so gezogen und mit der anderen Hand gehalten und sofort geschossen. Der junge Arzt, an dem der Primar mit der Pistole vorbeischoss, drehte den Kopf zur Seite, schaute angewidert zu Boden. Lilli bewundert ihren Vater. Als er selber einen Herzinfarkt erlitten hatte und zur Rehabilitation war, rettete er einem Mitpatienten das Leben, der neben ihm beim Turnen gerade einen Herzstillstand erlitt. Lilli war sehr stolz, wie selbstverständlich ihr Vater immer wirke. Lillis Mutter lag mit dem besten Freund ihres Mannes im Bett, während ihr Mann im Felde lag. Der Freund und die Frau blieben nach dem Krieg bei ihrer Gewohnheit. Daraufhin wollte Lillis Vater, als er den Betrug mitten in einem der Vollzüge entdeckte, seine Frau auf der Stelle umbringen und seine älteste Tochter ebenso, welche Lillis einzige Schwester ist. Er konnte nicht mehr glauben, dass Lillis Schwester seine Tochter sei, was sie aber ist.

 Lillis Schwester liebt und bewundert ihren Vater. Sie bekam als Kind viel mit von der Zeit, als die Mutter den Vater immer noch betrog und der dann im Zorn Frau und Kind umbringen wollte. Lillis Schwester kam dann in ein erstklassiges Internat. Sie liebt zwei Männer in einem, einer ist der Therapeut, bei dem sie in Therapie ist, der ist mit einer Therapeutin verheiratet und in Lillis Schwester verliebt. Der Therapeut, sagt Lilli, quäle ihre Schwester, wolle ihr immer die Augen öffnen über ihre Familie, habe aber in Wahrheit selber die größte Freude mit den alten Uhren und dem alten Adel, seiner eigenen Herkunft wegen. *Elite durch und durch,* sagt Lilli, und dass ihr ihre Schwester so leid tue, weil der geliebte Psychiater seelisch grausam sei. Lillis Schwester liebte als Kind den Exupéry und die Igel. Überall im Haus hatte sie irgendwelche kleine Tiere. Sie ist jetzt groß und schwach. Als Lehrerin sieht sie in ihren Schülern Feinde, die sie demütigen und hassen, in ihren Schülerinnen auch, und sie mag sich oft um nichts mehr kümmern. Vermag es auch nicht. In ihre Hündin ist sie vernarrt. Die Menschen tun ihr nur weh, und sie meint, und dass sie das wollen. Wenn sie in die Schule geht, zieht sie sich schwer an und schnell wieder zurück. Ich habe sie, als ich sie kennen lernte, als sehr liebevoll empfunden und mich vor ihr gefürchtet, weil sie schnell laut war. Sie ist Historikerin, ihr Spezialgebiet waren die Revolutionen in England und in Frankreich. Da müsse man sehr klug sein, habe ich mir gedacht. Und lauter müsse man auch sein. Ihr Vater ist Onkologe und Chirurg und sieht aus wie aus dem Alten Testament. Seinen Freund wollte er nicht töten.

 Lilli hat zwischendurch freundlicherweise meinen Körper gesucht, ich ließ sie ihn aber nicht finden. Sie und ich, wir hatten daher nichts

Innigeres miteinander zu tun. Das hat mir zuerst sehr wehgetan. Zwei Tage lang. Und ein paar Wochen. Damals war ich achtzehn. Einmal dann, Jahre später, stand sie nackt vor mir, Zufall, ihr Geschlecht ging auf, auch Zufall. Sie bedeckte es, ich verließ den Raum, war nicht interessiert, weil nicht gemeint. Und einmal störte ich unabsichtlich Lilli und ihren Freund, den sie von Herzen liebt und dem sie Tag und Nacht vertraut wie keinem Menschen sonst auf der Welt. Sie kletterte aus dem Bett, er zeigte mir zufällig sein Genital. Meines gefiel mir besser. Lilli sagte, sie sollten aufhören, das sei ja für mich gewiss nicht angenehm. Meinetwegen haben sie das Ganze dann verschoben. Wir haben dann Tee getrunken. Das war, vermute ich, das einzige Mal, dass sie bei irgendetwas für sie Wichtigem an mich gedacht hat. Freiheit, erwachsen, männlich, weiblich, abwarten und Tee trinken, kommt Zeit, kommt Rat. So also machte ich damals mir und den anderen das Leben schwer.

Trixi mochte ich auch sehr und sie pflegte Lilli in Fragen meiner asexuellen Launen um Rat zu bitten. Lilli erzählte mir daher von ihren Masturbationen und von irgendwelchen in Augenschein zu nehmenden offenstehenden weiblichen Vulven. Dass die Männer da Angst bekommen und in Furcht geraten und dann gar nicht hinschauen. Was das wohl sei, fragte mich Lilli freundlich und nach dem Grund dieser Feigheit der Männer, und wie ich es halte. Seit sie mit ihrem Freund zusammen sei, masturbiere sie jetzt weniger, erklärte sie mir dann. Auf der Mensa zum Beispiel sei vor ein paar Tagen eine attraktive, ältere Frau unter dem Tisch nackt und weit offen dagesessen, aber die jungen Männer dort hätten gar nicht hineinschauen wollen. Lilli habe schon geschaut. Es sei angenehm gewesen. *Woher kommt das nur, dass die Menschen so unfrei sind?*, fragte sie mich damals und erzählte mir als Draufgabe von einem jungen hübschen Exhibitionisten in der Straßenbahn, dass das auch angenehm gewesen sei, und wie amüsiert die Mädchen darüber waren und durchaus interessiert. Sie sagte mir andauernd, wie leicht man jemanden fürs Bett finde. Es sei überhaupt kein Problem. Es sei ihr fast unheimlich, sagte sie auch einmal. Lilli war immer schön, weil sie immer gerade in jemanden verliebt war.

Trixi fragte mich, da gingen wir beide nebeneinander, warum ich denn überhaupt rein bin, ihre Schwester habe sie das gefragt. Warum ich überhaupt rein bin in den Keller zu dem. Das verstehe sie nicht. *Warum tut der Uwe so was?*, habe ihre große Schwester sie gefragt. *Warum gehst du da überhaupt rein?*, fragte mich Trixi daher. *Was ist dich das überhaupt angegangen? Warum hast du dich da eingemischt?* Ihre Fragen zischten alle. Sie war freundlich. Ich wusste keine Antwort, schaute Trixi an, sie mochte mich, ich sie sehr, ich suchte ihr Gesicht, suchte. Fand ihr Gesicht nicht. In den Augen eines Menschen sieht man nichts. Was soll man in den Augen eines Menschen sehen können? Ich sah gar nichts. *Er hätte doch noch leben können,* fiel mir ein, sagte es zu ihr, schnappte nach Luft, meine Hände fingen zu zittern an, ich steckte eine Hand ein. Trixi merkte nichts. *Ah so,* sagte sie. Wir gingen weiter. Einmal haben wir einander wohl geliebt, damals hat sie zu mir gesagt: *Ich stelle mir ein Leben mit dir so schön vor.* Ich erschrak, schüttelte schnell den Kopf.

In der Stadt war das. Aus dem Ort hier jemand damals – wir haben angefangen uns zu mögen und nicht aufhören wollen damit, wir warfen Schneebälle, sie sagte, ihr habe geträumt, ich stehe ganz alleine da und ich schreie los und dann laufe ich los runter zu ihr und trommle ganz laut an ihre Tür und weine ganz laut, sie sollten mich doch zu ihr lassen. Und dass ich sie brauche. Sie schaute mich liebevoll an, erwartungsvoll. Ich ließ den Schnee erschrocken fallen, sagte, sie müsse von jemand anderem geträumt haben. *Das war ich nicht,* sagte ich. Zu Trixi sagte ich auch, dass sie mich gewiss verwechselt.

Manchmal sagte Lilli von mir, ich sei ein Masochist. Das tat weh. Manchmal, dass ich so ohne jedes Interesse an Macht sei. Und dass das dumm sei von mir. Sie kenne niemanden, dem alles, was mit Macht zu tun habe, dermaßen egal sei wie mir. Manchmal sagte sie, dass sie mich wegen meiner Intelligenz mag. Das mochte ich gar nicht, weil es die nicht gibt. Einen Menschen für seine Intelligenz mögen, das ist, fand ich, gar nichts. Manchmal sagte Lilli, dass ich immer so tue, als sei ich ganz anders als die anderen und nicht zu kapieren. Sie habe geglaubt, ich sei so ein bescheidener Mensch, aber in Wahrheit sei ich der anmaßendste Mensch, unverschämteste, den sie kenne. Und größenwahnsinnig sei ich. Und wie grausam und rücksichtslos die Sanften, die Verständnisvollen in Wahrheit sein können, wenn man es zulässt, dass sie sich entpuppen. Ich sei genau so einer. Und dass ich viel zu wenig Vertrauen habe. *So wirst du jede Beziehung kaputtmachen,* sagte Lilli freundlich zu mir, *jede.* Manchmal sagte sie, ich sei jemand, der das niemals hält, was er verspricht, man erwarte sich viel und gar nichts sei dann. *Ich verspreche nie wem was,* sagte ich. *Du lockst immer und dann verweigerst du immer,* erwiderte sie. *Du machst immer Hoffnungen. Jeder glaubt, da sei weiß Gott was. Und nichts ist. Gar nichts nämlich.* Einmal sagte sie: *Eine Frau muss sehr stark sein, sonst geht die neben dir zugrunde.* Das ging mir durch und durch. Zu Samngedi sagte sie, lächelte freundlich, Samngedi sei ein sehr risikofreudiges Geschöpf, weil sie sich das alles mit mir getraue.

Lillis Mutter bekreuzigte Lilli immer zum Abschied, wenn ich die beiden sah. Auch auf die Art war Lilli sakrosankt für mich. In Gurkis Wohnung hing der Strick dann noch ein Jahr lang runter. Die Wohnung blieb unversperrt, die Tür stand einen Spalt offen. Ich kam nur mehr selten vorbei. Ein einziges Mal, das war, kurz bevor die Wohnung umgebaut wurde, ging ich in die Wohnung, damals hing der Strick noch da, ein Jahr lang hing der dort runter, ich sah den, drehte mich um und ging. Im Frühling gleich nach Gurkis Tod bin ich mit dem Zug über einen Menschen gefahren. Es war schon finster und der Zug rumpelte, das Stehenbleiben auch. Man musste warten. Ein paar sind ausgestiegen, ich auch, und das letzte Stück zu Fuß gegangen. Die Stelle im Vorort war eine, an der sich früher oft Leute auf die Schienen gelegt haben. Es war ein weiter Weg dann. Die, die ausgestiegen waren, redeten im Gehen. Ich höflich auch über etwas anderes. Die Wahrheit handle von der Wirklichkeit und was man dagegen tun kann, und dass, wer vor dem Hässlichen flieht, bald keinen Platz mehr hat, dachte ich währenddessen. Und dass der Tod ein Mörder sei und an Menschen erinnere, die man kenne. Wer sich selber töte, trete seinem Mörder entgegen. Aber es sei dann doch in jeder Hinsicht eine Verwechslung.

Du hast überhaupt nichts zu verlieren, Uwe. Ich alles, sagte Lilli einmal plötzlich zu mir, ich wusste nicht, warum. Wir saßen da. Redeten etwas ganz anderes und sie sagte das. Ob es so sei, fragte sie mich dann. *Ich habe nichts zu verlieren*, antwortete ich. *Das wird es sein*, sagte sie, *das ist der Unterschied.* Irgendwann gleich am Anfang, als wir uns kennen lernten, hat mir Lilli mir nichts, dir nichts vor ein paar Leuten eine Liebeserklärung gemacht, die ich gar nicht wahrnahm, und sich dann sofort über mich aufgeregt, dass ich ihre Verletzlichkeit nicht empfinde, wenn sie so etwas zu mir sage. Trixi hat sie dann beruhigt, sie solle sich nicht so über mich aufregen. Und dass es unpassend sei, was sie zu mir sage. Da griff Lilli dankbar lächelnd in Trixis langes schönes Haar.

Meine Mutter pflegte zu mir zu sagen: *Wir alle haben unter deinem Vater zu leiden gehabt. Nicht immer bloß du. Und jetzt wirst du genauso wie er.* Sie sagte das jedes Mal ohne Anlass. Ich hatte solche Angst, dass ich den Menschen, die ich liebe, so schade wie mein Vater. Ich wusste nicht, wer ich sein werde. Ich hatte vor weiblichen Wesen nicht Angst, sondern sehnte mich nach ihnen, aber ich hatte um sie Angst, weil ich nicht wusste, wer ich sein werde. Wirklich bin. Aber mit der Zeit wusste ich, dass ich nicht so war und nie so sein werde. Nie wie mein Vater. Manchmal erzählte ich einem weiblichen Wesen ein wenig von mir. Nur das Nötigste erzählte ich, damit sie nicht durch mich in eine Not kommen. Ich habe mich gefürchtet vor mir, dass ich Menschen entstelle. Aber ich war verliebt. Und dann war aber die Sache mit Gurki.

Gurki hat sich sofort das Genick gebrochen. Ein freundlicher Polizist in Zivil sagte das, der andere freundliche Polizist in Uniform brachte das offene Milchpackerl rüber: *Sie können die Milch noch verwenden*, sagte er. Lächelte. Ich fragte, ob ich etwas falsch gemacht habe. Nein, sagte der Polizist in Zivil, er wüsste nicht, was; Gurki sei ja schon lange tot gewesen. Es gehe darum, ob er sich wirklich selber umgebracht habe. Das müsse sicher sein.

28

Die Menschen sind so nett, sagte Petra, war schön. *Dass er sich das wirklich getraut hat!*, sagte Petra. *Das habe ich nicht geglaubt, dass er das wirklich tut. Dass er das zusammengebracht hat*, sagte sie. *Du warst so toll, Uwe*, sagte Lilli zu mir, *so toll.* Gurkis Freundin hat Gurkis Mutter versprechen müssen, auf ihn achtzugeben, und ihrer eigenen Mutter hat sie versprechen müssen, sich von ihm zu trennen. Ein Jahr Unschuld kann nichts ungeschehen machen, das geht alles nicht so schnell. Niemals, manchmal nur. Gurkis Freundin lernte mit ihm, er war Techniker, Maschinenbauer, sie Medizinerin, er beim Sterben und ganz am Anfang. Sie machte immer eine gute Figur. Ob es stimmt, fragte sie. *Ja, es stimmt*, sagte ich. Damit war es erledigt, sie hatte recht, er hat sich umgebracht. Wir hatten sie nie zuvor gesehen. Sie kam auf einmal bei der Tür herein, ich sagte gerade allen Ernstes zu Lilli, weil die gerade schimpfte, Kierkegaard sei nichts als unverständlich, dass Kierkegaard gesagt habe, das Ich sei etwas, das sich zu sich selbst verhält. Petra stand auf einmal vor uns, flüsterte, zitterte: *Ich glaub', der Gurki hat sich umgebracht. Die Wohnung gegenüber*, sagte sie. *Helft mir*, sagt sie auch. Bin raus. Die Tür war versperrt. In den Hof bin ich. Sehe die weiße Weste, aber nicht wie an einem Menschen, sondern wie an einer Puppe. Hoffe, das ist nur eine steife Puppe für Kleider, weine, renne. Im zweiten Raum hängt er. Gelb. Die Augen zu Boden. Ich schaue ihm versehentlich in die Augen. Gegen den Willen. Drehe mich, schaue mich um, schnell. Böse Augen. Gute Augen. Augen. Suche ein Messer. Will drüben eines holen. Da fragt mich das Mädchen drüben, ob es stimmt. Ich sage ja und schneide ihn nicht herunter, sie haben sich entschieden. Renne in die Telefonzelle der Polizei wegen. Wir reden mit Petra, reden. Zwei, drei Stunden lang, vier fast, fünf. Die Menschen seien doch so nett, sagte das Mädchen, wir zwei zum Beispiel seien so nett. *Die Lilli und der Uwe.* Nein, sagte das Mädchen, das täte es nie. *Das würde ich nie tun*, sagt das Mädchen. *Nie. Niemals.* Was Gurki getan hat. Sie nie. Ich möchte wissen, warum er so hieß, frage sie nicht. Das gute Mädchen sagte, es helfe einem immer jemand. Lieb seien die Menschen zu einem.

Sie gab ihm Rechnungen auf für die Prüfung und kontrollierte die Resultate und die Gänge. Gewöhnte ihm das Rauchen ab. *Das Rauchen ist gar nichts für die Nerven*, sagte das Mädchen. *Ganz schlecht ist das.*

Das Mädchen war, fand ich, ohne jede Schuld. So sympathisch sei sie ihr, Lilli, nicht gewesen, sagte Lilli ein paar Tage später zu mir. Mir schon. Wie denn nicht. Er vorher ja auch. Ich mochte ihn jetzt nicht, aber er war vorher sehr nett. Sein Lächeln auch. Ohne Hass voller Hass, ohne Liebe voller Liebe. Die paar Tage zuvor hatte Lilli zu mir gesagt, das Mädchen erinnere sie so an sie selber. Arm sei das Mädchen, sagte Lilli vor ein paar Tagen. *Arm ist sie*, sagte Lilli damals. *Schlechte Tragödie*, sagte sie jetzt und *Schmiere* und *ein bisschen sehr billig*. Ich fand nichts Unrechtes an dem Mädchen. Lilli mochte die Unbeholfenheit des Mädchens nicht, die Hilfsbedürftigkeit. Lilli versteht mehr vom Mädchen als ich. Ich hatte das Mädchen besuchen wollen und dass Lilli mitkommt. Ich dachte nicht, dass das Mädchen noch einmal in die Gegend herkommen werde. Aber gleich am nächsten Tag war sie wieder da. Denn die ganze Nacht über habe sie empfunden, Gurki wolle in ihr Zimmer, sei in ihr Zimmer gekommen. Lilli erzählte mir, was sie mit dem Mädchen geredet habe. Ich fühlte mich daher nicht mehr zuständig, war nicht meine Welt das. Welche von Euch bringen welche von uns um. Mehr ist nicht. Warum hat Gurki auch mir den Krieg erklärt, warum nicht euch allein? Nein, euch hat er ihn nicht erklärt. euch kann man nichts erklären. Das ist der Grund. Und das liebe Mädchen ging lieber zur lieben Lilli. Und das war die Sache dann für mich gewesen. Es war zufällig niemand sonst da für sie als die liebe Lilli. Aber ich war nun einmal anderswo und dann mochte ich nicht mehr. Gurkis kleiner Bruder war wütend auf Gurki. *Das geht gegen uns alle*, sagte er, *was der getan hat*. Lilli gab Gurkis kleinem Bruder nichts zu trinken. Keinen Tee, keinen Kaffee, kein Wasser, gar nichts gab sie ihm, sie wollte auch nicht, dass er sich hinsetzt. Der nächste Tag war das, nachdem Gurki aufgefunden worden war.

 Lilli und Petra redeten an dem Tag ohne mich ungestört das, wogegen ich mich am Vortag mit aller Freundlichkeit gewehrt hatte. Sie wollten eine Welt ohne Gurkis, fand ich. Was Lilli zu mir sagte, verstand ich einzig so. Irgendwer von denen da draußen hatte Gurki ein Zeichen gegeben und er gab es mir und ich, ich wollte es nicht wieder jemand Falschem geben. Nicht so, wie Gurki das getan hat. Das Mädchen gehorchte den Eltern. Das Mädchen war ein gutes Mädchen. Gurki war nicht gut. Gut war Gurki nicht. *Die Menschen sind hier ganz anders, nicht so wie bei mir daheim. Bei uns daheim sind alle so aufs Geld aus*, sagte das Mädchen. *Nur aufs Geld. Hier*, sagte sie in einem fort, *sind die Menschen so lieb, die Lilli, der Uwe*. Gurki und seine Frau hatten wegen des Heiratsgeldes geheiratet, erzählte Gurkis Freundin Lilli und mir. Er kaufte sofort Schmuck für seine Frau damit. Mit allem, was er verdiente, kaufte er ihr etwas. *Ich weiß nichts von seinen Geschäften. Die gab es*. Als er überhaupt *kein Geld mehr hatte und keines mehr herbekam, haute seine Frau sofort ab und hatte sofort einen mit einem Porsche*, sagte das Mädchen. Er habe sie furchtbar lieb und sie möge ihm verzeihen, schrieb Gurki Petra in seinem Abschiedsbrief. *Petra, ich habe Dich furchtbar lieb. Verzeih mir.* Und: *Ich danke allen, die mir helfen wollten*, schrieb er allen. Es sei für alle das Beste so. *So ist es für alle das Beste*, schrieb er. *Vielleicht ist er wirklich verrückt gewesen*, sagte Petra. Das sei seltener, als man glaube, erklärte ihr Lilli. Und einmal Monate später lagen Schnitten vor der Wohnungstür, die waren vom Mädchen. Das Mädchen war Lilli dankbar. Dass er Liebesentzug gemacht habe, erklärte ihr Lilli. Das Mädchen wiederholte das, dem Mädchen wurde dabei leichter: *Er hat Liebesentzug gemacht. Er hat das gemacht. Ich glaub', der Gurki hat sich umgebracht. – Helft's mir. – Stimmt's? – Die Eltern. Was wird seine Mutter sagen?* So war die Reihenfolge. *Ich hab' seiner Mutter versprochen, dass ich auf ihn aufpass'*, sagte Petra. *Er war ein Phantast*, sagte sie. *Er war so zärtlich*, sagte sie. Tausende Blumen habe er ihr geschenkt.

Stundenlang redete das Mädchen solche Sachen, lächelte, nickte, ich lächelte und nickte auch. Lillis und Ottos Bett war ein Hochbett wie bei Gurki und dem Mädchen. Das Bett sah genauso aus, hier der Spiegel dann noch. Das Mädchen schaute zum Bett, dann zum Spiegel, lächelte in den Spiegel, schaute schnell weg, lächelte, dann sagte das Mädchen schnell: *Ich muss hier raus.* Stunden, endlos, waren wir hier so gesessen. *Gurki hat gehandelt, niemand kann es rückgängig machen*, dachte ich beklommen und dann, dass das ein Gotteswort ist. Der Polizist hörte nicht zu fragen auf, fragte mich, warum ich den Kopf schüttele, sagte, dass er nur seine Arbeit tue. Die trugen Nylonsäckchen über den Händen, er auch, er rannte herum, ein, aus, ich im Zorn durch die durch. Blödes Milchpackerl. Bringe es in die Mülltonne, renne die Stiege rauf. Dann brachten wir Petra dorthin, wo sie wohnte. Wir gingen lange. Im Studentenheim sagte einer zu ihr, das habe er immer befürchtet, dass es so kommen werde. Wir blieben noch. Gingen dann lange zurück. *Du warst so toll*, sagte Lilli im Schnee noch einmal zu mir, küsste mich, hängte sich ein. Ich schaute sie an. Sie wollte wissen, was ich gesehen habe. In Gurkis Wohnung und ihn wie. Ich schüttelte den Kopf. *Nichts*, sagte ich. Sie drückte mich freundlich und fest.

29

Kein Mensch ist besser als der andere, aber ein Mensch ist besser als gar keiner, habe ich ein paar Wochen später auf dem Bahnsteig zu Gurkis Trauzeugen gesagt. Den beeindruckte das nicht. Ich mochte den nicht. Er war immer freundlich. Ich konnte das nie wie er. Wir kannten uns seit der Volksschulzeit. Er ist aus unserem Ort. Aus dem hier. Zufall alles. Ich hatte keine Ahnung gehabt, wer wer war. Gurki hat sich in der Stadt erhängt, Gurki war von ganz anderswo her und sein Trauzeuge ist aber der Sohn einer freundlichen Lehrerin von mir. Sie hatte uns Kindern zum Beispiel erklärt, warum der Kommunismus scheitern müsse und dass wir jeden Tag unsere Unterhose wechseln sollen. *Ich erinnere mich sehr gut an dich. Dich werde ich nie vergessen*, sagte sie Jahre später zu mir, und dass in ihrer ganzen Berufszeit kein einziges Volksschulkind die Buchstaben allesamt so nach links geschrieben habe wie ich. Und dass das bei mir nicht wegzubringen gewesen sei. *Da sieht man schon viel heraus über einen Menschen*, sagte sie, *wie der fühlt und wie der ist*. Sie war immer gut zu uns gewesen, geduldig und liebevoll. Ihr Unterricht war interessant und hilfreich gewesen. Die Grammatik war bei ihr eine schöne Sache. Gurkis Trauzeuge hat dann zur Maturavorbereitung zufällig Stunden bei mir genommen und deshalb war ich dann mehr als zehn Jahre nach meiner Volksschulzeit im Haus meiner Lehrerin aus dem letzten Jahr. Gurkis Trauzeuge war von Kind an allen sehr lieb gewesen. Nepomuk sagt, Gurkis Trauzeuge sei Epileptiker. Nepomuk nennt immer alle, die ich nicht verstehe, Epileptiker. Nepomuk ist mein Freund. Wir passen aufeinander auf. *Complectimur nos. Vita mors.* Gurkis Trauzeuge ist nicht mein Freund, er ist ein paar Jahre jünger als ich, und ich mag ihn seit jeher nicht. Große Zärtlichkeit strahlt er seit jeher aus, und ich empfinde ihn seit jeher so. Er war immer liebesbedürftig, verschmust, als Kind war der schon selbständig und erwachsen. Immer schon war er so wie jetzt. Und ich, ich konnte das alles wirklich nicht, was der konnte; kann das immer noch nicht.

Ein paar Drogen hatte er lieb, die verbanden ihn auch mit seinen Lieben. Als ich ihm Stunden gab, wusste ich aber von nichts, das daher auch nicht. Beim Warten auf den Zug in die Stadt erzählt er mir, dass sich ein Freund umgebracht hat. Erhängt. Er sagt mir, dass ich meinen Schirm falsch halte, nicht gegen den Wind, auf meine Weise gehe mein Schirm kaputt. Der Kleine fragt, warum ich ihm das nicht glaube. Gleich darauf ist mein Schirm kaputt. Gurkis kleiner Trauzeuge schüttelt den Kopf. Ich ärgere mich, bringe keinerlei Scherz zustande, frage nach dem Namen. *Gurki*, sagt der Kleine. Er habe Gurki länger nicht gesehen, sagt er. *Dreckskerl*, denke ich mir. Ich will ihn fragen, warum Gurki so wunderlich geheißen hat. Frage aber nicht. Der darf das nicht wissen. Der Name muss ein Geheimnis sein, das dafürsteht. Das kleine Kerlchen da ist mir tatsächlich haushoch überlegen. *Warum hat Petra nicht einfach aufgesperrt? Warum ist die zuerst in den Garten gegangen?*, überlege ich mir, und ob das stimmt, was sie von Gurkis gutem Freund erzählt hat, dass der so hilfsbereit war, und wer denn Gurkis guter Freund war, mit dem sie sich etwas anfing, ob der da das war, überlege ich mir, während der da rundherum lächelt, redet, redet. Sie haben auch zusammen studiert, sagt der Trauzeuge. Der Altersunterschied habe nichts zu bedeuten, denke ich mir. Und dass der Kleine wohl gleich alt wie Gurkis Freundin ist. *Ich danke allen, die mir helfen wollten*, stand in Gurkis Brief, das geht mir durch den Kopf, ich bekomme den Schirm wirklich nicht mehr klar, werde nervös. *Kaputt ist kaputt*, sage ich. *Kaputtgemacht*, sagt der Trauzeuge über meinen Schirm, lächelt weiter. *So lächerlich bin ich gar nicht, wie der lächelt*, denke ich mir. Und dann schon wieder an Gurkis Lächeln. Wieder, wieder, wieder. Ich erzähle dem Kleinen nicht, dass ich Gurki gefunden habe. Ich weiß von nichts, höre dem Kleinen nur zu.

Seine Mutter ist wirklich eine gute Lehrerin gewesen, ich habe sie sehr gemocht, wir mussten oft *Frohgemut zu sein, bedarf es wenig, und wer froh ist, ist ein König* singen. Singen mochte ich nur bei ihr gern. Und einmal erklärte sie uns Kindern, woran man sehe, dass ein Kind glücklich sei. Sie fragte die Klasse. Als kein Kind die Antwort wusste, sagte sie lächelnd, liebevoll, das Kind laufe und springe plötzlich vor lauter Freude von einem Bein auf das andere und wieder und wieder. Ihr Kleiner jetzt erzählte mir von Gurki und Monate später einmal erzählte mir Nepomuk, dass Gurkis Trauzeuge stets jemandem gern etwas abgab, der etwas brauchte, zur Entspannung und Freude, und dass in der Jugendhütte der Katholischen Jugend, Schar, wenn Gurkis Trauzeuge dabei war, manches junge Mädchen, katholisches und sonst auch eins, flugs zur Frau wurde, egal wie und wie gern. Nepomuk sei das von zwei Mädchen erzählt worden, die seien verzweifelt gewesen, weil sie in die Hütte mitgefahren waren. Nepomuk verstand sich mit dem Kleinen bis dahin nur gut. Dann aber auch. Aber spöttischer war er als früher. Auch Nepomuk erzählte ich damals nicht, wer wer war und zu wem gehört.

Das kleine liebe Kerlchen am Bahnsteig gerierte sich jedenfalls sehr besorgt um mich. Ich kam, wie gesagt, seit jeher nicht gegen es an. Sogar den Ovid las es besser als ich, kam mir vor, als ich ihm Nachhilfe gab. Die Sphärenmusik aus Ciceros letztem Staatsbuch haben er und ich damals ein bisschen übersetzt. Die war als Kommentar für ein paar Ovidverse verlangt gewesen. Die wollte er für die Prüfung gewissenhaft übersetzt haben. Gurkis Trauzeuge erzählt mir am Bahnsteig, wie lieb ihm sein erhängter Freund gewesen war und wie selbstlos und selbstvergessen in allem. Alles habe man von Gurki haben können, alles habe Gurki für einen getan. Gurkis Sphärenmusik – furchtbar war die für mich gewesen, das krachende Radio, die Eiseskälte, gar nichts war da zum Heizen in dem Keller. Mit dem Schlüssel hat er am Ende geheizt. Überhaupt nichts erzähle ich dem Kleinen Ich weiß von nichts. *Nos complecti sumus. Vestra vita mors est.* Ich lächele, damit ich nicht reden muss. Der Trauzeuge lächelt, lächelt, redet. Ich glaube, er ist wirklich von Herzen freundlich und hilfsbereit. Er kann für nichts etwas. Die zwei Mädchen erzählten, dass er zugleich frisst und scheißt.

30

Der Unilesesaal, spät abends, der Vorraum, ich zucke zusammen, weil jemand vor Schmerzen aufschreit. Mein Vater. Die Stimme meines Vaters ist das. Ich schaue erschrocken, wo das Weinen herkommt. Der Zorn. Ein Mann im Rollstuhl, der Mann kann sich nicht bewegen, nur den Kopf und die Hände, er tut sich beim Reden schwer. Er ist außer sich, schluchzt, schimpft. Der junge Mann, der bei ihm ist, redet ihm gut zu. Es komme alles in Ordnung. Der Mann im Rollstuhl, der so viel liest und ständig jemanden bei sich braucht, weil er sich nicht rühren kann, redet gern viel mit allen, jedem, jeder. Er ist völlig auf fremde Hilfe angewiesen, er will über alles reden, was er sieht, hört und was jemand denkt. Es muss ihm immer umgeblättert werden. Deshalb schreit er. Der Vater sagte zu mir, ich solle ihm doch helfen, er könne doch auch ganz anders sein, das sehe er doch, wenn er mit anderen als uns zusammen sei, wir sollen ihm doch helfen, ich. *Hilf mir doch*, sagte er.

Einmal, als ich allein mit ihm in der Hauptstadt war, in der Kasernenschule, wo er immer war, seine Dienstwohnung hatte, als er im Ministerium arbeitete, und später dann auch die für die Gewerkschaftssitzungen, sagte er, ich solle, wenn er mich schlagen will, zu ihm sofort *Lieber Papa, bitte tu mir nichts, ich bin noch ein Kind* sagen. Ich tat das. Aber es nützte nichts. Ich habe das gesagt, was er gesagt hatte, dass ich sagen soll, aber es hat nichts genützt. Wenn er gar nicht aufhöre, solle ich, hatte er gesagt, schnell dazusagen: *Ich kann das noch nicht wissen.* Es nützte nichts. *Lieber Papa, bitte tu mir nichts, ich bin ja noch ein Kind, ich kann das noch nicht wissen.* Es nützte nichts. Auf der Straße vor der Kaserne in diesem Scheißleben damals wusste ich nicht, welches Fenster der Fassade das aus seinem Zimmer war. Deshalb ging dann viel los. Nach ein paar Minuten kam auf der Straße ein Mann von hinten daher, der gehörte auch zu denen dort drinnen, störte die Züchtigung. Der Mann war gestern aus Spanien zurückgekommen. Der Vater trat gerade nach mir, trat, schlug mir in den Rücken, schlug und ich weinte. Der Kasernenmann in Zivil kam daher, kannte den Vater besser, blieb stehen, begann mit ihm zu reden. Der Vater ließ von mir ab, der Mann stellte mir ein Rätsel. Der Vater legte von neuem los. Viel weniger zwar, er ließ sich aber nicht mehr unterbrechen. Der Mann versuchte es auch gar nicht. Ich wusste nicht, wie weit Spanien von der Kaserne entfernt ist. Da half mir der fremde Mann nichts. Kürzer war die Tortur aber.

Ich war erstaunt gewesen, dass der Vater auf die Formel hin nicht aufhörte, die mir aus dem Herzen kam und ihm, hatte ich geglaubt, doch auch. Ich war mir ganz gewiss gewesen, dass der Vater sich an den Ausweg halten wird, den er selber gefunden hatte. Sein Wort hielt nicht. Das Versprechen war nichts wert. *Bitte Papa, tu mir nichts. Bitte Papa, tu mir nichts, ich bin ja noch ein Kind.* Und dann wie gesagt kam der Militär aus Spanien retour, und dann hatte der Vater einen neuen Grund, und danach gingen wir zu dritt irgendwohin etwas trinken und saßen in einem Gastgarten im Sommer. Es war schon Nacht. Ich weinte nicht mehr. Ich ging mit dem Vater stets durch irgendeine Stadt. Ich war immer ohne jede Illusion. Im Gastgarten damals war mir, als ob die Hände mir nach vorn und die Füße in der Luft zusammengebunden wären. Ich konnte auch nicht erbrechen, wonach mir aber von Mund und Brust her war. Manchmal riefen wir die Mutter an oder schrieben ihr, dass es uns gutgeht und wir sie liebhaben. Mein Vater liebte uns ja wirklich. Aus dem Gasthaus telefonierten wir damals auch noch nach Hause, weil das mit meiner Mutter so ausgemacht war. Ich sagte, um sie und mich nicht zu quälen, es sei alles in Ordnung. Der Vater hatte damals keinen Grund, wirklich nicht. Auf Karten und in Briefen schrieb der Vater mir immer: *Tausend Bussi, Dein Papa.* Mein Vater hatte meiner Mutter gedroht, er werde sich umbringen, wenn sie ihn nicht heirate, schrieb ihr das auch in die Liebesbriefe rein. Das hätte man ihm nicht glauben dürfen.

Ein einziges Mal war der Urlaub mit dem Vater glücklich. Das war fast eine Woche lang. Fünf Tage. Dann fuhren wir heim. Die Heimfahrt war schlimm, sein Toben, alles war kaputt. Die Woche hatte schwer begonnen für mich. Dann hat er mir versprochen, dass er mir nichts tun wird. *Ich verspreche es dir*, hat er gesagt und sein Versprechen wirklich gehalten. Es war eine große Familie, der Mann, die Frau, ein Haufen Kinder, Söhne, Töchter. Mein Vater hat sich mit dem Ehepaar gut verstanden und ich mich mit den Kindern, wir haben uns sofort angefreundet. Der jüngste Sohn und ich waren unzertrennlich. Die Geschwister haben alle aufeinander aufgepasst, einander sehr gemocht, spielten, lachten. Damals war meine Mutter nach einer Woche heimgefahren. Ich musste beim Vater bleiben, wurde von ihm am ersten Tag malträtiert wie immer, war völlig fertig, dass die Mutter jetzt weggefahren war und mich dagelassen hatte. Ich war so in mir, als ob es jetzt aus und vorbei sei. Völlig erschöpft war ich. Zerstört. Dann ist diese Familie aufgetaucht. Mein Vater kannte den Familienvater von früher. Die beruhigten ihn allein durch ihre Gegenwart. Ich gehörte zu den Kindern und er zu den Erwachsenen. Er gab mir von selber sein Wort und hielt es wirklich. *Du brauchst keine Angst zu haben. Ich werde dir nichts tun. Ich versprech's dir*, sagte er. Vielleicht war er so, weil es war, als ob meine Mutter uns beide verlassen habe. Er war aber gewiss auch deshalb so, weil da eine Familie war, in der die Leute zueinander gut sein konnten. Die haben sich zusammen gefreut. Die lebten miteinander. Die hatten einander lieb. Alles war leicht, es war schön. Aber meine Mutter hatte zur Arbeit heimfahren müssen, mein Vater und sie hatten viel gestritten in der Woche und am meisten am Ende der Woche. Meine Mutter hat ihm aus dem Zug heraus gedroht, wenn er mir etwas tue, sei es aus und vorbei. Ich weiß also nicht, ob das der Grund war für ihn. Ich glaube es nicht. Er tat mir immer etwas an, und was die Mutter aus dem Zugfenster heraus sagte, empfand ich als gelogen, und ich verstand nicht, warum sie so herumlog. Es war ja ganz klar, was sein wird. Aber es war damals dann das einzige Mal, dass mein Vater so war, so glücklich.

Wenn ich mit meinem Vater durch irgendeine Stadt ging, ging er auf seinen Wegen wie gesagt immer in eine Kirche, die gerade da war, wir knieten uns hin, beteten. Ich ging immer weinend und vollgeschlagen in die Kirchen. Jedes Mal. Wir kamen in den fremden Orten, Städten zufällig an den Kirchen vorbei. Der Vater beruhigte sich kurz in ihnen. In der Kirche tat er mir nichts. Dort war ich für ein paar Minuten sicher, beruhigte mich aber nicht, weil der Vater sofort wieder auf mich losgehen wird, sobald wir aus der Kirche draußen sind. Ich musste gefasst sein. Bekreuzigen mit dem Weihwasser, zum Schein, in Wahrheit nur damit das Wasser mein Gesicht kühlt. Die Hände auch kühlt, die Finger, die Flächen. Das Gesicht gerissen. Am Morgen, wenn wir endlich in der Schule angekommen waren, dann noch an den Heimleuten, Heimschülern, den Nonnen vorbei über die Stiege in die Kapelle gingen, das Beten dann noch vollführten, kühlte das Weihwasser mein Gesicht. Mein Vater hatte wie gesagt Angst, dass der Turnlehrer etwas merkt, wollte jeden Tag wissen, ob ich heute Turnen habe. Der Vater fuhr, wenn wir die Kapelle hinter uns hatten, ins Büro weiter. Ich war meistens 15, 20 Minuten zu früh in der Klasse, in der Schule, ging dann nochmals allein in die Kapelle. Dort war es kühl, mein Gesicht erholte sich. Ich musste in die Stunde, den Tag. Jeden Tag, fast jeden Tag war das so. Mein brennendes Gesicht. Die Kopfschläge.

Jahre später, als mein Vater schon lange tot war, hat mich ein Heimschüler aus meiner Klasse einmal auf die Zeit damals angesprochen, lachte über das ganze Gesicht, was mein Vater da denn immer mit mir getan habe. Arztsohn. Las dauernd Biographien. Auf einmal fragte mich der Mitschüler ohne jeden Grund und Anlass, was damals los gewesen sei. Jeden Tag fast, wenn sie zum Essen gegangen seien, seien sie an uns beiden vorbeigekommen. Der Vater sei in Wut gewesen, ich habe geweint, sie haben gesehen, dass er mich schlägt, sagte der Mitschüler, lachte mir ins Gesicht. Der lachte. Siebente Klasse Mittelschule, Jugendherberge, Hauptstadtwoche, Kultur, Pferdefleischleberkäse, Rummelplatzhuren, die geile Aufregung, das Zusammenzahlen, die Masturbationen auf dem Zimmer. Keine Ahnung, ob wirklich. Einer wird dafür zur Sau gemacht. Mein Vater kam mit jedem Priester gut aus. Der Heimdirektor in seiner schwarzen Uniform fragte mich nach dem Tod meines Vaters freundlich, warum ich nie Trauer trage. Ob ich Schwarz nicht mag. Er war ein sehr lieber Mensch, hat gern mit dem Vater getratscht. Und hier im Ort der Pfarrer damals auch. Der hieß irrtümlich wie ein griechischer Tyrannentöter. Wenn mein Vater zu ihm in die Messe ging, sagte der Vater zu mir immer, er gehe in die Messe, weil er Hunger habe. Mein Vater hätte die Kommunion nicht empfangen dürfen, aber er ging hin und ließ sich vom Pfarrer Jesus zu essen geben. Mich schauderte, und die Menschen beteten, sangen, finster und Licht und ein paar Tränen. Er zerbiss ihn. Hostienmenü, erstklassig. In irgendeiner Kirche sagte mein Vater einmal zu mir: *Bitte, Uwe, sei mir nicht böse.* Und einmal daheim, nach einem Anfall ohne Ende, das Schlagen, das Reißen, das Spucken, sagte er plötzlich: *Es tut mir leid, dass du immer dran bist. Das ist nicht in Ordnung von mir.* Und dann sagte mein Vater lachend, er schlage mich so viel, weil er bald sterben werde. Wenn er tot sei, könne er mich nicht mehr schlagen. Er müsse mir das alles jetzt beibringen, weil er dann nicht mehr da sein werde. Ich werde durch die Straßen laufen, sagte er mir, und schreien: *Wo ist mein Papa, wo ist mein Papa? Gebt mir meinen Papa zurück!* So werde das sein mit mir. Einmal sagte er, dass ich ihm dankbar sein werde, denn ich werde ganz allein sein auf der Welt, aber es werde nichts geben, das ich nicht aushalten kann. Ich weiß nicht, ob ich uns heute helfen könnte, ihm, uns allen hier. Entschuldigt hat er sich in Wirklichkeit kein einziges Mal bei mir. Es muss ein Rausch gewesen sein, er muss süchtig gewesen sein. Es tat ihm nie leid. Ich ihm nie. Das war so. Ich kann mich nicht erinnern, jemals in meinem Leben das Gefühl gehabt zu haben, ich tue meinem Vater leid oder er empfinde gar mit mir.

Einmal hat mir ein paar Jahre nach seinem Tod geträumt, ich gehe auf der Straße, sehe plötzlich den roten Wagen des Vaters, der Vater hält an, sagt: *Steig ein.* Der Vater ist traurig. Ich will mich neben ihn setzen. Er sagt: *Nein, setz dich auf den Rücksitz.* Wir fahren einen Berg hinauf, viele Berge, die müssen wir alle rauffahren. Ich merke plötzlich, dass der Vater uns töten will, er uns, sich, er will sich töten, von der Straße runterstürzen mit dem Auto. Ich greife nach vorn ins Lenkrad, zwinge ihn zur Bergseite hin. Das Fahrzeug hält an. Er hat sich töten wollen, ich habe sein, mein Leben gerettet. Ich wollte nicht sterben, wache auf, schreie im Schlaf noch: *Es ist gesühnt*. Verstehe beim Aufwachen den Traum nicht und mein Geschrei auch nicht. *Wenn ich leben will, kann ich nicht töten wollen!*, sage ich laut zu mir und wache auf. Einmal hat mir geträumt, ich höre Glocken. Mein Vater zeigt in die Richtung, ich komme zu spät.

Wir sollen ihm doch helfen. Wir konnten ihm nicht helfen, uns hat niemand geholfen. Wir mussten alles selber und allein tun. Mein Vater redete wirklich niemals schlecht über andere Leute. Nur über uns. Mich. Meine Tante. Über meine Mutter und meinen Großvater auch fast nie schlecht. Als Kind wollte ich immer, dass Ruhe ist und dass es meinetwegen keine Schwierigkeiten und kein Leid gibt. *Tausend Bussi, dein Papa. Lieber Papa, tu mir nichts.* Einmal beim Gehen durch die Stadt sah er einen blinden Mann mitten auf der Straße. Nur Autos waren überall, keine Ampel, der Blinde rührte sich nicht, die Autos fuhren weiter. Der Vater rannte auf die Straße, mitten zwischen die Autos ins Durcheinander hinein, half dem Blinden heraus, sagte dann zu mir: *Die Leute schauen immer nur. Tun tun die nie was.* Der Blinde bedankte sich herzlich. Mein Vater nahm Menschen in Schutz, egal was andere davon hielten.

Einmal nahm er den Homosexuellen im Ort im Auto mit. Der erzählte ihm von London und New York und dass dort überall so viele Menschen spurlos verschwinden und er froh sei, wieder daheim zu sein, aber bald wieder wegfahren werde, weil es ihm in London so gut gefalle. Mein Vater sagte zu mir, dass dem Mann von den Leuten schweres Unrecht getan werde. *Schau, schau,* lächelte die Frau Ministerialrat aus dem Küchenfenster heraus, *einmal etwas anderes. Man muss alles ausprobieren.* Der Vater schüttelte den Kopf, sagte zu ihr, der Mann wolle nur leben, ohne dauernd die Angst haben zu müssen, dass ihn die Leute hier am liebsten umbringen würden. Die Leute hier schimpften viel über den Homosexuellen, schauten durch seine Fenster, beobachteten ihn nackt allein in seinem Haus, empörten sich darüber, dass er dort drinnen nackt war, und fanden, er werde immer schäbiger. Sein ganzes Geld helfe ihm da nichts. Das Geld gönnten sie ihm nicht. Gegen Ende seines Lebens bekam er beim Gottesdienst des Geldes und der Christlichkeit wegen seinen Sitzplatz in der ersten Reihe gleich vor dem Pfarrer und dem Altar. Das sei einzig und allein deshalb sein Vorrecht, sagten die Leute, weil er alles, was er besaß, der Kirche vermacht habe. Er stinke von seinem Kot und Urin, sagten sie, und zeigten einander lachend, wie er seine Hose in aller Öffentlichkeit herunterlasse, um den Kot hinauszuwerfen. Die meiste

Zeit saß er in der Messe ganz alleine vor dem Altar und dem Priester. Ich hatte vor dem Mann meines Vaters wegen Angst.

Wenn mein Vater daheim lernte, warf er im Streit in der Wut die Skripten und die Bücher durch das Zimmer, schrie. Ich habe, als er tot war, oft aus diesen kleinen Lesebüchern und den Maturaschulskripten gelernt, werfe meine Bücher auch herum, wenn mich etwas ärgert, das drinnen steht; schreibe in das fremde Geschreibe mein eigenes hinein. Derlei tat mein Vater nie. Mein Vater hätte das nicht ertragen. Er war am Boden zerstört, weil er nicht verstand, dass jemand König und Kaiser in einem sein konnte. Wenn eins zwei oder mehr war, brach er in sich zusammen. Eins ist nicht zwei. Einer nicht zwei. Auch das Wort *eigentlich* hielt er nicht aus, *eigentlich* machte ihm furchtbare Angst. Etwas sei so oder es sei nicht so, *Ja oder Nein* gelte, aber nicht *eigentlich*. Arzt wäre er gerne geworden, Menschen helfen können, dass sie gesund werden und ein Leben haben. Von Kind an habe er sich das gewünscht, sagte er zu mir. Vor dem Namen *Jasomirgott* erschrak er jedes Mal. Zuckmayer las er am liebsten, der *Hauptmann von Köpenick* und der *Schinderhannes* waren tatsächlich seine Lieblingsgestalten. Da verstand er, worum es ging. Die Uniformen, die Schikanen, die Hochstapeleien. Mein Vater besaß ein dünnes Taschenbuch, das *Anders als ich dachte* hieß. Das waren die Lebenserinnerungen eines englischen Kommunisten. Ich habe als Kind immer geglaubt, mein Vater habe das Buch aus dem Heeresbestand gestohlen. Noch ein kleines Buch muss er dort entwendet haben, das handelte von Max Stirner. Und ein Neues Testament hat mein Vater auch irgendwo gestohlen. Und einen hohen Kleriker suchte er fast in jeder Stadt, in der wir waren; immer fragte er nach dem. Sie kannten einander gut. Einmal war der Priester auch bei uns zuhause. Saß, redete. Mein Vater und meine Mutter freuten sich. Ein Priester mit demselben Namen hatte dann eine hohe nächstenliebe Funktion inne. Ich weiß nicht, ob er derselbe Priester war wie der, den wir oft wo suchten. Mein Vater suchte immer Hilfe.

Ein paar alte Leute aus einem Altersheim wollen ein misshandeltes Kind erretten. Des Weiteren, wie das Jahr 1968 wirklich war.

31

So schönen Menschen wie denen im Mai 1968 im Altersheim bin ich in meinem ganzen Leben nicht mehr begegnet. Sie hatten Angst, nahmen ihren ganzen Mut zusammen. Die Frau zitterte, der Mann auch. Ich bangte. Sie waren alle fest entschlossen. Auf ein Wort von mir wäre es aus und vorbei gewesen mit dem Vater. Ich brachte es aber nicht heraus. Ich kann bis heute keinen Menschen anderen Menschen ausliefern. Das ist, weil ich ausgeliefert war. Wir wären mit einem Male frei gewesen, meine Mutter, meine Tante, mein Großvater, ich. Ich hätte vor den alten Leuten im Mai 1968 nur den *Ja*laut von mir zu geben brauchen. *Ja.* Bin aber davongerannt. Mit solchen Menschen wie mit denen im Hof des Altersheimes habe ich nie mehr zu tun gehabt, in meinem ganzen Leben nicht, so hilfsbereite, entschiedene Menschen habe ich später niemals mehr irgendwo angetroffen.

Nach einem Streit mit seiner Frau ging mein Vater oft an das Grab seiner Mutter, jammerte, weinte: *Mama, hol' mich weg von da. Mama, bitte hol' mich endlich weg von den Menschen hier.* Jedes Mal schätzte ich ihn deshalb gering, obwohl er in diesem Zustand sehr gefährlich war und ich den Vater fürchten musste.

Er ist verrückt, flüsterte seine Mutter meiner Mutter zu. Schnell. Hauchte. Mein Vater fotografierte uns währenddessen alle. Meine Großmutter schaute entgeistert in den Apparat und stemmte die eine Hand in die Seite, stützte sich mit der rechten auf den Stock. Alles tat sie und alles geschah, wie es ihr Sohn wollte. Meine Mutter schaut erschrocken und traurig drein. Ich hatte geweint. Er hielt uns mit dem Apparat fest in der Hand. Meine Mutter sagte später oft zu mir, wir seien ihm alle nicht gewachsen gewesen. Der Teufel soll mich holen, wenn es so war, wie die Mutter sagt. Mein Vater redete mir gerne die Ballade vom Erlkönig vor, wollte mir mit den Reimen Angst machen, genoss die. *Hält ihn sicher, hält ihn warm. – Mein Sohn, was birgst du so bang dein Gesicht? Siehst du, Vater, den Erlkönig nicht?* Wenn man klein ist, kann man da schon Angst bekommen. *In seinen Armen das Kind ist tot.* Das sagte er mir von klein auf ein paar Mal jährlich vor. *Der will, dass ich tot bin*, dachte ich mir mit der Zeit, und dass er will, dass ich Todesangst habe, bevor ich tot bin. Angst vor dem Tod hatte ich aber bei keinem Vers. Einzig seine

Stimme machte mir Angst. Die allein. Es war nicht so, wie die Mutter sagt.

Man muss verharren, wenn man fotografiert wird. Die Fotos waren immer eine Strapaze. Auch die beim Berufsfotografen. Fotografen waren mir von klein auf zuwider. Die schauten und sahen und drückten ihr Foto ab und das war alles, was war. Denen war immer alles egal. Ich wurde angestarrt, wurde starr. Friseure und Schneider waren mir auch immer suspekt. Zu denen musste ich auch mit dem Vater. Mein Vater war gelernter Schneider. Für mein Gewand als Kind brachte mich der Vater zu dem Schneider, bei dem er gelernt hatte. *Alles nur wegen dem Scheißbuben da,* fauchte der Schneider zu meinem Vater, war wütend, schaute mir verachtungsvoll ins Gesicht. Der gewohnte väterliche Griff damals in den Schritt, damit die Hose die richtige ist. Meine Gegenwehr. *Alles nur wegen dem Scheißbuben da,* sagte der Schneidermeister deshalb. Die Schneiderfamilie hatte auch ein Lebensmittelgeschäft gehabt. Dort hat mein Vater auch gelernt und die Greißlerwaren ausgetragen. Von denen, denen er zustellte und die anschreiben ließen, sind ein paar später nach dem Krieg allerhand geworden. Zu Herren und Damen, keine Gosse mehr. Die Politikerfamilie zum Beispiel. Die Fotografen, die Schneider, die Friseure, die Greißler, die politischen Funktionäre, ich mochte die alle nicht, als ich ein Kind war, weil die nur ihre Ruhe wollten und immer das taten, was der Vater sagte, egal wie weh es mir tat.

Auf den Fotos lachen wir. Der Vater wollte, dass es so ist und bleibt. Das war qualvoll. Einmal im Streit sagte meine Mutter zu ihm: *Deine eigene Mutter hat gesagt, dass du verrückt bist. Alle deine Verwandten sagen das.* Die Mutter meines Vaters war bedienen gegangen, putzen, hatte meinen Vater nicht bändigen können, trank. Sie ist im Altersheim gestorben, hat die letzte Ölung jahrelang ein paar Mal empfangen, war zäh im Fleisch und im Geist. Wenn wir sie besuchten, der Vater und ich, hatte er hinterher immer Angst, dass sie mich krank gemacht habe. Wenn sie mir etwas geben wollte, Obst oder Süßigkeiten oder eine leere Semmel, wollte er nicht, dass ich es annehme, geriet in Panik, sie stecke mich mit sich an und dass ich dann sie werde. Er glaubte fest daran, dass ihr Alter eine schwere Krankheit sei und seine Mutter voller lebensgefährlicher Bazillen stecke. Sie wollte mir jedes Mal etwas geben, konnte dann nicht aufstehen, lachte mir entgegen, griff in ihre Lade, ihre Nachbarin lachte auch, griff auch in die Lade. Der Vater drehte durch. Seine Mutter hatte große Angst vor ihm, war klein, mager. Als meine Mutter im Streit zu ihm sagte, was seine Mutter über ihn dachte, erwiderte er kein Wort, verzog keine Miene. Er drehte den Kopf zur Seite, wie wenn man jemandem den

Kuss nicht gibt. Das war mir seltsam. Aber was seine Mutter sagte und wer mein Vater war, ist einzig und allein mein Problem auf dieser Welt.

Viel später dann, als ich mich meiner Mutter gegenüber verschloss und sie in kalter Wut immer wieder meinem Vater erzählte, wie ich sei, damit der das in Ordnung bringe und mir den Kopf zurechtrichte, sagte mein Vater zu mir, so alt sei er schon gewesen, seine Mutter auch, und er habe seine Mutter dennoch immer respektiert und liebgehabt und alles für sie getan, aber wie ich mich aufführe meiner Mutter gegenüber, das sei eine Gemeinheit. Meine Mutter nickte. Ich musste mit ihm überall hin, seine Frau ersetzen.

Die Spucke, das Weinen, die Schläge, als ob er mein Gesicht nicht vertrage, war er. Fotos sind Dokumente, wenn man sonst nichts hat, als dass man lebt. Im Krieg war er Filmvorführer.

Im Mai 1968 eben starb meine Großmutter. Ich war gerade sieben geworden. Ich fand das Grab meiner Großmutter nicht mehr, als wir am Tag nach dem Begräbnis zum ersten Male wieder zum Grab gingen. Der Vater hatte bei der Beisetzung geweint, hinuntergeschaut ins Loch. Weil er mir leid tat, schmierte ich mir meine Spucke in die Augen, damit ich auch verweint ausschaue und er nicht alleine ist. In der Nacht dann redete ich im Finstern inwendig mit meiner Großmutter, und meine tote Großmutter und ich beteten gemeinsam, hatten keine Angst, meine Großmutter war voller Rosenkranz, weil sehr gläubig. Sie wusste von nichts und wir beide beteten. Aber jetzt fand ich das Grab meiner Großmutter nicht. Fand ich nicht. Die Sargträger waren kreuz und quer gegangen mit dem Sarg. Deshalb hatte ich mir den Weg nicht gemerkt. Der war ein ganz anderer gewesen als der jetzt. Der Vater wollte, dass ich zum Grab vorauslaufe. Aber ich wusste nicht, wo es war, ging falsch. Er schlug mich sofort, beschimpfte mich und riss mich auf dem Friedhof nieder, meinen Kopf, meine Haare, nieder, nieder. *Ich lass' dich da! Ich lass' dich da!*, schrie er. Er wollte mich auf dem Friedhof lassen. Tat er dann auch. Ich schaute über die Mauer. Eine kleine Fabrik da drüben, Kohle, Holz, ein Lagerplatz ohne Leute. Die Bahnschranken. Wenn ich hier bleiben muss, was tue ich. Hatte Angst. Keine Leute waren da, menschenleer war alles, die Gänge zwischen den Reihen, die Mauer, die Steine. Wie komme ich von hier heim. Über der Mauer auf der anderen Straßenseite ein riesiger Behälter.

32

Im Altersheim, in dem seine Mutter gewesen war, fragten mich dann die alten Leute, ob sie die Polizei holen sollen und ob er immer so sei: *Ist er immer so zu dir?* Die Großmutter war vor ein paar Tagen gestorben und war begraben, heute wäre in der Anstaltskapelle die Totenmesse gewesen. Mein Vater war zur Messe für seine Mutter zu spät gekommen. Die Messe war schon vorbei. Die Kapelle war jetzt leer. Er hatte sich vertan, ging auf mich los, schlug mich, riss an mir, beschimpfte mich, spuckte mich an, das ganze Programm zog er durch, der Gestank in meinem Gesicht. Laut lesen musste ich den Zettel an der Säule in der Kapelle. Der Vater glaubte mir nicht, was da stand. Las dann selber, sagte dann, ich solle hier warten, er hole das Auto von der Straße, ich solle in ein paar Minuten zum Tor zur Portierloge kommen, er fahre mit dem Auto dorthin. Ich stand in der offenen Kapellentür hinaus in den Anstaltsgarten, weinte, und in dem ersten Moment, wo er weg war, aus den Augen, waren die sofort alle da, mehr als zehn alte Leute, fünfzehn, zwanzig Menschen. Sie fragten, ob sie mir helfen sollen. Sie waren die einzigen Fremden jemals in meinem Leben als Kind, die bereit waren, mir wirklich zu helfen und wirklich sofort auf der Stelle. Ich sagte nicht einmal danke, schüttelte den Kopf, schrie, aber kein Wort schrie ich, lief aus dem Kapelleneingang davon. Ich hatte niemanden gesehen, als der Vater auf mich losgegangen war, da war niemand gewesen. Jetzt waren die plötzlich da und wollten mir beistehen. Ihre Gesichter waren freundlich, besorgt, fest entschlossen, alle. Eine alte Frau fragte mich, ob er immer so sei. Sie zitterte. Und dann fragte der alte Mann ihr gegenüber: *Sollen wir die Polizei rufen?* Sie waren von mir keine Armlänge entfernt. Anstatt dass ich dankbar zu ihnen gelaufen wäre, in ihre Arme, bin ich auf und davon, habe *nein* geschrien. Zuerst nur geschrien, dann im Laufen *nein*. Ein paar Mal geschrien und dann *nein*. Er fuhr mir mit dem Auto nach, ich lief auf der Straße, er schaute ängstlich, sagte, ich solle einsteigen. Ich hatte Angst gehabt, er werde eingesperrt. Deswegen, glaube ich, war ich so unhöflich zu den alten Leuten und so undankbar. Ich weiß nicht, was damals mit mir los war, ich wollte nicht, dass ihm etwas geschieht. Ihnen auch nicht. Mir auch nicht. Es durfte nicht alles noch schlimmer werden. Ich hatte um ihn Angst und um die alte Frau und um den alten Mann auch. Und um meine Mutter und meinen Großvater. Sie kommen nicht an gegen ihn und er nicht gegen sie und nichts ändert etwas. Das ist in mir so vorgegangen in dem Moment. Ich lief aus Mitleid mit ihnen und mit ihm vor ihnen und vor ihm davon. Sie würden es nicht zustande bringen. Ihr Zittern machte mir Angst. Ich wollte nicht, dass jemandem ein Übel geschieht meinetwegen. Ich hatte um sie Angst. Und um mich. Nein, nicht um mich. Um ihn. Das kann man so für wahr erachten. Es ist wichtig, das zu verstehen, weil es so funktioniert. Er war vor ewigen Zeiten eingebrochen in mich, ich war vor einem Monat sieben Jahre alt geworden. Sie fragten mich, was sie tun sollen. Sie machten mir Angst, weil sie zitterten und es nicht wussten. Mich fragten sie. Mich. Das machte mir Angst. Sie wussten nicht, was tun. Ich rannte allein auf der Straße, ich wusste nicht, welche Straße, da vorne wollte ich in die Seite und dort drüben dann weiter, allen davon, dem Vater, allen, lief leer und die Straße war auch leer. Ich solle einsteigen, sagte er und dann die ganze Fahrt heim kein Wort.

33

1968 auch hatte mein Vater Angst um sein neues Auto. Denn irgendwie gehörte es auch dem Heer und dem Staat. Im Ernstfall wäre es daher ans Heer gefallen. Weil die Russen in die CSSR einmarschierten, hat der Vater nicht gewusst, ob das jetzt der Einsatzfall ist. Dann hätten wir kein Auto gehabt, kein neues und das alte auch nicht mehr. Dann hätte ich nicht immer mitfortfahren müssen mit meinem Vater. Ich hoffte also auf den Ernstfall. Ich wartete sehnsüchtig darauf, dass die Russen endlich durch unseren Staat und unsere Stadt hindurch in den Süden hinunter marschieren, weil dann das Auto gebraucht wird. Und ich ärgerte mich, dass die Russen stattdessen die CSSR besetzten und dort alles kaputtmachten, die Demokratie, statt dass sie hierher kommen. Und dass sie den Kanzler Rudi Dutschke abgesetzt haben, der immer so freundlich war und den die Bevölkerung so gemocht hat, die doch so friedlich und freundlich war und den russischen Soldaten Blumen geschenkt hat und auf die russischen Soldaten freundlich eingeredet hat, empörte mich. Man sehe genau, meinte ich, dass die russischen Soldaten ihren Vorgesetzten nicht gehorchen wollten. Zu der Zeit damals erfuhr ich auch zum ersten Male von Houdini. Dass der sich immer befreien konnte! Das ging alles auf Leben und Tod bei ihm und niemand sonst konnte dort wieder heraus, wo Houdini eingesperrt war. Und versenkt in einen Fluss war der worden. *Aber er, er hat es immer geschafft, immer*, habe ich mir dann immer gedacht und dabei jedes Mal gespürt, dass ich sehr lebe. Nur ein einziges Mal ist er nicht entkommen. In einem Gefängnis war das. Der Wächter hat eine der vielen Türen nicht versperrt. Deshalb konnte Houdini dann nicht entkommen, weil die Tür in Wirklichkeit offen war. Ein Greißler- und Malerehepaar aus dem Ort hier hatte uns die kleinen Reader's Digests gebracht, die es schon ausgelesen hatte, eine ganze Schachtel voll bekam ich geschenkt. Aus der Schachtel erfuhr ich zum ersten Mal, dass es Entfesselungskünstler gab und wie bewunderungswürdig die waren. An Houdini dachte ich oft als Kind; dass er umgekommen war, bekam ich nicht mit. Und wenn ich sehr allein war, tat ich so, als ob meine Finger Menschen wären, und dann war ich nicht so allein, sondern wir waren elf Menschen, die miteinander redeten und freundlich waren.

Der Schwiegersohn des Malerehepaares war ein junger Polizist und kam oft zum Vater, damit der ihm weiterhelfe. Mit der Farbe des Malerehepaares malten meine Mutter und meine Tante ihre Zimmer aus.

Als meine Tante ein Kind war, bekam sie Paratyphus, und als meine Großmutter und mein Großvater und meine kleine Mutter die Zimmertür aufmachten, sahen sie, dass das Bett, in dem das Kind im Fieber lag, voller Ratten war. Zig Ratten sollen über meine kleine Tante gerannt und auf ihr herumgesessen sein und in aller Ruhe gewartet haben, also ob sie sie kosten und essen wollten. Aus diesem Zimmer hat mich dann meine Tante herausgeholt, als sie groß war, vierundzwanzig oder fünfundzwanzig, als sie mir das Leben gerettet hat, als mein Vater mich erwürgen wollte. In dem Zimmer war Jahre zuvor ihre Mutter aufgebahrt gewesen. Da waren sie selber fast noch Kinder. Meine Mutter lernte sehr gerne. Sie ist weiter zur Schule gegangen, obwohl die Schulzeit schon zu Ende gewesen wäre. Schulkinder aus der Nachbarschaft waren vorbeigekommen, sagten, sie gehen jetzt in den anderen Ort weiter zur Schule. Meine Mutter wollte das auch, ging mit denen mit, schrieb sich ein, lernte weiter. Das war von ihren Eltern nicht so gedacht gewesen, sondern anders bestimmt. Meine Mutter setzte sich darüber hinweg und sich durch und war guter Dinge. Englisch war ihr Lieblingsfach, am liebsten hörte sie Geschichten über Abraham Lincoln und las sie Gedichte über Vögel. Die Frau des hilfsbereiten jüdischen Rechtsanwaltes sagte einmal zu ihr, dass sie brav lernen müsse, denn das da heroben am Hof, die Arbeit, die könne jeder, die sei nichts wert. Meine Mutter glaubte das. Als sie mir von der lieben Frau des jüdischen Anwaltes erzählte und dass es wahr sei, was die Frau damals gesagt habe, weil sie es mit ihr gut meinte, sagte ich, dass es aber nicht wahr ist. Denn die Arbeit könne nicht jeder. Meine Tante ließen sie alle nicht weiterlernen, obwohl sie jedes Jahr die beste Schülerin war. Als kleines Kind wollte ich dann einmal ein Loch graben bis zum Mittelpunkt der Erde und von dort auf die andere Seite, kam aber nicht weit. So ein Loch graben kann nicht jeder. Aber ich weiß auch nicht, wer.

Von einem Kind, das unter Soldaten aufwuchs, und vom Militärwesen überhaupt. Man darf da keine Illusionen haben.

34

Wenn Leute von früher, aus dem Krieg, die zufällig auch hier in der Gegend wohnten, meinen Vater besuchen kamen, mochte der das nicht. Nach kurzer Zeit fingen sie jedes Mal miteinander zu streiten an. Trotzdem kamen sie dann immer wieder hierher. *Nein, so war es nicht*, sagte er oft zu jemandem. *Du warst mit dabei*, sagte er, *und trotzdem redest du blöd*. Einmal ging es um Gletscher, durch die sie sich hindurchverirrt hatten. Der Vater bestand darauf, dass sie sich nicht verirrt haben, sagte: *Wir haben uns dauernd verirrt. Das hat dazugehört. Das ist nicht anders gegangen. Wir haben immer rausgefunden. Sich wirklich verirren ist etwas ganz anderes. Und jetzt gib endlich eine Ruh', wenn du's eh nicht kapierst. Wenn es gewesen wär', wie du sagst, dann wärst du nicht mehr am Leben. Und ich auch nicht. Aber du sitzt ja eh da herinnen und kannst deinen ganzen Blödsinn daherreden*. Der Mann damals war aus dem Nachbarort. Irgendein Uniformierter, aber sehr nett.

Im Ort hier auch lebte ein grauer beachtlicher Mann. Der kam auch immer, um etwas zu kaufen. Einmal bat mein Vater ihn ins Haus. Der Mann hatte beim Sprechen große Schwierigkeiten. Eine Kugel hat ihm den Hals durchschossen. Er saß in der Stube, schaute meinen Vater an, hatte seine Hände ineinander gelegt, sagte: *Du hast mich damals rausgeschickt. Das hättest du nicht tun dürfen. Damals hat es mich erwischt. Seit dem bin ich so.* Der Vater sagte: *Es war Krieg. Ich bin auch angeschossen worden.* Der Mann sagte: *Nein. Sicher nicht. Du bist drinnen geblieben. Uns hast du rausgeschickt.* – *Das ist nicht wahr*, sagte mein Vater, und dass der Mann nicht mehr hierher zu uns einkaufen kommen soll. *Mich hast du rausgeschickt*, erwiderte der Mann und kam dann noch ein paar Mal. Seine Stimme war abgedrückt und er ohne Atem. Seine Augen liefen immer schnell durch die Gegend, in der Stube auch. Er habe auch Schmerzen, sagte er, richtete sich auf, wollte meinem Vater in die Augen schauen. Der schaute zur Seite, sagte, dass er ihn rausschicken habe müssen, selber auch rausgelaufen sei. *Das ist nicht wahr*, sagte der Mann wieder und wieder. *Doch*, sagte mein Vater. *Du kannst herumerzählen, was du willst. Es war so, wie ich's sage. Du bildest dir das alles nur ein, weil du einen Schuldigen suchst. Aber ich bin's nicht.* Der Mann war lange Kundschaft bei uns gewesen, bevor es zu der Auseinandersetzung gekommen ist, nachher kam er, wie gesagt, auch noch eine Zeitlang. Der graue Mann war jedes Mal freundlich zu mir, redete aber nie etwas mit mir. Mein Vater redete mit ihm dann nicht mehr und tat so, als sehe er ihn nicht oder mitten durch ihn durch. Den Mann gab es gar nicht mehr.

Einmal, als Ostern nahe war, saß ich allein im Kasernenzimmer meines Vaters. Er war lange weg, holte etwas zu essen vom Tag, eine Suppe mit Nudeln und mit Hühnerfleisch. Ich las derweil in einer Zeitung. Mir war schlecht. Nach jedem Satz in der Zeitung fragte ich, warum es so sei, wie es da stehe, und gab mir alle Antworten selber. Auf einmal bin ich dadurch ganz konzentrisch geworden. Ich konnte etwas tun. Ich war acht Jahre alt, konnte nicht aus dem Zimmer, musste warten, aber ich konnte selber was tun. Das Wetter war schlecht. Unten im Kasernenhof war ein Baum festgemacht und reichte bis zu mir zum Fenster herauf. Den Baum mochte ich nicht, der war so, dass er alle Luft brauchte. Dem Baum war es völlig einerlei, was mit mir heute geschehen wird. Ich stand auf, ging vom Fenster weg. Ich war sehr mitgenommen. Der Baum war ein unheimliches riesiges Tier. Als der Vater und ich in die Kaserne reingegangen waren und die Stiege mit den neuen Stufen hinauf ins Zimmer, war gerade eine Ordonanz in weißer Uniform dagestanden, Jauche in Jacke. Und mein Vater und der redeten dann etwas miteinander. Der Vater lächelte. Beim Weitergehen sagte der Vater, der sei vorbestraft. *Wegen Notzucht*, sagte der Vater zu mir. Er lächelte wieder, und ob ich wisse, was das sei. Ich schüttelte nicht den Kopf, war starr, denn ich wollte, dass der Vater aufhört. Kein Wort mehr soll er sagen. Ich war erschrocken und inwendig war ich sofort so weit weg, wie es nur ging. Der Vater sagte im Weitergehen gut gelaunt: *Das ist mit Tieren*, lächelte in einem fort. *Wenn wer mit den Geschlechtsorganen von Tieren*. Ich hörte nichts mehr. Ich hatte es geschafft. Ich war weg. Jetzt saß ich im Kasernenzimmer, er war gleich wieder runtergegangen, ich wartete auf das Essen, das ich nicht wollte, mir war nur schlecht. Und dann fing ich zu fragen an. Ich saß da und fragte unentwegt und antwortete und konnte allein sein und frei. Sie konnten jetzt nicht alles machen mit mir, denn ich wusste die Antworten auf die Fragen. Und mit Gott konnte ich gewiss reden, wenn ich die richtigen Worte finde. Später. Jetzt nicht. Es war jetzt nicht nötig und ja auch nichts nutze. Dann kam der Vater mit der Hühnersuppe.

Bevor wir damals heimfuhren, waren wir in einem riesengroßen Geschäft in einer großen Straße, ich kannte mich nicht aus drinnen und wollte nicht rein. Die großen Einkaufsmärkte machten mich als Kind sehr müde und verursachten mir Übelkeit. Das Kaufhaus war das größte, in dem ich bislang gewesen war. Ich musste dort essen. Damals kaufte er mir ein kleines rotes Spielzeugauto. Das Duschen damals war eine Qual. Das elende Einseifen. Ich solle nicht so blöd sein, schrie mein Vater. *Auseinander da*, schrie der Vater, der mein Vater war. Damals in der Hauptstadt war ich keine neun Jahre alt, glaube ich. Die Osterzeit war, wie gesagt, und ich bekam ein rotes Auto. Mein Vater fuhr auch ein rotes Auto. Er brachte mir in der Volksschulzeit eine Zeitlang das Autofahren bei. Ich saß da oft auf seinem Schoß und musste lenken und wenn ich später dann neben ihm saß, musste ich sagen, was gerade geschieht oder was zu tun ist. Während ich auf seinem Schoß saß und lenkte, riss er mir die Haare aus und schlug auf meinen Kopf ein. War außer sich. Vor allem, wenn er wollte, dass ich mit den Füßen die Pedale betätige, was mir aber nicht möglich war, weil ich zu kurz war.

Meine Stellungsuntersuchung war dann Jahre später dort, wo der Vater leitender Beamter gewesen war. Mein Vater war für die Gesamtrekrutierung zuständig gewesen. Er ist wohl auch daran gestorben, dass er nicht der Chef der zuständigen Ergänzungsabteilung geworden war, sondern statt seiner ein Oberst. Die zwei Tage Stellungsuntersuchung waren aufregend und langweilig. Beim Test und vorher auch schon hatte ich ausgefüllt, dass ich meinen Vater töten will und dass ich Bettnässer bin. Beides war zwar nicht wahr, aber ich dachte mir, das muss ich so reinschreiben. Den Intelligenztest füllte ich aus, indem ich das Kreuz machte, wie es mir zufällig gerade einfiel. Ein paar Kreuze machte ich auch mit der Linken, weil es mir so einfiel und sehr angenehm war. Ich war tatsächlich bester Dinge. Der zuständige Psychologe sagte dann zu mir, meine IQ-Werte liegen zwischen vierzig und sechzig. So etwas habe er im Insgesamt noch nie gesehen. Manchmal siebzig, nur einmal hundert, zweimal. Wenn er etwas zu reden gehabt hätte, sagte er, wäre ich nie in ein Gymnasium gekommen. *Ich habe immer Glück*, erwiderte ich. *Und in Latein habe ich einen Einser.* Er sagte daraufhin: *Eigentlich brauchen wir dieses Gespräch gar nicht zu führen. Sie sind eigentlich einäugig. Das allein müsste eigentlich reichen, dass Sie nicht eingezogen werden.* – *Mit einem Auge sind manche König*, sagte ich. *Sie ganz sicher nicht*, sagte er, und dass mein IQ genau genommen zwischen 40 und 50 sei. Er war zornig. Und er schaute sehr ernst.

Eigentlich war das Wort gewesen, wie gesagt, das mein Vater nicht ertragen hatte. Etwas sei so oder es sei nicht so. Es gebe kein Eigentlich. Der Vater schaute ein paar Mal hintereinander unter sein Bett, hatte Angst, wenn er sich reinlegte. Das war das Eigentliche, glaube ich. Manchmal zeigte er irgendwo hin, ihm fiel nicht ein, wie was hieß. Er wurde wütend, weil ich nicht wusste, was er meinte, er schlug mich daher. Denn ich wusste ja seines Meinens aus Blödheit nicht, worauf er zeigte, wenn da mehr Zeug zugleich auf einem Haufen war oder wenn da zugleich mehrere Häufen waren. Dinge eben. So war das damals. Jetzt war ich untauglich, nach vierzehn, fünfzehn Jahren Militärdienst bei meinem

Vater war ich eigentlich untauglich. Wegen mangelnder Intelligenz. Schade, dass die Stellung nicht schon früher gewesen war. Gleich nach der Geburt. Dann hätte mich mein Vater nicht so tüchtig auszubilden und die Jahre über alles nur Erdenkliche für mich zu tun brauchen. Ich freute mich über das, was der Psychologe sagte, war aber, als ich bei der Türe draußen war, fürchterlich erschrocken, weil er sonst nichts gesagt hatte und gar nicht freundlich gewesen war. *Die sind Psychologen*, dachte ich. *Die sind furchtbar. Der hat gar nicht probiert, mir zu helfen.* Ich hatte ja wirklich von Kindheit an das Gefühl, immer nur die Wahl zwischen Schwachsinn und Irrsinn zu haben. Wirklich wahr. Und ein Auge eigentlich nur hatte ich jetzt plötzlich. Gleich nach dem zusätzlichen Psychotest wegen Vatermordes und Bettnässerei habe ich mit wem von denen, die den Test beaufsichtigt haben, schnell Streit begonnen, weil sie einen abgegebenen Test lasen und dabei dauernd lachten. Sie entschuldigten sich, wenn das so aussehe, aber sie haben über etwas anderes gelacht als über den jungen Mann, der vor mir den Test abgegeben habe, sagte der in der Uniform. *Das glaube ich Ihnen nicht*, sagte ich.

Gleich am ersten Tag, nach keiner halben Stunde, hatte es mit mir und noch einem und noch einem eine unabsichtliche Remplerei gegeben. Dabei sind mir die Augengläser runtergefallen, waren kaputt. Das war eigentlich gut so. So sind die Fachleute dort dann darauf gekommen, was mit mir eigentlich los ist. Meine ersten Augengläser habe ich mit zwölf Jahren bekommen. Die Welt war mit einem Male völlig anders. Ich sah etwas und konnte es angreifen, ohne es zu verfehlen. Die Volksschullehrerin – die Mutter von Gurkis Trauzeugen war das – gab uns Kindern Grabsteine auf. Wir mussten die Lebenszeit ausrechnen. Einmal machte mein Vater so etwas mit mir zur Übung. Ich konnte es wirklich nicht lesen, weil es zu weit weg war. Er schlug mich daher und zog sein 08/15-Programm durch. Aber es tat viel mehr weh als sonst. Da fing ich plötzlich laut zu weinen an und laut zu schreien und lief laut von unserem Friedhof weg. Weg von den Gräbern. Dort waren lebende Leute gestanden, auf der Straße waren auch die Lebenden, und ich schrie und rannte auf der Straße ein Stück durch unseren Ort und durch den Wald und auf dem Weg heim durch unseren Ort ein Stück und durch den Wald und auf der Straße ein Stück durch den Ort. Ich schrie so laut, weil es mir plötzlich um mein Leben war, und ich wollte, dass die Leute etwas tun, weil ich so schreie. Sie sehen, dass ich vor ihm davonlaufe. Sie müssen etwas tun. Die taten nichts, sagten nichts. Er war mit dem Auto schon vor mir daheim, wartete. Laut, laut hatte ich geschrien. In einem fort. Es hat nichts genützt. *Hilfe! Hilfe! Hilfe! Hilfe! Hilfe!*, schrie ich durch den Ortsteil.

Die freundliche junge Frau Lehrerin mit den Grabsteinrechnungen sagte einmal zu mir, weil ich mir manchmal an den Kopf griff, wenn sie redete oder ich ihr antworten musste: *Du bist doch eh so ein gescheiter Bub, greif dir nicht immer an den Kopf, das schaut so blöd aus.* Schreiben, Lesen, Rechnen, Sachkunde. In jedem Schulgegenstand hatte ich einen Einser bei ihr, wie sich das gehörte. Nur in Turnen nicht. Da ich auf Befehl meines Vaters wirklich fett war und mir auch deshalb schwer tat, gab sie mir eine schlechte Turnnote. Sie sagte, das müsse sie tun, sonst glauben die Lehrer im Gymnasium, die anderen guten Noten stimmen auch nicht.

Später sagten meine Mutter und meine Tante einmal, es habe bei mir als Baby und als kleinem Kind und später auch so ausgesehen, als ob ich alles früher tue als die anderen Kinder, von denen sie wussten und erzählt bekamen, aber dann habe ich immer mittendrin gleich wieder aufgehört und es habe alles viel länger gedauert als bei allen anderen. Als ob ich einfach nicht gewusst hätte, was ich tun soll, sei es gewesen. Das hat viel für sich, meine ich heute. Ein Wunder bleibt mein Leben trotzdem auch. Eine Zeitlang ging ich, wenn es mir besonders gutging, mit dem linken Fuß hintennach einwärts, hatte meinen Mund offen ab und zu, starrte irgendwohin, wo mich was nichts anging, und etwas wurde auf einmal ganz leicht dabei. Ich mochte gar nicht mehr aufhören damit, so schön war das. Mein Großvater mochte das nicht, wenn ich mich als kleines Kind zwischendurch so aufführte. Ich ließ es ihm zuliebe sein, als er mir das sagte. Auf der Stelle.

Und Nepomuks Mutter wollte mir das *Sch* beibringen, machte Lärm wie eine Dampflok. Versehentlich sagte ich beim Vorlesen zu ihr aber: *Frau Lehrerin, du Sau!* anstatt *Frau Lehrerin, du, schau!* Das war mir unangenehm und sie hielt die Luft an, tat, als habe sie es nicht gehört. Die anderen Kinder schauten erschrocken. Ein Mädchen kicherte.

Ich war ja wirklich dumm gewesen. Und jetzt, jetzt war ich endlich untauglich. Wenn es nach Nepomuks Mutter gegangen wäre, wäre ich als kleines Kind, denke ich mir, in eine Sonderschule gekommen. Nepomuks Mutter hat das sofort gesehen, dass ich untauglich bin. Und mein Vater hat die Sache dann aber binnen drei Stunden bestens in Ordnung gebracht, wie gesagt. Und Nepomuks Mutter himmelte ihn an. Die Lehrerin mit den Grabsteinrechnungen wurde von Nepomuks Mutter zuerst nicht gemocht, weil Nepomuk der neuen Lehrerin im Jähzorn auf und davon gegangen war. Einmal damals auch kam sie zu meinem Vater, zu uns heim, und bat ihn, ihrem ältesten Sohn zu helfen, damit er nicht zum Militär muss oder es dort wenigstens nicht zu schwer hat. Man Vater war damals sehr unwillig und unwirsch. Meine Turnnote ärgerte ihn. Die Lehrein blieb dabei.

Zu der Zeit ging mein Vater mit mir in der Militär-ABC-Schule in der Hauptstadt, in der Kaserne, wo mein Vater seine Dienstwohnung hatte, zum Arzt. Leseprobe. Augenkontrolle. Der eine Assistent-Rekrut hat, weil mein Vater durchdrehte, als ich mit dem linken Auge, das ich ja eigentlich nicht habe, nichts sah, sondern weinte, mich einfach das rechte Auge, das er mir mit seiner Hand verdecken sollte, gebrauchen lassen, also beide Augen. Er spreizte heimlich seine Finger, damit ich durch die durchschauen kann und die Tafel mit den Buchstaben lese. Das tat ich dann, und mein Vater war gleich wieder bei Sinnen. Der Sanitäter atmete laut auf, lächelte mich an. So haben wir das dort damals gemacht. Jetzt bin ich endlich untauglich, es hat sich alles ausgezahlt.

35

Ein Zugsführer war uns bei der Stellung zugeteilt, wir ihm. Der wollte andauernd mit mir quatschen. Fragte, ob wir uns nicht kennen. Ich komme ihm so bekannt vor. Ob ich Brüder habe. Hier oder anderswo. Mein Name und mein Gesicht, die passen zu jemandem, den er gut kenne. Ich wollte meine Ruhe haben und den blöden Kaffee austrinken. Ein Schulkollege, der mir lieb und fast mein Freund war und zu den Fliegern wollte und Militärarzt werden, schaute mich kopfschüttelnd an, fragte mich vor dem Zugsführer, warum ich zu dem so unhöflich sei. *Ich habe sicher meinen Grund*, sagte ich. Am Abend dann kam der Zugsführer nochmals in unser Zimmer, sagte, wir sollen uns ja gut waschen, die Vorhäute auch. Denn morgen würden wir genau untersucht. Ärztinnen seien damit beauftragt. Die Kollegen im Zimmer erschraken. Ich nicht, ich hatte mir gedacht, dass der so ist. Aber die erschraken nicht über ihn, sondern weil sie morgen ihre Vorhäute den Ärztinnen zeigen sollten. Der Zugsführer jedenfalls war tauglich. Ich zeigte meine Vorhaut niemandem. Der Psychologe brauchte die nicht. Mir wurde dann von meinen Schulkollegen erzählt, dass niemand von ihnen seine Vorhaut herzeigen hatte müssen und dass sie sie vergeblich gewaschen haben. Mein Vater wollte die auch immer sehen, fiel mir ein, die Vorhaut. Ich wollte ihm die nie zeigen und wollte nicht, dass er dran zieht. Dann solle ich es selber machen. Das wollte ich auch nicht. Die geforderten Hoden stellte ich auch nie zur Verfügung. Mein Vater war auch tauglich gewesen.

Richtig freuen konnte ich mich über meine Untauglichkeit trotzdem nicht. Ich war um den Preis der Minderwertigkeit frei. Im Übrigen freilich wollte ich immer die Wahrheit sagen können, wollte nie erpressbar sein, weder mit der Wahrheit noch durch Lügen, ich war so, wie ich war. Der Augenarzt sagte, dass man mir es zum Glück überhaupt nicht ansehe. Mein kindliches Schielen sei unbehandelt geblieben. Mein linkes Auge habe nie zu sehen gelernt.

Ein durch den Krieg körperbehinderter Minister mit untadeligem Ruf und nur einem Arm war auch sehr gut zu sprechen auf meinen Vater. Mit dem ist mein Vater, um ihn zu trösten, einmal und noch einmal in der Hauptstadt durch ein paar Lokale gezogen, als es dem Minister seelisch und tagespolitisch nicht so gutging. Der Minister half meinem Vater folglich weiter und, wenn mein Vater Schwierigkeiten hatte, half er ihm auch. Und ein General hat den Vater mit seinem roten Sportwagen eine Zeitlang abgeholt, jahrelang, sie sind zusammen in die Hauptstadt und zurück gefahren. Der General war klein und schmal und auch sonst wie sein Auto und mit einem Schnurrbart war er versehen. Er war Jurist und Wirtschaftsoffizier, glaube ich. Jedenfalls hatte er im Krieg einen hohen Orden bekommen, ein paar Orden. (Den höchsten auch, und zwar war das der, der auf dem Balkan für den Kreuzzug gegen den Kommunismus verliehen worden war und auch ungefähr so hieß. Von einem der dortigen faschistischen Regime war ihm die Auszeichnung zuteil geworden.)

Meine Mutter nannte, als ich ein Kind war, das Heer *einen dummen Scheißverein* und ich bin als Kind nur einem Menschen im Heer begegnet, der mir wirklich und ohne jeden Vorbehalt gefallen hat. Der war ein Oberst, der war sehr freundlich, hatte selber Kinder und spielte den ganzen Tag lang mit mir. Der kam von dort her, wo der Vater früher gelebt hatte, aus dem Staatsteil. Der Oberst liebte seine Familie. Ich redete, was ich nur konnte, mit ihm, manchmal nahm der mich bei der Hand, und wir gingen dann irgendwo spazieren, und er sagte, ich solle ihm erzählen, wie es mir geht. Der Oberst ging, so schnell er konnte, in Pension. Beim Begräbnis meines Vaters war er nicht. Er hatte einen slawischen Namen und war herzlich und herzkrank.

Die Frau des Offizierstellvertreters, der in der Unteroffiziersgesellschaft von Staat und Land durch demokratische Wahl einer der Obersten war, trank viel. *Der ist lustig*, fand ich. Eine kleine Tochter hatten sie auch. Auf die sollte ich aufpassen. Das konnte ich nicht, weil sie immer machte, was sie wollte. Daraufhin schrie mich mein Vater zusammen. Damals schrie ich zurück und auch die Eltern des Mädchens an. Die Frau des Offizierstellvertreters ist zuerst gestorben, dann der Offizierstellvertreter. Beide an der Leber vom Trinken und, wenn ich mich richtig erinnere, beinahe zur selben Zeit. Die Tochter war noch klein, als die Eltern an der Leber oder an sonst etwas starben. Der Vater hat ihm einmal Geld geliehen, bekam es nur mühsam und spärlich zurück und einen Teil gar nicht, war beleidigt, fühlte sich erpresst und betrogen, der zuvor über Jahre gute Kontakt brach plötzlich ab. Der lange, dünne Offizierstellvertreter begrüßte mich jedes Mal, indem er loslachte, seine linke Hand an mein Kinn legte, links und rechts schnell leicht darüber schlug, aber nicht in mein Gesicht, sondern auf seine eigene Hand. Ich glaubte immer, der Offizierstellvertreter sei auf gewisse Weise allwissend, und mochte ihn, weil er nie böse war. Er lachte nur immer mit Frau und Kind und war lieb zu ihnen. Aber das war wohl auch nicht wahr. Es hieß dann nämlich, er schlage seine Frau und zu viel sowieso und sie trinke zu viel und sei nicht sehr treu. Indem sie sexuell kunterbunt sei, helfe sie seit jeher der Karriere ihres Mannes, aber jetzt sei es ihm zu viel geworden, weil sie auch mit solchen kunterbunt war, die für den Mann nutzlos waren und ihm nicht weiterhalfen und ihn auch gar nicht mochten, sondern ihm schaden wollten.

Und ein dicker Major weinte um meinen Vater und wollte unbedingt, dass wir das Buch, das ihm gehörte und das der Vater sich von ihm ausgeborgt hatte, behalten. Das Buch hieß *Das Leben nach dem Tod*. Der Major war eine Seele von Mensch. Er hieß aber allen Ernstes wie ein dummer Mensch und ein Schimpfwort. Das schien ihn aber nicht zu stören. Er war sehr weichherzig und kam aus einer Weingegend. Er sagte mir, wie sehr mich mein Vater geliebt habe. *Du warst sein Ein und Alles*, sagte er, und dass das Buch meinem Vater viel bedeutet habe.

Derjenige Oberst, der in der Hauptstadt die Kasernenschule leitete, an der, glaube ich, auch mein Vater ab und zu etwas unterrichtete und wo er seine Dienstwohnung hatte, hielt die Grabrede. Danach wollte der Oberst, dass ich im Gasthaus vor all seinen Leuten zu ihm komme, er müsse mir noch etwas sagen. Dort sagte er dann zu mir: *Du bist das Ein und Alles deines Vaters gewesen*, lachte, sagte, dass ich ja ein gescheiter Bursche sei und daher, wann immer ich etwas brauche, zu ihm kommen soll. Ich nickte, stand auf und ging grußlos. Die Runde saß weiter. Seinen Sohn mochte ich. Der war von ihm gezwungen worden, auf die Militärakademie zu gehen, und der haute dann andauernd ab von dort und war von niemandem zu halten. Die waren uns manchmal besuchen gekommen, der Oberst, seine Frau und seine Kinder. Mit dem Buben, der war zwei Jahre älter als ich oder drei, habe ich viel gespielt. Dass der Bub immer von der Akademie abhaute, ersparte mir, glaube ich, dass mein Vater mich mit vierzehn Jahren dort anmeldete. Einmal auch, als ich acht oder neun war, waren mein Vater und ich bei ihnen zum Essen eingeladen. Mein Vater geriet außer sich über mich, vorher schon in der Straßenbahn und dann beim Essen. Es gab Aufschnitt. Die Frau des Obersten beruhigte mich. Mich, mich beruhigte sie. Ging mit mir in die Küche. Ich solle ihr helfen, sagte sie. Ich gab das Brot in den Korb. Im Gasthaus jetzt nach dem Begräbnis lachte der Oberst und war vergnügt.

Von einem anderen Obersten sagte der Vater immer *mein Oberst*. Dem vertraute er. Nach dem Tod meines Vaters ist der jedes Jahr zu uns gekommen und im Frühherbst auf den Friedhof zum Vater gegangen. Jedes Jahr tat der Oberst das. Der Oberst hatte ein schlechtes Gewissen, glaubte, er sei schuld am Tod meines Vaters. Von ihm hatte mein Vater gesagt, er sei ein feiner, grundehrlicher Mensch, wie man ihn nur einmal finde. Der hatte ihm die Leitung der Ergänzungsabteilung versprochen, aber dann eben wieder einem anderen Obersten den Platz geräumt. Mein Vater bekam hierauf im Büro vor Aufregung, Kummer und Gram seinen Lungeninfarkt und zwangsläufig keine Luft, fiel um mitsamt Sessel, war ganz blau. Die Leute in seinem Büro in der Kaserne haben ihm damals das Leben gerettet. Der Oberst, dessen Nachfolger mein Vater nicht werden konnte, sagte auch jedes Mal zu mir, ich sei das Ein und Alles meines Vaters gewesen. Dass ich untauglich war, wusste er auch schon von selber, obwohl er nicht mehr zuständig war, sondern in Pension. Er sagte, er habe davon erzählen gehört und ich solle mir nichts daraus machen. *Wer weiß, wofür's gut ist*, sagte er. Er erzählte von den Krimkriegen und vom Dauerangriff der englischen leichten Brigade auf die russische Kavallerie damals, welcher Kadavergehorsam gewesen sei. *Ein Todesrausch*, sagte der Oberst. Und dass er die Engländer aber seit jeher bewundere, sagte er auch. Und dass sein Sohn nach dem Gymnasium Koch geworden sei. *Ein glücklicher Mensch, hoffe ich*, sagte der Oberst und etwas vom Hotel, in dem der Sohn in England gearbeitet hatte.

36

Einen schönen grauhaarigen Mann gab es auch, der war auch Personalvertreter beim Heer. Mit dem schönen Mann ist der Vater auch oft hin und zurück. Den schönen Mann mochte ich überhaupt nicht. Der saß manchmal bei uns im Haus, redete nur mit dem Vater. Er fuhr Sportautos, eines nach dem anderen. Die Frauen erlagen ihm auch eine nach der anderen. *Der kann jede haben*, sagten die Leute. *Das ist so ein schöner Mann*. Der hat mit mir in meinem ganzen Leben kein einziges Wort geredet, saß nur da. Einmal wollte er unbedingt, dass mein Vater mit ihm zusammen aus der Hauptstadt zurück heimfährt. Mein Vater wollte das an dem Tag, in der Nacht nicht. Der Vater hatte keinen Grund, wollte nur nicht an dem Tag, in der Nacht, sondern fuhr zeitgleich mit dem Zug. Bei der Heimfahrt ist der Mann tödlich verunglückt, weil er viel zu schnell mit seinem Karacho fuhr. Ich dachte mir damals, dass es schade sei so, so schnell wären wir befreit gewesen. Ein Moment nur und alles wäre gut. Ein Autobahnunfall, auf der Stelle war der schöne Mann tot. Beim Heimfahren mit dem Zug von einer Gewerkschaftssitzung ist der Vater ein paar Tage später beinahe unter den Zug geraten, weil er in der Nacht zum Umsteigen falsch über die Geleise ging. Er kam dann fassungslos bei uns bei der Tür herein mitten in der Nacht. Seine Angst damals interessierte mich.

Zu einem lieben Vizeleutnant und zu dessen Frau sind wir viel gefahren, in die Stadt, ins Grüne, mein Vater und ich. Mit dem ist der Vater auch oft in die Hauptstadt und zurück oder sonst wohin. Ein schwarzer Gewerkschafter war der Vizeleutnant. Vom Vizeleutnant sagte mein Vater, der gehorche seiner Frau, weil der ihr sexuell hörig sei, und die schimpfe aber immer nur mit dem. Der Vater schimpfte laut, dass der Vizeleutnant immer so abrupt heimwolle zu ihr, statt dass der in ein Puff gehe. Die Frau widersprach meinem Vater oft. Ich weinte manchmal bei ihr. Da widersprach sie ihm nicht. Doch, einmal, es ging um einen Fruchtsaft, den ich zu trinken hatte. Wenn ich nicht wolle, müsse ich ihn nicht trinken, wollte sie durchsetzen. Sie starb an zwei Herzinfarkten. Für ihren Mann war es kein Leben ohne sie. Ich fand als Kind wirklich, sie schaue Golda Meir sehr ähnlich. Golda Meir habe ich als Kind der Frau des Vizeleutnants wegen sehr bewundert, und weil sie so viel rauchte, und dass eine Frau ein Land regiert, das war schon etwas. Die Frau war sehr resolut. Meinem Vater war das völlig egal. Wenn er so war, sank sie in sich zusammen. Einmal, mit vierzehn, las ich ein Buch von einem roten Gewerkschafter, der dann Bankdirektor wurde. Darin ging es darum, dass der demokratische Sozialismus hierzulande in eine totale Sackgasse geraten sei und dass man so schnell wie möglich dagegen aktiv werden müsse. Mehr und was habe ich nicht verstanden. Der Mann der Golda Meir von hier sagte zu mir, ich solle so etwas nicht lesen.

Und einmal, als mein Vater schon sehr krank war, nach dem Lungeninfarkt im Büro war das, kam ein ganzer Haufen von Militärs und Büroleuten zu uns. Auch derjenige Oberst, der an der Stelle meines Vaters die Leitungsstelle bekam. Mein Vater befahl mir vor denen allen, ihnen auf der Stelle aus dem medizinischen Lexikon vorzulesen, was darin über seine Krankheit stand. Das Ganze ist im Nachhinein zum Lachen, für mich war es damals zum Weinen. Ich weinte aber nicht vor denen, und der Vater war mit meinem Lesen zufrieden. Den Blick des konkurrierenden Obersten verstand ich damals nicht; der Oberst war nicht, wie wenn einer hochschnellt oder wegspringt, sondern wie wenn einer nachdenkt, aber nicht über das, was gerade ist. Der Oberst schaute mir in die Augen, als ich kurz aufschaute. Damals weinte ich wie gesagt nicht und auch meine Stimme behielt ich. Fragend, sanft und besorgt schaute der Oberst.

Auf einem Betriebsausflugsfoto von damals, aus der letzten Zeit im Büro, ist mein Vater mit einer neuen Sekretärin zu sehen. Sie schaut nett drein, er auch. Und dann auf einem anderen Betriebsausflugsfoto sitzen irgendwelche wo, er auch, irgendwer hat die Hand auf dem Knie von einer. Das Foto macht mir Angst. Als Kind hatte ich immer Angst vor den

Büroleuten. Eine Nachbarin versuchte, ihre Tochter beim Militär unterzubringen, im Büro. Die Tochter und die Mutter mochten mich sehr, als ich ein kleines Kind war, und ich war gerne bei ihnen, denn sie herzten mich und lachten. Meine Mutter und meine Tante mochten sie auch sehr. Die Tochter hatte Friseurin und Verkäuferin gelernt. Mein Vater sollte jetzt behilflich sein. Die Mutter der Tochter arbeitete in einer Kleiderfabrik. In der Zeit, in der mein Vater dazu gebracht werden sollte, behilflich zu sein, ging er mehr in ihr Häuschen als sonst, dann in die Wohnung, in der Früh nahmen wir die Mutterfrau mit zur Arbeit und manchmal holten wir sie von der Arbeit ab. Ein Medikament war einmal für sie zu besorgen, das war in irgendeiner länglichen Dose. Er sagte zu ihr, die Dose sei ideal für die Selbstbefriedigung. *Finden Sie nicht?*, fragte er sie. Die Frau wehrte sich mit der Zeit nicht mehr. Er tat ihr gewiss nichts darüber hinaus und sie ließ derlei über sich ergehen, mehr aber nicht. Verstanden habe ich es nicht, dass sie es ergehen ließ. Die Tochter kam dann unter, wohl mit seiner Hilfe. Einmal redete er die Tochter blöd an, sie fuhr ihn sofort laut an, sagte: *Oben viel, unten nichts*. Er lächelte. Sie auch, aber spöttisch. Noch eine Variante gab es: *Oben Quatsch, unten Matsch*. Die Mutter der Tochter hat viel erleiden müssen, starb dann schnell am Zucker und am Herzen. Sie genierte sich mit dem Vater vor mir, ich mich mit ihm vor ihr. Ich verstand nicht, warum sie mitfuhr. Dass sie mitfuhr, ersparte mir allerdings tatsächlich die Beschimpfungen und die Schläge. Aber nur, bis sie an ihrem Arbeitsplatz war. Für mich ging die Fahrt dann ja jedes Mal weiter. Von der Kleiderfabrik bis in die Schule war dann oft noch viel los. Einmal hatte er mich geschlagen und ich war voll Geweine und wir holten sie von der Wohnung ab. Die Frau schaute mich besorgt an, sagte nichts. Einmal sagte ich zu ihm, als wir alleine weiterfuhren, er gehe zu weit. Er müsse sie in Ruhe lassen. Er antwortete: *Was hast du denn? Sie und ich, wir beide verstehen uns nur gut. Ich bring' die Tochter ja eh unter. Das sind Uhren, die ticktick machen, keine, die fickfick machen.* Der Mann der Tochter war dann sehr eifersüchtig auf die Leute im Büro und verleidete ihr die Arbeit. Aber sie blieb. Ihr Mann kam dann bei einem Mopedunfall ums Leben. Sympathisch war ihr Mann nicht gewesen und andauernd zornig. Ihre Tochter verliebte sich sehr jung in einen sehr jungen Mann, der dann jung an Krebs starb. Ich mochte als Kind die Büroleute nicht, sie schienen mir gierig, feige und dumm. Die Farbe der Büromöbel damals konnte ich nicht ausstehen. Mir fiel allen Ernstes jedes Mal die Farbe meines Gitterbettes ein. War dieselbe gewesen. Aber was weiß ich, vielleicht fuhr die Mutter der jungen Frau mit, um mir zu helfen, und dann aber eben nicht mehr, weil zum Glück alles seine Grenzen hat. Der Mutter der Tochter, die dann unterkam, tat ich einfach leid, sie wusste nicht, was tun.

Eine junge Frau auf einem anderen der Tausenden Fotos des Vaters ist jemand ganz anderer, als ich die Leute kannte. Aber sie ist so sehr in der Nähe meines Vaters, als ob der ihr sympathisch wäre. Ich habe das Foto nie verstanden. Diese junge Frau schaut freundlich und unschuldig. Mein Vater hat sein Lächeln. Zu der Zeit kamen zum ersten Mal Beschwerden aus seinem Büro. Jemand sagte zu meiner Mutter, mein Vater sei im Büro nicht mehr auszuhalten. Meine Mutter wurde gefragt, ob er daheim jetzt auch so sei. Die Mutter genierte sich.

37

Als der hiesige Boxeuropameister mitten in der Nacht k.o. ging, schlug mein Vater mich deshalb im Offizierskasino der Kasernenschule zusammen und ich weinte daher. Irgendwer kam dann noch ins Offizierskasino um die Zeit, und der Vater und der Offizier redeten freundlich miteinander. Wie ein Holzstück sei der Europameister umgefallen, sagten die beiden und die Zeitung am nächsten Tag auch noch und das Fernsehen auch. Wie ein Stück Holz war ich nicht, ich nicht, fiel auch nicht um. Ich saß dann alleine da, weinte, hörte denen zu. Hatte immer so viel Durst von den Attacken her und dauernd redete irgendwer.

Im Militärurlaubsheim, das Jahr weiß ich nicht mehr, war ich mit dem Vater auch allein. Der Tag war furchtbar gewesen, es hat geregnet. Der Vater fuhr mit mir auf einen Parkplatz, weil man vor lauter Regen nicht weiterfahren konnte, malträtierte mich dort zwei Stunden lang, obwohl der Regen nachgelassen hatte, und unterwegs im Fahren wieder weiter. Am späten Abend dann stand ich allein wo im Finstern neben ein paar Bäumen, wusste nicht, wie es heute weitergeht, war todmüde und hellwach in einem. Der Leiter des Militärheimes redete mich an. Er kannte meinen Vater von früher her, mochte ihn meines Empfindens nicht, schaute mich oft an in der Zeit, als wir dort auf Urlaub waren, lächelte. Er redete mit dem Vater anders als die Leute sonst. Der Vater war beim Reden und Dreinschauen vorsichtiger als bei den anderen. Als ich dann nach dem fürchterlichen Tag am Abend im Finstern allein wo stand, kam der Heimleiter lächelnd zu mir her, grüßte, fragte mich, wie es mir geht, erforschte mein Gesicht genau, fragte: *Was habt ihr heute gemacht? Wo wart ihr? Wir haben euch gesehen.* Ich erschrak. *Der will mir nicht helfen*, dachte ich, *der will mich aushorchen. Es hat geregnet*, sagte ich. *Wir sind nur herumgefahren. Auf einem Parkplatz haben wir warten müssen, bis der viele Regen aufgehört hat.* Er sagte: *Ich habe euch ganz sicher gesehen. Ein paar Mal haben wir euch heute gesehen.* Ich dachte, wenn er es gesehen hat, was war, was will er dann von mir. Der Vater kam dazu. *Wie ist's euch heut' gegangen?*, fragte ihn der Heimleiter. Wenn ich mich richtig erinnere, ist der Vater ab damals nicht mehr dorthin auf Urlaub gefahren. Mir war es recht. Aber der Urlaubsort war völlig egal, es geschah überall dasselbe. Ich mochte in keinen Urlaub fahren, ich mochte daheim bei meiner Tante, bei den Tieren und bei meinem Großvater und bei meiner Mutter sein. Und im Ort. Der Ort gefiel mir als Kind so gut. Ich mochte nicht immer fortmüssen von daheim. Und immer war ich aber mit dem Vater wieder allein, immer allein. Der Leiter des Urlaubsheimes lächelte wie jemand, gegen den man keine Chance hat, glaube ich.

Von da an musste ich stattdessen nach Italien in die Gewerkschaftspension. Irgendwo dort blöde Fischerhütten, blöde blaue Bucht dann auch. Die junge hübsche Mutter mit ihrer kleinen Tochter vertratschte sich mit meinem Vater. Sie war Hilfe suchend. Ich habe das nicht kapiert, dass der ihr sympathisch war. Man müsse doch sofort merken, wie mein Vater ist, dachte ich mir. Die muss das doch spüren. Die junge Frau, Mutter, wollte sich mit dem Vater verabreden. Er gefiel ihr immer besser. Ich sagte zu ihnen, dass wir jetzt nicht viel Zeit haben werden, weil meine Mutter morgen in den Urlaub nachkommt. Die Frau war erstaunt, wich. Ich hatte im Datum gelogen. Der Vater sagte nichts dazu. Im Meer schwammen die Menschen und deren Ausscheidungen, ich auf Befehl des Vaters raus, raus, noch ein Stück, noch eines, weiter, der Dreck neben meinem Mund und beinahe in meinen rein. Ich schwamm über die Abgrenzung hinaus, weit noch, wie der Vater befohlen hatte. Und dann musste ich so zurückschwimmen, dass ich genau an einem vom Vater vorher bestimmten Punkt wieder aus dem Wasser komme. Aber das hatte er mir vorher nicht gesagt, dass er diesen Punkt da am Strand dafür bestimmt hat. Ich sollte nur ganz weit rausschwimmen über die Absperrung und dann zurück. Er schwamm nicht mit, nicht nach, wäre abgesoffen. Dafür, dass ich nicht einmal fünf Meter anderswo aus dem Wasser kam, als er sich das vorgestellt hatte, wurde ich beschimpft, abgewatscht, an den Haaren her- und zurückgerissen. So viele Leute waren dort am Strand. Die Italiener seien so kinderliebend, sagte im Urlaub dauernd wer wo. Entweder war ich kein Kind oder die dort waren keine Italiener. Er hatte nicht gesagt, wo ich raus soll, so war das gewesen. Seine Befehle waren meistens so. Man konnte sie beim besten Willen nicht befolgen. Ich nicht.

Im Heilbad an der Grenze war ich auch oft. Mein Vater hatte Verwandte dort, ich musste mit ihm oft dorthin. Grenzstadt, Urlaub in der Heimat sozusagen. Hier brachte er mir auch das Schwimmen und Springen bei. Ein paar Kinder sind mir dann nachgesprungen, bin aber ohne sie wieder aufgetaucht. Die machten sich Sorgen und standen dem Vater zur Seite. Er gefiel ihnen. Tagelang hilfsbereit und ihm von sich aus der guten

Sache wegen gehorsam waren die Kinder, damit ich ja das Schwimmen und Springen lerne. Mein Vater imponierte ihnen. Zackzack. Und einmal damals dort, als gerade bald wieder Personalvertretungswahlen waren, erzählte er im Bad einem Waffenmeister, was er alles für den getan hat, ohne dass der es wisse, und ich dachte mir, wenn der Vater mir das erzählt, schmeiß ich den Vater ins Wasser.

In der Grenzstadt lebte damals ein Cousin meines Vaters, Zollbeamter, ein sehr feiner Mensch, liebevoll zu seinen Söhnen. Schachspieler. Und dessen Frau war herzensgut. Geschlagen hat er mich vor ihnen nie. *Reiß dich ja zusammen*, sagte mein Vater, wenn wir über die Stufen hinauf wieder zurück in die Wohnung gingen. Ich kam wirklich jedes Mal geschlagen und verweint in ihre Wohnung zurück. Sie durften nichts merken. Ich durfte nicht daran schuld sein, dass sie etwas merken. Wenn ich schuld war, war ich dran. Die Frau war sehr nett, schaute mich besorgt an, sagte nichts. Der Cousin sagte auch nichts, schaute mich besorgt an. *So ein kleiner Körper*, sagte er, meinte mich, und dass es doch klar ist, dass ich immer so viel Wasser trinken will. Der Vater solle mich ruhig das Wasser trinken lassen. Der eine Sohn wurde eine Zeitlang etwas in der Stadtpolitik hierzulande, glaube ich, ein Kultur- oder ein Bildungspolitiker. Und der andere bei den Lehrern jemand und bei den christlichen Gewerkschaftern auch. Alle in der Familie waren wirklich feine, ehrliche Menschen, fürsorglich, die Frau, der Mann, die Söhne. Mein Vater drehte dort aber trotzdem durch, in unserem Zimmer, aber nicht, wenn der Mann und die Frau dabei waren. Vor ihm hatte er Angst, vor ihr schämte er sich. Oder umgekehrt, was weiß ich. Die Söhne waren damals, als es ganz schlimm war, nicht da, die lernten, arbeiteten und lebten schon anderswo. Ich saß jedenfalls im Urlaub verweint und geschlagen beim gemeinsamen Essen, tagtäglich, der Mann und die Frau waren lieb, fragten, was wir gemacht hatten und was wir vorhaben. Ich wollte immer nur heim, egal wo wir waren. Von der Frau und von dem Mann redete mein Vater wie gesagt nur gut. In einem Sagenbuch las ich damals von Menschen, die inmitten von Feuersbrünsten kämpfen, und bekam noch mehr Durst, als ich ohnehin schon hatte. Die Frau war sehr fromm und sanft, eine Seele von Mensch. Den Sohn, der später dann Lehrergewerkschafter wurde, faszinierten die Beine meiner Mutter, wenn sie mit auf Besuch fuhr. Als Kind dachte ich mir, er verstehe nicht, dass sie bei meinem Vater bleibt. Der alte Hässliche und die junge Schöne. Der Sohn war immer sehr nett zu mir, gab mir eine Zeitlang Mathematiknachhilfe, zeichnete den Plan seines Hauses selber wie ein Architekt, hatte eine liebe Freundin und am Tag, als mein Vater gestorben war, begegnete ich ihm und seiner Freundin vor einem Kaufhaus. Er sagte ihr, wer ich bin. Sie wünschten mir alles Gute. Lächelten freundlich. Ich sagte ihnen nicht, dass mein Vater gerade gestorben ist.

38

Und einmal machte der Vater auf dem Kasernenklo einen jungen Gefreiten zur Sau, weil der nicht ordnungsgemäß gegrüßt hatte. Fragte nach dem Beruf des Vaters und nach dem Namen. Das war aber der Sohn eines der höchsten Offiziere im Staat, welcher sich damals gerade den gesamten Landesverteidigungsplan ausdachte. Mein Vater hatte Angst, entschuldigte sich bei dem Offizier. Der soll zu meinem Vater aber gesagt haben, dieser habe vollkommen recht. Mein Vater strahlte über das ganze Gesicht. Und einmal, als der rote Krampus am Haus vorbeizog, hatte ich Angst, weil es laut zuging. Ich wusste, dass das nur Leute von hier waren, aber es machte mir Angst, dass einfach wer daherkommen und mir etwas tun darf und niemand etwas dagegen hat. Ich war fünf Jahre alt und sie taten mir nichts, machten nur den Lärm, ich versteckte mich unter dem Heu. Niemand fand mich. Im Frühling dann im Zimmer, der Vater steht vor mir, will, dass ich mich hinknie und die Rute küsse. Er sagt das und ich knie mich hin. Dann sagt er: *Gib Bussi da rauf und dann schlage ich dich damit!* Er ist zornig, zugleich lächelt er. Ich weiß nicht, worüber er sich freut. Er wartet, steht ganz aufrecht, und den Kopf hebt er hoch zurück. Ich hatte das Rutenbüschel vom Krampustag gerade einheizen wollen. Der Vater war schneller. Ich knie da, sage erschrocken: *Nein,* schüttle den Kopf. Er sagt noch einmal, was er will. Ich schüttle den Kopf. Ich solle aufstehen, sagt der Vater, zornig und weinerlich, schlägt mich kurz mit dem Bündel. Es freut ihn nicht mehr. Einmal in der Zeit damals wich ich seinem Schlag aus und der Vater schlug mit aller Kraft in den Kasten statt mein Gesicht und meinen Kopf; der Vater tat sich weh, schrie auf, schimpfte mir nach. Ich lief weg, lachte, versteckte mich. Und einmal sagte meine Mutter zornig zu ihm, er könne nichts und deshalb sei er so zu mir, weil er selber nichts könne. Ich glaube, das war an dem Tag, als er wollte, dass ich die Krampusrute küsse. Zuerst hatte die Mutter das zu ihm gesagt, glaube ich, und dann ging sie und waren er und ich allein und er wollte, dass ich das tue. Es kann aber auch sein, dass meine Mutter mich damals befreite. Ich weiß es nicht mehr. Ich glaube es aber nicht.

Als ich acht oder neun war, kam ein Unteroffizier öfter zum Vater und der dann zu ihm in die Familie. Der Unteroffizier brachte einmal seine Frau und seinen Sohn zu uns mit. Der Sohn war ein paar Jahre älter als ich und viel länger. Ich freute mich über den Besuch und wollte dem Buben eine Freude machen, gab ihm mein Spielzeug, sagte ihm, dass ich damit am liebsten spiele. Als der mir mein Lieblingsspielzeug kaputtmachte, einfach ein paar Mal hintereinander fest draufschlug und mich dabei auslachte und dann noch einmal draufschlug, packte ich ihn und würgte ihn zum Türpfosten. Die Erwachsenen schrien und rissen mir die Hände von seinem Hals, schimpften mit mir. Ich hatte keinerlei Unrechtsbewusstsein, denn der hatte gewusst, was er tat. Außerdem wollte ich ihn ohnehin gerade loslassen, als die auf einmal alle losschrien. Er tat mir überhaupt nicht leid. Es wäre ihm ja nichts geschehen. In der Nacht dann war ich mir aber ein bisschen unheimlich. Es kam nicht mehr vor. Dass das Leben knapp ist, habe ich sowieso gewusst. Ich glaube also nicht, dass ich ihn damals ernstlich erwürgt hätte. Aber es war knapp. Aber ich wollte ihn ohnehin gerade loslassen, weil er keine Luft bekam. Mein Vater hatte auch die Angewohnheit, andere Buben und mich beim Kartenspielen aufeinander zu hetzen. Wir mussten gegeneinander spielen. Die anwesenden Väter waren dafür. Oft wenn zufällig Buben mit ihren Vätern zu uns kamen, alles mir wildfremde Leute, musste ich mit den Buben Karten spielen. Die beiden Väter schauten zu. Ich hatte viel Glück und viel Übung und gewann eigentlich immer. Aber es war furchtbar für mich. Und die anderen Buben waren meistens auch sehr nervös. Mehr noch als ich. Und ihre Väter waren dann ein wenig enttäuscht. Mein Vater machte das nicht bei allen so, die zu uns kamen, aber oft. Es kam, glaube ich, auf die Väter an. Er durchschaute Menschen schnell.

In der Volksschulzeit phantasierte ich oft, wenn ich mit dem Vater im Auto mitfahren und immer aufmerksam und vorsichtig sein musste, dass ich Archäologe werde und Israels verschollene Bundeslade wiederfinde. Von der hatte uns Kindern die Religionslehrerin erzählt. Und dann phantasierte ich, dass ich aus Gottesliebe einmal Papst werde und dann sofort die Kirche abschaffe. Und dann, dass ich nach Amerika auswandere und die Mafia vernichte und alle Zuhälter auf der Welt. Und einmal werde ich einen Film drehen, in dem gebe es nur Hauptrollen. Jeder Mensch in dem Film habe eine Hauptrolle, der Film dauere daher sehr lange. Und dann phantasierte ich, dass ich in Russland die Kommunisten verjage. Ich überlegte mir auch oft, wie es in einer Diktatur ist, was man gegen die tun kann, und habe mir eingebildet, dass ich Fernsehsprecher werden soll, Nachrichtensprecher, und einmal sage ich dann nicht, was der Diktator und seine Meute mir vorgeschrieben haben, sondern die Wahrheit und die wird aus Versehen im ganzen Land ausgestrahlt. Ich überrumple die einfach alle. Es kommt zu Unruhen, weil die Menschen die Wahrheit erfahren und sich plötzlich getrauen, die selber zu sagen. So also schaute mein Größenwahn aus, wenn ich als kleines Kind mit meinem Vater im Auto mitfahren musste. Das war der für die weiten

Strecken. Auf den kurzen bekreuzigte ich mich bloß jedes Mal, wenn wir wo an einem Marterl vorbeifuhren. Es war aber kein Schutz. So zu phantasieren fing ich an, als ich zum ersten Mal von Houdini erfuhr und dass es Entfesselungskünstler gibt. Damals ging dann alles ruckzuck in mir.

Eine hat ein liebes Lächeln.

39

Wir gingen zusammen unter einem Schirm. Es war Zufall und ich berührte ihr Haar. Auf der Stiege habe ich ihr dann einen Heiratsantrag gemacht. Im Garten stand dann der Bub vor uns, sagte uns seinen Namen. Log. Der war gar nicht seiner. Der Bub sah sofort, wer wer war. Die junge Frau, die an uns gerade vorbeiging, nahm er sich zum Opfer. Die junge Frau schaute weg, duckte sich. Er war schnell. Die junge Frau kannte ich. Ihr fallen immer die Augen zu, wenn sie jemanden freundlich anschaut. Sie nimmt etwas und verschenkt es auch, weil sie großzügig ist. Die junge Frau leidet, wenn sie von den Leuten übersehen wird; und was sie sagt, überhören die Leute mir nichts, dir nichts. Sie liebt ihre Mutter und die Mutter liebt die junge Frau. Die Mutter ist nie zugegen, die Mutter ist erfolgreich auf Tourneen unterwegs und von jungen Männern und jungen Frauen umschwärmt, die kommen mit ihr mit. Die Mutter hat immer Geld. Davon gibt die Mutter der Tochter, wie viel sie braucht. So jung sei die Mutter und so vergnügt und nie allein, hat mir die junge Frau vor ein paar Wochen auf der Mensa beim Lernen erzählt. Und manchmal hat die junge Frau in den unpassendsten Lehrveranstaltungen vor allen Anwesenden laut über das Wesen des Unendlichen nachgedacht. Mir nichts, dir nichts. Die Vortragenden schauen die junge Frau dann an, sagen nichts. Das Unendliche sei, vermute sie, nur auf einer Seite begrenzt. Die junge Frau wird immer lebhafter, wenn sie das sagt. Dann schaut die junge Frau sich um und empfindet sichtlich Pein und dann fallen der jungen Frau die Augen zu. Ein Mathematiker sei, erzählt sie manchmal, vor Angst verrückt geworden, weil er mit der Hilfe der Mathematik und von Logik die Existenz Gottes beweisen habe wollen, weil nämlich aus der Vollkommenheit die Existenz folgen müsse, weil nämlich Durst der Beweis für die Existenz von Wasser sei, weil nämlich das Bewusstsein immer Bewusstsein von etwas sei, weil man nämlich nur mittels der Wahrheit betrügen kann, weil nämlich die Wahrheit von der Wirklichkeit herkomme, weil nämlich die Fata Morgana der Beweis für die Oase sei, weil nämlich Gott zärtlich und treu sei. Die junge Frau redet so. Unser Bewusstsein komme in Wahrheit vom heiligen Thomas, vom heiligen Augustinus und vom Juden Philon von Alexandrien her und von Aristoteles und eigentlich einzig von der Liebe, denn die Liebe sei stets jemandem zugewandt. Denn Bewusstsein sei Liebe und Liebe wiederum sei Zuwendung, Begehren und Fürsorglichkeit. Ihr Freund ist klein wie sie und lächelt immer und schaut jeden groß und freundlich an und ihre Abschlussarbeit wollte die junge Frau über Pataphysik schreiben, weil die lustig sei, findet aber keinen Betreuer dafür. Sucht auch nicht ernstlich. Sie ist oft jemandem peinlich. Wenn sie das merkt, wird sie wütend, weil sie sich wehren will. Die junge Frau ist immer weiß wie die Wand und sie redet alles im Ernst. Sie ist, wie gesagt, suchtkrank. Oder auch nicht. Wie das eben so ist, ist sie.

Der Bub im Caféhausgarten ruft die junge Frau mit ihrem Namen. Die junge Frau macht die Augen auf. Er habe sie jetzt die ganze Zeit über nicht gesehen, sagt er: *Aber du bist ja eh da gewesen!* Die junge Frau antwortet ihm nicht. Über die Namensnennung freut sie sich sichtlich, der Rest dann quält sie. Sie schaut zu Boden, zur Seite, macht die Augen wieder zu. Der Bub redet freundlich weiter, die junge Frau macht ihre Augen auf und lächelt ihn an. Der Bub erstrahlt. *Die ganze Zeit bist du da gewesen*, schreit er zornig und er schießt der Gruppe, in der die junge Frau gerade eben an ihm vorbeigegangen ist, seinen Ball mit voller Wucht nach. Die junge Frau geht weiter, schämt sich. Hinausgetreten ist sie. Der Bub strotzt vor Macht und Herrlichkeit.

Samnegdi und ich sitzen verdutzt da, Isabelle auch. Isabelle gefällt dem Buben sehr. Vor ein paar Tagen ist sie von ihrem Freund verlassen worden. Ihr Freund hat sie vor den gemeinsamen Freunden öffentlich gedemütigt. Im Schmerz hat sie dann vor allen ihre Bluse zerrissen, dass die Brüste bloß waren. Weinte, starrte. Die Freunde waren ungerührt. Die Mädchen auch. Und die Neue schaute weder hin noch weg. Isabelle ist verzweifelt. Sie ist grausam, weil sie alles verloren hat und sich wehren muss. Sie müsse immer Gefühle spielen, sagt sie. Ihr ganzes Leben lang müsse sie Liebe spielen, alles habe sie vortäuschen müssen, es sei in Wahrheit alles nichts, was sie empfinde. Wenn ihr Freund und sie jemanden kennen gelernt haben, haben sie zueinander *Der ist dir aber über* und *Die ist dir weit über* gesagt. Vor ein paar Jahren, als sie noch zur Schule ging, ist sie von einem Erwachsenen, den sie mochte, vergewaltigt worden. Dann gab er ihr Zigaretten. Sie hatte zu schweigen und die Haltung zu bewahren. Das war das Wichtigste. Ihre Familie musste das so ordnen. Als Kind hatte sie sich vor Schmerzen nicht rühren können und auch aus Vorsicht, weil ihre Knochen zwischendurch von selber brachen. Ihr Vater stand ihr damals bei, die Mutter nicht, trotz der größeren Liebe. Die Mutter wollte die Tochter stark. Die Mutter hat Isabelle dieser Tage geschrieben, dass eine Lehrerin im Stadtgymnasium, in dem Isabelle als Kind gewesen war, einen unheilbaren Gebärmutterkrebs habe und daher die Stelle in ihrer früheren Schule gewiss bald frei werde, und wenn Isabelle jetzt in Kürze, wie es sein wird, mit dem Studium fertig sei, könne Isabelle mit Sicherheit die Stelle bekommen. Das sei doch sehr erfreulich, schrieb die Mutter. Isabelle ist entsetzt und sehr aufgebracht über das, was die Mutter sich da denkt und wie die fühlt. Als ob nicht jede Frau einen Unterleib und ein Leben habe. Isabelle liebt ihre Mutter. Ihre Mutter liebt Opern und ist sehr sparsam. Jede Serviette schneidet sie daher in zwei Servietten entzwei. Sie hat viele Kinder. Isabelle verträgt sich nicht gut mit ihren Geschwistern. Die Mutter ist aber sehr herzlich und liebevoll. Isabelle zittert und weint, als sie uns erzählt, was die Mutter will. Isabelle schenkt ihr einen Dostojewski zum Geburtstag. *Der ewige Gatte* heißt das Buch. Die Gedichte von Theodor Kramer kann Isabelle nicht leiden. Der jammere nur und sei versoffen, sagt sie. Das sei schrecklich, wenn jemand so ist. Solche Menschen seien in Wirklichkeit gar nicht lieb, sondern Monster. Isabelles Vater ist Postbusfahrer und Alkoholiker. Die Mutter ist sehr adeliger Herkunft, aber sehr unehelich. Karl Philipp Moritz mag Isabelle sehr, den *Anton Reiser*, ein Mensch wolle eine Reise machen, er gehe ins Zimmer nebenan, sage: *Ich bin angekommen.* Das gefällt ihr. Sie reist gerne und weit. Mit ihrem Freund war sie ein Jahr lang in Griechenland gewesen. Seit kurzem erst sind sie wieder zurück und plötzlich alles vorbei. Samnegdi ist auch nicht mehr so da für sie wie früher, weil Samnegdi und ich jetzt zusammen sind.

 Der kleine Bub im Garten fragt Isabelle nach Isabelles Mann, wo der sei, und schreit, dass sie so schön sei. *So schön*, flüstert er dann leise noch einmal und einmal noch. *Du bist so schön.* Isabelle freut sich, schaut auf, es ist nicht mehr alles so gemein und schwer und grausam. Zu Samnegdi sagt der Bub, er kenne ein Kind, das sei so wie sie. Er lacht sie an, geht ein paar kleine Schritte näher zu ihr hin, Samnegdi lächelt. Das Kind sei seine Gefährtin, sagte der Bub, er werde das Mädchen nach Monaten jetzt endlich wieder sehen, er freue sich schon sehr, viel tratschen werden sie miteinander. *Wer ist denn das*, sagt er zu mir, tut erschrocken, macht drei kleine Schritte rückwärts und dann noch einen großen. *Dich kenne ich, du bist immer der Clown. Der Clown immer, du bist das!* In meine Nähe geht er nicht, mag mich nicht. Der Bub staunt von neuem, wie schön Isabelle sei. *Dass jemand so schön sein kann, dass es so etwas gibt*, schreit er, stellt ihre Ehre ein für alle Male wieder her und verschwindet. Niemand von uns hatte ihn je zuvor gesehen, er wird acht oder neun Jahre alt gewesen sein, der Herr des Gartens war er. Später einmal erfuhren wir, dass der kleine Herr und das Café der Großmutter des kleinen Herrn gehörten und der kleine Herr keine Mutter mehr hatte. Isabelles Eltern waren arme Leute gewesen und sie waren bei der NSDAP gewesen, die hat ihnen geholfen.

 Sie haben so ein schönes liebes Lachen, sagte heute am Fest jemand zu Samnegdi. *Ich habe Ihnen das schon so lange einmal sagen wollen.* Ich schaute ihn an. Er war freundlich und wollte das nur endlich einmal ausgesprochen haben. Samnegdi sagte dann zu mir, das müsse doch möglich sein, dass wenigstens wir beide einander nicht wehtun, sie und ich. Und wenn Samnegdi den todkranken Darmkrebsdichter sieht, weint sie jedes Mal, weil er anzuschauen ist, wie ihr Onkel war, der am Darmkrebs gestorben ist. Der Darmkrebsdichter sagt, dass an der eigenen Feigheit eines Menschen kein anderer Mensch Schaden nehmen dürfe. Und dass, wer sich selber aufgebe, alle Menschen aufgebe, die so sind wie man selber. Samnegdi mag den Darmkrebsdichter sehr. Er las und redete heute in der hiesigen Aula den Terroristen und dem Staat ins Gewissen. Samnegdi weinte, als sie ihn sah. *Weil der Tod nicht sterben kann, bin ich erst spät sterblich geworden, habe mich aber sofort unsterblich in Samnegdi verliebt. Ich habe gewusst, dass es sie in meinem Leben gewiss geben wird*, dachte ich mir, während der Darmkrebsdichter redete und Samnegdi über ihn weinte.

An dem einen Tag, der dann so schön war, habe ich Samnegdi zum Glück noch erreicht. Sie ist vor mir auf der anderen Straßenseite gegangen, ich war ihr nachgelaufen, habe nicht gewusst, was ich tun soll, wollte nicht aufdringlich sein, sie bemerkte mich, ich tat zufällig, deutete herum. Sie gehe wohl dort und ich müsse aber da rüber, sagte ich, sie lachte.

40

Mein Großvater lacht jedes Mal, wenn er Samnegdi sieht, er freut sich, sagt, sie sei eine Zigeunerin. Er ist dann stolz und fröhlich. Er fragt mich, wann ich mit Samnegdi von hier fortgehe und für immer aus dem Ort. Im Winter ist ihr Zaubermantel voll Schneeflocken. Samnegdi lächle und dann gehe die Sonne jedes Mal verlässlich auf, sagt Isabelle oft. Samnegdi hat jetzt einmal geträumt, dass sie mich sucht. Es sei jedem egal gewesen, wo ich war. Samnegdi musste mich überall alleine suchen. Alles lief nebenher. Ein Kommen und Gehen, gewaltig sei alles gewesen. In derselben Nacht habe ich geträumt, Samnegdi und ich sollen zusammen in einem Stück spielen. Ich komme später zu den anderen dazu, soll dann gleich raus. Die, die da sind, wissen nicht einmal zu sagen, wie das Stück heißt, es ist ihnen auch egal, mir ja auch, aber wenigstens worum es geht, den Stücknamen, müsste ich wissen, damit ich etwas spielen kann, bilde ich mir ein. Samnegdi kommt aus der Bühne raus zu mir, sagt, sie wisse auch nicht, aber die wüssten schon. Bin dann aufgewacht.

Ich habe Samnegdi früher immer nur lächeln sehen. Habe mich nicht früher getraut, mich in sie zu verlieben. Hatte kein Leben. Weil ich keines hatte, konnte ich es nicht einmal in Ordnung bringen. Dann habe ich auf einmal eine Assistentenstelle im einen Fach in Aussicht gestellt bekommen und eine Assistentenstelle im anderen Fach gleich darauf auch auf der

Stelle angetragen bekommen und zeitgleich wieder von jemandem anderen eine Publikationsmöglichkeit für ein Referat, dessentwegen man mich zuerst auf der Stelle aus dem Seminar werfen hatte wollen. Es hatte bis dahin immer Wirbel gegeben mit mir. Aber jetzt waren auf einmal die Chancen da. An die hatte ich nie gedacht. Einmal nur in zehn Jahren finde man so jemanden wie mich, sagte der eine, und der andere sagte, dass er hoffe, auf seiner Abteilung finde ich für immer mein Zuhause und dass ich aber noch geschliffen werden müsse, dass ich dann aber gewiss brillieren werde. Das alles stieß mich aber ab. Ich freute mich nicht. Ich war auch nicht stolz. Doch hatte ich etwas geschafft. Das war ein gutes Gefühl. Ich war freigekommen. Für meine Familie, für meine Mutter war das nicht viel. Als ich das Bewerbungsformular für die Assistentenstelle ausfüllte, sah das meine Mutter, und dass ich Bäuerin als ihren erlernten und ausgeübten Beruf angegeben hatte. Sie war empört über mich. *Wie gemein du bist! Wie dumm du bist!*, weinte sie plötzlich und laut. Ich verstand überhaupt nichts. Ich reichte das Formular dann nicht ein, nicht einmal fertig ausgefüllt habe ich es, wie sehr mir der Lehrer Piel auch zusetzte. Ich sei ein Stehaufmännchen, ich falle um, stehe auf und brilliere, sagte er über mich und bemühte sich weiterhin großherzig. Das alles ging mich aber überhaupt nichts an. Machte mir auch Angst. Seine Assistentin sagte dann, ich werde es, wenn ich ablehne, mein Lebtag bereuen. Die sagte dann einfach auch *Macht* und *Überlegenheit* und dass dann die anderen von mir lernen müssten und dass ich ja etwas verändern wolle. Das sei jetzt die Chance, die ich bekomme. Die einzige, vermute sie. Das Leben sei nicht so, wie die meinen, meinte ich. Ich war mir gewiss, dass ich leben werde können. Ich fühlte mich frei wie nie zuvor in meinem Leben. Und damals eben habe ich mich dann getraut, um Samnegdi zu werben. Ich war mir ganz sicher, dass ich ihr nicht schaden werde. Damit sie weiß, wer ich bin, wenn ich eine Gefahr bin, habe ich ihr meine Manuskriptkoffer gegeben, wenn sie nachschauen mag. Die Manuskripte hat sie in einem durch gelesen und mich trotzdem gemocht. Sie wusste jetzt, wer ich bin, wenn ich nicht gut bin. Samnegdi war einundzwanzig, ich war vierundzwanzig.

41

Wir gingen zusammen unter einem Schirm, es war Zufall, ich berührte ihr Haar. Auf der Stiege habe ich ihr einen Heiratsantrag gemacht. Falsche Zeit, falscher Ort. Spital. Die junge Frau, die so laut telefonierte, immerfort fortrannte, weil sie ihre Zwillinge los werden wollte, ist gerade an uns vorbeigelaufen und dann vor uns runter und wieder rauf und nach links und nach rechts, doppelt und dreifach. Die Stiefel hatte sie nicht zugeschnürt, das Oberteil nicht zugeknöpft. Sie war gesund und im fünften Monat, der ist nach jeder Frist. *Aufschneiden, raus damit!*, sagte sie ein paar Mal laut zu den paar Leuten, die sie gerade sah, Schwestern, Ärzten, zu den jungen Frauen wie sie dort, zu den Besuchern auch, zu Samnegdi und mir nicht. Sie lief und rief schnell in alle Richtungen. Die Luft ging ihr aus. Ihr Mann kam, brachte ihr etwas mit. Er werde ihr schon helfen, sagte er. Sie setzten sich raus, aßen zusammen, was er mitgebracht hatte. Demzufolge setzte dann doch etwas ganz leicht ein, wurde stärker, sie wurde sie dann doch los, weil es plötzlich unausweichlich wurde und dadurch medizinisch angezeigt war. So schnell wie nur möglich wird jetzt alles dadurch gut für sie. Die junge Frau hatte Angst vor den Schmerzen bei der Geburt und dass ihr etwas geschehe durch die Kinder, ein Leid, ein Schaden, eine Lebensgefahr. Sie sagte das so. Sie mochte keine Kinder haben, jetzt nicht und gewiss später auch nicht und das da jetzt waren gleich zwei Stück im Fünften. Aber es ging dann dank der Hilfe ihres Mannes doch genau so aus, wie sie wollte.

 Eine Schwester im Spital machte sich große Sorgen, als Samnegdi ins Spital kam, wünschte ihr, dass das Kind nicht verloren ist, war niedergeschlagen. Samnegdi kämpfte vergeblich, konnte nichts tun, blutete. Die bestrahlte krebskranke kleine junge Frau im Spital, *todgeweiht*, sagte ihr Mann, sei sie, die gebar Kinder, und damals gerade wieder, die war auch mit Samnegdi in einem Zimmer. Das Zimmer war riesengroß, acht, neun, zehn Betten, elf. Die Frau mit den vielen Kürettagen und dem Gas im Magen vom dummen Unfall bei der Untersuchung, vorm Zimmer sagte ihr Mann zu mir, den mussten sie oft anrufen, weil es ihr nicht gutging, sie hörte sich schlimm an, konnte nicht erbrechen, so als ob sie grausam ersticke, er sagte, ihr sei vor zwei Tagen ihr jüngstes Kind in den Bauch gelaufen. Fehlgeburt dadurch wieder. *Ich liebe meine Frau. Ich weiß nicht, was ich tun soll*, sagte er. *Sie kann die Kinder nicht halten, will viele Kinder haben.* Es hieß dann, wir können wieder ins Zimmer. *Das Unerträgliche gibt's. Es ist der Anfang von gar nichts*, dachte ich mir, als ich wieder hineinging. Ihre Freundinnen und Freunde kommen Samnegdi besuchen. Eine Schwester sagt im Spital in der Früh: *Sie sind ein ganz ein treuer Vater*, zu mir. Das war zwar Blödsinn, aber freundlich. War kein Vater. War ich nicht. Im Lift habe ich einem gratuliert, mir war nicht gut und zum Weinen. Aus Samnegdis Schwangerschaft ist plötzlich eine Krankheit geworden. Ich kann Samnegdi nicht helfen, bin erschöpft. Wie erschöpft muss Samnegdi sein. Aus dem Leben, das man sich wünscht, weil es auf einmal einfach da ist, wird nichts als das blödsinnige Reden des jungen Arztes zum anderen blödsinnigen Arzt, wie angenehm rasierte Frauen seien.

Hilfst ihr eh?, fragte mich Isabelle. *Hilfst mir nicht?*, fragte mich Samnegdi. Die Schwangerschaft war jetzt eine unheilbare, tödliche Krankheit. Nichts sonst.

42

Beim arabischen Arzt, den wir kannten, haben wir damals auch Hilfe gesucht. Die Frau des Arztes sagte zu mir, man sei immer in Angst, wenn so etwas gewesen sei, bei ihr sei es auch so gewesen. Und da solle ich hinschauen. Sie zeigte auf das Foto ihrer drei Kinder, drei Mädchen, fröhlich und freundlich waren die. Ich bin damals auch zu Lilli und Otto um Hilfe gegangen. Sie glaubten zuerst, Samnegdi und ich wollen eine Abtreibung. *Ah so*, sagte Lilli dann. Lilli redete dann mit einer jungen Ärztin, die sie durch ihren Vater kannte. Die war auch auf der Station. Die Ärztin redete mit Samnegdi. Das habe ihr schon sehr geholfen, sagte Samnegdi dann zu mir. Also hat Lilli ihr geholfen.

Als Samnegdi und ich einander näherkamen, verschenkte ich einen Kompass und ein Zigarettenetui, die mir zwei weibliche Wesen geschenkt hatten, an einen Wirt und an den Kollegen Speedy. Er hatte einen riesigen Speedy Gonzales aus Stoff und Plüsch und nahm den immer überallhin mit. Speedy hatte Samnegdi und mich zu sich eingeladen. Wir sind dann zusammen noch wo hingegangen. Ich hatte Samnegdi im Winter zufällig an einer Telefonzelle getroffen, sah Samnegdi reinwehen, stellte mich mit dem Rücken zur Telefonzelle, wartete ab, wollte nicht aufdringlich sein. Sie war überrascht und freundlich und wir gingen ein Stück, wohin sie unterwegs war. Sie trug ihren Zaubermantel und die Schneeflocken. Vierzehn Tage später wurde ich das Zigarettenetui und den Magnetkompass los und dachte an niemanden sonst als an Samnegdi und ging nirgendwo sonst hin. Samnegdi und ich blieben an dem Tag zusammen. Als wir rausmussten aus dem Zimmer, schreckten wir zusammen, sie, ich. Der Wind am Fenster. Der Nachmittagshimmel. Der Abend. Samnegdi und ich hatten uns immer zufällig getroffen, und dann halfen wir dem Zufall nach. Der Himmel war türkis wie niemals mehr sonst. *Seid glücklich und dann – sterbt!*, hat Isabelle zu Samnegdi und mir gesagt. Sie solle doch nicht glauben, dass ich anders sei. Sie werde fürchterlich bluten. Ich sei so. Das Leben sei so, Samnegdi solle sich nichts vormachen. An dem Tag, von dem an mein Leben zählt, sind Samnegdi und ich zusammengeblieben. Sind wir. Wir sind nicht gestorben.

Nepomuk war an dem Tag nervös, weil sein junger Zirkushund plötzlich grundlos zu sterben anfing und weil mein Großvater meinetwegen unruhig war, weil ich spurlos verschwunden war. Nepomuk und Kathi suchten mich meines Großvaters wegen. Ein kleiner Skandal entstand daraus, ein paar Kompromittierungen waren die Folge. Trixi sagte zornig, wenn mir nichts passiert sei, sei sie sehr böse auf mich. Die fanden mich dann, weil wir nichts zu verbergen hatten, brachten mich von Samnegdi weg. Hierher zurück zu meinem Großvater. Mit zwei Autos bin ich gesucht worden. Eines hätte mich zu Trixi gebracht. Aus dem bin ich wieder ausgestiegen. Ich begrüßte zuhause liebevoll meinen Großvater, er schlief weiter und ich schrie dann mit Nepomuk herum, warf ihn raus, nach einer halben Stunde kamen Nepomuk und seine Frau wieder, Nepomuk entschuldigte sich, weinte, schenkte mir eine Kiste Schwarzbier, dem Hund ging es auch besser. Der sprang hoch im Schnee. Nepomuk sagte, ich solle mich nicht so benehmen, daraufhin warf ich Nepomuk wieder raus. Er kam dann wieder daher. Das gehe so nicht, sagte Nepomuk, ich sei einer seiner Brüder für ihn und dass ich sehr viel für ihn getan habe. Meine Familie lebe über die Verhältnisse, sagte Samnegdi ein paar Wochen später zu mir, lehnte sich an den Heizkörper und las für die Prüfung Sallust. Das steht dort drinnen. Seit zweitausend Jahren lebt meine Familie so. Und ich, ich bringe Samnegdi immer wieder in Auswegslosigkeiten, Samnegdi muss dann alleine rausfinden. Hierher habe ich sie gebracht. Die Zeit hier heroben im Ort, sagte Samnegdi, sei wirklich anders als sonst wo. Für sie sei das nichts, weil sie nichts tun könne, die Zeit vergehe so schnell und stehe aber still.

Trixi hasste Samnegdi früher schon. Als Trixi erzählte, dass sie sie hasst, waren Samnegdi und ich noch gar nicht zusammen, sondern jeder ganz woanders und weit weg. Trixi träumte außer sich, dass Isabelle und Samnegdi zu zweit im Auto verunglücken. Trixi fahre an ihnen vorbei, schaue zu, wie sie verbrennen, freue sich. Sie erzählte es Lilli, ich saß dabei, verstand nichts, sie wollten mir nicht erzählen, was los gewesen war. Lilli mochte die beiden auch nicht. Lilli sah mich lange an, sagte: *Gell, es stimmt, dass du sie liebst. Und wie du bist, wirst du immer dort sein wollen, wo sie ist. Ganz egal, wo das ist und was für Leute das sind.* Als Lilli das sagt, denke ich mir erschrocken, dass Lilli mich doch ein wenig mögen muss. Lilli mag Samnegdis Freunde nicht. Kennt die gar nicht. *Ich habe immer ein nützlicher und verlässlicher Mensch sein wollen*, sagt Samnegdi zu mir, damit ich sie verstehe und nicht eifere. Ein Borchertgedicht hat sie gestern mit der Hand abgeschrieben und auf die Tür geklebt: *Stell dich mitten in den Regen, glaub an seinen Tropfensegen, spinn dich in das Rauschen ein, und versuche gut zu sein. Stell dich mitten in den Wind, glaub an ihn und sei ein Kind, lass den Sturm in dich hinein und versuche gut zu sein. Stell dich mitten in das Feuer, liebe dieses Ungeheuer in des Herzens rotem Wein und versuche gut zu sein.* Ein paar Freunde sagen, erzählt uns Isabelle, Samnegdi und ich, das muss schief gehen. Befürchten, dass das lange dauert bis dahin. Die meinen, dass Samnegdi vor mir beschützt werden muss. Und dass sie mich am liebsten rauswerfen würden, sagen sie auch zueinander, und dass ich Samnegdi isoliere und sie sich immer zwischen mir und den anderen entscheiden müsse und dass ich das erzwinge. Sie mögen sie, machen sich Sorgen.

43

Einmal, als Samnegdi und ich schon zusammen waren, habe ich ungewollt Trixi in Lillis Wohnung angetroffen. Trixi wollte mit mir reden und mich mit dem Auto zum Bahnhof fahren oder zu mir heim. Lilli und Trixi drängten mich, ich solle doch mit Trixi fahren. Ich verließ daraufhin sofort die Wohnung, verabschiedete mich nicht. Am Bahnhof dann auf der Stiege der alte Mann, Gesicht und Hände bläulich. Sein riesengroßer Koffer. Der alte blaue Mann sagte zu mir, er habe seit gestern etwas beim Herzen. Am Zugkopf die alte Frau, er sagte, da vorn das sei seine Frau, sie sei blind. Sie kam her zu uns, redete etwas, hört nicht auf das, was er zu ihr sagt. Daraufhin schüttelte er den Kopf und redete zu sich selber. Auf einmal war kein Laut mehr von ihm zu verstehen, obwohl er die Lippen weiter bewegte. Der Schaffner am Bahnsteig war freundlich, sagte zu uns, dass wir schon einsteigen könnten. Der blaue alte Mann sagte zu mir, für ein paar Augenblicke bekomme sie die Augen auf, aber sie fallen ihr sofort wieder zu. Sie sei schon zweimal operiert worden, mehr sei nicht möglich. Sie habe ihr Leben lang bei einer großen Elektrofirma gearbeitet, jahrzehntelang habe sie gelötet. So gute Augen habe sie gehabt. Was sie alles machen wollte in der Rente, jetzt könne sie seit Jahren in Wirklichkeit gar nichts mehr tun. Sie habe einen Schlaganfall gehabt vor einem Jahr. Der blaue alte Mann sagte ärgerlich zu mir, dass er den Sack schon selber nehmen könne. Mit dem riesigen weißen Sack hatte er vorher schon sein Heil gehabt. Da hatte er auch schon gesagt, den könne er selber tragen. Es ist etwas Wichtiges in dem Sack. Ich wünsche der Frau und dem Mann eine gute Fahrt. Irgendwo steigen sie aus und gehen ins Bahnhofsrestaurant essen, fahren dann weiter, weiß ich, wohin. Sie wissen es auch nicht, sie haben, sagt er, kein Ziel heute. Morgen auch nicht. Er sagt, das Leben habe sie beide nicht lieb, obwohl sie beide das Leben so lieb haben. Sie hatten keine Ahnung, wohin sie an dem Tag fahren werden. Das ging mir durch und durch, dass es nichts nützt, wenn man das Leben liebt.

Ein, zwei Jahre, bevor Samnegdi schwanger war, war ich beim arabischen Arzt und bei seiner Frau und den Kindern eingeladen gewesen. Mit Trixi zusammen und mit noch ein paar Kolleginnen und Studenten. Der Arzt hatte vor zehn Jahren aus seiner Heimat fortmüssen. Ein

Freiheitskämpfer war er gewesen. Sein Bruder hatte auch fortmüssen. Es gebe hierzulande keinen Grund für Unruhe, sagte er zu mir. Ich hatte schon lange die Leute von hier nur gut von ihm reden gehört, wie gewissenhaft und wie verlässlich und freundlich er im Spital zu ihnen sei. Ich weiß nicht, warum seine Frau auch mich eingeladen gehabt hat damals, ich glaube, sie mochte mich und wollte mir helfen. Sie hatte ihr Studium für ein paar Jahre für ihren Mann und ihre Kinder unterbrochen, schloss es jetzt ab. Der Arzt machte jetzt auch seine eigene Praxis auf. Betriebsarzt in der großen Fabrik hier wollte er auch werden. Ich war an dem Abend leer, war sehr unsicher, schwitzte beim Essen, genierte mich.

Dass der dumme Hitlerstellvertreter Hess in Ägypten geboren und aufgewachsen sei, gehe ihm nicht aus dem Kopf, sagte der arabische Arzt an dem Abend. Und dass der Palästinenserführer Husseini, der furchtbare Großmufti von Jerusualem, die Juden auf den Tod gehasst und Hitler geliebt und für die SS überall in der arabischen Welt Truppen ausgehoben habe. Und dass für Theodor Herzl selber der Zionismus eine finanzielle Katastrophe gewesen sei, wisse er auch. Aber Herzls Parole *Ein Land ohne Volk für ein Volk ohne Land* sei auch furchtbar, weil Herzl gewusst haben müsse, dass in Palästina die Palästinenser leben. Alles andere sei gelogen. Ohne jedes Schamgefühl.

Wie ein Ort an und für sich beschaffen war, in dem ein paar Babys umgebracht worden sind und eines fast.

44

Der Ort war, wie folgt: Ein Mädchen aus dem Ort hier hat einen Mann erstochen. Es war noch nicht sechzehn. Und ein anderes Mädchen war schon sechzehn und ist zu sechzehn Jahren Haft verurteilt worden, weil es seine Eltern umgebracht hat. Es war nicht aus dem Ort hier und auch ist der Doppelmord nicht hier geschehen. In dem Sommer nach meiner Matura war der Doppelmord. Die Eltern haben die junge Frau gezwungen, dass sie täglich jegliche Notdurft vor ihnen verrichtet. Die Befragung im Auftrag einer seriösen Wirtschaftswochenzeitung ergab, dass die Bevölkerung nicht das geringste Verständnis für die Tat des Mädchens hatte, die erwachsenen Frauen nicht, die gleichaltrigen Mädchen auch nicht. Damals fand auch eine Fernsehdiskussion mit einem Selbstmordpsychologen, Kinderpsychologen statt: Der hilfreiche Arzt sagt, dass misshandelte und missbrauchte Kinder wie alle Kinder auf dieser Welt ihre Eltern lieben und sie schützen und nicht wollen, dass ihren Eltern ein Leid geschieht. Daraufhin sagt eine junge Frau bitter, das, was er sage, sei bitte nicht wahr. Sie lacht ihn aus, aber als ob sie weint. Sie hätte ihren Vater samt Matratze angezündet, sagt sie, verbrannt hätte sie ihn am liebsten, wenn sie nur gekonnt hätte, und das sei richtig so. Der Arzt erwidert nichts. Ich wollte nicht, dass meinem Vater etwas geschieht, aber ich wollte ihn töten, aber ich wollte, dass er lebt und es ihm gutgeht. Das weiß ich.

Das Mädchen aus dem Ort hier, das den Pensionisten erstochen hat, sei schuld, sagen die Pensionisten am Bahnsteig. Sie sei ihm seit längerem schon gefällig gewesen, und jetzt plötzlich das. Er habe sich immer erkenntlich gezeigt, sei großzügig gewesen, es habe ihr gefallen. Ich erinnere mich, wie ein anderes Mädchen aus dem Ort hier auf den Strich kam. Die Leute wollten es so haben, dass es so ist. Ich weiß nicht, ob es wirklich so war. Eine Nachhilfeschülerin von mir war das. Die Leute redeten und sie kam da vielleicht wirklich langsam rein, aber gewiss wieder raus. Das sagten die Leute dann nicht. Die Mutter setzte die Tochter regelrecht an, es gefiel mir bei ihnen im Haus nicht. Die Tochter schaute, dass sie möglichst schnell von daheim wegkam, und dann ging die Ehe der Eltern auseinander, und ihr Vater starb allein im Haus auf den Stufen in den Keller. Die Mutter nahm sich zuvor einen anderen. Das Gegrinse und Getue der alten Männer und jungen Burschen und der gleichaltrigen Mädchen, wenn die Nachhilfeschülerin und ich miteinander wo saßen, war penetrant. In einem meiner Unterrichtsbücher war auf einmal ihr

Foto gewesen, ein großes. Ich hatte nicht die geringste Ahnung, woher das kam. Sie lächelte freundlich zu auf dem Foto, machte eine anmutige Bewegung mit der Hand, strich sich die Haare aus dem Gesicht, die Bewegung war, schien mir, ewiglich sanft. Sie hatte damals einen Lieblingsspruch: *Geliebt wirst du nur, wenn du Schwäche zeigen kannst, ohne Stärke zu provozieren.* Sie suchte jedenfalls seit den Nachhilfestunden meine Nähe, aber ich konnte ihr nicht helfen. Wusste nicht, wie. Es ist aber alles gut ausgegangen, glaube ich. Auch einem anderen Mädchen von hier habe ich nicht helfen mögen. Das hat mich jedes Mal angeschnauzt, wenn es mich sah, weil ich nicht auf es reagierte. Die junge Frau sammelte immer einen auf in der Stadt und wieder einen und wieder und nahm ihn mit heim. Die Männer fuhren dann mit dem Zug alleine weiter oder zurück. Sie war minderjährig und expansiv und ein paar alte Männer sagten beim Zugfahren *Hände weg!* zueinander, und ein alter Polizist sagte: *Man muss was tun.*

Beim Begräbnis der Mutter meines Vaters hatte es Gulasch und Streit gegeben. Wir waren die Stadtviertel abgelaufen. In dem Stadtviertel, wo der Leichenschmaus gewesen war, arbeitete, als ich erwachsen war, eine andere junge Prostituierte aus dem Ort hier. Die war jünger als ich, sie fuhr hier im Ort immer stolz mit ihrem Kind im Kinderwagen. Einmal hatte ich sie in dem Stadtviertel gesehen und hatte eine Art Schock. Sie war völlig aufgeschwemmt, stellte sich wieder hin. Der junge Mann, mit dem sie das Kind hatte, war der Sohn der Puffmutter im Ort hier und die Zuhälterei ist in der Stadt seine Arbeit geworden. Er war ein paar Jahre jünger als ich. Was immer auch war, er lächelte mir immer zu. Einmal nicht, da waren sie zu dritt, sie und ich fuhren in der Nacht im selben Zug heim, sie belästigten im Nachbarabteil zwei Mädchen. *Ihr könnt uns doch nicht einfach ausgreifen, das könnt ihr nicht machen mit uns!*, jammerte ein Mädchen, schrie auf. Ich ging in das Abteil rüber, die drei Burschen sprangen wie Affen. Das Mädchen stieg am Bahnhof hier aus, hatte Angst. Sie gingen ihr nach, hetzten sie, lachten, ich ging ihnen nach, sie ließen ab. Ich ging mit dem Mädchen bis zum Krankenschwesternheim mit. Als sie im Gebäude verschwunden war, sagten die Burschen zu mir: *Mach keinen Blödsinn. Es ist ja nichts passiert.* Sie hatten Angst, ich auch. Am nächsten Tag sah ich das Mädchen zufällig wieder, es grüßte mich, ich erinnerte mich gar nicht mehr, wie es aussah. *Grüß Gott, danke wegen gestern*, sagte es.

Früher hatte der Sohn der Ortspuffmutter oft versucht, mit mir zu reden. Dann liebte er seine junge Frau, die mit dem kleinen Kind. Mit ihr machte er einen neuen Anfang im Leben. Sie schienen glücklich zu sein. Seine Mutter, die Puffmutter, schien auch glücklich zu sein. Mein zeitweiliger Wirbel mit dem Ort gefiel ihm merklich, er suchte wieder Kontakt, hörte nie auf zu lächeln. Seine junge Frau war immer müde. Sie lächelte auch immer. Seine Augen waren nie müde, ihre immer. Und dann das Kind. Das Kind war glücklich. Sie war glücklich. Und eine Arbeit in einer Pizzeria fanden sie, waren sehr zufrieden, der Inhaber war Spieler, gewann und verlor Millionen und Häuser und Geschäfte, hatte ein gutes Herz, war hilfsbereit, ließ sich nicht ausnützen. Als ich ein Kind war, saß er an seiner kleinen Kasse des Greißlerladens und nahm das Geld für seine Eltern ein. Wenn er mich mit meinem Vater zusammen sah, tat ich ihm leid und er überlegte merklich. Bei ihm fanden, als er beim Spielen Geld gewonnen und sich selbständig gemacht hatte, die beiden jungen Leute mit Kind eine Zuflucht.

Mein Vater hat oft ins Puff zugestellt, meine Mutter und meine Tante wollten dorthin nicht zustellen, also stellte mein Vater zu. Ich erinnere mich, dass er mich als sehr kleines Kind dorthin mitnahm und dass mir einmal schlecht war. Ich bilde mir ein, mich daran zu erinnern, dass mir schlecht war, weil die Puffmutter und er und ich in einem Bett lagen. Mein Vater lachte damals. Diese Erinnerung habe ich seit jeher und ich weiß nicht, ob sie eine Einbildung ist. Ich erinnere mich, dass ich damals, als ich in meiner Wahrnehmung im selben Bett wie der und die zu liegen hatte, schon nicht wusste, ob das die Wirklichkeit ist oder ein Angsttraum. Ich werde damals drei Jahre alt gewesen sein. Gewiss nicht älter. Ich war unbeweglich, starr. Die Angst damals und die Übelkeit und die Starre, davon weiß ich mit Gewissheit. Es war mir damals, als ob ich für einen Augenblick aus einer Ohnmacht erwacht bin, aber sofort wieder das Bewusstsein verliere. Es war wie in einer zu großen Anstrengung, wenn man krank ist. Dass mein Vater zu einer solchen Tat fähig war, das weiß ich. Auch dass die Frau dazu fähig war.

In der Stadt hat der Arzt, dem das Mädchen, das seinen Vater verbrennen würde, widersprochen hat, einen Gastvortrag gehalten. Der Arzt war gerade aus dem Spital gekommen. Der Hörsaal war vollgestopft. Der Arzt wurde im Rollstuhl hereingeschoben, seine Frau schiebt ihn herein. *Der Mann da ist ja ein Wrack!*, schreit hinter mir ein Mann auf, schnellt hoch. Der Arzt beklagt sich über das Spital, in dem er war, und dann über das Spitalswesen überhaupt. Später dann eine Diskussion dieses Arztes mit einem Schizophrenieforscher. Letzterer sagt, dass es die Schizophrenie in Wirklichkeit gar nicht gibt. Die Schizophrenen seien den Normalen bloß lästig und hinderlich und zu anstrengend. Und dann die Diskussion des Arztes mit dem Sexualforscher. Letzterer sagt, dass das seelische Unglück, das ein kleines Kind durch Gewalt erleidet, nie mehr gutgemacht werden kann. Der Arzt erwidert aufgeregt, dass die Arbeiten des

Sexual- und die des Schizophrenieforschers wichtig und dankenswert seien, dass aber das, was sie sagen, so nicht wahr sei. Das sei keine Hilfe, sondern therapeutischer Nihilismus. Vielmehr könne jede misslungene Beziehung in Wirklichkeit durch eine gelungene wettgemacht werden. *Jede*, sagt er ein paar Mal. Als ich das hörte, tat es mir sehr gut und ich hatte dadurch ein inneres Leben. Ohne die modernen Medikamente wäre für etliche Patienten der reale Leidensdruck unerträglich und ganz gewiss unbewältigbar, erwidert der Arzt auch. Der Sexualforscher weiß darauf keine Antwort, der Schizophrenieforscher auch nicht. Der Arzt hofft immer, glaube ich. Der sagt, dass es Hilfe gibt. Mir hilft das wie gesagt sehr, aber wahr muss es auch sein, sonst hilft es nicht. Der Schizophrenieforscher sagt, die Schizophrenen unterscheiden sich von den Normalen einzig dadurch, dass sie die Gewalt und die Bedrohung schneller und früher wahrnehmen.

45

Die Frau auf der Post half mir auch. Sie sagte zu meiner Mutter, meine Mutter müsse sofort etwas unternehmen, so gehe das nicht, das dürfe so nicht sein. Mein Vater hatte mich auf dem Postamt vor der Frau schwer angeschlagen, ich weinte, schämte mich vor den Leuten, es schüttelte mich. Ich kam schwer angeschlagen rein und er war schon außer sich, setzte jetzt nach. Dass mich jemand so sah, war schrecklich für mich. Die Frau sagte bei der nächsten Gelegenheit zu meiner Mutter, dass es so nicht sein dürfe. Die Mutter genierte sich, sagte etwas zum Vater. Der sagte nichts. Sie dann auch nichts mehr. Keine Minute lang haben meine Eltern darüber geredet. Aber die Frau auf der Post hat mir geholfen. Ich habe die Frau dann nur mehr selten gesehen, bald gar nicht mehr. Ist wohl nicht hier geblieben. Ihr Gesicht habe ich falsch verstanden. Es war mir, als schaue sie mich böse an und sei von mir abgestoßen und möge mich nicht leiden. Sie sah damals mich angewidert an, nicht meinen Vater, sagte nichts zu ihm als die Portokosten und den Gruß. Sie forschte in meinem Gesicht, huschte über es, verzog ihr Gesicht. Sie hat mir aber geholfen. Allein, dass sie es versucht hat! Ich bin damals noch in die Volksschule gegangen. Es war ein finsterer, verregneter Nachmittag. Die Frau war dicklich, robust, schon lange im Ort, der Himmel war schwarz und weiß, ich war sehr müde, weil ich mich so schämte. Vor fremden Leuten geschlagen und beschimpft zu werden war mir immer das Schlimmste. Es ging aber meistens eins ins andere. Hier, dort, drinnen, draußen, meine Familie, die fremden Leute. Weil immer eins ins andere ging, fand das Malträtieren meistens öffentlich statt. Ich war fast nie allein. Das war so bei uns und hier, aber anderswo auch. Immer waren Leute da. Mein

Vater war ein offener Mensch, kein heimlicher. Die Leute erzählten ihm leicht, er ihnen, gut gelaunt waren alle dabei. Meine Mutter, meine Tante, mein Großvater gaben mich ihm immer mit. Das war das Recht meines Vaters, ich war immer das Kind meines Vaters. Ich gehörte zu ihm, ihm. Meine Familie sah das so und die Leute sahen es auch so. Das war für jeden außer mir das Einfachste. Wir gingen sie dann nichts an, wenn ich weg war mit ihm. Mein Vater hat mich zur Welt gebracht, wie sie wirklich ist. Sie war nicht anders. Denn kein fester Wille war dagegen.

Einmal, als mein Vater tobte, sagte meine Mutter zärtlich *Pscht* zu mir. Ich dürfe nicht weinen, sagte sie sanft, wenn ich weine, werde er nur noch zorniger. *Dann hört er gar nicht mehr auf*, sagte sie. Das Weinen riss damals meinen Körper nach vorne und nach links. Sie sagte es nochmals und dass ich mir das merken müsse. *Sonst wird alles noch schlimmer*, sagte sie. *Sie mag mich nicht*, dachte ich, konnte dann nicht aufhören zu weinen. Ich war sehr klein und meine Mutter suchte ganz gewiss nach Auswegen. Und da dann kam ihr eben der Einfall mit dem *Pscht*. Wenn man gut nachdenkt, fällt einem immer etwas ein. Und das kann man dann tun.

46

Ich weiß nicht mehr, wie viele Greißlerinnen wir hier im Ort hatten. Die liebste Frau Greißlerin sagte: *Ein Bub weint nicht, und wenn sie ihm den Kopf abschneiden.* Sie lächelte. Sie schrieben an bei ihr, zahlten am Monatsende. Treuemarken gab es auch. Ich hätte vor ihr nicht weinen sollen. Der Vater ging zu Ostern nach der Weihe mit dem Fleisch immer zu ihr, das Fleisch aufschneiden lassen. Jedes Mal nach der Kirche begann das neue Leben so. Ostern eben. Vielleicht sagte sie auch: *Du bist ein Bub. Der weint nicht. Auch wenn sie dir den Kopf abschneiden.* Ein paar Kinder waren mit mir bei ihr, waren zusammen mit mir zur Frau gelaufen, als sie mir das dann sagte, dass ein Bub nicht weint, auch wenn mir der Kopf abgeschnitten wird. Als das Geschäft nicht mehr ging, vermietete sie die Lokalitäten und verkaufte privat Flaschenwein und am Freitag Brot.

Ihre Haut brannte seit jeher, ich glaube, sie ist später daran gestorben, am Zucker oder an der Haut oder an beidem. Kann auch sein, am Herzen. Sie war eine ruhige Frau, hatte hellblaue Augen. Ihre Haut wie gesagt brannte zu jeder Zeit feuerrot. Ihr Gesicht war aber zu jeder Zeit freundlich. Ich mochte sie. Einmal besuchte mein Vater ihren Mann, der weit fortgezogen war, nahm mich dorthin mit. Ein Zementwerk war dort. Sie war geschieden und sehr allein mit ihren drei Söhnen. Ihr Mann war ihr untreu gewesen. Mit dem jüngsten Sohn bin ich in die Schule gegangen. Es ging ihm nicht gut dort, weil er jeden Tag müde war. Er war müde, weil er täglich vor fünf Uhr in der Früh aufstehen musste und die Milch ausführen. Mit einem Anhänger tat er das, den er zog und schob. Die Frau starb früh und nur wenige Jahre nach dem Tod meines Vaters. Die Söhne hatten nichts, verkauften dann die alten Gebäude, sind ganz woanders jetzt, sind immer ruhig und immer freundlich gewesen. Ein einziges Mal habe ich einen von ihnen sich schlagen gesehen. Das war, weil jemand seinen Bruder blutig geschlagen hatte. Mehr weiß ich nicht mehr.

Mit vier, fünf Jahren haben mich wie gesagt ein paar Kinder zu der lieben Frau gebracht, die zu allen lieb war. Weinend sind wir um Hilfe und Schutz vor dem Vater zu ihr gelaufen. Aber so ging das nicht. Die Kinder irrten sich. Später dann, zwanzig Jahre später, habe ich gehört, dass ein Panzergeneral, ein Nazi, seinen jungen Soldaten und seinem eigenen Sohn das auch so gesagt hatte, sie dürfen nicht weinen, auch wenn ihnen der Kopf abgeschnitten wird, sie werden Männer sein. Das war sein Spruch gewesen. Für den war er berühmt gewesen. Die Frau brachte mir den bei. Sie hatte einen weißen Arbeitsmantel an in ihrem Geschäft, hatte es wie gesagt schwer, manchmal einen blauen Arbeitsmantel, manchmal einen braunen.

Es ist, glaube ich, immer Krieg. Mein Name in diesem Krieg soll Turlitunk sein. Ein kleines Kind hat ihn mir gegeben, an dem Tag war es schön warm und taute. Winterende war. Gurki hatte sich in dem Winter umgebracht, als der wie nie einer zuvor eingebrochen war. Gurki war ein erwachsener Mensch gewesen und ich hatte ihn tot aufgefunden. Das Kind rannte von seiner Mutter weg zu mir, von mir zurück zu seiner Mutter, zweimal, lachte mich an, aus, ich weiß nicht, rief mir *Turlitunk, Turlitunk!* voraus, nach. Im Park im Frühling am Abend dann gingen plötzlich zwei neben mir, der eine war ein Zwerg. Der war aber erwachsen und führte den anderen an seiner Hand, der war ein kleines Kind und viel größer als er. Das Kind war behindert, wollte in einem fort zu mir herlaufen, lachte, rief mich. Und mir schien für den Augenblick, es rufe wie das andere Kind im Winter. Habe mir gedacht, Turlitunkturlitunk heißt vielleicht *Burli dumm, Burli dumm* oder vielleicht *Burli komm, Burli komm!* Die Kinder waren vergnügt und ich freute mich beide Male. Mein Vater hat mir meinen Vornamen gegeben. Meine Mutter wollte meinen Vornamen nicht. Zu den Leuten sagte mein Vater nach meiner Geburt, ich bekomme den kurzen Vornamen, damit ich wenigstens meinen Namen schreiben kann, wenn ich ein Idiot werde. Mein Vater pflegte auch zu sagen, ich sei nicht sein Sohn, ich sei ganz gewiss im Brutkasten vertauscht worden. Aber die Leute sagten dann, nein, ich sei ganz gewiss sein Sohn, das sehe man doch. Und die lachten und mein Vater lachte auch. Meine Tante erzählte mir einmal, mein Vorname sei der eines Militärs, mit dem mein Vater zur Zeit meiner Geburt zusammensteckte. Der Mann sei ihr zuwider gewesen, mein Vater ganz vernarrt in ihn. Auf den bin ich getauft. Später einmal las ich, mein Name bedeute Terror. Das ist mir auch nicht recht.

Der Priester in der Mittelschule, der uns predigte, jegliche Ordnung sei von Gott, sagte zu mir, mein Name bedeute einen Menschen, vor dem der Teufel davonläuft. Ich mochte den Priester aber nicht. Ich hielt den Monsignore für erbarmungslos. Manchmal hatte er einen Dienstwagen mit Chauffeur und sehr niedriger Nummer. Sein Orden liebte Maria von ganzem Herzen und diente ihr. Der Monsignore erklärte uns Kindern, dass Maria die neue Eva sei wie Christus der neue Adam. Und dafür, dass sie Jungfrau gewesen sei, gebe es Beweise. Mich beeindruckte kein einziger Priester in meiner Schule. Diejenigen von ihnen, die dort etwas zu reden hatten, waren wie gesagt mit meinem Vater gut. Wenn Maria wirklich Eva wäre, ihr Sohn Adam, dann wäre das, was der Monsignore erzählt, bloß Inzest und sonst gar nichts, zählte ich eins und eins zusammen.

Der Monsignore war eine große, stattliche Erscheinung, er hatte große Hände und große Füße und sein großes Gesicht war sehr weiß. Ich hielt ihn für sehr feige, weil er von allen respektiert wurde, aber nichts für die Schüler tat. Mir traute er nicht über den Weg, seit er mich kannte, von der ersten Klasse Mittelschule an. Meine Mutter war meinetwegen damals weinend um Rat und Hilfe zu ihm gegangen. Seit damals konnten er und ich einander nicht ausstehen. Meine Mutter sagte, er sei so verständnisvoll gewesen, ich solle zu ihm gehen, wenn ich Rat und Hilfe brauche. Das tat ich. Da war aber nichts. Er war früher der Heimleiter gewesen.

Der Monsignore war ein exzellenter Prediger, sodass die Schönheit des Glaubens und die befreiende Botschaft des Evangelium die Seele erfreuten. Er hatte den Spitznamen Pi. Man glaubte, das habe mit der mathematischen Konstante zu tun. Ein paar Mitschüler sagten, es heiße nicht Pi, sondern Bi und das komme von bisexuell. Das schloss ich aus. Das Pi wird von Pius gekommen sein. Seit seinen Jahren in Spanien mochte Pi die Stierkämpfe. *Da sieht man,* sagte er zu uns, *den Menschen in seiner Überlegenheit und dass es Gott wirklich gibt.* Der Gegenwart Gottes werde man gewahr. So feierlich sei das Ereignis. Gott sei plötzlich da, das spüre man bei den Stierkämpfen. Von Spanien erzählte er oft, zum Beispiel wie er auf einem Flugplatz einem kleinen sterbenden Kind die letzte Ölung gespendet habe. Das Kind habe plötzlich mit den Bändern des Gebetsbüchleins des Monsignore zu spielen begonnen. Ein Wunder sei das gewesen. Ich glaubte dem Monsignore die Geschichte nicht, weil er so tat, als sei das Kind schon tot gewesen, und weil er oft etwas sagte, von dem ich wusste, dass es nicht wahr war. Er hatte in unserer Schule ja wie gesagt eine Messe gelesen und uns Insassen gepredigt, Paulus habe gesagt, alle Ordnung sei von Gott. Ausdrücklich nannte der Monsignore damals unsere Schule und unseren Staat, dass die von Gott sind. Der Gehorsam stehe in der Bibel und sei unsere Pflicht, sagte er zu uns.

Der Monsignore erzählte aber in der Tat immer sehr spannend und las in den Stunden gerne etwas vor; zum Beispiel Geschichten, dass Buben in einem Heim gesündigt haben. Ich verstand wirklich nicht, was er damit meinte, aber dann fragte er gerade heraus, wie lange wir es ohne Selbstbefriedigung aushalten. Man müsse sich bemühen, sagte er zu uns, aber zwei Wochen seien ohnehin viel. Und wenn es einem passiere, sei das nicht so schlimm, aber bemühen müsse man sich schon, dass es nicht zu oft sei. Einmal in der Woche sei aber auch nicht oft. *Pfui Teufel,* dachte ich mir, *was geht den das an, was wir machen.* Dass alle Ordnung von Gott sei, ärgerte mich aber am meisten. Damals in der Predigt erklärte er uns wirklich den Staat und eine Woche später in der Klasse den Herrn Onan, insbesondere den Unterschied zwischen Onanie und Masturbation. Elf, zwölf Jahre war ich alt. *Stimmt das, Herr*, habe ich in der Nacht nach der Messe gebetet, *was er uns gepredigt hat?* Gott regte sich aber im Gegensatz zu mir nicht auf. Weil Gott bei den Kindern ist, wird Gott gedacht haben, der Monsignore solle nur reden und er, Gott, sage es den Kindern dann schon selber, wie es wirklich ist. So habe ich mir das vorgestellt mit meiner Vernunft und mich weiterhin über alles und jedes, was der Monsignore sagte, geärgert. Und er hielt mich für einen Lügner und ich ihn.

47

Die Frau kroch in der Nacht vor Schmerzen auf dem Küchenboden herum. Sieben Stunden lang. Bis zum Aufwachen. Sie wollte ihren Mann und den Hund nicht stören. Sie hieß Maria und hatte keine Eltern gehabt, nur die Mutter Gottes. Sie war gut und tat niemandem etwas Unrechtes. Sie starb an ihrem Unterleib, weil in diesem ein Krebs so groß wie ein Fußball war. Sie hatte ihren Mann, eine Tochter, zwei Enkeltöchter und einen Enkelsohn. Ihr Schwiegersohn war ein erfolgreicher Arzt, der vor vielen Jahren aus dem realexistierenden Sozialismus geflohen war. Der Arzt arbeitete und lebte hier dann in einem Landesteil, von dem es heißt, er sei für Kranke und Behinderte das Paradies. Die Tochter der Frau mit dem Fußball im Unterleib konnte ihren Vater nicht ausstehen. Die Frau Maria starb, da war die Frau Maria keine sechzig. Meine Mutter mochte die Frau Maria sehr. *Das Begräbnis war eine Schande*, sagte meine Mutter: *Die*

Frau Maria muss jedem hier scheißegal gewesen sein. Die Anteilnahme der Nachbarn und Nachbarinnen war nichtig. Ein paar Nachbarn hatten mit dem Mann der Frau Maria viel gestritten, kamen daher jetzt nicht zur toten Frau. Der Mann der Frau war ein schwarzer Eisenbahner, hatte es auch deshalb in seinem Betrieb nicht leicht. Der Mann spielte sich hilflos auf mit dem Kranz, wo dieser auf dem Sarg liegen solle in der Grube, und hüpfte in der auf dem Sarg herum wie ein Zwerg mit bloß nur mehr einem Bein. Fassungslos war er. Frau Maria hat sich für ihren Mann oft geschämt.

Auf der Volkshochschule lernte sie ein paar Jahre lang Englisch. Sie bastelte viel. Handarbeiten in einem fort. Einfälle solcher Art hatte sie in einem fort. Bei Gewittern hatte sie Angst und ging in den Keller, wie wenn Krieg gewesen war, und betete ohne Strom bei Kerzenlicht, wie wenn die Bomber kommen. Sie war da in ihrem Versteck unter der Erde immer allein.

Das Ehepaar war Nachbarkundschaft bei meiner Mutter und meiner Tante. Meiner Mutter schenkte Frau Maria oft Kleinigkeiten. Als die Frau Maria krank wurde, holte meine Mutter sie oft ab oder fuhr sie dorthin, wohin die Frau Maria jeweils musste. Dann ging aber alles ganz schnell. Ihr Schwiegersohn draußen im Paradies half der Frau Maria. Ihre Tochter, ihre Enkelkinder liebten sie. Der Arzt hatte wie gesagt einen sehr guten Namen, aber sie konnten nichts sehr Gutes mehr für die Frau Maria tun. Was war, musste reichen. Als man Frau Maria das zweite Mal operierte, sagte der Arzt, so etwas habe er in seinem ganzen Leben noch nie gesehen. Der Schwiegersohn operierte selber. Es kann gut sein, dass ihre Familie ihr noch den Himmel auf Erden bereitete. Den Mann der Mutter Maria nahmen sie lange nicht zu sich auf, nur die Mutter Maria allein. Den Mann hielten sie für die Hölle auf Erden. Ich hatte früher auf den kleinen schwarzen Hund des Mannes aufzupassen. Der hatte einen riesigen Kropf vor lauter Wut beim Ziehen an der Leine. Wenn der Hund mir auskam, war immer was los. Der Hund sprang einmal durch das geschlossene Fenster den Briefträger an. Der Postler hat sich am Glas verletzt, der Hund nicht. Und einmal aß ich unabsichtlich das Hundefressen vom Herd. Meine Mutter hatte es für ihn gekocht und war dann beleidigt. Das sei eine Gemeinheit von mir, so schlecht koche sie nicht für mich, dass ich so etwas glauben könne. Das sei typisch für mich. Ich tue so, als werde ich wie ein Hund behandelt. Ich hatte mich gar nicht beschwert über das Essen. Weitergegessen habe ich es nicht, das war alles.

Meine Mutter hat die Frau Maria einmal im Regensturz im Herbst in der Stadt vom Bahnhof abgeholt und den Eisenbahner, den Ehemann, auch. Der Weg heim herauf war nur braunes Wasser und wir blieben mit dem Auto stecken. Der Eisenbahner, der Ehemann, war dauernd in der Kirche und in der Übergangszeit zwischen dem bald toten und dem neuen Pfarrer war er Mesner.

Bei seinen Nachbarschaftsstreitigkeiten musste ich dem Eisenbahner etwas Trigonometrisches ausrechnen. Als Dank schenkte er mir ein Buch. Der sozialdemokratische Nachbar ihm gegenüber, mit dem er sich ebenfalls in unerbittlichem Rechtsstreit um drei Quadratmeter befand, mochte ihn überhaupt nicht. Ein Hauptschuldirektor war das. Meine Tante mochte den roten Hauptschuldirektor immer sehr. Er habe als Lehrer keine Günstlinge gehabt und alle gleich behandelt; nicht so, wie früher in der Nazizeit und gleich nach dem Krieg die anderen Lehrer alle gewesen waren, sei er gewesen. Er habe den Kindern erklärt, dass man ein Recht auf sein eigenes Leben und den eigenen Leib habe. Jeder Mensch habe das. Und auf Liebe und auf den eigenen Willen. Sie alle seien freie Menschen. Beim Direktor hat die Tante sehr gerne und sehr gut gelernt. Dass jemand immer in der Kirche hocke, sage schon alles, sagte der rote Schuldirektor über den schwarzen kleinen Eisenbahner, man brauche sonst gar nichts mehr zu wissen und zu sagen. Der rote Direktor ging nie in die Kirche. Die war für ihn nichts. Er hasste das. Der rote Direktor ging oft fremd. Das war aber einvernehmlich. Jedenfalls erzählte meine Mutter das so. In Summe gingen sie jedenfalls allesamt, die Nachbarn und die Nachbarinnen, nicht sonderlich zum Begräbnis der Frau Maria. Eine Waise war sie gewesen, im Heim aufgewachsen, in der Nazizeit. Sie war zeit ihres Lebens freundlich und hilfsbereit. Der kleine schwarze Hund wurde dann von der Tochter eingeschläfert, weil er gemeingefährlich sei. Der Eisenbahner war verzweifelt. Hat Frau und Hund zugleich verloren.

Der Mann der Frau Maria hatte vor Jahren plötzlich den Ruf der Homosexualität auch noch gehabt. Ich weiß nicht, wer ihm den warum antat. Man sagte ihm viel nach, damit man ihn nicht ausstehen musste. So viel man konnte und wollte, sagte man ihm nach. Für seine Frau war er wie gesagt eine Qual, aber die Nachbarschaft dann auch. Die Frau Maria schämte sich in einem fort. Es gab immer weniger Sonstiges, nur die Scham und die Qual. Es kann sein, dass da unten, gleich neben unseren Wiesen am Bach unten im Graben, hinten in dem Haus drei ältere Herren, allesamt verheiratet und fortgepflanzt, sich dort an einem jungen Burschen vergangen haben. Es kann aber auch sein, dass es nicht wahr ist. Der Eisenbahner soll einer von den dreien gewesen und alles aber freiwillig und volljährig und durchaus berufsmäßig zugegangen sein. Ich habe das Ganze damals nicht geglaubt. Viel zu ängstlich waren die für das, was ihnen angelastet wurde. Dass die Männer sich einander und dem fremden Burschen und der riskanten Vermittlung, Zuhälterei, ausgeliefert haben, habe ich nicht geglaubt. Die Preisgabe ihres Lebens soll über die Puffmutter im Ort gelaufen sein. Dass die drei Männer in ihrem Leben sonst nichts miteinander zu schaffen hatten und Memmen waren, ist der Grund, dass ich glaube, dass es rufmörderisch war, was vor sich ging. Für Frau Maria kam jede Hilfe zu spät.

48

Auf der Gemeinde wird es vorne auf der Straße neben der Trafik immer angeschlagen, wenn jemand Begräbnis hat, weil er tot ist. Als die Frau Maria begraben war, riss am nächsten Tag ein Beamter die Parte runter und warf diese in den Gitterkorb neben der Gemeindetafel. Die Parte lugte aus dem Abfall hervor, als ob nicht jeder liebe Menschen hätte. Der Vater des Gemeindebeamten war Sozialdemokrat, der Gemeindebeamte auch. Der Vater war zuständig für die Straßen und das Wasser in der Gemeinde. Die Roten sagten von ihm, er sei von der ersten Stunde an ein Widerstandskämpfer gewesen. Einmal musste mein Vater zu ihm fahren. Meine Mutter wollte das. Die Frau des Widerstandskämpfers hatte sich über meinen Vater beschwert, sie müsse meines Vaters wegen schrecklich weinen und könne nicht mehr aufhören. Der Widerstandskämpfer hat das meiner Mutter gesagt und die es meinem Vater. Die Frau des Widerstandskämpfers ertrug meinen Vater nicht. Wie er war, tat ihr weh. Sie wehrte sich. Ich war ganz aus dem Häuschen, freute mich. Ich wartete befehlsgemäß im Auto vor dem Häuschen des Widerstandskämpfers und der Frau. Auf der Stelle müsse der Vater die Frau um Verzeihung bitten, denn die Frau sei krebskrank. Mein Vater kam dann über das ganze Gesicht lachend aus dem Häuschen des Widerstandskämpfers. Er habe sich nicht entschuldigt, sagte er zu mir. *Die Frau ist ja schwer nervenkrank*, lachte er, *die nimmt keiner ernst. Nicht einmal der eigene Sohn. Der eigene Mann sowieso nicht.* Sie habe da drinnen geweint, und ihr Mann habe sich dann unter vier Augen bei ihm entschuldigt. Ich sah es dem Vater nicht an, ob der Vater mich anlog. Ich war misstrauisch, aber ich sah dann auf der Gemeinde, dass er weder mit dem Vater noch mit dem Sohn irgendwelche Schwierigkeiten hatte, sondern gutes Einvernehmen herrschte. Sie lachten und nickten.

Der Sohn des Widerstandskämpfers riss die Parte jedenfalls mit Kraft und Freude runter, wie wenn er, schien mir, tüchtig etwas unschädlich mache und etwas, das nicht schön ist, entfernt, wie ein fleißiger Gärtner das tut. Er war sehr umgänglich und Gemeindesekretär und strahlte, wie wenn man ein braves Kind belohnt. *Ritsch!* machte es und, was Frau Maria noch gewesen war, lag im Abfall. Mir fiel im nächsten Augenblick seine verkrebste Mutter ein. Ihr Gesicht aber nicht mehr. Seine Mutter hatte recht gehabt, sein Vater und er nicht. Den Wirt Christian, der sich hierorts aufgehängt hat und wohl gleich alt wie der Gemeindesekretär gewesen war, mochte er auch nicht, glaube ich. Sonst mochte er alle. Er könne niemandem etwas abschlagen, sein Harmoniebedürfnis sei unglaublich, sagte er von sich und war sehr gerne Sozialist. Schnelle Autos und schnelle Frauen möge er zu sehr, sagten die Leute. Dafür mochte ich ihn aber, dass man ihm die Frauen und die Autos missgönnte. Dass der Gemeindesekretär Christian nicht mochte, begriff ich bei einer Widmungsverhandlung neben Christians Gasthaus. *Eine Blödheit vom Christian. Man kann nichts sagen dazu*, sagte er.

Einer der roten Gemeindesekretäre, ein anderer wieder, wurde auch roter Bürgermeister. Der verstand sich immer gut mit meinem Vater. Die redeten viel, zum Beispiel, dass sie in der Pension nie so viel reinbekommen werden, wie die Arbeiter in der Fabrik Abfertigungen haben werden. Sie beide seien zwar Beamte, aber kein Geld sei das im Vergleich zu den Fabrikarbeitern, was die jetzt bald bekommen, sagten sie zueinander. Die Frau Bürgermeister holte zusammen mit ihrem Herrn Gemahl damals Hühner bei uns, und mein Vater sagte immer *Küss die Hand* zu ihr. Sie reichte ihm jedes Mal die Hand zum Kuss und lächelte. Ihr Mann war ein guter Bürgermeister, Gemeindesekretär sowieso ein guter, ein feiner Mensch, sie auch, gewissenhaft. Herzlich. In der Zeitschrift der sozialdemokratischen Gemeindefraktion steht über den guten roten Bürgermeister a. D. wie folgt geschrieben: *Der Altbürgermeister wurde mit der Marx-Plakette ausgezeichnet, eine Auszeichnung, die nur wenigen Parteimitgliedern zuteilwird. Anschließend dankte die Ortsorganisation allen Anwesenden, zuvorderst den Kinderfreunden unter ihrem Obmann, die mit den Fahrrädern im traditionellen Blauhemd erschienen waren.* Ich habe den Gemeindesekretär, den Bürgermeister, wirklich immer gemocht. Er war ein Kinderfreund. Er lächelte mich immer freundlich an, als ich ein Kind war, und dann auch immer. Als er noch Gemeindesekretär war, war ich klein und musste oft in der Früh hingehen ihm sagen, wenn die Straßenlaterne drunten kein Licht mehr gab. Die Schneeräumung hat er in einem Winter, ein einziges Mal war das, nicht so gut bedacht wie sonst immer, daher musste er dann als Bürgermeister abtreten und bekam dann aber die Marx-Plakette. Denn er ist immer ein Mensch gewesen. Das war der schlimme Winter damals, in dem sich Gurki erhängt hat. Er musste aus dem Amt fort. So anspruchsvoll war der Ort.

Der schwarze Hauptschuldirektor von hier war auch ein feiner Mensch und durch und durch Humanist, lächelte mich auch immer an, war Gemeinderat und kam zu allen für seine Partei kassieren. Dabei sagte er dann jedes Mal zu uns, das tue er aus Idealismus. *Ich bin aus Idealismus halt immer dumm gewesen. Früher habe ich aus Idealismus zu den Nazis gehalten,* sagte er. Der schwarze Herr Direktor hatte eine schwarze Hündin, zu der lief mein Hund immer. Von meinem Hund sagte der Herr Direktor, der sei der höflichste von allen Hunden, die der Herr Direktor kenne. Die vielen Hunde, die das Haus des Herrn Direktor belagerten, seien alle ungeschlacht. Mein Hund hingegen sei ganz anders. Der Herr Direktor ließ seine Hündin dann bald einmal einschläfern. Zum einen, weil sie ein Weibchen war und daher die Hunde andauernd sie und das Haus des Herrn Direktors belagerten und dann vor allem, weil sie immer alle Leute laut verbellte. Der Schuldirektor sagte zu meiner Mutter: *Es tut mir so leid um sie. Aber ich habe nicht anders gekonnt. Als Gemeinderat habe ich sie weggeben müssen, weil sich die Leut' dauernd so aufregen über sie. Wenn ich nicht Gemeinderat wäre, hätte ich es nicht getan. Aber als Gemeinderat hab' ich sie einschläfern müssen. Es tut mir eh so leid. Es ist nicht anders gegangen.* Der Schuldirektor und mein Vater haben sich immer gut verstanden. Der Schuldirektor ist mit den paar anderen schwarzen Gemeinderäten oft zu meinem Vater gekommen, und die haben geredet und gescherzt, und mein Vater ist oft zu ihm gefahren, zu jedem von denen.

Der Sohn des Schuldirektors war um das sechzehnte, siebzehnte Lebensjahr plötzlich abgängig und blieb es. Auf Poly-, Indo- oder Mikronesien ist er Jahre später wieder aufgetaucht. Als ich infolge von Gurkis Hinscheiden zu vielen Leuten im Ort hier unfreundlich war, weil ich nicht sterben und lächeln wollte, sondern leben, und der kleine Ort zu mir daher dann sehr unfreundlich war, hat der schwarze Schuldirektor des Öfteren versucht, öffentlich freundlich zu mir zu sein. Bei der Haustür wollte er sogar auch rein zu mir. Er hat, habe ich Jahre später einmal gehört, Widerstandskämpferbriefe bei sich daheim, aus der Nazizeit welche. Die Briefe von einem Widerstandskämpfer an einen anderen. Im KZ soll auch einer aus seiner Familie gewesen sein, was weiß ich. Vielleicht hat der Herr Direktor sich bloß verstellt, weil der Ort hier so war, damit er in den Ort hier passt.

Der schwarze Vizebürgermeister, der zwei Mülldeponien hatte, kam auch oft herauf zu meinem Vater, redete mit ihm über Politik und was alles sie davon verstanden. Der schwarze Vizebürgermeister ist ein wirklicher Ehrenmann und Christ. Katholik. Vor einer Wahl hat mich mein Vater im Auto geschlagen, ich weinte, der Vater blieb stehen, der Herr Vizebürgermeister teilte kleine Geschenke aus, überreichte sie durchs Autofenster, redete etwas mit meinem Vater, schaute mich an, redete weiter, ich weinte weiter, er redete und gab sein Geschenk her. Vor jeder Wahl war das genau so. Immer verteilte er etwas, und der Vater und ich kamen gerade vorbei. Der Herr Vizebürgermeister schaute mir auch sonst oft ins Gesicht, wenn mein Vater im Auto oder per pedes mit mir tat, was er für richtig hielt. Wir fuhren und gingen sehr oft am Herrn Vizebürgermeister vorbei. Er wirkte immer sehr gefasst. Am Herrn schwarzen Hauptschuldirektor fuhren wir nie vorbei. Den habe ich nie schauen gesehen. Der Herr Vizebürgermeister hingegen stand, weil er sehr engagiert war, wie gesagt oft irgendwo und teilte etwas aus und meinem Vater mit, und er hatte viele Kinder, zu denen er gut ist. 5, 6, 7 oder 8. Mein Vater war meiner Mutter wegen manchmal eifersüchtig auf den Vizebürgermeister. Der und sie mochten einander. Und die liebe Frau des Vizebürgermeisters schrieb im Namen des Gebetskreises meinem Vater, als dieser durch den Lungeninfarkt zum ersten Male sehr krank war, einen lieben Brief, und der ganze Gebetskreis der Pfarre unterschrieb. Im Brief stand, dass sie alle jeden Tag für meinen Vater beten, damit er wieder gesund wird. *Lieb* kam im Brief ein paar Mal vor. Nepomuks Mutter war auch im Gebetskreis und betete für meinen Vater. Nepomuk erklärte seine Mutter einmal, dass Hitler nicht möglich gewesen wäre, wenn die Leute nicht solche Angst vor den Kommunisten gehabt hätten, dass die ihnen alles wegnehmen. *Man muss die Menschen verstehen*, sagte sie und verstand jeden. Mein Vater freute sich sehr über den Brief der betenden Frauen. Die paar Männer haben auch unterschrieben. Mein Vater hatte zu meiner Zeit im Gegensatz zu zuvor, als ich noch nicht am Leben war, sehr viel mehr mit den Schwarzen zu tun als mit den Roten. Er war ja jetzt Personalvertreter bei den Schwarzen, aber nicht Parteimitglied, aber doch bei der schwarzen Gewerkschaft. Parteibuch hatte er keines. Brauchte er nicht.

Noch ein Schwarzer war im Ort. Mit diesem Mann war mein Vater auch oft beisammen, ein Krankenkassenangestellter war der. Und seine zwei Töchter und seine Frau fuhren auch mit nach Italien ins schwarze Gewerkschafterheim. Dorthin fuhren wir alle, als ich ein Kind war. Inzwischen ist er geschieden. Er machte immer Witze im Bus nach Italien, und ich wunderte mich als Kind, wie lustig ein Mensch sein kann. Seine Frau sagte auf den Fahrten, es reiche ihr jetzt schon mit den Witzen. Er hörte aber nicht auf. Lachte sich krumm.

Einmal im Zimmer in Italien, damals war ich gerade zwölf, wollte mein Vater mich nackt zeichnen, zeichnete mich dann, weil ich mich weigerte, aus seinem Gehirn nackt, lächelte und wollte, dass ich ihn einöle. Beim Einölen mit dem Sonnenschutzmittel gab es immer Schläge, immer, egal wo wir waren, ich mochte ihn nicht einölen und ich wollte mich von ihm nicht einölen lassen, im Zimmer nicht, am Strand nicht, nie, nirgendwo. Daher die Kopfschläge. Daher mein Gesicht. Immer das Gesicht. Ich drohte meinem Vater, wenn er mich nicht in Ruhe lasse, laufe ich davon, sage es der Heimleiterin und dass sie mir helfen muss. Das half für ein paar Minuten. Einmal lief ich ihm dort davon. Ich lief ihm oft wo davon. Er holte mich jedes Mal ein, bettelte, das könne ich doch nicht tun, er verspreche mir, sich zusammenzunehmen, es werde ihm nicht mehr passieren.

Am Strand in Italien konnte er machen, was er wollte, denn dort waren viele Leute. Kein einziges Mal hat dort jemand etwas dagegen gesagt. Getan sowieso nicht. Ach ja, doch: Beim Essen saßen wir in der schwarzen Gewerkschafterpension einmal mit einer attraktiven Frau und ihren zwei hübschen Töchtern am selben Tisch. Die Töchter waren fünfzehn und sechzehn. Ich schämte mich vor ihnen und war geschlechtsreif. Die Frau machte sich über meinen Vater lustig, verachtete seine Tischmanieren, wie er esse, redete ihn auf die an. Das war mir aber auch wieder nicht recht. Mein Vater wollte ohnehin immer, dass ich auf die ihm schön scheinende Weise esse. Die tätige Verachtung seitens der weiblichen Wesen am Tisch war sehr anstrengend für mich, was ihnen aber egal war. Mein Vater hat als Kind ja die Klostersuppen gegessen, und die Kinder haben einander in die Suppen gespuckt, damit dann jeder die Suppe von dem bekommt, dem er reingespuckt hat und der der Schwächere war. Die meisten gaben ihre Suppe trotzdem nicht her. Aber ein paar doch. Dadurch wurde er satt. Armenausspeisung eben. Und die Schwächsten haben sie zu Boden geworfen und sich selber und sie entkleidet und auf die ejakuliert haben sie, so viel sie konnten. Lustig soll das gewesen sein. Uriniert sowieso. Was immer gerade anfiel.

Mein Vater hat mich immerhin nie bei Tisch angespuckt. Er sagte jetzt zur schönen stolzen Frau am Tisch, sie sei unverschämt. Sie ließ sich nicht einschüchtern, aber mir, wie gesagt, nützte das nichts, sondern schadete es. Sie machte sich bei jedem Essen, das durch die Hausordnung zwangsläufig gemeinsam war, über meinen Vater lustig. Das war jetzt mein Problem. Auch legte mein Vater sich stundenlang in die Sonne. Ich musste dann in der Sonne daneben liegen und warten. Die stolze Frau fragte mich, ob das nicht unangenehm sei so. Ich sah sie an. Sie lächelte, schaute weg. Ich auch, ich sagte kein Wort, schaute zu Boden. Das Schauen der Leute kann einen stundenlang schaudern machen, weiß ich. Alle Faschisten faschieren alles, weiß ich auch. Es musste sich jeder Mensch erst eine Existenz schaffen. Überall nach dem Krieg war das so. Hier im Ort die Leute auch. Das erklärt viel. Die Leute damals waren frei. Ich war nicht frei. Im Gewerkschaftshaus in der Stadt, in einem

Büro, zog mein Vater mir die Hosen aus, weil die Sekretärinnen und einer der Männer dort nicht glauben wollten, dass ich ein Bub bin, aber da war ich noch ganz klein. Das war ein Lachen. Ich habe nicht gelacht. Meine Haare ließ mein Vater mir dann am selben Tag auch schneiden, damit es ein für alle Mal klar ist, welches Geschlecht ich habe.

Als ich mit dem Vater allein in Venedig war, stank das Wasser und die Glasbläser widerten mich an. Mein Vater brachte damals die junge italienische Reiseleiterin dauernd zum Lachen und sie turtelten. Sie solle ihn in einem fort fotografieren. Mein Vater wollte bei jeder Gelegenheit fotografiert werden in seinem Leben. Wenn jemand jemanden ganz anderen als ihn ablichten wollte, stellte mein Vater sich mitten ins Bild.

49

Seele ist Schmetterling, Mädchen ist Augapfel, Seppi ist im Altersheim, ich weiß nicht, wo jetzt, seit vier Jahren ist er im Altersheim. Wir sind zusammen in die Schule gegangen, wir sind gleich alt, im April werde ich siebenundzwanzig. In der Schule habe ich wegen Seppi oft gerauft und wir waren immer Freunde. Als wir jemanden aus der Klasse beschreiben sollten, gab ich ihnen schriftlich, dass er nicht stinkt und dass er in Ruhe gelassen zu werden hat. Wenn er eine Strafaufgabe bekam, fragte ich die Lehrperson, ob ich an seiner statt die Strafaufgabe machen dürfe. Er tratschte nämlich gerne. Dafür hätte er aber kein einziges Mal bestraft werden dürfen. Er kam in dem Jahr ins Altersheim, als ich Gurki tot auffand und dann der Wirbel im Ort hier war.

Einmal in der ersten Klasse haben Seppi und ich gerauft. Ich war groß, fett, konnte gut raufen, weil ich keinerlei Wucht durch mich durchspürte. Auch machte meinem Kopf in der Schule nichts etwas aus, weil ja mein Vater sowieso immer draufschlug. Ich habe Seppi, der nicht stark war, zum offenen Fenster gedrängt. Er hat sich sehr gewehrt. Dann hat er mir plötzlich in die Augen geschrien, ich solle ihn doch gleich aus dem Fenster werfen. *Dass ich hin bin*, schrie er. Der schrie ganz leise. Der konnte ganz leise *Bring mich doch gleich um, dass ich hin bin* schreien. Er schaute mich an, ich ließ ihn los, wir gingen beide schnell vom Fenster weg. Seit damals waren wir Freunde. Es war für ihn klar gewesen, dass ich ihn da runterwerfe. Er hat dreingeschaut, als ob er es geschehen lassen wird. Das erfinde ich nicht, sondern das war so. Seppi war nicht der letzte Dreck. Wir kannten uns aber immer nur von der Schule her. Wir hatten nichts sonst miteinander zu tun. Das war, weil ich nicht fortdurfte und er ganz woanders zu Hause war. Seine Eltern haben einmal ein lebendes Schwein bei uns gekauft. Er sagte damals zu mir, mich hätten sie zu Hause sowieso nur, damit meine Eltern mich mästen und abstechen. Er lachte darüber in einem fort. Außerdem bekäme ich jetzt die schlechte Betragensnote, sagte er, er habe die Lehrerin die Note eintragen sehen. Sie mache jetzt Ernst. Sie hatte mich wiederholt verwarnt, weil ich manchmal jemanden, der mich ärgerte, schwuppdiwupp durch die Luft warf. Mit Kleineren und Schwächeren machte ich das aber nie. Aber mit den Großen schon. Ich kam sonst nicht gegen die an. In der letzten Volksschulklasse war das.

Seppi kam dann in den Zweiten Klassenzug. Ich habe ihm und seinem Bruder zum Abschied alle meine Comichefte geschenkt. Die waren für mich das Paradies gewesen. Aus den Heften erwuchs mir alle Ruhe auf der Welt. Die Comicfiguren und der liebe Gott machten immer alles wieder gut. Ich hatte alle Hefte selber geschenkt bekommen. Die zwei jungen Frauen, die mir das Geschenk machten, waren viel älter, erwachsen, und die eine beim Reden und Hören behindert. Die schenkten mir, weil sie mir etwas Gutes tun wollten, die Hefte, welche wirkliche Wertgegenstände waren. Die gute Welt waren die Hefte für mich. Weil ich Seppi und seinen Bruder mochte und ihnen nicht anders zu helfen wusste, schenkte ich Seppi mein mir auf der Welt liebstes und einzigstes Gut. Bin dann in die verrückte Schule in die Stadt. *Wenn der Uwe das Gymnasium nicht schafft, schafft es niemand*, sagte eine Lehrerin zu meinem Vater. Ich wollte dort aber nicht hin, sondern bei den anderen Kindern bleiben. Ich mochte die. Die mich endlich auch.

Einmal haben Seppi und ich einander wiedergesehen und keine drei Minuten miteinander geredet. So war ich damals. Er erzählte mir, dass er zu Hause bleiben und die Wirtschaft übernehmen werde. Mir ging es gut, weil er mir das sagte. Wir lächelten einander an. Zwei Jahre nach dem Tod meines Vaters war das Ganze. Seppi fuhr gerade mit seinem kleinen Moped an mir vorbei, und sein älterer Bruder erlernte gerade den Installateurberuf. Seppi, obwohl der jüngere der beiden Brüder, hatte jetzt für immer seinen Platz zum Leben. Denn der ältere Bruder ließ ihm den liebevoll und war froh darüber, selber von zuhause fortzukommen. Seppi freute sich, mich wiederzusehen, erkundigte sich nach meinem Vater. Auch deshalb mochte ich nicht länger reden. In der Schule hatte es geheißen, Seppi habe als kleines Kind durch ein paar Zeckenbisse ein paar Mal hintereinander Gehirnhautentzündungen bekommen und jetzt habe er dadurch die Probleme in der Schule. *Er wird leben können*, dachte ich, als wir einander auf der Straße nach sechs, sieben Jahren zufällig begegneten. *Er ist glücklich. Es wird alles gut ausgehen.* Und als ich knapp über zwanzig war, bin ich einmal an Seppis Wirtschaft vorbeigegangen, als ich zur Tante und zum Onkel in den anderen Ort gegangen bin. Und beim Zurückgehen bin ich, weil meine Mutter irgendetwas brauchte, ins Haus. Seppi konnte nicht mehr gehen und sein Urin floß im Haus überallhin. Auch vor mir. Und mir zu. Seppi trank Most und freute sich. Ich solle ihm doch vom Militär erzählen und vom Autofahren und wie das sei ohne Vater und wiederkommen. Seppi konnte nichts halten vom Nabel abwärts. Seine Mutter war alleine mit ihm beschäftigt. Seppi sagte, er sei jetzt schon drei, vier Jahre so, sei gestürzt. Seiner kleinen Schwester sei nichts passiert, die sei hinten gesessen. Die Kette sei plötzlich vom Rad gefallen. Er habe sich ein paar Wirbel verletzt und einen Wirbel gebrochen. Als ich meinem Freund Nepomuk von Seppis Unfall erzählte, sagte Nepomuk zornig: *Der Seppi ist immer schon dumm gewesen*, und ihm, Nepomuk, könne so etwas nicht passieren. *So blöd kann man gar nicht sein, dass einem so etwas passiert.* Und als Seppi drei Jahre später auf die Psychiatrie gegeben wurde und ich das Nepomuk erzählte, sagte Nepomuk: *Naja. Der Seppi war immer schon so aggressiv. Man kann in so einem Fall gar nichts anderes machen.* Es hat Nepomuk nie gerührt, was mit Seppi war. Menschen sind eben nur Messer, ich war zu lange Kinderbesteck.

Der Magendurchbruch, Seppis Mutter starb plötzlich daran, als Seppi dreiundzwanzig war. Und Seppis Vater ging dann in den Räuschen sofort auf Seppi los. Seppi sei schuld, hieß es dann, man komme nicht mehr mit ihm zurande. Deshalb kam er auf die Psychiatrie und ins Altersheim. Seine Schwester sagte zu meiner Mutter, sie haben nichts anderes tun können. Sein Vater und er hätten einander sonst umgebracht, der Gelähmte den Trinker, der Vater den Sohn. Es war ja auch niemand mehr da, Seppi zu pflegen. Nirgendwann habe ich ihn besucht. Seppis Bruder hat geglaubt, dass ich Seppi helfen kann. Es war damals, wie gesagt, gerade die Zeit, als es im Ort von mir hieß, dass ich verrückt geworden sei, ein Gespenst, das die Leute früher oder später anfallen wird. Demnächst. In Gurkis Todesjahr war das alles, wie gesagt, und ich war sehr allein. Ich half Seppi nicht, weil ich Angst vor der Übermacht hatte, und ich verfluchte mich, es solle mir niemals gutgehen in meinem Leben, solange es Seppi nicht gutgeht in seinem. Erst wenn ich Seppi helfe, ihn bei der ersten mir möglichen Gelegenheit dort raushole, soll es mir wohlergehen auf Erden. Erst von diesem Moment an.

Seppi hat das niemals etwas genützt. In einem Comic stand, dass es ein behinderter Zeichner mit dem Mund male. Und Fix und Foxi und Kukuruz, welche meine Lieblingsfigur war, waren meine Freunde gewesen, der Page auch, ich wollte Page werden seinetwegen. Einmal war der schwarze Kater Felix bei den Hopiindianern, beim Schlangentanz, und einmal fiel er vom Mond, weil der beim Abnehmen zu klein geworden war. Was ich verzweifelt war und was ich glücklich war – geholfen hat das Seppi in seinem ganzen Leben kein einziges Mal. Ich wäre als Kind gerne Comiczeichner geworden. Damit kann man Menschen Freude machen und freut sich selber immer, habe ich geglaubt. Man kann Seppi immer eine Freude machen. Er ist für immer dort. Man kann ihn immer besuchen und ihm immer etwas mitbringen. Er fiel vom Mond. Er war zu sehr aufgefallen. Nepomuks ältester Bruder machte oft den Scherz, zu jemandem *Du fällst auf!* zu sagen. Ernst meinte er das aber auch. Man durfte nicht auffallen. Ich kann mich an kein einziges auffälliges Kind erinnern, dem damals in der Schule von den Lehrerinnen geholfen worden ist. Seppi hat Nepomuks Mutter nie geholfen. Aber es kann wirklich sein, dass sie ihm die Sonderschule erspart hat. Vielleicht hätte Seppi nie in das Altersheim müssen, wenn er nicht inkontinent gewesen wäre. So einfach ist das alles.

Noch einen Seppi gab es im Ort, diesen Seppi mochte Nepomuk sehr. Und mit dessen Bruder war Nepomuk sogar befreundet. Dieser Seppi konnte vor Kinderlähmung nicht gehen. Als wir als Kinder spielten, lachte er einmal ganz laut und hörte nicht auf, weil er sich freute. Da hat ihn seine Großmutter ein paar Mal hintereinander angeschrien, warum er so lache. *Lach nicht! Lach nicht so! Hör zu lachen auf!* Ich freute mich immer, wenn er mich und ich ihn zum Lachen brachte. Aber die Großmutter fürchtete sich, wurde immer wütender. *Was bist du für ein Mensch*, jammerte sie und schaute ihren Enkel bitterböse an. Nepomuk kennt dieses Seppis Bruder von der Katholischen Jungschar her gut. Dieser Bruder sorgt sich sehr um diesen Seppi, ist musikalisch, lernt ein Musikinstrument, liebt ein Mädchen, studiert technische Chemie, würde gerne Priester werden. Das ist aber nicht möglich, weil er heiraten will. Mein Seppi hat niemanden. Das bleibt so. Mich auch nicht. Daher ist er im Heim. Im Heim ist er nicht allein. Mein Seppi läuft niemandem davon. Als Kind, wenn alle aufs Feld mussten, ich dann auch zum Mithelfen, waren, wo immer wir waren, auch immer Kinder, und mit denen durfte ich für eine Zeit spielen. Das half mir. Man kapiert nichts, wenn man die Zufälle nicht schätzt. Mein Seppi ist aber aus der Welt geschafft. Das ist ein dummer Zufall.

Mit 18 Jahren habe ich viele Fotos von mir weggeworfen. Auf denen war ich ein Säugling und dann ein und zwei Jahre alt. Ich habe die Fotos nicht ertragen. Ich konnte nicht verstehen, dass jemand dieses Kind umbringen wollte und zu jeder Zeit quälen konnte, wie er wollte. Ich hielt die Fotos nicht aus, das Kind, dass man dem so etwas antun konnte. Ein liebes Kind, nichts sonst, war das. Ich zerriss die Fotos und warf sie weg und verbrannte sie. Vielleicht habe ich die Unschuld in Sicherheit gebracht. Vielleicht aber habe ich das Kind umgebracht. Vielleicht auch habe ich beides getan. Ich weiß es nicht. Ich verstehe es nicht. Ich habe die Bilder nicht ertragen. Es war, als ob das Leben keinen Sinn habe. Den nie haben werde. Ich habe, glaube ich, die Bilder in Sicherheit gebracht, mein Leben. Die Klassenfotos, auf ihnen betrachte ich Seppi. Wozu?

50

Christian hat sich nicht gerne erhängt. Wollte das im letzten Moment nicht. Mit beiden Händen zwischen Strick und Hals ist er aufgefunden worden. Lustig ist es gewesen im Gasthaus, sein Ziehharmonikaspielen in der letzten Nacht auch. Man redet Christian nichts Gutes nach. Zu den neuen Wirtsleuten kam dann der Pfarrer von hier, um die Sache in Ordnung zu bringen. Sie haben ihn um Hilfe gerufen, weil es schrecklich spuke. Der Priester kam damit in die Zeitung. Er hat den Dachboden des Wirtshauses mit Weihwasser ausgesprengt, um den erhängten Christian zu vertreiben, damit dieser Ruhe und Frieden findet in Gott. Ein paar Jahre nach dem Selbstmord waren die dann endlich eingekehrt. In dem Gasthaus war mein Großvater oft gewesen. Ich habe Christian nur einmal in meinem Leben gesehen. Er hat meinem Großvater und mir sein neues Gasthaus gezeigt. Er hatte alles umgebaut. Wie ein nobles neues Hotel wäre es jetzt gewesen, stünde es in einem anderen Ort. In der Stadt zum Beispiel. Christian erzählte dem Großvater, was er schon zustande gebracht und was er noch weiter vorhatte. Für nichts und wieder nichts war die Schönheit. In Summe mit uns und ihm saßen drei Leute im Gasthaus und die tranken billig. Er führte uns in die Küche. Die war sein größter Stolz. Entsetzt war niemand, den ich sah und hörte, über Christians Tod. Doch, Nepomuk. Der lebte in derselben Straße. Neben Christians Gasthaus liegt wie gesagt ein Acker meiner Familie, zwei, drei Tage Arbeit, wenn man beim Arbeiten zu fünft war, waren es immer.

Der ewig besoffene Pfarrer, den die Leute aus nah und fern aber so mögen, trieb den Spuk damals gerne aus. Eine Touristenattraktion ist der Pfarrer inzwischen, er ist lustig und daher ist alles lustig. Nepomuk mag den Pfarrer sehr. Seine Mutter mag den Pfarrer auch sehr. Nepomuk hat ihn einmal ein schweres Kreuz samt Jesus ganz allein im Finstern über den Kirchenhof tragen sehen. Und einmal hat Nepomuk sich bei ihm wegen des Zölibats beklagt, weil er ja gerne Priester werden würde. Der Pfarrer erklärte ihm, den Zölibat müsse es geben, denn sonst würden die Leute glauben, die Priester seien homosexuell. Am Anfang, als der Priester in den Ort kam, hatte er dauernd Autounfälle. Er war Gefängnisseelsorger gewesen. Dort soll er aus Verzweiflung zu trinken angefangen haben, sagte Nepomuk, und dass der zuerst erlernte Beruf des Pfarrers Installateur gewesen sei.

Ich habe niemanden getroffen, der Christian mochte, weder vorher noch nachher. Christian war sehr beliebt, ich scherze nicht. Christian wollte nicht. Sterben auch nicht. Die Leute hier sagten: *Dem Christian ist die Luft weggeblieben*, und lachten. Nepomuk gefiel nicht, wie sie scherzten, er trug den Sarg mit. Man habe Christian wie gesagt nichts angemerkt, er sei besonders lustig und leutselig gewesen in der Nacht, habe mit Freude vor den Gästen musiziert, sei dann nach der Sperrstunde sofort raufgegangen mit seiner Ziehharmonika. Sein Ziehvater oder sein leiblicher, was weiß ich, wer wer war, sein Ziehvater, es war aber schon die Mutter auch, hat ihn einmal ins Gefängnis gebracht, weil sich der Ziehvater, oder wer der war, und der Sohn geschlagen haben und der Sohn dabei gewonnen hat. Die Säge neben dem Gasthaus brachte viel Geld. Sie hatten viel Grund gehabt und den verkauft. Christian hat sinnflehend groß das Gasthaus wiederinstandgesetzt. Er hatte den Beruf gern erlernt und die Küche war wie gesagt erstklassig eingerichtet. Landgasthaus, ein Haufen Besoffener. Sein Eigentum war das Haus jetzt aber endlich, er hatte getan, was er erträumt hatte. Er war knapp über dreißig jetzt und wozu. Er hat dann wegen irgendwas den Führerschein verloren, hätte ihn durch den Bürgermeister leicht wiederbekommen, in ein paar Tagen hätte er ihn wieder haben können. Der Gemeindesekretär soll es ihm gesagt haben. Christian hat sich aber stattdessen umgebracht. Er hatte eine Frau, nein, nicht mehr. Hätte er auch wieder haben können. Die Kinder hatte er nicht mehr. Die Feuerwehr war beim Begräbnis zugegen. Und der Musikverein. Christian war überall Mitglied im Ort. Unser Pächter mochte ihn nicht. Er werde nichts dazu sagen, sagte er zu mir. Das sei alles unnötig gewesen. Dann arbeitete er etwas beim Weidezaun, summte dabei: *Gut ist's 'gangen, nix ist g'scheh'n. Alle hab'n s' g'schaut, niemand hat was g'seh'n.* Den Christian mochte wie gesagt niemand, er war sehr beliebt. Von unserem Pächter sagt man, er könne alles selber und ganz allein auf sich gestellt und würde an jedem Ort der Welt überleben. Christian hingegen brachte sich selber um, als er allein war.

Man muss nun einmal die bösen Augenblicke überstehen, man darf sich von ihnen nicht beeindrucken lassen. Sie gehen vorüber. Die Väter der zwei Mädchen Doris zum Beispiel haben das nicht gewusst und sich auch erhängt. Die Mutter der einen Doris sagte jetzt einmal, im Bett nehme sie es noch mit jeder Jungen auf. Mit dieser Doris bin ich zusammen in die Volksschule gegangen, damals hat sich ihr Vater gerade erhängt. Sie ist jetzt verheiratet, hat ein Kind. Mit der Mutter der anderen Doris war meine Mutter von Kindheit an befreundet. Als die Kinder ganz klein waren, hat sich der Vater erhängt. Meine Mutter gibt mir diese Kinder immer zum Vorbild. Vier kleine Kinder, eines im Mutterleib, und der hängt sich auf. 25 Jahre war er alt. Er hat bei der Tankstelle gearbeitet. Es hieß, er habe monatelang seine Freunde gratis tanken lassen. Gewaltige Geldprobleme habe er dadurch bekommen. Außerdem sei so etwas kriminell. Und zugleich mit seiner Ehefrau sei noch eine Frau schwanger gegangen von ihm. Mein Vater fragte bei der Tankstelle nach. Schaute finster. Berichtete. Tot war tot. Und dann kam der andere Tankstellenpächter, der eben, dem ich dann am liebsten die Flasche auf dem Schädel zerschlagen hätte. Die eine Doris war auch sehr nett zu mir, selten ein Mensch in der Zeit war so freundlich wie sie, aber ich hatte Angst. Vor ihrem toten Vater. Sie war verletzlich. Aus allen sei etwas geworden, sagte meine Mutter oft zu mir, und wie schwer die es alle gehabt haben. Doris' Mutter, welche von klein auf mit meiner Mutter befreundet war, war sehr katholisch und die Familie hatte durch die Nazis viel besser gelebt als zuvor. Es waren zu viele Kinder am kleinen Hof gewesen, so dass nicht für alle etwas da gewesen war. Meine Mutter und meine Tante waren mit den Frauen von dort zusammen aufgewachsen. Es war eine Frauenfamilie. Seit ich mich erinnern kann, hatten die Frauen dort das Sagen, weil die Männer tot oder fort waren. Die Frauen saßen alle da und schälten den Kukuruz, oder sie sammelten zusammen im Sommer im Wald Beeren für Saft und Marmelade oder Schwammerl zum Kochen oder Holz zum Heizen.

Wie viele andere gibt es, die haben es schwerer gehabt als du und aus denen wird was, sagte die Mutter oft zu mir. Ich wusste nicht ein und nicht aus, wenn sie das sagte. Sie sagte das Sätzchen immer plötzlich und ohne mir erkennbaren Anlass. Ich wusste fast nie, warum gerade jetzt. Aber sie gewann damit immer. Und ich wusste nicht, was. *Niemand tut dir etwas*, sagte sie. *Es geht dir eh schon jeder aus dem Weg.* Manchmal sagte sie: *Wir haben dir nie etwas in den Weg gelegt.* Es stimmt: Ich darf nicht vergessen, wie viele kleine Hilfen ich erfahren habe. Ich darf nicht undankbar sein. Niemand soll glauben dürfen, was er tue, sei keine Hilfe und könne daher unterbleiben. In Wahrheit helfen Kleinigkeiten und ist es gar nicht schwer, anständig zu sein. Die Hilfe, die einem hilfsbedürftigen Menschen nicht hilft, darf man aber nicht so nennen. Es gibt Zeiten, in denen hilft niemand irgendjemandem wirklich. In die Volksschule bin ich auch mit einem Mädchen gegangen, dessen Vater seine Tischlerei angezündet hat, weil er verzweifelt war, weil er kein Geld mehr hatte. Versicherungsbetrug war das und ins Gefängnis musste der Mann. Und der Vater einer Mitschülerin war Beamter beim Arbeitsamt und wurde plötzlich beschuldigt, ins Gasthaus gegenüber seinem Haus eingebrochen und dort Geld gestohlen zu haben. Mein Vater ist den Mann in der Zeit damals oft besuchen gefahren. Ich weiß nicht, warum. Der Vater war so. Solche Leute interessierten ihn. Der Mann war zerstört. Die Familie zog fort. Urteil hat es nie eines gegeben. Auch keine Anklage. Das Haus wurde verkauft. Der Mann soll verschuldet gewesen sein.

Von den vielen guten Menschen in dem Ort und was für ein
Wirbel war, als besagtes Kind groß war und wählen ging.

51

Mit der Solidarität verhält es sich im Wesentlichen wie folgt: Im Ort gab
es, als ich ein Kind war, wirklich viele Menschen, die mir helfen wollten.
Die sagten zu meiner Mutter oder meiner Tante, dass meine Mutter und
meine Tante etwas tun müssen. Sofort. Herr Holzer hieß einer. Der arbeitete alles, was anfiel, in den Gärten der Leute und alles andere eben,
weil er geschickt war und in der Rente Geld brauchte, und für einen Millionär arbeitete er auch, in einer kleinen Villa ganz in der Nähe von uns.
Einmal sagte Herr Holzer zu meiner Familie, er sei meinem Vater und
mir in der Stadt auf der Straße nachgegangen, damit er sehe, was mein
Vater mit mir mache. Es sei schrecklich gewesen, sagte er zu den zwei
Frauen. Er habe es nicht mit ansehen können und nicht gewusst, was er
tun soll. Sie müssen etwas tun, sagte er. Und was der Vater hier im Ort
mit mir auf der Straße aufführe, sei genauso schrecklich. Und noch einer
war nett, der hieß Louis. Der kam oft zu meinem Großvater und redete
immer freundlich mit mir, winkte manchmal von der Straße aus ins Auto
rein und schüttelte den Kopf und protestierte mit seinen Händen, wenn
er sah, dass mein Vater mich im Auto malträtiert. Der alte Mann Louis
war viel bei einer netten Familie zu Gast. Die waren auch gut zu mir.
Baumler hießen die. Der Sohn war ein bisschen jünger als ich und hatte
einen jüngeren Bruder und suchte freundlich meine Nähe, um mit mir
zu spielen und gewiss auch um mir zu helfen. Als wir viele Jahre später
erwachsen waren und ich den Wirbel mit dem Ort hatte, rief der Sohn
mir einmal *Du hast Ehre! Gell?* nach und lachte freundlich und zur Beruhigung.

Ein paar Leute sind im Wirbel nach Gurkis Tod freundlich geblieben,
haben auch ein bisschen geplaudert mit mir. *Wart ein bisserl, Uwe, ich
muss dich was fragen*, sagte einer, der so viele Kinder hat, Zwillinge auch.
Wenn die Angst gehabt haben, sind die zwei Buben zusammengestanden,
haben einander bei den Händen gehalten und sind fest hin- und hergeschwankt, bis sie wieder ruhig wurden. Später ist jeder in ein anderes
Land gezogen. Und ein paar Schwestern hatten die beiden auch. Bei
denen war ich oft als kleines Kind. Die Älteste ärgerte sich immer über
mich. Einmal bildete sie sich ein, ich hätte beim Auszählreim etwas
Ordinäres gesagt und beschwerte sich bei meiner Mutter. Meinen Vater
amüsierte das sehr. Ich hatte aber nichts Ordinäres gesagt. Ich hatte nur
nicht gewusst, dass es Schweif heißt beim Pferd. Der Mann jedenfalls
ist freundlich geblieben, als der Wirbel im Ort war. Die jüngste Tochter

ist auch immer freundlich gewesen. Die große Schwester war als Erwachsene aber irgendwie was bei der Partei hier oder freundschaftlich mit dieser verbunden und nie freundlich zu mir. Ich hatte aber wirklich nichts Ordinäres gesagt. Und als dann der Wirbel im Ort war, der Wirbel, der Wirbel, habe ich keinen Menschen hier mit Worten oder mit Handlungen angegriffen. Ich bin mitten unter ihnen auf und davon. Das war jedes Mal alles. Ich ignorierte sie.

Dass ich mit achtzehn angefangen habe, alles aufzuschreiben, damit ich vielleicht doch am Leben bleiben kann, und dass dann, als Gurki sich erhängt hat, durch mich der Wirbel mit dem Ort hier und den kleinen und großen Parteifunktionären war, der Wirbel, der Wirbel, der Wirbel, das ist, finde ich auch jetzt noch im Nachhinein, unausweichlich und ein Glück gewesen. Denn ich wollte ja, ich musste ja am Leben bleiben, egal was da kommt und geschieht. Das Grüßen, ich konnte die lieben Leute nicht mehr grüßen, da war nichts mehr. Mein Grüßen als Kind, das war jetzt erst vorbei. Ich war bis zu dem Wirbel ein freundliches Kind, die Kindheit war jetzt erst vorbei, immer freundlich grüßen. Kein Grüßen mehr jetzt, die nicht, ich nicht. Das war der Wirbel. Beim Wählen der Wirbel jedes Mal. Es gab für mich, als ich wirbelte, keinen Unterschied zwischen dem Ort hier und meinem Vater. Gab es nicht. Es ist mir damals, glaube ich, nichts übriggeblieben. Sie lächelten einander und mich auch auf dieselbe Art an, wie Gurki mich angelächelt hat. Konnten nicht anders. Ich auch nicht. Daher der Wirbel. Mit den Politikern fing der an. Tschernobyl war gerade und ein paar standen herum und warben noch schnell für sich und ich ärgerte mich, dass der schwarze Vizebürgermeister sonst nichts im Kopf habe als das. Und einem roten Gemeinderat riss ich meinen Stimmzettel unwirsch aus der Hand, obwohl der rote Gemeinderat mich immer freundlich angelächelt hat und mit seinem roten Trupp oft von Haus zu Haus zog, was mir an den Roten von Kind an gut gefiel. Für die Roten kassiert hat er auch, glaube ich. Aber als er mir den Stimmzettel hinhielt und lächelte, ekelte es mich plötzlich vor ihm. Sein Sohn hatte bei Nepomuk Telefonterror gemacht. Dafür machte ich, glaube ich, den Vater verantwortlich. Homosexuelle Anträge, brutale, hatte der Sohn von sich gegeben. Nepomuk war am Boden zerstört gewesen. Über ein Jahr ging der Telefonterror so. Als Gurkis Trauzeuge auch solche Anrufe bekam, stellte sich heraus, wer da so von Sinnen war. Der Sohn des roten Gemeinderates versuchte es bei Nepomuk und bei allen, die er mit ihm zusammen sah. Mir war die Sache völlig egal. Ich war immer in Ruhe gelassen, nie belästigt worden. Und ich hatte auch keinerlei Interesse. Es ging mich nichts an. Ich lachte zuerst immer, wenn Nepomuk kreidebleich von den Anrufen erzählte. Seine ganze

Familie wisse davon, alle werden terrorisiert. Weil es Nepomuk so quälte, geriet ich auch in Zorn. Aber nicht sonderlich. Nepomuk und ich hatten nie etwas Sexuelles miteinander, wir retten einander bloß das Leben. Mehr war nie mit uns. Aber der begehrliche Sohn des roten Gemeinderates gab nicht nach und stand an dem Wahltag auch blöd herum und der Vater, der wirklich nette rote Gemeinderat, war der Bruder eines ranghohen sozialdemokratischen Stadtpolitikers mit vielen Auszeichnungen und viel Einfluss von Amts wegen und durch mich plötzlich öffentlich brüskiert. Und alle Roten waren sofort solidarisch. Ich war bloß jähzornig gewesen, mir war sozusagen die Hand ausgerutscht. Eine Sekunde lang. Mich hatte vor dem Lächeln geekelt. Das war alles gewesen. Es war Gurkis Lächeln gewesen.

Der Mann vom Milchhof war dann auch irritiert. Schien sich Gedanken zu machen. Kann sein, Sorgen um mich. Er hatte immer mit dem Vater getratscht, der Mann ist strebsam und wird etwas, jetzt ist er, glaube ich, schwarzer Gemeinderat für Sport. Er erzählte meinem Vater, wie sie alle in der Familie vor dem Fernseher immer die Turnübungen mitmachen. Liebe Leute sind sie zu allen immer gewesen. Mein Vater hat in jedem Winter immer das Auto bei ihnen abstellen dürfen, weil es den Hügel zu uns rauf und runter oft nur Eis und Schnee gab. Ich ging jedes Mal weinend an meines Vaters Seite, jeden Tag in diesen Winterszeiten gingen wir zu denen zum Auto. Er brüllte los, schlug mich, daher weinte ich. So war der Weg von uns durch den Ort zu der lieben sportlichen Familie. Die redeten mit ihm jedes Mal freundlich und ich stand daneben und weinte oft sehr und ich war jedes Mal zerschlagen. So einfach war das und das Abstellen unentgeltlich. Sie waren gute Nachbarn. Grundnachbarn. Es hatte kurz Streit gegeben wegen eines Grundstückes und einer Straße und dann waren aber sofort alle gut miteinander. Denn einmal werde es mit Grund und Straße beiderseits ein gutes Geschäft geben. Wenn mein Vater und ich in der Früh durch den Ort gingen, begegneten wir oft der jungen Frau, die der Familie vorstand. Die Frau sah mich an, alle grüßten wir einander, wir sie, sie uns. Immer trafen wir jemanden auf der Straße. Ich musste der Erste sein und schnell. Wenn ich durch den Ort zu gehen hatte, wurde ich wirklich jedes Mal geschlagen und beschimpft. Wenn ich nicht schnell genug grüßte, wurde es noch schlimmer. Ich musste den Gruß schon von weitem entgegenrufen. Es war wie gesagt jeden Tag so im Winter, wenn wir vom Hügel runter zum Auto zu denen gingen. Ich war wie gesagt zerschlagen und verweint und musste aber, wenn jemand auf der Straße daherkam, trotzdem schnell freundlich grüßen. Wenn das schnelle freundliche Grüßen, herzliche, mir nicht möglich war, im Moment einfach körperlich nicht möglich war, weil mein

Körper von meinem Vater gerade eben noch in beträchtliche Schwierigkeiten gebracht worden war, wurde ich von neuem beschimpft und geschlagen. Die bekamen aber immer ihren Gruß von mir, die da daherkamen. Aber ich war eben manchmal zu langsam.

Die nette sportliche Familie, das Ehepaar, die beiden hatten kleinere Kinder, als ich ein Kind war, und mein Vater schlug vor, dass die ältere der Töchter und ich einmal heiraten. Ihren Eltern und Großeltern gefiel das ungemein. Was auch immer mir vor ihnen durch die Hand und durch den Mund meines Vaters geschah, es war nichts. Sie sahen mich an und es war nichts. Die Frau sah mich an. Die junge Familie damals – ich freute mich wirklich, weil ich sah, dass die einander alle liebhaben. Die Eltern der jungen Familie lebten auch im selben Haus. Die mochten einander alle wirklich von Herzen. Die waren geschunden, heimatvertrieben. Hatten für ihre Limonadenfabrik auf dem Balkan zum Glück eine Entschädigung bekommen, Geld, und hier im Ort den Grund und die Wirtschaft gekauft. Der junge Mann war sehr nett, die junge Frau war auch sehr nett, alle waren wie gesagt sehr nett. Sie haben nie ein Wort zu meinem Schutz gesagt, mein Vater war er selber, war bei Sinnen, war bei sich, bei ihnen. Sie schauen sehr gut auf ihre Kinder, vorbildlich. Das beeindruckte mich seit jeher. Und wie lieb die Großeltern zu den Enkelkindern waren und wie fürsorglich, dass ihnen ja nichts geschehe. Der junge Mann hat eine behinderte Schwester und zu der sind sie alle gut. Ich habe diese Familie wirklich immer bewundert, weil sie so liebevoll war, und zugleich habe ich sie nie verstanden. Sie sahen mich an und es war nichts, redeten mit dem Vater, trafen die geschäftlichen Vorbereitungen. Sie waren immer fleißig. Das alles werde ich nie verstehen können. In meiner Erinnerung waren mein Vater und ich keiner Familie im Ort so nahe gekommen. Sie hatten ja die vertragliche Vereinbarung getroffen. Wenn verkauft wird, muss abgelöst werden. Ich habe als Kind oft erbrechen müssen, wenn ich mit dem Vater gemeinsam essen musste. Mein Vater pflegte zu mir zu sagen: *Wer lügt, stiehlt und betrügt*, und dann sagte er, dass ich lüge. Und dass ich ein Judas bin und dann dass ich ein Pharisäer bin. *Du Judas! Du Pharisäer du!* Das war nicht lustig. Ich nahm es aber nie ernst.

Eine Fleischerei hat es im Ort natürlich auch gegeben. Das Ehepaar, das die betrieb, war immer freundlich zu mir. Er war Musiker und sie interessierte sich sehr für Menschen. Ich habe als Kind nicht verstanden, warum die beiden Fleischhauer waren. Ich dachte mir, das seien Menschen, die niemandem etwas zuleide tun können. Sie lächelten immer herzlich und unaufdringlich. Und er hatte immer einen roten Kopf. Sie liebten einander sehr. Die beiden mochte ich. Mit achtzehn Jahren eben habe ich angefangen, alles aufzuschreiben, was gewesen ist. Denn ich hatte große Angst, dass ich plötzlich tot bin und niemand weiß, warum, und dass alles weiter seinen Lauf nimmt, ohne dass ich etwas dagegen getan habe. Ich wollte, dass die wirklich guten Menschen wissen können, was los gewesen ist. Es dürfe den Kindern nichts mehr geschehen. Ich war mir auch immer sicher, dass es genug gute Menschen gibt. Überall seien die. Man begegne ihnen wirklich andauernd. Ich freute mich. Die gab es. Es liege also nur an mir, war ich überzeugt. Lieben können, das sei das Geheimnis. Lieben können, alles wird gut dadurch. *Ich muss lieben lernen*, dachte ich. Und manchmal tötete ich mich nicht, weil ich wissen wollte, wie es weitergeht und wo die sind.

Mit mir stimmt viel nicht. Das ist wahr. Einer von denen, die gemeinsam mit Samnegdi in der WG gewohnt haben, sagt, durch mich habe er mit ihr überhaupt nicht mehr reden können, es sei Wahnsinn gewesen, am liebsten hätte er mich rausgeworfen. Isabelle erzählt mir das, wirft mir das vor, das macht mich fertig, ich lasse mir aber nichts anmerken, Isabelle schenkt mir ein Schwein. Ich verstehe das falsch, als Beleidigung, sie weint, das Schwein solle mir Glück bringen. Ich glaube ihr das nicht. Als kleines Kind überlegte ich mir ständig, ob die anderen Menschen dasselbe empfinden und denken wie ich, und was wäre, wenn ich nicht hier auf die Welt gekommen wäre, sondern anderswo, wer ich dann wäre. Isabelle sagt, Samnegdi und ich seien blind und lassen die Leute rundum verrecken. Ich kann nicht glauben, dass das Schwein mir Glück bringen soll. *Seid glücklich – und dann sterbt!*, hat Isabelle gesagt. Die hat das gesagt. Einfach so.

Und dort unten der Bauer hat seine Katze erhängt, und jetzt, wenn er geht, läuft immer eine Katze neben ihm und schmiegt sich an seine Beine und schnurrt. Seine Frau ist zusammengebrochen, mitten in der Gartenarbeit, jede Hilfe kam zu spät für den Kopf. Daher ist sie jetzt tot. Ihr Sohn war immer sehr nett. Er war viel älter als ich. Jedes Mal, wenn er mich sah, war er freundlich. Wenn die Frau von ihrem Mann gesprochen hat, hat sie nur *mein Alter* gesagt. Sie war, als sie jung war, Sennerin gewesen. Meine Mutter und Tante holten sie immer, wenn ein Tier krank war oder bei schweren Geburten oder wenn die Ferkel zu kastrieren waren. Auf die Schnittflächen hat sie immer Schnaps geschüttet und Schweineschmalz gestrichen, sie war nett, couragiert war sie auch, die Männer gingen ihr aus dem Weg und sie ließen sich auf keinen Wortwechsel mit ihr ein, und sie suchte nie Streit. Einmal, als ich ein kleines Kind war, war sie allein mit mir und schaute mich an und hatte plötzlich Tränen in den Augen. Ich erschrak, weil ich nicht wusste, was los war. Bin im Zimmer gesessen, meine Mutter holte etwas für die Frau, die

Frau sah mich an und weinte plötzlich. Ich war guter Dinge gewesen. Die Mutter auch, die Frau auch.

52

Ich weinte als Kind oft vor fremden Menschen hier aus dem Ort, wollte mich gerade irgendwo auf dem Anwesen vor dem Vater in Sicherheit bringen, und da war aber plötzlich irgendwer Fremder und sah mich so, hörte den Vater, sah den. Vor Frauen und Mädchen und Müttern und Töchtern schämte ich mich immer ganz arg, wenn sie mich so sahen oder den Vater so. Aber mit dem Vater verstanden sich, wie gesagt, fast alle Leute gut, wenn sie zu uns kamen. Sie schauten mich an und redeten sodann fröhlich mit dem Vater. Männer, Frauen. Eine Mutter und ihre zwei Töchter zum Beispiel waren gute Kundschaft bei uns. Sie erzählten meiner Mutter und meiner Tante, dass sie am Sonntagmorgen beim Spazierengehen gleich bei uns da unten von einem nackten Mann belästigt worden seien. Mein Vater stand dabei, als sie es erzählten. Er kann es daher nicht gewesen sein. Und ich dachte mir damals aber, er müsse es trotzdem gewesen sein. Aber die redeten mit ihm. Er kann es nicht gewesen sein. Sie kamen auch weiterhin. Ich stand oft verweint vor ihnen. Schämte mich sehr. Sie sagten nichts zu mir. Wenn ich mich richtig erinnere, war der Mann der Frau, ein Techniker, Lehrer, vor ein paar Monaten gestorben. Sie waren noch jung gewesen und die Töchter waren jünger noch als ich. Die ältere von ihnen ist immer sehr nett gewesen, hat dann Medizin studiert und in den Ferien beim Arzt hier im Ort gearbeitet. Als Samnegdi mir zuliebe schon hierher gezogen war, ich wieder hierher zurück – *Nur für ein paar wenige Wochen, ein Monat, dann sind wir fort*, hatte ich Samnegdi versprochen –, war die junge Frau plötzlich tot. In der Früh war sie tot. Die lag so da. Ihre Mutter fand sie. Es war nicht klar, ob die junge Frau von selber einen Herzstillstand erlitten hatte oder ob sie etwas eingenommen hatte oder ob es Absicht gewesen war. Wir hatten beim Zugfahren mitunter viel miteinander geredet. Sie redete sehr viel. Sie war sehr resolut. Sie ärgerte sich über alles, kränkte sich schnell. Wenn sie in Zorn geriet, beruhigte sie sich schwer. Was die Leute sagten, war ihr wichtig. Die Leute mochten sie. Sie war offen. Ich verstand nicht, dass sie sich umgebracht haben soll. An ihren Zorn dachte ich dann und wie sie immer erzählte, wer was gesagt und gelogen habe.

In der Mittelschule, in die ich ging, gab es einen ganz kleinen Mitschüler, der spielte gut Fußball, ärgerte sich aber immer. Ich habe das nicht verstehen können, wie der sich wegen Kleinigkeiten ärgerte und wie das kein Ende nahm. Er hat dann ein Jahr wiederholen müssen. Und in dem Jahr dann, als die anderen ihre Matura gemacht hatten, die, die mit ihm die Schule angefangen hatten, ich auch, hat er sich mit dem Gewehr seines Vaters erschossen. Der Bursche hatte immense Spielschulden, dem Vater das Geld gestohlen, damit er es verspielen kann, hat dann das Gewehr in den Mund genommen. Ein paar Mal waren wir zusammengestanden, wenn wir nicht mitturnten. Er erklärte dem amerikanischen schwarzen Mitschüler, dessen Eltern eine Diskothek gleich neben der Schule hatten und der noch nicht gut Deutsch konnte, was Homosexueller bedeute. Ich verstand die beiden nicht, weil das ja ohnehin Englisch auch war. Er erklärte es im Detail und sehr sachlich und anschaulich, wohl ohne es selber zu sein. Der Klassenvorstand, der mir vor vielen Jahren geholfen hatte, als ich die Unterschrift meines Vaters gefälscht hatte, versuchte immer, auch dem Kleinen zu helfen. Dessen Klassenvorstand blieb er ja über die Jahre und bis zum Schluss sein Lehrer. Aber das Helfen ging nicht. Weiß der Teufel, woran es lag. Bobby war nicht zu beruhigen. Wenn er irgendetwas völlig Nebensächliches plötzlich als ein großes Unrecht empfand, drehte er durch und durch und hörte nicht auf damit. Und die junge Frau, Martina war ihr Name, war genauso, wenn sie sich aufregte. Die regten sich mehr auf als ich und ich verstand die nie. Martina und Bobby waren beliebt. Die Leute mochten die beiden. Sowohl die Erwachsenen als auch die Gleichaltrigen mochten den Burschen und das Mädchen, und jeder war zu jedem freundlich. Aber das nützte nichts. Da war irgendein Unrecht, das ich nicht verstand. Sie waren temperamentvoll und zärtlich. Das war alles, wenn es nach mir geht.

53

Eine Nachbarsfrau kam auch jeden Tag zu uns. Sie war immer bleich. Sie wurde von ihrem verrückten Bruder dauernd beschimpft, er schlug sie und brüllte lauter als mein Vater. Die Frau redete zu mir immer nur gut über ihren Bruder. Erzählte mir, als ich ein kleines Kind war, immer von ihm. Keine Ahnung, warum. Der sei so ein gescheiter Mensch und habe so viel gelesen und denke so viel nach. Einmal hat mir die freundliche Nachbarin, die von ihrem Bruder, einem Ingenieur, so gequält und erniedrigt wurde und viel zu Maria betete und von meiner Mutter im Mai Buchsbaum bekam und jeden Tag Milchkundschaft war, einen lebendigen kleinen Hasen geschenkt, damit ich eine Freude habe. Meine Mutter gab mir den Hasen nicht in meine Arme, sondern sofort in den Schweinestall. Der Hase ist in der ersten Nacht rüber zu den Schweinen und in der Früh lag er dann erdrückt und halb aufgefressen da.

Bei dem Geschwisterpaar war im Haus, im oberen Stock, eine Familie in Untermiete. Die Familie war bei den Roten. Der Mann war Tischler, glaube ich. Einer der Söhne war mein Freund. Das war der, den ich vor meinem Vater verstecken musste und der älter war als ich und zitterte. Die waren wirklich immer lieb und freundlich zu mir. Nicht viele im Ort waren so von Herzen freundlich zu mir wie die. Die haben einander alle gemocht in der Familie. (Einmal, viel später, Samnegdi lebte schon hier, kam das Ehepaar meine Tante besuchen. Der freundliche Mann erzählte mir, wie ihm geekelt habe, als er zum ersten Mal hebräische Buchstaben gesehen habe. Bei den Juden sei alles verkehrt. Die schreiben deshalb von rechts nach links. Ein paar habe er schreiben gesehen. Man sah beim Erzählen, wie es den freundlichen Mann tatsächlich ekelte, weil die so pervers seien. Und dann erzählten sie von einem gemalten Bild bei ihnen zu Hause und dann, wer der Maler sei, und dann, dass der mit Hitler im Bunker gewesen sei und ihn immer gemalt und fotografiert habe. Und dann, dass der ein Verwandter von ihnen sei. Den Grad habe ich vergessen, weil ich vor Schreck nicht nachgefragt habe. Aber es kann leicht sein, dass sie Cousins waren. Und da habe ich dann viel kapiert, was warum wer nicht. Die waren wirklich immer lieb zu mir gewesen und es geblieben, und ich war weit weg wie bei allen. Aber jetzt, jetzt verstand ich den Grund, warum mein Vater im Ort keine Grenzen hatte, weil nämlich der Ort so war, wie die Menschen waren, und die waren so, weil sie so gewesen sind und dann keine Schwierigkeiten wollten, weil sie ja neu anfangen mussten.) Die mochten mich wirklich immer alle im Ort. Der Wirbel im Ort war dann, weil ich unverschämt geworden bin. Den hiesigen Politikern gegenüber. Alle im Ort wären sonst nett und lieb geblieben zu mir. Einmal im Wirbel damals hat mir in der Stadt ein honoriger sympathischer Roter von hier zornig vor die Füße gespuckt. Zweimal. Dem bin ich auf der Straße zufällig begegnet. Seine ganze Spucke nahm er zusammen.

54

Die Hühner bei uns zu Hause haben mich immer freundlich geweckt in der Früh und ein paar Mal am Tag beruhigt haben sie mich. Als kleines Kind mochte ich die sehr gerne. Mit einer blinden Henne bin ich als Kind jeden Tag spazieren gegangen. Ich weiß nicht, ob sie mich auch gemocht hat. Hühner sind etwas Besonderes. Meine Familie lebte von denen. Wenn sie freie Zeit gehabt hätten, haben sie stattdessen an den Wochenenden die Hühner umgebracht, geschält und verkauft. Dauernd war irgendjemand da aus dem Ort und kaufte. Wir waren nie allein, immer waren Menschen da, redeten mit uns. Mit mir war ja aber nicht zu reden. Die Mutter und die Tante haben damals den Hennen den Hals durchgestochen und dann mit einem Schnitt weiter und mit dem Kopf nach unten haben sie sie zum Ausbluten ins Blech gesteckt. Von dort konnten die nicht fort. Kamen nicht vom Fleck mit ihren letzten Zuckungen. Man musste das Leben eben nehmen, wie das Leben eben ist. Jedem das Seine. Mein Großvater hat sich das Blech ausgedacht. Es war eine Erleichterung für alle, sagten sie. Reinstecken, durchstechen, kleiner Schnitt dazu. Das Blech hinterm englischen Klo war die Richtstätte gewesen. Ganz allein und ungesehen starben die vor sich hin. Man ging dann weg vorher. Die zappelten, bluteten und starben sich dort in aller Ruhe aus. Der schnellste Tod sei das so, hieß es. Ich wollte den drei weißen Hennen das Blut stillen, dass sie nicht verbluten. Ihr Zucken hielt ich für Schmerzen. Hielt die Wunden zu. Versuchte die Vogeltiere zu streicheln, damit sie keine Angst haben. War voller Blut. Keine Chance hatte ich. Wollte ihnen heimlich das Leben retten. Man kann niemandem heimlich das Leben retten, wenn es für länger und wirklich wahr sein soll. Ich konnte den Hühnern nicht helfen. Ich lief hinter das Haus zu ihrem Richtplatz weinen. Meinem lieben Großvater also verdankten wir das Blech zum schnellen Ausbluten. Meinem Vater das englische Klo. Mein Großvater aß kein einziges Stück Huhn.

An den Wochenenden und vor den Feiertagen kamen vierzig, fünfzig, sechzig, auch hundert Leute zu uns, aus dem Ort hier und aus den Nachbarorten auch. Alle um Hühner, Eier und Milch einzukaufen. Mein Vater war immer wie immer. So einfach war das, der. Die Leute waren da und er war, wie er war. Und die Katzen zogen an den Eingeweiden, rauften in einem fort um die, aber es war genug für alle da. Von einer weißen Katze erzählte mir mein Großvater oft, die habe immer zuletzt gegessen, obwohl sie die größte und kräftigste und gewiss das ranghöchste und beim Raufen das stärkste Tier gewesen sei. Die habe immer vor der vollen Milchschüssel auf die anderen Katzen am Hof gewartet, und erst, wenn die anderen eine Zeitlang getrunken hatten, habe sie zu trinken begonnen. *Bei den Roten geht's nicht so manierlich zu*, sagte er. Fünfzehn Katzen hatten wir einmal am Hof. Die lebten auch von den Hühnern, genauso wie wir.

Ein Kükenhändler kam von Berufs wegen oft zu uns, als ich ein Kind war. Der war ein Deutscher, klein, dick, saß bei uns, rauchte seine Zigarren, trank unseren Schnaps. Manchmal fuhren wir zu ihm. Seine Kinder mochte ich. Er sagte jedes Mal Daniel zu mir statt Uwe, wenn er bei uns saß, und lachte viel. Einmal sagte er, er verstehe nicht, warum er meinen Namen immer verwechsle, und fragte mich, wer Daniel gewesen sei, und erklärte mir, dass Daniel ein Held sei und in der Bibel stehe. *Daniel ist in eine Löwengrube geworfen worden, aber die Löwen haben ihm nichts getan*, erklärte mir der Kükenhändler, und dann sagte er freundlich zu mir: *Du bist ein Sonnenschein.* Er bekam schwer Luft, weil er so dick war, viel Schnaps trank und Zigarren rauchte.

Einmal geriet in der Nacht, bevor er zu uns kam, irgendein Raubtier, ein Fuchs oder ein Marder, mitten unter unsere Hühner, biss die meisten tot und ließ die dann aber sein, weil es nicht alle mitnehmen konnte. Und ein paar von den Hühnern lebten auch noch, waren aber zum Sterben, hockten nur da. Und ein paar saßen wohl nur vom Schock zum Sterben da, obwohl das Tier sie gar nicht angebissen hatte. Kein einziges der Hühner konnte sich mehr rühren. Die warteten auf den Tod. Normalerweise kommt das Tier, das sie angefallen hat, dann wieder, holt sich eines nach dem anderen. Die Hühner wurden notgeschlachtet und verkauft. Ein Türke kam damals auch zu uns, ein Gastarbeiter aus einem anderen Ort in der Gegend. Der Türke wollte ein paar lebende Hühner kaufen, weil er sie selber schlachten wollte, weil sein Glaube so war. Er sagte, er habe viele Freunde, die würden auch gerne und viel zu uns einkaufen kommen, wenn sie die Tiere lebend kaufen können. Der Vater sagte, der Türke bekomme kein lebendes Huhn von uns, denn das wäre Tierquälerei. Man wisse ja nicht, was er mit den Hühnern macht. Eine Melkmaschine wollte mein Vater. Dadurch wäre weniger Arbeit und mehr Zeit für die Familie, sagte er. Die Frauen ärgerte das, die wollten das nicht. Grundstücke wollte er auch tauschen, damit die Wirtschaft in den Flächen zusammenhänge. Da wurden die Frauen zornig. Über ihr Eigentum habe er nicht zu bestimmen.

Vom Wesen der Politik überhaupt und wie durch es ein
Mann mit Familie in seinem 45. Lebensjahr alles verloren
hat, aber ein paar Bescheinigungen bekam, worauf sogar
der Staatspräsident ihm recht gegeben haben soll.
Ein Minister mochte ihn leiden und sie hatten oft
fördernden Umgang miteinander.

55

Mein Vater verwahrte alle seine Dokumente von früher in einem großen Koffer. Der war vollgestopft und den öffnete er, seit ich Erinnerung habe, nie. Auch ich tat das nie. Bis gestern. Im Aktenmaterial finden sich von ihm mit Hand abgeschriebene Paragraphen aus dem Strafrecht sowie aus dem ABGB zu den Tatbeständen *Herabwürdigung, Untüchtigkeit, öffentliche Beschimpfungen oder Misshandlungen.* Ich sehe sonst nichts Handschriftliches. Nur die Unterschriften dann noch.

GEMEINDE H., 28. JÄNNER 1955, BESCHEINIGUNG FÜR FRANZ ALOIS L.: *Seine Verehelichung erfolgte am 8.11.1943. Kinder hatte Genannter keine zu versorgen, jedoch seine im selben Haushalt lebende Mutter, daher war L. schon vor seiner Verehelichung einem Verheirateten gleichgestellt. Zwillinge, die in seiner Ehe geboren wurden, sind am selben Tag verstorben. Am 6. Dezember 1944 wurde L. mit seiner Mutter in G. durch Bombenvolltreffer total ausgebombt. Ab 20.3.1941 Pioniereinheit Feldpost Nr. 25514, ab Ende Juli 1941 Grenzwache Abwicklungsstab 195, ab September 1941 Festungspionierstab 30, ab Feber 1942 Festungsdienststelle Südost, ab September 1944 Auffangstab-Jüttner-Aktion. Ab 11.11.1935 war L. Angehöriger des [...] Heeres und diente als Berufssoldat bei der Dragonerschwadron 5. Aufgrund einer im Dienst zugezogenen Meniskusverletzung am rechten Knie wurde L. operiert und schied als vorübergehend dienstunfähig aus dem aktiven Wehrdienst als Berufssoldat aus. Seit 15.2.1938 Feldwebel. Als Unterlagen sind beigeschlossen: 1 Geburtsurkunde für Franz L., geboren 19.5.1944, 1 Geburtsurkunde für Alois L., geboren 19.5.1944, 1 Sterbeurkunde für Franz L., gestorben 19.5.1944, 1 Sterbeurkunde für Alois L., gestorben 19.5.1944*

BESTÄTIGUNG, TIERARZT DR. BARTH, H.: *Franz L. hat sich seit seinem Eintreffen in H. November 1944 in der Gruppe H. der [...] Widerstandsbewegung aktiv betätigt. Er arbeitete zuerst in der Propaganda und wurde dann als Verbindungsmann zwischen den einzelnen Gruppen gebraucht. An seiner*

Einsatzbereitschaft bestand bei uns nie ein Zweifel. Dr. Barth e.h. als Leiter der Widerstandsbewegung im G.tal

AUSWEIS, DER BÜRGERMEISTER VON H. SOWIE DIE ORTSPOLIZEIBEHÖRDE H., 12. JULI 1946: *Herr L. Franz, geboren am 3.10.1914, ist Leiter der Ortspolizei bei der Gemeinde H. Franz L. is chief-police-man, employed in community. H., Der Bürgermeister.*

DIENSTBESCHREIBUNG, MARKTGEMEINDE H., 30. MAI 1953: *Herr F. L., als Beamter der Marktgemeinde H. ist intelligent, redegewandt mit konzilianten Umgangsformen, führt die in seiner Abteilung anfallenden Agenden anstandslos. Genannter besorgt die Geschäfte des Gemeindesekretärs, ist Standesbeamterstellvertreter und vertritt die Person des Amtsdirektors. L. besorgt die in seiner Abteilung anfallenden Arbeiten mit Geschick und hat bisher noch keinen Anlass zu Klagen und Beschwerden gegeben. Der Bürgermeister e.h. Dienstsiegel. Für die Richtigkeit der Ausfertigung: Der Amtsdirektor.*

QUALIFIKATIONSBESCHREIBUNG FÜR DAS JAHR 1953/54: *Das Fachwissen des F. L. beschränkt sich hauptsächlich auf Wohnungsfragen, dieses Rechtsgebiet war Prüfungsgegenstand bei seiner C-Prüfung. Auf allen übrigen Gebieten ist sein Wissen äußerst dürftig. Trotz abgelegter C-Prüfung kein umfangreiches Fachwissen. Versieht seinen Dienst mit gespielter Beflissenheit, jedoch ohne besonderes Pflichtbewusstsein; wälzt ihm aufgetragene Arbeiten mit Vorliebe auf Kollegen ab, durchschnittlicher Fleiß, absolut keine Wendigkeit und wenig Arbeitserfolg. Im Umgang mit Parteien gewandt. Auftreten und Umgangsformen sind einwandfrei. Hat äußeren Dienst nie geleistet. Besitzt keine Sprachenkenntnisse. Als Gemeindesekretär kein genügender Erfolg. Durch seine Anbiederungsgabe und Überredungskunst versteht er es, sich bei allen maßgeblichen Personen ins beste Licht zu setzen und seine Unwissenheit zu verschleiern. Eignet sich in keiner Weise zum Gemeindesekretär. Beherrscht weder Stenographie noch Schreibmaschine, die deutsche Sprache nur mangelhaft. Seine derzeitige Tätigkeit entspricht nicht der Tätigkeit eines Gemeindesekretärs. Erfüllt in keiner Weise die fachlichen Voraussetzungen. Der Bürgermeister e.h., Dienststempel.*

Als Bürgermeister der Gemeinde H. erlaube ich mir, aufgrund der von mir gemachten eigenen Wahrnehmungen noch Folgendes anzuführen: Seine schriftlichen Berichte sind rein potisch *(formell) unmöglich. Mir persönlich wäre unvorstellbar, L. als Sekretär einer kleineren Gemeinde wie z.B. H. zu sehen, wo der Sekretär in allen Fachgebieten halbwegs versiert sein muss. Umso untragbarer ist jedoch der gegenwärtige Zustand für eine Gemeinde wie H., wo doch der Sekretär das Rückgrat der Gemeinde – und auch des Bürgermeisters – sein soll. Als z.B. die großen Wahlarbeiten begannen, ging L. auf Urlaub. Beim Ausschreiben der Lohnsteuerkarten habe ich festgestellt, dass ein neben L. arbeitender angestellter Kriegsversehrter (einarmig) doppelt soviel leistet als L. mit beiden Händen. Bei seinen Kollegen und Kolleginnen ist er begreiflicherweise nicht sonderlich beliebt. Im übrigen würde sich als zweckmäßig erweisen, hinsichtlich der abgelegten Verwaltungsdienstprüfungen die Prüfungsunterlagen einzusehen. Diese Beurteilung entspricht beileibe nicht einer negativen Einstellung meiner Person L. gegenüber, sondern lediglich den von mir persönlich im Laufe der Zeit gemachten Wahrnehmungen. Die in der vorliegenden* Qualifiaktionsbeschreibung *gemachten Angaben können jederzeit überprüft werden. Unterschrift des überwachenden Organs: Der Bürgermeister e.h., Dienststempel.*

SACHVERHALTSDARSTELLUNG, FRANZ L. GEMEINDEBEAMTER, MARKTGEMEINDE H. H., DEN 27. MAI 1954: *Ich wurde laut Gemeindeausschussbeschluss im Jahr 1947 zum Beamten auf Lebenszeit unter gleichzeitiger Einstufung in die Dienstpostengruppe V Verwendungsgruppe B, Gehaltsstufe 2, ernannt. Bei der Einstufung war maßgeblich meine Dienstbeschreibung sowie die Größe und Art meines Aufgabenbereiches. In diesem Beschluss fehlt jeder Hinweis auf eine Auflage. Hochachtungsvoll Franz L.*

SACHVERHALTSDARSTELLUNG, H., 16. AUGUST 1954: *Bei dem von der Gemeinde beschlossenen Stellenplan ist unter Verwendungsgruppe B ausdrücklich angeführt, dass in diese Verwendungsgruppe auch besonders bewährte Angestellte eingereiht werden können. Nicht ich selbst konnte mich als besonders bewährter Angestellter bezeichnen, um in die Verwendungsgruppe B eingereiht zu werden, sondern lediglich der Bürgermeister mit dem Amtsdirektor und die Gemeindevertretung. Dass ich mich nicht besonders bewährt habe, wurde von keinem der damals bei der Beschlussfassung meiner Pragmatisierung Anwesenden behauptet. Weiters möchte ich bemerken, dass ich ohne anzusuchen pragmatisiert und auch definitiv eingestellt wurde. Franz L.*

STELLUNGNAHME FRANZ L., GEMEINDESEKRETÄR DER MARKTGEMEINDE H., H., DEN 26.12.1954. HERRN DR. VEIT, RECHTSANWALT: *Hiemit bringe ich zur Kenntnis, dass dies nicht den Tatsachen entspricht, dass zur gleichen Zeit, als ich pragmatisiert wurde, ein besser geeigneter Bewerber vorhanden gewesen ist. Der in der Gegenschrift der Landesregierung angeführte*

Harkler war vorerst längere Zeit wegen seiner Tätigkeit bei der ehemaligen NSDAP (rassenpolitischer Leiter) in Haft. Derselbe war dann angeklagt. Das Verfahren wurde aufgrund der allgemeinen Amnestie eingestellt und Harkler mit 4.11.1947 als Minderbelasteter registriert. 1932 bis zum Parteiverbot Mitglied der NSDAP. SA-Mitglied seit April 1938. NSDAP-Mitgliedsnummer 1,2xxxxx. Der selbe war in W. N. wohnhaft und als Gemeindebeamter tätig. Seine politische Tätigkeit dürfte sich ebenfalls in W. N. abgespielt haben. Seit Kriegsende 1945 ist Harkler mit seiner Familie in H. Weiters teile ich mit, dass mir nichts bekannt ist, dass meinetwegen politisch interveniert wurde. Vielmehr spielt sich hier scheinbar in meinem Fall ein Kampf zwischen ehemaligen NSDAP-Mitgliedern [auf der einen] und Staatsbürgern und Patrioten [auf der anderen Seite] ab. In diesem Falle komme ich nicht umhin darauf hinzuweisen, dass außer Harkler der größte Teil der Gemeindebediensteten der Gemeinde H. ebenfalls Mitglieder der NSDAP waren. Der Bürgermeister selbst war es. Als ehemaliger DAF-Leiter war er nach Kriegsende in Lagerhaft. Der Personalreferent bei der Gemeindeaufsicht Amtsrat Iris, welcher mit 1.1.1955 zum Rechnungsdirektor befördert wurde, war bis zum Jahre 1947 nicht als Beamter angestellt. Inwieweit dies alles mit meiner Angelegenheit zusammenhängt, kann ich nicht sagen. Ich führe dies nur an, weil die Gemeindeaufsicht in ihrer Gegenschrift anführt, dass für mich in politischer Hinsicht interveniert wurde.

FRAKTIONSBRIEF, ERINNERUNGSPROTOKOLL, SACHVERHALTSDARSTELLUNG ERGEHEND AN DIE SOZIALISTISCHE LANDESPARTEIZENTRALE: *Um zu berichten, was sich heute bei uns zugetragen hat, müssen wir auf unsere Mitgliederversammlung am 25.VI.1952 zurückgreifen. Damals legten wir unseren Mitgliedern den Wahlvorschlag der Fraktion vor. Landesparteisekretär Genosse Huber war anwesend. Die Mitglieder konnten nach freier Wahl die Kandidaten streichen oder reihen. Zur Auswertung dieser Stimmzettel wurde eine Kommission gewählt, die am nächsten Tag dieselbe ordnete. Das Ergebnis war, dass Genosse Bürgermeister Graf von der ersten auf die dritte Stelle gereiht wurde. Dieser abgeänderte Wahlvorschlag wurde noch einmal der Fraktion vorgelegt und gutgeheißen. In der letzten Sitzung vor der Wahl äußerten einige Genossen Bedenken über den Ausgang der Wahl, da Reitermeier Spitzenkandidat sei. Gerade das Gegenteil trat ein. Heute, am Tag der Wahl, hat sich vermutlich eine Gruppe Genossen mit der Gegenpartei ins Einvernehmen gesetzt, um Genossen Reitermeier zum Sturz zu bringen. Der Vorgang der Abstimmung war folgender: Genosse Eberl hatte als ältester Gemeindevertreter die Sitzung einberufen und führte den Vorsitz. Er gab den sozialistischen Wahlvorschlag bekannt, bestimmte zwei Stimmzettel-*

zähler, einen unserer Fraktion und von der Gegenseite den Schwager des Bürgermeisters. Das jüngste Mitglied der Gemeindevertretung wurde zum Stimmzetteleinsammeln bestimmt. Am Fensterbrett, hinter dem Rücken der Gemeindevertretungsmitglieder, wurden die Stimmzettel von den beiden dazu bestimmten zwei Gemeindevertretern gezählt. Der Vorsitzende Eberl nahm sofort die Stimmzettel nach der Zählung entgegen und rief »Der Reitermeier ist gefallen« und zerriss die Stimmzettel in Stücke. Es war nach Angabe der Stimmzettelzähler sieben Stimmen für und vierzehn Stimmen gegen Reitermeier. Auf Vorschlag des Genossen Eberl hatte die Abstimmung nicht namentlich, sondern nur mit Ja oder Nein stattgefunden. Eine Überprüfung der Stimmzettel erfolgte nicht. Eberl erklärte, jetzt komme der 2. Wahlgang für Graf. Nun erklärte Genosse Zach als Beauftragter der Parteienverhandlungen und als Sprecher der sozialistischen Partei, da dies Reitermeier als Bürgermeisterkandidat nicht konnte, dass das Vorgehen des Genossen Eberl gegen den gefassten Parteibeschluss sei und gegen die Parteistatuten verstoße. Er forderte unsere Gemeindevertreter auf, den Sitzungssaal zu verlassen. Daraufhin verließen die Genossen Reitermeier, Zach, Krenn und Jost den Sitzungssaal, die Genossen Eberl, Bürgermeister Graf sowie Uhl, Verus, Walter, Anschober und Baar verblieben im Sitzungssaal. Sie wählten gemeinsam mit den beiden Gegenparteien den Genossen Graf zum Bürgermeister, der die Wahl annahm. Weiters verhandelten sie ohne Berechtigung über die Gemeindeausschüsse. Infolge der nicht dreiviertel anwesenden Vertreter der sozialistischen Partei konnten sie die Gemeinderäte der sozialistischen Partei nicht namhaft machen. Es wurde jedoch im Namen der sozialistischen Partei verhandelt. Es wurden zweimal bereits gefasste Beschlüsse auf Drängen der Gegenpartei zu deren Gunsten aufgehoben. Aufgrund dieser Ereignisse stellen wir, die Unterfertigten, den Antrag, sofort das parteigerichtliche Verfahren einzuleiten. Gleichzeitig wird die Wahl von uns bei der Bezirksbehörde wegen Gesetzwidrigkeit angefochten. Kassier, Zeuge: Gemeindesekretär Franz L.. Gezeichnet Obmann, Schriftführer, Gemeindevertreter, Sozialistische Partei, Ortsorganisation H.

H., DEN 30. MAI 1955. *Werter Genosse Landeshauptmannstellvertreter!* Es hat den Anschein, dass Bürgermeister Graf mit Absicht mir gerade am Pfingstsamstag die schlechte Qualifikationsbeurteilung übergab, um mich mit meiner Familie über die Feiertage in Unruhe zu versetzen. Es mag G möglich gewesen sein als DAF-Leiter und dienstverpflichteter Gendarm in H. zu bestimmen (was er selbst erklärt hat), wer von H. einzurücken hat, es wird ihm jedoch nicht möglich sein, zu bestimmen, wann ich zu sterben habe. Ich muss immer wieder darauf hinweisen, dass aus dem ganzen Ver-

halten des Graf ersichtlich wird, dass er bereits im Vorjahr die Absicht hatte, nach anderen Genossen mich unmöglich zu machen. Dieser ganze Zustand in meiner Angelegenheit wird für mich unerträglich, auch leidet meine ganze Familie darunter. Werter Genosse, ich bin jetzt gezwungen, Einspruch zu erheben. Gleichzeitig bitte ich Dich, mir von Seiten unserer Partei die Bewilligung zu erteilen, dass ich gegen Graf den Antrag auf straf- und zivilrechtliche Verfolgung beim zuständigen Gericht einbringen kann. Mit Freundschaft Franz L.

AN DIE SICHERHEITSDIREKTION. ABSENDER FRANZ L., GEMEINDESEKRETÄR DER MARKTGEMEINDE H., H., AM 25.1.1956: *Wie mir vor einiger Zeit zu Ohren gekommen ist, soll ich angeblich bei der dortigen Vereinsbehörde als Mitglied des Landesfriedensrates gemeldet aufscheinen. Sollte dies zutreffen, so bitte ich höflichst, mich als Mitglied des Landesfriedensrates oder wie immer ich dort aufscheine, zu streichen. Hochachtungsvoll Franz L.*

AN DIE SICHERHEITSDIREKTION. FRANZ L., GEMEINDESEKRETÄR DER MARKTGEMEINDE H., H., DEN 25.1.1956: *Sollte ich bei der dortigen Vereinsbehörde noch als Mitglied des Vorstandes der [...]-sowjetischen Gesellschaft aufscheinen, so bitte ich höflichst, mich als Vorstandsmitglied oder wie immer ich dort aufscheine, zu streichen.*

AN DIE QUALIFIKATIONSBESCHREIBUNGSKOMMISSION DES LANDES. FRANZ L., GEMEINDESEKRETÄR DER MARKTGEMEINDE H., H., DEN 14. MAI 1956. *Ich war leider nicht in der Lage, in verschiedenen Belangen politischer Natur dieselbe Ansicht wie der Bürgermeister zu vertreten, obwohl wir beide derselben Partei angehören. Ich habe für meine Frau, zwei Kinder im Alter von 7–10 Jahren und für eine Vollwaise im Alter von 16 Jahren zu sorgen. Auch muss ich meine in G. lebende 75jährige Mutter mit monatlich 200 Schilling unterstützen. Mein Grundgehalt beträgt derzeit 1.381,60. Diese Prozedur meiner Vernichtung dauert jetzt schon fast drei Jahre. Sogar vor einer größeren Anzahl von Personen, allerdings im geschlossenen Kreis, wurde vom Herrn Bürgermeister ein Spottgedicht über meine Person vorgetragen, in welchem ich als Rasputin von H. bezeichnet werde, und niemand wisse, woher ich komme. Es wird alles unternommen mich überall wenn nur irgendwie möglich, herabzusetzen. Ich bitte höflichst, veranlassen zu wollen, dass ich von der Wahrung des Dienstgeheimnisses entbunden werde.*

BEWERBUNG. FRANZ L., GEMEINDESEKRETÄR DER MARKTGEMEINDE H., DZT. WACHTMEISTER BEIM [...] BUNDESHEER, STABSKOMPANIE. 12. OKTOBER 1957: *An die Marktgemeinde Gr., betrifft: Bewerbung um Aufnahme als Ge-*

meindesekretär in Gr. Am 6. Dezember 1944 habe ich in G. mit meiner Mutter alles verloren durch Bombenvolltreffer (total ausgebombt). Wurde in H. auch als kommissarische Aufsicht für die Lebensmittelversorgung der Bevölkerung eingesetzt. Leitete sämtliche Agenden des Wohnungswesens. Leitung der Ortspolizei. Der ehemaligen NSDAP oder einer ihrer Gliederungen habe ich nie angehört. Da ich besondere Freude für den Gemeindedienst habe und auch in gesetzlichen Angelegenheiten sehr gut bewandert bin und gerne in meiner Heimat tätig sein möchte, bitte ich nochmals um Verleihung der freiwerdenden Amtsleiterstelle. Hochachtungsvoll Franz L.

KOMMISSIONELLE DIENSTBEURTEILUNG (FÜR PRAGMATISIERUNG DER VERWENDUNGSGRUPPEN E, D, C), 15.1.1959: *Lehrgang für Standesbeamte, Lehrgang für Verwaltungsdienst B und C, Verwaltungsdienstprüfung C mit Erfolg abgelegt. Die Kenntnisse der zur Amtsführung notwendigen Vorschriften sind sehr gut. Gutes Wissen und auch ausgezeichnete Erfahrung in seiner Dienststellung, setzt sich immer durch, zeigt reges berufliches Interesse. Gute und rasche Auffassungsgabe, im Parteienverkehr sehr gut verwendbar, korrekter aufrechter Charakter, auch im Außendienst infolge seiner vielseitigen Ausbildung sehr gut geeignet. Dienstbeflissen, vorbildlicher Unteroffizier mit Selbstinitiative, sehr gewissenhaft, verlässlich bei der Ausführung der ihm übertragenen Aufgaben. Keine Sprachkenntnisse. Verlässlich und selbstständig arbeitend. Aufgrund seiner großen Erfahrungen und seiner ausgezeichneten Ausbildung in Waffen und führungsmäßiger Hinsicht sehr gut verwendbar. Vorgesetzten gegenüber korrekt und ehrerbietig. Gegenüber Gleichgestellten fürsorglich und hilfsbereit, sehr beliebt bei Untergebenen. Einwandfreies Verhalten in und außer Dienst. Geordnete Familienverhältnisse. 7 Jahre Volks- und Hauptschule, 3 Klassen Fortbildungsschule, Privathandelsschule. Einige Lehrgänge im Rahmen der Volkshochschule. Erlernter Beruf: Beamter, Gemeindesekretär. Ausgeübter Beruf: Beamter, Gemeindesekretär, Standesbeamterstellvertreter. Gesamtbeurteilung: Ausgezeichnet. Unterschrift des Fachvorgesetzten, Unterschrift des Kommandanten.*

HOCHVEREHRTER HERR OBERST!
Ich bitte, nicht ungehalten zu sein, wenn ich mir erlaube, mit einigen Angelegenheiten und Bitten an Sie, hochverehrter Herr Oberst, als Ihr ehemaliger Regiments- und Kompaniekamerad heranzutreten. Ich finde es als einzigen Ausweg, Herrn Oberst in Anspruch zu nehmen, da gerade Sie, hochverehrter Herr Oberst, als unmittelbarer Mitarbeiter des Herrn Bundesministers für Landesverteidigung und Freund des Herrn Adjutanten des Herrn Bundesministers der einzige Mann sind, der dahingehend

seinen Einfluss geltend machen kann, um in den von mir vorgetragenen Angelegenheiten und Bitten eine günstige Lösung herbeizuführen in der Lage ist. Ich erlaube mir daher, Ihnen hochverehrter Herr Oberst, eine Durchschrift meines Schreibens an den Herrn Bundesminister für Landesverteidigung und an den Herrn Adjutanten des Herrn Bundesministers, aus welchen meine vorgetragenen Angelegenheiten und Bitten hervorgehen, zur vertraulichen Kenntnisnahme zu übermitteln. Es wurde mir hier in Krieztz seitens einiger Persönlichkeiten und Freunde aus unserem Parteikreis dringendst empfohlen, mich auch an Sie zu wenden und Sie diesbezüglich genauestens zu informieren, da nicht nur hierzulande, sondern auch in ganz [...] Ihre Tätigkeit und kameradschaftliche Hilfe für die an Sie Herantretenden bekannt ist. Hochverehrter Herr Oberst, ich bitte nochmals, mir nicht ungehalten zu sein, dass ich mir erlaubt habe, an Sie heranzutreten. Ich wurde in meinem Entschluss auch dadurch gestärkt, dass Sie mir, verehrter Herr Oberst, bei meiner letzten Anwesenheit in der Bundeshauptstadt erlaubten, wenn ich etwas auf dem Herzen habe, mich an Sie zu wenden. Für Ihre Bemühungen und Güte bitte ich höflichst, schon im Voraus meinen aufrichtigen Dank entgegenzunehmen und zeichne mit dem Ausdruck meiner vorzüglichsten Hochachtung als Ihr treuer L.○G., 3. März 1959

Hochverehrter Herr Bundesminister!

Ich bitte nicht ungehalten zu sein, wenn ich mir erlaube mit einigen Angelegenheiten an Sie, hochverehrter Herr Bundesminister, heranzutreten. Vor über zwei Jahren bin ich an Sie, hochverehrter Herr Bundesminister, mit der Bitte herangetreten, mich in das neue Bundesheer aufzunehmen. Sie, hochverehrter Herr Bundesminister, haben trotz verschiedener Verleumdungen meiner Person veranlasst, dass ich nach G. einberufen wurde. Ich habe Ihnen, Herr Bundesminister, seinerzeit schriftlich und mündlich versichert, dass ich Sie, hochverehrter Herr Bundesminister, nicht enttäuschen werde. Nun übe ich fast zwei Jahre die Funktion eines Unteroffiziers im neuen Bundesheer aus. Meine bisherigen Beschreibungen seit dem Eintritt ins [...] Bundesheer lauten auf sehr gut und ausgezeichnet. Damit habe ich, hochverehrter Herr Bundesminister, mein Versprechen Ihnen gegenüber, Herr Bundesminister, Ihnen keine Schande zu machen und Sie nicht zu enttäuschen, gehalten, und ich werde weiterhin meine Pflicht so erfüllen, wie ich es als Soldat gewohnt bin. Leider war ich ab 1946 als Gemeindesekretär und Standesbeamter-Stellvertreter in einer Sozialistischen-Gemeinde. Ich hatte auch den Amtsdirektor zu vertreten. Ich war in dieser Gemeinde einem derartigen Druck ausgesetzt, was kaum zu schildern ist. Da ich keine Wohnung hatte, meine Mutter und ich in G. total ausgebombt waren, vorher zwei Buben nach der Geburt starben, meine Frau längere Zeit arbeitsunfähig war, musste ich nachgeben und mich in verschiedenen Angelegenheiten fügen. In der Hoffnung auf eine Wendung. Als diese Wendung eintrat, versuchte man mich, wo es nur ging, zu vernichten und zu verleumden. Den Sozialisten sind die Begriffe der Ehre, des Vertrauens und der Rechtsordnung fremd. Dort, wo diese die Macht besitzen, auch in einer demokratischen Führung, zeichnen sie den Geist totalitärer Willkür. Am besten kann man es in Gemeinden mit sozialistischer Mehrheit beobachten. Die Gemeinde, das heißt die sozialistische Mehrheit, ist so weit gegangen und hat im Jahre 1954 meine Einstufung vom Jahre 1947 in B/V aufgehoben. Der Verwaltungsgerichtshof hat jedoch zu meinen Gunsten entschieden und den Bescheid der Gemeinde und der Gemeindeaufsicht aufgehoben und erklärt, dass eine Aufhebung der seinerzeitlichen Einreihung nicht möglich ist, da diese ordnungsgemäß durchgeführt wurde und keine offenbare Rechtswidrigkeit vorliegt. Der sozialistische Bürgermeister hat auch versucht, mich schlecht zu beschreiben, obwohl meine Dienstleistung immer sehr gut war und ich auch immer sehr gut beschrieben wurde. Meiner diesbezüglichen Beschwerde wurde von der Beschwerdekommission der Bezirkshauptmannschaft unter dem Vorsitz des Bezirkshauptmannes stattgegeben und die vom sozialistischen Bürgermeister verfasste schlechte Beschreibung behoben. Es ist offensichtlich zu tage getreten, dass man beabsichtigt seitens der Sozialisten, mich unmöglich zu machen, damit ich mundtot bin, weil ich verschiedene Sachen aufgezeigt habe, die in einer sozialistischen Gemeinde vorkommen, und ich im entscheidenden Augenblick den Gemeindemitgliedern beim Volksentscheid die Augen öffnen könnte und auch werde, denn Wahltag ist Zahltag. Die Gemeinde hat im Vorjahr meine seinerzeitige Pragmatisierung aufgehoben. Die zweite Verwaltungsgerichtshofbeschwerde wurde von mir eingebracht und es wird demnächst darüber entschieden. Ich habe meine Stelle als Gemeindesekretär nicht aufgegeben, um vielleicht als Spitzel oder Verräter ins [...] Bundesheer einzutreten, sondern als Liebe zu meinem Vaterland und Liebe zu meinem ehemaligen Beruf, obwohl ich beim Bundesheer weniger verdiene. Leider können das nur Leute verstehen, die so lange in den Reihen gestanden sind wie wir als Freiwillige im Glauben an Gott und Vaterland ohne Rückversicherung. Meine Familie ist derzeit noch in H. wohnhaft, meine 77jährige Mutter befindet sich in G. im Altersheim, meine Kinder im Alter von 10 und 13 Jahren besuchen in H. die Volks- und Hauptschule. Seitens der Gemeinde H. bin ich zwei Jahre beurlaubt und endet diese Beurlaubung mit 14. Mai 1959. Eine Pragmatisierung für mich wurde von der Gruppenversorgungstruppe II bereits eingebracht. Da ich nun schon seit meiner frühesten Jugend in verschiedenen Organisationen tätig war,

Reichsbund, Pfadfinder St. Georgsritter, Vaterländische Front seit der Gründung, [...] Sturmscharen seit der Gründung, [...] Schutzkorps und auch den Februar- und Juliputsch mitmachte und in Anbetracht, dass ich ein Jahrzehnt Beamter in gehobenem Dienst war und als Sekretär bei allen wichtigen Besprechungen und Verhandlungen teilgenommen habe und auch auf politischem und wirtschaftlichem Gebiet nicht unerfahren bin und nach 1938 beim Ausbildungsleiter G. an verschiedenen wichtigen militärischen Angelegenheiten gearbeitet habe, einige Zeit Sachbearbeiter war, erlaube ich mir nach reiflicher Überlegung und im Vertrauen auf Ihr großes Verständnis, hochverehrter Herr Bundesminister, folgende Anregung vorzubringen: Erfassung aller Reservisten in einer Organisation wie beispielsweise Kameradschaftsbund. Einführung eines Reservistenabzeichens. Jährliches Kameradschaftstreffen mit den Reservisten. Ansprache des Herrn Bundesministers für Landesverteidigung, anschließend kameradschaftliches Beisammensein. Jährlich ein Preisschießen der Reservisten, Pflege der Kameradschaft, Hilfe und Beratung für die unschuldig in Not geratenen Reservisten. Vorbereitung für die Waffenübungen. Schulung der Reservisten. Sehr wichtig wäre, um der Bevölkerung größere Sicherheit im Grenzgebiet zu geben, die bereits seinerzeit vom Ausbildungsleiter G. angelegten Sperren an der [...] Grenze, welche teilweise noch verwendbar sind, auszubauen. Besonders die Landjugend, die man derzeit als die Verlässlichsten bezeichnen muss, wäre auf das Waffentragen vorzubereiten. Es mangelt derzeit sehr viel an temperamentvollen Vorträgen im vaterländischen Sinne, obwohl die Jugend dafür Verständnis aufbringen würde. Eine übertriebene Angst, was werden die Gegner des Bundesheeres sagen, ist falsch am Platze. Was der junge Soldat braucht, ist Kampfbereitschaft, die muss er aber bei seinen Vorgesetzten sehen und die muss ihm gelehrt werden. Mögen Sie, hochverehrter Herr Bundesminister, Tag und Nacht für das Vaterland arbeiten, Sie brauchen, Hochverehrter Herr Bundesminister, auch in der großen Masse Leute, die wenn es sein muss alles für Ihre Idee geben und dann wird Ihr begonnenes Werk für unser Vaterland [...] weitere unermässliche Früchte tragen. Hochverehrter Herr Bundesminister, ich darf Ihnen auch mitteilen, welche Freude die neue Uniformierung bei den Unteroffizieren hervorgerufen hat und wie viel davon gesprochen wird, dass gerade Sie, hochverehrter Herr Bundesminister, sehr viel für die Unteroffiziere übrig haben. Die Zahl der Mitglieder des [...] Arbeiter und Angestellten Bundes »Sektion Bundesheer« nimmt zu. Wir konnten eine schöne Weihnachtsfeier im Beisein des Herrn Präsidenten durchführen. Diese gut gelungene Weihnachtsfeier hat unser Ansehen sehr gestärkt. Nachdem ich Mitarbeiter am [...] Arbeiter und Angestellten Bund bin, kann ich das feststellen. Als 3. Obmann der [...] Volkspartei, Ortsgruppe

G.-West, werde ich mich bemühen, auch die Jugend mehr zu erfassen. Heute den 22.2.1959 fand in G., Gasthof Kranzlwirt die Generalversammlung des [...] Heimkehrerverbandes statt. Auch sprach in der Debatte ein Dr. Fritz, der die Geschädigten des Krieges vertritt. Man sprach auch von den kommenden Wahlen. Es sollen die Mitglieder und Angehörigen dieser Vereine und Organisationen dazu verhalten werden, diese Partei zu wählen, welche für die Heimkehrer und Bombengeschädigten sowie sonstig Geschädigten am meisten getan hat und die Garantie gibt in Zukunft am meisten zu tun. Die Situation für die Sammlung ist derzeit nicht ungünstig, da diese Leute noch hin und her schwimmen ohne richtiges Ziel. Hochverehrter Herr Bundesminister, ich hoffe, dass ich Sie, Herr Bundesminister, nicht enttäuscht habe und verspreche Ihnen, einer Ihrer treuesten Kampfgefährten zu bleiben. Ich würde es als eine grosse Ehre betrachten, wenn Sie, hochverehrter Herr Bundesminister, mir die Gelegenheit geben würden, am Aufbau unseres Bundesheeres mitwirken zu dürfen und ich meine Erfahrungen von früher und jetzt zum Wohle des Heeres und des Vaterlandes verwerten könnte. Sollte ich nichts taugen, so ist es ein leichtes für Sie, hochverehrter Herr Bundesminister, mich zu verjagen. Ich habe Erfahrungen in organisatorischen Angelegenheiten, im Kulturwesen, in Grenzangelegenheiten, Abwehr und auch verwaltungsmässig. Hochverehrter Herr Bundesminister, ich bitte nochmals, meine Anregungen nicht als Wichtigmacherei anzusehen, sondern als Versuch, Ihnen, hochverehrter Herr Bundesminister, behilflich zu sein bei der Erfüllung Ihrer überaus grossen Pflicht und als Dankbarkeit Ihres grossen Vertrauens gegenüber Ihren Untergebenen. Ich danke Ihnen, hochverehrter Herr Bundesminister, nochmals für Ihr Vertrauen und bitte innigst, mir dieses weiterhin zu gewähren. Ihr dankbarer Franz L.

Sehr geehrter Herr L.!
Ich habe Ihren sehr ausführlichen und interessanten Brief vom 22.v.M. mit viel Interesse gelesen. Es sind eine Reihe von verwendbaren Vorschlägen darin enthalten, die ich dem Leiter der zuständigen wehrpolitischen Abteilung übergeben werde. Wir werden gegebenenfalls auf Ihre Anträge noch zurückkommen. Mit besten Grüssen! Der Bundesminister für Landesverteidigung, Bundeshauptstadt am 4. März 1959.

An den Ministeradjutanten:
Hochverehrter Herr Hauptmann! Die jungen Soldaten wollen selbst in manchen Sachen härter angegriffen werden, alswie dies bisher der Fall war. Man muss eine gewisse Härte zeigen und selbst Vorbild sein, aber im gegebenen Augenblick auch der Kamerad sein, den jeder Soldat wünscht

und braucht. Wir müssen alles daransetzen, um eine Sammlung der Offiziere und Unteroffiziere zu erreichen, vorerst Offiziere und Unteroffiziere getrennt, damit bei den Offizieren und Unteroffizieren keine Hemmung eintritt. Jedenfalls muss in beiden Kreisen gearbeitet werden und alle wichtigen Probleme besprochen werden, damit alles für den entscheidenden Kampf, wo es einmal um Sein oder Nichtsein gehen wird, gewappnet zu sein. Mein aufrichtiges und ehrliches Bemühen geht dahin, mich wie in meiner Jugend als Aktivist zu betätigen und alle meine Kräfte dem Aufbau des [...] Bundesheeres und der Jugendorganisationen zu widmen, denn nur so ist es möglich, unserem Vaterland [...] das zu geben, was es braucht. Eine Jugend mit dem Glauben an Gott, dem Volke und dem Vaterland.

Beide Kinder sind ihm gestorben! Oder tot zur Welt gekommen sind sie! Seine beiden Vornamen gab er ihnen. Alles ist an einem Tag geschehen. Einen Lateinlehrer hatte ich, der mit meinem Vater im Krieg gewesen war. Der Lehrer mochte meinen Vater, war ihm noch nach Jahrzehnten dankbar, weil der ihm die Urlaubsscheine geschrieben hat, damit er in die Berge und zu den arabischen Sprachbüchern und zur Astronomie konnte. Der Lehrer ist durch und durch Christ. Ein bisschen abergläubisch ist er, glaubt ans Schicksal. Wir sahen einander oft in der Früh in der Heimkapelle, beteten jeder alleine, sonst war niemand dort. In seinem Empfinden ist es Fügung gewesen, dass ich sein Schüler geworden bin und dass mein Vater im Krieg sein Ausbildner gewesen war. Mein Vater hatte ihm im Krieg vorausgesagt, dass sie sich gewiss wiedersehen werden und er dann die Kinder meines Vaters unterrichten werde. Ich glaube, mein Vater hat ihm damit damals eine Zukunft prophezeit, als er geglaubt hat, er müsse in dem Krieg zugrunde gehen. Ich habe aber trotzdem nie verstanden, wie der angesehene und beliebte Lehrer meinen Vater mögen und respektieren konnte. Der Lateinlehrer war unumstritten, galt wohl jedem Schüler und jeder Lehrkraft in der Schule als unbestechlich und fair und als feiner, humorvoller, korrekter, integrer, verlässlicher Mensch. Ich habe in der Schule tatsächlich immer nur gut über diesen Lehrer reden hören. Ich dachte mir daher damals oft, dass mein Vater vielleicht einmal ein anderer Mensch gewesen ist. Aber das verwarf ich schnell wieder.

Latein lernte ich fleißig, weil ich meine Ruhe haben wollte. Denn ich hatte Angst vor Protektion. Vor der Peinlichkeit. Es war eine Sache der Ehre für mich. Daher der Fleiß. Zu meinem Vater sagte der Lehrer jedes Mal, es könne leicht sein, dass ich der beste Lateiner in der Schule werde. Er sehe das an jedem Unterrichtstag, dass das in mir stecke. Ich sei jetzt schon sein bester Schüler. Solches Reden ärgerte mich sehr. Ich mochte den Lehrer seiner Unaufdringlichkeit, seines Betens und seines Anstandes wegen. Das war alles. Ich hätte mich vor ihm zu sehr geschämt, wenn ich anders gewesen wäre, als er es sich wünschte. Dass es für ihn ganz selbstverständlich und überhaupt nicht schlimm, sondern notwendig war, dass die Kinder beim Lernen Fehler machen, war sehr wichtig für mich. Das war ganz anders als bei meinem Vater. In der Anwesenheit meines Vaters einen Fehler zu machen, bedeutete stundenlange Schmerzen. Durch meinen Vater war ein Fehlermachen eine ständige Bedrohung, mitunter tatsächlich eine Lebensgefahr. Ich übertreibe da nicht.

Der Vater bestimmte willkürlich und unberechenbar, was falsch ist. Er allein und jedes Mal plötzlich. Der Lateinlehrer hingegen war klar, deutlich, einfach. Für ihn war Lernen, dass man, so bald wie einem nur möglich, damit aufhört, dieselben Fehler ein zweites, drittes und viertes Mal zu machen. Wie wenn man zusammen durch ein schwieriges Unterfangen geht, war er stets ein mit allen seinen Schülern geduldiger, freundlicher Gefährte. Er war der Sohn eines frommen, sehr liebevollen Lehrerehepaares, das in einem entlegenen Bergdorf die kleine Volks- und Hauptschule geleitet hatte. Er hat nach dem Krieg im Ausland fertigstudiert. Auch ein paar Dinge zur Klassischen Philologie dazu. Arabistik zum Beispiel. Ich weiß nicht, warum er nach dem Krieg ins Ausland ging. Gewiss hatte die dortige Universität einen sehr guten Ruf. Aber ich weiß nicht, ob das sein Grund war oder die Vergangenheit. Es können allen Ernstes auch bloß die Berge gewesen sein, die er sonst nicht gehabt hätte. Zu uns in der Klasse sagte er oft, ihm sei der Krieg nach einem Monat zum Halse herausgegangen. Seit ich den Lehrer kannte, war er der stellvertretende Schulleiter. Die Direktoren wechselten, er hingegen blieb und trug jahraus, jahrein stets denselben Anzug. Er muss den Anzug in ein paar Exemplaren besessen haben.

Auf der Uni unterrichtete er auch und erzählte uns in der Schule vom sozialdemokratischen Dozenten Piel, der die antiken Lebensbedingungen und antike Katastrophen erforsche und Latein am liebsten abschaffen würde, weil er es für menschenfeindlich und undemokratisch halte. Obwohl ihm der Dozent suspekt, wenn nicht gar zuwider war, erzählte er uns in der Schule um der Redlichkeit willen von ihm. Das beeindruckte mich. Das Pauluswort vom unbekannten Gott sagte der Lehrer uns auch oft. Einmal sagte er, dass das zwei Jahrtausende lange Bestehen und Wirken der Kirche ein Gottesbeweis sei. Das verstand ich nicht. Der Lateinlehrer war in der Schule jedenfalls der einzige Mann mit Bart, erzählte uns Schülern immer von seinen Reisen, den Ländern und den Menschen. Und einmal von seiner lächerlichen Käsevergiftung, derentwegen er mit dem Rettungshubschrauber von einem Berg heruntergeholt werden musste. Und von einem Gewitter zu zweit. Wenn er damals alleine gewesen wäre, sagte er, wäre er verzweifelt. Und von der ausgleichenden Gerechtigkeit sagte er, dass die ihm kein Trost sei. Und dass *Hilf dir selbst, dann hilft dir Gott* vermutlich die wichtigste Wahrheit sei. Das Leben sei voller Situationen, in denen einem niemand hilft, weil es niemand will oder kann, und man dann ganz allein auf sich selber gestellt sei. Der Lateinlehrer sagte oft, dass wir alle nur Menschen seien. Meine Mutter sagte das auch oft zu mir. Ich glaube nicht, dass er jemals einen Menschen im Stich gelassen hat. Er sagte manchmal auch, dass es die Pflicht der Akademiker sei, zu verhindern, dass Menschen manipuliert werden. Manchmal machte sich jemand über ihn lustig, weil der Lateinlehrer in seinem ganzen Leben keinen einzigen Schluck Alkohol getrunken hat. Einmal bekam er einen Schweißausbruch, weil der Landesschulinspektor im Schulhaus war, die Nervosität war mir völlig unverständlich; ich konnte nicht glauben, dass ein solcher Lehrer plötzlich wirklich Angst haben soll. Ich glaube, er kannte ihn persönlich und sie mochten einander nicht, wiewohl sie bei derselben Partei waren und dasselbe studiert hatten und beide katholisch waren.

Der Lateinlehrer liebte seine Frau und seine Kinder und erzählte uns von Rhodos, wo er mit ihnen auf Urlaub gewesen war, und von Rhododendronblüten, heißem Wasser und von den kleinen und großen Weltwundern. Vor Voodoo hatte er eine Heidenangst. Er sagte, er habe so etwas ein paar Mal gesehen. Ans Schicksal glaubte er, wie gesagt, und zwischendurch redete er und lachte er gerne auf Arabisch.

Wie hat ein solcher Mensch meinen Vater so wertschätzen können? Ich verstehe es nicht. Wer war mein Vater? Der Briefwechsel mit einem Priester ist auch bei den Akten. Ein Militärgeistlicher wird der Priester gewesen sein. Oder er hat ihn zufällig im Zug oder eben sonst wo kennen gelernt. Der Priester lässt meinen Vater und dessen Sohn herzlich grüßen, schreibt, ihn habe beeindruckt, was mein Vater über den Sohn erzählt habe. Meines Vaters Sohn müsse ganz offenkundig meines Vaters Ein und Alles sein. So etwas sei sehr schön, schrieb der Priester, und dass er sich freue, meinen Vater bald wieder einmal zu sehen. Dem Sohn könne er, der Priester, vielleicht weiterhelfen. Der Brief ist ein paar Jahre vor meiner Geburt geschrieben worden. Ich war es also nicht. Ich habe also wirklich immer Glück. Man sieht am Brief, dass es immer dasselbe war mit dem Vater. Sein Ein und Alles, die Söhne, die Buben.

Die amtliche Bescheinigung an meinen Vater, dass seiner jugoslawischen Frau und ihm die Zwillingsbuben gestorben sind, geht mir nicht aus dem Sinn. Dass die Kinder seine Vornamen getragen haben! Es muss ihm gewesen sein, als sei er gestorben. Aber als ich jetzt im Dokument von ihrer Geburt und ihrem Tod zum ersten Mal erfuhr, habe ich mir zuerst gedacht, dass sie durch ihn zu Tode gekommen sind. Dass er sie umgebracht hat, wie er es bei mir versuchte. Mich hat meine Tante gerettet. Die Zwillinge hat niemand gerettet. Und im nächsten Augenblick weiß ich nicht, ob er es bei mir versucht hat, weil ihm die Zwillinge weggestorben waren. Ich weiß nicht, ob er sie umgebracht hat. Wenn ich mit ihm nach Jugoslawien mitfuhr, redete er mit den Kellnerinnen in ihrer Muttersprache. Manchmal wurde eine rot, manchmal lachte eine. Er lachte immer beim Reden. Einmal wurde eine wütend. Damals standen wir auf einem großen Platz vor einem großen Gebäude mit großen Figuren. Einmal war meine Mutter auch dabei, als eine Frau blass wurde, und schimpfte mit ihm. Er lachte über das ganze Gesicht, die Kellnerin war zuerst rot und dann sehr blass geworden, und das Wasser war gesund.

Ein paar Aktenpapiere scheinen einander zu widersprechen, Bestätigungen, auch Eidesstattliches. Ein paar Namen finde ich wieder, verstehe jetzt erst, wer wer war und wie viele sie waren. Der Vater brauchte Gegenbestätigungen, weil er aus der unkündbaren Beamtenstelle in H. entfernt worden war. Durch die Kündigung ist er seiner Rechte verlustig gegangen, auch jeglicher Versicherungs- und Pensionszeiten. Es muss tatsächlich das Nichts gewesen sein, das sie ihm antaten. Gewonnen haben sie nicht. Sie haben ihm nach Jahren einen sehr hohen Abfertigungsbetrag bezahlen müssen. Auch haben sie im Laufe der Zeit nach goldenen Brücken für ihn suchen müssen. Im abschließenden Akt der Landesregierung heißt es, dass er nicht der einzige Fall dieser Art, dass sein Fall aber der krasseste, folgenreichste gewesen sei. Schwierigste. Der Rechtsstaat habe jedoch in all diesen Fällen die anarchischen Zustände in den Gemeinden und Städten zu beenden gehabt, und dies sei auch gelungen. Für meinen Vater Rasputin und seine damalige Familie müssen die Geschehnisse endlose Qualen bedeutet haben. Kein Zyankali, keine Kugel in den Hinterkopf, kein Ertränken unter dem Eis war es, womit sie ihn umbrachten, aber eine permanente Annullierung der Ehre und der Existenz war es. Ich weiß nicht, ob mein Vater vorher schon verrückt war oder ob er es damals geworden ist. Dass der Bürgermeister ihn richtig beschrieben hat, steht für mich außer Zweifel. Ich bin mir aber auch sicher, dass mein Vater die dortigen Herrschaften richtig beschrieben hat. Er ist damit aber an den Falschen geraten. Das war mit einem Male so, alles war anders geworden. Die Nazis hatten nichts mehr zu befürchten. Sie zu denunzieren nützte nichts mehr. Die Kirchenobersten haben meines Wissens genau zu der Zeit damals eine Generalamnestie für die dortigen Nazis verlangt und durchgesetzt. Mein Vater soll in der Gegend dort eine Zeitlang nicht nur Mitglied der Kommunisten gewesen sein, sondern ebenso bei einer vor- und nebenstaatlichen Polizeieinheit, die man dann in der Bevölkerung Mau-Mau-Geheimbund nannte und die aufgelöst und der regulären Polizei oder der Armee eingegliedert wurde. Ich bin mir sicher, dass mein Vater die Leute in H. getäuscht und auf seine Art fleißig erpresst hat, so gut er nur konnte, den Amtsdirektor zum Beispiel. Vielleicht auch wäre dem Vater überhaupt nichts geschehen und hätte er dort, im reichen Nobelort der Magnaten und Potentaten aus aller Welt, ruhig fertigleben und unbeschadet bleiben und friedlich in die Beamtenpension gehen können, wenn er als Zeuge bei der Bürgermeisterwahl im Gemeinderat nicht für den schwächeren der beiden sozialdemokratischen Bürgermeisterkandidaten unterschrieben hätte. Das ist alles leicht möglich.

Sie sind ihn los geworden, das Dreckschwein Rasputin. Aber umzubringen war er nicht – und wir waren dran, ich war dran. Das gefällt mir nicht, wenn das Politik ist.

Ein Virtuose bringt seiner winzigen Tochter sein eigenes Können bei, damit sie einen Halt hat, Karriere machen und glücklich sein kann. Mit 18 oder 19 springt sie von einem Eisengerüst in die Ewigkeit. Man hat jederzeit auch schon vorher zuschauen können. Das Haus, aus dem sie war, hatte Stil und Kultur und hielt den regen Austausch hoch.

56

Der Konzertmeister bringt seiner Tochter die Geige bei. Er hat damit begonnen, als sie zwischen drei und vier war. Die Frau Ministerialrat hat Angst, dass ihnen das Kind wegstirbt. Einmal hat ihre Mutter zu meinem Vater, als er mich vor den beiden Frauen einen Trottel, Deppen und Idioten schimpfte, gesagt, er solle nicht so über mich reden. Das würden ohnehin die anderen Leute über mich sagen. *Wenigstens der Vater soll zu seinem Kind halten, wenn schon die anderen Leut' so reden,* sagte sie. Die Geschichte erzählt die Frau Ministerialrat oft. Nicht nur mir. Die Frau Ministerialrat fragt mich dann jedes Mal, ob ich mich erinnern kann. *Jaja,* sage ich, damit es schnell vorbei ist. Aber sie hört trotzdem nicht auf. Ich sei sieben oder acht gewesen. Sie habe damals schreckliche Angst gehabt, mein Vater werde sagen, das gehe ihre Mutter gar nichts an und sie solle gefälligst den Mund halten und sich nicht einmischen. Aber gar nichts habe er erwidert. Die Frau Ministerialrat erzählt das stets voller Stolz auf ihre Mutter und lächelt vergnügt. Und dass ihre Mutter mich so gemocht habe und mich immer in Schutz genommen habe, sagt die Frau Ministerialrat dann auch. *Auf den Uwe hat sie nie etwas kommen lassen,* sagt die Frau Ministerialrat von ihrer Mutter. *Du bist ihr Ein und Alles gewesen.* Die Frau Ministerialrat bringt immer solche leidigen Themen auf. Ihre Mutter sei gewissermaßen meine Großmutter gewesen, pflegt sie zu sagen. *Gell, das weißt du schon, Uwe?* Ich war als Kind alle Zeit, die ich hatte, dort und die Frau Edle von, welche die Mutter der Frau Ministerialrat war, erzählte mir in der Tat wunderschöne Dinge. Haben Karten gespielt. Ich war froh dort. Kann sein, glücklich. Wie sie mich damals gegen den Vater verteidigt hat, beleidigend, demütigend war das aber, habe ich damals empfunden. Dass alle anderen Leute Trottel, Depp und Idiot sagen von mir. Nein, mir gefiel das nicht, was sie sagte. Frau Selier hieß sie.

Ich saß fast jeden Tag bei ihr, las bei ihr, wir spielten eben, aßen, ich machte meine Schulaufgaben, hatte Ruhe, bekam meinen Kaffee in einer winzigen eigenen Schale. Leicht war alles. Ich war jeden Tag bei ihr, wenn mein Vater nicht da war. Einmal kam mein Vater unerwartet heim und Frau Selier schimpfte mit mir, dass ich ihr das nicht gesagt habe. *Ich habe es nicht gewusst*, erklärte ich wahrheitsgemäß. Sie wurde aber zornig, glaubte, ich lüge. Darüber ärgerte ich mich. Sie sagte, sie werde mir nie mehr etwas glauben, lachte. Damals fühlte ich mich gefangen. *Das darf sie nicht*, dachte ich. Es tat weh, dass der Vater plötzlich da war. Und die schimpft mit mir ohne Grund und will immer alles wissen und glaubt mir nicht und lacht. Sie hatte mich unter Kontrolle. Ich mochte das nicht, wenn jemand wollte, dass er mit mir tun kann, was er will. Mein Vater zum Beispiel wollte immer wissen, was ich denke. Wenn mein Vater mich fragte, was ich denke, gab ich keine Auskunft. *Ich denke nie was*, sagte ich einmal zu ihm, damit ich ein für alle Male Ruhe habe. Die gab er aber nicht. Die Freifrau war über neunzig, als sie starb. Da war ich zehn. Ich mochte sie wie gesagt sehr. Jeder Tag ohne sie wurde schwer. Mein Leben war plötzlich ganz anders und zugleich aber vergaß ich Frau Selier sehr schnell. Auf der Stelle.

Über die Dinge, die mir unangenehm sind, fängt die Frau Ministerialrat meistens dann fröhlich zu reden an, wenn jemand aus meiner Familie oder jemand Fremder dabei ist und alle auf einem Haufen zusammensitzen. Oft gehe ich dann fort. Nie weit genug.

Wer wirklich etwas mitgemacht hat, sagt die Frau Ministerialrat wütend zu meiner Mutter, *der ist bescheiden und klagt nicht*. Meine Mutter sagt darauf kein Wort, rührt sich nicht, verzieht keine Miene. Die Frau Ministerialrat ist aufgewühlt. Sie sei nicht bei der Partei gewesen, aber die Partei sei überall gewesen, wo man es im erarbeiteten Beruf zu etwas bringen wollte, was damals sowieso nur ein bisschen etwas zum Leben war, sagt die Frau Ministerialrat. *Man hat ja wirklich nichts gewusst. Das glaubt man uns heute nicht, aber es ist so gewesen, man hat wirklich nichts gewusst. Die Juden jetzt in Israel, das sind ja ganz andere als die, die wir gekannt haben.* – *Man hat ja wirklich nichts gehabt*, sagt sie auch. Mit eigenen Augen habe sie gesehen, dass ein geköpfter Gockel noch eine Henne besprang, sagt sie auch oft. Bei uns heroben im Hof sei das gewesen.

Zur Frau Ministerialrat und zur Mutter der Frau Ministerialrat stapfte die Tante in ihrer Verzweiflung oft um Hilfe für mich. Die halfen ihr nicht. *Wie oft ist die Christl heruntergekommen zu uns und hat uns ihr Leid geklagt*, sagte die Frau Ministerialrat zu mir. Die Tante hat aber nicht ihr Leid geklagt, sondern meines, hat um Rat gefragt und um Hilfe gebeten. So war das, nicht wie die Frau Ministerialrat erzählt. Die Tante schlug mit den Türen daheim und ein auf meinen Vater und rannte ganz schnell los, ich wusste nicht, wohin. Sie rang mit den Händen, dachte allein irgendwo nach. Dort traf man sie dann an. Sie wusste nicht ein und aus. Sie tat mir, als ich ein Kind war, immer sehr leid. Und alles, was die Frau Ministerialrat und ihre adelige Mutter, die Freifrau, taten, war, dass sie die Not, in welcher meine Tante war, weitererzählten. Zuerst an die geschwätzige Geliebte, die der Freund des Vaters im Ort hier hatte, und der Freund gab den Bericht dann auf dem schnellsten Wege an die erste Familie des Vaters weiter. Die war etliche Hunderte Kilometer weit weg und insofern mit dem Leben recht zufrieden.

Die Frau Ministerialrat, welche hier auf dem Lande seit jeher unsere Nachbarin gewesen ist, wohnt seit Ende der 30er Jahre in einer jüdischen Wohnung, wenn sie in der Hauptstadt ist. Am Anfang lebte sie mit ihrem Ehemann dort, der arischer Bankdirektor war, und dann sie alleine. Wie die Nazis jubelten, als die Synagoge in Feuer stand, erzählt sie manchmal und von den Studentenkollegen, die so bösartig gewesen und mit leuchtenden Augen am Fluss gestanden seien. *Lichterloh,* sagt sie, habe die Synagoge gebrannt.

Zusammen mit dem jüdischen Rechtsanwalt hier im Ort hat die Frau Ministerialrat studiert, er ist hier auch gleich einer ihrer nächsten Nachbarn. Sie verstanden sich nie sichtlich schlecht miteinander, sie mied ihn aber. Aus dem Ort hier sind, als der Krieg verloren war, die kleinen und die großen Nazileute zur Frau des jüdischen Rechtsanwalts gekommen, haben sich vor sie hingekniet und sie angefleht, ihr Mann möge ihnen doch helfen und ihnen Anständigkeit und Unbescholtenheit bezeugen und sich für sie bei den Besatzern einsetzen. Er soll das auch wirklich immer getan haben. Sein Sohn ist ein wenig älter als ich. Ich glaube, die Haushälterin hat ihn erzogen. Sie suchte nach Spielgefährten für ihn. Sein bester Freund ist dann mit sechzehn plötzlich an einem Krebs gestorben. Der Ort hier war in der Monarchie bei Wohlhabenden und Betuchten beliebt gewesen. Die erholten sich hier und ließen ihr Geld da oder zogen ganz her. In den ersten Jahren des Jahrhunderts gehörte einiges hier einem Juden. Da der Ort aber nicht gut zu ihm war, hat dieser Jude, als er ihn für immer verließ, aus Rache an den Leuten hier sein Eigentum an Tbc-Kranke von überall her verkauft, welche sich dann hier mit ärztlicher Hilfe auskurierten, an Zahl immer mehr wurden und für den Ort sowohl einen enormen Geldsegen als auch eine gewisse Gefahr für Leib und Leben bedeuteten. Wenn mein Großvater mir diese Geschichte erzählte, fügte er jedes Mal hinzu, dass der Jude völlig recht gehabt habe und beim Verlassen des Ortes selber sterbenskrank gewesen sei und alle hier verachtet habe. *Die Leut' hier haben versucht ihn fertig zu machen, und dann wollt' niemand mehr was davon wissen, warum es für den Ort so gekommen ist*, sagte mein Großvater. *Was die Angst gehabt haben wegen der paar Tuberer. Gut hat er das g'macht.*

57

Die Frau Ministerialrat macht sich Sorgen um ihre Großnichte, zehn ist die Kleine jetzt. Aber wie solle sie, die Frau Ministerialrat, ihr denn helfen können, fragt mich die Frau Ministerialrat im Kreis meiner Familie. Im Kreis, ja, im Kreis, im Kreis. *Die Maria muss das doch selber wissen, dass das so nicht sein darf*, sagt die Frau Ministerialrat über die Kindesmutter, welche ihre Nichte ist. *Die will das nicht kapieren, die Maria*, sagt die Frau Ministerialrat. Die Frau Ministerialrat hat mir nicht geholfen, sie hilft daher jetzt auch dem Kind nicht, das sie wirklich mag. So sehe ich die Sache. Im Kreis immer alles. Als kleines Kind habe ich fest geglaubt, dass die schönen Menschen wie der Konzertmeister und seine Frau etwas ausrichten können, weil mein Vater ja auf sie hört. Und wenn er nicht auf sie hört, können sie trotzdem machen, was sie wollen. Sie seien ja frei und gut. Mein Vater verstehe leichter, wenn die ihm, nicht wir, erklären, was wirklich wichtig und besser ist. Denen glaubt er es. Den besseren Menschen, wie man so sagt. So habe ich mir das als Kind gedacht. Aber sie nahmen mich nie mit. Ich wollte mich in ihrem Auto verstecken und mit ihnen über die Grenze in die Stadt mitfahren, wo sie wohnten und das Konzerthaus war.

Der Erste Geiger bringt seiner Tochter die Geige unter denselben Qualen bei wie vor Jahrzehnten sein Vater ihm, schlägt die Kleine mit dem Bogen und dem Wunderholz, damit sie das Instrument endlich intus hat. In den Kopf muss es, auf den schlägt er daher vornehmlich. Er hatte als Kind aus dem Fenster springen wollen, als sein Vater ihn unterwies. Aus dem Fenster, erzählt er selber oft, wollte er springen, mitten raus aus den Stunden, nicht einmal, sondern in einem fort, damit endlich Ruhe wäre. Der Erste Geiger hat so früh begonnen, ihr die Geige beizubringen, wie es vom Körperalter, von den Händen, möglich war. Sie war, wie gesagt, keine vier Jahre alt. In aller Frühe muss sie üben, bevor sie in die Schule geht, muss früh aufstehen, sie ist immer sehr müde. Jetzt werde es vielleicht anders, sie werde groß, erwachsen werde sie, elf sei sie bald. Elf und ein Elfchen sei sie. Sie schläft abends bis morgens von klein auf wenig, wollte immer bei den Konzerten mit dabei sein, als sie klein war, bis jetzt noch sei das so. Ihre Eltern erzählen, dass es so gewesen sei und dass sie das immer noch so haben möchte. Sie verstehe nicht, sagt die Frau Ministerialrat, dass ihre Nichte Maria nicht etwas tut dagegen, sondern das alles zulässt, was der Kleinen widerfahre. Die Kleine sei nicht so robust wie Maria, sondern so, wie Marias Schwester gewesen sei. Marias Schwester ist mit fünfzehn an Leukämie gestorben, war der Liebling aller gewesen, jedem Menschen freundlich zugetan, zugehend, herzlich, fröhlich, offen, unverdrossen, jeden Menschen gewann sie flugs lieb und er sie. *Gar nicht so wie die Maria*, sagt die Frau Ministerialrat. Maria sei arrogant, lieb zwar, aber sehr auf Distanz bedacht. Die Frau Ministerialrat hat Angst, dass die kleine Geigerin ihnen wegstirbt, wie damals Marias Schwester auf einmal tot war. Plötzlich sei damals alles schrecklich gewesen. Das ganze Leben. Die kleine Geigerin haben der Erste Geiger und seine Frau Astrid Maria getauft. Und wenn sie sie besonders liebhaben, sagen sie Mariechen. Die Frau Ministerialrat sagt immer *das Kind*. Nur wenn sie mit dem Kind redet, sagt sie *Mariechen*.

Als ich ein kleines Kind war und nicht wusste, wie schwer alles bei ihnen war und sie es hatten, wunschdachte ich wie gesagt, dass sie mich mitfortnehmen. Ich würde mich in ihrem Auto verstecken und wenn sie mich dann erst im Ausland im Auto finden, muss ich nie mehr zum Vater zurück. Nie mehr. Maria mochte ich. Sie mich nicht, sie hielt mich für ein sehr kleines Kind, das sehr wenig versteht. Sie ging bei ihrem Urteil vom Milieu aus und von mir als Person. Ich nahm es ihr nie persönlich, weil sie sehr attraktiv war, ihr Aussehen, ihr Reden, wie sie sich bewegte. Anfangs arbeitete sie in einer Bank, dann war sie Gastgeberin und managte ihren Mann beruflich und sie wollte über ihre Familie ein lustiges Buch schreiben. Freute sich schon sehr darauf. Das Buch hat sie für das eigene Gemüt gebraucht. Es waren nämlich alle in der Familie untereinander zerstritten und unversöhnlich, Bruder, Schwester, Schwiegertochter, Mutter, Vater, Tochter, quer, kreuz. Maria schrieb daher ein Buch über eine glückliche Familie, ihre. Über sie alle. Maria war sehr zuversichtlich und stand dann auch schon im Briefwechsel mit dem Verlag und in Gesprächen mit dem Lektor. Ein fröhliches kleines Werk solle es werden. Der Frau Ministerialrat missfiel Marias Vorhaben. *Die Maria kann das nicht, so etwas bringt die Maria nicht zustande. Und auch noch eine Familiengeschichte!*, sagte die Frau Ministerialrat.

Die Frau des Bruders der Frau Ministerialrat litt an Multipler Sklerose und hatte große Angst vor seiner Familie. Er auch, aber nicht wie seine Frau, dass er von seiner Familie vergiftet wird, namentlich von der eigenen Mutter. Die Angst seiner Frau hieß paranoid und er war Regierungsrat, las für sich allein als junger Mensch in einem fort Karl Kraus und in seinem kleinen Zimmer die heiligen Messen vor dem Altar. Seinen Kinderaltar hatte er selber gebastelt und den trug er von Kind an mit sich herum und als junger Mann auch noch. Irgendwann fing er zu trinken an und war dann Marias Vater.

Ob ich überhaupt verstehe, fragte Maria. *Alles*, sagte meine Tante. Und jetzt, jetzt fragt mich die Frau Ministerialrat, was die Frau Ministerialrat tun soll. Als Kinder hatten sie viel miteinander gespielt, meine Tante und meine Mutter mit Maria und mit Marias Schwester. Sie haben zusammen die Wände im schönen großen Haus bemalt. Alle schimpften deshalb mit ihnen. Maria und meine Tante malten viel. Meine Tante gewann einmal als Kind einen Preis, eine Marshallplanförderung war der. Meine Tante malte Erde und Pferde. Und Maria wäre später gerne Malerin geworden, malte Toulouse-Lautrecs und am liebsten Bilder von van Gogh ab. Die hingen dann im schönen großen Haus. Und wenn Maria die Namen der beiden Berühmtheiten statt des eigenen unter die kopierten Bilder und Zeichnungen schrieb und die Signaturen nachvollzog, machte ihr das die große Freude. Und ich, ich bildete mir eben ein, ich könnte mit den Menschen fort, auf und davon. Mit Maria und mit Marias Mann und dann mit dem Baby Astrid Maria zusammen. Ich verstand ja wirklich nichts. Maria hatte doch recht gehabt. Sie kamen mit der Frau Ministerialrat zusammen jedes Mal ein paar Stunden zu uns, wenn sie bei ihr auf Besuch waren. Als mein Vater tot war, genauso.

58

Der Erste Geiger sagte gleich nach dem Tod meines Vaters einmal, wir sollen den großen schweren Tisch hochheben. Wir waren zu viert dafür. Jeder solle nur einen Finger verwenden. Vier Tischseiten und vier Finger. Das ging sofort. Ganz leicht. Wie von selber. Der Erste Geiger lächelte dann, nickte. Nicht nur dass ich nichts fühle, wenn Musik stattfindet, sondern ich mag Musik nicht. Musik ist mir nicht bloß egal, sondern ich bin dagegen. Musik stört mich, wenn ich sie vor mir sehe. Sie ist mir unangenehm. Nur lautes und dummes Getue, sonst nichts ist die Musik in meinem Empfinden. Marias Mann sagte, dass ein amerikanischer Komponist ein Violinkonzert für ein Wunderkind geschrieben habe. Das Stück sei für das Mädchen aber viel zu leicht gewesen, es habe sich darüber beschwert. Der Komponist habe das Konzert daraufhin so bösartig umgeschrieben, dass es unspielbar wurde. So etwas sei eine Gemeinheit, sagte der Erste Geiger, einem Kind so die Freude zu nehmen. Er selber habe sich in jungen Jahren zum Gelderwerb auch als Jazzgeiger versucht, und zwar an Bachstücken, sagte der Konzertmeister, und an Paganini. Bei Schönberg, sagte der Konzertmeister einmal, merke man, was Musik wirklich sei: *Absolut. Unausweichlich. Dass Kunst nicht von Können kommt, sondern von Müssen.*

Einmal erzählte Maria lachend, wie sie ihren Mann kennen gelernt und sich in ihn verliebt habe; dass er damals alles, was er besaß, in seinem winzigen Zimmer in einer einzigen Kiste aufbewahrt habe. In die Truhe sei alles reingeworfen und rausgeholt worden. Dass das seine Welt gewesen sei. Mehr habe er nicht gebraucht. Und dass er immer so lustig war und dass er als Kind viel lieber ein anderes Instrument als die Geige erlernt hätte. Und dass er felsenfest glaube, dass Kinder durch die Musik weniger krank sind als andere Kinder und mehr Chancen im Leben haben, und immer sage er ihr, wie dankbar er seinem Vater sei, weil die Musik sein Leben geworden ist. Und von einem Studienkollegen, der sich sein Geld zwischendurch mit Taxifahren verdiente und deshalb im Fahrzeug Trompete übte, bei Tag und bei Nacht, mit Schalldämpfer, viel Schamgefühl und viel Überwindung, erzählten sie auch. Und einmal auch über Ivan Rebroffs Homosexualität im gemeinsamen Bekanntenkreis. Über Kollegen redete das Ehepaar ansonsten nie. Der Erste Geiger sagte zu mir einmal, wie sozial Musiker seien. Denn sie spielen ja für das Publikum, und bei einem Orchesterkonzert beispielsweise müssen alle aufmerksam zusammenspielen und alles müsse zusammenpassen, das sei sozial. Denn andernfalls sei die Musik, die gespielt wird, schlecht und man könne sie sich nicht anhören. Und das Publikum reagiert sofort. Eben weil Musik so sozial sei.

Aus dem Mund des Ersten Geigers kam viel. Er ist ein sehr freundlicher Mensch, Maria ist auch sehr menschenfreundlich. Der Erste Geiger trank immer viel, auch mit meinem Vater, und sie waren fast Freunde. Der Geiger hatte immer Angst um seine Hände, dass sie ja gesund bleiben und dass sie nicht verunfallen, war lebhaft, amüsierte sich gerne, war gerne in Gesellschaft, in der meines Vaters auch. Er sagte, mein Vater sei ein Blender. Mein Vater erbrach mit ihm an einem Baum, und auch er hatte um die Hände des Geigers Angst. Der Geiger und seine Frau haben die kleine Astrid nie mit zu uns herauf gebracht. Ich kann mich nur an ein einziges Mal erinnern, dass sie mit bei uns war. Auch als Baby nahmen sie Mariechen nicht mit herauf zu uns.

59

Die Frau Ministerialrat fragt jetzt mich. Mich. Den Konzertmeister hat sie vor ein paar Tagen zu Maria sagen hören, was sie beide mit dem großen Haus und dem großen Garten nach dem Tod der Frau Ministerialrat machen werden, wenn das alles einmal ihnen gehöre. Einzig Marias Tochter habe sie heute daher als Alleinerbin eingesetzt, sagt die Frau Ministerialrat zu mir. *Nicht diese furchtbaren Eltern. Die kriegen nichts. Was sind das für Menschen. Die will ich nie mehr sehen*, sagt sie. Nach ihrem Unfall war sie eine Zeitlang bei ihnen gewesen. An irgendeinem Geburtstag bekam irgendjemand eine riesige rosige Busentorte. Damals sei der Frau Ministerialrat, sagt die Frau Ministerialrat, übel geworden. Überhaupt und vom Marzipan. Und wie er das Kind mit der Musik quäle! Endlos! Das habe sie in der Zeit damals selber wahrgenommen, als sie bei ihnen wohnte. Nein, sie wolle die alle nie mehr sehen. Nur das Kind.

Was sie denn tun solle. Sie ist allein mit mir, als sie mich fragt. Sie sagt in einem fort, sie wolle weder Maria noch den Konzertmeister jemals wieder sehen müssen. Am Sterbebett auch nicht. Und dass sie ja nicht zu ihrem Begräbnis kommen! Der Konzertmeister hat ihr schon versichert, dass er mit Sicherheit nicht zu ihrem Begräbnis kommen wird.

Sie sind die Erbtante, sage ich, *Sie können alles, was Sie wollen. Sie können durch das Erbe viel erzwingen für das Kind.* – *Du irrst dich*, sagt sie. Ich lasse es sein. Sie erzwingt den Schutz für das Kind nicht. Ich ärgere mich, die Sache geht mich nichts an. Zweimal, dreimal im Jahr werde sie das Mädchen in der Stadt zu verabredeter Zeit treffen, sagt sie. Es ist für sie offensichtlich einfacher so. Und sie fragte mich, damit ich ihr sage, dass man nichts tun kann. Mich. *Mit Geld geht alles*, sage ich. Sie schüttelt den Kopf. Sie ist sehr beunruhigt, weil Astrid in der Schule geschlafen hat, einfach eingeschlafen sei sie. Von der ersten Klasse Volksschule an sei es Astrid Maria so gegangen, und das werde immer schlimmer statt besser, jetzt habe das Mädchen gar nicht ins Gymnasium können, sondern musste in eine Hauptschule. *So hat der mit dem Kind gelernt, dass das jetzt so ist*, sagt die Frau Ministerialrat.

Der Bruder der Frau Ministerialrat hatte, wie gesagt, zwei Töchter und sich als Kind selber daheim einen Priesteraltar zum Beten und Hin- und Hertragen gebaut. Mit ihrem Bruder verstand sich die Frau Ministerialrat nie mehr. Ich glaube, sie gab ihm die Schuld am Tod seines Kindes. Seine Tochter Maria kam auch nicht zu seinem Begräbnis. Sie sagte zu ihrer Rollstuhlmutter, sie könne im Moment nicht fort, ihr Mann habe gerade ganz wichtige Auftritte, Konzerte, Wochen, den Beruf, Pflichten. Und die Tochter, die springlebendige, die mit fünfzehn an Leukämie gestorben ist und nichts Böses an sich hatte, sagte immer: *Nur die Ruhe putzt die Schuhe*, war ohne jede Scheu, hat keine schlechten Erfahrungen gemacht, gute nur. Sie hat Mandoline gespielt. Wie ihr eigenes Kind sei Marias Schwester für sie gewesen, sagt die Frau Ministerialrat. Und immer wieder sagt sie, dass das Kind jetzt genauso sei wie das Kind damals.

60

Sie klagt oft, in der Kriegszeit sei es den anderen im Vergleich zu ihr selber gutgegangen. Sie habe in der Hauptstadt Hunger gelitten. Ein bisschen Milch und Brot habe sie nur gehabt und im Milchglas beim Trinken Wanzen. Einmal habe sie gesehen, wie die Menschen sich auf der Straße auf ein Pferd gestürzt und es aufgefressen haben. Keine drei Minuten habe das gedauert. Nur der Pferdeschweif sei dann noch dort gelegen. Und wie zwei hohe SS-Offiziere auf der Straße erschossen wurden und dann in ihren schwarzen Uniformen herumgelegen seien, auf der Straße vor ihrem Fenster, und niemand habe sie weggeräumt und vor kurzem noch der Jubel um die alle. So sei es zugegangen und sie sei alleine gewesen. Die vielen Bombenangriffe, die sie aushalten habe müssen. Die Amerikaner seien Feiglinge gewesen, die hätten bloß ihre Bomben abgeworfen, anstatt zu kämpfen. *Die Russen haben wirklich gekämpft*, sagt sie, lacht, erzählt am liebsten von dem freundlichen jungen russischen Soldaten, der ihr über den Weg gelaufen ist. *Ein Kind schaut groß ein Spielzeug an im Schaufenster*, sagt sie. *Ein russischer Soldat kommt die Straße entlang, schaut das Kind an, schaut das Spielzeug an, schlägt die Scheibe ein, greift rein, gibt dem Kind das Spielzeug. Das hat mir gefallen.* Sie lacht, ihr Gesicht ist weich. *Die Masse und die Gosse sind schuld am Hitler gewesen, nicht die Elite. Die Elite hat ihn nicht gewollt*, sagt sie auch. Die Bauern haben immer alles gehabt, sagt die Frau Ministerialrat auch. Ihr Vater und ihre Mutter lebten hier auf dem Land in der Zeit.

Es sei so schön, mir erzählen zu können, sagte sie manchmal zu mir, ich sei ein Freund. *Schuft* nannte sie mich auch manchmal, lächelte.

Es war natürlich außerordentlich viel, was sie tat und als Frau erreichte. Das Studium der Rechts- und Staatswissenschaft, die Karriere. Sie war mit ihrem Mann kein Jahr lang verheiratet. Er war wie gesagt Bankdirektor und ein Klaviervirtuose war er auch. Wenn sie von einem Konzert heimgekommen waren, spielte er auf dem Flügel aus dem Gedächtnis, was er die Stunden über gehört hatte. So ein gutes Gehör und Gedächtnis soll er gehabt haben. Und ein unvorstellbares Repertoire. Die Wohnung, in der sie nach der Hochzeit daheim waren, war wie gesagt die einer jüdischen Familie. Es war im Empfinden der beiden alles in Ordnung, denn sie waren verheiratet und lange schon verliebt gewesen, zwei junge Menschen in einem neuen Zuhause. Die Frau Ministerialrat und ihr Mann hatten das Leben und die Zukunft vor sich. Gleich unterhalb war die Bank. Ich hätte ihn gerne gekannt. Er wollte nicht in den Krieg. Als er nach einer Zeitlang doch nicht entkam, ist er auf der Straße vorm Hausportal an einem Herzinfarkt verreckt. Da hätte er also zwar auch im Feld sterben können. Aber so hat er im Krieg, im Feld, niemanden umgebracht. Den Einrückungsbefehl hielt er in der Hand, als er starb. Seine Frau hatte sein Kind im Leib. Sie erlitt eine Totgeburt. Die Frau Ministerialrat konnte nicht aufhören zu weinen.

61

Im Verteidigungsministerium, in dem mein Vater arbeitete, gab es rauf und runter einen schnellen Paternoster. Aus dem kam ich als Kind schwer raus. Auch im Finanzministerium, wo die Frau Ministerialrat wirkte, war das so. Die waren überall rauf und runter und nicht zum Rauskommen. Ein einziges Mal fuhr ich mit dem normalen Lift. In dem stand dann zufällig der Minister, der sich später dann erschossen hat. Ich war recht klein, mein Vater stellte mich ihm vor, der Minister war auch klein und gab mir die Hand, und später eben hat man ihn mutterseelenallein im Holz aufgefunden. Die Frau Ministerialrat sagte an dem Tag, als der Minister mir die Hand gegeben hatte, es sei nichts Besonderes, einem Minister die Hand zu geben. Der Vater ärgerte sich deshalb über sie und wir drei aßen dann in einem Gasthaus aus einer gemeinsamen Pfanne für alle, vor der man so lange warten muss. Ich verbrannte mir dabei den Mund.

Er verwöhne mich zu sehr und dass er mich immer unter einen Glaskasten stellen wolle, damit mir nichts Böses geschehen könne, sagte die Frau Ministerialrat auch einmal zu meinem Vater. Ich stand daneben und kam durcheinander. Der Vater und sie fuhren oft zusammen mit dem Auto in die Hauptstadt in den Beruf und meist zusammen heim, Montag, Freitag. Als ich ein Kind war, waren in den Büros und in den Kasernen wie gesagt seltsame Menschen. Die Frau Ministerialrat wollte mich, als ich vierzehn geworden war, in eine Landwirtschaftsschule geben, mein Vater auf eine Militärschule. Meine Mutter war gegen beides. Und einmal, viel später, schenkte die Frau Ministerialrat mir eine Uhr und einmal ein Funkgerät und auch sonst oft etwas, das ich nicht brauchen konnte. Einmal sagte sie zu mir, ich dürfe niemals meine Kinder schlagen. Das war ein Schlag, dass sie mir das zutraute, dass ich das tue. Man wisse, dass das so sei, sagte sie. Mein Vater habe mir das Reden abgewöhnt, sagte sie manchmal auch. Aber das verstand sie falsch.

Sie war als Kind mondsüchtig gewesen und konnte gut mit Wünschelruten umgehen. Sie mag die aber nicht, legt die immer gleich wieder weg. Im Ort gab es einen Mann, der war behindert und der Sohn eines Generals. Der General war bei einer Parade vom Pferd gefallen und zum Sohn nie gut. Mein Vater schaffte dem behinderten Mann immer an, meinen Kinderwagen den Hügel hinaufzuschieben, damit er sich selber nicht anstrengen musste. Der Behinderte, den die meisten im Ort für debil hielten, war plötzlich in meine Tante verliebt und meine Tante war sehr traurig darüber und niedergedrückt, niedergeschlagen, und weinte, weil mein Vater ihn ihr immer mitbrachte, herlockte und ihm Hoffnungen auf sie machte. Mein Vater soll jedes Mal vor Vergnügen in einem fort gegrinst haben. Jahrzehnte später haben ein paar Künstler den Behinderten in einer offiziellen Zeremonie zum Ehrendoktor erklärt. Ich glaube, der Behinderte war sehr stolz darauf. Einer der Künstler aus dem Ort exhibitionierte sich bei der dazugehörigen öffentlichen Einweihungsfeier. Er war ziemlich berühmt und mit der Dorfpuffmutter verwandt und der Enkel eines der alten Männer, die den Stricher vergewaltigt haben sollen. Tauben züchtete der alte Mann. Er und seine halbblinde Frau waren immer sehr nett zu mir, haben mir als Kind zu trinken gegeben, waren freundlich. Ich weiß nicht, ob der Enkel sich zu Tode trank oder dorthin fuhr. Mein Großvater sagte jedenfalls immer, der behinderte Mann, der dann seinen Ehrendoktor bekam, sei geistig völlig normal, habe allein durch seinen Vater die schwere körperliche Behinderung beim Reden und Gehen. Mein Großvater war dabei gewesen, als der General bei einer großen Parade vor allen vom Pferd fiel. *Der Vater ist der Trottel gewesen, der Sohn ist ein ganz normaler Mensch*, sagte mein Großvater oft zu mir. Die Frau Ministerialrat musste, erzählte sie mir, immer lachen, wenn mein Vater den behinderten Mann dazu brachte, meinen Kinderwagen zu schieben.

62

Das Gesicht und das Wesen der Frau Ministerialrat erinnerten die Leute an eine beliebte Schauspielerin, die nach dem Krieg berühmt war und niemals älter zu werden schien. Im Krieg war die Frau Ministerialrat auch schon im Finanzministerium gewesen, genauso wie die Schauspielerin jung beim Film gewesen war. Die Frau Ministerialrat sagte stolz zu mir, man müsse auch in sexuellen Dingen immer die Würde bewahren, und machte sich sofort große Sorgen, dass Nepomuk und ich *schwül* seien. *Schwül*, sagte sie.

Einmal hat sie sich in einen holländischen Homoerotiker verliebt und war dann empört. Ein befreundetes Ehepaar hatte ihn ein paar Mal zu ihr mitgenommen. *So jemanden bringen sie zu mir*, sagte sie, *was denken die sich*. Das Ehepaar war hofrätlich. Der Hofrat hatte die Frau Ministerialrat heiraten wollen. Damals hatten sie allesamt ihre Amtstitel noch nicht. Nur die Liebe. Die Frau Ministerialrat liebte ihren Mann von ganzem Herzen und als sie beide von der Hochzeit am Standesamt mit der Straßenbahn fortfuhren, sah sie plötzlich den Hofrat, wie er der Straßenbahn auf den Schienen nachlief. Er war ein sehr langer und sehr bescheidener Mensch. Er habe nichts dargestellt, man habe immer lachen müssen, wenn man ihn gesehen habe, wie er war, sagt die Frau Ministerialrat. *Lange Beine wie ein Heuschreck*, scherzt sie. *Er war ein Kümmerer. Mehr war nicht los mit ihm. Kümmerlich war er.* Seine Frau dann war Französischlehrerin, immer sehr freundlich und fröhlich und zugleich sehr distinguiert.

Noch welche kamen oft zu Besuch zur Frau Ministerialrat. Ein sehr deutsches Geschwisterpaar. Er unterrichtete an meiner Mittelschule. War normal. Die Kinder mochten ihn daher sehr. Seine Schwester unterrichtete Deutsch und kaufte sich zur inneren Ruhe Dreigroschenromane, ein paar jeden Tag. Die korrigierte sie in einem fort und erbost durch und gab denen handschriftlich schlechte Noten und schrieb die Begründung darunter. Als Kind wurde ich zum Tarock geholt, wenn die Gäste in nicht ausreichender Spieleranzahl zugegen waren oder nicht jeder spielen wollte. Was die miteinander geredet haben, war mir langweilig. Und wenn sie böse waren aufeinander und beleidigt, habe ich das überhaupt nicht verstanden. Sie waren allesamt nett.

Eine resolute Frau war auch oft zugegen. Deren Bruder war ein berühmter Komiker, Filmschauspieler. Unfreundlich und geizig soll er gewesen sein, aber ein Publikumsliebling war er. Die geschiedene Frau eines beliebten Schauspielers für Kinder kam, glaube ich, auch einmal auf Besuch und erzählte der Frau Ministerialrat, wie ekelerregend der Mann gewesen sei und dass er immer fetter wurde, und der Frau Ministerialrat ekelte es mit ihr gemeinsam.

Und eine sehr liebe Frau war auch oft zu Besuch, zu der sagte ich als Kind immer Sirene. Die mochte ich am meisten. Sie war besorgt um mich. Sie hat mich jedes Mal gefragt, wie es mir mit meinem Vater ergehe. Zu meinem Vater sagte sie, dass er mir nichts tun darf. Sie hieß Irene und berichtete mir, als mir das Gymnasium bevorstand, von ihrem Sohn und dass er sich in Latein überhaupt nicht zurechtgefunden habe und sie auch sonst dauernd zu den Lehrern in die Schule habe laufen müssen und bei ihnen für den Sohn vorsprechen und dass das aber nichts genutzt habe, weil er einfach nicht verstanden habe, worum es gegangen sei. Viele Jahre später habe ich dann zufällig einen Antrittsvortrag von ihm gehört und ihn bald darauf auch im Fernsehen gesehen. Er gab Bericht, was seine Genetikerkollegen alles wissen und was sie alles tun werden. Die Not, das Elend, den Hunger besiegen werden sie, den Krebs, die Müllberge, die Wüsten, und dass sie völlig neue Rohstoffe aus dem Nichts gewinnen werden. Das werden sie alles sehr bald zustande bringen. Man dürfe sie bloß nur nicht von Staats wegen so behindern wie bislang. Es könne ja bei ihren Vorhaben ohnehin nichts Schlimmeres auf Erden entstehen als das, was durch die Evolution jetzt schlussendlich schon da sei, sagte er. Seit es das Leben auf der Erde gibt, habe die Natur selber alles schon durchexperimentiert. *Niemand braucht sich zu fürchten*, sagte er. *Es wird nichts entstehen, was nicht schon da ist. Das Falsche und Gefährliche ist von der Evolution schon lange eliminiert worden. Die Furcht ist heutzutage das einzig wirklich Gefährliche.* Man solle also um Gottes willen hierzulande nicht jede Kleinigkeit so tragisch nehmen, sondern sich endlich, bevor es für die hiesige Wissenschaft für immer zu spät sei, die lässige amerikanische Forschungsart zu eigen machen. Wir hier seien schon genug im Hintertreffen. Und einmal dann eben saß er im Fernsehen zur freundlichen Rechten des Wissenschaftsministers. Der Sohn der Frau Sirene ist nämlich ein sehr wichtiger Forscher geworden. Mir fiel, als ich ihn im Fernsehen sah, ein, dass er seine Frau und seine Kinder dermaßen betrogen haben soll, dass sie Rotz und Wasser weinten und ihn hinten und vorn bedienten und nicht aus und ein wussten, weil sie Angst hatten, dass er sie ein paar anderer Frauen wegen verlassen werde. Das war, als er seine Professur übernahm. Da war plötzlich die Welt ganz riesengroß und für seine Familie zusammengebrochen. Aber es ging alles gut aus. Er weigerte sich aber weiterhin, seine Schuhe selber zu putzen. Er hatte zehn oder gar fünfzehn Jahre lang in einem riesigen Pharmakonzern gearbeitet, bevor er dadurch seine Professur bekommen hat und dann die Gentechnik, so gut er nur konnte, hierher brachte. *Gentlemen Agreements unter Forschern sind ausreichend*, pflegte er zu sagen und dass man mehr Kontrolle unter rationalen und intelligenten Menschen nicht brauchen müssen dürfe. *Sonst hören sich Demokratie und Wissenschaft auf*, sagte er. Seine Mutter mochte mich wie gesagt und versuchte, mir zu helfen. Sie war herzlich und gut.

Durch die Mutter der Frau Ministerialrat war ich als kleines Kind jeden Tag auch frei. Sie hat mir gerne das Märchen von dem Buben in einer Räuberhöhle, Mörderhöhle, erzählt, der versteckt unter einem Tisch aufwächst, und einmal dann ist er erwachsen und hebt in seiner Wut die Räubertafel auf, schnellt vom Boden hoch, wirft den Tisch mit aller Wucht um, sodass die alle nur so durch die Gegend fliegen, die Mörder. Das ist mein Lieblingsmärchen gewesen. Brüderchen und Schwesterchen aber eben mehr noch. Das erzählte sie mir nie. Wir spielten jeden Tag Karten zum Kaffee. In der Bibliothek durfte ich sitzen und bei ihr und die Bücher lesen. Da war ich in Sicherheit und von der Bibliothek träumte ich oft in der Nacht. Von der Frau Ministerialrat auch. Der neue Liebhaber der Frau Ministerialrat irritierte mich in der Vorpubertät genauso wie die Schenkelgegend der Frau Ministerialrat, unter und in die ich zufällig blickte und als Kind daher in gewissem Sinne auch geriet. Und ihrer beider Liebeszimmer machte mich damals begehrlich nachdenken und zugleich ängstlich, denn ich hatte trotz allem keine Ahnung. Besagte Gegend fiel mir als Kind oft ein und ich starrte vor mich hin. Irgendetwas ging nicht zusammen.

Wenigstens lernte ich damals gut Tarockieren. Durchs Kartenspielen kam ich als Kind zur Ruhe, egal was wo war. Offene Karten, und trotzdem gewinnen. Das war das Schönste für mich. Und der Pagat ultimo. Dass es so etwas gab! Ein solches Spiel! Dass man nur den letzten Stich machen muss und dass man bis zuletzt eine Chance hat und sich da erst alles entscheidet und darauf muss man hinarbeiten! Und dass die Mondkarte die ganze Welt ist und dass jede einzelne Spielkarte etwas bedeutet, machte mir Freude. Und dass ich nicht wusste, was die Bilder bedeuten, machte mich in einem fort neugierig. Und der Ring, der Gang und der Bettler waren für mich beinahe lebenswichtige Namen. Den Sküs hielt ich als Kind lange für langweilig und unfair; ich freute mich auch nie, wenn ich den bekam. Ich hielt nichts von dem.

Im Haus der Frau Ministerialrat erfuhr ich eine Art Hilfe wie wohl nirgendwo sonst. Das muss man so sagen. Die vielen Bücher im großen Haus bei ihnen, die Märchen, die netten Sachen, die mir die Freifrau erzählte, dadurch war nicht alles immer so schwer. Es war zwischendurch ein ganz anderes Leben. Das verdankte ich ihnen.

Die Frau Ministerialrat lebte in der Wohnung in der Hauptstadt lange mit einem verheirateten Parlamentsabgeordneten zusammen, der dann in einen Lebensmittelskandal verwickelt war, und sie haben sich getrennt. Als Arnold Schwarzenegger zum ersten Mal berühmt ins Kino kam, schaute sie sich den an, weil sie, sagte sie zu mir, seine Muskeln sehen wollte. *Je größer, umso besser*, lächelte sie. Einmal sei sie in einen Porno gegangen, der Kartenverkäufer neben dem Ministerium habe zu ihr *Frau Ministerialrat, das ist aber doch nichts für Sie* gesagt. Und sie habe gesagt, dass das sehr wohl etwas für sie sei. Drinnen seien dann zwei Prostituierte mit ihrer Kundschaft gesessen und der Film sei interessant gewesen und eine Prostituierte habe ihren Kunden dabei mit Hand, Mund und Brüsten bedient. *Mit der zweiten Hur' war nichts los. Die war nichts wert*, sagte die Frau Ministerialrat. *Der arme Mann ist mit dem Onanieren nicht fertig geworden. Den ganzen Film lang hat er nichts zusammengebracht. Hoffentlich hat er ihr nichts gezahlt. Sie ist nur dagesessen. Sie hat nichts für ihn getan, die Hur' die. Stell dir das vor. Nicht einmal zugeschaut hat sie ihm. Das wäre doch das Mindeste gewesen.* Die Frau Ministerialrat fragte, wie ich das sehe. *Naja*, sagte ich. Sie war mutig, ich zitterte. Wir saßen allein in der Wohnung in der Hauptstadt, ich ging dann doch meiner Wege, das Kino hatte sie mir zuliebe erfunden. Ich wolle es doch auch, es habe mir doch auch gefallen, sagte sie auch einmal zu mir und lächelte und schaute mir groß in die Augen und fragte mich, ob ich nicht weiter wisse. Das glaube sie mir nicht, dass ich nicht wolle. Es sei doch immer von mir ausgegangen. Und es war ja wirklich eine Zeitlang immer von mir ausgegangen. Die Frau Ministerialrat hatte auch immer viele Erlagscheine herumliegen, sie spendete viel an karitative Einrichtungen. Das beeindruckte mich. Ich verstand nicht, wie sie einmal so und einmal so sein konnte. Im Vorraum brannte ein kleines rotes ewiges Licht.

63

Einmal, als ich vier oder fünf war, mussten wir uns alle im Zimmer der Tante einsperren. Die Frauen zitterten, mein Vater brüllte vor der Zimmertür. Ich zitterte auch. Sie hatten Angst, er würde uns alle drei erschießen. Durch die Türe durch. *Wir müssen ihm die Waffe ein für allemal wegnehmen*, sagten die beiden Frauen. Er wütete mehr als sonst. Ich glaubte, jetzt sei alles aus, in ein paar Augenblicken seien wir tot. Die Mutter versteckte danach die Waffe oft vor ihm oder vergrub ihm die Munition, gab ihm aber beide Bestandteile auf Verlangen jedes Mal wieder zurück. Als ich mich Jahre später mit der Waffe durch den Mund erschießen wollte, achtzehn war ich, war die nicht mehr da. Die Mutter hatte sie ein für alle Male aus dem Verkehr gezogen.

Einmal schoss der Vater mit seiner Pistole auf einen Kater. Nach drei Wochen kam der Kater wieder, als sei nichts gewesen. Und einmal auf eine der Schlangen, die wir am Gehöft hatten. Die traf er auch nicht. Die war dann im Haus. Wir wären größer gewesen, uns hätte er nie verfehlt.

Die Frau Ministerialrat fragte meine Tante einmal lachend, warum meine Tante und mein Onkel keine Kinder bekommen, ob die Pille schuld sei daran. Der Onkel und die Tante zuckten zusammen. Die Frau Ministerialrat war schon recht betrunken. Sie sagte, als Frau unter Männern müsse man viel trinken können, das gehöre dazu, sei etwas Dienstliches. Der Beruf. Sie erzählte, mein Vater habe ihr so allerhand erzählt, sie lachte den Onkel und die Tante an. Gleich nach der grausamen Frage nach der Kinderlosigkeit war das. Die Frau Ministerialrat setzte spaßig nach. Mein Vater hatte nämlich die Gewohnheit, ihnen ins Zimmer zu laufen, ohne anzuklopfen, der Kühlschrank stand dort. Mein Vater hielt aus Gier nicht aus, dass der Onkel da war. Wenn der Onkel zur Tante kam, drehte mein Vater durch. Wollte ins Zimmer. Er habe der Frau Ministerialrat oft erzählt, er habe ihnen wieder durchs Schlüsselloch zugeschaut, sagte die Frau Ministerialrat. Der Onkel und die Tante litten. Die Frau Ministerialrat redete weiter. Sie war bester Dinge. Das Ritual des Vaters habe ich nie verstanden und warum nicht zugesperrt wurde. Ich habe das nicht verstanden, dass er sich jederzeit überall Zutritt verschaffte. Es gab nicht viele, bei denen es nicht funktionierte.

64

Der Sohn eines dazumal viel gelesenen Sozialdichters – heute wird der Adelige auch noch gelesen und in der Schule lernt man ihn, umgebracht hat er sich dazumal – versuchte die Frau Ministerialrat zu heiraten, als sie beide sehr jung waren. Und als sie nicht wollte, hat er versucht sich umzubringen. Und in Ägypten wollte sie ein reicher Ägypter heiraten.

Um jeden Preis wollte er das. Sie erzählte uns oft vom grünen Nil damals und dass sie aus Verliebtheit tagelang nicht von Schiff gegangen seien und dass die Ägypter das Gold für Götterfleisch gehalten haben und dass die Ägypter auf die Särge Augen gemalt haben, damit die dort drinnen die Welt draußen sehen können. Und dass Spiegel und Leben dasselbe Wort seien im Ägyptischen. In Luxor habe sie kurz vor der Fastenzeit und aus der Ferne eine Prozession für einen Gott mit angesehen. Aus der Moschee dort werde jedes Jahr eine Barke herausgetragen, das sei, habe ihr ihr Gastgeber erklärt, nicht islamisch, sondern ein heidnisches Auferstehungsritual, wenn der Nil gerade seinen Höchststand erreicht habe. Dem Gott der Widder und Gänse zu Ehren werde diese Zeremonie begangen. Ein richtiger Jahrmarkt sei das. Und dass es auch bei uns vor dem Christbaum stattdessen zu Weihnachten oft kleine Kerzenpyramiden gegeben habe, sagte sie.

Sie trägt am liebsten eine abgeschundene kitschige kleine helle Handtasche mit Pyramiden darauf und einem Skarabäus. Die habe der Ägypter ihr geschenkt. Der Käfer sei das Symbol des menschlichen Herzens. Ihre Eltern wollte sie nicht hier zurücklassen müssen, sonst wäre sie beim Ägypter geblieben, sagt sie. Aber von der Ägyptenreise zehre sie ihr Leben lang. Ihr Gastgeber hätte auch ihre Eltern bei sich aufgenommen, aber für die sei das undenkbar gewesen. Also sei sie ihm gegenüber undankbar gewesen.

Der Vater der Frau Ministerialrat war Techniker, kam nicht mehr aus dem Schaukelstuhl. Rollstuhl hatte er keinen. Er schrie nach seiner Frau und bei meinem Vater beschwerte er sich über mich. Wenn der alte Mann mich anschaute, fürchtete ich mich. Er hat Straßen gebaut, die es heute noch gibt. Einmal fuhr er im Bus mit, der Busfahrer schimpfte über die vielen schmalen Kurven, sagte, dass er den Trottel, der diese Straße gebaut habe, gerne kennen würde, damit er dem Volltrottel sagen kann, was der verbrochen habe. Der Herr Ingenieur sagte verlegen, aber sofort, wer er war, und der Busfahrer entschuldigte sich. Die Straße habe damals, entschuldigte sich daraufhin der Herr Ingenieur, nicht anders gelegt werden können, entweder so oder gar nicht. Der Herr Ingenieur soll dazumal lange Zeit ein Spezialist für Unmögliches gewesen sein. Wenn sie in die Hauptstadt kamen, musste die Tochter den alten Mann auf die Hauptbrücke bringen. Die war ein Wunder für ihn, dass die hielt. Die Brücke sei, meinte der Herr Ingenieur, viel schöner als der Eiffelturm. Und wenn die Brücke halte, sei sie ein Meisterwerk. Dass glaubte er aber nicht wirklich.

Einmal erzählte mir mein Vater, nachdem er gerade eben mit dem Herrn Ingenieur, der, bilde ich mir ein, nie in einem Krieg Soldat, sondern zeit seines Lebens Zivilist gewesen war, über das Militär geredet hatte: *Wir haben mit dem Fallschirm abspringen müssen und ich habe solche Angst gehabt, dass ich mich angemacht habe. Wir haben Mussolini aus Monte Cassino herausgeholt. Ich habe mit abspringen müssen.* Ich wusste nicht, ob das Angeberei von meinem Vater war oder wahr, denn er zitterte. Er schaute ganz woanders hin, war plötzlich blass geworden, redete schnell etwas anderes und ging ein Stück weg und war, als habe er hinuntergeschaut.

65

Die Frau Ministerialrat wurde telefonisch terrorisiert. Ihr Busen. Akkurat mein Vater kam ihr zu Hilfe. Die Frau Ministerialrat war ihm dankbar, und die beiden amüsierten sich dann über die Frauen in den Stockbussen und die Männer unten, die in den Stockbussen den Frauen oben unter die Röcke schauten, dann über die Kopulation von Hundepaaren und dann über einen Mann und eine Frau, denen ein Missgeschick widerfahren war. Das Paar sei beim Ehebruch in größte Schwierigkeiten geraten, weil er eine Dauerrektion und sie einen Scheidenkrampf erlitt. Sie mussten deshalb beide mit der Rettung ins Spital gebracht und dort voneinander getrennt werden. Durch die Indiskretion der Rettungsleute wurden sie zum Gespött, zogen von hier weg.

Die Frau Ministerialrat meinte jedenfalls, der Mann am Telefon sei einer der Gendarmen von hier. Das war just der, den ich mochte. Der kam mit seiner Frau an den Sonntagen mitunter zum Kartenspielen zu uns. Da tobte der Vater dann nicht so, aber wenn, dann noch mehr als sonst. Als ich elf war und der Gendarm sah, dass ich nicht in die Schule gehe, sagte er es nur zu mir, dass er das sehe. Und bald nach dem Tod meines Vaters kam er einmal zu meiner Mutter, fragte, wie es ihr gehe, schaute mir zu, wie ich meinen Hund abrichtete, erzählte, vor ein paar Tagen habe er einen Selbstmörder aus dem Fluss gefischt. Das sei schrecklich gewesen. Der müsse seit Wochen schon im Fluss herumgetrieben und dann steckengeblieben sein. Der Gendarm, der die Frau Ministerialrat belästigte, half ihr, als mein Vater gestorben war und ins Haus gegenüber ein junger blasser Mann mit seiner Freundin zusammen einzog, welcher lange im Gefängnis gewesen war. Der durfte dann nicht mehr gegenüber wohnen, sondern musste fort. Überhaupt nicht mehr hier wo in der Nähe durfte er sein. Er bekam hier nichts. Er wohnte dann, glaube ich, in der Nähe des Flusses. Es hieß hier bei uns, er müsse sehr lange im Gefängnis gewesen sein, sonst wäre er nicht so bleich. Da er noch sehr jung sei, müsse er schon sehr jung ins Gefängnis gekommen sein. Er war immer sehr freundlich. Ich weiß nicht, ob das auch deshalb war, weil er im Gefängnis gewesen war. Ich grüßte ihn immer freundlich zurück. Er soll, als es kalt war, mit dem Fußboden geheizt haben, und im Wald wurden Schüsse gehört. So kamen die Leute dann frei von ihm. Einmal sagte er zu mir: *Gell, es ist ein langer Weg.* Die Schule hat er gemeint oder sich.

Den anderen Gendarmen mochte ich nicht. Der redete zwischendurch Latein mit den Leuten. Beim Bäcker und in der Trafik und beim Fleischhauer und mit den Greißlerinnen. Er hatte immer studieren wollen und kam kerzengerade daher. Manchmal redete er auch Französisch. Der kam einmal zum Vater und ich dachte, der Gendarm will etwas unternehmen. Aber die lachten, er schaute mich an, der Vater zeigte ihm seine Pistole. Und der Gendarm ihm seine. Das war alles damals. Der Gendarm heiratete später eine Frau mit noblerem Haus und größerem Grund und einem behinderten Sohn, welcher aber als hochbegabt eingestuft worden sein soll. Dann ließ sie sich scheiden und ging aus dem Ort fort. Der Villenverkauf brachte ihr nicht viel. Es war gerade die Zeit, als es die Probleme mit der Fabrik gab. Dass sie giftig sei. Hier werde nichts mehr etwas wert sein, hieß es. Der bildungsbeflissene Gendarm, nun ohne Frau und ohne Sohn und ohne Villa, aber mit einem beträchtlichen Teil des Verkaufserlöses von Rechts wegen betucht, studierte dann im Alter Alte Geschichte und die der Kunst.

Ein anderer Gendarm, ich weiß nicht mehr, welcher, kannte den Vater vom Krieg her, verweigerte dem Vater empört das Du. Mein Vater lachte ihn daraufhin aus.

Noch einen Gendarmen gab es, der kam aber erst nach dem Tod meines Vaters zu meiner Mutter, zwei, drei Jahre später. Sie waren gleich alt und zusammen zur Schule gegangen, er und sie, und er sagte zu ihr, ohne die Gewerkschaft hätte mein Vater aber auch schon gar nichts zusammengebracht. Überhaupt nichts wäre aus ihm geworden ohne die Gewerkschaft. Das war der Mutter auch nicht recht. Mir gefiel der Gendarm, ich gab aber meiner beleidigten Mutter recht, denn es waren ihr die Worte des Gendarmen gegen die Ehre gegangen und auch gegen ihre Erinnerung, wie sehr sich der Vater abgequält hatte und wie fleißig er gewesen war. Da hatte ich Respekt vor der Mutter, denn man muss Ehre haben. Die Mutter sagte, wenn es nach dem ginge, was der Gendarm zu ihr gesagt hatte, wären sehr viele nichts, gar nichts nämlich, die jetzt etwas sind, hier und sonst wo überall. Als es nach Gurkis Tod mit dem Ort hier meinerseits Wirbel gab und einmal ein paar Burschen, vier, fünf, mir in der Nacht vom Zug heim auf den Fersen waren und grölten, stand der Gendarm gerade zufällig in der Gegend herum und störte das Gaudium. *Den machen wir fertig. Den hauen wir nieder. Tummelt's euch,* brüllten sie gerade, da stand der Gendarm zum Glück da. Später sah ich den klugen Gendarmen, der meinem Vater alle Ehre erst absprach, als mein Vater schon lange tot war, die Verkehrserziehung für die Volksschulkinder den Kleinen vorführen. Es war, als tanze er mitten auf der Straße für die Kinder. Er hatte die Augen geschlossen dabei und lächelte. Samnegdi und ich fuhren gerade auf unseren Rädern an ihm vorbei und freuten uns. Ich hielt ihn trotz allem für einen Feigling.

Ein blutjunger Gendarm kam bald nach dem Tod meines Vaters auch öfter zu uns und ich wusste nicht, warum. Er schaute mich oft an, lächelte. Einmal sagte er plötzlich zu mir, er habe das Recht, meinen Hund zu erschießen. Sogar auf dem eigenen Grund meiner Familie. Er ging dann aber sofort und kam auch nie wieder.

Und einmal, als der Vater noch lebte, kamen die Gendarmen in der Gegend kurz in Verruf, weil ein paar von ihnen in einem der Gemeindekotter einen jungen Mann vergessen haben, den sie zur Ausnüchterung für eine Nacht dort verwahrt halten wollten. Fast zwei Wochen lang, wenn ich mich richtig erinnere, haben die den ohne Essen und Trinken eingesperrt. Die Nieren sind kaputtgegangen. Ich weiß nicht mehr, ob er nachtragend war. Er soll nur dadurch überlebt haben, dass er seinen eigenen Dreck trank.

66

Die Frau Ministerialrat wollte mir eine Zeitlang erklären, was Zufall ist. Den Unterschied zwischen Schicksal und Zufall darlegen. Ich weiß nicht, warum ihr das ein Anliegen war. Zufall sei, wenn sich zwei Kausalketten kreuzen, Schicksal, wenn sie sich schneiden. Die Frau Ministerialrat wäre gerne Mathematikerin geworden wie ihr Vater. Aber dazumal sei ein solches Studium für eine Frau undenkbar gewesen. Einmal riet sie einer Frau, die seit kurzem eine Tankstelle auf einem Pass hatte, sich eine Pistole zu kaufen und sofort zu schießen, wenn ihr etwas verdächtig sei. Die Frau, von der die Ministerialrätin um Rat gefragt worden war, war über die Auskunft glücklich. Im Auto fragte mich die Frau Ministerialrat, ob ich eine bessere Idee habe. *Sie sind Juristin,* sagte ich. *Manchmal geht es nicht anders, so etwas ist Notwehr, da darf man nicht zögern,* sagte sie und fuhr los.

Meine Mutter habe meinen Vater nicht verstanden, sagte die Frau Ministerialrat während der Fahrt zu mir. Meine Mutter habe keine Ahnung von seiner Arbeit gehabt. Mein Vater habe mit meiner Mutter nicht reden können. Die Frau Ministerialrat habe ihm so oft gut zugeredet, er soll doch nicht gleich herumschreien, wenn er heimkommt. Das tat er nämlich jedes Mal, wenn er heimkam. Herein bei der Tür und schreien, draußen im Hof auch schon. Oder schon gleich nach dem Gartentor der Frau Ministerialrat. Er solle lieb sein zu seiner Familie, habe sie ihm gesagt. Meine Mutter habe ihn nie verstehen können, nie. Doch sie, die Frau Ministerialrat, habe ihm in allem gut zugeredet. Deshalb sei er ja so viel bei ihr gewesen, weil er jemanden zum Reden gebraucht habe. Meine Mutter sei eine sehr harte Frau und das nehme immer mehr zu bei meiner Mutter.

Ich sah das nicht so. Meine Großtante zum Beispiel war mager und fleißig. Wenn sie irgendwo Arbeit sah, tat sie die, egal wohin meine Großtante gerade kam. Unaufgefordert und von selber und oft unvergolten tat sie jede Arbeit. Sie war gewohnt, so zu sein. Sie konnte sich mit zunehmendem Alter immer weniger rühren, aber sie war noch immer so. Mithelfen, zusammenhelfen. Sie ging als Aufräumerin, Putzfrau, kniete sich hin und in jede Arbeit hinein, immer auf den Boden, selten arbeitete sie was im Stehen und aufgerichtet. Ihr Rücken war krumm und schmerzte. Sie lachte immer beim Arbeiten. Sie arbeitete auch für die Frau Ministerialrat. Die gab ihr Geld und das Essen gab sie ihr nicht auf einen Teller, sondern einfach auf dem Fettpapier, in dem es eingewickelt war. Als meine Mutter sah, wie die Frau Ministerialrat ihrer Putzfrau servierte, welche die Schwester der Mutter meiner Mutter war, geriet meine Mutter außer sich, wie beleidigend, wie demütigend, wie gemein die Frau Ministerialrat sei. *So ist die Frau Doktor in Wahrheit*, sagte meine Mutter. Aber zu ihr sagte sie nichts. Meine Mutter brachte ihrer Tante damals dann einen Teller von uns und Besteck. Ihre Tante bedankte sich ein paar Mal und lächelte. Meine liebe Tante Christl ähnelt meiner Großtante sehr. Der Fleiß, die Sanftmut, das Vertrauen. Alles für nichts und wieder nichts. Die Freundlichkeit. Immer die Arbeit fremder Leute muss man tun. Meine Großtante lachte auch dann, wenn sie bei der Arbeit ganz allein war und nicht sah, dass man sie sah.

Ihr Mann war auch Schwerarbeit. Mein Großvater kann ihn nicht ausstehen. Als Hitler in der Gegend war, sprang der Mann meiner Großtante vor Freude und Aufregung aus dem fahrenden Zug, weil er glaubte, er habe die Haltestelle verpasst. Wo die Großtante mit ihrem Mann und ihrem Sohn wohnte, in der Nähe des Flusses und der Geleise, hat im Nachbarhaus gegenüber die dortige Nachbarfamilie ein paar ihrer eigenen Neugeborenen umgebracht, sie dann versteckt und vergraben. Die Mutter und der Vater in der Familie taten das. Die Kinder in der Familie, die Geschwister der Ermordeten, wussten von nichts, mussten dann aber auch aus dem Ort und gingen außer Landes. Die Eltern kamen lebenslänglich ins Gefängnis. Es hat alles ewig gedauert bis dahin. Es sollen viele Babys gewesen sein. In den 50er Jahren war das. Der Sohn und die

Schwiegertochter meiner Großtante hingegen waren sehr kinderlieb und nahmen ein fremdes Kind auf, das sonst wohl verloren gewesen, vielleicht gar ums Leben gekommen wäre, und zogen das fremde Kind zusammen mit ihren eigenen Kindern groß. Der leibliche große Bruder des Kindes hatte seine Freundin aus Eifersucht umbringen wollen. Das Mädchen war in der Folge querschnittgelähmt.

67

Der Vater der Frau Ministerialrat konnte weder schwimmen noch Radfahren und hatte seit dem Krieg vor den Fliegern und den Bombern und vor Fallschirmspringern Angst. Seiner Tochter habe er einmal missmutig erklärt, dass ausgerechnet da Vinci das alles erfunden habe, die Fahrräder, die Schwimmreifen, den Fallschirm, die Kriegsmaschinen. Wenn der Herr Ingenieur, Doktor war er auch, etwas sagte, widersprach mein Vater nie. Der Herr Ingenieur schimpfte wie gesagt manchmal über mich, und mein Vater nickte heftig: *Ja, ich weiß eh, der Bub ist so. Was soll ich machen. Ich tu' schon alles.*

Weil ich den Herrn Ingenieur in seinem Haus einmal nicht freundlich genug gegrüßt habe, weil ich Angst vor dem Herrn Ingenieur hatte und nichts mit ihm zu reden wusste, weil er wie aus Stein dasaß, hat er zu mir gesagt, dass eine Höflichkeitsmaschine erfunden worden sei, damit man selber nicht mehr zu grüßen brauche, wenn man zu faul sei. Das wäre das Richtige für mich.

Ich habe den Vater der Frau Ministerialrat wie gesagt immer nur im Schaukelstuhl gesehen. In jedem Raum saß er darin. Ich konnte mir nicht erklären, wie der Vater der Frau Ministerialrat von einem in den anderen kam. Ich sah den Herrn Ingenieur nie gehen und auch nicht, dass sie ihn von einem Zimmer in das andere brachten. Er wurde schnell immer seniler und starrer und seine Frau und seine Tochter litten darunter. Daher erinnerte sich die Frau Ministerialrat, auch als ihre Eltern schon lange gestorben waren, sehr gerne zurück, wie ihr Vater früher einmal gewesen war und was er alles gewusst hatte. Dass Newton ausgerechnet habe, dass die Welt im Jahre 2060 untergehen werde. Die Frau Ministerialrat habe als junge Frau immer große Angst bekommen, wenn ihr Vater von da Vinci redete. Denn der habe, war ihr gesagt worden, Wachs in Gehirne gegossen. Sie habe sich das damals dann immer automatisch vorstellen müssen. Und das Gehirn ihres Vaters müsse dann im Alter wirklich wie Wachs geworden sein, sagt sie. Er habe auch erzählt, dass nach dem Ersten Weltkrieg ein Ingenieur Teile des Mittelmeeres trockenlegen und so Land gewinnen und Kontinente verbinden wollte.

Über einen Physiker habe der Vater der Frau Ministerialrat sich jahrelang begeistert, weil der seine physikalischen Instrumente selber herstellen konnte. Handwerklich sei der Herr Ingenieur, wenn er auf sich selber gestellt war, unglaublich ungeschickt gewesen. Zwei linke Hände und zwei linke Füße habe er gehabt. Ihre Mutter habe ihm deshalb zeit seines Lebens alles machen müssen. Und von Jugend an wurde er immer so leicht schwindelig.

Und dass er, jedes Mal wenn er einen Van Gogh abgebildet sah, an die Kraftlinien von magnetischen und elektrischen Feldern denken musste, erzählte die Frau Ministerialrat auch. Und wenn der Herr Ingenieur hier im Ort zum Zug musste, rannte er immer, egal wie viel Zeit er noch hatte. Sein Mantel soll immer geflattert haben. Am Bahnhof wartete der Herr Ingenieur mindestens eine halbe Stunde lang auf den Zug.

68

Der Herr Ingenieur hat sein Haus von seinem Bruder geerbt. Der Bruder des Herrn Ingenieur lebte so zurückgezogen, wie er nur konnte, starb früh. Seine Haushälterin war seine Geliebte. In seiner Bibliothek standen, seit der Vater der Frau Ministerialrat mit seiner Familie im Hause wohnte, stets an derselben Stelle, gleich neben der göttlichen und neben der menschlichen Komödie, eine Büste Dantes sowie eine pechschwarze Figur. Eine nackte junge Frau. Das schöne Mädchen verstellten sie ab und zu. Dann kam es auf den Tisch. Die Frau Ministerialrat sagte zu mir, dass das die Geliebte gewesen sei. In seinem Testament habe der Onkel verlangt, dass die Statuette mit ihm zusammen begraben werde. Er wolle nicht, dass andere Menschen das blutjunge nackte Mädchen sehen. Der letzte Wille wurde nicht erfüllt. Die Frau Ministerialrat lächelte, sagte: *So etwas sieht man ja nicht so oft. So eine schöne junge Frau.* Das Mädchen muss wirklich sehr jung gewesen sein, als er es kennen lernte. Nach dem Tod des Geliebten musste das Geschöpf aus dem Haus. Die Frau Ministerialrat nahm die Figur oft in die Hand und betrachtete sie lange. *Da kann man nichts machen,* sagte sie manchmal, wenn sie die Statuette zurückstellte.

Der Bruder des Herrn Ingenieur war Bergbauingenieur gewesen und hatte sich die große Bibliothek angelegt, in Übersetzung viel italienische und französische Literatur, dazu in Gesamtausgaben die paar berühmten deutschen Philosophen des 19. Jahrhunderts. Er hat Mandoline gespielt und er soll alles gerechnet und gelesen haben, was er im Haus hatte. In den Übersetzungen das Asiatische und den Grafen Keyserling und Spinozas Ethik; das Mahabharata war dem Bergbauingenieur das liebste Buch und Schopenhauer der wichtigste Philosoph. Zwischen zwei Gedichte von Schopenhauer schrieb er etwas, das ich nicht vollständig entziffern kann. Das eine Gedicht endet: *Sie sind mir alle fremd, die mich umgeben, die Welt ist öde und das Leben lang,* das andere beginnt: *Ein Kobold ist's zu unserm Dienst geworben, uns beizustehn, in unsrer vielen Noth.* Von der handschriftlichen Notiz ist mir nur *So fremd* leserlich. Und *himmlisch.* Und *Wirrwarr.* In Haeckels *Kristallseelen* notierte er gut leserlich auf der ersten Seite: *Urmund, Urdarm, Emma, Bestie, Staatsquallen, Virchow, Leukämie, die Herren Ärztedemokraten, Hungertyphus, Natur kommunistisch. Großzügigkeit???? Wer?* Er besaß etliche Bände eines riesigen Romans über den Antichristen Julian Apostata. Darin stehen die Kürzel: *Chlorreich, Bethlehem, Wahnsinn, Verwahrlosung, Dr. Brambilla, Gefängnis.* Die Bücher des Bergbauingenieurs gibt es alle noch in der Bibliothek. Sie besteht wohl nahezu nur aus seinen. Und die Mandoline gibt es auch noch. Auf der hat dann Marias Schwester gespielt. Gott, die wirklichste Wirklichkeit, das war, als ich ein Kind war, glaube ich, die Bibliothek, und von ihr träumte ich auch oft. Und wie gesagt von den Büchern in ihr. Und von den Dingen in ihr.

Die Mutter der Frau Ministerialrat erklärte mir einmal das Nibelungenlied, das ich als kleines Kind in der Bibliothek gefunden hatte und nicht lesen konnte. Um die Arbeit, die die Adeligen verrichten, gehe es darin, sagte sie. Das sei aber alles nicht wahr, es sei nichts dran. Briefadel war sie, weiß ich heute, aber nicht, was das ist. Die Leute redeten sie alle immer nur mit ihrem bürgerlichen Gattennamen an. Sie war sehr zufrieden damit. Sie war ein sehr bescheidener Mensch. Aber auf ihre goldfarbene Gesamtausgabe von *Tausend und eine Nacht* war sie stolz. Aber *Tausend und eine Nacht* mochte ich überhaupt nicht. Allein schon, dass da eine Frau um ihr Leben erzählen muss und immer nur das reden darf, was der Mann, der sie umbringen wird, hören will, war für mich als Kind bedrückend und schmerzvoll und mir wurde wirklich schlecht davon. Allein vom Gedanken. Immer wenn jemand von dieser Prinzessin erzählte, wurde ich sehr traurig. Ich war angewidert. Und die Karl-May-Bücher in der Bibliothek empfand ich als langweilig.

Buschs Zeichnungen mochte ich als Kind von den Büchern in der Bibliothek am allerliebsten. Frau Selier sagte mir, dass Busch Ingenieur werden hätte sollen, wie ihr Mann einer gewesen sei, und dass Busch geraucht habe und dass das nicht gut sei und dass er Imker war und Imker oft rauchen, damit sie nicht gestochen werden. Und sie trug mir auch oft ein Gedicht von ihm vor, wollte, dass ich es ihr Satz für Satz nachspreche und auswendig lerne. Das Gedicht geht wohl so: *Es sitzt ein Vogel auf dem Leim. Er flattert sehr und kann nicht heim. Ein schwarzer*

Kater schleicht dazu. Da sagt der Vogel sich: Weil mich jetzt gleich der Kater frisst, will ich keine Zeit verlieren und noch ein bisschen quinquilieren. – *Quinquilieren* hieß ihr Lieblingswort. Einen wirklichen Imker gab es in unserer Gegend, als ich ein Kind war, aber auch. Er war zu allen Leuten sehr freundlich, fuhr mit einem winzigen Auto. Es war dem Imker unangenehm, wenn mein Vater brüllte, und ich tat ihm leid. Mein Großvater hätte es gerne gesehen, wenn ich vom Imker ein bisschen etwas gelernt hätte. Die Freifrau hingegen mochte den Imker nicht. Das habe ich nicht verstanden. Ich glaube, seine Gestalt missfiel ihr einfach. Oder sie hatte vor ihm Angst, weil sie viel allein war.

Und die Semmel zu unserem gemeinsamen Nachmittagskaffee brachte jeden Tag ein Bäcker, der Austräger. Seine Kraxe war steinschwer. Alles zu Fuß musste er schleppen, seine Ware den ganzen Ort durch und durch den Nachbarort auch. Die Hunde bissen ihn, die Esel traten und bissen ihn, und er, er hatte mit der Zeit Angst vor den Hunden, den Eseln, der Spritze und dem Arzt, der die ihm geben wollte, damit der Austräger keinen Wundstarrkrampf und keine Blutvergiftung bekommt. Er trug die Gebäckbude am Rücken, tagtäglich, und bergauf und bergab. Er war immer freundlich, lächelte. Eine Semmel kaufte die Frau Edle jedes Mal nur. Die eine Semmelhälfte bekam ich, die andere halbe Semmel aß sie. Wenn er wieder allein vor der Tür war, hörte man ihn oft jammern: *Eine Semmel! Eine Semmel! Dafür muss ich alles heraufschleppen.* Das war wahr, er hatte recht. Es war jedes Mal so. Er demonstrierte, protestierte auf diese Weise, probte den Aufstand. Die Frau Edle ärgerte sich, dass er jammerte. War erbarmungslos, kaufte ihm kein einziges Mal mehr als zwei Semmeln ab und fast immer wie gesagt nur eine einzige. Ein Moped bekam er erst am Ende. Da war er aber selber auch schon am Ende und wollte er sich umbringen. Er sprang zu dem Zweck vom ersten Stock seines Hauses. Das Bein war kaputt und Komplikationen gab es zuhauf. Es war kein Leben und kein Tod für ihn. Er habe nur mehr geweint, erzählten die Leute. Seine Frau hatte ihn verlassen. Er hatte gebaut, das Haus war nichts mehr. Im Spital ist er dann ganz armselig gestorben. War nicht alt. Dass er sich immer über die eine Semmel beklagte, war für die Mutter der Frau Ministerialrat jedenfalls kein Quinquilieren, sondern ungeziemend. Ich denke mir, sie hat ihn als primitiv empfunden. Oder als jämmerlich. Er tat ihr einfach nicht leid, sondern bloß seine Arbeit.

Samnegdi und ich haben jetzt einmal einen Vogel samt Käfig geschenkt bekommen. *Stigelit. Stigelit*, hat der in einem fort geschrien. Und ich ihm zuliebe gepfiffen. Wenn wir den Käfig putzten, haben wir den Vogel herausgenommen. Im Freien reinigten wir schnell den Käfig, und der Vogel saß derweilen einfach im Freien und rührte sich nicht. Der flog nicht weg. Aber einmal ist er plötzlich auf und davon. Ein Stieglitzschwarm ist vorbeigeflogen, hat sich in gut hundert Meter Entfernung in einem Obstbaum niedergelassen und unser Vogel ist auf und davon. Meine Leute sagten dann, wie dumm ich sei und dass der Vogel sicher umkommen werde. Aber das glaube ich nicht. Alles ist besser als das ewige Quinquilierenmüssen.

Ein Exemplar von *Mein Kampf* gibt es auch in der Bibliothek. Das ist ein Hochzeitsgeschenk des Standesamtes gewesen. Und ein Reclambüchlein mit Nietzschegedichten, darin hat handschriftlich ein SS-Rittmeister *Unsere Ehre heißt Treue* geschrieben und seinen Namen und Rang. Die Frau Ministerialrat selber liest am liebsten den *Paten* und die Ibsenbücher ihres Onkels und den Storm. Und ihren Böll und Thomas Mann. Und Wildes *Dorian Gray*. Vor dem hatte ich als Kind fürchterliche Angst. Die Frau Ministerialrat lachte darüber und sagte zu mir, Wildes Mutter sei an vielem schuld gewesen. *Nur die Mutter.* Ich verstand nicht, was sie meinte.

Die Frau Ministerialrat erzählte später lange Zeit noch fast jeden Tag ihrer toten Mutter eine Neuigkeit, auch fragte sie sie immer unwillkürlich um Rat und erschrak jedes Mal, dass ihre Mutter ja schon gestorben und nicht mehr hier bei ihr sei. Marias Mann mochten sie lange sehr, einmal reparierte er ihnen ihr verstopftes Klo. *Er ist ein guter Mensch*, sagte die Frau Ministerialrat, als er mit dem Arm im Dreck steckte. Einmal wäre die Frau Ministerialrat fast aus dem höchsten Fenster ihres Hauses gesprungen. Das Türschloss war nicht mehr aufzubekommen. Sie schrie und niemand hörte sie. Dann nach Stunden doch noch jemand rechtzeitig. Sonst wäre sie gesprungen.

Wie es in den 1960er und -70er Jahren in der Schule war und wie mit den Penissen in Jugoslawien.

69

Wie die Jugoslawen und die Russen gegen die deutschen Soldaten gewütet haben und dass die deutschen Soldaten mit den eigenen Penissen im Mund tot auf den Wiesen herumgelegen seien und mit abgeschnittenen Hoden und im eigenen Blut und vor den Häusern, brachte uns der Herr Dr. Otto Niederle in der philosophischen Propädeutik bei, und zwar in den Jahren 1978 und 1979. Der Lehrer Dr. Niederle sprach sehr vielen aus meiner Klasse aus dem Herzen und den in der Schule besonders Guten im besonderen Maße. Ich konnte ihn nicht ausstehen. Freundschaft mit Schulkollegen vermied ich auch daher.

Einer der Schulkollegen, die ich als Freunde empfand, hatte infolge eines Verkehrsunfalls, den er als kleines Kind erlitten hatte, nur ein Bein und an einer Hand hatte er nur drei Finger und die Wirbelsäule und der Brustkorb taten ihm immer weh. Er spielte sehr gut Tischtennis, konnte auch in der Darstellenden Geometrie sehr gut zeichnen, war ein guter Schwimmer, sehr guter Schachspieler, konnte gut Sitzfußballspielen, fuhr Schi, ging beim Bergwandern mit, war wohl der beste Schüler in der Klasse und er war jedem ein guter Kollege; sagte, man könne mit mir nicht reden. Er war mitunter traurig, hasste in solchen Stunden seine Eltern, gab ihnen da die Schuld an allem. An Gott glaubte er nicht, klagte in Zeiten der Niedergeschlagenheit, warum er leben müsse. Die Eltern waren kleine Leute, immer da für ihn, aber immer da dadurch. Nie sei er frei, sagte er, immer behindert. Er ist unabhängiger von den Menschen und deren Dingen geworden als irgendein Mensch, den ich jemals kennen gelernt habe, hat in kürzestmöglicher Zeit seine Studien abgeschlossen und sich seine Titelwürden hart erarbeitet. Er arbeitet jetzt in der Diplomatie, schreibt die Reden für die Großen. In seinen Augen und Ohren verstand ich in der Schule und auch später das meiste völlig falsch, den Nietzsche, den Marx, die Politiker, den Atheismus, die Wirtschaft, den Brecht, die Leute, Jesus, alles, alle. *Der verklemmte Übermensch ist dein Lebensideal*, sagte er zu mir.

Hier heroben kamen mich oft Schulkollegen überraschend besuchen und kamen dann wieder, mein Schulfreund auch. Zusammen mit einem anderen Kollegen. Als mein Großvater meinen Schulfreund zum ersten Male sah, fragte er ihn auf der Stelle, warum er so aussehe: *Haben Sie einen Unfall gehabt?* Meine Mutter ärgerte sich über die Frage, entschuldigte sich für sie, schimpfte kurz. Den Schulfreund freute die Frage. Er sagte: *Das ist mir viel lieber so. Die Leute sind sonst immer nur irritiert, bringen das aber nie in Ordnung.* Dann sagte er den Grund und dass es ihm gutgehe. Mein Großvater nickte zufrieden.

Einmal habe ich geträumt, da hatte ich meinen Freund – Freund? Ja, Freund – in der Wirklichkeit ein paar Jahre lange nicht mehr gesehen, ich gehe in der Nacht im Finstern über eine Brücke. Der Fluss ist reißend, überflutet die Brücke, spült jeden weg, wenn man weitergeht. Ich bleibe deshalb stehen. Hinter mir kommt der Freund gerannt, ist außer Atem, schaut gefasst, geht vor, springt mit seinem einen Bein über den überfluteten Brückenteil. *Es geht nicht anders als mutig*, sagt er zu mir und springt. Überall die Flut, er mittenrein drüber hinweg. Ich gehe keinen Schritt weiter. Er ruft mich. *Das kannst du doch nicht machen. Komm jetzt her da! Ich muss ja auch noch weiter!*, schreit er.

Als wir uns dann nach Jahren einmal zufällig wiedersahen, sagte er, dass er sich für die Conterganfälle interessiere. So jemanden würde er als Anwalt gerne einmal vertreten. Er habe ein Mädchen kennen gelernt, dessen Bruder ein Contergan ist. Mein Schulfreund recherchierte daher die rechtliche Situation und Möglichkeiten, sagte, der Bruder seiner Freundin spotte über sich, er sei ein Seehund und dass man das doch sehen müsse. Er heiße medizinisch auch so. Die Contergan hätten ein für alle Male bewiesen, dass der Mensch kein Tier sei, weil ja bei den Tierexperimenten der Pharmazeuten nie derartige körperliche Schäden aufgetreten seien. Der Bruder der Freundin sei verbittert, sage aber, er habe Glück gehabt, andere Contergan seien taub, andere bekommen nur schwer Luft, manche können nur schwer essen und trinken und manche nur schwer ausscheiden, je nachdem was ihnen fehle oder zugewachsen sei. Und welche Gemeinheiten der Konzern den Müttern vorgeworfen habe, um die Schuld loszuwerden und kein Schmerzensgeld und keinen Schadenersatz zahlen zu müssen, erfuhr ich damals auch. Der Konzern hatte zum Beispiel behauptet, dass die Mütter heimlich abzutreiben versucht hätten oder dass sie heimliche Alkoholikerinnen seien. Mein Schulfreund sagte, dass er sich nur mehr für Behindertenrechte interessiere und Anwalt für Behinderte werden wolle, wenn das irgendwie ginge. Aber dass man davon leben könne, glaube er nicht. Und dann sagte er, wie viel Gutes er seinem Vater und seiner Mutter verdanke, und er sei nicht mehr so furchtbar verzweifelt wie früher. Seine Eltern können ja nichts für den Unfall und er wisse, dass sie alles für ihn getan haben. Und wie gütig sie sind. Seine Freundin habe ihm die Augen geöffnet. Und der Bruder der Freundin auch. Und die Eltern der Freundin. Mein Schulkamerad war jetzt bei einer christlichen Studentenverbindung, seine Freundin auch. Er sagte, dass man morgen einen Gräberbummel

mache. Das heiße so. Und dass niemand seinen eigenen Tod denken
könne, sagte er mir. Genauso wenig das Unendliche. Und dann ärgerte
er sich wieder über mich, weil ich nicht seiner Ansicht war. *Gell, du
kannst nicht anders*, sagte er am Ende unseres Wiedersehens freundlich zu
mir. *Es ist alles sehr anstrengend für dich, gell? Du verharmlost dauernd
die Dinge.* Er lächelte und wünschte mir alles Gute und alles Liebe und
viel Erfolg. Und ob ich ihn und seine Freundin einmal besuchen kommen
wolle, fragte er. Und dann ist er eben in die Großpolitik und in die Groß-
wirtschaft gegangen.

70

Meine Klassenkollegen machten mir völlig überraschend zu meinem
achtzehnten Geburtstag ein Geschenk. Derlei hatten sie untereinander
nie getan. Ich tat ihnen leid, sie machten sich Sorgen, mochten mich.
Weil sie nett waren, haben mich ein paar in dem Jahr auch zu einem der
Klassensprecher wählen wollen. Dann haben sie zum Glück verstanden,
dass ich nie da und auch sonst nicht der Richtige war. Das Geschenk für
mich war die Idee des Schulfreundes mit nur einem Bein. Es war ein
lustiges Buch über einen Schweizer Anarchisten und Trottel, der an jed-
wede öffentliche Einrichtung eigenartige Briefe schreibt. Wer diese liest
und die vertrottelten amtlichen Antwortschreiben auch, der hält sofort
mit dem vertrottelten Anarchisten, denn die Bürokratie ist noch weit
vertrottelter als er. *Dem Philosophen zur Entspannung*, haben sie mir
reingeschrieben, alle mit Unterschrift. Mein Schulfreund mit nur einem
Bein zuerst. Sie schauten mich an, als ich es aufblätterte; ich sagte
nichts, freute mich nicht so, dass es zu sehen war. Es war das erste Mal
in meinem Leben, dass ich von Gleichaltrigen etwas geschenkt bekam.
Und immer wenn ich von daheim etwas geschenkt bekam, wollte ich es
nicht annehmen. Nahm daheim nichts, bekam daher nichts.

Ich hatte an meinem Geburtstag, um Dr. Otto Niederle mitsamt seinen
abgeschnittenen Genitalien und so weiter und so fort unschädlich zu
machen, gerade eben ein bisschen Brecht laut vorgelesen. War dann
wegen des Geschenkes durcheinander. Wollte nicht hineinschauen. *Jetzt
schau doch rein, Uwe, verflixt noch einmal!*, rief einer. Ich bedankte mich.
Freundschaft wie gesagt vermied ich ja. Sie wollten mir aber eine Freude
machen. Unser Klassensprecher gab mir das Geschenk, freute sich darüber. Er mochte den Lehrer Dr. Niederle aber sehr, schnellte einmal
empört empor und rief: *Dann wären unsere Väter ja Mörder! Unsere Väter
sind keine Mörder!* und gab Dr. Niederle voll und ganz recht. Und die
Besseren in der Klasse und die Freunde des Klassensprechers stimmten
laut in die Empörung ein. Der Vater des Klassensprechers war Apotheker.

Der Klassensprecher war empfindsam, lernte die Gitarre, das Boxen und das Bergsteigen, hatte eine liebe, sanfte, hübsche Schwester. Und ich verstand das alles daher nicht. Dr. Niederle sagte einmal, er verstünde nicht, was jetzt dauernd über Emanzipation geredet werde. Er habe dieser Tage ein Buch gelesen, in dem werde berichtet, ein Europäer sei auf seiner Reise zu einem Sultan gekommen, habe eine Haremsfrau tanzen gesehen, sich an ihrem Anblick erfreut. Als der Europäer am nächsten Tag abreist, bekommt er vom Sultan ein Reisegeschenk überreicht, öffnet das Paket, darinnen der schöne Kopf der begehrten Dame. Da verstehe er, Niederle, worüber die Frauen sich aufregen, aber sonst hier bei uns verstehe er es überhaupt nicht, was da gewollt wird. *Die haben keinen Grund*, sagte er. Für den Lehrer Dr. Niederle waren fast alle KZ-Fotos Montagen. Das sagte er uns genau so. Mit Fotos könne man alles machen. *Ich glaube da überhaupt nichts*, sagte er.

Ich referierte anderswo als er, aber in derselben Klasse, meiner eben, über Nietzsche, Brecht, Jesus und einmal aber bei Dr. Niederle gegen meinen Willen über den freien Willen aus psychologischer Sicht. *80 % Erbgut, 20 % Milieu* erklärte er uns, mir auch. *Die Zahlen müsst ihr euch merken, die stehen fest*, sagte er. *Die gelten überall. Ich hoffe*, sagte er auch einmal, *ihr wisst, was ihr zu tun habt, wenn sich ein Neger im Caféhaus an euren Tisch setzt. Ihr müsst sofort aufstehen und das Café verlassen.* Und dass schwarzfarbige Männer auf weiße Frauen besonders erpicht seien und dass das in Wahrheit Vergewaltigungen seien, für manche Frauen aber nun einmal nicht, sagte er. *Das weiß man*, sagte er uns, *dass die Neger weiße Frauen wollen.* Des Weiteren seit sattsam bekannt, dass jeder Staat, dessen Regierung die Weißen an die Schwarzen abgeben müssen, binnen kürzester Zeit von den Schwarzen zugrunde gerichtet wird.

Die Juden haben, sagte Dr. Niederle, *keinerlei kulturelle Leistung hervorgebracht*. Spinoza, Freud und Adler haben wir in der Schule aber trotzdem zu hören bekommen von ihm, die mochte er, die müssen für ihn, ich weiß nicht genau, warum, judenfrei gewesen sein, jugendfrei daher. Marx nicht. Den vorzutragen lehnte er strikt ab, obwohl ihn ohnehin niemand aus der Klasse nach dem gefragt hätte, weil der niemanden interessierte. Im Falle Spinozas hatte seine Sympathie klare Gründe: Spinoza sei Fürchterliches von den Juden angetan worden; verfolgt sei er von den Juden worden. *Die schönen spanischen Juden waren ganz andere Menschen als die Ostjuden,* würdigte Dr. Niederle die Ersteren auf seine Weise. Statt Ostjuden sagte er manchmal auch *die bei uns*.

Niederle verstand sich, komme, was wolle, sehr gut mit unserer Klasse. Es war nicht in allen Klassen so mit ihm. Uns vertraute er. Er habe sich das selber angeschaut, sagte er auch einmal: *Die Herren sind alle vertrauenswürdig. Die reden intelligent und verantwortungsbewusst. Es gibt, sage ich euch, keinen einzigen rationalen Grund, gegen Kernkraftwerke zu sein.* Das wolle er uns jetzt noch schnell sagen vor der Volksabstimmung, wenn ein paar von uns über die Atomkraft und die Energieautarkie im eigenen Land mitentscheiden können. *Diesen Herren kann man vollauf vertrauen,* sagte er.

Die Klasse und er sagten einmal aufgebracht, dass die Holocaustserie typisch amerikanisch und typisch israelisch sei. *Denen geht's doch nur ums Geld*, sagten sie. Mit Gerechtigkeit habe das nichts zu tun. Und ein Mitschüler sagte aufgebracht, ein Verlegersohn, angesehener Verlag, schöne Bücher, alles Menschheitskultur, seit es die schriftlich gibt und vorher auch schon, es müsse doch einen rationalen Grund gegeben haben, dass die Juden verfolgt worden seien. Das sei doch nicht von selber gekommen, es müssen die Juden ihren Anteil daran gehabt haben. *Es kommt doch nicht zufällig, wenn jemand dermaßen verfolgt wird. Derjenige muss doch etwas getan haben.* Der Schulkollege war sanft, freundlich, Fechter, liebte Hemingway, kletterte, boxte, weinte einmal in der Chemiestunde vor der schönen jungen Lehrerin, weil er plötzlich lauter schwarze und weiße Punkte vor den Augen hatte. Die waren wirklich alle lieb in der Klasse. Wir waren siebzehn, achtzehn Jahre alt, und meine Schulkollegen waren wie gesagt oft besorgt um mich.

71

Ich hatte dann ab irgendwann keine besonderen Schwierigkeiten mehr mit dem Lehrer Dr. Niederle. Ich hatte kapiert, dass, wenn er bei einer Prüfung einen Schüler unterbrechen wollte, der Schüler das nicht zulassen durfte, weil Dr. Niederle sich ansonsten einbildete, alles, aber auch wirklich alles, was vom Prüfling gesagt werde, komme in Wahrheit einzig und allein von ihm, dem Prüfer Dr. Niederle. Der Prüfling hatte in der Folge nicht mehr die geringste Chance. Früher einmal hatte es einen Mitschüler gegeben, der jahraus, jahrein jedes Mal vor der Prüfung geweint hat oder er hat kein Wort herausgebracht bei der Prüfung oder er ist im Stehen nervös hin- und hergeschwankt und fast in Ohnmacht gefallen, obwohl er tagelang mit Vater und Mutter zusammen gelernt hatte. Er hatte gewaltige Angst vor Dr. Niederle, begann während der Prüfung mit ihm zu streiten, zwei kurze Sätze lang, nie länger. Der Mitschüler beschwerte sich bei den Eltern über den Doktor, die sich beim Direktor, der Schüler war daher erledigt. Man durfte Dr. Niederle nicht das Wort lassen. Das war alles. Wenn der das Wort in seinem schnellen dummen kalten Zorn an sich gerissen hatte, musste man es ihm mit allen zur Verfügung stehenden

Mitteln wieder abnehmen. Ohne mit der Wimper zu zucken. Und sehr höflich. Dann war wieder alles in Ordnung bei der Prüfung und danach auch. Man musste ihm ins Wort fallen und durch die fixen Ideen dieses Menschen hindurch wie in einer finsteren Nebelnacht. Man durfte keine Angst zeigen. Man durfte sich nicht schrecken und nicht fürchten und man musste schnell und entschieden sein.

Mir gab er seit Jahren in jedem Semester zumeist ohne Prüfung die Note, die ich bei der allerersten Prüfung bei ihm vor 6 Jahren im ersten Trimester bekommen hatte. Dass ich die Note über die Jahre zumeist ohne Prüfung behielt, war, glaube ich, eine Folge seiner Weltanschauung; Intelligenz und Stand standen für immer fest, wenn er sie einmal festgestellt hatte.

Damals ganz am Anfang meiner gymnasialen Ausbildung, Gymnasium kommt von nackt, war er beleidigt und beschwerte er sich an den Elternsprechtagen jedes Mal bei meiner Mutter, dass ich ein ganz anderes Kind geworden sei, als ich gewesen war. Ich war elf, zwölf, mein damaliger Klassenvorstand, ein junger Deutschlehrer, war gut mit meinem Vater und hielt mich, weil mein Vater von sich aus bei ihm vorstellig geworden war und ihm alles und mich erklärt hatte, für einen notorischen Lügner. Ein dicker Mitschüler besprang derweilen seine schwächeren Mitschüler und wurde vom Klassenvorstand für die schöne Balladenvortragskunst sehr gelobt. Ein paar Jahre später dann flog der junge Balladenkünstler meinetwegen von der Schule, weil er dauernd Bäuche und Köpfe zertreten wollte, mich sowieso. Und ein paar exaltierte Mitschüler – der junge Deutschlehrer, dem mein Vater so sympathisch war, hatte mich für den Rest des Jahres zu ihnen strafversetzt; ich sagte zu ihnen wohlweislich, wenn mich einer von ihnen blöd angreift, schlage ich ihm verlässlich die Zähne aus – wälzten sich, als ich elf, zwölf war, in den Pausen in der Klasse auf dem Boden, rieben einander das Geschlecht und rochen sodann unentwegt an ihren Händen. Im Unterricht rieben und rochen sie auch. Dr. Niederle zum Beispiel spielte uns währenddessen das Prinz-Eugen-Lied vor und war völlig in sein Akkordeon versunken. So war es damals also zugegangen, zweite Klasse Mittelschule. Man war eben wie gesagt irgendwie nackt.

Und jetzt eben war dieser Niederle schon wieder immer noch da. Und die Mitschüler mochten ihn. Mir war er unerträglich. Und ich wusste nicht, was ich tun soll, und deshalb eben habe ich meine langen Referate gehalten. Die halfen aber nichts. Aber die Mitschüler mochten mich wie gesagt. Das war mein Glück.

In den Jahren in der Unterstufe hat Niederle einmal meinen Banknachbarn geohrfeigt. Der und ich sagten im Geschichteunterricht gerade zueinander, Niederle sei offensichtlich ein Nazi, nickten uns zu, schüttelten den Kopf über ihn, lachten, und mein Nachbar zeigte lachend auf sein Notizheft, das voller Spucke war, weil Niederle beim Reden immer so viel spuckte. *Eine Unverschämtheit ist das!*, schrie Niederle. Und jetzt, jetzt war ich siebzehn, achtzehn, hatte ihn schon wieder immer noch, die Fächer hatten gewechselt und mein Banknachbar die Schule, und ich in meiner Angst und Feigheit versuchte wie gesagt, etwas gegen Niederles Unterricht zu unternehmen, hatte vor meinen Mitschülern Furcht. Ich referierte in anderen Gegenständen und Stunden bei anderen Lehrern zu denselben Themen wie Niederle. Das war mein Gegenunterricht. So war dann für den Moment für mich alles in Ordnung gebracht. Mehr getraute ich mich nicht. Auch in den Aufsätzen in Deutsch und in Englisch schrieb ich gegen Niederle und was er in der Klasse anstellte und wie die Klasse durch ihn war und wurde. Gemerkt hat das gewiss niemand, dass ich ihn unschädlich machen wollte. Er unterrichtete fast alles Geistige, Menschliche und Schöne. Die Musik nicht, die konnte er aber wie gesagt auch, Akkordeon, Violine. Es hieß in der Klasse, er habe das absolute Gehör. Der konnte, schien uns, alles, und der war trotz seines absonderlichen Phlegmas blitzschnell und stets geistesgegenwärtig, reagierte auf ein falsches Wort genauso trefflich wie auf einen rabiaten Ball. Was er an die Tafel schrieb, die paar Wörter, keine zehn pro Jahr, war unleserlich. Er bemühte sich gar nicht. Seine Handschrift war voller scharfer Spitzen und Schneiden. Er bereitete sich auch nicht auf die Stunden vor, setzte sich bloß auf den Tisch und redete los. Gewiss absichtlich saß der wie Rodins Denker da und dachte uns laut was und wir dachten mit.

Das liebste Thema nach den Frauen, der Intelligenz, den Schwarzen, den Juden waren ihm das Farbenhören und das Tönesehen. Er erzählte von seinen eigenen Synästhesien, seinen sonstigen außerordentlichen Begabungen und überhaupt von seiner hohen Intelligenz. Ich war überzeugt, dass er irgendwie schwachsinnig sei und dass bei ihm ständig alles durcheinander komme, wenn er etwas Neues wahrnimmt. Die freundliche Klasse wiederum tat mir weh und zugleich war ich liebesbedürftig und gierte nach Freundlichkeit. Ich ging nicht gerne zur Schule und, sooft ich nur konnte, nicht. Wenn ich nicht in die Schule ging, las und lernte ich am Bahnhof oder im Wald oder in Kirchen oder auf dem Gehsteig neben einer Straße, Geld für sonst etwas hatte ich keines. Einmal überlegte ich ernsthaft, ob ich nach Marseille zur Fremdenlegion soll. Ich weiß nicht mehr genau, was mich abbrachte.

Auf der Straße, wenn ich nicht in die Schule ging, traf ich Dr. Niederle in der Unterrichtszeit oft wo durch Zufall. Wir sahen uns an, sahen uns nicht und redeten nicht darüber. Er war auch nicht in der Schule, wo er sein sollte, oder er war mit einer Frau unterwegs, mit der er wohl nicht sollte. Er fuhr einen Oldtimer und sonst immer mit dem Rad. Er war wie gesagt in den Begriffen der Klasse sportlich, intelligent, hochgebildet, ein weitgereister, weltgewandter Herr und ein geistiger Mensch.

Er hatte einen Bruder, der hatte ihm das erzählt, dass die deutschen Soldaten von den Russen und Jugoslawen kastriert worden seien und die eigenen Penisse in den Mund gesteckt bekommen haben und tot dergestalt in ihrem eigenen Blute dagelegen waren. Sein Bruder habe das mit eigenen Augen gesehen. Ein Sohn seines Bruders lebt zufällig hier im Ort. Auch ein Dr. Einmal schien mir, Dr. Niederles Neffe müsse sich zusammennehmen, dass er nicht mit Karacho auf mich losgeht; meinen Gruß erwiderte der Neffe nicht. Das war, als nach Gurkis Selbstmord der Wirbel mit mir war, hier im Ort der Wirbel. Dr. Niederles Neffe war sehr aufgebracht. Die Frau von Dr. Niederles Neffen ist zu mir aber immer freundlich und höflich geblieben. Das Ehepaar las viel. Vielleicht sind sie inzwischen geschieden. Das Ehepaar hatte einen Sohn, der als hochbegabt galt. Einmal in der Gemeindebibliothek, als sie sich zeitgleich mit mir Bücher ausborgten, redeten sie beim Hineinlesen miteinander über etwas für ihr Empfinden Entsetzliches, ich weiß nicht, worüber, und er fragte erschrocken, was das für Menschen seien. *Normale Menschen wie du und ich*, lächelte sie. Sie hatte einen guten Einfluss auf ihn. Einmal redete ich ihn auf einen Lehrer in meiner Schule an. *Der ist ganz ein Wilder*, sagte der Neffe daraufhin, lächelte, lachte, das war es. Das seien die falschen Worte, fand ich.

72

Dr. Reindtl hieß der Lehrer, nach dem ich Dr. Niederle junior gefragt hatte, um selbigem Herz und Nieren zu prüfen. Dr. Reindtl hatte vom Krieg her eine Metallplatte im Kopf, knirschte mit den Zähnen. Mein Vater tat das auch oft. Dr. Reindtl hat einmal einen Schüler am Hemdkragen aus dem zweiten Stock beim Schulfenster hinausgehalten, damit der Schüler sich beim Verstehen leichter tut. Disziplinarverfahren gegen Dr. Reindtl soll es des Öfteren gegeben haben. Die ergaben rein gar nichts. Er war unüberwindlich im Fach und Recht. Dr. Reindtls Zähne blitzten und knirschten weiterhin, und er, er ließ sich bei seiner Arbeit durch nichts und niemanden stören. Wenn er sich einen Schüler vornahm, passte er gut auf ihn auf, dass der nicht durch die Gegend flog, damit sich der in Angriff genommene Schüler ja nirgendwo verletzt. Er zog den Zögling ganz nah an sich, drückte irgendwo rein in den, dass es dem recht wehtat und der sofort zusammensackte. Manche Schüler packte

Dr. Reindtl ohne jedes Zögern augenblicklich im Genick. Es kam also ganz darauf an. Aber er ließ keinen aus der Hand und sorgte so dafür, dass sie alle unversehrt blieben. Es durfte keine Spuren und keine Schwierigkeiten geben. Er konnte das. Ein Spezialist.

Wenn Dr. Reindtl mitten unter den Schülern war, war es sehr ruhig. Wie menschenleer, wie man so sagt. Ein paar Lehrer nahmen ihn daher gern in die überfüllten Klassen mit, wenn sie Probleme hatten. Dr. Reindtl war Historiker und Geograph und löste ihnen jedes Problem. Man wandte sich an ihn und er kam zum Beispiel als Zeuge mit. Das war vom ersten Gymnasialjahr an so. Es gab ein paar Lehrer solcher Art in dem Gymnasium, das ich besuchen durfte. Dr. Reindtl aber war von denen allen der festeste Charakter. Bald nach meiner Matura und als er ganz frisch in die Pension übergetreten war, sah ich ihn auf der Straße. Er sorgte für Disziplin, aber es war niemand da dafür. Er stand mitten auf dem leeren Gehsteig vor einer Geschäftsauslage, war wütend, knirschte mit seinen Zähnen die Auslage an, als ob er sie einschlagen wolle.

Mir hat er nie etwas getan. *Wenn der auch nur das Geringste bei mir macht*, nahm ich mir in meiner Schulzeit vor in meiner Angst, *schlage ich ihn auf der Stelle zusammen, ohne jede Rücksicht auf ihn und auf mich.* Ich würde gute Chancen haben, dachte ich, weil er völlig überrascht sein werde. Zwar dürfe man keinen Lehrer schlagen, aber auch kein Lehrer seine Schüler, und weil er sich daran nicht hält, wird er umfallen, so dachte ich mir das ab meinem dreizehnten Jahr und war fest entschlossen. *Der darf mich nicht anrühren, nicht vor der Klasse. Wenn er das tut, fällt er um. Wenn ich deshalb von der Schule fliege, fliegt er mit mir mit.* Er trat mir aber nicht einmal verbal sonderlich zu nahe. Er hatte mich sogar einmal freundlich lächelnd in Schutz genommen, als ich elf war und ein anderer Lehrer, bei dem er als Zeuge oder sonst etwas mit war, mich fragte, ob bei mir im Ort daheim alle so blöd seien wie ich, und ich darauf sagte, es sei halt ein Wallfahrtsort, und der andere Lehrer mir eine runterhaute und ich vor lauter Überraschung nicht zuckte. Dr. Müller, Dr. Huber oder Dr. Meier hieß der und war auch Geograph und es ging um eine Handwerkssache. Dr. Reindtl jedenfalls prüfte mich nie, übte auch nie mit mir. Seine Prüfungen und Übungen pflegten im Übrigen fürchterlich zu sein. Er setzte einen in seinem Kopf irgendwo aus in der Welt und man musste im eigenen Kopf aus dem heraus Dr. Reindtl dann sagen, wie man wo hinkommt. Auf dem kürzesten Wege musste man dorthin und ganz schnell musste man Auskunft geben. Die Gebirgspässe waren das Schlimmste. Alle wirklich gefährlich, wenn man vor ihm stand.

Einmal sorgte er gerade für Ruhe in der Klasse, in einer Supplierstunde war das, malträtierte jemanden anderen. Ich las zu meiner Beruhigung gerade in meiner Lateingrammatik, plötzlich schaute ich Reindtl verdutzt ins Gesicht. Das war plötzlich zwischen mir und der Syntax; sein wütender Kopf lag auf meinem Lateinbuch, glotzte, krampfte. *Du, lern du deine Paragraphen und gib Ruh. Niemandem passiert dann was!*, brüllte er. Damals wäre ich viel zu langsam gewesen. Ich hätte mich nicht ordentlich wehren können; es wäre mir nicht möglich gewesen, ihn schnell genug zusammenzuschlagen. Ich hatte aber Glück an dem Tag. Er sagte bloß: *Du gehst mir auf die Nerven wie alle Funzen. Frag mich g'scheiter nicht, was ich mein', du Funze du.* Habe es nicht verstanden, mir daher gemerkt. Wenn das alle Leute so machen wie ich, dass sie sich nur das merken, was sie nicht verstehen, würde das viel erklären auf der Welt. Einmal hat er mir erklärt, was Fossilien seien, und mich gefragt, aus welchem Graben ich komme.

Dr. Reindtl war jedenfalls oft mit Dr. Niederle in der Klasse. Werken, 5. Gymnasialjahr: Als ich nicht im vorgesehenen Werkraum war, sondern gegenüber in einem anderen – die meisten Räume waren desolat, ab und zu wurde einer wegen Gefahr im Verzug gesperrt, damit es ja zu keinen Verletzungen komme; es war, hieß es, eine sehr gute Schule mit sehr gutem Namen; je älter wir wurden, umso öfter wurden Klassenzimmer wegen Gefahr im Verzug zugesperrt –, da nahm Dr. Reindtl meinen Banknachbarn im Genick und wischte mit ihm den Boden im Werkraum auf. Ich war außer mir, dass der anwesende Klassenteil das zugelassen hatte. Damals, das ist keine Großmäuligkeit von mir, hätte ich Reindtl zusammengeschlagen. Es wäre mir gar nichts anderes übriggeblieben, als das zu tun. Ich hätte es nicht zugelassen, dass er so etwas tun kann mit einem Schüler. Wenn Niederle schnell genug gewesen wäre, dazwischenzugehen, wäre er auch umgefallen. Ich wusste immer, dass ich ganz schnell sein muss. Mein kleinwüchsiger Banknachbar, mit dem aufgewischt wurde, hatte vor zwei Jahren einzig Reindtls wegen die Klasse wiederholen müssen, hielt blöderweise nie sein großes Mundwerk, schrieb die Wahrheit so gut auf, dass sich der Deutschlehrer immer ärgerte und sagte, dass, wenn mein Banknachbar in seinen Schularbeiten die Dinge richtig beschreibe, in Wahrheit alles Manipulation sei, was hier in unserer Schule stattfinde. Sei es aber nicht, er solle doch einmal mit seinen Mitschülern reden, dann würde er so etwas nicht schreiben. Mein Banknachbar ging blöderweise allen auf die Nerven, mir zwischendurch auch, er redete gern Unfug, ich brauchte lange, bis ich verstand, dass er das ernst meinte, was er redete. Er hatte gute Noten, war wie gesagt mit allen Folgen von Natur aus sehr klein, wollte anfangs, als er neu in der Klasse war, auch mit mir andauernd herumraufen und mich dann ernstlich als seinen Leibwächter. Ich schüttelte verdutzt den Kopf. Er sagte, wenn ich wolle, würde er mich auch bezahlen. Wenn Reindtl meinen Banknachbarn auch nur aus der Ferne sah oder hörte, drehte Reindtl völlig durch. Das Bodenaufwischen mit Hilfe von Schülermaterial war aber das Schlimmste, was er ihm jemals vor anderen angetan hat.

Dr. Niederle sah damals zu, wie Dr. Reindtl mit meinem Banknachbarn den Boden schrubbte. Mein Banknachbar blieb aber alles in allem unerschütterlich. Er war ein außerordentlicher Insubordinationsapparat. Einmal wollte er mich zu seinen Burschenschaftern mitnehmen, als wir zufällig an der Bude vorbeigingen, ich zufällig, er nicht zufällig, ich schaute mir die an, las einen Spruch über den Himmel und die Germanen, schaute in den Kühlschrank, weil sie ihn aufmachten, um mir zu zeigen, was drinnen ist, und ging sofort wieder meiner Wege. Er suchte Schutz bei denen. Einmal fragte er mich, warum ich ihm nicht geholfen habe, das dürfe ich doch nicht zulassen. Irgendwer aus der Klasse hatte ihn geohrfeigt. Aus einer oberen Klasse kamen manchmal welche, ihm beizustehen. Burschenschafter eben. Aber die kamen nicht gern, blieben dann mit der Zeit fort. Er nervte nun einmal. Dr. Niederle beauftragte ihn später einmal, einen Intelligenztest für unsere Klasse zu erstellen. Wir mussten den dann ausfüllen. Ich hatte Glück. Mein Banknachbar sagte dann, ich hätte als Einziger in der Klasse eine Fangfrage durchschaut. Es war darum gegangen, ob ein Unternehmen Gewinn oder viel Gewinn gemacht hatte und eine hohe Ziffer war dort gestanden. Die war mir völlig egal gewesen, daher mein gutes Ergebnis. Ich ärgerte mich über meinen Banknachbarn, weil er Niederle zu Diensten war. Aber das war eben, weil dieser als so intelligent galt und mein Banknachbar das auch sein wollte.

Mir gefiel aber, dass da ein Mensch war, den Reindtl ganz einfach nicht ertrug. Wir waren fünfzehn, sechzehn Jahre alt. Dass die anwesende Klasse die öffentliche Misshandlung eines Kameraden durch einen Lehrer zuließ, trennte mich noch mehr von ihr. Dr. Reindtls Spitzname war *der Joe*. Den hatte er, glaube ich, weil er auf die ihm eigene Weise die chinesischen Dynastien abzuprüfen pflegte. Nach einer hat man ihn benannt. Oder nach dem Wilden Westen. Oder nach dem Lied *Noch einmal der Joe wieder sein*, da er ja oft nicht er selber war. Aber weil er den Namen schon ewig hatte, wird er chinesisch gewesen sein.

73

Im selben Jahr in derselben Klasse, im Heimteil, war ein Mitschüler von einem Kollegen mittels eines Feuerzeuges vergewaltigt worden und alle Mitschüler, die zugegen waren, fast der ganze Heimteil, haben den Vergewaltiger angefeuert oder haben ihn gewähren lassen. Man hat sich am Geschehen delektiert, war so, wenn es darauf ankam. Ich mochte sie alle nicht mehr, seit ich von der Quälerei erfahren hatte. Die Lehrerschaft, die Direktion und die Heimleitung waren auch gewisser geistlicher Verwandtschaften wegen nachsichtig. Außerdem waren es einfach zu viele, die mitgemacht hatten. Außerdem war es bei der Tat weder zu sichtbarem Samenerguss noch zur Analpenetration mittels Penis gekommen. Also war offensichtlich alles nur halb so schlimm. Ein Spaß eben. Man hatte bloß am Genital gezündet usw. Mir grauste damals vor den Lehrern genauso wie vor meinen Mitschülern. Dass der Vater des Vergewaltigten sein vergewaltigtes Kind, mannbar gemachtes, an der Schule ließ, verstand ich, hielt ich aber für falsch. Alle jedenfalls blieben ehrenhaft. Einzig der Vergewaltiger, der Sohn eines leitenden Polizeibeamten, verließ am Ende des Jahres zwangsweise Schule und Heim. Aber auch nur wegen ein paar anderer Sachen und der schlechten Noten. Eine letzte Chance nach der anderen war ihm gegeben worden, aber er hatte keine Nerven mehr. In seiner letzten Zeit damals suchte er meine Freundschaft, was mir jedoch unheimlich und unmöglich war. Kindermenschen waren alle. Niemand draußen half. Das Vergewaltigungsopfer war der völlige Außenseiter seit der ersten Heimklasse; ein Präfekt war ihm aufgesessen. Als der Präfekt in flagranti ertappt wurde, wie er mit einem Zögling gerade aufs heftigste kopulierte, musste er aus dem katholischen Heimpädagogikum und fort von seinem guten Posten, aber das nützte Fritzchen rein gar nichts mehr. Der Präfekt hatte von der ersten Klasse an alle anderen Zöglinge auf Fritzchen gehetzt. Fritzchen sei dreckig und dumm und lüge und stehle. Nichts davon war wahr gewesen. Der Präfekt demütigte ihn tagtäglich vor allen. Das war kein Leben für Fritzchen und er konnte sich mit seinen zehn, elf Jahren nicht mehr helfen, daher ließ er kurzzeitig unter sich. Er hatte auch geglaubt, die Kinder kommen, wenn ein Mann und eine Frau einander einen Kuss geben. Der Präfekt wusste es besser. Und jetzt, jetzt nach vier, fünf Jahren offen die Vergewaltigung.

Fritzchens Vater war Sudetendeutscher, und Fritzchen verliebte sich im Laufe der Jahre immer mehr in Hitler. In der Oberstufe war das. Einmal gab ich ihm eine Ohrfeige, er war achtzehn und schwärmte neben mir von Hitler. In der Achten war das und ich entschuldigte mich sofort. Ich schämte mich sehr. Ich hatte mich nicht unter Kontrolle gehabt. Dr. Niederle schwärmte nie von Hitler, sondern er sagte, der größenwahnsinnige Hitler und die Juden, da seien die aneinandergeraten, die sich auserwählt wähnten. Das sei historisch außerordentlich interessant. *Adolf Hitler war ein Schurke*, sagte Dr. Niederle gleich darauf. *Klar und deutlich sage ich das!*, sagte er. So machte er das. Er lachte Fritzchen aus, weil der im Unterricht oft Kaugummi kaute und immer sagte, das sei für die Gehirndurchblutung gut. Fritzchen war wie gesagt sehr arm in der Klasse, er und sein Vater mochten einander sehr. Der Vater war aus allem vertrieben und musste alles hinnehmen. Fritzchens Mutter mochte weder Ehemann noch Sohn sonderlich. Die Firma gehörte ihr, und der Mann und der Sohn strengten sie sehr an. In den Augen von Fritzchens Mutter war das alles nichts, wie die beiden Männer waren, taten, konnten. Sie verachtete sie zutiefst und empfand sichtlich Ekel. Ich hielt damals Fritz und seinen Vater für krank aus Hilflosigkeit und den Hitlerismus für eine Liebeskrankheit. In der Klasse versuche ein schwächliches Faschistenjunges, empfand ich, das andere schwächliche Faschistenjunge zu demütigen und zu unterwerfen und nach Möglichkeit zu besteigen. Das sei ganz einfach alles. Jeder gegen jeden. Fritzchens Schwester litt, seit sie von ihrem Freund sitzengelassen worden war, an Depressionen und Manien, und Fritzchen wollte ihr helfen und dass ich so tue, als könne ich ihr aus der Hand lesen und ihr ein Horoskop erstellen, und ich solle sagen, dass ich sehe, dass alles gut wird. Sie könne sich dessen sicher sein. Ich tat das nicht gerne und dann so, als könne ich Karten legen, und sagte ihr, dass sie sich nicht so viele Sorgen um ihre Zukunft machen dürfe, es werde gewiss alles gut. Und dass sie ihren Bruder nicht dauernd anspucken und beschimpfen solle, und schlagen und kratzen solle sie ihn bitte auch nicht.

 Dr. Niederle pflegte zu uns zu sagen, insbesondere, wenn Fritz sagte, das Kaugummikauen sei gut fürs Gehirn: *Beim Militär heißt es: Überlassen Sie das Denken den Pferden. Die haben die größeren Köpfe.* Das sei gut und richtig gesagt, ergänzte Dr. Niederle und erklärte uns dann auch, was man in der Psychologie alles dem Militär verdanke. Die Intelligenztests, die Gruppentherapien, die Stressforschung.

 Ich weine, weil ich traurig bin. Ich bin traurig, weil ich weine, sagte er auch einmal und fragte uns, was davon wahr sei. Beides sei wahr, sagte er. Genau so verhalte sich der Körper zur Seele. Das sei ein ewiges Geheimnis. *Wenn wir nicht weinen, müssen wir nicht traurig sein,* sagte er. Und ein paar Minuten später in derselben Stunde sagte er: *Die Frauen müssen froh sein, dass es so viele Huren gibt. Ohne die billigen Straßenhuren und die sauteuren Bordelle würde es viel mehr Vergewaltigungen geben.* Und wenn wir von Wasser träumen, dann sollen wir wissen, dass das nicht bedeute, dass wir aufs Klo müssen, sondern dass sich uns das Unbewusste öffne, erklärte er uns. Er bestand auch darauf, dass man ihn nicht hypnotisieren könne. Es sei schon oft versucht worden, aber jedes Mal misslungen. Niemand könne ihn hypnotisieren.

 Dr. Niederle gefiel der Russe Rasputin über alle Maßen. Der Lebenskraft wegen. Den Maler Friedrich Hundertwasser hingegen verachtete er aus ganzer Seele: *Der Hundertwasser scheißt nackert in ein Einmachglas und sagt dabei, das ist Kunst. Was ist das für ein Mensch, frage ich euch? Eine Schweinerei ist das. Ich habe selber gesehen, wie dieser Mensch wirklich ist.* Und dann fügte er triumphierend hinzu: *Der Hundertwasser heißt in Wahrheit sicher Stowasser!* Ich verstand nicht, was für eine Schweinerei dieser Name verbirgt und Dr. Niederle uns in unserem ureigensten Interesse enthüllt. Unser Lateinwörterbuch hieß ja doch auch so. Er geriet aber völlig außer sich, als er Hundertwassers richtigen Namen sagte. Nur auf Winston Churchill schimpfte er mehr als auf Hundertwasser. Und immer wenn er von Churchill redete, sagte er in etwa: *Wenn man die eigenen Kinder heutzutage in unserer modernen Gesellschaft dazu erzieht, moralisch zu handeln und Werte und Ideale zu verwirklichen, sind die Kinder rettungslos verloren.* Man tue den Kindern ganz gewiss nichts Gutes damit, sie zur Moral zu erziehen. Es habe Brecht heutzutage leider recht bekommen, zuerst komme wirklich das Fressen, dann die Moral. Alle wollen nur mehr zu den Futtertrögen. Die Politiker allen voran. Niemand mehr sei Idealist. Über das Wort *Resozialisierung* pflegte Dr. Niederle erbost den Kopf zu schütteln. Resozialisierung sei eine Mode, unrealistisch und verantwortungslos, schimpfte er. Die Mitschüler stimmten durch die Bank zu und ein. Einer gar sprang auf gegen die Verbrecher, damit wir wissen sollen, dass die sich nicht ändern, sondern sich nur gut verstellen. Und einer schrie auf, dass man die ja nicht wiedereinstellen solle. Ich erschrak vor ihnen, hatte Angst, dachte mir jedes Mal fest, dass sie nur nicht wissen, was sie reden. Wenn Resozialisierung unmöglich, Irrsinn und verantwortungslos sei, seien die Entnazifizierung, die politischen Amnestien und der demokratische Wiederaufbau nach dem Zweiten Weltkrieg auch unmöglich, verantwortungslos und ein Wahnsinn gewesen, denn dann können ja in Wahrheit aus Nazis niemals Demokraten werden, schrieb ich dann in einen Schulaufsatz rein, der Wirbel verursachte, aber völlig harmlos war. Mehr getraute ich mich wie gesagt nicht, als liebesbedürftige Schulaufsätze zu schreiben und Referate zu halten. Mit meinen Mitschülern wirklich zu reden getraute ich mich nie. Ich hätte nicht gewusst, mit wem. Das Leben sei nun einmal, sage ein Sprichwort, wie ein Kinderhemd, sagte Dr. Niederle zu uns. Und dann fragte er uns, wie so etwas sei. Weil wir es nicht wussten, lachte er uns die Antwort über das ganze Gesicht: *Kurz und beschissen!*

74

Zwei Lehrer an unserer Schule kamen, sowie sie pensioniert waren, sofort auf die Psychiatrie. Und ein Lehrer hatte sofort nach der Pensionierung einen Herzinfarkt. Die Lehrer haben uns also gebraucht, um gesund zu bleiben. Der mit dem Herzinfarkt war Mathematiker und hatte einen kindergelähmten Sohn. Der Mathematiklehrer mochte daher die Kinder in der Schule nicht und bekam den Mund nur schwer auf, weil er vor Zorn die Zähne zusammenbeißen musste, wenn er bei seinem Unterricht die vielen nicht behinderten dummen faulen Kinder in der Klasse sah. Einmal wollte er einem elfjährigen Schüler ein Loch in den Schädel schlagen, mit dem Mathematikhausübungsheft hätte er das zustande bringen wollen, aber das flog nach fünf Hieben in Fetzen auseinander. *Au*, sagte der Bub. *Du Trottel*, sagte der Lehrer. *Hast du ein Glück. Ich hätt' dir ein Loch rein gemacht, damit endlich was rein kann, du Tschapperl.* Ein anderer Lehrer hat in der dritten Klasse in der Lateinstunde den Schülern die Köpfe vermessen. Dr. Schmieder hieß der Lehrer, lachte dauernd, ging immer ganz aufrecht. Durchs Schädelvermessen stellte er die Intelligenz seiner Schüler fest. Der Adeligste in der Klasse hatte daher die höchste. Das hing ursächlich mit dem Goldenen Schnitt zusammen. Den und Vitruvium und den Adeligsten mochte Dr. Schmieder sehr. Dr. Schmieder war stets vergnügt, schnell zornig und wie ein großer Herr und voll stolzer Nonchalance und meinte offensichtlich alles ernst, was er uns als Klassischer Philologe und Kraniologe sagte. *Es schreiben immer die Sieger die Geschichte*, sagte er einmal in einer Supplierung, das müssen wir ein für alle Male wissen: *Die Sieger sagen sicher nicht die Wahrheit, vae victis!* Später hieß es, Dr. Schmieder sei manisch-depressiv. Er amüsierte sich jedenfalls, wenn er sah, dass er jemanden einschüchterte, machte sich dann noch lustig über den. Stenographie und Geschichte unterrichtete er auch. Die Frau Ministerialrat und er lernten einander einmal zufällig auf dem Friedhof kennen, weil der Mann und die Frau in den Gräbern nebeneinander lagen. Dr. Schmieder suchte zuerst Streit, dann Kontakt mit ihr. Die Frau Ministerialrat erkundigte sich bei mir nach ihm. Er wirke überdreht und selbstherrlich, sei aber sehr charmant, sagte sie.

Einen gab es auch, Lehrer, den mochte ich, der stellte immer Schlachten und Scharmützel nach. Auf einmal brüllte der los und warf sich hinter Bänke und Stühle zum Schutz gegen das Schussfeuer und gegen die Granaten. Aber die Bomben! Die Bomben! Er hatte weiße Haare und eine Brille. Der ging auf niemanden los, der suchte nur Schutz und wollte ohne Widerrede reden. Englisch hat der unterrichtet. Der hatte auch einen Arbeitsmantel an. Die meisten Verrückten trugen Arbeitsmäntel, nur Dr. Reindtl und Dr. Niederle trugen keine. Dr. Schmieder auch nicht. Dr. Müller, Huber, Meier, das war der, der mir eine runterhaute, als ich elf war und als Dr. Reindtl mich daraufhin in Schutz nahm. Bald darauf, als Dr. Müller zufällig meinen Vater kennen lernte, war es Dr. Müller nicht geheuer, mich geohrfeigt zu haben. Ich hatte daheim davon nichts erzählt. Die lernten sich dann beim Direktor zufällig kennen, den kannte mein Vater durch die Personalvertretung gut und war wie er ein schwarzer Gewerkschafter. Seit der zufälligen Begegnung beim Direktor war Dr. Müller sehr freundlich zu mir. In Wirtschaftskunde dann in der Sechsten, Siebenten, da war mein Vater schon lange tot, gab es auf irgendeine Frage keine Antworten aus der für gewöhnlich in Dr. Müllers Unterricht aus Sicherheitsgründen übereifrig mitarbeitenden Klasse. Dr. Müller fragte dann mich auch und man hätte zu dem Zweck über den Beruf des Vaters etwas berichten sollen und sich was denken dabei. *Ich frage dich ja aus einem bestimmten Grund*, sagte Müller. *Was ist dein Vater?* Ich schaute ihn an, gab ihm keine Antwort. Das ging gut zwei, drei Minuten so. In dem Moment, als Müller seinen Mund wieder aufmachte, sagte ich: *Der ist gar nichts.* Müller schaute mich an und durch die Gegend. Er war entgeistert und überfordert. Ich diesmal nicht. Hinter mir rief einer raus: *Da gibt's nur mehr Würmer.* Müller verstand nicht. *Der ist tot*, rief wieder ein anderer zur Erläuterung. Es läutete, Müller ging sofort.

Vor den mündlichen Prüfungen bei Müller drückte ich mich, wie es nur ging. Meine schriftliche Prüfung war dann aber zur allgemeinen Überraschung, meiner auch, gut genug. Dr. Müller hatte die Angewohnheit, zum jeweiligen Schüler zu sagen, er solle aufstehen und dreimal *Ich bin ein Trottel* sagen. Ein Adeliger in der Klasse, nicht der Adeligste, aber doch von hoher Geburt, war einmal auch dran. Der stand dann zerknirscht auf, sagte das Sprücherl aber nicht, hatte Tränen in den Augen, wartete, dass er sich wieder setzen dürfe. Und ich meinerseits wartete wirklich die ganze Zeit von Müllers Unterrichtsjahren über einzig darauf, dass Müller doch auch mich auffordern solle. Tat der aber nicht. *Wenn ich dran bin*, so nahm ich mir vor, *stehe ich auf, sage dreimal, dass ich ein Trottel bin, und sage dann laut dazu: Aber das ist nichts im Vergleich zu Ihnen. Sie sind der größte Trottel in dem Raum.* So wollte ich das machen. Ging ja gar nicht anders. Aber Müller forderte mich nie zu seinen Aufstehübungen auf. Tat er nie. Zu mir sagte er stattdessen, dass er mich nicht verstehe, es tue ihm leid, und einmal, dass er mich nie verstehen werde. Er war Geograph und Historiker, sagte, er sei Historiker geworden, um zu verstehen, wie Hitler möglich gewesen sei. Und dann pflegte er hinzuzufügen, dass Stalin viel intelligenter gewesen sei als Hitler und deshalb den Krieg gewonnen habe. Und einmal erzählte er, wie viele Frauen nach dem Krieg in Wahrheit die Flittchen der Besatzungssoldaten gewesen seien. Er sei sehr gerne Lehrer, sagte er einmal, auch wenn wir es ihm nicht immer leicht machen; und dass er zur Entspannung sehr gerne im Garten arbeite und dass er nicht verstehen könne, dass sein Sohn, keine siebzehn Jahre alt, jetzt plötzlich ein paar Magengeschwüre habe. Seine Frau verstehe das auch nicht. Die Ärzte auch nicht. *So ein junger Mensch. Im Garten mag der auch nicht arbeiten.* Einen Mathematiklehrer, Physiklehrer gab es an der Schule, der machte sich für gewöhnlich über alles und alle lustig, hatte Winkel und Wahrscheinlichkeiten am liebsten, schrieb sich alles für den Unterricht Wichtige auf ein winziges Zettelchen. Das holte er plötzlich aus der Hosentasche wie zum Nasenputzen oder wie ein Stück Klopapier. In der zweiten Klasse musste aber seinetwegen ein Schüler von der Schule, der war noch lustiger als der Lehrer, weil er nämlich einen Reim ins Mathematikschularbeitenheft geschrieben hatte, mittenrein unter eine Rechnung, da kam dann der Name des Lehrers vor und das Wort Schwein im Reim. Und irgendetwas Sexuelles. Der Bub hatte bloß eine Mutter und seine Beine, die Knie und die Hüfte gingen kaputt, weil er so schwer war. Die dicke, kleine Mutter, die sich selber auch mit dem Gehen schwer tat, flehte die Lehrer vergeblich an. Ich sah den Mathematiklehrer dann gleich nach dessen Pensionierung regelmäßig in Mülltonnen wühlen als ob auf Trüffelsuche. An ein paar Straßenbahnhaltestellen war das. Er war vergnügt. Es machte ihm sichtlich Freude. Die Redeweise, dass eine Zahl durch sich selber teilbar sei, hatte ihn jedes Mal aus der Fassung gebracht. So etwas durfte man nicht zu ihm sagen. Er fand dann kein Ende. *Was soll das heißen, durch sich selber teilbar?*, keifte er in einem fort und gab eine Unterrichtsstunde lang einem Schüler nach dem anderen ein Nichtgenügend, weil nichts durch sich selber teilbar sein könne.

75

Der alte Deutschlehrer in der Oberstufe liebte Kant und genauso Schillers Wort von der schönen Seele, war selber eine, die Wunderformel *edle Einfalt, stille Größe* redete er uns auch oft vor, hatte auch das Turnen über, meines auch, strahlte und erzählte beim Schlagballwerfen, dass er in seinem Regiment die Handgranaten im Krieg am weitesten geworfen habe. Der von allen Schülern wertgeschätzte Klassenvorstand war der. Nach dem Krieg hatten, erzählte er, seine Freunde und seine Familie zu ihm gesagt, er solle das Unterrichten sein lassen. Aber er fing ganz von vorne an, lernte Geschichte, sagte das auch so und wie bitter das sei, und hatte dann wirklich aus allem gelernt. Er war vielleicht der korrekteste Lehrer von damals, Werfels *Jakobowsky und der Oberst* gefiel ihm sehr gut, nämlich dass es immer einen Ausweg gebe und der immer freundliche, sanftmütige Jude den finde. Und den größten Wert legte der Deutschlehrer auf Werfels Buch über die Armenier, die Geschichte dieses Völkermordes. Von Richard Wagner erzählte der Klassenvorstand aber genauso gern und viel und dass die führenden Sozialisten auch für den Anschluss Österreichs an Hitlerdeutschland gewesen waren, und dann wieder von Lessings Toleranz und beim *Nathan* lächelte und weinte er manchmal in einem. Von den Stücken von Rolf Hochhut über die Naziwelt sei er beeindruckt, las sie aber nie mit uns, besprach sie auch nicht. Bei Hochwälders *Heiligem Experiment* schmolz er dahin.

Es ist so schade, dass man mit dir nie wird reden können, sagte er einmal zu mir. Es gab jedenfalls kaum jemanden, der ihn nicht mochte. Manchmal haben seine Schüler ihn tatsächlich auf ihren Händen getragen. Ich machte da auch nicht mit. Daraufhin fuhr er mir von oben mit der Hand kurz über mein Haar. *Du!*, sagte er dabei energisch. Die Touren, die er mit uns ging, waren kreuz und quer und dem Schulfreund mit nur einem Bein unheimlich und denen, die beide Beine hatten, mitunter auch. Einmal kam der Klassenvorstand wegen seiner tolldreisten Touren in die Zeitung. Das ärgerte ihn, dass man nach der Klasse mit Hilfe der Bergrettung gesucht hatte und das auch noch in die Zeitung brachte. *Völlig grundlos!*, sagte er. Er ließ sich aber nicht aufhalten und machte einfach so weiter. Nur bei ihm getraute ich mich, Brecht und Nietzsche zu referieren, um ein paar für mich wichtige Dinge in der Klasse klarzustellen.

Der Klassenvorstand mochte, weil er einen guten Vatercharakter hatte, auch mich und sagte, wenn ich nicht in die Schule gehen will bei ihnen, könne ich mich doch extern anmelden und könne auf diese Weise dennoch die Matura hier an der Schule bei ihnen ablegen, zusammen mit den anderen Mitschülern, an denen mir ja offensichtlich sehr viel gelegen sei. Aber so wie ich das jetzt seit Jahren schon mache, da brauche man als Lehrer eine Engelsgeduld mit mir, wenn ich einfach komme und gehe, wie ich will, und auf meine Entschuldigungen den größten Unsinn schreibe. In die Aufsätze, die er uns auftrug, schrieb ich wie gesagt immer rein, was mich ärgerte. Da war ich nämlich sicher, dass es gelesen werden muss. Außerdem war er ja der Klassenvorstand und meines Erachtens daher zuständig. Briefe waren das, die beantwortet werden mussten. Ob es zum Thema passte, war mir immer egal. Einmal daher also akzeptierte er eine Schularbeit von mir nicht. Wir hätten über das Sicherheitsbedürfnis von Menschen schreiben sollen und über Versicherungstricks und gegen den Zeitgeist und den Mangel an Zivilcourage und die geringe Risikobereitschaft in der Gesellschaft. Er hatte, wie gesagt, ein abenteuerliches Herz. Und oft stellte er sich vor, er gerate als Kunde in einen Banküberfall und wie er reagieren werde. Er übte das durch. Er wollte die Gangster blitzschnell unschädlich machen, ohne unschuldige Menschen zu gefährden. Er sagte zu uns, er habe jetzt Wege gefunden. Es sei zu schaffen. Auch über Väter und Söhne redete der Klassenvorstand mitunter zu uns, sein Vater sei ein angesehener Wissenschaftler gewesen, ordentliches Mitglied der Akademie der Wissenschaften, aber als Mensch unerfreulich und kalt und habe an sich selber schwer gelitten. Dem sei nicht zu helfen gewesen, aber der sei selber schuld gewesen, sagte er über seinen Vater, und dass die Familie arm dran gewesen sei. Und einmal habe er gelesen, wie ein Schriftsteller im Badezimmer als Kind das nackte riesige nasse Genital seines Vaters zu Augen bekommen habe. Er schaute zu Boden, schüttelte den Kopf, schmunzelte. Über Ragnarök, Ordal, Abraham a Santa Clara, über die Hetzreden also und die Weltuntergänge und Gottesgerichte und Duelle auf Leben und Tod redete er nur Gutes und über Kleists *Kohlhaas* auch nur Gutes. Den RAF-Terrorismus erklärte er sich auch auf die Weise. Dahin könne Idealismus führen, sagte er. *Links wie rechts.* Beim Wort *Thing* geriet er außer Rand und Band und war noch begeisterter als bei *Ragnarök* und *Ordal*.

Und ich, ich schrieb damals eben im Schularbeitsaufsatz über Zivilcourage nicht über Bankraub, jede Woche fast waren einer oder zwei; und gegen das Versicherungswesen schrieb ich auch nicht, welches der Klassenvorstand zutiefst verachtete, sondern über das, was in der Klasse los war. Irgendein anthropologisches Gequatsche schrieb ich. Begonnen habe ich es mit: *Ein Mensch wird geboren, hineingeboren in ein Etwas, das Kälte heißt, Kälte, Gewalt und Einsamkeit.* Er gab mir gerade noch ein Genügend darauf, schrieb rein, dass ich das Thema völlig verfehlt habe. Da ich bei der Rückgabe nicht in der Schule war, nahm sich mein kleiner Banknachbar, der, mit dem der Boden aufgewischt worden war, das Heft, las meinen pathetischen Kitsch, gab das Heft in der Klasse weiter, und die allesamt verlangten in meiner Abwesenheit vom Lehrer, dass er die Note auf der Stelle in ihrer aller Anwesenheit auf *Sehr gut* ändern müsse. Das Thema sei von mir ganz gewiss nicht verfehlt worden. Er redete dann sofort, als ich wieder in der Schule war, unter vier Augen mit mir, sagte wortwörtlich: *Es ist alles wahr, was du geschrieben hast. Aber wenn du das schreibst, ist das Wiederbetätigung. Das kann ich nicht zulassen. Das ist Wiederbetätigung. Ich kann das nicht zulassen. Du darfst das nicht*, sagte er.

Ich verstand kein Wort. Ich hatte über den Schwachsinn geschrieben, in den wir jeden Tag feste eingekocht wurden, ich auch, und der Klassenvorstand meinte jetzt tatsächlich, ich müsse aufpassen, dass ich kein Nazi werde. *Ich habe Angst um dich. Das ist Wiederbetätigung*, sagte er. Ich hatte in meinem kitschigen, pathetischen Schriftstück sie alle nach dem faschistischen Menschen gefragt. Freilich ohne den faschistischen

Menschen zu hassen und ohne ihn zu sehr zu fürchten, weil ich ja meines Empfindens mitten unter Faschistenmenschen leben musste, ohne dass ich durchdrehen durfte. Bei mir stand aber nicht geschrieben, dass sie recht hatten und faszinierend seien, sondern dass sie Faschisten waren und unrecht hatten, aber man fühlte sich verstanden. Ich hatte über meine eigene fürchterliche Angst geschrieben.

Der KV erzählte oft von Dresden. Am Faschingsdienstag in der Nacht die englischen Flieger, am Aschermittwoch mittags die amerikanischen, es sei nur ums Morden und ums Terrorisieren und um die Rache gegangen. Die zehntausenden Frauen, die Kinder, die Alten, die Flüchtlinge von überall her seien allesamt verbrannt wie auf Scheiterhaufen. Wie im Höllenschlund. Die Bombardierung sei ein Kriegsverbrechen gewesen. Aber niemand rede davon, sagte er. Vielleicht schlimmer als Hiroshima sei Dresden gewesen. Er war wirklich Paneuropäer, schwärmte uns vom geeinten und friedlichen Europa vor.

Und er erklärte uns das Götzzitat, das zweite sei das bessere: *Wo viel Licht ist, ist viel Schatten.* Vom ersten sagte er, dass es nicht *am*, sondern *im* heiße.

76

Bei der Matura dann hätte man über das Schulsystem schreiben sollen und über die vergangenen acht Jahre und überhaupt über Bildung. Ich schrieb aus Angst wieder über Hitler und uns und über Jesus. Der Klassenvorstand weigerte sich daher, meine Arbeit zu beurteilen, sagte zu mir: *Ich habe es dir gesagt, dass du das nicht tun darfst.* Ich solle anfangen, für die Zusatzprüfung, die ich mir selber eingebrockt hätte, die Literaturgeschichte zu lernen. Der Landesschulinspektor beurteilte den Maturaaufsatz dann aber mit einem Gut, der KV war überrascht, und das war es dann. Ich hatte wie immer Glück. Der Landesschulinspektor war ein rechtsliberaler, humanistischer Christ, bei irgendeiner politischen kirchlichen Bewegung aktiv, ein Philologe, Historiker. Jurist war er auch. Vor dem hatten die Lehrer bei uns allesamt Angst. Sein problemloses Placet war mir aber auch unheimlich. Er redete in seiner Schulansprache tatsächlich vom Guten, Wahren und Schönen zu uns. Ich hatte wirklich wahr noch nie davon reden gehört. Die ganze Schulzeit lang nicht. Ich war hingerissen.

In Religion stufte er mich dann weit besser ein, als mein wirklich fortschrittlicher Religionslehrer das haben wollte. Der Religionslehrer hätte mich am liebsten rausgeschmissen, genierte sich mit mir. Ich hatte zwar mehr Kirchengeschichte intus als die anderen mit ihren massenhaften Sehrguts. Aber von mir wollte der Religionslehrer partout, dass ich etwas über Wunder sage und über Freiheit und über den wirklichen christlichen Glauben. Ich fand mich in seinem Bibelhandexemplar nicht zurecht und antwortete nur, dass Sartre gesagt hat, dass der Mensch zur Freiheit verdammt ist und dass, wer allein ist, unrecht hat; und dass man aber unrecht haben und zugleich recht daran tun kann, unrecht zu haben. Das war es. Wunder gebe es gewiss, sagte ich. Mehr aber nicht. Der Religionslehrer und der Vorsitzende und der Direktor redeten dann davon, dass die Wahrheit frei machen werde und Jesus der Weg, die Wahrheit und das Leben sei, und der Religionslehrer erinnerte mich nochmals ausdrücklich daran, dass Johannes XXIII gesagt hat, dass der, der glaubt, nicht zittert. *Nichts?*, fragte mich der Landesschulinspektor. Ich zuckte mit den Achseln, schüttelte den Kopf. Die Religionsmatura war die schwerste. Sie war das Schlimmste, was mir in den acht Jahren Gymnasium passiert ist. Denn sie war gegen alles, woran ich glaubte und worauf ich hoffte. Sie traf mich in meinem Innersten.

Der Religionslehrer war wie gesagt ein sehr, sehr guter Lehrer, führte uns zu einer Jugendgerichtsverhandlung und in ein Gefängnis. Das hat wirklich gewirkt. Einer aus der Klasse ist später dadurch ehrenamtlicher Bewährungshelfer geworden. Jurist sowieso. Der war in der Klasse sehr angesehen gewesen und ein paar schämten sich vor ihm noch jahrelang wegen der Vergewaltigung. Er war als Einziger nicht dabei gewesen, hätte es gewiss verhindert. Und er ärgerte sich immer über den Religionslehrer, weil der ihm nicht sagen konnte, wie man heilig wird. Er war in die Tochter von Klaus Kinski verliebt und sagte zu mir, er glaube mir meine Sanftmut nicht. Wenn mich meine Freundin verlassen wolle, würde ich sie gewiss umbringen. Ich sei so ein Typ. Er kam aus einer Weingegend. So erklärte ich mir das damals und nahm es nicht persönlich. Und der Gefängnisdirektor hat uns erklärt, dass die Häftlinge, die finster schauen und nicht grüßen und nichts mit einem zu tun haben wollen, in Wirklichkeit völlig harmlos seien; gefährlich seien die, die ihn, den Direktor, von weitem schon grüßen und anlachen und immer freundlich sind. Das gefiel mir damals; es schien mir einleuchtend. Der Gefängnisdirektor gefiel mir sehr gut. Wir durften einen Blick in die belegte Zelle eines Lebenslänglichen machen. Ich schaute nicht rein.

In Gorkis *Nachtasyl* wollte der fortschrittliche Religionslehrer auch mit uns. Das zahlte aber niemand und wollte niemand genug. In ein wirkliches Asyl wollte er mit uns. Das Jesusbuch Adolf Holls, das ich referierte, hielt er für völlig falsch, und was ich dazu referierte, erst recht, weil es alles nur noch schlimmer mache, was schon bei Adolf Holl ganz falsch sei. Für die Adeligen in der Klasse war das damals auch ganz klar, dass ich mich völlig irre und ein falsches Jesusbild habe.

Entwicklungshelfer hatte der Religionslehrer eigentlich werden wollen. Er wäre eigentlich auch gerne Jesuit geworden, verliebte sich, heiratete, ging dann mit seinem Sohn Hand in Hand. Der mochte das aber nicht. Mir fiel mein ekelerregender Vater ein, der immer so mit mir gehen wollte, ging. Man geht mit seinem Buben nicht Händchen haltend durch die Gegend! Der Religionslehrer verstand das nicht. Der Religionslehrer diskutierte alles. Den Holocaust auch. Dagegen war ich. *Alles Wischiwaschi*, sagte ich ängstlich, weil er und sie nicht damit aufhörten. Er hielt es für seine Pflicht, dass er den Holocaustfilm diskutiert. *Wer denn sonst.* Einmal sagte er, wir sollen doch nicht immer glauben, dass unsere Lehrer perfekt seien. *Ihr seht eure Lehrer falsch*, sagte er. Und der Sohn eines Chefredakteurs verspottete mich, weil ich gesagt hatte, die katholische Kirche trage durch ihren Mangel an wirklicher tätiger Nächstenliebe die Schuld am Marxismus-Leninismus. Das war aber das einzige Mal gewesen, dass der Religionslehrer mit mir zufrieden war.

Einer der Adeligen in der Klasse wurde Priester. Zuerst wollte er Techniker werden, machte seine Rangerausbildung beim Heer, arbeitete dann bei einem Bauorden in der Dritten Welt, wurde dann plötzlich Priester, mochte mich dann überhaupt nicht mehr leiden, sagte, dass mein Gott genauso irrational sei, wie ich selber bin. Für ihn selber hingegen, den künftigen Priester, müsse alles rational sein. Gott sei der Inbegriff der Vernunft und aller Sinn. Das Leben bestehe ganz gewiss nicht bloß aus Extremsituationen, und Gott sei nicht bloß dort zu finden, wie und wo ich mir das einbilde. In der Schule hatte er mir, als ich zum Schlafen gerade auf einer schmalen Mauer lag, geraten: *Du musst aggressiver werden. Die verstehen dich sonst nicht.* Damals mochte er mich und machte sich Sorgen um mich. Zum Beispiel, dass ich runterfalle. Manchmal viel später dann nach Jahren trafen wir uns zufällig abends in einer Kapelle. Er war aber eben gerade in kirchlicher Ausbildung und sagte mir, dass ich nicht recht habe. Ich war froh darüber. Ich sah die Sache ja wirklich wie er. Er glaubte mir das nicht. Und ich war überrascht, dass wir beide nichts mehr miteinander zu tun haben wollten. Gleich nach der Matura waren der Klassensprecher und der Verlegersohn und ich von ihm eingeladen worden, Wald, Holz, Hütte, interessierte mich alles nicht, das Schießen auch nicht, ich wusch den Salat nicht, der knirschte dann allen in den Zähnen. Einmal sagte er, das war noch in der Schule gewesen, wenn man sich die Welt und die Menschen anschaue, dann sei Gott die einzige Rettung, es gäbe keine andere Hoffnung. Und einmal in einer Schulstunde redeten wir gegen meinen Willen über Kultur, und er sagte, die fange bei den Tischmanieren an. An denen sehe man die Unterschiede zwischen den Menschen und dass es Primitivität sehr wohl gebe, ob man es wahrhaben wolle oder nicht. Er meinte das gut und mochte die Menschen schon damals. Aber weil er das mit den Tischmanieren sagte, glaubte ich ihm die Sache mit der Hoffnung und der Rettung nicht. Ich glaube, dass er ein guter Seelsorger ist. Denn er ist immer gut gelaunt. Einmal sagte er zu mir, es sei doch völlig klar, dass er den Menschen im Priesterseminar und denen, die sich in der Kirche einsetzen und mit ihrem Herzen für sie leben, mehr vertraue als den Menschen draußen. Selbstverständlich auch viel mehr als mir.

Fast hätten wir bei der Matura die weiße Fahne bekommen, aber ein Klassenkollege ist doch durchgeflogen. Der Klassensprecher war bitterböse auf den gescheiterten Kollegen, weil der der Klasse alles ruiniert habe. Der war aber krank zur Matura gekommen, hatte Röteln, und die Biologielehrerin, die gerade schwanger war, drehte durch. Aber die hatte es uns nicht beigebracht, warum sie in Gefahr war, sonst wäre der ganz gewiss gar nicht gekommen, schon gar nicht in ihre Nähe. Er war sehr gewissenhaft. Auf die Maturareise bin ich weder nach Griechenland noch nach Kärnten mitgefahren, obwohl sie immer alles mit mir geteilt hatten, obwohl ich bei überhaupt nichts mitgemacht hatte. Nicht einmal beim Maturaball. Ich bekam trotzdem meinen Geldanteil. Einen hohen Betrag.

Der Musiklehrer aß am liebsten Bananen, in jeder Schulpause eine. Aber für den vergewaltigten Mitschüler, der die Musik liebte und ein Instrument sehr gut erlernte, war er eine große Hilfe. Im vorletzten Jahr kam ein junger Physiklehrer an die Schule, war ursprünglich Hauptschullehrer wie der Musiklehrer, krempelte einiges um, war nämlich wirklich ganz anders als die anderen Lehrer, hatte am meisten Elan, ließ seine Schüler aus dem Lehrplan aussuchen, was er mit ihnen durchnehmen werde, sagte zu ihnen, wenn sie ihn ärgerten oder wenn er sich gerade verrechnete oder eine Erklärung nicht wusste: *Wie wollt ihr in der modernen Welt jemals bestehen können?* Redete andauernd von Orwells *1984*. Ohne diesen Physiklehrer aus der Hauptschule hätten wir nie von Orwell gehört. Dr. Niederle sagte über den Physiklehrer zornig: *Es gibt heutzutage Lehrer, die verstehen von Pädagogik so viel, dass sie vom eigenen Fach nichts mehr verstehen.* Der Physiklehrer muss also wirklich ein guter Lehrer gewesen sein. Einen größeren Qualitätsbeweis als Niederles Verachtung konnte es nicht geben. Einmal sagte der Physiklehrer, niemand habe das Recht, einen Lehrer zu verteufeln, der sich in eine Schülerin verliebe. *In welcher Welt lebt ihr denn*, fragte er. *Was geht denn ohne Liebe?* In dem Moment ärgerte er mich aber. Denn ich wusste wieder nicht ein und nicht aus, weil es ja um Liebe ging.

77

Im Schulpraktikum sagte ein Schüler zu mir, alles, was von Menschen sei, sei menschlich, und ärgerte sich über mich, weil ich ihn danach gefragt hatte, was menschlich sei. Und sein Banknachbar sagte, die anderen sagen immer, wenn ihnen etwas nicht passe, es sei unmenschlich. Ich ärgerte mich, weil er gescheit war und als das galt, und fragte ihn, ob er sich etwas vorstellen könne, das sehr wohl unmenschlich sei. *Kindesmisshandlung*, antwortete er. Und ich war noch irritierter, aber nicht mehr als er. *Ja*, sagte ich. Kinder haben bekanntlich Eltern und Lehrer. In der Zeit damals hieß es, ich sei der geborene Lehrer und man könne viel lernen von mir. Das war sehr freundlich und half mir sehr. Der Evaluierer, der den meisten anderen Studenten Schwierigkeiten machte, sagte lauter nette Sachen zu mir. Aber nach der nächsten Stunde damals stürzte man sich auf mich und zerlegte mich. Ich lächelte aber und war gut gelaunt, als sie sagten, heute sei bei mir alles völlig danebengegangen. Es war heute die Begabtenklasse. In der Klasse der Dummen hingegen galt ich wie gesagt als geborener Lehrer. Ich mochte die Begabtenklasse auch sehr. Dass sie plötzlich auch nachgaben, eine nach dem anderen, machte mich sehr fröhlich. Mich ärgerte aber ihre Disziplin. Sie waren in allem diszipliniert. Zählten die Keimblätter, redeten jeden Dialog in jeder Sprache. Die andere, die dumme Klasse galt als von Anfang an gescheitertes Experiment und als schulisch verloren. Und ich, ich brachte die Schüler für ein paar Augenblicke, meine, ganz durcheinander, die sehr Begabten und die angeblich Verlorenen. Das habe ich damals zusammengebracht. Ein paar freuten sich beidseitig. Und ein paar Lehrer an der Schule brachte ich auch durcheinander. Die eine Klasse wie gesagt galt als aussichtslos; das merke man täglich, stündlich, wurde uns gesagt. Ich merkte nichts. Und in der anderen Klasse waren, hieß es, nur Gute, Beste. Und ich wie gesagt brachte glücklich alles durcheinander, weil ich glücklich war. Die Kinder hatten nichts dagegen, fassten Zutrauen zu mir. Und der Evaluierer ließ sich durch nichts und niemanden davon abbringen, dass ich der geborene Lehrer sei. *Jemanden wie Sie trifft man selten*, sagte er. Es ging mir also gut. Samnegdis Unterricht mochten die Kinder auch. Es ging uns beiden gut. Isabelle sehr gut.

Isabelle schrieb ihre Arbeit über Bettelheim und freute sich schon sehr auf die Schule. Samnegdi freute sich auch darauf und wollte eine Senecabiographie schreiben und wir überlegten uns einen Verlag, für den wir vielleicht beide übersetzen könnten, weil wir das sehr gerne taten. Am liebsten. Jetzt aber, jetzt müssen wir dauernd kämpfen, weil plötzlich immer etwas bedrohlich ist. Ständig ist plötzlich wer krank.

Von der verlorenen Klasse höre ich immer noch, immer nur Schlechtes. Es tat mir leid, dass ich nicht an der Schule bleiben konnte. Beim Unterrichten damals schämte ich mich für einen Moment, weil mir einfiel, dass das alles jetzt etwas ist, das die Kinder täuscht. Es war mir, als ob ich sie belüge und betrüge. Denn ich wusste, dass das Wertgegenstände, Kostbarkeiten, waren, die ich ihnen anvertraute, und zugleich, dass sie davon hier in ihrer Schule in den nächsten Jahren nichts mehr erfahren werden. Nichts werde so sein, wie ich es ihnen sage. Ein Betrüger war ich, mehr nicht. Und doch war das, was ich ihnen beibrachte, wahr. Ein Schüler aus der aufgegebenen Klasse sagte einmal, er verstehe nicht, wie Menschen, die behindert sind, über sich selber lachen können. Er möchte das auch können. Sie waren sehr offen und ehrlich und hofften plötzlich, glaube ich.

In der Klasse, die als begabt galt, wäre ich auch gerne geblieben, um zu sehen, wer sie einmal sein werden. Mir hat gefallen, wie ablehnend sie zuerst gewesen waren, und wie ein Kind nach dem anderen sich freundlich öffnete. Ich empfand dieses Geschehen als schön. Und den Lehrern im Betrieb dort wäre ich gerne auf die Nerven gegangen. So war ich damals wirklich. Vergnügt eben. Samnegdi war bei mir, mir konnte nichts geschehen. Die Schule damals war früher eine Militärschule gewesen. Ich glaube, eine NAPOLA. Eine Eliteschule bis heute. Lilli ist auch dort zur Schule gegangen, hat dort viel gelernt. Schauspiel zum Beispiel. Sie hat sich in der Schule dort leicht getan. Als Samnegdi und ich einander liebgewonnen haben, habe ich nie gezittert. Wir zwei haben uns als Kinder oft gewünscht, unsichtbar zu sein. Einmal sind wir später dann einem aus der Klasse der Dummen wiederbegegnet. Eine Igelfamilie schlurfte über eine Wiese. Wir blieben stehen und schauten zu. Er kam auf seinem Rad vorbei, stieg ab und schaute auch den Igeln zu.

Warum Streiks und Esoterik gleich gut sind und es für
Menschen nichts Besseres gibt. Und wie einer aus Scheu
ein paar weibliche Wesen durcheinander brachte und
sie ihn sehr.

78

Ich zitterte immer, wenn ich geglaubt habe, erzählen zu müssen. Weil ich mich geschämt habe, habe ich gezittert. Den Mädchen, in die ich verliebt war, habe ich deshalb geglaubt erzählen zu müssen, weil ich ja nicht wusste, wer ich bin und wer ich sein werde. Anders wäre es unfair von mir, habe ich geglaubt. Ich wollte die Wahrheit sagen, erzählte etwas, sagte die Wahrheit, ein bisschen davon, ließ es sogleich wieder gut sein. Ich erzählte nie, um Last und Unglück abzuladen, sondern um der Frau, die ich mochte und die mich mochte, kein Unglück und keine Last zu sein. Sie merkten, glaube ich, gar nicht, dass ich zittere und dass ich mich so schäme. Aus Angst, ein Ungeheuer zu sein, habe ich gezittert. Mein Vater der Betrüger, der plötzlich ganz ein anderer Mensch ist, ein Gewalttäter. Ich hatte Angst vor mir, weil ich Angst hatte, wie mein Vater zu werden. Etwas bleibt immer hängen. Man selber. Ich habe, behaupte ich, nie gejammert und nie geklagt. Ich versuchte, unproblematisch zu sein. Aber es ging wohl nicht. Meine absonderliche Geistesgegenwart, schnelle Hilfsbereitschaft kommen von der Gefährlichkeit meines Vaters her. Wie mein Vater gefährlich war, so will ich ungefährlich sein. Ich bin trotzdem oft jemandem zu viel. Nur als ich Samnegdi erzählt habe, habe ich nicht gezittert und habe ich keine Angst gehabt.

Der kleinen Eicke hatte ich nie etwas erzählen müssen. Sie wusste alles. Sie war auf einmal dauernd da gewesen und gerade immer, wenn ich meine Ruhe wollte. *Volksdeutsche, Reichsdeutsche,* sagten die Leute über Eickes Familie. Wir waren sechs Jahre alt und sie sagte, sie wolle mich so schnell wie möglich heiraten, erklärte mich und mir, wie nackte Frauen ausschauen, und wenn ich nicht auf der Hut war, schaute sie mir beim Urinieren zu. Das ging dann vier Jahre lang so. Von unserem sechsten bis zu unserem zehnten Lebensjahr. Ich verstand Eicke überhaupt nicht. Aber ich war froh, weil ich jetzt nicht mehr so allein war. Eicke passte auf mich gut auf. Sie hatte auch eine kleine Schwester, die weinte manchmal unter dem Tisch, wenn ich wieder heimging. Eicke und ihre Mutter sagten, die weine deshalb, weil sie mich mag. Später ab ihrem 13. Jahr brach Eicke oft zusammen und man wusste nicht, warum. Ich sah sie früher schon fast nie mehr, weil unsere Schulen anderswo waren. Einen fixen Freund hatte sie auch ganz früh.

Sie studierte nach der Matura Architektur auf der Technik und mir erklärte sie, als Tschernobyl war, dass Tschernobyl keine Katastrophe sei. Auf der Technik lernte sie das gerade genau so. Eicke hatte ja gewaltige Angst vor meinem Vater gehabt. Wenn sie ihn heimkommen sah, hörte, rannte sie sofort weg von mir und fort heim. Einmal schrie sie, warum ich ihr nicht gesagt habe, dass er heimkommt. Ich hatte es nicht gewusst. Er war wie immer plötzlich da. Damals hat sie sich im Schreien und Laufen im Weidezaun verfangen und sehr wehgetan, sie sprang auf und rannte weiter. Am nächsten Tag zeigte sie mir vorwurfsvoll die Schnitte in ihren Handflächen. Wenn sie den Vater sahen, gerieten die meisten Kinder von hier in Panik. Das durfte ich nie, in Panik geraten, sonst wurde alles verheerend. Ich musste das immer durchstehen. Es gab sonst nichts. Keine Hilfe und kein Entkommen. Draußen war niemand, da war niemand. Einen Freund habe ich einmal in einem Mauereck versteckt, bis mein Vater wieder fort war. Der Freund zitterte fürchterlich. Ein paar Kinder im Ort und in der Schule in der Stadt bewunderten meinen Vater, dass er so war, wie er daherkam, oder wenn er mit ihnen redete.

Beim Begräbnis des Vaters war ich der Letzte am Grab auf dem Friedhof, es war niemand von den Angehörigen mehr da, von den Trauergästen auch nicht, ich drehte mich um, Eicke war noch da, wir nickten, ich drehte mich weg, ging. Eicke erzählte mir, als sie siebzehn war, vom Tanzen, da sei man nicht allein, sondern werde gehalten und halte selber auch jemanden in den Armen, und beim Judo passe man gut auf sich selber auf, lerne das, ganz kleine Bewegungen seien das, die man mache, aber was die ausrichten und wie schön die seien! Beim Tanzen und beim Judo sei das so. Und jemanden werfen können sei toll und dass man ganz einfach wieder aufstehe und nichts Schlimmes sei einem geschehen und dass man sich selber und die anderen so gut spüren kann. Und einmal, später auch, erzählte sie mir, der Schauspielerin, die die Pippi Langstrumpf gespielt habe, gehe es sehr schlecht. Gefängnis. Drogen. Überhaupt kein Geld mehr. Das Publikum sei vollkommen uninteressiert, was aus der jungen Frau werde. Als Kind konnte Eicke nicht aufhören mit diesen Langstrumpfgeschichten, hatte die dauernd vorgelesen. Mir waren die viel zu viel und so langweilig gewesen. Ich hatte nicht wie die alle empfinden können. Einmal, später auch, sagte ich zu Eicke, damit ich vor ihr Ruhe habe, weil ich andernfalls gerade dabei gewesen wäre, mich doch sehr in sie zu verlieben – was dumm von mir gewesen wäre, denn sie redete ja in einem fort von ihrem Freund –, heute sei Mittwoch, ich müsse im Kinderprogramm Kasperltheater schauen. Sie schaute mich groß an. Sie schaue sich heute mit ihrem Freund zusammen ein Ballett an, hatte sie mir erzählt, als ich dann sagte, dass ich Kasperl schauen gehe.

Es sei wichtig, dass es einem selber gutgehe, sagte sie auch einmal, dadurch gehe es dann den anderen auch gut, mit denen man zusammen sei. Das war auch in der Tschernobylzeit. Sie brach jedenfalls immer zusammen und wusste nicht, warum, und hörte auch nicht auf damit. Dass sie mir sagte, ich solle beim Gehen kleine Schritte machen, war bald, nachdem mein Vater gestorben war. In der ersten Zeit war mir zwischendurch, als müsse ich das Gehen erst lernen. Ich tat mir beim Bewegen wirklich sehr schwer. Es wurde aber schnell besser, sodass es für mich nicht mehr schlimm war. Aber Eicke hat es gemerkt.

Innenarchitektin wollte sie dann eben werden und erzählte mir beim Heimfahren im Zug von Ventilatoren, Bodenbelägen, Vorhängen, Haarföns, Treppen, Speisezimmern, Sesseln, Lampen, Stauraum und Kaffeemaschinen. Und einmal, dass jemand seine Bauten nach dem Vorbild südamerikanischer Indianer und türkischer Wüstenmönche geschaffen habe. Und einmal von einer Gruppe in Mailand. Und warum mich das alles nicht so interessiere wie sie, wollte sie wissen. Innenarchitektin wollte sie werden, weil sie immer so wenig Platz gehabt haben. Sie haben bei dem katholischen Eisenbahner, den die Nachbarn nicht gemocht haben, jahrelang in Untermiete gewohnt. Zerstritten sich mit ihm, mussten da auch fort. Als wir klein waren, sagte Eicke oft zu mir, dass sie hier allein mit mir leben wolle. Ich wollte hier überhaupt nicht leben. Dass ihr die viele Geometrie und das Rechnen schon ziemlich auf die Nerven gehen und dass das nie aufhören kann beim Studium, sagte sie manchmal, wenn wir mit 18, 19, 20 zusammen im Zug fuhren. Sie immer einen Ort weiter. Zum Glück habe sie ja ihren Freund, der fast dasselbe studiere wie sie, sagte sie. Sie habe ihr Studium auch seinetwegen gewählt. Damit sie zusammenbleiben können. Später dann hat sie, glaube ich, ihr Studium auf der Stelle aufgegeben, als ihr Freund sich eine andere fand. Ihren Vater habe ich in all den Jahren kein einziges Mal gesehen, aber den gab es. Er muss Vertreter oder sonst etwas gewesen sein, wodurch man nie zuhause ist. Eickes Mutter sorgte allein für alle. Die Leute hier mochten die freundliche Frau sehr.

79

Eickes kleiner Schwester war ich, als nach Gurkis Tod der Wirbel und Verdruss mit dem Ort hier waren, unheimlich. Die kleine Schwester studierte damals gerade Kunstgeschichte und zeichnete Comics und Karikaturen. Und es war ihr, glaube ich, sehr peinlich, mich zu kennen. Einmal damals aber hat die sich beim Heimfahren bei mir lachend über einen im Kunstbetrieb potenten Universitätslehrer beklagt, der fast völlig blind sei. Der sei schmierig. Heute sei der schon wieder so fürchterlich gewesen. In den Seminaren und den Vorlesungen und bei den Prüfungen sowieso müssen die Studentinnen ihm die Akte laut beschreiben und die Skulpturen abtasten und sagen, was sie fühlen. Man merke, wie er sich daran errege. Alle sagen das, sagte Eickes Schwester, aber man könne nichts dagegen tun. Er demonstriere ihnen auf diese Weise seine Potenz und dass sie tun müssen, was er ihnen sage. Insgeheim lachen ihn die Studentinnen ohnehin aus, sagte Eicke. *Die Frauen können ihn leicht um den Finger wickeln,* sagte sie.

Eine Tochter des Prof, drei Töchter und drei Söhne hatte er und war also in der Tat potent, hatte ich in der Schule als Zeichenlehrerin gehabt. Sie war klein und zierlich und erklärte uns Burschen, dass Maler Nackte völlig anders sehen als wir, nämlich ohne jede sexuelle Gier. Ich konnte mir das nicht vorstellen, sagte das. Und einmal mussten wir in einer Kirche Bilder anschauen. Ich sagte, solche Wolken und einen solchen Himmel gebe es in Wirklichkeit nirgends. Die Zeichenlehrerin schrie: *Du wirst niemandem Vorschriften machen! Du nicht! Wie willst du wissen, was andere Menschen sehen und was wirklich gewesen ist oder was einmal sein wird.* Ich beharrte irritiert: *Einen solchen Himmel gibt es in der Wirklichkeit nicht, die Farben nicht und die Wolken auch ganz sicher nicht. Der Maler lügt die Leute an.* Das Ganze war mir peinlich. Ein mir lieber Mitschüler, der Flieger werden wollte, zerwuzelte sich neben mir. Ich hatte zuvor zu ihm gesagt, ich verstünde nicht, was die Frauen an den Männern finden. Die seien doch absolut abstoßend und ekelerregend. Schön und akzeptabel seien einzig und allein die weiblichen Wesen. Ich selber wäre, könnte ich es mir aussuchen, lieber eine lesbische Frau als ein Mann. Und dann eben redete ich über die Himmelsfarben. Die waren mir aber wichtig, weil ich als kleines Kind oft den Himmel beobachtet hatte. Stundenlang. Wenn der Vater nicht da war. Das ist mir bis heute geblieben. Das ist keine Metapher.

Der Vater eines Nachhilfeschülers von mir damals ist in der Stadt Maler und renommiert gewesen. War auf Island auf Urlaub gewesen, hatte dort im Regen einen Koller bekommen. Wollte dann mit mir über seinen Sohn reden, der als kleines Kind in einer Regenpfütze fast ertrunken wäre, wenn ihn nicht die Mutter gerettet hätte. Er sagte, sein Vater sei immer ein Schwein gewesen, und er selber habe daher seinen Buben nie zu hart anfassen wollen, habe seiner Frau zu viel überlassen dadurch. Er wisse, wie man an die Subventionen komme, sagte er auch zu mir, das sei das Wichtigste, die Subventionen. Ich brauche das auch, erklärt er mir. Würde es nicht ums Geld gehen, würden die Leute nicht verstehen, was los sei. Das Geld sei das wichtigste Verständigungsmittel. Einen steinreichen Günstling, den er förderte, machte er fertig, so viel weiß ich. Als dann beim Schützling die Schizophrenie ausbrach und schnell publik wurde, träumte besagter geförderter Millionär gerade, der väterliche Meistermaler uriniere hemmungslos in dessen Bett rein und rum. Der Streit, in dem die Geisteskrankheit ausbrach, war darum gegangen, in welchen Bilderrahmen das Bild des reichen Mäzens, der unbedingt selber Künstler werden wollte, nun denn kommen solle. Wegen des Bilderrahmens wurde der Millionär verrückt, da der Meister den Rahmen verboten hatte. Über den Meistermaler, der später dann mit seiner Familie ins Ausland gegangen ist, sagte Eickes Schwester zu mir, er sei typisch, aber sehr gut. Ich habe als Kind Eicke und sie bewundert, weil sie so gut Deutsch redeten, und später, weil sie so aufrecht gingen. So gerade.

80

Die Regierung muss gehen, vorher darf nicht Schluss sein. Wir dürfen uns nicht länger lächerlich machen. Niemand versteht, worum es uns geht. Schon gar nicht die paar Passanten am Straßenrand. Das ist alles dilettantisch, was wir machen. Das ist der Grund, warum die Medien so gut wie nichts berichten. Eine einzige Peinlichkeit ist das Ganze, wird in der Vollversammlung geschimpft. Ein Kollege, dessen Vater Psychiater ist, sagt dann in der kleinen Institutsversammlung, dass die Studentendemonstrationen völlig danebengehen, und dann: *Ich habe gestern mit meinem Vater gesprochen und der hat gesagt, in ein paar Jahren werden wir die Sache genauso sehen wie die, gegen die wir protestieren. Dann werden wir einsehen, dass es falsch war. Wir müssen wissen, wohin wir gehören. Wir alle hier gehören zur Elite, nicht auf die Straße. Den kleinen Leuten sind wir doch völlig egal. Die interessiert es nicht, was aus uns wird. Die haben nicht unsere Ideale und daher auch nicht unsere Sorgen. Die haben für uns nur Neid übrig und wollen ihr Geld und ihre Ruhe.* Der Kollege sagte ein paar Mal, dass er mit seinem Vater stundenlang über die Demonstrationen rede, und der habe gesagt, es sei völlig unsinnig zu glauben, aus der Bevölkerung komme Verständnis. *Die kleinen Leute sehen nur unsere Vorrechte, unsere Werte sind denen völlig wurscht. In Wahrheit halten die kleinen Leute nichts von uns und deshalb halten sie auch nicht zu uns.*

Das Institutsfest der Lateiner und Griechen: Die Studenten tanzen zur Internationalen und dann zu einem KZ-Lied. Die sind angetrunken, wie es sich gehört, und tanzen und singen dazu und mir nichts, dir nichts auf einmal übers Kämpfen und Arbeiten. Mitten in die andere Hüpfmusik hüpfen die hinein und alle singen und stimmen ein. Jeder eben nach seinen Fähigkeiten, jedem nach seinen Bedürfnissen. Die Internationale und dann auch noch das Moorsoldatenlied. *Doch für uns gibt es kein Klagen, ewig kann nicht Winter sein.* Ich ärgere mich sehr, denn alles würde anders sein am Institut, wenn es wirklich so wäre, wie sie sich gerieren. Einmal früher wollte ich zur kommunistischen Fraktion bei den Psychologen, da haben die dann aber dauernd Flugblätter ausgeteilt, dass es in der UdSSR keine Zwangspsychiatrierungen gibt. Daher habe ich es dann sein lassen. Und jetzt eben wird bei den Altphilologen für das Gute gehüpft.

Zeitgleich zu den Demonstrationen findet eine Militärübung statt. Die Übungsannahme des Militärs lautet, Truppen haben gegen wildstreikende Arbeiter der verstaatlichten Industrie vorzugehen. Der Übungsannahme wegen herrscht kurzzeitig Wirbel im Parlament. Doch tritt der für die Übung verantwortliche Minister nicht zurück. Zeitgleich auch wird die Müllabfuhr privatisiert. Zeitgleich wird draußen in der Welt die Sonnenbarke des Cheops entdeckt und ein Wirtschaftskrieg zwischen den USA und der BRD begonnen und dadurch ein Finanzcrash verursacht. Zeitgleich ist der Psychiater, dessen Ratschläge der Mitstudent in der Institutsversammlung uns vorträgt, der Spitalsarzt von Liesls Freundin. Liesl hat mich versuchsweise mitunter mit ihrer Geliebten verglichen und mich dann ein wenig gegen sie eintauschen wollen, wenn das ginge. Ging nicht. Liesls Geliebte haute seit Jahren ab und zu einfach ab. Und ab irgendwann recht bald ließen die Eltern ihr Kind sofort auf die Psychiatrie schaffen, sobald es aufgegriffen wurde. Zu dem Psychiater eben. Das taten die Eltern, obwohl das Töchterchen ja eigentlich volljährig war und bloß von daheim abhaute. Das Blödeste war, wenn sie dann nach der Psychiatrie wieder zu den Eltern musste.

Liesl sagte zu mir, ein schizophrener Mensch nehme die Gewalttaten, die die angeblich guten Menschen tagtäglich ausüben, wahr. Genau das sei seine Krankheit, dass er diese Gewalt sofort empfinde, aber nichts gegen sie tun könne. Ein schizophrener Mensch wolle die anderen Menschen lieben, sehe aber das zweite Gesicht der Menschen und fürchte sich jedes Mal zu Tode. Einmal habe ich, weil Liesl mich darum bat, in einer Ausstellung auf unwichtige Werke eines berühmten Malers aufgepasst, weil sie keine Zeit hatte. Das war schön, auf die Bilder aufpassen. Ich saß allein dort drinnen, ab und zu kamen Besucher und da kam ich mir wichtig vor. Liesl schrieb Gedichte, die waren wunderschön, aber sie änderte sie, weil sie vor dem Publikum Angst hatte. Ich habe geweint, als sie aus Angst ein Gedicht umschrieb. *Ich lege meine Stirn an die Sterne*, hat sie geschrieben, weil sie das wirklich tat. Die lesbische Liebe im Gedicht merzte sie im letzten Augenblick aus. So viel wie nichts wäre die Andeutung gewesen.

Liesl hatte viele Freundinnen. Eine Freundin studierte Astronomie und Meteorologie und lachte mich aus, weil sie glaubte, ich verstehe nicht. *Liesl will Kinder, aber keinen Mann. Verstehst du das nicht?*, lachte die Astronomin und schaute mir in die Augen, hatte einen Freund, war sehr nett und weich. Liesl hat immer die Menschen verloren, die sie geliebt hat, die Mutter, den Bruder, die Freundin, den Freund, die starben plötzlich an einer Krankheit oder kamen bei Unfällen ums Leben. Damit wollte sie mir erklären, warum sie so war. Einmal gingen wir zu irgendetwas Esoterischem. Dort weinten viele Leute vor Liebe und streichelten einander und umarmten einander und trockneten einander die Tränen, sowohl auf der Bühne als auch im Publikum war das so, und ich ärgerte mich und behielt meinen Mantel an und setzte mich nicht. Und ein paar sagten am Ende der Veranstaltung zueinander: *Heute haben wir aber übertrieben. Das war fast schon zu viel.*

Liesl liebte Vater und Sohn Tarkowskij. Und ich hatte daher Filme anzuschauen und Gedichte zu lesen. Und sie, sie erzählte mir Szenen und ich machte ihr die ganze Zeit über, als wir miteinander zu tun hatten, keine einzige. Dass jemand überfahren wird und dass der Verunglückte aus Scham seinen blutigen Beinstumpf mit einem Taschentuch bedeckt, weil die Leute ihn anstarren. Und dass ein Mönch jahrelang tagein, tagaus sich mit einem Eimer Wasser auf einen Berg schleppt, um einen kaputten Baum zu gießen. Und plötzlich fängt der Baum zu blühen an.

In Pasolinifilme musste ich auch; über den Oedipusfilm ärgerte ich mich, weil der anfängt wie mein Leben. Eine Erfahrung, die Liesl unbedingt machen wollte, habe ich fast vergessen: den Container mit Salzwasser und schwarzer Finsternis. Dort wollte sie völlig alleine so lange wie nur irgend möglich bleiben können. Ein Bild, das Liesl faszinierte, war eines aus der Höhle von Lascaux. Der verwundete goldene Büffel, dem die Eingeweide herausquellen, der aber dennoch den Jäger angreift, welcher hilflos mit dem Rücken am Boden liegt. Ein Strichmännchen mit Erektion. Ein bisschen lächerlich sei das ganze Bild, befand ich. Ein Vogel auf einer Stange ist auf dem Bild. Für Liesl war das aber die allerschönste Esoterik, beste Religion, wundervollste. Einmal erzählte sie mir, sie kenne jemanden, der bleibe vor einer Tür immer kurz stehen, damit sein Engel zuerst hineingehen kann. Das gefiel mir. Sie interessierte sich für Holzkirchen, Siegel und für Stillleben, erklärte mir, die Stillleben seien Rätsel, das erste Stillleben stelle ein totes Rebhuhn mit Pfeil und Handschuhen dar. *Perdix* heiße das Bild. Der Künstlerkonkurrent des Künstlers Dädalus habe so geheißen, und den habe der dann von einem Felsen in den Tod gestürzt. Und das habe sich vererbt. Der Fluch. Und die Stillleben seien alle immer gegen den Tod gemalt, sagte Liesl. Manchmal löste sich ihr Gesicht auf. Da erschrak ich.

Liesls Vater war Schlossermeister und sie vertrug es schlecht, von ihm und seiner Frau finanziell abhängig zu sein. Sie hatte ein paar Verehrer, die einander beeiferten und sich Hoffnungen auf sie machten. Einmal sagte sie zu mir: *Du hast mir gefehlt. Ich habe dich überall gesucht.* Ich habe es ihr damals nicht mehr geglaubt. Ein herzensguter, lustiger türkisch-persischer Flötist, dem die Leute gerne zuhörten, verehrte Liesl, hatte bekanntermaßen die größte Freude an Pornographie und meinte, Liesl liebe ja doch auch Frauen genauso wie er und also müssten ihr die Bilder doch auch gefallen. Wollte ihr immer welche zeigen, damit sie die gemeinsam anschauen et cetera. Liesl war dagegen. Henry Miller mochte sie, den Maler im Schreiber. Sein *Lächeln am Fuße der Leiter* schenkte sie mir. Es war fast ihr Lieblingsbuch. Ihren Dissertationsvater, einen Spezialisten für Ikonen, Holzkirchen und für Mosaike, sah sie einmal aus einer Peepshow herauskommen, war am Boden zerstört. Und einmal sagte sie, es gehe mir im Leben wie ihr. Und einmal, dass ich auf mich aufpassen müsse, dass es mir nicht wie ihr ergeht.

81

Keine Woche nach Gurkis Auffindung hat Lilli im kleinen historisch-philosophischen Seminar ein paar Stunden lang über Exildichter und Exildenker vorgetragen. In der Folge sind fast alle im Seminar über Stefan Zweig hergefallen oder haben es verdutzt geschehen lassen, auch der von Lilli verehrte Lehrer war völlig perplex. Um Zweigs Selbstmord ging es natürlich auch. Der eine fast zwei Meter lange Student, der Lilli in seinem ersten Schrecken tüchtig widersprach, machte aus Zweigs Selbstmord versuchsweise ein Argument für Zweig, hatte aber keine Chance damit. Es fing dadurch nämlich alles erst so richtig an bei Lilli. Über drei Stunden lang erledigte sie Zweig dann in einem fort und ein für alle Male. In allen seinen Lebenssituationen warf sie ihm Lüge, Halbbildung, Charakterschwäche, Heuchelei und Feigheit vor. Und seinen linken Lesern sowieso. Ich höre ihr zu, schaue, sie muss schön sein, muss. *Jetzt hat sich der Gurki grad' erst umgebracht*, denke ich mir, während sie sich über den verlogenen Selbstmörder Zweig hermacht, und dass ich ihr zu viel Arbeit abgenommen habe an dem Tag damals. Das sei ein Fehler von mir gewesen. Sie telefonierte an dem Tag, als ich zu Gurki hineinmusste, Petras wegen herum, damit wer kommt, um zu helfen, kam zurück, sagte zermürbt zu mir: *Niemand ist da, wenn man ihn braucht.* Schaute mich an, als ob ich nicht da sei. Gurki hatte ich an dem Tag nicht gerettet, aber der Lilli den Tag. Was sie jetzt redete, ging über meine Kraft. Ich höre Lilli jetzt doch wieder zu, schaue, ich weiß, dass Lilli schön ist. Lilli wird von Minute zu Minute erbarmungsloser, ihr Reden scheint mir allen Selbstmördern dieser Welt zu gelten. *Opfer, immer die Opfer*, sagt sie plötzlich. Es stimmt also, darum geht es.

Zweig mag ich seit jeher sehr. Das weiß sie, ist ihr egal. Zweigs *Legende von den Augen des ewigen Bruders* habe ich in mir; sozusagen trage ich die im Herzen. Das ist die von dem, der nie mehr tötet, weil er getötet hat. Als Lilli und ich uns kennen lernten und sie sich in mich verliebte, aber nicht in mich, schenkte ich ihr diese Zweiglegende. Das war, als ich Lillis Verliebtheit nicht erwidern konnte, natürlich aber in Lilli verliebt war wie in niemanden sonst. Im Seminar brachte sie Zweig jetzt mit allem um, was ihr jemals in die Finger geraten war.

Lilli sagte seit jeher, dass die Opfer mies seien, weil sie einem Schuldgefühle machen und die ausnützen. Jetzt sagte sie es auch wieder. Aber objektiv, wissenschaftlich. Ja, doch, schon irgendwie. Zitate, Belege, primäre, sekundäre, tertiäre. Toll. Vermutlich erregend. Und ich verzweifle aber. *Die Opfer müssen ihre Unschuld beweisen*, hat sie immer schon gesagt. *Die wollen ja was von uns. Die Opfer haben große Macht. Das sind Erpresser.*

Lillis Duft roch ich nie. Ob ich jemanden mag oder nicht, erforschte Lilli, indem sie mich fragte, ob ich ihr die Augenfarbe nennen kann. *Nicht einmal Trixis Augenfarbe weißt du*, empörte sie sich und lachte. *Was soll das sein mit euch? Was bist du für ein Mensch? Ihr zwei lauft immer voreinander davon. Aber nur von dir geht das aus. Das sage ich dir, wie du bist. Du hast zu niemandem Vertrauen, damit machst du immer alles kaputt.* Das nahm ich mir sehr zu Herzen, verstand ich aber nicht.

Sofort nach dem Zweig-Seminar überwarfen wir uns. Und gerade als wir wieder gut waren miteinander, hob sie den Kopf, bog ihn in den schönen Nacken zurück und fragte mich, warum sich die Juden damals denn nicht gewehrt haben. *Sie haben doch das Kapital gehabt*, sagte sie, und ihre schönen Augen blitzten mich an. Da hatte ich es wieder. Es hatte keinen Sinn. Lillis Schwester pflegte von sich zu sagen, sie würde niemals einen Juden heiraten. Lillis erste große Liebe war aber einer gewesen, ein Halbjude, der Sohn eines hohen Beamten. Im Vortrag über Zweig hat sie, glaube ich, ein für alle Male mit allen abgerechnet, die nicht ihre Familie waren und die sie nicht verstand.

Wenn Lilli nicht bewundert wird, fällt sie, erklärte sie mir einmal, in ein tiefes riesiges Loch, aus dem hole sie niemand heraus. *Mit mir hat niemand Mitgefühl. Ich muss alles können. Das ist ganz selbstverständlich. Niemand fängt mich auf*, sagte sie oft. Und ihre Wut dann, das alles gehe so schnell und höre nicht auf. So weh tue ihr das. Zum Zusammenbrechen sei ihr dabei. Niemand halte sie fest. Im Seminar koitierte sie aber vergnüglich, fand ich. Wo soll da ein Zusammenbruch gewesen sein.

Weil ich nicht und nicht erzählte, was ich gesehen habe, als ich Gurki gesehen habe und in seinem Zimmer gewesen bin, sagte Lilli zornig zu mir, für den, der etwas Schlimmes erlebt habe, sei es ohnehin nicht schlimm, denn der habe Gewissheit, schlimm sei es nur für den und arm sei alleine der, der nicht wisse, was geschehen sei, weil er es selber nicht gesehen und nicht selber erlebt habe. Denn der müsse ja immer denken stattdessen. Ich blieb dabei, nichts zu erzählen. Im Winter ist früh Nacht. Es war so viel Schnee in dem Winter in der Stadt. Die Stadt war eine Zeitlang ganz anders als sonst. Die Menschen auf der Straße waren besser. In einer der ersten Nächte, als der viele Schnee zu fallen begann und die Leute dann nicht vor und nicht zurück konnten und ihnen das aber mit einem Male gefiel, hat sich Gurki umgebracht. Als ich ihn fand, war er schon viele Tage tot. Gut eine Woche müsse es hersein, schätzte der lästige Polizist, vielleicht zwei Wochen. Als Lilli zurückrechnete, wurde sie sich dessen gewahr, zu der Zeit ein lautes Rumpeln gehört zu haben.

82

Mein Onkel, seine Frau schlief neben ihm, seine Haut war nass und trocken in einem, der Schweiß und die Haut hatten nichts mehr miteinander zu tun. Der Geruch, vom Morphium wohl. Der Onkel atmete tief, schlief. Die Tante dachte, er werde wieder aufwachen. Er würgte dauernd und bekam schwer Luft. Dagegen wollte sie, dass der Arzt kommt. Meine Tante sagte nach dem Tod ihres Mannes oft: *Später ist Blödsinn.* Man könne das gemeinsame liebevolle Leben nicht verschieben, sonst sei man plötzlich nie mehr zu dem Leben imstande. Eine Frau war Kundschaft bei uns, die hatte ihren Mann an den Krebs verloren, und die Leute sagten von ihr, die sei seither paranoid. Die Tante sagte, sie verstehe jetzt die Frau. Es sei ja doch völlig klar, wie man auf einmal auf alles achte, auf jedes kleine Anzeichen. Die Tante hatte immer geglaubt, wenn er einmal in Rente wäre, würde sie zwar weiterarbeiten müssen, aber sie könnten trotzdem noch allerhand tun und unbelastet endlich auch etwas genießen. Sie hatten eben immer für später gearbeitet. Ein bisschen Freiheit, ein bisschen weniger Angst, weniger Enge, bitte. Auch mit dem Krebsbefund noch hat sie gehofft, nur ein paar Jahre bitte noch, bitte. Leben können zusammen und ein bisschen was haben. Zwei Jahre noch, bitte. Eines, bitte. Ein Jahr nur.

Die Mutter von Lillis Vater starb auch an Krebs. Lilli war ein kleines Kind und sehr angetan. Es sei, wie wenn ein Kalb zur Welt komme, erklärte Lilli mir, als mein Onkel vor ein paar Tagen am Krebs gestorben war. Kann sein, sie wollte mich trösten. *Bei uns war das nicht so*, sagte ich erschrocken, wurde immer unruhiger. Als mein Onkel starb, war das wirklich nicht so, wie Lilli sagte. Da war nichts ruhig gewesen bei uns, nur rennen, ziehen, schreien. Wenn bei uns die Tiere auf die Welt kamen, mussten die zwei Frauen darum rennen und kämpfen. Meine Mutter und meine Tante beklagten oft, es seien die Tiere wichtiger gewesen als die Menschen, das sei immer so bei einer Wirtschaft. Wer etwas anderes sage, der lüge. Meinen Großvater ärgerte es, wenn sie so redeten. Meinen Onkel auch. Einmal sagte unser Dati, statt meiner Mutter zu antworten, zu meinem Onkel: *Ein Mensch hält viel mehr aus als ein Tier.* Mein Onkel erwiderte: *Mehr als jedes Tier.*

Mein Vater beschimpfte meine Mutter und meine Tante oft, schrie: *Eine Weiberwirtschaft ist das!* Dafür bewunderte ich die Mutter und die Tante. Die Weiberwirtschaft war gut. Die wäre das Gute gewesen. Das wusste ich als Kind, dass nicht die Weiberwirtschaft das Problem war. Die Weiberwirtschaft war das Beste, was es gab.

83

Lillis Vater sagte, wenn er bei seiner Mutter war, zu Lilli oft, ein Wald sei ein Dom. Ich schüttelte den Kopf, als sie mir das erzählte, und sagte rechthaberisch: *Ein Dom ist ein Wald.* Als ob das wichtig wäre. Aber ich habe damals geglaubt, dass wir Menschen der Leib Gottes sind. Und dass Gott verreckt. Die Gottheit nehme durch uns wahr, handle mit unserer Hilfe. Und dass die Gottheit, weil die Menschen da sind, es immer wieder von neuem schafft, dass sie nicht sterben muss, habe ich geglaubt. Alles könne durch uns Menschen ganz anders sein und ein jegliches gut enden. Die Kirchen und Dome waren früher Wälder, sagte ich daher. Und es ist ja auch so. Einmal dann schickten mir Lilli und Otto eine Karte, die war lustig, auf der stand, dass ich ein Waldschrat bin und sie im Urlaub sind.

Als ich Lilli kennen lernte, ging sie gerade die Fakultätsstiege runter, lächelte mich an und sagte, dass eine Vergewaltigung nicht das Schlimmste sei, was einer Frau passieren könne. Und ob ich das auch so sehe. Das waren die ersten Worte, die sie mit mir redete, mit denen redete sie mich an. Ich sah das damals nicht so wie sie, hob die Hände. Sie sei jung und meine das nicht so, dachte ich, und dass sie nichts wisse und das sei gut so. So war das mit ihr und mir. Wenn jemand auf jemanden schimpfte, sagte Lilli schnell, der und der und die und die können in Wahrheit auch ganz anders sein, also stimme das nicht, was schlecht über den und die geredet werde. Sie sagte auch, dass die Leute immer die falschen Dinge reden und sich immer an den falschen Leuten rächen. Auch das nahm ich mir zu Herzen. Immer viel von dem, was Lilli sagte. Und ihren Nachhilfeschülern aus den guten Häusern und den besten Familien bringt sie bei, dass es nicht wahr sei, dass Prolis so blöd seien, dass man sie gar nicht beleidigen könne, weil sie es gar nicht begreifen. Ihre Nachhilfeschüler reden oft so. Lilli ärgert sich oft über die und bringt ihnen Vernunft und Anstand bei. Es ist eben alles eine Frage der Zeit. Es haben nicht alle gleich viel davon. Bis die einen endlich kapieren, sind die anderen schon lange kaputt.

Lillis Mutter sagte zu ihr, als sie klein und mager war, sie sei ein armes Biafrakind. Als Lilli mit achtzehn Jahren durch die Slums von Mexiko urlaubte, wurde sie böse, dass man ihr und ihrer Schwester so etwas zumute. Sie waren auf den Reiseveranstalter böse. Beschwerten sich. Auf einer Pyramidenstufe spazierte eine gelbe Schlange, das gefiel ihnen dann. Von dort brachte mir Lilli ein Geschenk mit. Lilli schenkte mir oft etwas.

84

Als Otto und Lilli einander liebgewannen, kam er sofort vom Heroin weg und von allem anderen auch sehr schnell und blieb für immer bei ihr und sie blieb bei ihm, setzte ihn bei ihren Eltern durch. Sie hat ihm das Leben gerettet. Sein Freund musste für ein paar Jahre ins Gefängnis und ein paar Freunde sind gestorben. Lilli und Otto kannten einander seit der Schule, hatten sich immer wieder getrennt, kamen wieder zusammen, schliefen durcheinander, erzählten einander die Details, waren ohne Eifersucht. Nur einmal er irrtümlich sehr. Oder doch zweimal. Lilli und er kamen zusammen, gingen auseinander, kamen zu sich. Ich mischte mich nie ein. Sicherheitshalber. Manchmal litt nämlich eine Geliebte, ein Geliebter. Eine wurde verrückt dabei. Otto ist Maler und Völkerkundler geworden. Er kann in jeder Situation den Überblick und die Ruhe bewahren. Beim Schachspielen sowieso. Da verspielte ich immer gegen ihn. Er interessierte sich für Spielethnologie, fing an, seine Abschlussarbeit darüber zu schreiben. Sagte, dass Schach buddhistisch sei. Weil er an meinen Nerven zerrte und ich wieder am Verlieren war, behauptete ich, der tibetische Buddhismus gehe mir wegen der Hakenkreuze auf die Nerven. *Du hast für alles eine Ausrede*, sagte Lilli zu mir. Lachte. Ich auch. *Interessant ist das aber schon, was der Uwe sagt*, sagte Otto. Ich war ihm dankbar dafür, spielte aber nie mehr eine Partie mit ihm.

Otto erwiderte mir damals, dass er selber ja kein Buddhist sei, sondern gar nichts glaube; und wenn ich mich so über das Verlieren ärgere, sei das vielleicht, weil ich Schach in der frühesten Urform spiele. Es sei bei mir reine Glückssache. Ein Würfelspiel. Er lächelte, ich auch. Übers

Hitlerhakenkreuz sagte er zu mir, es laufe in die falsche Richtung, gegen die der indischen und der tibetischen Kreuze.

85

Ottos jüngster Bruder ist Saxophonist, war eine Zeitlang eine große musikalische Entdeckung, zerstach sich die Fingerspitzen und zerschnitt sich die Nagelbetten, damit er nicht spielen kann und nicht üben muss. Er hatte trotzdem lange Zeit großen Erfolg und kam mit seiner Musik weit in der Welt herum. Als Ottos jüngster Bruder in New York mit einer Freundin in einem Lift aufwärts fuhr, geriet eine fremde Frau in dem Lift in Panik, schlug um sich und Ottos Bruder eine rein. Dafür hatte Ottos Bruder kein Verständnis, seine Freundin auch nicht, Otto auch nicht, Liliane auch nicht. Eine Jüdin war die alte Frau im Lift gewesen. Die deutschen Wörter ertrug sie nicht. Lillis Vater und dann die Familie hatten von Anfang an gleich nach dem Krieg einen jüdischen Anwalt und in dem einen treuen Freund. Otto war während des Entzugs und nachher bei einem Therapeuten, dessen Mutter im KZ gewesen war und sich nach dem Krieg selber umgebracht hatte, als der Therapeut noch ein kleines Kind war. Lilli mochte Ottos Therapeuten sehr, der sei ein so feiner und so kluger Mensch. Was der wisse und fühle. Otto halfen die Einzelstunden sehr; die Gruppentherapie, in die er später dann, weil es der Therapeut wollte, ging, mochte er nicht. Als ein Körperbehinderter dort über sein Sexualleben reden will, sagt Otto angewidert, dass manche Menschen auf Sex nun einmal verzichten müssen. Man könne nicht alles im Leben haben, das müsse man lernen, es gebe Grenzen. Steht auf, geht.

Ottos Vater ist ein paar Jahrzehnte älter als Ottos Mutter. Die Trennung seiner Eltern, späte, jetzt erst, setzt Otto sehr zu. Seine Brüder und die geschundenen Schwestern sind ganz auf der Seite der Mutter. Otto sagt, dass der Vater an allem schuld gewesen sei und scheußlich sei, aber die Scheidung jetzt werde da nichts mehr helfen. *Vor Gericht würde nur die ganze Schmutzwäsche der Familie gewaschen werden*, sagt Lilli, *alle würden zusammenbrechen, alle*. Ottos Eltern waren beide schon einmal verheiratet gewesen, brachten ihre Kinder mit in die neue Ehe, haben dann wechselweise die ältesten Kinder des anderen, der anderen verführt, der Vater vergewaltigte die Kinder auch. Die Stiefmutter verführte die Söhne des Vaters, der Stiefvater begattete die Töchter der Mutter. Alle. Zusammen miteinander neue Kinder hatten Ottos Eltern in der Ehe auch. Ihn und den jüngsten Bruder und ein Mädchen. Das Mädchen hat der Vater dann vergewaltigt bis zum Verrücktwerden. Ein paar der Geschwister wollen einander wegen unterlassener Hilfeleistung verklagen. Die Idee ist aufgekommen. Das jüngste Mädchen hatte sie als Erste. Ein

Teil der Geschwister ist in helfende Berufe gegangen, ein Teil in die Wirtschaft, ein Teil in die Kunst. Alle in der Familie sind erfolgreich. Nur das jüngste Mädchen nicht.

Otto ging es sehr lange sehr schlecht, Lilli mochte Menschen sehr und heilte ihn. Mitgefühl kannte sie, fand ich, wenig, Mitfreude viel. Dass sie sich so freuen konnte, gefiel mir. Dass es so jemanden gab! Das half, sie half. Mir auch. Sie sagte einmal, alles im Leben geschehe nur aus Egoismus, es gebe in Wahrheit nur Egoisten. Ich sagte, wenn das so sei, dann gebe es aber Egoisten, die einem helfen, und solche, die einem nicht helfen, und dass mir die, die helfen, lieber seien. *Naja*, sagte sie. Sie machte sich nicht viele Gedanken, die sie nicht kannte. Durch ihren Freund werde ihr jetzt erst klar, dass andere Menschen ganz anders empfinden und dass sie ganz anders denken als sie selber, sagte sie einmal zu mir. Otto und sie liebten einander von Anfang an wirklich. *Ich liebe mich*, rief sie Otto außer sich zu, als er sie entzückte. Lilli kann Menschen das Leben retten.

86

Manchmal sagte Lilli zu mir: *Ach Uwe*. Manchmal sagte sie: *Wach auf!* Und dass das Leben völlig anders sei, als ich glaube. Natürlich hatte Lilli recht. Mit achtzehn hatte ich zum Beispiel eine Zeit, da stellte ich mir unwillkürlich vor, die Leute haben Affenköpfe auf und tun so, als ob sie lesen können. Ich musste dann zweimal hinschauen, damit ich den Menschenkopf wieder sah. Ich fand das aber lustig. *Wach auf, bevor es zu spät ist*, sagte Lilli auch manchmal zu mir, und dass sie sich Sorgen mache.

Handkes *Wunschloses Unglück* lernte sie auswendig. Sie konnte das dann über Seiten aufsagen. Die Prüfung darüber war bei einem, der hatte meines Erachtens schauderhafte Ideen. Das fand aber eben bloß ich. Bei der Studentenschaft war er sehr beliebt. Und mit seinen Ideen kam er bis nach London und noch weiter und noch weiter zu einigem Ansehen. Zum Beispiel fragte er die, die bei ihm studierten: *Das mag ja alles schlimm gewesen sein, was Handkes Mutter geschehen ist, aber was hat es mit uns zu tun? Was geht es uns an?* Die schauten. Mich schauderte. Er bekam keine Antwort. Und daraufhin erzählte er, ich weiß nicht mehr, was. Ja, doch, von der Soziologie der Werte. Dass es so etwas gebe. Und dass wir jeder andere haben. Das war damals wirklich alles. Mehr sagte er nicht. Die Erkenntnis schlechthin war das aber. Für ihn und für viele Leute. Der Professor war ein Sir und war angeblich ein Provokateur. Das glaube ich aber nicht. Der einzige Mensch, dem ich jemals begegnet bin, den der Sir provoziert hat, bin ich gewesen. Lilli jedenfalls brillierte. Ich kannte lediglich die Handkeanweisung, welche meines Wahrnehmens strikt untersagte, dass jemand etwas zum Tod von Handkes Mutter zum Besten gibt. Der Sir ließ sich aber nicht beirren. Die Leute machten sehr gerne ihre Prüfungen bei ihm, weil er nicht viel verlangte, weil er sich nicht unbeliebt machen wollte.

Einmal in einem Winter, Frühjahr, mein Onkel war gerade gestorben, waren Lilli und ihr Freund Otto drauf und dran, sich zu trennen. Da erschrak ich. Ich war dagegen, sagte ihnen das. Damals erzählte sie mir zum ersten Mal von ihrer Abtreibung und dass ein anderes Mal etwas von selber abgegangen sei. Sie habe es dann in der Hand gehabt. Durchsichtig war es. Und die Abtreibung sei nicht zu vermeiden gewesen. *Wie hätte das gutgehen können, wenn ein Kind ein Kind bekommt*, sagte Lilli zu mir. *Meiner Mutter hätte ich das Kind geben können*, sagte sie, und dass der Arzt ihr mit Absicht wehgetan habe und dass Trixi ihr Vorwürfe gemacht habe wie alle anderen Leute auch. Zweiundzwanzig oder dreiundzwanzig muss Lilli damals gewesen sein. Ich weiß ja, dass sie recht hat. Es ist gewiss besser, ein Kind, das nicht gewollt ist, kommt nicht zur Welt.

Meine Lustfeindlichkeit damals, nur die Lady Chatterley mochte ich. Den Rest verstand ich nicht. Und meinen Vater mochte ich nicht. Was er mir beigebracht hatte, mochte ich auch nicht. Sexuell verstanden sich meine Eltern nicht schlecht. Einmal nur weinte meine Mutter, das war, als ich am helllichten Tag das unversperrte Zimmer betrat, um zum Lernen ein Schulheft zu holen. Meine Mutter kniete gerade vor dem offenen Hosentürl meines Vaters, drehte sich erschrocken um, und plötzlich weinte sie. *Jetzt weint sie*, sagte er freundlich und schüttelte den Kopf, und ich ging schnell wieder und fragte mich, ob das alles wirklich sein muss. Als Kind und auch mit elf, zwölf noch musste ich mit nacktem Unterkörper vor meinen Eltern herumlaufen, für den Vater war das wichtig, er kontrollierte durch Betrachtung das Genital, wenn ich ging, ich schämte mich sehr, zwickte es ein, um es zu verbergen. *Nein, ohne Hose!*, schrie er jedes Mal, wenn ich nicht spurte. Das habe ich mir gefallen lassen. Habe ich? Hat mir gefallen? Auch hatte ich mit nacktem Unterleib zu schlafen. Das habe ich mir gefallen lassen? Habe ich? Das hat mir gefallen? Hat es? – Nein, und die Leute, denen die Mutzenbacherin gefällt, mag ich nicht. Kindesmissbraucher sind die Mutzenbacherer und Mutzenbacherinnen, nichts sonst, aber Künstler, Intellektuelle, Akademiker sind die. Frauen auch. Die gescheiten Leute mögen, egal, was man sagt, die Mutzenbacher sehr. Dass die sich amüsieren darüber, ist mir unerträglich. *Sich herauspudern, sich hinaufvögeln, sich freificken*, heiße der Terminus Technicus. Die Leute sind begeistert von der Mutzenbacher und lassen nicht gelten, dass sie ein Kind ist. Denen ist alles egal.

Lilli wollte eine Zeitlang über Pornophilosophie dissertieren. Ließ es dann aber. Wollte eine Zeitlang immer die *Rocky Horror Picture Show* mit mir zusammen anschauen, damit ich freier werde. Wenn sie sich über jemanden ärgert, sagt sie manchmal: *Der soll schnell heimgehen und seine Frau ordentlich durchficken. Dann ist er nicht mehr so frustriert und es geht allen besser, die mit ihm zusammenarbeiten müssen.* In gewissem Sinne hatte Lilli aber immer recht. Mein Vater zum Beispiel ging zu meiner Mutter hinunter, es ging schnell, sie redeten dann miteinander. So war das. Er stand auf, ging runter, ich weiß nicht mehr, ob sie stöhnte, und dann redeten sie freundlich und friedlich. Manchmal dachte ich mir, wenn ich wach war in der Nacht und das hörte, es wäre besser, sie würden das öfter so machen, dann würden sie öfter so freundlich und friedlich miteinander reden. Lilli hat also immer recht.

In der Probezeit in der Schule, Trixi und Lilli waren damals im selben Gymnasium, sagte Lilli in der Gruppe, dass sie, Lilli, nun einmal eine phallische Frau sei. *Die haben mich dafür kastriert*, sagte Lilli. Die Kolleginnen sollen das genauso getan haben wie die Kollegen. Lilli hatte die Schüler nach obszönen Synonymen für den Geschlechtsverkehr und seine Vollzugsorgane gefragt, um die Geschlechter zu befreien. Die Buben hatten ihr stets leidgetan, wenn sie sich schämen, weil sie beim Masturbieren am Klo erwischt werden. *Niemand ist wirklich frei*, sagte sie. Bei den Kollegen, Kolleginnen und bei den Begutachtern kam das nicht gut an, daraufhin weinte Lilli laut vor allen. *Niemand ist mir beigestanden*, sagte Lilli dann, und wer alles sie enttäuscht habe. Trixi habe auch nichts gesagt und sei ihr nicht zu Hilfe gekommen. Ich war froh, dass ich nicht dabei war. Mir wäre nichts Lustiges eingefallen. Aber ich hätte laut zu Lilli gehalten. Weil Lilli weinte. Lilli hat wirklich oft recht. Eigentlich war alles sehr lustig, denn Lilli hat alle schockiert.

Als Kind, naja 13, 14 Jahre war ich, habe ich mich beim Busfahren oft an Frauen geschmiegt, die waren freundlich daraufhin und sie setzten sich an dem nächsten Tag, wenn sie wieder mit dem Bus fuhren, auch wieder zu mir und am übernächsten auch. Man spürt, wenn man Glück hat, zu wem man kann. Ja? Spürt man das? Ich? Was macht man dann dort? Und einmal dann die Psychologievorlesung, langweilig, unerträglich, nichts zu verstehen, ich schmiege mich plötzlich an die Studentin neben mir, ich kenne sie überhaupt nicht, habe sie noch nie gesehen, sie ist hübsch, schmiegt sich zurück, ist vergnügt und freundlich, lächelt, lächelt.

87

Trixis beste Freundin war in einen Kommunisten verliebt und für ein Jahr fort in Amerika und der litt sehr daran, dass sie fort war. Er erforschte den organisierten Kapitalismus und war Schrecken aller Familien. Die seiner Freundin trieb er auch zur Weißglut. Ich mochte ihn sehr. Ein Diplomarbeitmanuskript, welches gerade fertiggestellt worden war und mir ein Studienfreund anvertraut hatte, welcher freundlich war und Wissenschaftsjournalist werden wollte und eine liebe Frau, liebe Kinder und durch meine Unachtsamkeit dann viel mehr Arbeit und Mühe hatte, habe ich damals irgendwo liegen lassen. Es war unersetzlich. Ich schämte mich und suchte verzweifelt. Zug. Bahnhof. Hörsaal. Container. Ich hatte es in eine Zeitung gelegt. Der Kommunist sah mich herumsuchen, leerte den ganzen Müll in den Unihof und rührte alles drunter und drüber. Er war rührend besorgt. Er las viel Literatur über Gefängnisse, Lehrer und die Romantik, den Foucault ganz, den Jean Paul ganz, und redete mit mir am liebsten über den Horror Vacui. Ob ich den kenne. *Nein*, sagte ich, ich wisse nur, dass die Dosis das Gift macht. Er lachte und ich war froh, aber immer sehr verlegen.

Trixis Kommunist sei voller Hass, schimpfte Lilli aufgebracht. Und Trixi dürfe das nie mehr tun. Ich habe nie verstanden, was Trixi vorhatte. Damals auch nicht. Trixi sagte zu mir, es sei ihr doch gar nicht um Lilli gegangen. Immer beziehe Lilli alles auf sich. So schlecht sei es ihm gegangen, so allein sei er gewesen, zum Reden habe er niemanden gehabt und gebraucht habe er jemanden. Das sei alles gewesen. Lilli und ihr Freund Otto aber meinten, Trixi wolle Lilli mit dem Kommunisten verkuppeln. Lillis Freund wurde deshalb ausnahmsweise eifersüchtig. Machte Lilli eine Szene wie noch nie.

Der Kommunist und Trixis Freundin wollten zwischen Trixi und mir dolmetschen, damit wir zueinander finden. Ich hatte Trixis Vater aber versprochen, dass ihr nichts geschieht. Ihr Vater war damals nur mehr eine Fotografie gewesen. Die hing in Trixis Zimmer. Trixi und der Vater lachten liebevoll auf dem Foto. Am Foto sieht man nicht, dass er todkrank war, aber ihr Vater war dann bald tot. Sie war die jüngste Tochter und nach seinem Tod sehr alleine. Lillis Vater war der Arzt von Trixis Vater gewesen.

88

Als in der Stadt auf dem Hauptplatz die Demonstrationen stattfanden, damit das Au-Kraftwerk nicht gebaut wird, fand sich, wenn einer gegen die Demonstranten redete, sofort jemand, der sie in Schutz nahm und die Beleidigungen und die Handgreiflichkeiten abwehrte. Die Leute nahmen einander damals wirklich in Schutz. Das beeindruckte mich. Ein Esel stand am Hauptplatzbrunnen und Stroh lag herum. Ein älterer Mann mit schneeweißem Haar packt ein junges Mädchen von hinten, drückt die junge Frau in die Richtung des Esels, als sie gegen das Kraftwerk reden will. *Ein Esel bist du! Zum Esel gehörst du!*, schreit er und stößt sie. Sie sagt: *Sie sehen doch die Bilder in der Zeitung, was die Polizisten mit uns machen.* In dem Moment packt sie der Mann nochmals. Ein Mann sagt zu dem Mann mit dem schneeweißen Haar, der solle sich schämen, fragt, was der tun würde, wenn seine Tochter von jemandem so behandelt und so beleidigt würde. *So angegriffen*, sagt er. Das solle der sich einmal überlegen. Eine Frau antwortet an dessen Stelle, es sei schon möglich, dass die Umweltschützer recht haben, aber der Mann mit den schneeweißen Haaren könne viel besser reden. *Die jungen Leute da hier können nichts!! Gar nichts!!*, sagt sie. Aus einer Pensionistengruppe, alte Gewerkschafter, ruft ein kleiner dicker Mann einer Frau etwas zu, als sie sagt, dass die jungen Leute hier sehr wohl sehr viel zustande bringen. *Aufgetakelte Schlampe*, schreit der dicke kleine Mann der Frau zu, grinst sie an. Die Frau zuckt zusammen. *Halt deinen Schlampenmund*, setzt der dicke kleine Mann nach, grinst dreckig. Die Frau kann sich nicht mehr aufrichten. Ein dicker Mann kommt ihr zu Hilfe, sagt etwas ihr zum Schutz und dann etwas gegen das Kraftwerk. Von den Gewerkschaftern schreit ihn einer an: *Schäm dich, wie fett du bist. Ich würd' mich schämen, hier was zu reden, wenn ich so fett wär' wie du. Wenn's euch Ausgfressnen wirklich ernst wär', würdet's nicht da sein demonstrieren, sondern wäret's draußen in der Au bei denen und würdet's mit denen z'sammen die Au vollscheißen.* Der Gewerkschafter neben ihm schreit: *Die Au wollen's schützen. Vollscheißen tun sie's in Wahrheit.* Ein anderer Gewerkschafter schreit: *Dort kommt nie wer hin. Die wollen, dass dort nicht gebaut wird, obwohl dort nie ein Mensch hinkommt. Jetzt sind die dort und scheißen alles voll.* Ein kleiner zierlicher Mann stellt sich dagegen, sagt: *Ich bin Bauingenieur und gegen das Kraftwerk.* Der Gewerkschafter, der die Idee mit dem Vollscheißen gehabt hat, schreit dagegen, das halbe Gesicht nur Zähne: *Ingenieur bist du? Eine Schande bist du! So was ist Ingenieur. Schaut's euch den an! So was ist Ingenieur!* Der Ingenieur knickt ein. Die Gewerkschafter lachen alle. Ein alter Mann sagt, die Demonstranten müssen auf sich aufpassen, hier sei es wie 1934, es sei ihnen damals genauso gegangen. Er bekomme Angst. Ein junger Mann versteht den alten Mann falsch, sagt aufgebracht: *Wir schreiben 1984. Lassen Sie uns endlich mit der Nazizeit in Ruhe.* Der alte Mann entschuldigt sich, das sei ein Missverständnis, der junge Mann entschuldigt sich nicht. *Nazischweine*, sagt der junge Mann.

Ich treffe ein paar Leute bei den Demonstrationen, Trixi auch. Sie will mit mir reden, spendiert mir am Bahnhof einen Kakao, hat Angst vor ihrem Burschenschafter. Auf einmal. Ich hatte die Angst um sie die ganze Zeit über. *Er ist kein wahrer Freund und du bist auch keiner*, sagt sie zu mir und ich trinke meinen Kakao, erwidere nichts.

Ein paar Wochen später dann war ich mit Trixi beim Vortrag des Außenministers. Damals war er bloß Parteivorsitzender und er verspottete, dass der rote Parteivorsitzende, der damals der Kanzler war, *Die Partei ist mein Leben. Ohne Partei bin ich nichts* gesagt hatte. Der schwarze Parteichef erklärte im Hörsaal, wie es in Zukunft weitergehen werde; ich verstand nicht viel, weil seine Sätze am Satzende nicht mehr zum Satzanfang passten. Das ging unentwegt so. Ihm gefiel das aber, kam mir vor. Vor mir in den zwei Reihen saßen Burschen, drei und zwei. Bei irgendetwas von dem, was der schwarze Parteivorsitzende redete, bildete der eine von den zwei Burschen mit dem Daumen und dem Zeigefinger der rechten Hand eine Pistole, setzte sie einem Burschen vor sich ins Genick, drückte ab und sagte: *Bumm*, und der vor ihm schüttelte sich und stürzte im Sitzen nach vorne. Sein Kopf lag auf der Schreibbank, seine Arme hingen darüber. Der Mund stand offen. Die vier feschen Burschen lachten und der fünfte mit dem offenen Mund auch. Es war ein lehrreicher Vortrag. Burschenschafter die Burschen. Ich weiß nicht, wen und was sie gemeint haben. Auch kann man nicht immer etwas für seine Zuhörer.

Einmal damals sind Trixi und ich in einen Zirkus gegangen. Die dort haben ein Clownzebra durchs Publikum geführt und das hat mich in die Nase gebissen. Viel lustiger wurde der Abend nicht. Wir waren am Ende. Und einmal waren wir in einem Kinofilm und Trixi zeigte mir dort ihr Vertrauen und in alle Ewigkeit. Und ich erschrak und erwiderte sie nicht. Und einmal nahm Trixi meine Blumen nicht an. Es war mitten in der Nacht und in dem Winter, als ich Gurki gefunden hatte. Ich warf die Rosen in den Fluss. Auf der Brücke stand mir gegenüber ein Exhibitionist, der alle Farben spielte vor Kälte und sich vor mir bedeckte.

Einmal erzählte sie mir, als Kind habe sie sich aus der Wäsche auf der Leine Figuren ausgedacht, die miteinander spielen. So allein sei sie als Kind gewesen. Und einmal sagte sie, sie habe als Kind einen Freund gehabt, der habe wie ich geheißen und sie immer so geärgert, dass sie weinen musste. Trixi und ich kannten einander viele Jahre lang, bevor wir uns für immer trennten. Lilli erzählte ich nie etwas von Trixi und mir, Trixi hingegen tat das oft und sagte zu mir dann immer, wenn sie ihr etwas erzählt hatte: *Aber zur Lilli sagen wir nichts!*

Als ich ihr näher gekommen war, Jahre zuvor war das, und als sie dann für einen Augenblick aus ihrem Zimmer ging, schaute ich auf das

Foto. Da ist sie zwölf, glaube ich, hält sich am Rücken ihres Vaters fest, beide lachen glücklich. Damals, als ich kurz allein war, habe ich zu seinem Bild gesagt, dass er um seine Tochter keine Angst zu haben braucht. Dass ich wisse, dass ich nicht der Mensch sein kann, den sie braucht. Und dann habe ich ihm versprochen, dass ich Trixi in Ruhe lasse. Und dass ich aufpassen werde, dass ihr nichts geschieht. Ich wisse, wie verletzlich sie sei und wie viel sie durchgemacht habe und dass sie ihr Recht auf ihr Glück habe. Ich hielt mich ans Versprechen, hätte es aber in den Jahren des Öfteren gerne gebrochen. Habe aber nichts dagegen getan, wenn sie sich in andere Burschen verliebte. Ein paar von denen machten mir aber Angst um Trixi. Da sagte ich dann was. Aber das nützte nichts. Und im Stich gelassen habe ich Trixi nie, bilde ich mir ein.

Manchmal schwärmte Trixi laut von Gardeoffizieren, und ich wusste nicht, warum, und ärgerte mich. Sie lernte einen Militär kennen, der Spitzensportler beim Militär war, und in den war sie verliebt. Ihre Mutter war dagegen und ich hielt sein Autofahren nicht aus, denn der fuhr wie mein Vater. Mein Vater war genau so gewesen. Gegen den Sportler habe ich *Bitte tu das nicht, Trixi* gesagt. Er hatte sich nicht unter Kontrolle, war jähzornig und seine kleine Schwester hat er immer mitgehabt und die und Trixi gewiss lieb. Der Burschenschafter hatte gerade seinen Vater plötzlich an den Krebs verloren und hat in einem Stahlwerk gearbeitet und in den Pausen die Dichter fürs Seminar gelernt. Ich war also freundlich zu ihm. Wir lachten und ich sagte zu ihr aber, sie solle ihn sein lassen. Und der Kommunist war auch freundlich zu ihm. Sie lachten alle und am nächsten Tag sagte der Burschenschafter, dass der Kommunist nett gewesen ist. Da erst erfuhr der Burschenschafter von Trixi, dass der nette Student von gestern Kommunist ist, und der Burschenschafter aus Deutschland drehte durch und beschimpfte ihn und war auf Trixi bitterböse und die war ganz durcheinander. Trixi sagte kein Sterbenswörtchen zum Schutz des Kommunisten und war weiterhin verliebt in den Burschenschafter, bis der wieder heimfuhr, weil sein Stipendium zu Ende war.

89

Auf dem Foto in ihrem Zimmer schmiegt Trixi sich an ihren Vater, hält sich fest, sie haben Lodenmäntel an gegen den Regen. Ihr Vater hatte keinen guten Tod. Als ich das Foto sah und allein im Zimmer war, sagte ich *Entschuldigen Sie bitte* und stammelte verlegen seinen Namen. Als ich ein paar Tage später durch die Stadt ging, sah ich Trixi und einen Amerikaner Hand in Hand, das war ihr Neuer, und eine Woche später nahm sie meine Hand und noch was. Und das war mir aber nicht recht und das war aber nicht recht von mir. Und einmal sagte ich kein Wort, weil sie mich liebte, und sie ging geknickt fort vor mir. Das hat sie mir nie verziehen. Und einmal wollte ich mich entschuldigen, redete das an, sie sagte, sie denke gar nicht mehr daran. Und das war es dann. Und einmal sagte einer, was ich mir von ihr alles gefallen lasse, sei nicht zu glauben. Aber das sah ich nicht so, weil es nicht so war.

Als Trixi zum ersten Mal mit einem Burschen schlief, schickte sie mir eine Karte, ich solle schnell zu ihr kommen. Ich wusste nicht, was los ist, und sie, sie glaubte, sie sei schwanger. Der Bursche wollte daher nichts mehr mit ihr zu tun haben, als er sie auf der Straße sah, und sie schaute zu Boden. Es sei nichts Besonderes gewesen, aber ihre Augen glänzten und sie fuhr mit dem Rad wieder hin zu ihm, anders geschminkt als sonst war sie und hochgeschürzt war sie auch. Das war zwischen uns. Ich weinte damals ein paar Augenblicke lang und verstand nicht, warum sie mir die Karte geschickt hatte. Sie brauchte einen Freund, hatte Angst. Ich hatte es zuerst anders verstanden.

Einen Inder hat sie wirklich geliebt, einen kleinen indischen Kriminalbeamten aus Birmingham. Aber ihre Mutter wollte ihn nicht hier haben. Am innigsten geliebt hat Trixi, glaube ich, einen hübschen Homoerotiker, der war ein wenig älter als sie und sie hat lange nicht verstanden, was los war, und war dann zerstört. Er brauchte sie immer zum Ausgehen, als Alibi, sein Freund war ein Stricher. Trixi und ich besuchten die beiden, bevor Trixi nach England fuhr. Der Stricher war lustig gewesen. Trixi und ich verabschiedeten uns nicht einmal voneinander, ich stieg in den Zug und sie ging. War lange fort. In Paris auch. In Rom. Alles lange. Einmal war sie außer sich, weil eine Assistentin ihren hübschen homoerotischen Freund am Klo bedrängt hat und dass die und der am Klo miteinander die Wirklichkeit erkundeten. Trixi kannte einen der ersten Aidskranken in Australien sehr gut, den ersten, hieß es, er schrieb ihr viel, rief sie an. Es tat ihr sehr weh, als er starb. Sie schrieb Briefe an einen in der DDR und einen in Polen. Sie ärgerte sich, wenn die zurückschrieben, wie schlecht es ihnen dort gehe. *Warum schreiben sie mir das?*, fragte sie mich. *Was soll ich denn machen?* Sie war hilflos, wütend und verzweifelt.

Und einmal bei einem Vortrag über die künftigen Computerarchivierungen saß ich neben derjenigen Assistentin, die den hübschen Homoerotiker am Klo fast rumgekriegt hätte. Ich höre dem Computermenschen irritiert zu, was der alles vorhat, und kritzle etwas und lege dann gelangweilt meine Hände aneinander. Die Assistentin schaut auf meine Hände und wird sehr unruhig und dann sehr freundlich und schaut und lächelt mich an. Ich schaue irritiert auf meine Hände, was mit denen sei, und sehe, dass sie zu einer Yoni zusammenliegen. Das war nicht meine Absicht gewesen, kam aber gut an. Ich fragte mich daher, was das für ein Leben ist, und sie setzte sich näher.

Lilli, Trixi und noch eine Kollegin haben mich einmal zusammen gesucht, sind hierher heraufgefahren. Es war mir nicht recht. Ich kam von der Arbeit und war noch voller Dreck. Habe auch gerade einen Koffer voll mit meinen Buchmanuskripten verbrannt, wollte ein neues Leben anfangen. Ich solle wieder zurückkommen, sagten die drei. Wir sind dann hier in ein Café gegangen. Der Totengräber dort im Café hat mir lachend zugewinkt. Der Totengräber grub manchmal die Löcher zu klein, dann waren die Trauernden auf ihn böse, weil der Sarg nicht ins Grab passte. Oft musste seine Frau die Gräber fertig ausheben, weil der Totengräber zu betrunken war. Sie starb Stück für Stück an Speiseröhrenkrebs und konnte in den letzten Monaten nicht mehr reden. Er hat sie oft betrogen. Einmal war ich als Kind erschrocken, weil anwesend, als er das tat. Das war am Dachboden des Gasthauses, das der Kirche gegenüber war, ein Spektakel war gerade. Auf der Erde war Feuer, Drähte und Seile waren gespannt, und ein paar Motorräder mussten in der Luft jongliert werden, und er jonglierte eine, die zuschaute und das freute, und ich suchte schnell das Weite. Er war massiv. Jahre später dann, als mein Verdruss mit dem Ort war, stellte er sich, als ich mit meinem Rad sauste, schnell mitten auf die Straße und schwang seinen Arm, als wolle er mich vom Rad watschen. *Ungustl!*, brüllte er mir in die Visage. Ich fuhr an seiner Faust vorbei. Die Leute haben sich oft amüsiert, wenn er seine Witze erzählte.

90

Trixi interessierte sich für Galsworthy, für Milton, für Dreiser und für Doris Lessing. *It takes generations to learn to live and let live*, sei Galsworthys Lebensanschauung gewesen, brachte mir Trixi bei. Und sie erzählte mir, dass bei Milton geschrieben stehe, manche Menschen seien unfähig, Böses zu tun. Sie sagte zu Lilli meinetwegen einmal: *Glaub ihm doch was! Du glaubst ihm nie was.* Und einmal sagte Trixi zu mir, dass ich mich in einem fort aufführe wie der erste Mensch auf der Welt und mir auch noch etwas einbilde darauf und mich daher nie ändern werde. Trixi und Liesl sagten manchmal plötzlich, sie wollen im Schlafen sterben, und Lilli sagte das auch, und ich wusste nie, warum überhaupt. Ich bin gegen das Sterben. Ich war immer dagegen. Manchmal möchte ich immer wach sein. Ich glaube, dass das Leben in Wahrheit anders ist, weil der Tod auch. Der ist, glaube ich, nicht zum Einschlafen.

91

Als bei Trixi ihres Burschenschafters wegen viele Leute eingeladen waren, der Kommunist auch, ich auch, gab es Getränke in ganz verschiedenen Farben. Ich trank fast nichts. Die anderen viel. Der Kommunist auch nicht viel. Der Kommunist wollte möglichst schnell Lehrer werden, freute sich schon auf die Schule und die Kinder und würde dann weiterstudieren. Er arbeitete zwischendurch immer als Kellner, damit er sich sein Studium finanzieren konnte, und erzählte mir an dem langen Abend, er habe von welchen, die er unabsichtlich beleidigt habe, wann und womit, wisse er wirklich nicht, einen Knigge geschenkt bekommen. Die ihm den zukommen haben lassen, damit er sich endlich besser benehme, haben, sagte der Kommunist, keine Ahnung, dass Knigge ein radikaler Jakobiner, ein Demokrat und Revolutionär, gewesen sei. Menschen helfen, dass sie leben können, so müsse man den Freiherrn verstehen. Rote tätige Nächstenliebe sei der Knigge und kein Benimm-Dich für Tanzschüler. Daher habe er große Freude mit seinem Geschenk und sei es ihm gar nicht peinlich. Und ändern werde er sich aber auch nicht können, weil er den Knigge ja ohnehin immer schon befolge.

Und dann schimpfte er auf einen international renommierten linksliberalen Philosophen, der damals gerade hier in der Stadt, aber auch landesweit als das Nonplusultra an Intelligenz galt und Ideenhistoriker und Spezialist für Spieltheorie war. Unlängst hatte der Kommunist ein fürchterliches spieltheoretisches Modell für Liebe und für Untreue mitbekommen, und zwar dass man angeblich dann untreu sei, wenn man Angst haben müsse, verlassen oder betrogen zu werden. So einfach sei das aber sicher nicht, sagte er und: *Die haben alle nicht die geringste Ahnung von Solidarität.* Und ich fragte mich in dieser Nacht, die mir so wehtat, weil Trixi den Burschenschafter sichtlich liebte, wie das mit ihr und mir sei. Spieltheoretisch. Aber da werde ich mich geirrt haben. Und der Kommunist damals irrte sich, weil er nicht wusste, dass der Philosophenkönig einen geistig behinderten Sohn hatte, den er sehr liebte.

92

Der Jesuitenstaat in Paraguay hatte es Trixis Kommunisten angetan. Es könne wirklich so sein, erzählte er mir, dass es im damaligen Jesuitenstaat tatsächlich keine Sklaverei, keine Todesstrafe, keine Folter, keine Hexenverbrennungen gegeben hat. Das müsse wunderschön gewesen sein. Vor allem Bosch & Co interessierten ihn. Nämlich der Arbeitskampf ein Jahr vor dem Ersten Weltkrieg. Der war das Hauptthema seiner Diplomarbeit. Bosch habe sich selber als Sozialisten bezeichnet. Wegen der Entlassung von bloß zwei Werkzeugmachern sei es zum monatelangen

Aufstand der Belegschaft und der eigenen Familie gegen den roten Bosch gekommen. Trixis Kommunist lobte Ernest Bornemann, weil der den Kapitalismus damit erkläre, dass die Babys Angst haben zu verhungern und ohne Mutterbrust Tantalusqualen leiden, und das Geldwesen erklärte er damit, dass die Babys ihrem Stuhlgang freien Lauf lassen.

Er ist dann fort in die Hauptstadt, hat dort unterrichtet, glaube ich. Seine Freundin ist auch dorthin. Und Trixi, nachdem wir uns getrennt hatten, ohne je zusammengewesen zu sein, auch. Es ist ihr dort, hat mir Lilli erzählt, in der ersten Zeit nicht gutgegangen. Lilli fuhr hinaus, sie zu beruhigen. Später dann aber wollte Trixi nie mehr etwas mit Lilli zu tun haben.

Einmal war Trixi allein hier herauf gefahren zu mir, wollte mit mir reden. Ich war aber nie zuhause. Meine Mutter und sie redeten sehr lange miteinander und dann immer freundlich voneinander, erzählten mir noch wochenlang, wie liebenswürdig die andere war. Ich war jedes Mal missmutig. Einmal musste ich dem Vater den Osterschinken durch die Stadt tragen. Seine Frau wollte gerade absolut nicht mehr mit ihm kopulieren oder sonst etwas reden. Er war wütend und geradewegs in der Gier wie einer, der schluchzt. Er jammerte, sein Same staue sich bis zu den Nieren. Ich ging befehlsgemäß immer neben ihm her zu seiner Linken und auf einmal war plötzlich etwas los. Attacke! Mit der Zeit merkte ich's früher, aber nie rechtzeitig. Es änderte nichts, ob ich es kommen sah oder nicht. Aber meine Geistesgegenwart kommt da her. Er kaufte sich seinen Osterschinken in der Stadt, als die Mutter ihn nicht mehr koitieren ließ. Wo er ihn kaufte, der junge Mann Fleischverkäufer dort animierte damals gerade eine ältere Frau sexuell. Es war ihr schon recht und doch überhaupt nicht. Über die Art und Weise konnten sie sich nicht einigen, und die Leute, die kauften, störten. Der junge Mann Fleischverkäufer bildete mit den Fingern einen Ring und wollte, dass sie da zwei Finger reinsteckt oder wenigstens einen. Ein paar Mal hintereinander solle sie das tun. Derart war das hinter der Budel und für die Kundschaft verfolgbar. Die Ostern damals gefielen mir nicht. Mein Vater jammerte und schrie meine Mutter an, er habe solche Schmerzen, der Same staue sich zurück in die Nieren. Darüber stritten sie und er nahm sich ein Handtuch vor dem Spiegel und dann kaufte er sich den Osterschinken selber und wollte ihn selber kochen, brauche nichts von daheim, und ich schleppte das österliche Zeug für ihn durch die Stadt. Das war schwer, der Schinken, das Leben. Und geschlagen hat der Vater mich damals natürlich, als ich das Fleisch herumzutragen hatte. Und am Tag, als der Vater gestorben war, ich war wieder heimgekommen vom Spital, die Mutter war im Zimmer, wollte gerade einheizen, ich hatte den Großvater alleine lassen müssen, einundachtzig war er damals, ich hatte ins Spital müssen, ich hatte das Telegramm vom Tod bekommen, lief, lief, und jetzt war ich wieder daheim, die Mutter war da, kam weinend zu mir her, umarmte mich, ich wich zurück, sie ließ mich los, der Großvater schaute mich an, nickte, sagte: *Jetzt musst du für die Familie sorgen.*

93

Als Karin in mich verliebt war, sagte sie zu mir: *Geh, Uwe, sei nicht so.* Wenn über mich geredet wurde, wie seltsam ich sei, sagte sie: *Der ist gar nicht so.* Und ich, ich dachte mir aber, dass sie mich so nicht will. Aber ich war nun einmal so. Sonst wäre ich schon tot gewesen. Ich werde, fürchtete ich, immer so sein, wie ich war. Einmal sagte ich zu ihr, weil sie etwas über meinen Vater wissen wollte, der Krieg sei schuld gewesen. Man könne doch nicht wirklich glauben, dass die Menschen danach gut sein können. Daraufhin fragte sie, wie lange mein Vater schon tot sei. Ich schämte mich, weil es doch schon so lange war, 6 oder 7 Jahre. Einmal sagte sie, ich sei ein erwachsener Mensch, ich müsse wissen, was ich will und tue. Ihre Welt war liebevoll. Ich hatte meine übliche Angst um eine solche Welt. Ich mochte Karin sehr, wollte sie nirgendwo hineinziehen. Das ist nicht gelogen. Als der Verdruss mit dem Ort groß war, kannte sie mich nicht mehr. Eine Zeitlang war das so. Kannte mich nicht. Das war was. Aber das war nicht lange so. Und es war ohne Belang. Karins Vater hatte keine Eltern gehabt und war im Heim aufgewachsen. Er ist verschlossen, liebt seine Frau und seine Kinder und das reicht ihm. Karins Schwester machte ihren Eltern manchmal Vorwürfe. Sie hatte als Kind einen schweren Unfall mit dem Rad und die Erwachsenen haben nicht schnell reagiert. Sie hat am Körper noch Narben. Karins Schwester sagte, Karin weine meinetwegen oft. Ich solle das wissen.

Einmal waren Karin und ich im *Mann von La Mancha*. Ich war erschrocken, weil die Leute klatschten, als Quichotte tot war. Der ist gerade gestorben und die klatschen. Sie war offen und fröhlich. Im Wasser lebe ein Wassermann, habe sie als Kind geglaubt, mehr wisse sie nicht von früher, sagte sie zu mir. Sie wollte immer, dass ich erzähle, warf mir vor, ich habe kein Vertrauen, weil ich nicht erzähle. Sie sagte, es sei nie zu spät, das müsse ich kapieren.

Ich hatte sie kennen gelernt, weil ich in ganz verschiedene Lehrveranstaltungen gegangen war, medizinische auch. Zum Besuchsdienst in einem Pflegeheim war ich damals auch eingeteilt. Die Frau, für die ich zuständig war, sagte dauernd: *So ist es und nicht anders.* Frau Theiler hieß sie und ich fand, sie sei wichtig. Die Freiwilligen, mit denen zusammen ich im Pflegeheim war, sagten: *Es ist so toll. So schön. Die alten Leute sind so herzlich. Und so dankbar.* Und ich, ich war dafür, dass alle auf der Stelle rausgelassen werden und das Heim zugesperrt. So etwas brauche man nicht. War traurig. Schämte mich, dass es mir nicht so gutging, wie die Kolleginnen und Kollegen sagten, dass es ihnen gehe.

Die vornehme Frau neben der Frau, für die ich im Altersheim zuständig war, lag mit ihrem Schlaganfall da und hatte von der Familie, für die sie gearbeitet hatte, Besuch. Diese Familie liebte sie sichtlich, die Frau wurde verehrt, war wohl Dienstbotin gewesen, es muss ein besseres, ein gutes, Haus gewesen sein. Die Frau, für die ich zuständig war, sei ein schwerer Fall, hieß es. Noch nicht alt, aber völlig verwirrt sei sie. Ich schenkte den Schwestern Blumen und sagte, die Frau lobe sie in einem fort. Wahr war, dass sie zu mir immerfort auf sie schimpfte. Zwischendurch holten sie sie einmal weg von mir, sie müsse auf die Toilette, sagten sie zu ihr und mir, und dann kam sie zurück und sagte sofort: *Hier sind alle gut. Wunderschön ist es hier.* Ich versuchte, die Frau aus dem Heim zu bekommen. Wenigstens für ein paar Stunden. Das ging nicht. Im Zimmer wurde dauernd gegessen. Zur Beruhigung war das und damit etwas los ist.

Karin war damals nicht mit dabei auf der Station. Sie war auch gar nicht beim Besuchsdienst. Wusste gar nichts davon. Es gefiel ihr, dass ich so etwas machte. Einmal wollte sie mich eifersüchtig machen. Lud zu dem Zweck andere Burschen mit ein. Das ging aber nicht, mich eifersüchtig machen. Damals war gerade auch die Zeit, als mein Onkel starb, die letzte Zeit des Onkels war das, und ich wollte Karin nicht in das alles mithineinreißen, in meine Familie, und das hat Karin aber nicht verstehen können, und in der Zeit damals nahm sie sich den anderen, der war dann aber der Falsche für sie, und ich mochte ihn von früher her schon überhaupt nicht. Aber er war immer gut, Lehrer und beim Roten Kreuz. Ich war, wie ich war, sonderbar. Ihre Schwester merkte das schnell. Meine Angewohnheit, ins Sie zu fallen, wenn ich mich über jemanden ärgere, ärgerte sie. Aber Vertrauen hatte ich schon großes. Da irrte sich Karin. Ich vertraute ihr ganz und gar. Karin und ich freuten uns über den Schnee. Einmal wie gesagt träumte sie, ich laufe zu ihr, damit mir aufgemacht wird.

Ihre Schwester kämpfte viel für andere Menschenrechte und sich weit vor und rauf und schützte und rettete Menschen und half ihnen weiter im Leben. Einmal saß ein junger Mann im Zug zufällig Karins Schwester gegenüber, hatte sie noch nie zuvor gesehen, war fassungslos, völlig weggetreten, stammelte ein paar Mal: *Du bist so schön.* Sie lächelte, stieg aus, ließ den sitzen, erzählte mir beim Heimgehen, dass Karin meinetwegen oft weine. Ich fragte nicht, was ich tun soll. Wusste es nicht, fragte nicht.

Einmal, als Karin mich gar nicht verstehen konnte, sagte sie, damit sie mich verstehen könne, sie habe gehört, ich sei als Kind sehr verwöhnt worden. Vielleicht sei ich jetzt deshalb so schwierig. *Kann leicht sein*, sagte ich freundlich und wunderte mich nicht einmal, wer ihr das gesagt haben könnte. Denn sie meinte es gut. Ihre Welt war liebevoll. Und die Sache mit dem Verwöhnen ist nicht einfach. Nepomuk zum Beispiel sagte einmal zu mir, es sei für ein Kind viel schwerer, wenn es im Weichen und Ungewissen gelassen wird, als wenn es geschlagen wird. *Du bist glücklich, ich beneide dich*, sagte er. Und ein Mitschüler sagte ein paar Tage vor der Matura zu mir, die verwöhnten Kinder seien die wahrhaft misshandelten, und lächelte.

Einmal erzählte Karin mir, es habe früher Gynäkologen gegeben, da haben die Frauen vor Schmerzen geschrien und seien neben den Ärzten gestorben und die haben aber keinen Finger gerührt, weil sie sich einzig für die Diagnose interessierten. Für den Krankheitsverlauf statt für die Heilung. Und die Frauen seien anfangs auch nur deshalb zum Medizinstudium zugelassen worden, weil die moslemischen Bevölkerungsgruppen im Kaiserreich keine Untersuchung und Behandlung von Frauen durch Männer duldeten und man daher Gynäkologinnen brauchte. Und vor ein paar Tagen jetzt habe ihr Vater seinen Herzkatheter gesetzt bekommen können. Und einmal sagte sie, man werde im Studium und später andauernd von Kollegen und von Vorgesetzten kontrolliert. Das sei wichtig. Alle Prüfungen seien öffentlich und da seien immer so viele, die zuhören und zuschauen. Man sei durch und durch durchsichtig. Und dann beklagte sie sich, dass man immer durchsichtig sein müsse.

Dass sie wegen ihrer Zuckerkrankheit immer diszipliniert sein musste, von Kind an, und dass sie sich jeden Tag selber stechen musste, das Insulin spritzen, zwei- oder dreimal, bedrückte sie manchmal, sie war dann aber sofort wieder fröhlich. Wenn ein Studienkollege oder eine Kollegin ihr das Insulin spritzten, war sie jedes Mal froh. Jahrelang hatte ich mir gedacht, wie glücklich sie mit ihrem Freund sei und wie schön sie sei und was für Glück er habe. Und dann war er weg, und das wäre meine Chance gewesen. Einmal wollte sie mit dem Medizinstudium aufhören und Lehrerin werden. Aber dann sagte sie, das sei nicht wirklich helfen.

Warum Professionalität eine Augenauswischerei ist, die Dinge aber trotzdem gut ausgehen.

94

August 1988. Jetzt ist so viel geschehen, das kriegt einen klein. Ich kann nicht mehr viel tun, und ich verstehe auch nicht mehr viel. Es ist, als ob alles vergeblich gewesen wäre und bloß eine Einbildung. Aber das ist, weil immer dasselbe wiederkommt, bis es einen fertiggemacht hat. Wir haben viel Glück gehabt im letzten halben Jahr jetzt. Erfolg. Diese Art Erfolg reicht für gar nichts. Mein Großvater war ein paar Mal zum Sterben in der Zeit und meine Mutter war in der Zeit ein paar Mal im Spital, weil sie zusammengebrochen ist. Ich weiß nicht, wie oft sie zusammengebrochen ist. Viermal, fünfmal, was weiß ich, sechsmal, siebenmal. Es müsse seelisch sein, sagt der Hausarzt. Der Großvater ist alt. Eine Lungenentzündung hat er jetzt gehabt, dann eine Nierenbeckenentzündung. Dann der Durchfall, der nicht aufhört. Alles nacheinander und bedrohlich, immer nur kurzes Aufatmen dazwischen, und dann wieder etwas Bedrohliches. Jedes Mal sagt der Arzt zu mir, dass mein Großvater keine Chance mehr habe. Und beim letzten Mal jetzt sagte der Arzt: *Ein Verfall, leider Gottes.* Das geht seit über einem halben Jahr so. Der Großvater erholt sich jedes Mal und ist dann so gut beisammen, als ob nichts gewesen wäre. Das ist seltsam mit ihm. Mein Großvater will, dass unser aller alter Hund eingeschläfert wird, aber dann ist er froh, als der Hund wieder besser beisammen ist. Habe meinen Hund operieren lassen. Ich weiß nicht, ob die Mutter blind wird. Der Zucker. Die vielen schweren Unterzuckerungen. Insulinschock, einer nach dem anderen. Die Gefäße, die Nieren, die Nerven, auch das Herz, die haben wahrscheinlich Schaden genommen, durch die dauernden Unterzuckerungen und durch die Krämpfe und durch die gewaltigen Schwankungen, sagt der Arzt. Das alles werde immer gefährlicher für meine Mutter. Sie sei leider psychisch instabil und könne deshalb den richtigen Umgang mit ihrem Diabetes und dem Insulin nicht erlernen. Und wir den offensichtlich auch nicht. Und das Glukagon für den Notfall sei auch nicht optimal verwendet worden.

Es fehle der Mutter ja sonst überhaupt nichts, nur insulinpflichtig zuckerkrank sei sie, sonst sei sie ja völlig gesund. Die Mutter bringe sich andauernd selber in Gefahr, verhalte sich falsch. Meine Mutter kommt mit ihren plötzlichen Behinderungen nicht zu Rande. Die sind plötzlich aus dem Nichts da; das weiß ich, sehe ich, was soll sie tun, sie kann nichts dafür. Sie bemüht sich wirklich. Es nützt nichts. Die letzten Monate dauernd Krankheit und Todesgefahr und Aufbegehren gegen die Behinderungen. Meine Mutter war jetzt die paar Male tatsächlich in akuter Lebensgefahr, weil sie ihre Unterzuckerungen nicht rechtzeitig wahrnahm. Und wenn wir nicht da waren, war meine Tante ihr keine Hilfe, braucht selber Hilfe, nahm zu spät wahr, schrie um Hilfe, konnte sonst nichts tun. Das rettende, schützende Glukagon hat sich die Tante der Mutter nicht zu spritzen getraut. Die Hilfe kam immer erst im allerletzten Moment, obwohl der Arzt sofort kam, wenn man ihn anrief. Durch die Krämpfe und durch die Bewusstlosigkeit musste meine Mutter immer völlig schutzlos durch. Die beiden Frauen sind zermürbt. Wie zu Boden geschlagen.

Und der Großvater, in seiner Not und in seinem Fieber redeten wir auf ihn ein, Samnegdi, ich, umarmten ihn, umarmten ihn, ich schlief neben ihm, um ihn zu wärmen und damit er nicht so zittert. Einmal jetzt war er böse auf mich, weil aus mir nichts wird, dann stieg das Fieber wieder. Die Tante ist auch sehr unruhig, sie fragt mich, was denn aus mir werden solle, ob ich einbrechen gehen wolle, ihr scheine es so. Das tut mir weh. Sie haben wirklich nie auf mich gehört, sie haben wirklich immer gesagt, ich verstünde nichts. Das war so. Das ist jetzt auch so.

Wenn meine Tante nicht da ist, ist meine Mutter sehr unruhig. Meine Mutter erträgt es schwer, dass ihr Vater in absehbarer Zeit sterben wird. In ein paar Tagen, Wochen. Vielleicht hat er ja in Wirklichkeit aber noch Monate, Jahre, und das, was jetzt ist, ist alles nicht wirklich. Die Panik der Laborantin über das, was sie unter dem Mikroskop hatte. Meine Mutter redet jetzt immer vom Zusammenhalten. *Wenn wir alle zusammenhalten, werden wir es schon schaffen*, sagt sie. Seit den paar Monaten sagt mein Großvater zu mir: *Es ist eine schlimme Sache. Der Tod nimmt uns jetzt beide auseinander, Uwe, dich und mich.* Meine Mutter trifft es, als mein Großvater zu ihr sagt, er habe geglaubt, sie müsse sterben. Er habe nicht geglaubt, dass sie wieder lebend nach Hause ins Haus zurückkommen werde. Er hat die Unterzuckerungen immer mitbekommen, den Arzt, die Rettungsfahrer. Und das vorvorletzte Mal die schwerste Unterzuckerung. Wie ein Schlaganfall und ein Herzinfarkt in einem soll die gewesen sein. Die Nachbarn sagen mir das so. Meine Tante brüllte vom Balkon herunter um Hilfe.

Wenn es dem Großvater nicht gutgeht, fragt er immer zuerst, wie es um seine Tochter stehe, dann steht er auf. Jetzt fragt sie ihn, wie es ihm geht. Er streckt ihr die Hand entgegen, sagt: *Zuerst sagst du mir, wie es dir geht.* Die Mutter will jetzt wieder ins Spital. Und der Hausarzt, damit er seine Ruhe hat, überweist sie. Es geht diesmal vom Hausarzt aus, und sie, sie will fliehen, sucht Zuflucht. Eine Operation will sie im Spital und nachher soll alles in Ordnung sein wie nach einer Reparatur. So würde sie sich ihr Leben jetzt wünschen. Ein neues Leben. Operation, aber was? Da ist nichts. Der Hausarzt sagt, sie habe ihn jetzt zweimal innerhalb von drei Tagen gebraucht. Beide Male wegen schwerer Unterzuckerungen. Er habe mitten in der Ordinationszeit kommen und alle anderen Patienten liegen und stehen lassen müssen. Das könne er nicht dauernd. Er sagt zu ihr, dass er ihr nicht helfen könne, wenn sie nicht mithelfe, und dass alle in der Familie darunter zu leiden hätten, aber sie sei natürlich am wenigsten schuld, sie sei ja krank, aber so gehe es nicht. Es ist mir wirklich nicht recht, was er sagt, und überhaupt nicht, dass er sie wieder ins Spital schickt. Ich bin mir sicher, sie läuft dauernd vor dem, was zu tun ist, davon. Im Spital wird nichts besser werden.

95

Im Spital die Ärzte, die mit mir reden, sagen: *Sie ist unberechenbar. Sie kooperiert nicht richtig. Deshalb ist für uns die Behandlung so schwierig.* Ich halte das für Unsinn und die Diabeteseinschulung für eine lächerliche Farce. Reine Augenauswischerei ist das Ganze. *Es fehlt Ihrer Mutter nichts weiter*, sagt schon wieder jemand zu mir. Und: *Sie muss mit dem Diabetes leben lernen, das ist alles, das kann man. Andere schaffen das auch.* Auch der Hausarzt hat das zu mir gesagt: *Die zwei Damen müssen endlich lernen, mit ihren Problemen alleine fertig zu werden.* Das hat mich auch geärgert, zugleich glaube ich, dass es stimmt, aber zugleich nehme ich wahr, dass sie es nicht können, und ich denke mir, dass die Probleme groß sein müssen und dass meine Mutter und meine Tante wirklich Hilfe brauchen. Die bekommen sie aber nicht. Die lebensgefährlichen Unterzuckerungen hat meine Mutter nicht bloß zu Hause bekommen. Die bekommt sie auch im Spital auf der jeweiligen Station. *Das darf nie mehr passieren*, sagte beim letzten Mal die Ärztin, die meine Mutter im Spital gerettet hat, zu den diensthabenden Schwestern. *Das geht so nicht*, schimpfte sie, *das darf bei der Frau nie mehr passieren*. Die im Spital haben alle einen guten Ruf. Meine Mutter beklagt sich bei mir. Samnegdi und ich fragen beim Primar nach. Es sei sonst nichts, sagt er, ist schwer nierenkrank und sehr verständnisvoll. Es sei wirklich nichts sonst, und mit ihrer Krankheit könne und müsse sie fertig werden. Er wisse, dass die Diabetiker im Sommer sehr arm seien, wenn es so heiß ist. Mehr sei aber nicht. Nicht einmal das Belastungs-EKG sei notwendig, um das Samnegdi und ich bitten.

Mitten in der Unterzuckerung noch, in der nächsten schon, schreit die geistliche Schwester, stationsleitende, mit meiner Mutter, weil sie jetzt gerade zu viel esse. Die ehrwürdige Schwester kennt sich wirklich nicht aus. Die Mutter tut nämlich genau das, was die Ärzte ihr gesagt haben. Die Schwester fährt sie an, wie sie dazu komme, das Kompott zuerst zu essen, und dass das Plättchen Traubenzucker, das meine Mutter jetzt gerade gekaut habe, ohnehin schon ausreiche. Viel zu viel sei das jetzt. Meine Mutter mache alles falsch. Die Ordensschwester schimpft, weil sie meint, das sei die richtige Ordnung. Meine Mutter weiß nicht mehr ein noch aus. Eine Gehirnwäsche ist das hier, wie wenn man in ein Elefantenjunges ein für alle Male einbricht. Die Station ist auf Diabetes spezialisiert und der Dozent Diabetesspezialist. Lauter Dompteure.

Ein junger Arzt will sich bei der Tante in die Wirtschaft einkaufen. Ich nutze das. Durch ihn kommt es zu einem langen Arztgespräch mit dem ranghöchsten Diabetesspezialisten. Nützt nichts, bringt nichts. Reden nur über Lebensqualität und Lernen. Und dass das doch nicht alles so anstrengend sein könne, wie die Mutter und ich und Samnegdi und die Tante behaupten. Das könne man wirklich alles erlernen. Und dass wir ihnen das glauben sollen. Der Dozent, die Diabeteskoryphäe, ist freundlich und geduldig und *Lebensqualität* ist offenkundig sein Lieblingswort. Als ob er es erfunden hätte. Die Ärzte, die Schwestern plappern freundlich, geduldig. Meine Mutter geht dann ins Zimmer. Wir gehen mit. Eine Mitpatientin meiner Mutter grüßt uns, sagt zu Samnegdi und mir aufgeregt, dass meine Mutter völlig hilflos sei, ich solle nicht glauben, was mir sonst gesagt wird. Die Mitpatientin sagt, sie habe so etwas in ihrem Leben noch nicht mit ansehen müssen, dass ein Mensch so viel aushalten muss wie meine Mutter. Sie brauche Hilfe, bekomme sie nicht.

Mein Großvater zu Hause redet jetzt wieder immerzu von seiner Frau, wie das damals gewesen sei. Die Ärzte, sagt er, haben ihr nicht geglaubt und die Krankenkasse habe nicht gezahlt. Alles ist, glaube ich, immer nur das Problem eines Einzelnen oder schlimmstenfalls einer Familie. Ich glaube, dass das, was meiner Mutter gerade geschieht, gerade darauf hinausläuft. Aber ich selber traue ihr ja auch nicht wirklich. Aber ich sehe, dass sie wirklich Hilfe braucht.

Am Ostersonntag heuer, Ostermontag, sind Samnegdi und ich zu Samnegdis Mutter gefahren. Dann der Anruf. Als ob meine Mutter tot ist, ist der Anruf. Die Nachbarn sagen, so etwas haben sie noch nie gesehen. Sie sei auf den Tod gewesen. Fragen, wo ich gewesen sei. Die Straße herauf, zwei Nachbarinnen, beide krebskrank, Brust, Lunge. Die ganze Straße rauf ist in Aufruhr, was mit meiner Mutter sei, das gebe es doch nicht. Vorwürfe. Ich ärgere mich. Im Spital entschuldigt sich meine Mutter an dem Ostertag bei Samnegdi und mir, sagt sofort, als wir bei der Krankenzimmertür reinkommen: *Ich wollte euch den Tag nicht ruinieren. Es tut mir wirklich leid. Ich kann nichts dafür.* Und dass sie mich zu Ostern auf die Welt gebracht habe. Ob ich das wisse.

96

Meine Mutter sagte halblustig beim letzten Mal zum Hausarzt: *Da kann ich sterben neben.* Denn der Großvater hatte diesmal das einzige Mal nichts Unmittelbares mitbekommen von der Aufregung und der Angst, als wieder so eine schwere Unterzuckerung war. Abgefangen haben wir die Mutter. Aber dann haben wir mitten drinnen doch den Arzt gerufen. Der Großvater ist jetzt auch da, sagt, dass er nichts gemerkt habe, und meine Mutter sagt, dass sie neben ihm sterben könne und ihr Vater merke es nicht. Der Arzt sagt lächelnd: *Er lebt in seiner eigenen Welt. – Jetzt kenne ich ihn gar nicht, was ist denn los. Was will er denn?*, hat ihn der Großvater gefragt, und der Arzt hat gesagt, wer er sei. *Ja schon, das ist mir schon klar*, sagte mein Großvater daraufhin. *Aber was wollen Sie bei uns?* Und der kleine neue junge Arzt, der mit dem Hausarzt mitgekommen ist, lacht und sagt über meinen Großvater: *Der ist super.*

Ich will nicht, dass meine Mutter schon wieder ins Spital kommt, nur damit alle ihre Ruhe haben. Der geblähte Kopf meiner Mutter, sie hörte einfach nicht auf mit ihrem Anfall. Sie hatte Todesangst, hat geschrien und geweint, und meine Tante hatte dann plötzlich dasselbe Gesicht wie meine Mutter. Nur der Arzt vermochte sie zu beruhigen. Das war vorgestern. Und heute will sie ins Spital. Wieder neu einstellen das Insulin. Und mit mir schimpft sie, weil ich sie sicherheitshalber auf die zweite Klasse legen will. Ich schreie und schlage die Tür hinter mir zu. Die Mutter jammert, weil sie von der Zusatzversicherung das Geld ausbezahlt bekommen will für die Zeit, in der sie im Spital liegt. Deshalb der Wirbel. Sie hat das Gefühl, dass sie im Spital auch arbeitet und etwas weiterbringt, weil sie dort Geld verdient, wenn sie dort liegt; aber nicht, wenn sie wirklich auf zweiter Klasse sein muss. Das sei nur schade ums Geld, sagt sie wütend zu mir. Ich sollte ihr gegenüber besser auf die zweite Klasse bestehen, dann geht sie vielleicht nicht wieder ins Spital, und wir müssen das Durcheinander selber in Ordnung bringen und wir bringen das auch gewiss zusammen. So, jetzt steht es fest, Spital und 3. Klasse. Eine Stange Zigaretten kostet so viel wie das Leben einer äthiopischen Familie für einen Monat, habe ich gelesen. Meine Mutter verdient im Spital an einem Tag ein paar Stangen Zigaretten, ein paar Familienleben also. Meine Mutter spendet nicht und raucht nicht, sondern spart, sagt, dass sie nie etwas für sich selber brauche. Ich habe keine Ahnung, für wen dann, sage kein Wort. Sogenannte Gallische Wespen nisten seit heute Mittag bei uns in der Mauer. Schön sind die nicht. Aufzuhalten auch nicht. Die bauen und bauen. Ich schütte sie mit Wasser an.

Als der Großvater die Nierenbeckenentzündung überstanden hat, weil er vom Arzt Antibiotika bekommen hat, hat der Arzt ihm dann in der Eile irrtümlich ein Abführmittel gegeben. Der Großvater hat dadurch den Durchfall durchs ganze Haus bekommen und ist wieder in Lebensgefahr gewesen. Aber der Großvater lebt jetzt wieder, weil der Arzt ihm etwas gegen den Durchfall gegeben hat. Aber ich, ich habe ihn, weil er sich mit dem Atmen schwer tat, weil er erkältet gewesen ist und ich Angst gehabt habe, dass er wieder eine Lungenentzündung bekommt, mit Hustenbalsam eingeschmiert. Das ist falsch gewesen, hat der Arzt gesagt, weil die Lunge, die Bronchien dadurch wieder voller Schleim waren, weil sich der Schleim gelöst hat. Dadurch ist mein Großvater wieder in Lebensgefahr gewesen, aber jetzt lebt der Großvater wieder, weil der Arzt ihm wieder schnell geholfen hat. Der Arzt ist sehr gut und sehr schnell. Lässt uns nie im Stich.

Die Hitze ist anstrengend, und was die Mutter aushalten muss, geht bald über ihre Kraft. Der Großvater wartet, dass meine Mutter heute wieder heimkommt, und auf den Regen, damit die Hitze nachgibt. Er nimmt Wasser und schüttet es auf den Balkon. Es wird wirklich kühler dadurch.

97

August 1988. Mir hat geträumt, Fräulein Samnegdi und ich fahren in einem Zug und wollen gerade aussteigen, da bekomme ich per Eilboten Post in den Waggon, auf dem einen Stempel steht: *Sehen erbeten an Uwe.* Ich verstehe nicht und schaue auf den zweiten Stempel: *Hören erbeten an Uwe.* Und die Zustelladresse ist nur mein Vorname und als mein Familienname steht da *Werk.* Und einmal jetzt habe ich geträumt, dass ich keine Haut habe, warmes Licht dann zum Glück statt Haut. Und jetzt vor ein paar Tagen auch habe ich geträumt, Samnegdi und ich gehen spazieren. Die Gegend wird völlig unkenntlich. Wir gehen einen Wald hinauf und einen Hügel. Es ist hell, auf einmal ist hinter uns eine Straße. Eine Frau hupt. Wir weichen aus. Die Frau bremst, ich sehe ihr Gesicht für einen Augenblick. Sie hat den Kopf ganz zurückfallen lassen. Es ist aber keine Ohnmacht. Die Frau bringt die Augen nicht auf. *Das gibt's doch nicht*, denke ich mir. Die Frau ist völlig erschöpft, fährt wieder los, torkelt weiter mit dem Auto unentwegt von einer Spur auf die andere. Ein Auto kommt ihr entgegen. Frontalzusammenstoß. Ihr Kopf schlägt gegen die Scheibe und dann gegen das Lenkrad und peitscht dann zurück. Alles ist voller Blut. Sie lebt. Der Fahrer des anderen Wagens steigt aus, lächelt, sagt, er kenne sie, sie sei auf ihn losgefahren, damit er sie umbringt und er die Schuld hat. Aber das sei ihm egal. Ich sage, man müsse sofort die Rettung verständigen. Er sagt: *Brauchen wir nicht.* Er werde das gewiss nicht tun. Ein Radfahrer fährt vorbei. Ich rufe ihm zu, er müsse Hilfe herbeibringen vom nächsten Telefon aus oder wenn er unterwegs jemanden sehe, der helfen kann. Ich schaue dem Radfahrer nach, wie schnell er die vielen Kurven hinunterfährt. Aber wo er hinfährt, da ist nichts, da ist keine Hilfe, von da kommen wir her, wo der hinfährt, dort ist nichts. Da war nichts. Deshalb gehen wir ja fort und suchen. Samnegdi und ich finden eine Mautstelle. Die dort reagieren. Sie sagen, die Frau im Auto habe dem Mann eins auswischen wollen, aber es ginge zu weit, wie er sich jetzt verhalte. Sie rufen die Rettung. Die Frau ist voller Blut, ich kann ihr nicht helfen. Es kommt keine Hilfe. Ich halte das nicht mehr aus, wache auf.

Und der andere Traum vor ein paar Tagen jetzt war: Ein Begräbnis, ich gerate ungewollt auf den Kirchhof, auf einmal steht mein Vater dort in Uniform, aber mit offenem Kragen ohne Krawatte. Er ist ganz ruhig. Er müsse hier die Trompete fürs Begräbnis blasen, sagt er zu mir, und dass ich auch aufspielen müsse. Ich weigere mich. Etwas verzögert sich, er geht ein paar Mal aus und ein, schaut betrübt, sein Mantel und seine Mütze ärgern mich. Er sagt zu mir, er gerate nie mehr in Wut. Er ist höflich und freundlich zu mir. Er geht dann wieder, schaut nicht zurück, grüßt auch nicht. Er will mich nicht töten. Er hätte jemandem das letzte Geleit geben sollen, sagt er. Im Gehen sagt er, das sei nicht wichtig, das gehe alles von selber und auch ohne ihn, er rege sich überhaupt über nichts mehr auf. Die Frau im Auto hatte ein dickes, behindertes Gesicht. Mein Großvater hatte eine Feuerwehrsirene, da sollte er hineinblasen, wenn er Feuer oder Rauch sehe. Und einmal in der Wirklichkeit auch hat der Wald gebrannt. Der Großvater und die Nachbarn haben gelöscht und dem Großvater hat die Feuerhitze die Haare versengt. Das Horn war immer da, als ich ein Kind war. Der Vater sagt zu mir im Traum, mit dem Horn soll ich Signal geben, dann kommt er. Ich schüttele den Kopf.

Und dann habe ich geträumt, dass ich ein paar Bäuerinnen auf einem großen Feld arbeiten sehe. Sie graben und haben Gummistiefel an. Der Himmel war wie vor Tag und rot. Sie arbeiteten unentwegt, denn sie mussten schneller sein als der Himmel. Es werde Regen kommen und dann gebe es nichts, sagte eine. Ein weißes Haus sehe ich auch im Traum und dann die Tante, die ist völlig zerkratzt. Das ist sie oft, wenn sie arbeitet. Sie verletzt sich an den Zweigen und Dornen und den Bäumen. Samnegdis Großmutter ist jetzt wegen *allgemeiner Hilflosigkeit* im Spital, das heißt so. Samnegdis Vater und Großvater heißen so und ärgern mich. Die Abschlussarbeiten von Samnegdi und von mir sind gut angekommen. Aber ich kann meine Sachen nicht so leicht weitermachen, manchmal kann ich gar nicht weitermachen. Ich muss jetzt immer da sein. Samnegdi bleibt bei mir. Immer helfen müssen wir jetzt, wie Kinder sind wir, die immer helfen müssen. Es ist schwer, lastet, schnell müssen wir sein und immer da. Wir kommen nicht aus. Lächerliche Kinder.

98

Als Samnegdi und ich dieser Tage mit dem Zug in die Stadt zu ihrer Mutter heimfuhren, das Autorennen dort, zu dem wollte einer hin, der hatte das Gesicht eines Steinzeitmenschen, sein Geld und seinen Ausweis in einer Plastikhülle um den Hals. Mehr hatte er nicht bei sich. In der Zeitung lese ich im Zug an dem Tag von einer jungen Zigeunerin, die in der Hauptstadt wegen Betruges und Einschleichdiebstahles gefasst und eingesperrt wurde. Ein Foto ist dabei. In G. hatte sie mich vor ein paar Jahren angebettelt. Sie war ein Kind ohne jegliche Angst gewesen, sehr sanft und sehr zornig. Ein anderes von den Kindern damals zerrte an meinen Ärmeln, ich solle etwas geben. Aber ich musste wirklich Geld wechseln gehen. *Das sagen alle*, sagte sie, *da geh runter mit mir zum Obstverkäufer.* Ich ging aber in die andere Richtung, wechselte das Geld. Als ich wieder zurück auf den Brückenkopf kam, wurden die bettelnden Kinder gerade in zwei Autos zusammengefangen. Nur die Kinder, nicht die Erwachsenen. Nur das Mädchen war dann doch noch da. Ich fragte sie damals, ob die Frau dort drüben ihre Mutter sei. Die Frau stand dort mit einem leeren Kinderwagen und schaute mich an. *Was denn*, sagte das Mädchen, *mir gib. Die geht mich nichts an.* Und jetzt das Foto in der Zeitung, es ist dasselbe Kind von damals. Erwachsen. Die dort gehen sie nichts an, sagte sie, ihr solle ich geben. *Ich bin auch ein Mensch,* sagte sie. So etwas konnte die sagen. Damals überlegte ich mir, ob ich zur Polizei solle. Täte ihnen nichts Gutes damit. Die Polizei ist keine Hilfe für sie. Alle sagen, sagte das Mädchen, sie haben den anderen gegeben, und dann bekomme es nichts. Sie war wütend und weinte fast. Sie irritierte mich, weil sie sagte, was sie von mir hält, nämlich nichts. Das Kind vor der Kirche vor ein paar Jahren, jetzt ist es also eingesperrt. Wie sie gebettelt hat, gar nicht demütig, das soll in der Stadt jetzt verboten werden. Das wollen die Politiker so, weil es die Leute so wollen. Ich zum Beispiel will etwas anderes. Die Politiker und die Leute wollen, dass sie stumm knien oder stumm dastehen. Sie dürfen niemanden anreden. Das sei sonst ein Verfolgen und aggressiv. Ist es ja auch, aber das ist, finde ich, überhaupt nicht schlimm. Sondern schlimm ist, dass ich vor ein paar Tagen eine Mutter und ihre zwei Töchter sagen habe hören, wie schön es am Swimmingpool im Hotel in Kenia gewesen ist; die schöne Mutter sagte: *Nein, die Menschen leiden nicht.* Sicher, ein paar Dinge hätten die Menschen in Kenia schon gerne, die Freude machen. *Aber Not, nein, Not leiden sie nicht. Hilfe brauchen sie schon, damit sie das kriegen, was Freude macht, Kleider und kleine Sachen.* Und eine Tochter sagt, sie haben die Massai tanzen gesehen, die Kinder haben das Gesicht voller Fliegen gehabt, das sei ungut gewesen. *Nein, ungut ist nicht das richtige Wort.*

Lästig. Lästig war das, sagt die junge Frau. Und einmal schimpfte Lilli auf die Leute, die auf den Papst schimpften, weil der sich in Indien in eine Rikscha gesetzt und von einem Menschen ziehen hatte lassen. Als Lilli mit ihrer Schwester in Mexiko war, habe sie vom Feuerballspiel erfahren. Man wisse nicht, ob die, die gewonnen haben, oder ob die, die verloren haben, sterben mussten, sagt sie. Aber ich, ich will, dass zum Beispiel meine Familie endlich leben kann. Basta. Ich will sonst überhaupt nichts. Nur dass alle leben können. Die das wollen, sollen das können. Und die nicht wollen, soll man umstimmen. Man braucht ihnen nur zu helfen. Dann können die Menschen leben. Im Moment des Todes erwache man aus dem unwahren Traum zum wirklichen Leben, haben die Azteken geglaubt, und die Mexikaner seien immer noch so und freuen sich auf den Tod, erzählte mir Lilli. Der Tod sei kein Übel, sagte sie zu mir. Und dass jeder alleine leben müsse, weil er alleine sterben müsse. Ich glaube aber an kein einziges Muss auf dieser Welt. Wirklich an kein einziges. Ich verdanke Fräulein Samnegdi meine Kraft. Wir dürfen hier nicht bleiben, wir müssen fort, so schnell wir können. Ichzittere,weil Samnegdinichtdaist. Blumen.

99

Ich habe nicht geglaubt, dass du wirklich kommen wirst, sagte mein Vater vor dem Standesamt zu meiner Mutter. Sie war mit dem Bus gefahren. Er wartete an der Haltestelle. Im Amtsgebäude wurden die Wände ausgemalt. Die zwei Malergesellen, die gerade bei ihrer Arbeit waren, erklärten sich bereit, meinen Eltern die Trauzeugen zu sein, und freuten sich. Er stellte es ihr an dem Tag auch frei, mich zur Welt zu bringen oder nicht. Als ich dann ein Kind war, sagte der Vater oft zu mir, als ich zu reden begonnen habe, habe ich immer nur seinen Namen gesagt und zu ihm wollen. *Aber dann haben dich diese Scheißweiber verhaut.* Meine Mutter sagte nach seinem Tod oft, es sei furchtbar gewesen, sofort nach der Hochzeit sei mein Vater ein ganz anderer Mensch gewesen. *Das kann sich niemand vorstellen, dass ein Mensch sich so verstellen kann. Dass jemand so falsch sein kann.* Sie haben einander im Zug kennen gelernt. Beide fort von ihrer Familie. Arbeit. Leben. Neu alles und anderswo. Indem mein Vater meine Mutter geschwängert hat, hat er sie gezwungen, ihn zu heiraten. Ich glaube, dass er sie mit Absicht geschwängert hat. Er hat das gerechnet. Als er erreicht hatte, was er wollte, wollte er mich schnell weghaben. Er war so. Dass meine Eltern einander lieben, habe ich mir als Kind von Herzen gewünscht. Einen LKW-Fahrer gab es auch im Leben meiner Mutter. Der wollte sie heiraten, sagte ihr das auch so. Der soll sehr sanft gewesen sein und ihr nie beigewohnt haben. Die Familie meiner Mutter hat den sehr gemocht. Der versprach, er wolle meine Mutter auf Händen tragen. Tat das auch. Sie heiratete lieber meinen Vater.

Meine Mutter sagte mir, damit ich mein Leben verstehen kann, nach dem Krieg sei die Gier der Leute gewaltig gewesen, ich könne mir das unmöglich vorstellen, was die Leute haben wollten und wie sie waren, soffen und fraßen. Man habe nach dem Krieg nie genug kriegen können. *Lebensgier* und *Überlebenswille*, sagte sie.

Meine Großmutter hat zuerst nicht gewusst, was sie mit ihrem Baby machen soll, und wollte deshalb meine Mutter, damit meiner Mutter ja nichts geschieht, in den Backofen stecken. Was sie mit mir machen sollten, wussten meine Mutter und meine Tante auch nicht. Weil ich eine Frühgeburt war, war ich sehr klein. Deshalb gaben sie mich meinem Vater. Der kannte sich aus mit Kindern, wusch mich und so weiter und so fort. Deshalb eben sagte er später oft: *Als du klein warst, hast du immer nur Papa, Papa gerufen und hast nur zu mir wollen. Aber dann haben dich diese Scheißweiber verhaut.*

Als über unserem Ort ein Engländer abgeschossen wurde, rannte eine Frau in einem fort im Kreis um den Leutehaufen rundherum vor und zurück und schrie: *Hängt das Schwein auf!* Mein Großvater erzählte oft, dass sie das geschrien und die Leute aufgehetzt habe. Sie hängten den Engländer auf, glaube ich. Ich glaube nicht, dass mein Großvater etwas dagegen unternommen hat. Beim Erzählen war er zornig wegen der Frau. Im Wald gab es eine Zeitlang ein Grab. Kann sein, ein paar Gräber. Die Leute sagten, das sei der Engländerfriedhof gewesen. Ich erinnere mich nicht mehr genau. Und die Barackensiedlungen gleich nach dem Krieg und dann lange noch lagen auch gleich neben unserem Hof. Der Sohn der Frau, die die Leute aufhetzte, sodass der Bomberpilot aufgehängt wurde, war arm dran. Epileptische Anfälle seien das. Er hat sich viel erarbeitet, auch bei den Roten, wurde beruflich dann Finanzkontrollor in der Stadt, war unehelich, wurde von den Nachbarskindern verspottet und geschlagen, ließ dabei vor allen unter sich, lag vor denen am Boden. Der Großvater des Buben war Kartenspieler, und mein Großvater spielte in dieser Runde und sie stritten oft. Es gab nichts, was die Mutter des Buben nicht irgendjemandem lauthals erzählte. Absolut nichts. Sie krächzte stets, weil sie sich aufregte. Sie war ab irgendwann die Geliebte des besten Freundes meines Vaters. Der Freund meines Vaters war verheiratet. Ingenieur, Schuldirektor. Im Krieg war er in einem Heeresbüro und der unmittelbare Vorgesetzte meines Vaters. Meine Mutter mochte den besten Freund meines Vaters nicht und dessen Geliebte mochte sie auch nicht. Des andauernden Ehebruches wegen versuchte sich die

Ehefrau des besten Freundes umzubringen. Sie sprang vom Balkon, rannte durch die Scheiben. Diese Frau mochte ich sehr. Als Kind war ich oft bei dieser Frau, weil mein Vater in Zorn und Wut oft zu seinem besten Freund in die Stadt fuhr. Die Frau redete viel und freundlich mit mir, umarmte mich, streichelte meinen angeschlagenen Kopf. Die Tochter des besten Freundes meines Vaters und der epileptische Sohn der Geliebten des besten Freundes meines Vaters waren einander von klein auf versprochen. Das Mädchen wollte das dann nicht mehr sein. Anita hieß sie. Die beiden jungen Menschen gingen viel miteinander spazieren.

Der beste Freund meines Vaters hatte intensive Kontakte zur ersten Frau meines Vaters und den ersten Kindern. Und die Geliebte des Freundes lebte wie gesagt gleich in unserer Nachbarschaft. Als Kind fing für mich dort am Vierweg der Ort immer erst an. Einmal im Arsch, immer im Arsch war dort, im Dorf die größte Tratsche war die Geliebte des Freundes. Der beste Freund kannte meinen Vater sein Leben lang, beeidete auch ein paar Sachen für ihn, glaube ich, war eben in der Etappe sein Vorgesetzter gewesen. Er und er waren viel zusammen. Meine Mutter mochte den Freund wie gesagt nicht, ich auch nicht. Sie sagte, er sei ein falscher Freund. Und das war auch so. Ich war dabei. Hinter dem Rücken des Vaters sagte er nichts Gutes über ihn und meinte, meine Mutter würde in die Beschimpfung ihres Mannes mit einstimmen, wenn der beste Freund sage, wie ihr Mann wirklich sei. Das tat sie nicht. Der beste Freund hatte etwas Betrügerisches, Zudringliches an sich. Die Mutter mochte mit ihm nicht alleine sein. Der beste Freund sagte in der Folge zum Vater: *Deine Frau mag mich nicht.* Mein Vater beanstandete meine Mutter dafür. Der beste Freund lächelte viel und schaute belanglos.

Einmal testete mich der Freund, der Schuldirektor, auf Geheiß des Vaters, ob ich musikalisch sei. Mit seinem Klavier tat er das, weil er ein Klavierspieler war. Ich merkte mir tatsächlich alle Töne, weil ich sah, wo er raufklopfte. Er kam mir aber dann doch auf die Schliche, als er seine Gitarre nahm. Ende der Vorstellung. Ich fürchtete, mein Vater würde mich für meine Unmusikalität bestrafen, aber das war nicht der Fall. *Amusisch* sei ich, hieß es, das war alles und ein schönes Wort.

Einmal mit zehn, elf freute ich mich über die Maßen, weil meine Eltern sich an einem Tag gut verstanden und glücklich waren miteinander. Als wir in der Stadt gerade zufällig an einer Kirche vorbeigingen, wollte ich, dass wir zusammen reingehen, und dann wollte ich aus lauter Freude über meine Eltern zur Beichte gehen und dann fing ich an zu beichten und war überglücklich, dass alles gut werden wird. Lauter Unwichtiges beichtete ich, und dann wollte ich mit dem Priester das Wichtige reden. Der dürre Priester unterbrach mich entsetzt, sagte zu mir: *Um Gottes willen, du bist so jung und hast schon so viele Sünden, das ist ja schrecklich. Was wird aus dir werden.* Er deckte mich zur Buße mit so vielen Gebeten ein, dass ich über eine halbe Stunde lang vorm Altar knien und beten musste. Ich war noch lange nicht fertig mit der aufgetragenen Buße, als ich aufstand und fortging. Meine Eltern suchen. Der Geistliche hatte gestrahlt und sich gefreut, als er mir sagte, wie verdorben ich schon sei. *Mit mir nie mehr, du Figur Gottes*, dachte ich, als ich von den Bußgebeten vor dem Altar aufstand, und das war es dann für mich. Nie mehr gehe ich beichten. Mein Vater und meine Mutter gingen sonst nie Hand in Hand, aber an dem Tag sah man, dass sie einander liebten.

100

Als die Mutter meiner Mutter und meiner Tante sterben musste, waren sie siebzehn und einundzwanzig Jahre alt und das Jahr 1954 war. Sie hatten Angst vor Gewittern und wenn Betrunkene vor dem Haus grölten. Als die Mutter der beiden jungen Frauen plötzlich krank war und jählings auf der Straße vor dem Nachbarhaus zusammenbrach, lachten die vom Ort, die dort waren, schauten beim Fenster heraus und ihnen zu und waren nett und freundlich. Die beiden Töchter bekamen Angst, weil die drinnen rauslachten, als die Mutter zusammenbrach. Die beiden Töchter hielten die Angst aus. Und als die Mutter dann tot war und im Haus daheim aufgebahrt, hatten sie keine Angst, denn ihre Mutter war bei ihnen im Haus. Und dann kam eine andere Nachbarin, die auch immer nett gewesen war, die Frau des Rechtsanwaltes. Sie war immer sehr besorgt gewesen. Sie mochten sie. Die Frau machte jetzt vor der Aufgebahrten eine Bewegung mit der Schulter und mit der Hand, das sei nun einmal so und besser sei es auch. Ihre Stimme soll damals kurz und gar nicht sanft gewesen sein. Die Töchter waren bestürzt, es ging gegen Ostern, und sie dachten, dass den Leuten alles egal sei, wenn es darauf ankomme, und dass einem niemand hilft und man immer allein sei und dass das schrecklich sei. So war das, als die Mutter starb. Sofort hieß es im Ort, die Wirtschaft sei am Ende. Die Leute kamen und wollten die kaufen. Die beiden Töchter hatten wieder große Angst und arbeiteten deshalb so schwer wie die am schwersten arbeitenden Männer im Ort. *Mehr als die*, sagten die Leute. Darauf waren die zwei jungen Frauen stolz, dass es niemanden im Ort gab, der nicht ihren Fleiß und ihre Arbeit lobte. Das ist noch immer so.

Meine Mutter heiratete meinen Vater gegen den Willen und ohne das Wissen ihrer Schwester und ihres Vaters. Die wussten von nichts und meine Mutter tat, was sie wollte. Die Hochzeit fand, weiß ich von meiner Mutter, wie gesagt deshalb statt, weil meine Mutter mit mir schwanger ging. Mein Vater weckte die beiden Frauen dann jeden Tag um vier, halb fünf Uhr in der Früh. Das war das Seine, das er tat, und seine Arbeit hier. Jeden Tag am Abend nach der Arbeit las meine Tante zwei, drei Stunden lang in den Buchgemeinschaftsbüchern, bis sie einschlief. Russische, englische, amerikanische, französische Klassiker, skandinavische und die neuen Schriftsteller aus der damaligen Gegenwart, Deutsche, Schweizer, Österreicher. In den Buchgemeinschaftsbüchern las sie auch zwischendurch am Tag ein paar Minuten lang, wenn sie für Augenblicke Ruhe hatte von ihrer Arbeit. Das war, wenn sie wo warten oder auf etwas aufpassen musste. Anstatt dass sie nur herumstand, las sie im Herumstehen. Hatte immer ein Buch irgendwo. Einmal sagte mein Vater zu mir, meine Tante sei ein faules Schwein, weil sie in seinen Augen den Mist langsamer auflud, als meine Mutter das tat. Es war Herbst, nass, kalt, dampfte hoch. Er schaute ihnen vom Fenster aus zu, fletschte die Zähne. Damals wäre ich für mein Leben gern auf der Stelle gestorben.

Jeden Herbst und Winter knüpften meine Mutter und meine Tante an Teppichen. Einmal sagte meine Mutter, auf den ihren setze sie sich, wenn er fertig sei, und fliege davon. Sie habe gelesen, ein fliegender Teppich sei ein Garten mit einer Quelle in der Mitte und sei das Paradies und in der ganzen Welt herumfliegen könne das. Und sie würde so gerne endlich einmal reisen. Vielleicht mache sie einmal so eine weite Reise, eine Weltreise sogar. *Ihr werdet noch schauen*, sagte sie. Meine Tante solle mitkommen mit ihr. *Gern*, sagte meine Tante und scherzte, dass es ihr aber schon beim Autofahren immer so schlecht werde. Als sie jung waren, hingen sie sehr an einem Film, der von einem Mädchen mit Kinderlähmung handelte, das Weltmeisterin im Laufen wurde. Und genauso erschütterte sie die Lebensverfilmung eines behinderten Mädchens. Das junge Mädchen, das weder hören noch sehen noch reden kann und das als schwachsinnig eingestuft wird. Das aber von seiner selber behinderten Lehrerin nach Jahren, Jahrzehnten endlich aus dieser Hölle geholt wird. An beide Filme im Fernsehen habe ich wohl auch deshalb Erinnerungen, weil ich die zwei Frauen damals sehr weinen sah. Sie gingen an den Sonntagen oft ins Kino, in unserem Ort war eines und im Nachbarort auch eines. In den Kinos saß man meistens recht alleine.

101

Der Onkel fragte die Tante hier bei uns herüben im alten Haus in einer der Winternächte, was sie denn machen sollen, wenn sie ihre eigene Wirtschaft nicht mehr bearbeiten können. Sie werde Klo putzen gehen, antwortete die Tante. Der Onkel schüttelte den Kopf. *Freilich, Klo putzen wirst du gehen, so ein Blödsinn. Und etwa für mich auch noch!* Es war ihr ernst. Sie wollte, dass er Ruhe hat, ein bisschen leben können noch mit ihm, solange es nur irgendwie möglich ist, nur Ruhe, Ruhe, mehr wünschte sie sich nicht. Zwei Tage, bevor der Onkel starb, lief er an einem Nachmittag, ich war da nicht zu Hause, sondern bei Trixi, die Frauen haben es mir dann, als er schlief, erzählt, ein paar Stunden lang ohne Rast und Ruh hin und her im Haus. Sagte in einem fort: *Was soll nur aus uns werden. Christl, ich weiß nicht, was aus uns werden soll. Sag mir. Bitte. Christl, was soll aus uns werden, aus dir und mir. Wie wird das alles weitergehen, wenn ich so beisammen bin. Bitte, Christl!*

Der Arzt, der immer auf mich aufgepasst hat, als ich ein Kind war, und meine Eltern immer nach mir gefragt hat, hat am Tag nach dem Tod meines Onkels zu mir gesagt, das Schlimmste sei meinem Onkel Gott sei Dank erspart geblieben. Da habe ich ihn groß angeschaut und er fiel schnell vor zu mir ein wenig und sagte, es sei natürlich schlimm genug gewesen, und wie es der Tante gehe, fragte er. Die Tabletten da seien für sie, ein wenig zur Beruhigung. Ich lächelte und bedankte mich, wie ich es immer getan hatte, wenn der Arzt gekommen war oder uns versprochen hatte zu kommen, ich war ihm dankbar, mochte ihn, seine Frau wartete im Auto auf ihn, betrank mich mit billigem Packerlwein und mit Zwetschkenschnaps, schrieb an meiner Seminararbeit auf Latein weiter, als sei nichts. Mein verkrebster Onkel hat Vitamin-B-Tabletten bekommen, eine Tablette am Tag, das war die Behandlung. Neurobion forte. Und einmal eine Morphiumspritze in der ganzen Zeit. Und etwas in der letzten Nacht, ich weiß nicht, was. Morphium wohl auch. Der Arzt schrieb es nicht auf die Rettungspapiere. Und nach den vielen unnötigen Kontrollen in der Spitalsambulanz bekam der Onkel auch immer etwas gegen das Fieber, das er durch die Untersuchungen bekam, und gegen die Infektionen, die er durch die Kontrollen bekam, auch etwas Wichtiges. Die Kontrollen im Spital waren nur Bürokram, hatten keinerlei Linderung zur Folge, gar nichts im Sinn. Wurden nicht einmal aus dokumentarisch-statistischem Interesse durchgeführt. Das wussten wir alles nicht, wir wussten nicht, dass die Untersuchungen gar nicht für den Onkel waren. Die Kontrollen belasteten und gefährdeten ihn nur. Aber wir wussten nicht, dass das alles war.

Nur der Hausarzt half. Einmal bei uns zu Hause ist der Onkel nur dagesessen, wir wussten nicht, was los ist, er saß nur da, schaute vor sich hin, sagte: *Das sind Schmerzen.* Das war das einzige Mal, dass der Onkel geklagt hat. Er sagte das, als habe er immer Schmerzen, aber als seien die diesmal zu viel.

102

Dieses Haus. Unser aller Haus. Unser neues Haus. Zehn Jahre gebaut daran. Schuldenfrei. Das ist eine große Leistung. Ohne Schulden ist ohne Schuld. Meine Mutter hat das alte Haus nicht mehr ertragen. Alles Geld der Familie und alles, was sie vom Staat für mich bekam, hat die Mutter da hineingebaut. Ich habe mein Geld von ihr nie ein zweites Mal verlangt, denn es ekelte mich, und weil ich mich schämte. Ich hatte kein Geld daher, wirklich keines, und sie, sie sagte, sie brauche alles für das Hausbauen und uns: *Das musst du doch kapieren.* Die Kinderbeihilfe, die Waisenrente, keinen Groschen davon, über die Jahre, von Anfang an. Geld war mir auch deshalb immer zuwider. Ein bisschen Geld verdiente ich durch Nachhilfegeben. In der Zeit, zehn Jahre baute sie eben, hatte ich immer Zeit zu haben, ich wehrte mich. Sie sagte, sie sei zu allem alleine. Wahr war das so nicht. Die Freude meines Großvaters beim Bauen war schön. *Ich bin immer zu allem alleine*, sagte meine Mutter zu mir, *du hilfst mir nie. Bei gar nichts hilfst du mir.* Sie wollte mich binden. Es war gegen meinen Willen. Ich wollte nichts annehmen und nichts haben. Und sie wollte mir nichts geben. Ich war so. Sie war so. So war das. Ich wollte mit ihr möglichst wenig zu tun haben, das war alles; wollte endlich leben können, das konnte ich so schwer. Sie wusste, dass ich hier nicht bleiben will, sie glaubte mir nicht, dass ich hier nicht leben kann.

Einmal als ich mit fünfzehn vom Schultag heimkam, kein halbes Jahr war das nach dem Tod meines Vaters, waren da ein Riesenloch und lauter Leute. Das war der Anfang. Meine Mutter hatte mir nicht gesagt, dass sie heute das Fundament ausheben lassen wird. Nicht einmal, dass sie wirklich bauen werden. Sie wussten alle, dass ich das nicht will. Mein Großvater hatte auch nichts zu mir gesagt. Nichts, ich komme heim, da ist ein Riesenloch und ein Riesenlärm. Der hört nicht auf. Mein Vater und meine Mutter hatten Pläne gehabt. Der Vater wollte die Wirtschaftsgebäude, die zum alten Haus gehören, in Wohnungen umbauen. Als die Tante noch bei uns war, noch nicht geheiratet hatte, hatte mein Vater überlegt, ob er in der Stadt eine Eigentumswohnung für sich und meine Mutter und mich kaufen soll und dass die Mutter, nicht die Tante, sich auszahlen lässt und fortgeht von hier und dass die Tante hier bleibt bei der Wirtschaft, als Eigentümerin statt meiner Mutter. Meine Mutter wollte das nicht, hatte Angst. Meine Mutter wäre meinem Vater völlig ausgeliefert gewesen. Und völlig allein. Meine Mutter war die Eigentümerin.

Auf den Grabstein meiner Großmutter haben meine Mutter, meine Tante und mein Großvater *Besitzerin* schreiben lassen. Die hatten alle nichts gehabt, nur die Arbeit, aber *Besitzerin* stand auf dem Grab. Das war die Ehre. Die Hoffnung. Das Leben. Meine Großmutter soll im Krankenhaus schrecklich entstellt gewesen sein. Manchmal sagt jemand zu meiner Mutter – vor ein paar Tagen auch jetzt im Spital ein Arzt –, es sei ja damals eine andere Zeit gewesen, meine Großmutter hätte nicht so früh und qualvoll sterben müssen, an so etwas müsse niemand sterben, heute ganz gewiss nicht, und es sei damals vielleicht ein Behandlungsfehler, Operationsfehler, ein Nachbehandlungsfehler gewesen. Meine Tante und meine Mutter und mein Großvater haben so etwas nie gesagt. Wozu auch. Der Tod war plötzlich da, die Übermacht. Meine Mutter und meine Tante sagten zu ihrer Mutter immer Mami. Jetzt, wenn sie von ihr reden, sagen sie auch Mami, *die Mami, unsere Mami*. Meine Großmutter war in dem Zimmer aufgebahrt gewesen, in dem dann meine Eltern und ich gelebt haben und wo mich meine Tante vor dem Vater gerettet hat. Mir das Leben.

Wenn wir zufällig irgendwo an einer Höhle vorbeikamen, ist meine Mutter immer dort rein in die, blieb stundenlang dort fort, erforschte die alleine ohne jedes Zögern, ging und kroch ohne jede Angst immer weiter rein, hatte große, helle Freude, wollte gar nicht mehr raus. Das war bei jeder Höhle so, an der wir vorbeikamen. Aber wenn man nur eine Höhle braucht anstelle der Hölle, warum baut man dann ein Haus. So ein riesengroßes Haus. *Das ist, damit, wenn du einmal eine Familie hast, für die hier alle Platz ist*, sagte meine Mutter, mein Großvater auch. Aber wie soll das gehen. Hier kann ich nicht leben. In dem Ort auch nicht. Sie haben das gewusst. Mein Vater wollte eine Kapelle bauen. Die, sagte er, soll sein Dank an Gott für meine Mutter sein. Meine Mutter starb nämlich nicht. Das war, als meine Mutter dieselbe Operation hatte, wie die, an welcher meine Großmutter gestorben war. Einmal in der Zeit, als meine Mutter deshalb zwei Wochen nicht da war, weil sie operiert wurde, hätte mich mein Vater am liebsten im Schnee erschlagen. Ich taumelte nicht. Kann sein, er war in Todesangst um meine Mutter. Aber ich glaube das nicht.

103

Den Kasten mochte ich. Die Lackierung schien mir als Kind so, als zaubere ein Zauberer mit Mütze gegen eine Riesenschlange, die ihn sonst auffressen würde. Der Riesenschlange hat es nichts genützt, dass sie den Zauberer verschlungen hat. Der war unverdaulich. Unerschrocken war der, der zauberte einfach weiter, und die konnte ihm nichts tun. Meine Mutter hat einmal im Streit zu meinem Vater gesagt, ihm gehöre hier überhaupt nichts, nicht einmal der Sessel, auf dem er gerade sitze. Das hat gesessen damals. Es war an einem Geburtstag, ich weiß nicht, ob an dem meines Vaters oder an meinem; der Vater kam heim, die Frauen arbeiteten, ich war mit ihm allein, er würgte mich zu dem Kasten. Mein Großvater hatte den getischlert und lackiert. *Du bist schuld. Wenn's dich nicht gäb', wär' alles gut*, schrie mein Vater. Er und meine Mutter würden sich ohne mich so gut verstehen, nur meinetwegen streiten sie immer, schrie er und würgte mich am Kasten meiner Mutter. Hier hängte er sonst immer seine Hose auf. Die zog ich Lakai, Ordonanz ich, ihm immer über die Schuhe aus, sobald er heimgekommen war, jeden Tag, und die andere für zu Hause ihm über die Schuhe an. Wenn ich dabei mit der Hose an den Schuhen hängen blieb, bekam ich Ohrfeigen und je nachdem so weiter. Ich weinte am Kasten, weil ich an allem schuld war, riss mich voller Wut los, gab dem Vater einen wuchtigen Stoß, lief zur Mutter. Die melkte. Ich sagte nicht, dass er mich gewürgt hatte, sondern was er zu mir gesagt hat. Die Mutter schaute mich an, sagte kein Wort, melkte weiter. *Ich würd' gern wissen, ob das stimmt*, sagte ich. Noch einmal musste ich nachfragen. Und noch einmal. Mein Kopf war leer, tat vom Weinen weh, ging hin und her. *Natürlich stimmt's nicht*, sagte sie dann. *Der spinnt ja*, sagte sie, schaute nicht auf, sondern auf das Euter, die Milch und den Blecheimer, redete. Ich kam mit keinem Leid mehr zu ihr und ich kam mit keiner Freude mehr zu ihr seit diesem Tag. Damals war ich elf oder zwölf. *Sie kann mich nicht mehr mögen*, dachte ich damals, *es ist ihr alles zu viel*. Ich verstand das.

Die Leute sagen von meiner Mutter oft, sie sei eine sehr schöne Frau, und die ist sie ja, und im Stall war damals in einem Nest eine Schwalbe. Also kann es nicht der Geburtstag meines Vaters gewesen sein. Der war immer am 3. Oktober. Im Stall trug die Mutter damals eine blaue Arbeitsmontur und ein helles Kopftuch. Ich ging dann allein wieder ins Haus. Sie hatte gesagt, ich solle jetzt einfach nicht zu ihm gehen, sondern dableiben, bis wir alle zusammen reingehen. Eine halbe Stunde hätten sie noch Arbeit, und wenn länger, mache es doch auch nichts. Mein Geburtstag war es. Oder die Schwalbe war erledigt.

104

Als meine Mutter schwanger gewesen war, sei, erzählte mein Vater oft, meine Tante von ihr zu Boden geschlagen worden. Meine Mutter bestritt das jedes Mal entrüstet. Ich bin mir sicher, dass mein Vater gelogen hat. Einmal, als ich vier oder fünf Jahre alt war, lachte die Mutter und sagte zu mir: *Die Christl bekommt nie einen Ehemann und ganz sicher nie Kinder*. Ich erinnere mich gut. Nach dem Tod meines Onkels erinnerte sich auch meine Tante daran, sagte zu mir, sie habe meine Mutter und mich einmal so reden gehört und ich, sagte sie, habe damals auch gelacht, aber sie sei mir nicht böse deswegen. Ich weiß, warum ich damals gelacht habe. Ich habe mit meiner Mutter mit gelacht, bevor ich verstand, was sie sagte. Am besten und meisten konnten wir alle miteinander reden, wenn wir eine gemeinsame Arbeit verrichteten. Wir redeten, weil wir etwas tun konnten. Weil wir etwas tun konnten, waren wir frei. Das war vernünftig. Das fühlte ich so als Kind, dass wir etwas taten und dass wir gut redeten und dass wir frei und vernünftig waren. Die Tante bekam vom Futtermischen einen Ausschlag an den Händen, zwischen den Fingern. Mein Vater griff manchmal, ohne dass er das Geld jemals gebraucht hätte, in die Kassa der zwei Frauen. Und meine Mutter stahl ihm Geld aus seiner Brieftasche. Seltsam war das. Meine Tante tat nichts dergleichen. Wäre ihr nie in den Sinn gekommen. Das Geld, das mein Vater stahl, war der Geldteil meiner Tante gewesen. Meine Mutter sagte von meinem Vater, er werde einmal neben der vollen Schüssel verhungern. Ich weiß nicht, was das heißt.

Die winzigen Bahnwärterhäuschen hier in der Gegend. Mein Vater wünschte sich eines. Er sagte zu mir, er wolle für sich eines kaufen und drinnen alleine wohnen, und zum Fahren werde er sich ein kleines Moped zulegen. Er brauche nicht mehr zum Leben als diese zwei Dinge. Meine Mutter hat ihr ganzes Leben lang gespart. Sie wünschte sich immer ein Haus, wo jeder Platz hat und wo es schön ist und endlich warm ist und ohne nasse, schimmlige Wände. Ihr Stolz ist immer, dass sie niemanden braucht. Meine Tante sagt, Pflegemutter wäre sie gerne oder in einem Kinderdorf und für den Buchgemeinschaftsklub würde sie gerne die Vertretung hier im Ort oder überhaupt in der Region übernehmen und von Haus zu Haus gehen.

105

September 1988. Meine Mutter sagte jetzt einmal zu mir, ich sei wie der, der das Attentat auf den Landeshauptmann verübt habe. So jemand sei ich, und die Tante stimmt ihr bei. Ich ärgere mich sehr.

Ein Schulkollege, mit siebzehn ist er Schmiere gestanden, als ein paar Burschen seine Großmutter überfallen, schwer malträtiert und dann ausgeraubt haben. Die Idee hatte auch er gehabt. Ein Arztsohn. Einmal hatte er zu den Mitschülern *Ich hasse euch alle!* gesagt. Ich war zufällig auch in das Zimmer geraten. Die anderen lächelten, als er sagte, dass er sie hasst. Er wurde sehr wütend, saß aber völlig ruhig da. Das verstand ich nicht. Ich starrte ihn erschrocken an. *Das kapierst du wieder nicht!*, sagte er zu mir. Er war mir bis zu dem Tag wildfremd gewesen und ich ging auch gleich wieder aus dem Zimmer. Als man ihn aus dem Gefängnis heraus zur Matura zuließ, nannten die Prüfer ihn *persona sui generis*. Ich war im Herbst zufällig zuhören. Er aß Konfekt, gab mir davon, sagte, er werde Jus studieren und dass ich ihn nicht immer so blöd anschauen soll. *So, und die gehören mir*, sagte er und steckte die Süßigkeiten weg. Ich glaube, der Vater war Chirurg und die Großmutter verzweifelt. Sie soll sich die Schuld gegeben haben, weil sie ihn erzogen hatte. *Was bist du für ein Komiker?*, wollte er von mir wissen, schüttelte ärgerlich den Kopf, ging zur Wachperson, bot der ein Konfekt an. Die lehnte ab. Sie gingen. Im Gehen sagte der Justizbeamte dann: *Danke. Her damit! Ich hab's mir anders überlegt.* Der Schulkollege ging sehr aufrecht und stolz. Er war immer noch wütend. Er fällt mir jetzt oft ein.

Dieser Tage war ich wegen meiner Mutter beim Hausarzt, des Glukagons für den Notfall wegen, er musste es verschreiben. Karin war in einem weißen Mantel dort, fragte mich, als sie mir den Rezeptzettel in die Hand gab, was das denn bloß sei, dass meine Mutter so viele schwere Unterzuckerungen bekomme. Und dann sagte sie wieder, dass alles eine Ursache habe und ich die suchen müsse, *man,* sagte sie, lächelte freundlich, hilfsbereit.

106

In fünf Minuten hat der Franz alles über einen gewusst, sagte mein Onkel. Er glaubte, mein Vater habe ihn hierher gebracht. Seine Aktentasche habe mein Vater auch dabei gehabt. Mein Onkel war durcheinander, blass und grau, hatte Schmerzen. Er stand in der Tür des Krankenzimmers, das dem seinen gegenüberlag, und versuchte, den Patienten dort Obst und Spirituosen zu verkaufen. Er wusste nicht, wozu er sonst hier war unter lauter fremden Leuten. Er tat immer, was er konnte. Seine Brillen rutschten. *Die Leut' kaufen nichts*, sagte er zu mir. *Die haben schon alles.* Er wolle wieder heim, das hier bringe ja nichts. Hier könne keiner ein Geschäft machen. Ich brachte ihn auf sein Zimmer. Einer bestellte Zwetschken bei ihm.

Mein Onkel redete die Jahre nach dem Tod meines Vaters oft von meinem Vater, stets plötzlich und von selber und immer gegen meinen Willen und bis auf das eine Mal an meinem einundzwanzigsten Geburtstag, als ich zusammenbrach, nicht zusammenbrach, nur gut.

107

Ich solle mich zusammennehmen, sagte der Onkel an meinem Geburtstag. Und dass ich jetzt auch auf ihn losgehe, tue ihm weh. Ob ich vergessen habe, wie er dazwischengegangen sei. Ob ich das denn nicht mehr wisse. Ich sei schon blau gewesen, er sei dazwischengegangen. Ich erinnerte mich sehr wohl. Es war ein paar Tage vor der Hochzeit des Onkels und der Tante gewesen. Warum der Vater mich zur Wand würgte, den Anlassgrund damals weiß ich nicht mehr. *Ich habe geschrien: Lass auf der Stelle den Buben los oder ich hau dir eine rein!*, sagte der Onkel zu mir. An ein Schreien des Onkels damals erinnere ich mich nicht. Es war auch nicht nötig gewesen. Mein Vater erschrak ja, weil der Onkel plötzlich da war. *Lass den Buben los, aber sofort!* – daran kann ich mich erinnern. Erwürgen hätte mich der Vater damals gewiss nicht können. Es ekelte mich vor dem Vater, ich wollte ihn nicht berühren müssen, das war alles, ich überlegte, wie ich rauskann, ohne dass ich den Vater berühren muss. *Das geht dich nichts an, misch dich nicht ein*, sagte mein Vater zu meinem Onkel. *Das ist der Uwe*, erwiderte mein Onkel. *Der geht mich schon was an. Franz, halt du jetzt deine Gosche. Lass ihn sofort aus.* An meinem 21. Geburtstag dann, die Jahre später war das, sagte der Onkel zu mir: *Du brauchst einen Arzt.* – *Ihr braucht den Arzt*, sagte ich, *ihr habt mir nie wirklich helfen wollen*, weinte ich. Mein Onkel war damals kurz angewidert, schaute zur Seite und zu Boden, hob sein Gesicht, schaute mir ins Gesicht, sagte: *Uwe, um Gottes willen, reiß dich zusammen.* Meine Mutter umarmte mich plötzlich und gegen meinen Willen, sagte: *Ich habe das nicht gewusst, wie das werden wird. Ich hab's nicht gewusst. Das musst du mir glauben. Schau, du hast alles schon hinter dir. Alles, was jetzt kommt, das kann alles nur gut werden. Das gibt's gar nicht anders.* Die Tante sagte nichts, dann, dass sie gewusst habe, dass es so kommen wird und dass es nicht gut sei, dass ich noch im Ort sei. Der Großvater sagte, als wir beide draußen im Hof alleine waren: *Ich lege dir nichts in den Weg. Das alles hier wird einmal dir gehören. Wem denn sonst. Dir allein. Was mir gehört, ist Deines. Sei nicht so traurig, bitte Uwe. Was hätten wir denn tun sollen. Ich, was?* Ich war nicht zu beruhigen an dem Tag, in der Nacht. Weinte, weinte, war voller Abscheu, fuhr weg, trank, trank. Was sie mir sagten, war alles so nicht wahr. Es war einfach nicht wahr. So nicht. Die Mutter sagte in der Nacht zu mir: *Wir alle haben unter deinem Vater zu leiden gehabt. Nicht bloß du. Immer nur du.* Der Onkel hatte früher oft zu mir, damit er mir hilft, gesagt: *Wer etwas tun will, kann immer etwas tun. Es ist nicht wahr, dass man nichts tun kann. Dass man nicht gebraucht wird, ist auch nicht wahr. Jeder, der was tun will, der wird gebraucht und der kann das dann. Das reicht vollauf, was er kann.* Seit ich ihn kannte, sagte mein Onkel jedes Mal, wenn Leute in einem Gespräch mit dem Onkel das Wort *gut* in den Mund nahmen, schnell: *Wenn's gut ist, dann essen wir's. Aber sofort auch noch.* Er schaute dabei kurz zornig, lächelte auf, mahlte lautlos mit den Zähnen. Aß das Gute. Das Gute mochte er nicht. Er sagte stattdessen: *Etwas schickt sich oder es schickt sich nicht.* Wenn etwas falsch war, sagte er, dass es sich nicht schickt. Er sagte oft, dass er niemals aufgeben werde. Da wusste er noch von gar nichts. Und dann hat er wirklich nie aufgegeben. Wir auch nicht. Wenn er wisse, morgen Früh müsse er sterben, werde er trotzdem nicht aufgeben. Meine Tante machte sich große Vorwürfe, sie sei zu spät zu ihm gezogen und daher habe er kein Leben gehabt, und dass sie keine Kinder bekommen haben, auch dafür gibt sie sich die Schuld.

108

Der Kommunist, der sein Freund war, besuchte den Onkel bei uns und weinte beim Begräbnis so viel wie niemand sonst. Er schaute uns groß an. Dicke Tränen kollerten ohne Unterlass von seinen Wangen. Es schüttelte ihn. Er konnte sich nur schwer auf den Beinen halten, griff sich den nächsten Grabstein. Der Kommunist trank, was er konnte, und als die Gendarmen ihn anhalten wollten, ließ er sein Moped stehen und lief ihnen durch den Wald davon. Als der Onkel zum ersten Mal zusammenbrach, an einem Sommerfeiertag war das mitten in der meisten Arbeit, und mit der Rettung abtransportiert wurde, hatte der Kommunist mit seinem Moped in einer steilen Kurve betrunken einen Unfall. An der kam dann gerade die Rettung vorbei mit dem Onkel. Der Kommunist und mein Onkel sind hilflos im selben Wagen gefahren und haben benommen miteinander zu reden versucht. *Bist du's?*, fragte der Onkel. *Bist du's?*, antwortete der Kommunist. Erinnern konnten sie sich später beide an nichts. Als der Kommunist den Onkel bei uns in den letzten Wochen besuchte, fragte er, woher die Krankheit des Onkels denn komme. *Gewiss von der Arbeit*, sagte der Kommunist. Von den Maschinen die Dämpfe seien schuld, hinter denen, in denen habe der Onkel immer herlaufen müssen. Als der Onkel jung war, war er von den Faschisten fasziniert, denn die achteten ihn seines Erachtens und entschuldeten Hab und Gut und die ganze Familie. Sein Vater hat im Gasthaus an einem einzigen Sonntagmittag die halbe Wirtschaft verspielt. Einen Krebs im Schlund hat er gehabt, ist aus Angst aus dem Spital fortgelaufen, hatte daheim keine gute Bleibe, verschuldete dann alle beim Spielen. Mein Onkel war siebenundfünfzig beim eigenen Sterben, den Geburtstag feierten wir noch. Es war der Winter ins Jahr 1984. Nach dem Tod meines Onkels war sofort wieder Frühling. Ich war liebesbedürftig. Die Farben und Formen, durch die der Zug mit mir fortfuhr, taten mir in der Seele weh, weil alles klar und deutlich und undurchdringlich war, ich sehnte mich nach Menschen, wollte von überall fort, wo ich war. Ein paar Mädchen mochten mich zufällig, irrten sich, irrten sich nicht, irrten sich.

Ich hatte den Onkel und die Tante ein paar Wochen vor Weihnachten eingeladen und sie nicht mehr fortgelassen. Er hatte wider Erwarten nichts dagegen. Einmal sagte er Ende Jänner, das gehe doch nicht, dass sie jetzt immer bei uns sind. Wie ich mir das denn vorstelle, das könne doch nicht für ewig sein. Ich bat sie, noch zu bleiben, bis der Schnee nicht mehr ist. Meine Mutter hatte sie nicht aufnehmen wollen. Ich erzwang es. Es war richtig so. Dass meine Mutter sie im Sterben nicht aufnehmen wollte, ihre Schwester nicht und den Mann ihrer Schwester nicht, machte mir große Angst. Die beiden erfuhren nie, dass sie hier unerwünscht gewesen waren. Ich verstand nichts, weder hier noch draußen. Sein Hinschauen zur Tante, als sie weinte. Er sagte nichts, drehte sich wieder weg, schaute zur Seite, ging aus ihrem Zimmer. In dem hatten sie jahrelang gelebt. Ich verstand nicht, warum er ihr jetzt kein liebes Wort sagte, damit sie nicht weint. Und warum er gar nicht wissen wollte, warum sie weint. Als er gestorben war und immer wenn sie sich dann bei uns hier über etwas ärgerte, sagte sie zu uns: *Das hätte es beim Christoph nicht gegeben*, schüttelte den Kopf, war traurig.

Der Kommunist fing jahraus, jahrein zu jeder Jahreszeit Fische. Am liebsten im Flusszweig vor der Fabrik, in der er arbeitete. Der Onkel kaufte ihm welche ab, wenn der Kommunist zum Reden vorbeikam. *Seine Fische haben noch nie gut geschmeckt*, sagte der Onkel zu mir. Aber der Kommunist habe solche Freude. Kein Kind könne das so wie der. Eine Zeitlang stank die Fabrik in einem fort. Aber man sperrte sie nicht zu, weil die paar tausend Menschen in der Gegend von ihr lebten. Sie stank dann auch nicht mehr. Manche sagten sogar, sie dufte wie frisch gekochter Kaffee. Das Chemieumfülllager der anderen Fabrik im Ort wurde auch nicht zugesperrt. Ein paar junge Mütter mochten das nicht verstehen, weil ja niemand in der Gegend von diesem Chemieumfülllager lebte. Die jungen Mütter schauten von der Anhöhe aufs Lager hinunter. Irgendwann brannte es ein wenig. Aber nur innen. Der Kommunist sagte zum Onkel und zur Tante einmal, als er ihnen seine Fische verkaufte, hierzulande seien die Bauernaufstände wegen eines Fischers ausgebrochen, der ohne Erlaubnis gefischt habe. Alle lachten. Heute denke kein einziger Politiker wirklich ans Volk, sagte er auch einmal. *Sagt mir einen!*, forderte der Kommunist meinen Onkel und meine Tante auf. *Ihr wählt immer schwarz. Aber was tun die für euch, das würd' mich interessieren.* Mein Onkel erwiderte: *Geh, hör auf, ihr tut sicher nichts für uns.* Der Kommunist sagte, er habe erfahren, dass die Vietnamesen gegen die Amis nie hätten gewinnen können, wenn die Vietnamesen nicht seit Jahrtausenden ein so genügsames Bauernvolk gewesen wären. Vietnam habe sich als Bauernstaat selber versorgen können und sei deshalb unter den amerikanischen Bomben nicht zusammengebrochen. Hierzulande hingegen grassiere das Bauernsterben. Und wenn es bei uns durch staatliche Misswirtschaft oder durch einen Krieg in den Nachbarstaaten einmal zu einer Krise käme, würde daraus zwangsläufig binnen kürzester Zeit eine Katastrophe

entstehen, weil die Leute von den eigenen Bauern nicht ausreichend versorgt werden könnten. So gewaltig seien bei uns die Abhängigkeiten und die Monopole und so kompliziert sei die Grundversorgung.
Die Bauern können in Wahrheit nichts mehr selber, sagte der Kommunist. *Naja*, erwiderte mein Onkel. *Ja eh*, sagte meine Tante. *Wir arbeiten alles selber. Sicher haben wir oft Hilfe, dass wir nicht zu allem allein sind. Gott sei Dank haben wir die Hilfe*, sagte der Onkel. Die Nachbarinnen halfen oft. Wir auch. Das hat mir damals immer gefallen, wie die Menschen in dem Nachbarort zueinander waren, wenn es um die Arbeit ging.
Die Leute können die Bauern nicht wertschätzen, sagte die Tante zum Kommunisten. *Die meisten Leut' haben nur einen Neid und die sehen die Arbeit überhaupt nicht. Die Leut' glauben, das ist alles nur Geld, der Grund, und was man alles verkaufen kann und daraus Geld machen kann. Und sich ein schönes Leben machen damit. Aber dass das die Arbeitsplätze für die ganze Familie sind und über Generationen, das verstehen die Leut' nicht.* Und der Onkel sagte, wie unkollegial es in der Fabrik zugehe. Die anderen Arbeiter seien neidisch und schimpfen, dass die Bauern, die in der Fabrik arbeiten, ihnen den Arbeitsplatz wegnehmen, die Bauern haben doch ohnehin alles daheim und können nur nie genug bekommen. Wenn jemand entlassen werden müsse, dann gefälligst zuerst die Bauern. *Die schlechtesten Arbeiten in der Fabrik bekommen die Bauern*, sagte der Onkel und erzählte vom Nachbarn, aber dass wir das nicht weitererzählen dürfen, wie der in der Fabrik schikaniert werde und was für eine Drecksarbeit der zu machen habe. *Wie der letzte Dreck wird der behandelt*, sagte der Onkel. Das habe er selber gesehen, als er in der Fabrik ein paar Fuhren Streu abholte. Der Kommunist, der wie gesagt auch in der Fabrik arbeitete, wechselte sofort das Thema und redete an dem Tag nur mehr vom Schnapsbrennen. Der Nachbarbauer, der in der Fabrik im Dreck arbeitete, ist als junger Mann bis nach Südamerika gekommen. Eine kleine Musikgruppe waren sie. Jahrelang ist es gutgegangen. Aber dann plötzlich aus und vorbei. Als ich ein Kind war, hörte ich ihn manchmal noch üben, wenn ich von der Schule heimging. Das Üben wurde immer zaghafter, schwächer. Seine Eltern mochten die Frau nicht, die er liebte. Seine Frau hatte schon vor seiner Zeit Kinder. Seine Eltern sagten zornig, sie haben nicht für fremde Bälger gearbeitet, und übergaben nicht. Spät erst, als sie nicht mehr konnten. Ihm blieb dann nicht viel. Mein Onkel arbeitete wie gesagt auch eine Zeitlang in der Fabrik. Das war nichts für meinen Onkel. Er war froh, dass er wieder zurückkonnte.

Das Bauernhaus ist aus dem 16. oder 17. Jahrhundert. In der Nähe ist ein Schloss. Beim Arbeiten einmal beim Onkel und bei der Tante fing eine gleichaltrige Nachbarin zu weinen an. Sie hatten über das Schloss geredet. Dass es verkauft worden sei und jetzt teuer renoviert werde. Als sie ein Kind war, habe ihre Familie dort noch arbeiten müssen. In den 40er und 50er Jahren. Die kleinen Kinder. *Fronarbeit war das*, sagte sie. Sie seien bei dem Schlossherrn verschuldet gewesen. Man könne das heute gewiss nicht glauben, sagte sie, aber das sei wirklich so gewesen. Ihre Mutter habe sie trösten müssen, habe ihr die Tränen abgewischt, sie gestreichelt, geküsst, ihr gesagt, dass es nicht für immer sei. Die Familie werde einmal schuldenfrei sein und für sich selber arbeiten. Nicht für das Schloss. Dann werde es allen gutgehen. Aber es habe nichts genützt, sie habe immer weinen müssen.

Mein Onkel erzählte nie in Hass und Bitterkeit aus seinem Leben, sondern alles Wichtige nebenbei und über die Jahre verstreut. Auch die Tante erzählt nur so, grundsätzlich aussichtslos. Mein Onkel sagte liebevoll, wenn meine Tante sich in einem Geschäft anstellen müsse, lasse sie jeden in der Reihe vor, egal wie lange sie dadurch warten müsse.

109

In Russland sprang mein Onkel unter Panzer, um sie zu sprengen, bekam die Ruhr und die Malaria und sein Lebtag Durchfall und keinen Orden. Er hatte Angst vor der Neurochirurgie. Denn als er ein junger Mensch war, ist ein Baum auf ihn gefallen, und er bekam daher Elektroschocks in der Nazizeit. Und einmal ist er als junger Mensch überfahren worden. Das Schmerzensgeld hat er auf der Stelle daheim abgeliefert, obwohl sie ihn nicht leiden mochten.

Man wisse nicht genau, was es sei, sagte der junge Arzt zu mir, aber es sei nicht abgrenzbar und in Gegenden gelegen, die man nicht gut kenne. Zum Onkel sagte er gar nichts. Zu mir sagte er, die einen werden ganz ruhig und die anderen aggressiv. Er könne mir nichts sonst sagen, aber es werde der Gehirndruck gewiss ausreichen, dass der Tod eintritt, und wenn sein Vater der Patient wäre, würde er nicht wollen, dass operiert wird. Der junge Arzt auf der Urologie hatte mir vor einer halben Stunde das Gegenteil gesagt und dann auch noch weiterhin und war besorgt, weil doch operiert werden müsse. Im letzten Winter, als die Tante durch den Schnee allein in den anderen Ort zur Wirtschaft ging, nahm sie ein Freund des Onkels, ein beliebter Wirt, im Auto mit und versuchte sie zu vergewaltigen. Der Hausarzt und sein Cousin, unser zweiter Hausarzt, waren uns gegenüber nicht immer mutig. Zu keiner Zeit damals. Und in der letzten Nacht kam der Hausarzt einfach nicht mehr. Nummer eins nicht und Nummer zwei nicht. Er hatte nicht oft kommen müssen, aber am letzten Tag und in der letzten Nacht im Ganzen dreimal. In der Nacht, als der Onkel starb, hielt ich seine Hand und mit der anderen schrieb ich, als der Onkel meine nicht mehr fest drückte, sondern mir eingeschlafen zu sein schien, meine lateinische Seminararbeit weiter fertig. *Aristoteles Philosophus und Alexander Magnus in der Darstellung der mittelalterlichen Dichter* hieß das Seminar. Die Assistentin und Professor Piel glaubten dann, ich habe mich nicht an die strikte Grammatik der Zeitenfolge gehalten, und es gab daher Wirbel. Ich hatte aber einen Paragraphen gefunden, dass ich so schreiben darf, weil die Regel in bestimmten Zusammenhängen außer Kraft gesetzt werden kann. Aber es durfte, obwohl es stimmte, trotzdem nicht sein. Piel war aufgebracht und sehr freundlich und ich stand auf und verteidigte meine seltsame Sache. Und er schimpfte aus Höflichkeit mit mir auf Latein. Zeit ist Wischiwaschi, die Zeit steht drunter und drüber still, wenn man sterben muss; darauf würde ich von neuem wetten, um alles. Als ich die Blätter korrigiert zurückbekam, war auf der Rückseite ein rotbrauner Fleck, und ich wusste zuerst nicht, ob das ein Schokoladenfleck des Professor Piel war oder ein Makeupfleck der Assistentin oder ein Blutschleimfleck meines Onkels. Der Arzt hatte gesagt, wir müssen den Schleim raufbekommen. Das habe ich versucht. Daher der Fleck.

Als der Onkel schwer krank war und bei uns blieb, weil die Tante ins Spital musste, weil es hieß, sie habe selber einen Krebs, versuchten ein paar Burschen, ihn zu betrügen, als er sein Auto verkaufen musste. Ein Jusstudent und ein Medizinstudent machten das Betrügen beruflich. Der Medizinstudent kam aus gutem Haus. Ich ging dazwischen, so gut ich konnte, kam erst nach dem Tod des Onkels drauf, wer wer war und dass es professioneller Betrug war. *Er soll sich einen Armenanwalt nehmen*, sagten sie zu mir, als sie ihn prellen wollten, und ich warf sie raus und ich lief dann zu einem Richter und was weiß ich zu wem noch allen. Es war anstrengend, weil das Leben ja etwas wesentlich anderes gewesen wäre und der lächerliche Krimi schade um die Zeit und um die Kraft zum Leben war.

Meine Tante hatte viel Vertrauen nach dem Tod meines Onkels. Es blieb ihr nichts übrig, vorher auch schon nicht. Meine Mutter wollte, dass die Tante ihre Wirtschaftsgebäude und das Haus an eine potente Politikerfamilie vermietet, die interessiert war. Das geschah dann auch so, wie meine Mutter es wollte. Der erste Vertrag damals hätte im schlimmsten Fall bedeutet, dass die Gebäude für immer fort sind. Das habe ich verhindert. Meine Familie wollte trotzdem etwas zu tun haben mit der Dynastie. Das war mir nicht recht, aber ich hatte nichts zu reden. Meine Mutter und ich hatten nach dem Tod des Onkels freilich Angst gehabt, meine Tante bringt sich drüben um. Sie wollte nicht mehr leben, als ihr

Mann tot war. Meine Mutter hat meine Tante auf diese Weise eingesperrt. Es könne kein Fehler sein, an eine so angesehene und einflussreiche Familie zu vermieten, sagte meine Familie. Mein Großvater zuvorderst. Mir einzig war das unheimlich. Ich habe mich nicht einzumischen, sagte meine Mutter zu mir. Mich brachte es jedes Mal durcheinander, dass unsere Wirtschaften am Ende waren. An beiden Orten. Dass zuerst die Mutter die eine aufgab und dann ein paar Jahre später die Tante die andere, hat mir jedes Mal schwer zu schaffen gemacht. Immer war ein Leben weg.

Der Onkel wie gesagt konnte des Arztes wegen nicht zu Hause sterben. *Ihr könnt euch nicht allein helfen*, ließ der Arzt mir am Telefon ausrichten und kam aber nicht und wir konnten den Onkel aber nicht einfach ersticken lassen. So war das in der letzten Nacht. Der Arzt wollte nicht so oft zu uns kommen müssen. Hätte er aber nicht müssen. Er musste aber schlafen, hatte ja andere Patienten auch und in ein paar Stunden wieder die Arbeit des kommenden vollen Tages. Ich mag den Arzt wirklich sehr. Beide Ärzte. Den Führerschein hat er meinem Onkel prophylaktisch abnehmen lassen. Die Art und Weise war nicht richtig. Heimlich nämlich alles, eine Art Hinweis, Anzeige, und sehr anstrengend für uns, für mich auch. Meine Verzweiflung beim Amtsarzt und beim obersten Polizisten dort, damit der Onkel nicht fertiggemacht wird. Wir wollten ja selber nicht, dass er Auto fährt, haben es verhindert. Aber es musste alles seine Ordnung haben. Öffentlich, rechtlich. Der Onkel glaubte mir damals meine Lüge, dass es ihm wieder besser gehen werde und er den Führerschein dann zurückbekommen werde. Es war dann für den Onkel nicht mehr so schlimm. Es wäre aber alles von vorneherein anders gegangen. Leichter. Der Arzt hätte nur offener zu sein brauchen. Die Tante war des Autofahrens wegen zum Arzt gegangen, fragen, was sie tun solle. Und der tat dann eben seine Pflicht, gesetzliche. Aber ohne ein Wort zu sagen. Der leitende Beamte sagte zu mir, mein Onkel könnte den Schein ja ohnehin behalten; sie würden ihn nur ungültig machen, Löcher zwicken, Ecken abschneiden. Ich rief den Hausarzt an, bat ihn, das in Ordnung zu bringen, was er uns mit eingebrockt habe. Man dürfe meinen Onkel nicht wie einen Idioten behandeln. Der Hausarzt war freundlich, rief den Polizeibeamten an, mit dem er zusammen in die Schule gegangen war, erklärte ihm, dass mein Onkel nicht schwachsinnig sei und daher nicht glauben werde, dass ein durchlöcherter Führerschein mit abgeschnittenen Ecken Wert und Gültigkeit habe. Alle waren nett und mühsam, jeder hat seine eigenen Sorgen, Probleme und Pflichten. Mein Onkel war ein sehr guter Fahrer gewesen, hatte nie Unfälle gehabt, den Flugschein hatte er sich lange gewünscht, gab dann den Führerschein dem Beamten erst in die Hand, als der *Jetzt reicht es mir. Wir haben auch andere Mittel!* sagte.

Der Arzt sagte dann zu mir, die Anzeige, die Meldung habe er machen müssen, denn man wisse des Krebses wegen ja nicht, ob der Onkel mit dem Auto nicht plötzlich Amok fahren und ein paar Menschen umbringen will. Das sagte der Arzt so zu mir. Das tat weh. Der Onkel war das nicht, über den der Arzt da redete.

Danke, sagte mein Onkel zu meiner Tante. Die letzten Worte waren das, das letzte Wort. Er hatte das letzte Wort in dieser Welt.

110

Er werde wie mein Vater, sagten die beiden Frauen, als sie nicht wussten, was los war. Alles war dadurch klar für sie: Er werde wie mein Vater. Und da war meine Mutter schnell und entschieden für die Trennung, die sie selber niemals vollzogen hatte, redete der Tante zu, sie solle sich doch ja schnell scheiden lassen. *Er wird wie dein Vater*, sagte die Mutter zu mir. *Das ist unmöglich*, dachte ich. *Ein solcher Mensch wie mein Onkel, der kann nicht so werden, das geht nicht, es muss einen Grund geben.* Der Hausarzt erklärte mir dann lächelnd, wie Blumen wachsen. Es sei gut, dass er jemandem sagen könne, wie es um meinen Onkel steht. Der Onkel hatte die Tante zu Boden geworfen, beschimpfte sie, redete ordinäres Zeug, wurde eifersüchtig, auf sich selber, wollte sie vergewaltigen. Wir hatten den Grund gefunden, aber keinen Ausweg. Immer war der Onkel liebevoll gewesen, kein böses Wort, keine böse Handlung hatte es gegen meine Tante gegeben. Und dann plötzlich das. Der liebste Mensch sei er immer gewesen und jetzt hasse er sie plötzlich, sagte sie. Es könne keinen Menschen auf dieser Welt geben, der sie so hasse wie er. Aber all das verschwand wieder auf der Stelle, als wir wussten, was los war. Als ob es nie geschehen wäre, war es dann, war er dann. Als sie meiner Tante dringend zur Scheidung riet, sagte die Mutter zu mir: *Dass du dich ja nicht einmischst! Das geht uns alles nichts an. Aber schon auch überhaupt nichts. Damit du das endlich kapierst.* Ich bin dann zum Arzt. Im letzten Winter, als ich den Onkel und die Tante zu uns holen wollte, weil es in meinen Augen für meine Tante keine andere Hilfe mehr gab, wollte das meine Mutter wie gesagt nicht. *Nein, das ist nicht möglich*, sagte sie. Und dass sie mich nicht verstehe. Dann sagte meine Mutter wieder: *Misch dich nicht ein! Es geht dich nichts an! So eine arme Haut*, sagte die Mutter, *so ein armer kleiner Mensch*, sagte sie auch. Aber zuerst sagte die Mutter ihr Nein, als ob ihr jemand etwas wegnehmen wolle. Aber ab irgendwann dann im Winter half die Mutter ihnen bedingungslos und gern, war froh darüber, dass sie sie herübergeholt hatte. Im kleinen alten Haus lebten wir damals alle. Es war groß genug.

Zwei Jahre vorher, die Arbeit, die zwei Frauen schrien wie zwei ganz kleine Kinder in größter Not und drehten sich weg. Die Arme pressten sie fest vors Gesicht, wimmerten. Der Waldboden war nass, glitschig. Der Onkel kam mit dem Traktor ins Rutschen. Rutschte die Schlucht hinunter. Dass die zwei Frauen so waren, machte mir mehr Angst als irgend sonst etwas. Sie halfen niemandem damit. Er behielt die Nerven damals.

Nach seinem Tod habe ich geträumt, er war wieder da, und sie gingen einfach weg, sahen nicht, dass er noch lebt. Er war überanstrengt und er erwartete gar nicht, dass sie ihn sehen. Es gab ihn noch und man musste etwas tun, und er tat ohnedies das Wichtigste, so gut er es konnte, selber. Wir hätten nur mitzuhelfen brauchen. *Du musst mithelfen. Du musst selber mithelfen. Wir müssen alle zusammenhelfen.* Das hieß immer so bei uns: mithelfen, zusammenhelfen. Die anderen, man selber, alle mussten mithelfen, zusammenhelfen. Sie nahmen ihn nicht wahr. Er stand da, wurde seiner sichtlich immer müder, sagte zu mir: *Lass es gut sein.* Drehte sich hin zu ihnen, die Tante und die Mutter gingen an ihm vorbei. Er wollte sie anreden. Machte den Mund auf, brachte keinen Laut hervor. Ich zeigte deshalb mit der Hand auf ihn und rief laut: *Der Christoph ist da, er lebt noch!* Da eben sagte er dann zu mir, dass ich es soll gut sein lassen. Die Frauen hatten es eilig. Es war im Vorraum, war finster. Hier hatte mich der Vater gewürgt, dass ich blau war, und der Onkel war dazwischengegangen.

111

Der Onkel lehnte wo und wechselte sein Gesicht, die Farben und das Gesicht, sagte: *Mir ist zum Sterben. Christl, du, mir ist zum Sterben.* Aber damals wussten wir noch lange nichts und dann waren noch zwei Jahre. Eineinhalb Jahre. Aber dann wurde er mit der Rettung ins Spital gebracht, blau und violett, ohne Blaulicht und ohne Sirene ging die Fahrt und ohne Sauerstoff. Zwei, drei Stunden später war er tot, eine Stunde, vier Stunden, eine. Die Tante war ganz jung nach seinem Tod, sah aus wie ein junges Kind, sie war auch so verletzt und verzweifelt. Sie ging dann als Aufräumerin arbeiten, putzte, kochte, hätte gerne was vom widerwärtigen Dreck der Hühnerlokale der Gewerbepolizei angezeigt, blieb nicht. Überall waren aber alle sehr zufrieden mit ihr und wollten sie in der Arbeit halten, weil sie fleißig und verlässlich war und sich mit wenig Geld zufrieden gab. Sie fand eine Lehrerfamilie, die mochten sie sehr, dort putzte und kochte sie und die Kinder machten ihr Freude und sie passte auf sie auf. Es war ihr, als seien die ihre Familie. In der

Volkshochschule ging sie in ein paar Kochkurse und zum Blumenbinden. Einmal fuhr sie mit dem Bus nach London und einmal nach Ungarn. Ab und zu gingen meine Mutter und sie zu einer Wahrsagerin. Seit jeher taten sie das.

Der Bruder meines Onkels hatte meinen Onkel und meine Tante einander vorgestellt. Immer wenn dann Unfrieden war mit dem Bruder, sagte der, sie beide sollen das nie vergessen, wer sie zusammengebracht hat. *Ich war das, ich. Mir habt ihr euch zu verdanken,* sagte er. Lächelte. Der Bruder des Onkels freute sich wirklich, dass sie zueinander gefunden hatten. Acht Jahre waren die Tante und der Onkel zuerst zusammen jeder an einem anderen Ort und dann neun Jahre verheiratet am selben. Neues Leben keines. Neue Menschen keine. Keine Kinder, keine neue Welt. Seine Geschwister machten ihr der Kinderlosigkeit wegen Vorwürfe, und sie, sie klagte sich in einem fort selber an, er habe nichts vom Leben gehabt, kein Leben gehabt, das sei kein Leben gewesen und sie, sie habe ihm kein Leben geschenkt. In einem fort ging das so.

Und der Bruder sagte von Anfang an, er selber sei krank und könne nicht übernehmen; alle sagten zum Onkel, was der Onkel denn noch alles wolle, er werde einmal ohnehin alles übernehmen, er solle gefälligst Ruhe geben. Die Geschwister wurden dann ausbezahlt, der Onkel blieb daheim, ging nicht lange in die Fabrik, bearbeitete wieder die Wirtschaft. Die Geschwister waren jetzt fort und aber doch dauernd da. Waren nicht zufrieden, wie er die Wirtschaft bearbeitete. Der Bruder machte zur selben Zeit viel Geld mit einer Gastwirtschaft neben der Universität. An manchen Tagen haben sie, sagte der Bruder und die Schwester sagte es auch, das Geld in Eimern heimgetragen in die Wohnungen. Spielautomaten, Rausch. Der Bruder hatte zuerst ein kleines Taxiunternehmen gehabt. Ein Taxi. Die Schwester des Onkels hatte auch ihren Geldteil von der Wirtschaft bekommen und ein Haus gebaut. Die Geschwister hatten immer viel zu sagen und galten viel bei seiner Mutter, der Onkel nicht viel. Die Mutter des Onkels hat ihm eben nie verziehen, dass er aus Russland zurückgekommen war, ihr liebster Sohn aber nicht. Manchmal dachte ich mir, mein Onkel sei vielleicht eines anderen Mannes Sohn gewesen.

112

Der Bruder des Onkels hat zuerst nicht verstanden, ich rief ihn aus dem Spital an. *Es geht los?*, fragte er am Telefon. *Ganz klar, dass ich komme*, sagte er. *Wir haben Ihren Bruder*, hatte ich gesagt. So klang das. Er fiel mir ins Wort. *Ins Spital gebracht*, sagte ich noch, als er sagte, er sei sofort da. Viel Verkehr, es dauerte lange. Es bringe nichts, wenn wir warten, sagte ein Arzt, wir sollen Adresse und Telefonnummer abgeben. Der Bruder kam dann, und gerade als er uns die Hand gegeben hatte, schaute eine Schwester heraus, sagte, dass der Onkel tot ist. Der Bruder hat das zuerst nicht verstanden. Ich sage es ihm noch einmal, er sagt: *Nein, so schnell geht das nicht.* Ich frage, ob wir den Onkel noch sehen können. *Ja, das wäre gut,* sagt der Bruder. *Das geht bei uns nicht,* sagt die Krankenschwester und der Tante gibt sie eine Tablette, welche rosa ist. Im Auto sagt der Bruder, das sei das Schöne gewesen, dass der Onkel bis zum Ende gehofft habe. Und ich dachte mir erschrocken, dass das kein Hoffen gewesen sein kann. Aber der Bruder habe recht, natürlich. Denn einen Menschen lieben, das ist wirklich ihm sagen, dass er nicht sterben wird. Die beiden Frauen hatten ganz am Anfang zu mir gesagt, ich dürfe nicht zum Onkel sagen, was wirklich los sei mit ihm und was sein wird. Er sei wie sie, sagten sie, und sie würden es auch nicht wissen wollen. Ich dürfe nichts sagen. Ich hätte es ihm gesagt und ihm die Wahl gelassen zwischen einem Revolver und unserer Hilfe. Das wäre wohl nicht gut gewesen. Ich tat so, wie die Frauen sagten. Es war nicht falsch, sie liebten ihn.

Zu seinem Bruder, der mir seit jeher schwerfiel, sagte ich dann im Auto, als ich der Hoffnung wegen erschrocken war und weil ich das Lügen nicht mochte und wohl auch, weil ich ihn ärgern wollte, sein Bruder sei ein Mensch gewesen, mit dem alles leicht war. Das war der Grund der Hoffnung. Den hatte ich jetzt gefunden. Einen Menschen lieben, das ist ihm sagen, dass er nicht sterben wird. Und er ist geliebt worden. Das war der Grund. Ich nannte den Onkel, denn der war der Grund der Hoffnung. Mir waren schon das Hören und das Sehen vergangen. Da fiel mir der Onkel ein. Der Onkel half uns mehr als wir ihm. *Ihr Bruder hat nie geklagt,* sage ich zum Bruder, und dass sein Bruder immer freundlich und geduldig war. Ich wusste, dass der Bruder das nicht war und es oft jemandem schwer machte.

Als wir in sein Gasthaus kamen, rief der Bruder dann in die Küche: *Jetzt ist der Bruder auch gestorben.* Das Wachen besorgte er, die Totenwache. Alle Verwandten und Nachbarn und guten Bekannten und die anderen auch wachen im Hause des Toten und beten und essen und trinken und spielen Karten. Der Onkel selber hat immer gespielt, wenn Wache gehalten wurde. Aber bei ihm spielten die Kartenspieler nicht. Der Bruder des Onkels sagte dann, das sei sehr anständig gewesen, das gefalle ihm, dass die nicht gespielt haben. In dem Augenblick, als er das sagte, gefiel er mir, weil ich erstaunt war. Bei den Kosten ließ er uns nichts dazuzahlen. *Nein, das ist mein Teil für den Bruder.*

Vor ein paar Jahren, bald nach dem Tod meines Vaters, waren der Bruder des Onkels und ich miteinander in ein Handgemenge geraten. Er war betrunken und belästigte meine Mutter handgreiflich und mit

Worten sowieso. Der Onkel, die Tante, die Mutter sagten nichts, der Großvater auch nichts. Sie waren erschrocken gewesen. Der Bruder des Onkels fing dann doch keine größere Rauferei an mit mir, sondern urinierte besoffen durch die Gegend und seine Frau kam und fuhr ihn heim. Der Großvater sagte dann zu mir: *Du hast völlig recht gehabt.* Ich erwiderte: *Ihr nicht.*

Die Nachbarsfrau, die als Kind Fronarbeiterin gewesen war, erzählte ein paar Wochen nach dem Begräbnis, der Bruder des Onkels erzähle überall im Ort herum, das Erbe, das Haus, die Wirtschaft, das kriegen keine Fremden, meine Tante nicht, da habe er schon die Hand drauf. In jedem Gasthaus sage er das. Einmal im Winter waren sie nicht wiedergekommen, die Mutter, die Tante, der Onkel, sie waren mit dem Auto zu jemandem auf Besuch gefahren, und ich habe überallhin angerufen vom leeren Nachbarshaus aus, weil wir selber kein Telefon hatten. Sie waren viele Stunden über der Zeit, vier, fünf Stunden. Die Spitäler, die Verwandten, die Rettung habe ich angerufen, ob sie sie aufgenommen, gesehen, gefahren habe, und wie krank er war, sagte ich. Aber die Mutter, die Tante und der Onkel sind, weil es ihnen gerade gut gefallen hat, irgendwo sitzen geblieben, es ging ihnen sehr gut. Jemand von den Verwandten irgendwo sagte dann zum Schluss am Telefon, es sei gut so, da sehen die Leute wenigstens, seine Angehörigen auch, dass es mir um ihn gehe, nicht ums Erben und ums Geld. So werde nämlich überall geredet, weil wir die Tante und den Onkel zu uns genommen hatten.

Und beim Essen der Leiche, als der Bruder des Onkels sein Schnitzel nicht aufaß, weil er seinen Magen nur mehr in Bruchstücken hat, gab ein kleines dreijähriges Mädchen Schmatze. Dafür steckte man der Kleinen entzückt Geld zu. Sie rannte zurück zu den Großeltern und gab es in die Sparkassa, die hatten die mit. Das Mädchen teilte aus und sammelte ab. *Sag schön danke. Gib schön Bussi*, sagten die Großeltern, und der Großvater des Kindes sagte noch: *Kriegst was, schau.* Geschmust und geschmaust wurde. Sie waren alle Gäste, wir. Ich glaube, der Bruder hat das alles bezahlt. Es ging für mich immer darum, wer dem Onkel besser beistehen kann aus dem und dem Grund in der und der Lage. *Baugrund in sonniger Lage* war nicht der Grund. Seine Verwandten waren jedenfalls nicht angriffslustig, sondern anständig, sie hatten vor ein paar Monaten erst die Schwiegereltern verloren, die Schwiegermutter hatte Darmkrebs, der Darm brach zum Schluss aus dem Bauch der alten Frau, und es hieß noch, es sei gut, dass es herauskomme, und ihr Mann starb gerade am Herzen, und der Bruder des Onkels litt selber ständig an der Angst, dass sein Magenkrebs doch irreparabel gewesen sei und zurückkommt, und deshalb trank der Bruder noch mehr und randalierte daher schnell. Die

Angehörigen meines Onkels hatten damals also mit sich selber genug zu tun. Aber der Bruder redete dann eben groß, wem was gehöre. Der Onkel und die Tante hatten aber vor der Eheschließung einen Erbvertrag abgeschlossen, alles stand daher von der Hochzeit an fest. Es war dann aber doch beachtlich, dass seine Geschwister weder aus Liebe noch aus Neid über den Onkel herfielen. *Die sollen, wenn ich nicht mehr bin, ja nichts bekommen, sei nicht dumm*, hat mein Onkel zu meiner Tante gesagt. Und die Leute drüben im Ort sagten, er habe Krebs gehabt, aber nicht wirklich. *Stiller Krebs* sagten sie dazu. Der Onkel habe nicht gelitten.

Die Gastwirtschaft, an der wir an dem Morgen, als mein Onkel starb, im blütenweißen Mercedes vorbeifuhren, gehörte dem Vater von kleinen Kindern und der hatte sich einen Tag zuvor umgebracht, sicherheitshalber mit Tabletten und Strick. Der Bruder des Onkels sagte, als wir vorbeigefahren waren: *Wirt war der keiner.* Ich glaube, es war für die Menschen, wie wenn noch Krieg ist und die Menschen im Krieg eben sterben. Nur dass sie jetzt keine Soldaten mehr waren, sondern zivil. Ich weinte dann am Grab des Onkels, und der Grabhügel, die Erde, fiel trotz des vielen Frühlingsregens nicht ein und, wie das immer so ist, ewig später erst. Als der Onkel ein Kind war, gab es immer Schimmel zu essen. Seine Leute sagten zu ihm: *Iss. Vom Schimmel wirst du groß und stark.* Das erzählte er oft und zornig.

113

Wir haben alle beharrlich gespielt in dem Winter. Das war wichtig für das Wachsein und für die Einfälle. Am Spielverlauf konnten wir erraten, wie es dem Onkel ging. Wir spielten um sein Leben. Die Karten, sein Schach, die kleinen Würfel, die Mikadostangen, die Dominoplättchen waren das Wichtigste, was es auf der Welt gab. Die waren die Realität. Die waren das Leben. Seit damals spiele ich nichts mehr von diesen Dingen. Das Spielen jetzt tut mir nur mehr weh. Es macht mir kein Vergnügen. Ich kann mich nicht leicht mit freuen. Denn es geht um nichts, ich fühle nichts.

Wir merkten nicht, dass er Angst hatte. Er redete nicht so viel und sang nicht so viel wie vorher. Er hatte eine Zeit größter Not, da wussten wir alle nicht, was los war mit ihm. In der redete und sang er unaufhörlich. Plötzlich ging es los damit und hörte nicht auf. Auf die Weise blieb er aber wach und klar. Ein paar stieß das Singen ab. Es war im Frühling, Sommer, Herbst. Er müsse singen, sagte er, es käme aus seinem Inneren. Ich bin mir sicher, dass er nichts falsch gemacht hat. Nicht so wie wir. Einmal im Winter hier im alten Haus hörte ich ihn beim Wasserlassen singen, weil ihm das Wasserlassen große Schmerzen bereitete. Und einmal, als er von draußen kam, begann er zu zittern. Wir standen zu viert in der Küche; der hörte nicht auf zu zittern, rauchte, zitterte. Die Tante lehnte sich an ihn, lachte, stieß ihn liebevoll mit der Schulter an: *Wir zwei, gell, wir zwei.* Sie schaute zu Boden. Der Onkel hörte auf zu zittern, rauchte, wollte die Asche nicht mehr essen und verfehlte beim Aschen die Ofenlade nicht mehr. Es wurde wieder gut an dem Abend. Es war wieder gut. Alles ist wieder gut geworden. Aber dasselbe geschieht immer wieder von neuem, bis man nicht mehr kann und verloren ist. Einmal sagte er ganz ruhig, dass er sich nicht mehr aufrichten könne. Ganz ruhig und langsam und leicht richteten wir ihn auf, und alles war wieder gut. Er wusste, wann was möglich ist.

 Er trank früher so viel, wie drüben im Ort üblich war, und noch etwas dazu. Wusste, wie man im Rausch lange besonnen bleibt. Er war oft besonnen. Das half ihm jetzt, wenn es ihm nicht gutging. Ich selber sah ihn in meinem ganzen Leben nie die Beherrschung verlieren, er war nie grob, verstand sich mit den meisten gut, blieb hell. Ich kannte ihn nur hell und klar. Er ist genau so gewesen, egal was war. Ich weiß nur von seinem Verstand. Das Falschspielen mit den Karten zeigte er mir als Kind. Einmal im vollen Gasthaus saß er mitten unter den vielen Leuten, die beim Spiel zuschauten, dicht gedrängt eben, und ich sah plötzlich, wie er falschspielte. So viele Leute! Keiner sah, was er machte. Sein Gesicht, als ob nichts wäre. Die linke Hand schnell. Es war unglaublich, dass das wirklich funktionierte. Es wäre ihm, obwohl es um einen geringen Betrag ging, schlecht ergangen, wenn jemand etwas gemerkt hätte. Er sagte dann im Auto zu mir: *Ums Geld ist es mir nicht gegangen. Die paar Groschen, wieviel war's denn, hm? Heute waren mir zu viel' Leut', die gewollt haben, dass ich verspiel'. Ich hab' Luft gebraucht. Gegen die Bagage heut' wollt' ich nicht verlieren. Ich hab' das gemacht, damit die sehen, dass sie nicht alles mit einem machen können, sondern dass man sich ihrer erwehren kann, wenn's darauf ankommt. Das ist immer das Wichtigste, dass die Respekt haben und sich nicht alles getrauen. Es war für mich sowieso riskanter, als wenn ich's nicht gemacht hätte. Das war Notwehr. Die Getränke für alle habe ich auch spendiert. Schau nicht so, es war pari pari.* Und als er mir das Schachspielen beibrachte, sagte er zu mir, ich dürfe ja nie selber aufgeben, egal wie gut der Gegner sei. Man könne nicht wissen, welcher Fehler dem plötzlich passiert. Einen Spielverlauf könne niemand auf der Welt voraussagen. Wenn man aber selber nicht fertigspielen wolle, habe man schon verloren. Dann sollte man gar nicht damit anfangen.

114

Der Onkel fragte, als ihm einmal zum Sterben war, ob mir nie vom Fliegen träume. Ich lachte und schüttelte den Kopf. *Mir schon*, sagte er entrüstet. Es war viel Arbeit und andauernd etwas kaputt bei der Maschine und so ein heißer Tag. Der Onkel setzte sich in den Schaden, Schatten, war erschöpft, kam dagegen nicht an, dass heute dauernd etwas kaputtging, fragte lächelnd, ob mir nicht auch oft davon träume, fliegen zu können. *Nie*, sagte ich. *Mir so oft, so oft*, sagte er. *So gern würde ich den Flugschein machen.* An dem heißen Tag war der Onkel am Boden zerstört. Er war schon schwer krank, wir wussten das nicht. Was er selber wusste, weiß ich nicht. Die Frauen ärgerten sich, weil er in der Zeit damals immerzu Rast machte. Auch im Herbst bei der Obsternte. Er ging ins Haus Schnapsteetrinken, statt im Freien zu arbeiten. Die reine Erschöpfung war das. Er konnte sitzen und verschnaufen. Die Bäume schütteln war Schwerarbeit für ihn.

Ich habe meinen Hund von ihm geschenkt bekommen. Als der Onkel herumfuhr, um Obst und Schnaps zu verkaufen, kam er einmal in die Gegend dort. Dann brachte er mich beim nächsten Mal zu dem kleinen Hund. Der war der letzte aus dem Wurf. Die Familie, bei der der kleine Hund war, hätte ihn am liebsten selber behalten. *Die zwei gehören zusammen*, sagte er zu ihnen und sie gaben mir den Welpen dann doch mit. Jetzt war der Onkel müde, sein Gesicht wurde grau, wie sein Arbeitsmantel gewesen war. Der Onkel wollte zuerst alles alleine können. Glaubte, dass er das muss. Als er dessen gewahr wurde, dass wir doch da waren, ging es ihm besser und nichts mehr zu lange über seine Kraft. Aber wir brauchten so lange, um zu verstehen, was los ist. Einmal fragte uns der Onkel, ob er sterben müsse: *Aber sterben muss ich noch nicht?* Das war zu Weihnachten im letzten Winter, als wir unser aller Zimmer finster machten, um die erste Kerze anzuzünden. Der Onkel fragte das schnell. Wir waren erschrocken wie er. Sagten nein, und er starb dann erst im Frühjahr.

Als mein Vater krank gewesen war, sagte mein Vater zu mir: *Was du für ein Schwein bist, dass du mit deinem Vater nicht dort hinaufspazierst, obwohl es ihm so gut tät'!* Es sei so schön dort oben, sagte der Vater. *Der Waldrand*, sagte er, *die Lichtung!* Er könne selber allein gehen, sagte ich ihm damals. *Ich gehe da heute nicht mit hinauf. Heute nicht.* Ich wollte an dem Tag nicht mehr bei ihm sein müssen als seit Jahr und Tag und Nacht schon immer. Es gab keinen Grund, dass ich mit hinaufginge. Der Vater war an dem Tag über meinen Ungehorsam fassungslos. Mit dem Onkel sind wir dann so gegangen, Jahre später, die Tante und ich. Dorthin. Auf die Lichtung. Er lachte, als wir über das Eis gingen. Und als wir zurückkamen und der Großvater in der Sonne im Hof stand, lachte er den Großvater an, als habe er ihn schon lange nicht mehr gesehen, sagte: *Grüß Gott schön*. Es tat ihm gut. Die Luft war kühl und die Sonne war wunderschön und warm. Es lag überall Schnee. Der Onkel fragte den Großvater vergnügt, wie es ihm gehe. Wir dachten sofort wieder, vielleicht bleibt der Tod fort und dass wir vielleicht Zeit haben und welche gewonnen sei. Aber gleich darauf konnte er plötzlich nicht mehr aufstehen, war ganz schwindelig, vom Eis wohl. Er sagte, er könne sich nicht mehr aufrichten. Da habe ich ihm langsam die Schultern gehoben, bis der Onkel *Jetzt geht es schon wieder* sagte. Die Tante und er und ich lehnten an der Mauer bei der Tür zum alten Haus und der Großvater sah uns besorgt an. Wir waren sehr erschrocken, sofort aber ging es uns dann wieder gut. Allen ging es gut. Der Onkel war ganz ruhig, voller Blasenkrebs und das Gehirn voller Übertritte. Er war kein gebrochener Mensch. Wir hielten zusammen, zusammen hielten wir die wichtigsten Ordnungen aufrecht. Die ergaben sich von selber neu. Man kann viel tun. Er tat viel. Ich glaubte zuerst, es sei alles vergeblich gewesen. Das andere seien nur Illusionen, die man sich zwischendurch mitten drinnen macht, Vertrauen, Hoffnung.

Als ich ein kleines Kind war, gingen oft Liebespaare hier vorbei, und oben im Wald haben sie ihre Namen, Herzen, die Tage in die Baumrinden geschnitten. Auf dem Weg standen drei Bänke unter den Bäumen. Oft haben Liebespaare mit mir geredet, die Frau oder der Mann, wenn sie hier vorbeispazierten oder wenn sie auf den Bänken verweilten. Als ich ein kleines Kind war, setzte ich mich jedes Mal dazu, wenn sie wo saßen. Wenn sie zu mir ein paar Augenblicke lang freundlich gewesen waren, ging ich sofort wieder. Sie lächelten immer, glaube ich. Einmal hörten welche nicht zu lachen auf. Wir gingen dann ein Stück zusammen und sie summten mir zuliebe ein Kinderlied.

Die ältere Tochter des Bruders des Onkels wollte Kinderärztin werden, wurde dann Wirtin. Ich ärgerte die Leute dort einmal, weil ich sagte, ein Wirt sei bloß ein Drogendealer. Die Tochter des Bruders trank im Gasthaus. Man hat sie nicht ins Leben gelassen, denn das Gasthaus ist ja eine Goldgrube für alle in der Familie. Ihr Vater war fröhlich. Ihre Mutter auch. Sie hatte alles unter Kontrolle. Der jüngeren Schwester, die auch immer sehr lieb war, geht es besser. Das Gasthaus war ein besonderer, ein beliebter, in gewissem Sinne ein heiliger Ort, weil es dort für jeden etwas gab und man immer irgendwie ein anderer Mensch wurde oder, wenn man wollte, einfach man selber war. Das beste Publikum und die besten Gäste hatte man. Mein Freund Nepomuk mochte als Kind den Bruder meines Onkels sehr. Und es stimmt auch, dass meine Tante und mein Onkel dem Bruder ihr Glück verdankten. Die Tante hing an ihren beiden Nichten sehr, mochte die, freute sich, wenn sie sie sah. Und ihre Schwägerin mochte sie auch sehr. Aber vor den Geschwistern meines Onkels hatte sie immer Angst. Aber mit meinem Onkel war sie glücklich. Und als er zum Sterben war, ging sie mit ihm hier spazieren, wo sie gegangen waren, als sie ein junges Liebespaar waren.

Ein alter Mann wirft sich, wenn er es gar nicht mehr
aushält, ein Nagelorakel und ist danach immer
guter Dinge. Er macht sich aber Sorgen, weil sich die
Menschen und die Zeiten nur äußerlich geändert haben.
Alles werde wieder geschehen.

115

29. September 1988. Ich bin ganz leer im Kopf und ich habe beträchtliche Angst. Es ist höchste Zeit, dass ich das Buch beende. Ich wünsche allen alles Gute und alles Glück dieser Welt, und dass die Glücklichen gut sind, wünsche ich meinesgleichen.

Mein Großvater sagt zu mir: *Uwe, du kommst nicht ins Jenseits. Du kommst in den Himmel. Ich glaub' nicht an Gott. Der hat immer so viel gelogen. Hilf dir selbst, dann hilft dir Gott, das ist die Wahrheit.* Mein Großvater und ich verabreden etwas für den nächsten Tag, dass wir uns da ja wiedersehen. Dadurch werde ich ruhig. Wir werden das einhalten, mein Großvater wird in dieser Nacht nicht sterben.

Meinem Großvater geht es wieder schlechter, Samnegdi ist sehr tapfer. Meiner Mutter geht es wieder besser, sie hat im Spätsommer wieder das Radfahren probiert, sie ist dann erleichtert gewesen, sagte: *Vom Dati kann man viel lernen. Immer aufstehen und raus.* Der Großvater ist im Spätsommer heuer zum ersten Mal wirklich ins Freie, ist die Stiegen runter in den Garten, es müsse gehen, sagt er. Das ist wieder Wochen her. Meine Tante ist überanstrengt, sie hat von uns allen die meiste Arbeit mit ihm. Manchmal früher wollte ich nur deshalb weiterleben, weil ich wissen wollte, wie das alles ausgeht.

116

Er fahre jedes Nagels einzeln wegen in die Stadt, damit er möglichst oft von zu Hause wegkomme und weil er sich so gerne herumtreibe, hieß es von meinem Großvater. Wenn es schwer war und mein Vater uns quälte, saß der Großvater alleine da, redete mit sich selber, jedoch kam kein Laut aus seinem Mund. Mein Großvater deutete mit den Händen, war zornig. Nach dem Ersten Weltkrieg, als in Europa und in Amerika die Menschen an der Grippe starben und in der Gegend und in der Stadt, in der mein Großvater lebte, auch, war mein Großvater Anfang zwanzig und verließ die Werkstatt nie. Sie waren zu zweit und schliefen in den Särgen, weil keine Zeit und kein Platz waren. Sie kamen mit der Arbeit nicht nach, so viele Kisten waren zu tischlern. Er kam deshalb ein paar Monate lang nicht unter die Leute. Die beiden Tischler blieben unbeschadet, tranken und aßen, was da war und aus dem Küchengarten reinkam. Mein Großvater war lange an nichts und niemanden gebunden. *Ich will nur so lange leben, wie ich selber aus dem Bett kann*, sagt mein Großvater, seit ich ihn kenne. Jedes Mal, wenn er krank ist, schaut er, dass er sofort wieder aus dem Bett kommt. Er sagt immer, dass man immer sofort aufstehen müsse, sonst sei man tot.

Immer wenn mein Großvater in Sorge war oder Angst, ging er allein in seine Werkstatt oder in die Futterkammer und warf sein Nägellos. Er blieb lange fort, kam dann jedes Mal ruhigen Mutes zurück. Wie das Orakel vonstattengeht, hat er niemandem von uns gezeigt. Als er jung war, hat er an Geister und Gespenster geglaubt und hat in Gemeinschaft mit ein paar jungen und alten Leuten in seinem Ort im Finstern die übernatürlichsten Kräfte beschworen, die dort gerade verfügbar waren. Er hat seinen Vater geliebt und geachtet, und wenn der den Raum betrat, war der Spuk vorbei. Der Vater meines Großvaters warf kurzerhand alles Bet- und Beschwörungszeug weg und verbrannte alles, was der Großvater las und zum Zelebrieren brauchte. Der Vater des Großvaters glaubte nur, was er selber tat und selber sah, und ist durchs Rauchen an Leberkrebs gestorben. Sie haben selber den Tabak angebaut. Sie rauchten auch die Baumschlingen aus dem Wald.

Manchmal sagt mein Großvater, wenn er nicht mehr aufstehen könne, werde er sich erschießen. Er sagt das zu seiner Beruhigung, denn er hat keine Schusswaffe. Wir sollen ihm dann eine geben, sagt er, aber wir haben auch keine.

Der Großvater meines Großvaters und der Großonkel meines Großvaters waren Tischler und Zimmerleute gewesen. Sie sind auf ihren Wanderungen um Arbeit zusammen aus Ungarn hierher in die Gegenden gekommen. Wenn die anderen Arbeiter hier in der Gegend und in der Stadt streikten, versteckten sich die beiden Brüder vor ihnen. Die anderen wurden entlassen. Ein Sohn wurde später Bürgermeister in der Gegend. Als der Pfarrer meinem Großvater und den Geschwistern meines Großvaters die amtliche Bestätigung der Bürgerschaftszugehörigkeit verweigerte, obwohl die Familie inzwischen schon Jahrzehnte im dortigen Ort ansässig war, drohte der Vater meines Großvaters dem Pfarrer öffentlich vor den Leuten im Ort, dass er ihn vor ihnen allen so lange ohrfeigen werde, bis der Pfarrer zu Verstand und Anstand komme. Sofort kam der Pfarrer dorthin und mein Großvater, seine Brüder, die Schwester waren daher hierher zuständig. Das war im Krieg wichtig. Als die Mutter meines Großvaters während des Ersten Weltkrieges jung starb, kam mein Großvater für zwei Tage von der Front zurück. Es war Mitte Mai. Er stieg aus dem Zug und überall war Schnee bis zu den Knien. Den Großvater quälte später oft der Alptraum, er müsse wieder nach Polen wie im ersten Krieg, und so war es dann auch. Er ist in beide Weltkriege, jedes Mal nach Polen, eingezogen worden.

Er wurde oft verwundet. Einmal lag er jählings mit einem Russen im selben Schützengraben, stach in der Angst auf den Russen ein. Der Russe konnte ausweichen, schrie, deutete ihm, er solle nicht dumm sein. Der Großvater ließ das Bajonett fallen, der Russe verband ihm die Verwundung. Seine Zähne hat er bis auf zwei im ersten Krieg in Serbien verloren. Der Wind, im Karst die Bora, habe sie ihm ausgeschlagen, sagte er. *Wer weiß, wofür's gut war,* sagte er immer. Er wollte nie ein Gebiss, sagte seit jeher, er werde nicht alt, sondern bald sterben. Geld auszugeben stehe nicht dafür. Schuhe hatte er, abgesehen von den Gummistiefeln für die Dreckarbeit, auch immer nur ein einziges Paar. Seit ein paar Jahren jetzt hat er ein zweites Paar. Er zieht es nie an. Er sagte immer, er brauche keinen Schuh und keinen Zahn zu viel, er werde nun einmal nicht alt, es stehe nicht dafür. Inzwischen ist er über neunzig Jahre alt. Dreiundneunzig wird er heuer. Die Gemeinde hat ihm zu seinem neunzigsten Geburtstag nicht wirklich gratuliert. Zu den anderen Pensionisten, die jünger sind, kommt immer der Bürgermeister. Zu meinem Großvater kam, wohl meiner schlechten Manieren wegen, nur der Geschenkskorb.

Meine Mutter hat ihren Vornamen vom Vornamen meines Großvaters. Sie hätte ein Sohn sein sollen. Sie tat immer die schwere Arbeit der Männer und war immer stolz darauf. Mein Großvater hat mit seinen Töchtern nie geschimpft, schon gar nicht hat er sie jemals geschlagen.

Der Großvater sagt, wer arbeiten wolle, finde heute immer eine Arbeit. Da hat er kein Verständnis. Das ist so, weil sein Großvater sich die lebenswichtigen Dinge aus dem Nichts erarbeitet hatte, egal was den Menschen rundherum und was ihm selber Übles geschah. Auch der Vater meines Großvaters arbeitete schwer, egal was rundherum um ihn und was ihm selber geschah. Sie hatten nichts sonst als ihre Arbeit. Mein Großvater musste zweieinhalb Stunden zu Fuß zur Arbeit gehen und zweieinhalb zu Fuß zurück. Mit dem Rad dauerte es fast genauso lang, weil der Weg immer nur über die Hügel ging. Er stand immer um zwei Uhr in der Früh auf. Einmal beim Heimfahren stürzte ein fremdes Kind, ein Mädchen, vor ihm die steile Straße hinunter zu Tode. Die Kette hatte sich im steilsten Stück der Straße vom Fahrrad des Kindes gelöst. Er konnte dem Kind nicht helfen, bekam von den Eltern des Kindes heftige Vorwürfe und sie erhoben schwerste Anschuldigungen. *Ich habe ihr nicht helfen können. Ich habe nichts tun können. Und die haben zuerst alle so getan, als sei ich schuld gewesen, nur weil ich auch auf der Straße war*, sagte er zu mir. Das Kind sei neben ihm gestorben. Ein paar Augenblicke seien das gewesen.

Er werde das nie vergessen können, wie schrecklich das war. Wie arm das Kind war.

Er habe das Kind gehalten und um Hilfe geschrien und dem Kind gut zugeredet. Und weil niemand kam und das Kind keinen Laut mehr von sich gab, habe er das Kind genommen und sei mit ihm zum nächsten Haus gelaufen.

117

Mein Großvater trank eine Zeitlang gleich in der Früh nach dem Aufstehen viel Schnaps, weil er Rheuma hatte und starke Schmerzen und trotzdem weiterarbeiten musste. Später trank er den Schnaps wegen meines Vaters. Hörte aber wieder auf damit, weil ihm der Schnaps auf die Leber ging. Schwere Gelbsucht. Vor dem Lebertod hatte er Angst, weil er seinen Vater so hatte sterben sehen. Wenn mein Großvater auswärts aus anderen guten Gründen trank, als es seine Schmerzen und mein Vater waren, wurde er schnell zornig und fegte alles und alle vom Tisch. Die Leute nahmen sofort Reißaus. Eine Kellnerin, die ihn seit jeher liebte, verstand ihn zu beruhigen, sonst niemand. Er sei immer schon so gewesen, sagte sie immer. Seine Töchter mussten ihn manchmal aus dem Dorfpuff holen. Ich weiß nicht, warum sie das tun mussten. Sah die Notwendigkeit nie ein. Sie getrauten sich nicht in die Gasthäuser, holten ihn spät in der Nacht dennoch heraus, die Tante ging immer hinein ihn holen. Die Töchter hatten nun einmal Angst um ihn. Es ging wohl um ihre Ehre auch. Einmal, als sie ihn mitten in der Nacht aus dem Puff herausgeholt hatten, fragte er mich stockbetrunken, ob ich Angst vor ihm habe, sagte, dass ich keine Angst zu haben brauche, er tue niemandem etwas. Und ich, ich war sechs Jahre alt, dachte mir, wie ich denn vor so einem Gebilde Angst haben soll. *Gebilde* dachte ich mir von ihm. So, und da schlief er auch schon. Er hatte seine Frau geliebt.

Wenn mein Großvater mit mir, als ich klein war, fortging, war, wenn wir zurückgekommen sind vom Kirchgang – in die Kirche ging mein Großvater ja nicht, nur ins Gasthaus –, mein Sonntagsanzug stets senfverschmiert, und die Frauen wollten mich daher dem Großvater nie mehr mitgeben. Und wenn der Großvater mit mir spazieren ging, zeigte er mir, wie das Getreide verschieden war und im Wald die Grundgrenzen. Habe mir das nicht und nicht gemerkt. Was mit den Bäumen war, auch nicht. Die gingen mir immer auf die Nerven.

Im Zweiten Weltkrieg ist der Großvater verschüttet worden. Ein paar Soldaten waren unter einem Felsen gegessen und er saß mit zweien ein Stück weiter in der Höhle drinnen, weil er glaubte, es sei sicherer. Eine Handgranate ist geworfen worden und er war allein fast zwei Tage lang verschüttet und hat nicht gewusst, ob sie ihn herausholen. Von den zwei anderen war einer wichtig, deshalb gruben die draußen so lange nach allen. Aber die zwei anderen sollen auf der Stelle tot gewesen sein. Seit damals zittert seine Hand beständig.

Vom Oberlehrersohn, der sich erschießen wollte und dann gelähmt war, erzählte er mir auch oft. Er erzählte mir das, glaube ich, damit ich keine Dummheiten mache und damit ich mich nicht umbringen will und dann stattdessen völlig hilflos bin und denen ausgeliefert, denen ich zu entkommen versuchte. Vom Sparkassendirektor, der mit dem Geld der Leute abhaute, wurde von den Leuten auch oft erzählt. Der Großvater war als Einziger in seinem Ort damals misstrauisch gewesen. Die Leute haben den Großvater in den Versammlungen dafür ausgelacht, waren über ihn aufgebracht und haben bitterböse zu ihm gesagt, sie legen ihre Hände ins Feuer für den Direktor und was mein Großvater sich einbilde, wer er selber sei. Und dann war der Sparkassendirektor auf und davon und das Geld auch für immer weg und der Sparkassendirektor erschoss sich dann so, dass er ins Wasser fiel, damit er ganz sicher tot ist. Mein Großvater war gegen den Direktor vorgegangen, hatte ihn angezeigt. Aber es war schon für jeden zu spät gewesen. Das Geld wurde nie ersetzt.

118

Den Respekt meines Großvaters vor meinem Vater mag ich nicht verstehen. Als mein Vater tot war, redete mein Großvater in den Träumen oft mit ihm. *Heut' hab' ich wieder vom Franz geträumt. Wir haben miteinander über alles geredet*, sagte mein Großvater zu mir. Als mein Vater lebte, haben sie nicht viel miteinander geredet. *Ach!*, sagte mein Großvater immer zu ihm. Das stoppte meinen Vater tatsächlich. Da war er für ein paar Momente am Boden und dann wich er auch für den restlichen Tag und ließ den Großvater in Ruhe. *Ach* war das Zauberwort. Aber das Zauberwort kam nur dem Großvater zu. Es schützte einzig und allein den Großvater.

Als mein Großvater ins Spital musste, hat mein Vater auf ihn aufgepasst. Das Personal hatte den Großvater im Keller liegen lassen. Dadurch hat er eine Lungenentzündung bekommen. Man hat ihm dann auch die Schmerzen im Unterleib nicht geglaubt, sondern sie haben den Großvater unter Gitter gesteckt, weil er vor Schmerzen eine Nacht und einen Tag lang herumlief und weil die anderen Patienten nicht schlafen konnten und das Personal keine Ruhe hatte. Der Katheter war aber verstopft gewesen. Die verstanden das aber nicht. Damals war der Großvater schon gegen achtzig. Mein Vater ist ihm damals im Spital zu Hilfe gekommen, hat ihn befreit und Wirbel gemacht und war auch gegen die Lungenentzündung gut. Wegen damals war mein Großvater ihm dankbar, glaube ich. Dafür, dass der Großvater überhaupt eine Rente bekam, auch. Da hat ihm auch mein Vater zum Recht verholfen. Die Tapferkeitsmedaille dann, der Großvater sagte oft, das sei nichts gewesen. Sie alle hätten sie vor der letzten Offensive oder aber vorm Rückzug vom Isonzo bekommen. Alles sei schon drunter und drüber gegangen. Er habe das Blechgelumpe bekommen und sofort wieder weggeschmissen. Am liebsten hätte er es dem Offizier, der es ihm in die Hand drückte, vor die Füße geworfen. Ein Freund erzählte meinem Großvater gut ein halbes Jahrhundert später, dass er jetzt schon seit Jahrzehnten, seit dem Staatsvertrag, Geld für die Tapferkeitsmedaille aus dem Ersten Weltkrieg bekomme. Da hat der Großvater erst kapiert, was er weggeschmissen hatte. *Leck Arsch*, sagte der Großvater damals und ärgerte sich dann, weil ihm der Staat nichts zahlte, als er anfragte. Mein Vater lebte nicht mehr, konnte nicht behilflich sein.

Ich liebe meinen Großvater, wie man seinen Großvater vielleicht eben nun einmal liebt. Und das war es dann. Er klagt nie. Jetzt einmal hat er gesagt, wenn das so weitergehe, werde er den Winter nicht erleben, aber zugleich redet er jetzt schon die ganze Zeit von seinem Geburtstag, der im Winter ist. Das Begräbnis des Freundes mit der berenteten Tapferkeitsmedaille war vor ein paar Tagen; die Musik am Berg, der Großvater fragt mich, ob ich die Musik noch höre. *Nein*, sage ich. *So, jetzt, es ist vorbei*, sagt er daraufhin.

119

Der Großvater war der älteste Sohn eines Meisters, durfte den Betrieb aber nicht übernehmen, sondern musste seinem behinderten jüngeren Stiefbruder weichen, zog dann von Ort zu Ort, Haus zu Haus, arbeitete, wo immer er Arbeit fand. Seine Frau dann war unruhig, mochte an keinem Ort bleiben, bekam den kleinen Hof hier, weil ihr Vater, der mit allem handelte, alles kaufte und wieder eintauschte, Wirtschaften, Holz, Wald, Wiesen, alles, was es gab und was er erwischte, und der aber nicht lesen und nicht schreiben, nur gut rechnen konnte, den Hof für sich selber erworben hatte. Mein Großvater war über vierzig, als er Bauer wurde. Sie mussten den Vater seiner Frau ein paar Jahre bei sich ertragen. Der soll ein herrschsüchtiger Mensch gewesen sein, der durch die Gegend schrie, sich hinten und vorne bedienen und mit Lust unter sich ließ, damit die unter ihm wissen, wer wer ist. Wie den letzten Dreck soll er meine Großeltern behandelt haben. Meine Großeltern mussten fast alles erst lernen. Die Ochsen warfen dauernd die Fuhren um, wenn mein Großvater mit den Ochsen ging. Also hieß es, er werfe immer die Fuhren um. Den

Bimbam konnte er auch nicht binden. Mein Großvater ging manchmal allein mit seiner Ziege die Hauptstraße in einen der Nachbarorte entlang, und die Leute, die er unterwegs traf, fragten ihn, wohin er unterwegs sei. Er sagte zu allen, die ihn fragten: *Wir zwei gehen zum Fotografen. Wir brauchen ein Foto für die Behörde.* Davon und wie lustig seine Witze immer waren, war noch lange die Rede. Er mache sich, hieß es eben, über alles lustig, aber niemand könne ihm ernstlich böse sein. Die Straße, auf der er in der Nazizeit mit der Ziege ging, war die, auf der dann die Juden, als sie hier durchgetrieben wurden, erschossen worden sind. An ihr eingegraben worden sind sie und in sie. Was mein Großvater damit zu tun hatte, dass er auf der Straße war und es mit ansah, weiß ich wie gesagt nicht.

Ich habe den Großvater kein einziges Mal am Grab seiner Frau weinen sehen. Er hat oft wegen irgendetwas Belanglosem geweint, zum Beispiel immer wenn es um Ehrbezeichnungen ging, öffentliche, oder bei bestimmter Musik. Aber er hat nie am Grab seiner Frau geweint. Er hat auch nie gebetet. Ich habe meinen Großvater niemals beten gesehen. Auch niemals sich bekreuzigen. Für den Kirchenfriedhof hier und in ein paar Nachbarorten verfertigte er die Zäune und die Tore, und das wertvolle Kirchenbild, das manchmal gestohlen wurde, hatte er zum Einrahmen wochenlang bei sich daheim herumstehen. Er arbeitete viel für den polnischen Pfarrer. Der polnische Pfarrer damals mochte meinen Großvater und sagte, wenn die Leute etwas gegen den Großvater sagten: *Der Paul braucht nicht in die Kirche.* Man habe meine Großmutter, als sie noch gesund war, oft seinen Namen rufen hören und dann habe man ihn immer sofort loslaufen sehen, erzählen die Leute oft. *Paul! Paul!* und er ist losgelaufen zu ihr, egal wo er war oder was er zu tun hatte.

120

Auf der Brautschau hätte der Großvater die jungfräuliche Mutter meines Onkels heiraten wollen, aber weil er ein Habenichts war, wollte sie ihn dann doch nicht und heiratete den Vater meines Onkels. Das ist ein seltsamer Zufall. Ein Bruder meines Großvaters war mir ein Rätsel, denn mein Großvater wollte nichts mit ihm zu tun haben und nichts mehr von ihm wissen. Die Leute sprachen ihn oft auf ihn an. Sie kennen seinen Bruder, sagten sie, haben zusammen mit ihm gearbeitet, und fragten, wie es dem Bruder denn jetzt gehe, oder erzählten es dem Großvater. Der schaute dann immer finster und sagte dazu kein Wort. Das Wort *Sinn* verwendete mein Großvater nicht. Im Guten nicht und im Bösen nicht. Er sagte niemals, seit ich ihn erlebe, irgendetwas habe keinen Sinn. Ich glaube nicht, dass er das jemals in seinem Leben gesagt hat. Seinen

Bruder hatte er eine Zeitlang hier aufgenommen im alten kleinen Haus damals und ihn dann ein für alle Male aus der Wirtschaft hinausgeworfen.

Gleich nach dem Krieg wollte ein russischer Leutnant meinen Großvater mitten in der Nacht erschießen, hielt ihm die Pistole an den Kopf, weil er dem Leutnant keine Stiefel machen konnte, weil er kein Leder hatte. Die russische Dolmetscherin, die bei meiner Mutter und meiner Tante und meiner Großmutter drinnen im Haus einquartiert war, kam meinem Großvater zu Hilfe und die Tage darauf kam auch die Frau des jüdischen Rechtsanwaltes meinem Großvater zu Hilfe.

Der Großvater hat nie jemanden übervorteilt. Es wäre ihm zuwider und vielleicht auch bloß zu anstrengend gewesen. Es wäre ihm nie eingefallen, war ihm wesensfremd. Eine Frau, die ihm ihr Haus verkauft hatte, sie hatte ihren Mann verloren und hatte Kinder und bekam ein besseres Angebot, als sie den Vertrag mit meinem Großvater schon unterschrieben hatte und von meinem Großvater bereits vier Fünftel des Geldes bekommen hatte. Es war für ihn trotzdem völlig klar, dass es ihr Haus war, und er machte sofort alles rückgängig, damit sie an jemand anderen zu dem für sie besseren Preis verkaufen konnte. Mein Großvater selber konnte den Preis nicht mehr bezahlen, obwohl es nur geringfügig mehr gewesen wäre. Die Frau träumte oft, sie müsse hilflos in ihrem Haus verbrennen. Später ist das so geschehen. Sie konnte nicht aus dem Haus, in das sie mit den Kindern gezogen war, und die Leute draußen nicht zu ihr hinein.

Kinder haben meinen Großvater immer gemocht. Von irgendwo aus der Gegend kam immer irgendeines daher zu uns und mochte ihn sofort. *Immer geht er auf den Buben los*, rief er immer, als er und ich und der Vater alleine waren und der Vater mich schlug. Es änderte nichts, war aber etwas, das mich freute, dass er es sagte. Er versuche etwas, fand ich. Doch war ich manchmal verzweifelt, weil es nicht mehr war. Es war nun einmal alles in allem Vaterrecht und meiner Mutter auch recht. Mein Großvater fügte sich dem. Kann sein, er meinte, meine Mutter müsse entscheiden, was sein soll. Sowohl von meinem Vater als auch von mir redete der Großvater in solchen Situationen in der dritten Person: *Jetzt geht er schon wieder auf den Buben los*. Er sagte nicht *Tu das nicht!* oder *Tu dem Buben nichts!* Er sagte auch nichts Tröstendes zu mir, sondern stellte etwas fest. Er sagte nicht meinen Namen, sondern nur, was los war.

121

Der Tod der meisten Freunde und aller Geschwister und der letzten Freundin. Dass sie gestorben ist, hat ihm niemand gesagt. Meine Mutter und meine Tante hatten Angst, es ihm zu sagen. Die Frau kam in ihrer letzten Zeit öfter und wollte ihn wieder und wieder besuchen. Aber sie hat dann darniederliegen müssen an einem Schlaganfall und ist gestorben. Auch vom Schlaganfall erzählten sie ihm nichts. Sie war die Kellnerin gewesen, die immer zu ihm hielt, wenn er rabiat war. Mein Großvater und sie haben heiraten wollen, als sie noch jung waren, und auch dann wieder, als seine Frau gestorben war. Es war dann aber doch wieder ein neuerliches Hindernis zwischen ihnen, sodass die Heirat nicht möglich war. Seine Töchter mochten die Frau sehr, schon als ihre Mutter noch lebte, mochten sie die Frau sehr. Sie mochten die Frau, seit sie sie kannten, von Kindheit an, hätten sich von Herzen gefreut, wenn es zur Heirat gekommen wäre. Auch meine Großmutter hatte die Frau sehr gemocht. Auf dem Hochzeitsfoto hält der Großvater die Hand meiner Großmutter und meine Großmutter die seine. Sie schauen ernst und groß. Sie lieben einander. Sie stehen vor einem halben Haus mit einem großen Fenster. Man würde ihnen trauen. Das ist ein schönes Bild, glaube ich.

Die Frau Ministerialrat hatte den Großvater oft dazu bringen wollen, dass er die Naziförderungen doch beantrage oder wenigstens annehme. Das erzählte sie wie gesagt gerne, schüttelte den Kopf und lächelte. *Er hat sich geweigert*, sagte sie. Das gefiel ihr. Das habe sie sonst nie erlebt. *Niemals sonst*, sagt sie. Obwohl er durch sie ja direkt an der Quelle gesessen wäre wie sonst niemand, habe er nichts angenommen. *Die gute Nachbarschaft, die nächsten Nachbarn*, nichts und niemanden habe er ausgenützt, sagt sie. Nur seine Ruhe habe er gewollt. Damals und später auch musste die Frau Ministerialrat, die, als sie noch jünger war, sowohl im Finanz- als auch im Wirtschaftsministerium gearbeitet hat, in die Betriebe vor Ort und auch viel zu den Bauern. Mein Onkel erzählte uns, wie die Bauern oft gelacht haben, weil sie zu ihnen sagte, sie habe so viel Arbeit. *Was das für Schwerarbeit sein muss, mit dem Auto zu uns gefahren werden und sich ein paar Wörter wo aufschreiben*, sagten die Bauern zueinander. Die Förderungen und Unterstützungen habe es aber jedes Mal gegeben durch die Frau Ministerialrat. Sie sei stets hilfsbereit und großzügig gewesen, hat der Onkel gehört. Und sie habe nie schikanös kontrolliert.

Ich beschuldige so viele Menschen, aber wir sind trotzdem wieder hierher, Samnegdi und ich, wo ich aufgewachsen bin. Ich will mich gut verabschieden. Aber das geht nicht. Wir sind noch immer hier, weil mein Großvater bedrohlich krank ist inzwischen und weil meine Mutter bedrohlich zusammenbricht. Deshalb sind wir noch hier. Gegen den toten Vater konnte ich mich lange nicht wehren. Dass er gestorben ist, ist seine größte Schweinerei, ärger als alles sonst.

122

Der Großvater konnte schlecht erklären, sagt meine Mutter, er hatte nicht viel Geduld, machte dann das lieber schnell selber, was er eigentlich den anderen auftragen wollte. Meine Mutter verstand nie, wenn er ihr etwas zu erklären und aufzutragen versuchte. Sie stritten sofort und er war sofort still. Die Arbeit wurde aber getan. Er war immer mager und gesprächig. Er geht immer noch aufrecht. Seine Arbeitshaltung ist das. Als der Großvater gesät hat, habe ich als Kind immer gestaunt. Mein Großvater spielte viel mit mir, ich weiß nicht, was. Seine Hände, wie die lebten, waren für die Kinder immer erstaunlich. Die Kinder schauten und schauten und lachten ihn an. Der Großvater griff auf dem Feld in den Sack, den er trug, und warf eine Hand um die andere durch die Gegend. Schneeflocken flogen. Ich habe aber nicht viel gekannt von ihm als Kind. Er war kein Freund. Er war meistens woanders im Haus als ich. Der Vater führt das Kind der Wirklichkeit zu. Mein Großvater hat das so hingenommen.

Es kam oft vor, dass meine Mutter und meine Tante zueinander sagten: *Das dürfen wir dem Dati nicht erzählen.* Mein Großvater hat zum Beispiel bis zum Tod meines Vaters nicht gewusst, dass der schon einmal eine Frau und Kinder gehabt hatte. Und als es vom Mann seiner Schwägerin hieß, er habe sich zusammen mit anderen Männern über einen jungen Burschen hergemacht, sagten die zwei Frauen auch, dass das der Großvater nie erfahren dürfe. Er mochte den Schwager ohnehin nicht. Oft wenn der Großvater krank war, wurde er in dem Moment, wo er vor dem Gesundwerden war, auf den Schwager wütend und schimpfte auf ihn, wie falsch der sei. Diese Wut war früher das Zeichen, dass es mit dem Großvater wieder aufwärts ging. Heute ist das auch noch so, aber der gute Zustand nach dem Wiederaufstehen hält nicht lange an. Ein Nazi sei der Schwager gewesen, schimpft mein Großvater immer, jetzt laufe der alte Nazi am Ersten Mai mit der roten Parteifahne und auch jeden Sonntag in die Kirche, obwohl der Schwager in der Nazizeit sofort aus der Kirche ausgetreten sei. Und wie der seine Frau und seinen Sohn tyrannisiert habe. Der Schwager war aber, soweit ich mich erinnere, der einzige Mensch, der zu meinem Vater sagte, er habe nicht das Recht, sich uns gegenüber so zu benehmen. Es nahm ihn aber niemand ernst. Kein Mann und keine Frau, in meiner Familie auch niemand. Auch die, denen er zu Hilfe kommen und die er in Schutz nehmen wollte, meine Mutter zum Beispiel, hielten nichts von ihm. Er trug immer ein Halskettchen. Manchmal schenkte er uns Papier, weil er in einer Papierfabrik arbeitete. Er suchte immer jemanden, mit dem er tief verwandt sei. Und das sagte er dem dann, dass er mit ihm tief verwandt sei. Die Leute lachten dann. Seine Frau beschimpfte er oft. Die Frauen verziehen ihm das nicht.

Und die Männer wussten zu viel von ihm. Sie verachteten ihn, weil er schnell jammerte und sich nicht anstrengen mochte. Und jedes Mal wenn er krank war, glaubte er ernstlich, er müsse sterben. Er habe so große Schmerzen. Seine Frau musste ihn dann auch putzen. Und dann wurde er wieder gesund. Jahrzehntelang machte er das so. Bei jeder Erkältung. Ich glaube nicht, dass er homosexuell war, er war bloß kein Mann und keine Frau.

123

Mein Vater legte mir oft sein Radio ins Gitterbett. Die Geräusche und Töne bereiteten mir Beschwerden, Herzrasen, Atemnot, Übelkeit. Der Lärm, das Dröhnen, ging mir durch meinen ganzen Körper, Brust, Rücken. Es gab nichts als die schweren, drückenden, lastenden Töne. Bei Hundekindern machen es Züchter auch so, wie mein Vater das gemacht hat. Die kleinen Hunde haben dann später nicht viel Angst. Ich gehorchte als Kind auf Pfiff wie ein Hund. Seit dem frühen Morgen hüpfte sein Hund auf der Hütte herum und geriet dabei immer mehr außer sich. Zwischen den beiden waren mehr als zweihundert Kilometer, so viel Zeit und so viel Gegenden. Der Vater kam immer erst spät am Abend heim und es war nicht immer derselbe Tag, an dem der Vater heimkam, aber der Hund hüpfte jedes Mal an dem Tag in aller Früh schon auf seiner Hütte herum. Winselte, jaulte, hüpfte. Da wusste man, dass es der Tag ist und der Vater heute gewiss kommt. Furchtbar war das. Das Tier wurde jedes Mal verrückt. Unheimlich war das. Je näher der Vater kam, umso unruhiger, unfassbarer wurde der Hund. Ein Exzess war das, der sich über Stunden immer heftiger aufschaukelte, und als ende der auf der Stelle mit dem Tod. Aber es ging dann immer noch weiter und noch schneller. Wenn der Hund nicht schon in der Früh winselte und herumhüpfte, kam der Vater am Abend nicht heim. Ich weiß nicht, ob der Hund an meiner Familie in der Früh schon merkte, dass der Vater kommt. Meine Leute wussten es ja auch nicht. An mir konnte der Hund es auch nicht merken. Ich wusste es ja von allen am allerwenigsten. Ich sah an keinem einzigen dieser Tage, ob der Hund aus Angst oder aus Freude durchdreht. Mir schien es aber reine Freude zu sein. Der Hund hüpfte und hüpfte.

Er hat sich nur ein einziges Mal geirrt. An dem Abend damals haben er und ich zur gleichen Zeit halluziniert, der Hund ein paar Augenblicke früher und ich durch ihn. Ich war den ganzen Tag schon in großer Angst und ich war ein wenig krank. Ich musste noch mehr Angst haben, wenn ich krank war, weil der Vater dann noch mehr wütete. Ich bin um fünf Uhr nachmittags ins Bett gegangen, hatte Fieber. Es war Sommer, sehr heiß. Der Hund hüpfte auf seiner Hütte, war völlig außer sich. Wenn der

Vater dann wirklich da war, in diesen Augenblicken hatte der Hund eine Art und Weise, die hatte er diesmal auch. Aber der Vater war diesmal in der Hauptstadt geblieben. Aber als der Hund so hüpfte, hörte ich dann schon die Stimme des Vaters. Der Hund hüpfte und winselte verrückt wie immer, wenn der Vater gekommen war. Und damals hörte ich den Vater mit ihm reden. Ich war dann froh, dass ich mich so geirrt hatte, zugleich aber erschrak ich sehr, dass das möglich war. Ich war zehn Jahre alt.

Und ein anderes Mal in der Nacht roch ich den Vater an meiner Seite, seinen Schweiß, und hörte den Vater in unserem Doppelbett schnarchen. Es war finster im Zimmer, ich konnte ihn nicht sehen, er müsste ein paar Tage früher heimgekommen sein, als er gesagt hatte. Ich hörte ihn schwer atmen, drehte mich noch weiter von seiner Seite fort. Aber in der Früh war er nicht da, weil er nicht heimgekommen war.

Ansonsten hörte ich nie etwas von ihm, das nicht wirklich da war. Am Klo bald nach dem Tod des Vaters den einen Satz, dass ich einmal leben werde wollen und es dann nicht kann. Das war ein paar Wochen nach dem Begräbnis. Ich sitze am Klo, denke nichts, plötzlich höre ich die Stimme meines Vaters. Die ist in Sorge, die Stimme. *Einmal wirst du leben wollen und dann wirst du es nicht können*, sagt die. Die Stimme erschreckte mich. Ich schüttelte den Kopf über mich und verließ beschämt den Ort.

Mehr Stimmen habe ich in meinem Leben jedenfalls nicht gehört. Ich höre selten auf jemanden. Weil ich unmusikalisch bin, merke ich auch nicht, wenn es jemand gut mit mir meint. Es reicht mir, was die Leute miteinander reden und einem ein. Mehr braucht es nicht, dass ich verstehe. Es gibt keine Geheimnisse. Musik mag ich eben nicht. Jede Musik ist eine Art von Gehorsam. Der Hund und ich liefen stets auf den Pfiff des Vaters zum Vater hin. Das hat er uns so beigebracht. Wir waren aufs Wort und auf den einen Pfiff gehorsam.

Einmal brachte der Vater einen zweiten Hund mit, kleinen. Der gehöre mir, der Vater lächelte. Er war ihm in der Hauptstadt auf der Straße schnurstracks zugelaufen. Er nahm ihn ins Kasernenzimmer ins Bett mit. Es gebe jetzt zwei Hunde bei uns. Meiner war ungelehrig und nervös. Beim Spazierengehen trat der Vater nach ihm. Der Hund begriff nicht, war vor Angst dumm wie ich. Es war mir nicht recht, was der Vater tat. Ich unternahm nichts dagegen. Beim Spazierengehen damals wütete er gegen meinen Hund und gegen mich auch. Aber damals viel mehr gegen meinen Hund. Der Vater hatte ihn aufgelesen, gewärmt und sich gefreut. Aber jetzt war der Hund, meinte der Vater, gegen ihn und ein Dreck. Der Vater war so. Der Hund flog in kleinem Bogen und krümmte sich. Der Polarspitz des Vaters mochte meinen Hund auch nicht. Die Mutter, meine

Tante und der Großvater sagten zu mir, es gehe nicht anders, ich müsse doch ein Einsehen haben. Mein Hund beiße jetzt ja mich auch schon. Da sei niemand mehr sicher. *Was, wenn er einmal ein fremdes Kind verletzt. Es kommen doch immer so viele Leute zu uns.* Er komme jetzt auf der Stelle in ein Tierheim, da hole ihn dann schon jemand, der tierlieb sei. Es werde meinem Hund nichts geschehen und an nichts fehlen. Ich fragte alle, denen ich etwas glaubte. Das waren alle außer dem Vater. Auch die Frau Ministerialrat und die Freifrau habe ich gefragt, weil die andere Menschen waren als wir. Die würden mir die Wahrheit sagen, haben keinen Grund, mich anzulügen, und sehr tierlieb sind sie. Ich fragte alle, zu denen ich konnte, ob mein Hund wirklich nicht umgebracht wird. Ein paar Mal jeden, jede. Sie sagten alle, nein, es werde ihm nichts Böses geschehen. Aber so gehe es nicht weiter. Das müsse ich doch verstehen. Den Vater fragte ich dann sicherheitshalber auch. Der sagte, mein Hund sei kein guter Hund. Aber es werde ihm nichts geschehen. Ich fragte viele Tage hintereinander. Das war meine Art bei allem, was bevorstand, ausgekommen bin ich aber nie. Dann einmal sagte der Vater, heute fahre er mit meinem Hund runter und ich solle mitkommen. Ich hatte nichts mehr dagegen. Ich hielt meinen Hund, streichelte ihn, er zitterte. Als der Vater angekommen war, die Autotür öffnete, sprang der Hund raus und rannte davon. Dann schaute der Hund zurück ums Eck. Der Vater wollte ihn einfangen, erwischte ihn aber nicht, weil der Hund ihm nicht zuging, sondern jedes Mal denselben Sicherheitsabstand davonsprang und uns dann aus sicherster Entfernung wieder anschaute. Seine Ohren hingen runter. Eine Frau ging vorbei, blieb stehen, schaute, das vertrug der Vater diesmal nicht. Ich solle den Hund holen, sagte er. Die Frau schaute uns zu. Der Hund und ich gingen aufeinander zu, ich nahm ihn beim Halsband, sagte freundlich: *Schau, Wolfi, komm mit mit mir.* Habe ihn zum Vater gebracht. Der schaute ihn gar nicht an, nahm ihn an die Leine, ich solle im Auto bleiben. Als er wieder zurückkam, sagte er, es sei alles in Ordnung.

Ich fragte daheim wieder jeden Tag nach meinem Hund, ob ihn wohl schon jemand geholt hat, bis ihnen das nach einer Woche zu anstrengend wurde und sie keine Antwort mehr gaben. Da war mir klar, dass ich recht gehabt hatte. Ich hätte ihnen nicht glauben dürfen. Keinem von ihnen. Ich fragte sie: *Ist er umgebracht worden?* Sie sagten: *Ja.* Mein Hund war tot, mich schauderte, ich hatte etwas verbrochen. Die Frau Ministerialrat sagte mir als erste die Wahrheit, dann meine Mutter. Der Polarspitz bellte unerbittlich, wenn er meines Hundes gewahr wurde. Was mir immer gefallen hatte an meinem Hund, war, dass er dem Vater nicht gehorchte. Wenn der Vater ihn trat, hatte der Vater gegen ihn schon verloren. Was niemand versucht hatte, niemand fertiggebracht hatte, dem Hund gelang es im Nu. Der Vater sagte, mein Hund sei dumm. Aber mein Hund verstand sein Leben bloß grundlegend anders. Jetzt hatte ich meinen Hund auf dem Gewissen. Der hatte das getan, was sich niemand sonst im saublöden Ort, in den saublöden Büros, in den saublöden Kasernen, bei den saublöden Gewerkschaftern, in den saublöden Kirchen, auf der saublöden Straße, in der saublöden Schule getraut hatte, nirgendwo, nirgendwo hat das sich jemand zu tun getraut, was der Hund von selber sofort tat. Nur der Hund war so. Fünf oder sechs Jahre war ich damals, als sie mir den Wolfi umgebracht haben. Der war der Einzige, der sich richtig gewehrt hat. So, dass er dann tot war, hat der sich gewehrt. Die anderen haben alles falsch gemacht, daher ist ihnen nichts geschehen.

Der Hund des Vaters hieß Prinz und war ja wirklich ein guter Hund und im Februar war der Vater gestorben. Im Juli habe ich dann den Hund begraben. Als wir von der Arbeit von der Tante und vom Onkel zurückgekommen sind, lag der Hund da. Einmal, da bin ich noch nicht zur Schule gegangen, ist er mir davongelaufen, rauf in den Wald. Damals habe ich kapiert, dass man davonlaufen kann, und bin sofort in die entgegengesetzte Richtung die Straße runter. Die Mutter und die Tante und der Großvater haben mich aber eingeholt. Der Hund kam von selber zurück. Einmal hat eine sehr alte Frau den Vater beim Tierschutzverein angezeigt. Der Hund sei völlig abgemagert. Durch das dicke Fell sehe man das nicht. Die Frau war jeden Tag Milchkundschaft gewesen, ging den weiten Weg vom unteren Ortsteil hier herauf. Aus der Anzeige wurde überhaupt nichts. Dem Hund ging es gut und er hatte genug zu fressen. Damals dachte ich, dass die Frau vielleicht gar nicht den Hund gemeint hat, sondern mir zu Hilfe kommen will. Aber sie wird ihn gemeint haben, sie war sehr tierlieb.

Für den Hund des Vaters fabrizierte ich ein tiefes Loch und drückte die Erde fest, damit ihn kein Tier ausgräbt, und dachte dabei gegen meinen Willen an meinen Vater. Es war spät am Abend immer noch ein sehr heißer, drückender Tag. Ein wenig weinte ich um den Hund, um den Vater hatte ich keine Träne vergossen. Seit der Vater tot war, hatte der Hund auf niemanden mehr gehört. Dass er auf mich manchmal noch ein wenig hörte, verwunderte mich. Seit ein paar Tagen jetzt stank er und bewegte sich ganz langsam. Als ich ihn auf seine Hütte heben wollte, biss er nach mir. Ein paar Wochen später habe ich einen kleinen Vogel neben ihm begraben. Der war mir um vier in der Früh in den Händen gestorben und schnell eiskalt, weil sein Körper so klein war. Ich hatte den Vogel gefunden. Er konnte nicht fliegen, ich versuchte ihn aufzuziehen, es gelang nicht. Aber zwischendurch trillerte er, und da glaubte ich jedes

Mal, er schafft es. Er wollte nie aus meiner Hand. Aber das nützte alles nichts, und ich grub ihn eben ein, als die Sonne gerade aufging.

124

Im letzten Jahr seines Lebens, in den letzten zwei Jahren, habe ich den Vater oft ausgelacht. Er schlug rein in mich, beschimpfte mich, spuckte mich an, riss an meinen Haaren. Das Angespucktwerden war immer noch schlimm für mich. Ich hatte den Geruch des Vaters dann im Gesicht. Der Vater war belanglos und närrisch, das Leben sei anders und schön, es müsse nicht so zugehen, wie wir uns aufführten, was er tat, war Unfug, befand ich. Mehr sei nicht. Man müsse sich nur entscheiden und einen festen Willen haben.

Ich lachte dem Vater daher ins Gesicht. Er ließ nach, wurde krank, war krank. Die schwere Krankheit meines Vaters begann bald nach der Hochzeit meines Onkels und meiner Tante. Kein Jahr nach der Hochzeit war er tot. Ich schlug auch nicht mehr zurück, als er krank war. Aber er tat immer dasselbe. Auch jetzt noch. Aber es tat manchmal nicht mehr weh. Er konnte mir manchmal nichts mehr anhaben. Ich rührte ihn nicht an, aber wenn er mir zu nahe komme über die Grenze, würde er verlieren. Ich wollte mit aller Kraft nicht wie er sein. Ich tat nichts von dem, was er wollte und tat. Ich stand nur da und weinte nicht. Er schlug, spuckte, riss, schrie. Aber es nützte ihm nichts mehr. Ich lachte, wartete. Plötzlich sackte der Vater zusammen, maulte etwas im Ablassen, schleppte sich weg. Er schrie, ich solle aufhören zu lachen. Mein Vater tat mir leid, ich wollte sterben, weil ich das Gegenteil finden wollte. Glaubt ja nicht, Ihr wäret nicht wie er oder wie ich. Was tut Ihr denn? Was denn? Ich übe mich wenigstens darin, nichts von dem zu tun, was den Tod bringt. Den will ich nicht.

Der Vater musste zurückweichen. Ich lachte sanft. Es war lähmend für mich, wenn der Vater Kraft verlor. Aber er fing immer wieder von vorne an, und wenn er das tat, provozierte ich ihn weiter, bis er zusammensackte. Ich entfernte mich allmählich von allem. Nichts werde mir geschehen in meinem Tod. Was der Vater mir tat, war nichts. Er war der Tod, der Tod war nichts.

Der Vater sagte zu mir, ich sei ein Heuchler und dass ich ihn umbringe. Ich habe den Vater niemals quälen wollen. Ich habe geübt, mich in der Hand zu haben und mir alles und jedes vorher zu überlegen und auch mitten drinnen noch zurück zu können. Ich hatte nichts zu verlieren, er müsse mich nur in Ruhe lassen, dann habe er seine. Er hat mich manchmal gefragt, was ich tue, wenn jemand schwächer sei als ich. Der Vater sagte, ich dürfe keine Rücksicht nehmen. Wer schwächer sei, den müsse ich erledigen. Gerade den. Ich ertrug es nie, wenn jemand Schwäche zeigte oder Schmerzen. Wenn ich so etwas sah, tat mir mein Nabel weh. Wie wenn wer über meinen Nabel schlägt, war mir. Das war wirklich so. In der Schule die blöden Raufereien, ich hörte sofort auf, wenn ich die Schwäche sah. Das reichte mir und da wollte ich nicht weiter, sondern Freunde haben. Aber das ging so nicht. Ich habe auch immer das ordinäre Zeug verweigert, ich sagte so etwas nicht. Das waren die ordinären Übungen des Vaters, die Folgen, ich solle sagen. *Sag! Sag!* Ich sagte aber nicht. Ich habe versucht, mich irgendwie sauber zu halten. So war meine Selbstdisziplin, als ich ein Kind war. Und wie ich sie erlernte. Auf die Selbstdisziplin bin ich stolz. Für mich ist sie sehr wichtig, für andere wohl nur lächerlich. Ich wollte nur liebevoll sein können. Lieben wollte ich können. Das war alles, was ich wollte im Leben. Und was nicht liebevoll war, wollte ich nicht. Das war lange so. Ich war ein freier Mensch auf diese Weise.

Ein paar Monate vor seinem Tod, der Vater war gerade aus dem Spital heimgekommen, drohte meine Mutter meinem Vater, ihn auf der Stelle wieder ins Spital zu geben. Er bettelte: *Bitte tu das nicht. Ich will nicht schon wieder ins Spital müssen. Ich halte das nicht mehr aus.* Sie war unnachgiebig. Als sie und ich allein waren, sagte ich dann zu ihr, dass sie das nicht tun darf. *Er ist undankbar*, sagte sie. *Warum verteidigst gerade du ihn?*, fragte sie mich zornig. *Er ist krank*, antwortete ich. *Er ist undankbar, verteidige ihn nicht. Wenn er krank ist, gehört er ins Krankenhaus*, sagte sie. Ich vertrug die Hilflosigkeit des Vaters schlecht. Egal wer es ist, ich mag das nicht, wenn jemand hilflos ist und der andere das ausnützt. Ein paar Wochen später dann ging ich dazwischen, als der Vater die Mutter bei den Haaren riss. Der Vater attackierte die Mutter körperlich in den Jahren, die ich kenne, einmal, zweimal, dreimal, viermal. Sekunden. Bruchteile. Dass er die Mutter körperlich nicht attackierte, ich erinnere mich im Moment an keinen einzigen Schlag, war, glaube ich, weil er Angst hatte, weil sie weit stärker war als er. Er wusste, dass er verlieren würde. Alles auf einen Schlag würde er verlieren. Er musste die Mutter jedes Mal genau einschätzen, wie weit er in diesem Augenblick gehen konnte. Damals aber griff er sie an. Ich ging dazwischen. Er lachte mich aus, ließ ab, lachte weiter, fragte mich, ob ich meiner Mutter schon einmal einen Zungenkuss gegeben habe.

Seine anderen Söhne schickten meinem Vater Fotos, meine kleine Nichte war auf einem mit ihrem Schäferhund. Es machte mir Angst. Ich glaube, der Vater ließ den Körper meiner Mutter in Ruhe, weil er meinen hatte. Manchmal bekam die Mutter Herzschmerzen, wenn mein Vater tobte. Wenn sie sich ans Herz griff, erschrak ich, hatte Angst um ihr

Leben. Sie rief Gott zu Hilfe, und dass er ihr sagen solle, was sie getan habe, dass er sie so strafe. Ich fing immer zu zittern an, wenn sie Gott um Hilfe rief, der das ja nicht tat.

125

Jetzt einmal hat meine Mutter mich angelächelt und gesagt: Das Beste wäre, wir lägen alle schon auf dem Friedhof. Ich weiß nicht, warum sie das gesagt und wen sie gemeint hat. Nichts von dem, was sie gemeint haben kann, will ich von ihr hören. Jetzt einmal hat mir geträumt, die Mutter setze Kreuzottern an im Wald. Das müsse unbedingt sein, sagte meine Mutter in meinem Traum, da gäbe es jetzt eine Verordnung. Sie ließ sich nicht davon abbringen. Es hat mit der Mutter zu tun. Die Mutter hört nicht auf, Lebensgefährliches zu tun. Sie kann nicht anders. Es ist verordnet. Einmal haben wir eine Pflanze eingegraben, die war in Samnegdis Zimmer in der Stadt gewesen, hat viel ausgehalten. Ist abgefroren gewesen, hat aber immer wieder neu angefangen zu blühen, hat alles ausgehalten, nur meine Mutter nicht. *Das ist nichts*, sagte meine Mutter, *das ist kaputt. Das gehört weg.* Die hat, ohne uns zu fragen, die Pflanze ausgerissen und weggeworfen. Wir haben die Pflanze dann gesucht und vergraben.

Zwischendurch ist meine Mutter erstaunlich. Zum Beispiel als die Mutter zu mir einmal *Krepier endlich* gesagt hatte und als ich sie später einmal darauf ansprach, stritt sie ab, das jemals gesagt zu haben. Sie sagte zu mir, ich dürfe nicht immer jedes Wort auf die Goldwaage legen. Das sagte sie oft. Das sei furchtbar mit mir, dass man nichts sagen dürfe. Im Bus beim Heimfahren von der Schule, wenige Wochen nach dem Tod meines Vaters, redeten ein paar Frauen über ihn und uns, die eine hat mich nicht gesehen, die andere mich nicht gekannt. Das Beste für alle sei es, dass mein Vater tot ist, sagten sie. Und jetzt habe meine Mutter ja eine schöne Pension. Ich stand neben ihnen und sah sie verblüfft an. *Sie hätten mir sagen müssen, dass der daneben steht und zuhört*, sagte die eine Frau aufgebracht. *Ich habe es ja auch nicht gewusst. Ich hab' ihn nicht gesehen*, sagte die andere. So war das. Die eine Frau habe ich zuvor immer gemocht vom Sehen und vom Hören und vom Besuchen. Von jetzt an grüßte ich sie nicht mehr. Ich erzählte es der Mutter, was die Frauen gesagt hatten. Die Frau war zur Mutter dann immer sehr freundlich und die Mutter zu ihr. Der Mann der Frau arbeitete beim Arbeitsamt, seine Frau hatte zuhause und in der Ehe und auch sonst überall das Sagen, wenn ihr Mann dabei war, und mit meinem Vater stritt er oft und gab dann aber immer gleich nach. Die Mutter sagte zu mir, sie störe das nicht, was die Frauen da im Bus geredet haben, und es sei außerdem wahr. Und dann das mit der Waagschale und wie ich bin. Es kam auch vor, dass jemand es der Mutter ins Gesicht sagte, nach dem Tod des Vaters, länger noch, dass es so das Beste sei. Es störte sie nicht. Ich ging dann immer fort. Wir gehorchten alle.

Du hast genug Zeit gehabt, sagt die Mutter oft zu mir. Aber es war, glaube ich, die falsche Zeit, und der falsche Ort war es auch. Ich weiß nicht, was sein wird, ich weiß nur, was war. Ich weiß nicht, was wahr ist, ich weiß nur, was falsch ist. *So wird es nicht gehen*, sagt Samnegdi zu mir. *Doch*, sage ich. Sie hat aber recht. Nichts muss gut enden. Doch kann es das, weiß ich, in jedem Augenblick. Daher meine unstillbare Freude. Pan Tau, Samnegdis Pan Tau, wie gern würde ich so sein können. Kann ich nicht sein.

Der Gesetzgeber tut, was er kann, damit er das Gesetz wieder brechen kann.

126

2. Oktober 1988. Die Ministerin steht in der Zeitung, weil sie an das Gewissen der Nation appelliert, weil die Kindesmisshandlungen eine Katastrophe seien. *Nachbarn, verschließt nicht eure Ohren, wenn Kinder schreien! Lehrer, verschließt nicht eure Augen, wenn Schüler verletzt sind.* Die Ministerin lässt das ausrichten. Die Dunkelziffer liege bei 100000 im Jahr, sagt die Ministerin, und dass die Zahl weiterexplodiert. Sie habe daher den Justizminister ersucht, die Strafe für Kindesmisshandlung drastisch hinaufzusetzen. Auch müsse die Kinderwohlfahrt ermächtigt werden, endlich effektiver eingreifen zu können. Desgleichen müsse über den Missbrauch von Kindern in der Öffentlichkeit endlich diskutiert werden. Die Ministerin habe des Weiteren eine Studie in Auftrag gegeben, deren Ergebnisse den Pädagogen helfen sollen, die Signale der Kinder früh- und rechtzeitig zu erkennen. Die Ministerin richtet viel aus. Ich bin wirklich beeindruckt. Eine schwarze Familienministerin ist das! Mein Buch ist ziemlich überflüssig geworden, finde ich. Nur dass immer alle alles rechtzeitig wissen würden, das weiß ich noch, dass das wichtig ist; es wissen in Wahrheit alle immer genug.

Und der Bundespräsident außer Dienst sagt über die Nazizeit, es beruhige ihn, dass die Menschen hier nicht böse Menschen gewesen seien, sondern Familien gehabt haben. Mich beruhigt das nicht.

Als ich unwesentlich jünger war, konnte ich dieses Buch noch nicht fertigschreiben, jetzt wird es mir endlich möglich gewesen sein, aber das Buch ist tatsächlich überflüssig geworden. Denn die Ministerin bringt die Sache per Gesetz in Ordnung. Kein Buch auf dieser Welt kann so gut sein wie ein einziges gutes Gesetz, das wirklich exekutiert wird. Euer Scheißgeld – das wollte ich Euch noch sagen, man müsste Euch Bedürfnisanstalten auf Eure Scheine drucken, Klos und Urinale. Es würde Euch gar nicht stören, fürchte ich.

Einmal sprang ich von den Geleisen, es war gar nicht meine Absicht gewesen, auf denen zu liegen zu kommen. Es war ein Montagmorgen, ein halber Unfall, mehr nicht. Ich habe diese Welt richtig erkannt als Kind. Die Menschen verstehen nicht, dass sie sich entscheiden müssen. Es kann schon sein, dass niemand etwas für irgendetwas kann. Aber das war es dann. Ich weiß nicht, wer mich wegen dieses Buches klagen wollen soll. Denn wenn es wahr ist, was drinnen steht, ist es Wahnsinn, und wenn es nicht wahr ist, ist es auch Wahnsinn.

Als der Onkel starb, behielt ich als mein Erbteil eine Schachfigur, ein schwarzer ausgebleichter Bauer war das, ein paar Zigaretten und ein Feuerzeug. Mit der Schachfigur habe ich große Freude, die ich gar nicht beschreiben kann.

In der Gemeindezeitung ist gestanden, dass für die Kinderfreunde der heurige Fasching ein toller Erfolg gewesen ist und dass sie sich gewaltfreie Erziehung zum Ziele gesetzt haben, und die Kirche da oben hat ein Gedenkjahr. *Wille, Glaube, Hoffnung unserer Ahnen haben dieses Gotteshaus gerettet*, schreiben die auf die Tafel. Der Widerstand der Bevölkerung habe die Kirche vor den Übergriffen der weltlichen Mächte bewahrt. Der Mut der Menschen damals, vor ein paar hundert Jahren, der sei für immer ein Vorbild, für heute und für die Zukunft. Das steht da.

Früher habe ich immer nach Briefen gesucht, aber jetzt ist nichts mehr da. Ich finde nichts mehr, erinnere mich nur. In einem Brief lange vor der Heirat schrieb er ihr, er und sie seien zwei Dummerln im Leben, aber dass alles gut werde. Und viele Grüße auch an die Christl, die sei immer so misstrauisch. Aber in Wahrheit sei sie sehr lieb. Einen Brief gab es, den hat ein Sohn an ihn geschrieben, er brauchte Geld vom Vater, denn Hochzeit sei, der Vater solle aber bitte ja nicht kommen. Ich wollte um mein zwanzigstes Jahr herum in die Gegend fahren, aus der er fortmusste. Ich wollte wissen, was war. Seine erste Frau muss an die 80 sein inzwischen. Ich glaube, sie ist älter gewesen als er. Er wäre heuer 74 geworden. Mein Vater hat die Welt falsch gesehen, aber ihr, ihr, ihr guten Menschen habt sie ihm beigebracht. Ihr habt mir damit fast das Leben gekostet.

Mein Vater zeigte Furcht, schaute und schaute, wenn er im Bett oder auf der Straße im Gehen erzählte, die Faschisten haben in den Experimenten in den KZs die Juden dem Eis und dem Feuer ausgesetzt. Er lachte darüber, wie man Juden ihre Namen gegeben habe. Man habe jemanden einfach Kanalgitter geheißen von Amts wegen und das sei der dann gewesen. Er schaute mich an und wartete darauf, dass ich etwas sage. Sein Lachen damals hatte er auch immer dann, wenn ich krank war. Er war oft belustigt über das, was man alles darf. Über die Wahrheit eben. Man muss dieses Lachen verstehen. Er war neugierig auf uns. Er lachte, ich weiß nicht, wie ich sagen soll, er lachte nackt, nackt. Es war, wie wenn man alles tun könne mit einem Menschen und dass einem alles getan werden kann, so lachte er, lächelte er. Einmal fragte er mich, ob ich glaube, dass er im Krieg jemanden umgebracht habe. Ich schaute ihn an. *Ich weiß das nicht*, sagte ich. Er sagte: *Ich habe nie jemandem etwas getan. Ich habe niemals auf einen Menschen geschossen. Ich habe immer vorbeigezielt. Ich habe keinen einzigen Menschen umgebracht. Ich habe auch keinen einzigen Menschen wissentlich verletzt.*

127

3. Oktober 1988. Heute hätte mein Vater Geburtstag. Richard Tauber mochte mein Vater sehr. Wenn mein Vater Taubers Stimme hörte oder ihn im Fernsehen sah, bekam er Tränen in den Augen, sagte: *Was dem die Nazis angetan haben!*

Eine Frau ruft von der Telefonzelle aus zu Hause an. Sie habe erfahren, dass eine Untersuchung bei ihr wiederholt werden müsse. Sie habe gefragt, warum. Man habe ihr gesagt, man habe zu wenig Zellen gehabt, um überhaupt irgendetwas analysieren zu können. Das sei alles. Sie ist beruhigt und lacht. *Mutter!*, sagt sie ins Telefon, will ihre Mutter beruhigen, sagt, der Arzt diagnostiziere mindestens dreimal am Tag Krebs und räume dauernd Patienten aus. Da sei nichts dabei. Sie legt auf und wirkt völlig desinteressiert.

Als Kind glaubte ich oft, die Kinder meinen das alles nicht so, was sie untereinander und mir tun, sie haben nur Angst. Die haben alle Angst, dachte ich mir. Wenn die nicht Angst hätten, wäre alles gut. Und die möchten ganz etwas anderes, wenn sie könnten, wie sie wollten, dachte ich. Die spielen mir das nur vor, dachte ich mir, und den anderen auch. So stellte ich mir das also vor, als ich die erste Zeit in der Schule war und die zweite und alle Zeiten.

Das Gute, das ich will, tue ich nicht. Das Böse, das ich nicht will, tue ich. Was bin ich für ein Mensch! Hic terminus, cedo nulli. Semper patet alia via. Transformabimur. Paulus, Erasmus. Auf das und die hoffe ich. Wie kann das sein?

Mein Vater ist schon lange tot und interessiert niemanden. Mich auch nur zufällig. Ich auch nicht, der Onkel nicht, der Großvater nicht, die Tante nicht, die Mutter nicht. In Wahrheit sind für Euch alle unwichtig. Ihr macht mit allem und jedem, was Ihr wollt. Ihr könnt sonst nichts.

Es tut meiner Mutter nicht gut, wenn die Tante nicht da ist. Sie ist dann sehr unruhig.

Erst seit der Zeit, als mein Onkel zum Sterben war, kenne ich meine Familie im Guten ein bisschen besser. Vom Großvater her kann ich lachen und von der Tante her freundlich sein. Von der Mutter weiß ich, dass man fleißig sein muss.

Ich glaube nicht an Jesus Christus, sondern ich glaube Jesus Christus. So oder so tut das nichts zur Sache und nützt auch nichts.

Das Verstecken ist wichtig. Wenn die Tiere bei uns geschlachtet wurden, die schrien, der ganze Stall voll schrie zusammen mit dem einen Tier, das draußen umgebracht wurde. Der Vater versteckte sich im Haus, wenn geschlachtet wurde, ging nicht raus, es war mir, als habe er Angst, dass er geschlachtet wird. Er wollte nicht dabei sein, wenn geschlachtet wurde. Wenn alles vorbei war, kam er wieder raus, tratschte mit dem Fleischhauer, lachte. Es kann auch bloß sein, dass der Vater Angst hatte, jemand sage zu ihm, er solle bei der schweren Arbeit mit Hand anlegen. Vielleicht hat er sich keine Arbeit anschaffen lassen wollen.

Die Elefanten bilden um ihre Jungen zornig einen Kreis zum Schutz. Das hat mir immer gefallen. Die anderen Tierarten sind dumm und lassen ihre Jungen umbringen. Die Menschen müssen alle Elefanten werden und sie müssen einen Elefanten zu ihrem Gott machen.

Samnegdi und mir geht es gut, glaube ich. Es wird alles gut werden.

Sich gegen die Menschen wenden, die man liebt, das ist furchtbar und ohne Ende. Der Mitschüler, der Priester, der mich nicht mag – aber gottverdammt, was soll Gott sonst sein als extrem, und unser ganzes Leben ist in Not. Unsere lichten Augenblicke zwischendurch sind gut. Das Gute sind die. Mehr ist das nicht.

Die Mutter gibt niemals auf, auch das nicht, was ohne Belang ist und ihr die Kräfte raubt.

My bonnie is over the ocean. My bonnie is over the sea. Bring back, bring back, bring back my bonnie to me, to me, sang meine Mutter mir oft vor, als ich klein war. Mein Vater sagte manchmal: *Da lass' ich mir reinstechen, wenn es nicht wahr ist, was ich sag'.* Dabei zeigte er auf seine Gurgel, auf die weiche Stelle genau neben der Gurgel. Einmal sagte er zu mir, dass die Partisanen auf diese Art den Patrouillesoldaten die Kehlen durchgeschnitten haben. Manchmal sagte er von mir, ich sei ein Lügner. Und ein Verräter sei ich auch. Und dass ich ihn umbringe. Manchmal, wenn er mich unter vielen Menschen schlug, sagte er plötzlich: *Du dummer Bub, warum weinst du denn. Brauchst doch nicht zu weinen,* streichelte mich, küsste mich, wischte mir die Tränen ab, bürstete mit den Fingern mein Haar. Ganz schnell ging das. Der liebevollste Vater war er da plötzlich. An zwei Mal kann ich mich sehr genau erinnern, einmal auf dem Hauptplatz und einmal auf dem Hauptbahnhof. Er tat wieder, als ob er nichts getan habe und ich keinen Grund habe zu weinen. Das eine Mal hat ihn eine Frau angeschaut bei dem, was er getan hat, und das andere Mal ein Mann. Aber die müssen anders geschaut haben als die Menschen sonst. Denn er war erschrocken und tat schnell so, als ob nichts sei. *Versprich mir, dass du nicht mehr weinst. Es ist ja eh alles gut, mein kleiner dummer Liebling du,* sagte er vor ihnen zu mir und küsste und herzte mich eilig. Innig. *Warum schreckst dich denn so leicht vor den Leuten!*, sagte er und ging mit mir weiter, und der Mann und die Frau gingen auch weiter.

Oktober 1979 – Dezember 1986,
März 1987 – Oktober 1988

(Dezember 2004 – November 2005,
September 2006 – November 2006,
Frühjahr 2008,
Winter 2009/2010)